Par un soir de bal

*

Captive du harem

MARGARET MCPHEE

Par un soir de bal

Traduction française de
HÉLÈNE ARNAUD

Les Historiques

HARLEQUIN

Collection : LES HISTORIQUES

Titre original :
THE GENTLEMAN ROGUE

Ce roman a déjà été publié en 2016

HARPERCOLLINS FRANCE
83-85, boulevard Vincent-Auriol, 75646 PARIS CEDEX 13
Service Lectrices — Tél. : 01 45 82 47 47 - www.harlequin.fr
ISBN 978-2-2804-5752-1 — ISSN 1159-5981

Composé et édité par HarperCollins France. Achevé d'imprimer en juin 2021.
par CPI Black Print - Barcelone - Espagne
Dépôt légal : juillet 2021.

FSC www.fsc.org MIXTE Papier issu de sources responsables FSC® C159065

Pour limiter l'empreinte environnementale de ses livres, HarperCollins France s'engage à n'utiliser que du papier fabriqué à partir de bois provenant de forêts gérées durablement et de manière responsable.

Chapitre 1

Londres, août 1811

Emma de Lisle jeta un regard furtif à l'homme assis de l'autre côté de la pièce. Il était installé à sa table habituelle, dos au mur, comme pour surveiller la porte. Sur sa table, elle apercevait une pinte de bière brune, un plat d'agneau presque terminé et un chapeau de cuir usé.

Il jouait avec un petit jeton d'ivoire qui circulait entre ses doigts, comme animé d'une volonté propre, à un rythme régulier et tranquille. Au bout de quelques instants, il but une gorgée de bière et s'affaissa un peu plus sur sa chaise. Il avait l'air à son aise ici, assis seul dans un coin, à manger, boire et observer la salle. Il semblait faire partie de la clientèle de la taverne du Red Lion, et pourtant, il était à part.

Un petit homme aux dents gâtées passa près de lui et s'arrêta un instant.

— Tout va bien ? demanda-t-il.

L'homme acquiesça sans un mot et fit disparaître son jeton dans une poche de sa veste. Ce n'était pas la première fois qu'Emma remarquait cet inconnu si étrange. Il avait déjà attiré son attention, avec son jeton. Elle connaissait par cœur ses traits, la fine cicatrice qui coupait son sourcil blond foncé, et ses yeux bleus comme un ciel d'été. Cet homme silencieux l'intriguait.

Sa veste de cuir brun était usée par les années. Sous la

table, elle savait qu'il portait des bottes éraflées du même cuir. Son chapeau, aussi défraîchi que le reste, était de la couleur de ses cheveux. A le voir, on avait l'impression que ses vêtements avaient vieilli en même temps que lui. Cependant, sous sa veste craquelée, il portait une chemise de bonne qualité — contrairement à la plupart des hommes de cette taverne. Blanche et fraîchement lavée. Ses ongles aussi étaient bien entretenus.

Chaque fois qu'Emma le voyait au Red Lion, il était seul et ne parlait à personne. Il avait quelque chose en lui d'étrange… Une impression de force, d'intelligence et de pouvoir émanait de lui. C'était discret, presque impalpable, dissimulé sous son masque d'indifférence. L'avis des gens ne devait pas compter à ses yeux, elle en était certaine. Contrairement aux autres hommes de Whitechapel, il ne paraissait pas chercher à intimider ou impressionner ses semblables, car jamais il n'essayait de faire la conversation. Il gardait ses pensées pour lui. Toujours bien rasé, il avait une beauté brute…

Emma s'arracha soudain à sa contemplation. En plein service, elle avait tout de même bien mieux à faire.

— Trois grillades en route ! cria soudain Tom, le chef.

— J'arrive.

Son court moment de répit était fini, il fallait se remettre au travail. D'un pas vif, elle rejoignit le passe-plat et, utilisant le torchon passé à sa ceinture, posa les assiettes chaudes sur son lourd plateau de bois. Le geste sûr, elle stabilisa ensuite le plateau sur son épaule et se faufila entre les tables pour servir les clients.

— Voilà, messieurs, dit-elle à trois hommes assis autour d'une petite table. Nos meilleures grillades !

En retournant au bar, elle nettoya rapidement deux tables, prit deux commandes de bière et vit un nouveau groupe d'hommes qui passait la porte.

— Je m'en occupe, Em, lui glissa Paulette, l'autre serveuse du Red Lion en passant près d'elle.

— Quatre pintes pour toi, Emma ! annonça soudain Nancy, la patronne, depuis le bar.

Les gobelets d'étain scintillaient sous les lampes, humides de mousse crémeuse.

Emma se précipita, les posa sur son plateau, et servit les clients installés près de l'entrée.

— Merci, chérie, fit l'un d'eux, un homme brun qui en profita pour jeter un coup d'œil au large décolleté de sa robe de travail rouge lacée serré.

Elle se redressa en soupirant. Elle avait toujours détesté cette robe, qui révélait la naissance de ses seins… et elle détestait ce genre d'hommes. Le client ne s'arrêta malheureusement pas là. Avec un grand sourire aux dents noircies, il lui passa un bras autour de la taille. Aussitôt, elle chassa sa main d'une tape.

— Laissez vos mains dans vos poches ! dit-elle froidement.

S'habituerait-elle jamais à ces inconvénients répugnants qu'une serveuse devait endurer ?

L'homme se contenta de rire.

— On a son caractère, hein ? Tant mieux, j'aime qu'on me tienne tête !

Cette fois, il lui posa la main sur les fesses, et l'attira vers lui.

— J'aime aussi ton accent chic, reprit-il. On dirait une dame ! Et j'ai jamais eu de dame… Allez, viens, chérie. Je te promets que ça va te plaire.

Un vrai sauvage ! Son haleine aux relents de bière et ses dents gâtées étaient écœurantes ! Autour de lui, ses compagnons se contentèrent de rire et de l'encourager.

Sans se laisser impressionner, Emma le dévisagea d'un air glacial et répliqua :

— Aussi étonnant que cela puisse paraître, je suis obligée de refuser. Maintenant, laissez-moi retourner à mon travail, ou vous devrez affronter la colère d'une foule de clients assoiffés.

Cela ne suffit pas à calmer Dents-Pourries, dont le sourire s'élargit davantage. Il la serra contre lui d'un geste brusque, si bien que le plateau qu'elle tenait lui échappa et tomba bruyamment par terre.

— L'autre fille peut s'occuper d'eux. Toi, par contre, tu t'occuperas de moi…

Seigneur ! Saisie par l'angoisse, elle comprit qu'il ne la laisserait pas repartir avec une simple claque sur les fesses. Ce genre de déchet avait pour habitude d'asseoir les femmes sur ses genoux et de les tripoter jusqu'à plus soif… ou pire.

— Je ne m'occuperai de personne, protesta-t-elle plus fort. A présent, lâchez-moi avant que Nancy vous voie et vous chasse d'ici !

Hélas ! derrière le bar, Nancy ne faisait que passer d'un verre à l'autre, trop occupée pour venir à sa rescousse.

Soudain, venu de nulle part, un torrent de bière brune se déversa sur le crâne de son agresseur. Aussi stupéfaite que lui, Emma vit son sourire noir s'évanouir. Lâchant une bordée d'injures, il la relâcha enfin et elle ne se fit pas prier pour s'éloigner après avoir vivement ramassé son plateau.

Une fois à bonne distance de la table, elle jeta un coup d'œil en arrière et vit Dents-Pourries occupé à essuyer de ses grosses mains tatouées son visage dégoulinant de bière. Ses cheveux mouillés et poisseux lui tombaient sur les yeux et des ruisseaux bruns venaient créer une large auréole couleur de thé sur sa chemise blanche et sa veste usée. Même le haut de son pantalon gris était taché. Toute sa personne dégageait une puanteur aigre. Lorsque son visage fut sec, il se mit à chercher le responsable.

Autour de lui, le brouhaha des voix et le cliquetis des couverts avaient cessé. Avec des murmures curieux, toute la salle s'était tournée vers lui.

Emma suivit le regard mauvais de la brute et vit l'inconnu au jeton d'ivoire debout à quelques pas de lui, aussi grand, calme et hiératique qu'à son habitude.

— Navré, dit-il simplement. J'ai fait un faux mouvement.

Emma ne put réprimer un petit sourire. De toute évidence, il n'était pas désolé du tout… C'était la première fois qu'elle entendait sa voix et, surprise, elle remarqua qu'il avait le même accent de l'East End que les autres clients. Il avait parlé à mi-voix, d'un ton à la fois clair et menaçant.

— Oh oui, tu vas être navré, c'est sûr ! répliqua Dents-Pourries en faisant grincer les pieds de sa chaise au sol pour se lever. Quand je m'occuperai de toi, je ne te louperai pas, tu repeindras les murs et le sol de cette auberge !

L'inconnu lui lança un sourire cynique en posant les yeux sur son entrejambe détrempé. Puis, haussant son sourcil barré d'une cicatrice — qui lui donnait l'allure d'un voyou charmeur —, il dit :

— J'ai l'impression que tu m'as devancé, l'ami.

La foule ricana et les joues de Dents-Pourries virèrent au cramoisi. Ses petits yeux mauvais qui scintillaient d'un éclat porcin ne quittaient pas son adversaire tandis qu'il faisait craquer les jointures de ses doigts.

Comme en réponse à un ordre tacite, les compagnons de Dents-Pourries se levèrent à leur tour pour l'épauler.

Un lourd silence s'abattit sur la salle. Toute trace de curiosité ou d'amusement avait disparu des visages, et tout le monde attendait, visiblement aussi impatient qu'Emma, le dénouement de la dispute.

Soudain, elle sentit une boule d'angoisse se former dans son estomac.

— Calmez-vous, messieurs ! lança alors Nancy depuis le bar. Il est encore temps d'éviter les dégâts... Asseyez-vous et finissez vos bières avant qu'elles ne tiédissent.

Personne ne bougea. Les hommes restèrent immobiles comme des statues, s'observant comme des molosses prêts à se sauter à la gorge.

— Nous ne voulons pas d'ennuis, reprit Nancy, plus fermement. Si vous avez un problème à régler, allez le faire dehors.

Tout en parlant, elle tenta de se frayer un chemin entre les tables, mais deux hommes l'arrêtèrent avec un murmure d'avertissement — deux habitués qui ne cherchaient sans doute qu'à la protéger.

De toute manière, personne ne parut l'avoir entendue. Pas plus Dents-Pourries et ses compagnons que l'inconnu au jeton d'ivoire.

Derrière eux, Emma aperçut Paulette, qui semblait aussi excitée et impatiente que tout le monde. L'inconnu, lui, dévisageait son vis-à-vis sans ciller, l'air presque amusé.

— Je vais te tuer, l'ami, grommela Dents-Pourries.

— Et moi qui pensais que tu allais me payer une pinte pour remplacer celle qui s'est renversée..., dit l'inconnu en soupirant.

— Je te jure que tu ne pourras plus tenir une pinte pendant un long moment. Ni la boire, d'ailleurs.

Emma sentit une chape glacée lui tomber sur les épaules. Elle avait travaillé suffisamment longtemps au Red Lion pour savoir ce que les hommes de Whitechapel étaient capables de se faire dans ce genre de situation. Ce n'était pas la première bagarre à laquelle elle assisterait, pourtant la simple idée de les voir se jeter l'un sur l'autre lui donnait des sueurs froides.

Son sauveteur sourit une nouvelle fois, mais son regard resta aussi dur que l'acier.

— Tu veux vraiment en venir aux mains ? demanda-t-il d'un ton un peu incrédule.

— C'est trop tard pour se défiler, répliqua Dents-Pourries.

— Quel dommage !

La taverne était à présent entièrement silencieuse, et la tension devenait presque insoutenable. Personne ne bougeait, personne ne quittait les deux hommes des yeux — y compris Emma. A la fois horrifiée et fascinée, elle dévisageait son chevalier servant. Cinq crapules contre un homme seul... L'issue du combat était jouée d'avance !

Soudain, Dents-Pourries fit un pas en avant, dressé de toute sa hauteur, sa violence exsudant par chaque pore de sa peau.

Un frisson la parcourut et elle retint son souffle.

L'inconnu au jeton, lui, ne paraissait pas partager son angoisse. Il souriait toujours, un sourire froid et implacable. Ses yeux ne trahissaient aucune peur. Au contraire, il semblait excité par la bagarre à venir. Le sang. La violence. Cinq hommes contre un. Peut-être avait-il des pulsions de mort, après tout.

— S'il vous plaît, que quelqu'un les arrête, ne put-elle s'empêcher de murmurer tout en sachant très bien que personne ne répondrait à sa supplique.

Un vieil homme la prit par le bras et la fit reculer de quelques pas.

— Personne ne pourra les arrêter maintenant, fillette.

Il avait raison, bien sûr, et elle le savait. Tout le monde, dans la salle, le savait.

Dents-Pourries fit craquer ses jointures une nouvelle fois et serra les poings.

L'inconnu agit si vite qu'Emma eut à peine le temps de le voir. Vif comme l'éclair, il donna un violent coup de tête dans le nez de Dents-Pourries. Il y eut un craquement et des flots de sang se déversèrent sur sa chemise sale. Tellement de sang...

Dents-Pourries se rua en avant, tête la première, mais l'inconnu lui donna un violent coup de genou en plein visage. La rapidité de ses mouvements stupéfia Emma, ainsi que tous les autres clients qui lâchèrent une exclamation de surprise. Suffoqué par les coups reçus, Dents-Pourries s'écroula sur le plancher sans émettre un son. L'assistance le dévisagea, incrédule.

Sous le choc, tendue, Emma retint son souffle dans l'attente de la suite.

— C'est trop tard pour se défiler..., dit froidement l'inconnu.

Appuyé sur une main, Dents-Pourries expédia un crachat sanglant sur la chaussure de son adversaire et tendit le bras pour attraper une chaise.

— Mais si tu insistes...

L'homme s'approcha tranquillement de son adversaire et appuya la pointe de sa botte ensanglantée sur ses doigts avant d'attraper son autre main. Allait-il l'aider à se relever ? Non, d'un mouvement brusque, il lui tordit le poignet. Un horrible bruit d'os brisés fit frémir Emma et le reste de la salle.

Dents-Pourries ne cria pas, ne gémit même pas. Son

visage devint couleur de cendres et il s'évanouit sur les dalles constellées de sang.

Pendant quelques instants, personne ne bougea.

— Il aura sans doute besoin d'aide pour tenir sa chope de bière, après ça, lança l'inconnu aux amis de Dents-Pourries.

— Espèce de salaud ! lâcha l'un des quatre hommes, ce qui fit sourire l'inconnu.

Cette fois, au moins, Emma était préparée. Le voyou chargea, les poings serrés. D'un coup de tête, l'inconnu lui fracassa la mâchoire tout en lui faisant un croche-pied qui l'expédia au sol. La crapule tenta de se relever, mais un coup de pied dans les tibias l'en dissuada et il resta sur place.

Les trois autres échangèrent un rapide regard puis avancèrent, menaçants. L'un d'eux, au profil de fouine, tira de sa manche un long poignard affûté dont la lame scintilla dans la lumière des bougies.

— Vraiment ? fit l'inconnu sans paraître déstabilisé par l'arme.

L'homme au visage de fouine bondit, feignit une attaque, s'écarta. Il revint, recula, tourna autour de son adversaire comme un loup autour de sa proie.

— Eh bien ? Tu as peur ? lança l'inconnu, toujours aussi calme.

Son adversaire répondit par un sourire mauvais et une attaque vive. Plus rapide que lui, l'inconnu lui envoya un violent coup de pied dans l'entrejambe. Un cri perçant résonna dans la salle, clouant Emma sur place. Jamais encore elle n'avait entendu un homme crier ainsi et son sang se figea dans ses veines. Le poignard échappa à la fouine qui, le souffle coupé, agrippant son entrejambe, finit par s'écrouler.

Sans prendre le temps de savourer sa victoire, l'inconnu se tourna vers les deux hommes restants mais ceux-ci, après un échange de regards paniqués, détalèrent comme des lapins et disparurent dans la rue.

L'inconnu les regarda fuir, sans un mot. Emma, elle, ne pouvait le quitter des yeux. Son front était marqué d'un début d'hématome et sa chemise blanche piquetée de taches de sang. Sa cravate sombre s'était dénouée durant la bagarre, mais il restait tranquille, pas même essoufflé.

Au bout de quelques secondes, la lourde porte de l'entrée, laissée ouverte par les fuyards, claqua dans le silence.

Personne ne parla. Personne ne bougea. Personne, à part l'inconnu.

Lentement, il lissa ses cheveux, renoua sa cravate, et se dirigea vers sa table. Devant lui, les hommes s'écartèrent avec respect, presque avec admiration, et un murmure s'éleva sur son passage.

Ici, un homme ne pouvait se faire respecter qu'à la force de ses poings, qu'en se dressant face au monde et en défendant ses opinions. La force physique faisait loi et seul le plus fort, le plus brutal, le plus dangereux pouvait régner. Cet homme venait justement de prouver sa valeur aux yeux de tous.

Quelques habitués entreprirent de traîner les blessés jusqu'à la rue tandis que l'inconnu arrivait à sa table. Sans même s'asseoir, il finit sa pinte en deux gorgées. Puis il posa quelques pièces à côté de la chope vide, récupéra son chapeau et se tourna enfin vers Emma, de l'autre côté de la salle.

Le cœur encore battant, elle le dévisagea, à la fois choquée et bouleversée par ce qui venait de se passer.

Il lui fit un petit signe de tête avant de se détourner et de quitter la taverne sans paraître se soucier des regards stupéfaits qui l'accompagnèrent.

Tout comme les autres clients, Emma le regarda partir et, même après que la porte se fut refermée sur lui, elle demeura immobile comme si elle pouvait encore le voir à travers le mur. Elle avait déjà passé six mois à Whitechapel, mais c'était la première fois qu'elle voyait un homme si fort, aussi impitoyable ou invincible.

— Je pense que plus personne n'osera lui chercher noise pendant un moment, dit Nancy, près d'elle.

Les mains sur les hanches et son torchon passé à la ceinture, elle regardait aussi la porte d'entrée.

— Qui est-ce ? demanda Emma, fascinée.

— On l'appelle Ned Stratham, mais je ne sais pas si c'est son vrai nom…

Elle voulut en savoir plus, mais Nancy était déjà repartie et lançait à la cantonade :

— Le spectacle est terminé ! Retournez à vos tables avant que vos grillades ne refroidissent et que vos bières ne se réchauffent.

Pensive, Emma jeta un dernier coup d'œil à la porte.

Ned Stratham.

La bagarre semblait être née d'un accident, d'un peu de bière renversée, mais elle n'était pas dupe — contrairement aux autres clients. C'était pour la défendre qu'il avait agi ainsi.

Pourtant, Ned Stratham ne la connaissait pas, elle n'avait fait que lui servir son repas. Il venait depuis des mois et avait à peine paru la remarquer. Chaque fois, il était resté dans son coin, observant la vie de la taverne sans intervenir. Jusqu'à ce soir.

Son combat n'avait rien eu d'une lutte de gentlemen. Cela avait été brutal et choquant — et aussi d'une incroyable efficacité. Il n'avait suivi aucune règle, fait preuve d'aucun raffinement et, en apparence, n'avait rien eu d'honorable ou de chevaleresque…

— Il y a des grillades à enlever à la cuisine, Emma ! lança soudain Nancy.

Tirée de ses pensées, elle répondit :

— J'arrive.

Oui, Ned avait fait semblant de renverser de la bière par accident… Elle ne pouvait chasser son regard bleu pâle et perçant de ses pensées, l'impression qu'il voyait clair en elle.

— Emma ! appela de nouveau Nancy. Tu attends une invitation ?

Récupérant son plateau qu'elle avait posé sur une table, elle se rendit dans la cuisine. La table de Ned était à l'autre bout de la salle par rapport à celle des cinq voyous, et il était impensable qu'un homme comme lui soit assez maladroit pour renverser quoi que ce soit.

Finalement, malgré la brutalité de ses méthodes, ce que Ned avait fait était peut-être la chose la plus chevaleresque qu'Emma ait jamais vue. Il avait traversé la salle entière et déclenché une dispute pour la tirer des pattes de Dents-Pourries.

Une semaine après son accrochage avec un client, Ned revit la serveuse au Red Lion. Une autre le servait, mais Emma vint elle-même débarrasser son assiette et sa chope vides.

Elle avait des cheveux sombres, brillants, rassemblés en chignon, et son visage pâle à la peau veloutée était immaculé — et non marqué par la vérole, comme tant d'autres. Elle était bien trop belle, trop distinguée pour Whitechapel, et s'exprimait trop bien. Cela la plaçait à part, et elle devenait le point de mire de vauriens tels que la brute de la semaine précédente. Durant ses repas au Red Lion, il avait pu remarquer qu'elle ne portait pas d'alliance. Pas d'époux, personne pour la protéger dans un quartier de Londres dangereux pour toute femme, en particulier une beauté comme elle.

— Voulez-vous une autre pinte de bière, monsieur ? demanda-t-elle soudain, à côté de lui.

Elle avait une voix claire, qui mettait en valeur son accent raffiné, si inattendu.

— Oui, merci.

Sans un mot de plus, il la regarda prendre son assiette et sa chope. Elle les déposa sur son plateau mais, cette fois, elle ne repartit pas aussi rapidement que d'habitude.

— Je n'ai pas eu la possibilité de vous remercier, la semaine dernière, dit-elle à mi-voix.

Il la regarda un instant sans répondre. Elle avait de grands yeux brun foncé, des yeux chaleureux et d'une rare beauté…

— Me remercier pour quoi ? demanda-t-il.

— Pour avoir renversé un verre…

— Ce n'était qu'une maladresse.

— Naturellement, répondit-elle en souriant.

C'était un sourire entendu, qui lui disait qu'elle avait tout à fait compris que la bagarre n'avait rien eu d'un accident. L'ombre d'une fossette se dessina sur sa joue et il ne put s'empêcher de lui rendre son sourire.

Elle était toujours polie, professionnelle, joviale, comme si elle aimait réellement les gens. Cependant, contrairement à la plupart des serveuses de tavernes, il ne l'avait jamais vue flirter avec ses clients, même si cela lui aurait permis d'augmenter ses pourboires. Elle se contentait de faire son travail avec efficacité et un sens du devoir qu'il appréciait.

S'arrachant finalement à sa contemplation, il baissa les yeux sur son jeton d'ivoire qu'il faisait circuler sur ses doigts, comme à son habitude. La beauté de cette serveuse n'avait aucune importance et, en dépit de sa gentillesse, une part de lui voulait la voir repartir s'occuper d'autres clients — comme elle l'avait toujours fait. Il avait mieux à faire que de perdre son temps avec de belles femmes. Comme poursuivre les buts qu'il avait passé sa vie à atteindre, et sur lesquels il devait rester concentré. Il ne pouvait se permettre aucune distraction.

A la vérité, il n'avait pas vraiment voulu intervenir, la semaine précédente. Mais comment aurait-il pu rester assis et ignorer qu'une femme était agressée à quelques pas de lui ? Il avait connu des hommes comme cette crapule aux cheveux bruns toute sa vie, et il était bien placé pour savoir que ce qui commençait souvent comme une « plaisanterie » finissait toujours mal.

Concentré sur son jeton d'ivoire, il poursuivit son mouvement de va-et-vient, répété tant et tant de fois que cela lui était devenu parfaitement naturel — comme un réflexe.

— Je vais chercher votre bière, lança la serveuse.

Sans avoir besoin de lever les yeux sur elle, il sut qu'elle souriait toujours. Il l'entendait dans sa voix, mais ne répondit pas. Renfermé en lui-même, il attendit qu'elle s'éloigne.

Lorsqu'elle partit, il jeta un rapide coup d'œil à sa gracieuse silhouette qui s'approchait du bar, sans pour autant cesser de jouer avec son jeton. Pour la première fois depuis des années, il fit un faux mouvement, et le jeton tomba sur le plancher et commença à rouler entre les tables.

Son cœur fit un bond et, en un instant, il se précipita à la poursuite du disque d'ivoire qui roulait en direction du bar animé. Alors qu'il était sur le point de le perdre de vue, il vit Emma, comme on l'appelait, avancer son pied pour arrêter le jeton. Faisant passer souplement son plateau sur sa hanche, elle se pencha et le ramassa.

Elle l'essuya rapidement sur son corsage pour ôter la poussière agglutinée sur sa surface lisse puis l'examina un instant avant de le lui tendre. Leurs regards se croisèrent un instant.

— Merci, dit-il simplement.

— Pour quoi ? J'ai eu la maladresse de marcher sur votre jeton, j'espère que je ne l'ai pas abîmé…

Sans baisser les yeux, elle lui sourit, et il l'imita instinctivement en glissant son jeton dans une poche de son veston.

— Qu'est-ce que c'est ? demanda-t-elle avec un mouvement du menton dans la direction de la poche.

— Mon porte-bonheur.

— Et est-ce qu'il fonctionne ?

— Toujours.

L'air un peu surpris, elle sourit une nouvelle fois. Cela suffit pour éveiller en lui des émotions qu'aucune autre femme ne savait faire naître et pour l'immobiliser là, face à elle, alors qu'il aurait dû s'éloigner.

— Vous ne me croyez pas ? reprit-il au bout d'un instant.

— Un véritable porte-bonheur ? Peut-être devrais-je vous l'emprunter.

— Avez-vous besoin de chance ?

— Qui n'en a pas besoin ?

Nancy, la patronne, l'appela alors depuis le bar :

— Emma ! Six pintes à servir !

Tandis qu'elle s'apprêtait à reprendre son travail, Ned lui tendit la main.

— Ned Stratham, se présenta-t-il.

— Emma de Lisle.

Elle lui serra la main de ses doigts fins et souples. Malgré la chaleur qui régnait dans la salle, elle avait la peau fraîche et il sentit un élan de désir le traverser au contact de cette main si douce. A en croire la soudaine rougeur qui colora ses joues, elle ressentit la même chose et s'écarta rapidement.

— Emma ! cria alors Nancy avec agacement cette fois. Viens ici, ma fille !

Emma jeta un rapide regard en direction du comptoir.

— J'arrive !

Puis elle ajouta à l'intention de Ned :

— Pas de repos pour les braves, n'est-ce pas ?

Avec un sourire, elle fit volte-face et s'éloigna.

Ned se rassit, sans pour autant la quitter des yeux. Le rouge de sa robe de serveuse mettait en valeur ses cheveux sombres, et son corsage lacé fermement faisait ressortir sa taille fine et la rondeur de ses hanches sous ses jupons. Elle avait une vitalité surprenante et faisait preuve d'une intelligence et d'une confiance qu'il avait peu vues dans ce quartier…

Sans un mot, il la regarda placer les chopes mousseuses sur son plateau et les distribuer dans la salle avant de revenir vers lui pour le servir. Une fois à sa table, elle s'attarda un instant.

— Qu'est-ce qu'une femme comme vous fait dans un endroit pareil ? demanda-t-il, curieux.

Elle le regarda avec son doux sourire pendant quelques secondes, puis répondit simplement :

— Je travaille.

Une fois la chope posée, elle repartit, nettoya quelques tables, prit des commandes, et servit de nouvelles bières.

Ned s'adossa contre le mur lambrissé et but une gorgée. L'air était chargé de fumée de pipes et d'odeur de viande grillée. Il prit une grande inspiration, pensif, détendu par l'atmosphère familière du lieu, tout en observant cette énigmatique Emma de Lisle.

Elle ne travaillerait sans doute pas longtemps au Red Lion ; ce genre de femme passait de place en place. Il était difficile de l'imaginer restant plus de quelques mois au même endroit. Une nouvelle fois, il s'interrogea. Quelle pouvait être l'histoire d'Emma ?

Elle se montrait efficace, souriait ou plaisantait avec les clients sans perdre une seule seconde, à part avec lui. Il était le seul pour qui elle avait pris du retard dans ses tâches… Les autres clients semblaient bien l'aimer et ce n'était pas étonnant, elle était si amicale.

Il but sa bière lentement, prit son temps, mais elle ne regarda pas une fois de plus en sa direction.

Au bout d'un moment, les cloches de St Olave sonnèrent 11 heures et Nancy annonça les dernières commandes. La soirée avait passé vite, et il allait devoir partir. D'une gorgée, il finit son verre et déposa sur la table de quoi payer son repas en ajoutant un pourboire généreux pour Emma, avant de récupérer son chapeau pour sortir.

Au moment de passer la porte, il lança un dernier coup d'œil à Emma tandis qu'elle servait de larges assiettes de viande à une tablée de quatre hommes.

Elle dut sentir ses yeux posés sur elle, car elle le regarda aussi et lui adressa un sourire lumineux avant de se replonger dans son travail.

Une fois dehors, il enfonça son chapeau sur ses yeux et s'éloigna de la façade illuminée du Red Lion.

« J'ai eu la maladresse de marcher sur votre jeton, j'espère que je ne l'ai pas abîmé… » Il sourit au souvenir de ces paroles. Emma de Lisle était visiblement une femme de caractère, et il aurait presque été tenté de rester pour elle. Presque.

Il ne put s'empêcher de sourire encore avant de s'enfoncer dans le dédale de rues qu'il connaissait si bien. D'un pas vif, il traversa la ville, passa de paroisse en paroisse, chassant l'image d'Emma de ses pensées. Il était temps de se concentrer sur ce qui l'attendait dès le lendemain.

La nuit se faisait fraîche ; les dents serrées, il rentra chez lui, à Mayfair.

Chapitre 2

A peine Emma eut-elle mis sa clé dans la serrure qu'elle entendit la voix de son père, un peu méfiante, de l'autre côté de la porte.

— C'est toi, Emma ?

Elle déverrouilla et entra dans le petit appartement étriqué de deux pièces qu'ils louaient.

— Je t'ai apporté un repas spécial, annonça-t-elle. Du porc.

— Du porc ? demanda son père depuis sa chaise, l'air étonné. C'est rare qu'il en reste à la fin de la journée…

En effet, il n'en restait pas. Le porc était cher et c'était la meilleure viande au menu du Red Lion. C'était aussi le plat préféré de son père ; c'est pourquoi elle l'avait payé de sa poche, principalement grâce au généreux pourboire que Ned Stratham lui avait laissé et en profitant aussi du petit prix que Nancy lui avait proposé.

— Joyeux anniversaire, papa ! ajouta-t-elle en posant le paquet sur la table.

Elle se pencha pour l'embrasser, mais il se leva et la prit dans ses bras.

— Est-ce déjà mon anniversaire ? Je perds un peu la notion du temps, en ce moment…

Finalement, il se rassit sur l'une des deux chaises bancales qui entouraient la petite table nue, dans le coin de la pièce.

— Cela arrive avec l'âge, plaisanta-t-elle.

Hélas ! elle savait que ses pertes de mémoire n'avaient rien à voir avec l'âge, mais plutôt avec son laborieux travail.

Elle ôta son manteau et le suspendit à un clou planté dans la porte avant de déballer l'assiette de grillades, ainsi qu'un petit pot en terre.

— C'est un cadeau, dit-elle, une pinte de la meilleure bière du Red Lion.

— Tu me gâtes, Emma, remarqua son père en souriant. Tu n'as rien pris pour toi ?

— Non, j'ai mangé au restaurant, et tu sais que je ne supporte pas le goût de la bière.

— Et je ne vais pas le déplorer. Je suis déjà assez malheureux de voir ma fille travailler dans une taverne, sans la voir boire ses gages…

Il eut un frisson d'horreur.

— C'est un restaurant, pas une taverne, corrigea-t-elle avec un sourire. Je te l'ai déjà dit cent fois.

Bien sûr, cette distinction n'avait pas vraiment d'importance dans la réalité, mais cela aidait son père à mieux supporter la situation. Heureusement pour lui, il n'avait jamais vu la clientèle du Red Lion. Que penserait-il d'un homme comme Ned Stratham ? Et comment aurait-il réagi s'il avait vu de quelle manière il avait corrigé sous ses yeux, les cinq voyous qui l'avaient ennuyée ?

En face d'elle, son père commença son repas, le sourire aux lèvres.

— J'imagine que je dois aussi être reconnaissant que tu ne serves pas dans un lieu mal famé, dit-il.

— Tu sais bien que les pourboires que je reçois là-bas sont bien plus importants que tout ce que j'aurais pu espérer en travaillant chez une modiste ou dans n'importe quelle boutique. De toute manière, cela ne durera pas éternellement.

— Espérons-le…

— Il n'y a rien à espérer, papa, répliqua-t-elle un peu sévèrement. Nos économies grandissent, et je me suis proposée pour un poste à Clerkenwell. Ce n'est pas encore Mayfair, mais c'est toujours mieux que ce que nous avons maintenant.

— Oui, tu vas tenir un restaurant.

Elle tiendrait plutôt une taverne, une vraie ; elle préféra cependant n'en rien dire à son père.

— Nous avançons un pas après l'autre, peut-être, admit-elle, mais nous finirons par retrouver notre train de vie d'avant.

Son père sourit de nouveau.

— Ma fille, tu es têtue comme une mule, tu sais.

— Possible… Je me demande de qui je tiens cela. Je ne me souviens pas que ma chère mère ait souffert de ce défaut.

— En effet, gloussa son père. Je suis seul responsable. Les chiens ne font pas des chats, comme on dit.

Au bout de quelques instants, il lui caressa gentiment la main.

— Viens t'asseoir, reprit-il avec douceur. Tu dois être fatiguée après avoir travaillé toute la soirée.

— Pas tant que cela, répondit-elle en s'affalant tout de même sur la seconde chaise.

C'était la vérité, bien que ses pieds lui fassent souffrir le martyre. Elle songea soudain à Ned Stratham et à leur discussion, durant la soirée, ce qui lui arracha un sourire. Cet homme n'avait décidément pas une once de douceur en lui et il était sans doute plus dangereux que tous ceux qui fréquentaient la taverne, ce qui n'était pas peu dire. Les clients habituels du Red Lion n'étaient pas de ceux que l'on souhaitait rencontrer le soir dans une rue déserte. Oui, songea-t-elle en se rappelant la violence avec laquelle il s'était battu contre Dents-Pourries et ses acolytes, Ned Stratham était vraiment plus dangereux. Il y avait toutefois quelque chose en lui qui le différenciait des autres…

Au bout de quelques instants, elle chassa son visage de ses pensées et se tourna vers son père.

— Comment s'est passée ta journée, sur les docks ? demanda-t-elle.

— Comme d'habitude. Cela dit, j'ai une bonne nouvelle : j'ai réussi à négocier une double journée pour demain.

— Encore ?

Elle le regarda un instant, inquiète de voir la fatigue creuser son visage, chaque jour un peu plus.

— Ces doubles journées sont trop éprouvantes pour toi, ajouta-t-elle.

Une simple journée de travail dans les entrepôts des docks était déjà une épreuve pour un homme élevé en gentleman…

— Ce que ma fille peut faire, je peux le faire, répliqua-t-il. Ne commence pas à vouloir me protéger, Emma, s'il te plaît.

Elle soupira et répondit par un sourire un peu contraint. C'était l'anniversaire de son père, après tout, et elle voulait qu'il profite de ce moment. Elle aurait d'autres occasions de discuter avec lui de ce problème.

— Très bien, concéda-t-elle.

— Va te chercher un verre, je voudrais proposer un toast.

Emma obéit sans un mot et il lui servit un peu de bière. Il leva ensuite son propre verre.

— Dieu m'a accordé une nouvelle année de vie ; j'en suis heureux et je l'en remercie.

Il avait beau sourire, Emma surprit un éclat de douleur au fond de ses yeux. Elle savait très bien à quoi il pensait.

— A ceux que l'on aime, et qui ne sont pas là, ajouta-t-il. Où que soit Kit et quoi qu'il fasse, que Dieu le protège et nous le ramène sain et sauf.

— A ceux que l'on aime, et qui ne sont pas là, répéta-t-elle en tentant d'ignorer la boule qui s'était formée dans sa gorge au nom de Kit.

Ils trinquèrent ensuite en silence et burent. L'amertume de la bière brune fit grimacer Emma. Naguère, c'était avec des coupes remplies du meilleur champagne que son père portait des toasts et, le reste du temps, elle ne goûtait que les plus extravagantes limonades, délicieusement glacées. Leur vie avait été si différente…

Son père dut percevoir sa mélancolie, car il lui prit la

main et la serra entre les siennes. Elle leva les yeux vers lui, surprise par son regard si sombre qui finit par s'illuminer. Au prix d'un énorme effort de volonté, elle chassa ses souvenirs douloureux et s'efforça de ne plus penser qu'au présent. Tous deux demeurèrent silencieux un long moment, comme à leur habitude, puis elle trouva la force de sourire.

— Tu devrais finir ces côtelettes avant qu'elles ne refroidissent.

— Avec plaisir, ma chère fille, répondit-il avant de se pencher sur son assiette.

Le lendemain, dans la salle à manger d'une maison de Cavendish Square, à l'autre bout de la ville, un déjeuner très distingué venait de commencer.

Une cheminée de marbre noir, décorée de riches sculptures s'élevait au bout de la pièce, et les murs tendus de rouge étaient chargés de tableaux représentant divers décors d'Ecosse et de pays étrangers que Ned n'avait jamais visités. La table était illuminée par un énorme chandelier duquel pendaient des milliers de gouttelettes de cristal qui scintillaient dans le courant d'air frais venant de la fenêtre entrouverte. La salle à manger possédait deux hauts bow-windows encadrés de lourds rideaux damassés ornés de franges et de pompons, dont les volets couleur ivoire étaient grands ouverts.

Au-delà, le ciel londonien était animé des reflets cuivrés de cette soirée estivale, reflets qui jouaient sur les couverts d'argent et les verres de cristal posés sur l'immense table d'acajou. Cette pièce avait dû être conçue pour accueillir des banquets princiers, autrefois. Il y avait assez de place pour une vingtaine de convives. Ce soir, cependant, seuls cinq hommes savouraient le délicieux repas. Installé en bout de table, le ministre du Commerce était entouré par son secrétaire, le plus grand industriel du Nord et l'un des plus importants commerçants des Indes occidentales et d'Amérique. Au milieu de tous ces hommes de pouvoir se trouvait Ned, le maître de maison.

Il leur avait offert la cuisine la plus fine préparée par l'ancien chef du prince régent et s'était assuré que son majordome et ses valets remplissent régulièrement les verres de ses invités de vins français hors de prix, différents à chaque plat.

Ned savait comment se gagner ses convives. Il savait quoi faire pour que ses affaires soient couronnées de succès et que son influence politique soit renforcée…

— Je ne peux rien vous promettre, dit soudain le ministre.

— Je ne vous demande pas de promesses, le rassura Ned avec un sourire.

— Dites-moi, d'où tirez-vous les chiffres que vous venez de mentionner ?

— D'une source sûre.

— Et vous pensez réellement que ce projet peut aboutir ?

Ned acquiesça.

— Vous avez conscience de prendre autant de risques que nous, reprit le ministre. Peut-être même plus, puisque votre argent pèsera dans la balance.

— On ne peut faire d'importants gains sans prendre de risques.

— Si le vote nous fait barrage et que les fonds sont retirés…

— Vous y survivrez, répondit fermement Ned.

— Et vous ? demanda le ministre.

— Ce n'est pas votre problème, coupa Ned.

Il soutint un instant le regard de son hôte, en silence, puis le ministre acquiesça lentement.

— Dans ce cas, je mettrai en route les mécanismes nécessaires dès demain.

— Nous avons donc un accord ? demanda Ned en tendant la main.

Le ministre déglutit, l'air mal à l'aise. C'était une chose de passer un accord à l'oral ; c'en était une autre de le confirmer. Pour ce genre d'homme, une poignée de main avait autant de poids qu'une signature : elle mettait son honneur en jeu, et Ned le savait.

Tous demeurèrent muets un long moment, visiblement troublés. Le seul à son aise était Ned… Il prenait même une sorte de malin plaisir durant de tels moments. Utiliser la gêne de gentlemen face à ses origines douteuses pour arriver à ses fins était quelque chose d'amusant et d'excitant pour lui.

Face au ministre, les trois autres invités paraissaient nerveux, comme s'ils attendaient sa réaction pour le suivre.

Ned, lui, fixait toujours l'homme des yeux, la main tendue, immobile. Finalement, au bout d'un long moment, le ministre sourit et la lui serra.

— Vous m'avez convaincu, monsieur, dit-il.

— J'en suis heureux, répondit Ned.

Le repas s'étira jusqu'à 6 heures puis, enfin, les quatre convives — parmi les hommes les plus importants du pays — quittèrent Cavendish Square.

Après avoir raccompagné les invités, le majordome de Ned et ses deux valets retournèrent dans la salle à manger, et s'alignèrent dos au mur, en silence. Ned était toujours surpris de voir avec quelle facilité les grands hommes du pays discutaient des détails de leurs affaires confidentielles devant leurs domestiques comme s'ils n'étaient personne. Comme s'ils ne pouvaient ni voir ni entendre ce qui se déroulait devant eux. Ned, lui, n'était pas dupe : jamais il ne commettrait la même erreur…

Il demeura assis à table un moment, son verre à moitié plein à la main. Les derniers rayons de soleil qui filtraient par la fenêtre ouverte illuminaient le porto de reflets dorés et faisaient scintiller le monogramme gravé dans le cristal. Un S pour Stratham.

Le ministre avait peut-être hésité, mais il avait fini par conclure le marché ; un marché qui serait bon pour Ned, et pour beaucoup d'autres. A cette pensée, une sorte de joie un peu amère l'envahit.

Le majordome se racla la gorge et s'approcha discrètement.

— Souhaitez-vous plus de porto, monsieur ? demanda-t-il.

— Non. Merci, Clarkson.

Que dirait Clarkson s'il lui demandait une pinte de bière brune ? Les gentlemen qui vivaient à Mayfair ne buvaient pas ce genre de bière ; ni dans leurs restaurants élégants ni même chez eux. Et il était essentiel que Ned se comporte en gentleman…

Mais l'idée de savourer une chope de bière le fit penser à Whitechapel, au Red Lion… et à Emma de Lisle. Il revit l'éclat perçant de ses yeux sombres, sa vivacité, ses sourires chaleureux et cette confiance joyeuse qui émanait d'elle en permanence.

Ned jeta un rapide coup d'œil par la fenêtre ouverte. Le soleil baignait la ville d'une lumière précieuse tandis qu'une voiture passait à grand bruit dans la rue. Un souffle d'air chaud lui caressa le visage, chassant la fumée de cigare qui flottait encore dans la pièce.

Songeur, il but une gorgée supplémentaire. Il avait encore des choses à faire, mais cela pourrait attendre demain. Finalement, d'un geste décidé, il reposa son verre et se leva.

Immédiatement, Clarkson apparut à ses côtés.

— Je sors, annonça Ned.

— Parfait, monsieur. Dois-je faire préparer la voiture ?

— Non, ce ne sera pas nécessaire.

Pas pour l'endroit où il se rendait.

— La soirée est chaude, ajouta-t-il en voyant le regard surpris du majordome. Je crois que je vais marcher…

Cela dit, il monta à sa chambre et enfila sa vieille veste de cuir et ses bottes usées.

La chaleur de la cuisine s'ajoutant à celle de la journée rendait l'atmosphère du Red Lion à peine supportable. Les portes et fenêtres de la taverne avaient été ouvertes pour aérer la salle, mais cela ne changeait pas grand-chose.

Nancy avait profité du beau temps pour faire installer quelques tables et chaises dans la rue, afin que ses clients puissent savourer leur bière dans la petite brise tiède de la ville.

— Trois pintes de bière ! cria Nancy depuis le bar.

Le front et le cou poisseux de sueur, Emma se dépêcha de les récupérer. Jamais encore une journée de travail ne lui avait paru aussi longue… Elle avait mal aux jambes et ses pieds lui semblaient en feu. Avec un soupir, elle souleva son plateau chargé et tenta de chasser d'un souffle une mèche de cheveux échappée de son chignon qui était venue se coller devant ses yeux. D'un pas pressé, elle traversa la salle pour servir les clients qui l'attendaient dehors.

Comme elle passait la porte, elle heurta de plein fouet Ned Stratham et aurait laissé tomber son plateau sans le réflexe fulgurant de Ned qui le stabilisa.

— Monsieur Stratham ! s'exclama-t-elle, traversée par un frisson indéfinissable. Vous venez deux soirs de suite ? C'est une première !

D'habitude, plusieurs semaines se déroulaient entre ses visites.

Le regard clair et perçant de Ned la scrutait, amusé, et elle se sentit rougir.

— Vous comptez les jours ? demanda-t-il.

— Comme si j'avais le temps de compter !

Gênée, elle baissa les yeux. Finalement, il s'écarta pour la laisser passer et elle sortit sans un regard en arrière.

Bien trop consciente de la présence de Ned dans la salle, elle servit rapidement les clients qui l'attendaient. Elle eut un petit sourire amer et chassa ces pensées du mieux qu'elle le put. Répugnant à rentrer trop vite, elle prit le temps de nettoyer quelques tables libres.

Lorsqu'elle retourna à l'intérieur, elle aperçut immédiatement Ned. La salle était comble et, faute d'avoir trouvé un siège, il s'était accoudé au bar, l'air à l'aise, une pinte à la main. La foule, la chaleur, ou le fait de devoir rester debout ne semblaient pas le déranger le moins du monde.

— Six bières rousses, deux blondes et une brune, Emma ! cria Paulette en posant les chopes sur le comptoir derrière Ned.

Emma n'eut d'autre choix que de rejoindre le bar et, tout en vidant son plateau, elle jeta un rapide coup d'œil vers Ned Stratham.

— Vous avez beaucoup de travail, ce soir, observa-t-il.

— Une goélette est arrivée au port, et l'équipage n'a pas quitté la salle depuis midi, répondit-elle rapidement.

— C'est bon pour les affaires…

— Oui, mais ce n'est pas le jour… Tom n'est pas venu aujourd'hui, donc Nancy est obligée de rester en cuisine à sa place.

Tout en parlant, elle chargea les pintes fraîches sur son plateau.

— J'imagine que Nancy est enchantée de devoir cuisiner, dit alors Ned avec un petit sourire.

— Vous la connaissez bien !

Comme pour illustrer leurs propos, le visage de Nancy apparut par le passe-plat, rouge et trempé de sueur, tandis qu'elle posait brusquement trois assiettes sur la tablette de bois.

— Trois grillades complètes ! lança-t-elle à Emma d'une voix impatiente.

De l'autre côté de la salle, quelqu'un cria :

— Où elle est, ma fichue commande ?

— Plaignez-vous encore, et je vous l'envoie à la figure ! répliqua Nancy en lançant à l'homme un regard à faire cailler du lait.

Amusée, Emma jeta un regard à Ned qui souriait aussi, le nez dans sa chope.

— Profitez de votre bière, dit-elle avant de prendre les assiettes sur le passe-plat et d'aller servir les clients.

— Allez, fillette ! cria un autre homme, assis à l'une des tables centrales. J'ai la bouche tellement sèche que ma langue menace de tomber en poussière ! Combien de temps un homme doit-il attendre pour boire, dans cette foutue taverne ?

— Nous travaillons aussi vite que possible ! répliqua Paulette depuis le bar, son visage aussi rouge et moite que celui de Nancy.

— Voilà cinq pintes, messieurs, annonça Emma en arrivant à la hauteur de la table.

Plus intrigué que jamais, Ned la suivait des yeux. Au milieu des rires, des cris et des conversations bruyantes, sa voix demeurait posée, mais personne ne pouvait l'ignorer. Dans ce lieu, elle avait l'air d'une vraie dame. Prestement, elle posa une bière devant chacun des hommes puis traversa de nouveau rapidement la salle pour finir de servir ses clients.

Ensuite, elle se dirigea vers la grande table du fond où était rassemblé l'équipage de la goélette, tous plus soûls que des dockers. Alors qu'elle posait leurs chopes sur la table, l'un des hommes lui palpa les fesses. Ned sentit son sang ne faire qu'un tour mais, avant qu'il ait pu dire quoi que ce soit, Emma, d'un geste preste, renversa le verre qu'elle venait de poser et la bière dégoulina sur les genoux du marin.

Surpris, l'homme jura et se leva en titubant, les yeux fixés sur la tache poisseuse qui s'étendait sur son pantalon.

— Regarde ce que tu as fait !

Autour de lui, ses compagnons éclatèrent de rire.

— Je suis navrée, répondit-elle froidement. Je vais vous en chercher une autre, espérons juste qu'elle ne finisse pas comme la première.

L'homme grommela et se rassit, les oreilles rouges de gêne.

Lorsque Emma arriva à sa hauteur, Ned ne put s'empêcher de lui glisser, les yeux baissés sur son jeton d'ivoire avec lequel il jouait de nouveau :

— Je me demande d'où vous est venue cette idée…

— Je ne saurais vous le dire, assura-t-elle.

Il la regarda un instant. Quelques mèches de cheveux

s'étaient échappées de son chignon et tombaient autour de son visage comme des fils de soie noire, jusqu'à la naissance de sa poitrine qui menaçait à chaque instant de bondir de son corsage. A chacune de ses respirations, il pouvait voir la courbe de ses seins se lever et s'abaisser doucement. Dans la chaleur de la salle, ses joues avaient pris une teinte rose qui soulignait plus encore que d'habitude l'éclat de jais de ses yeux. Elle lui rendit son regard et ils échangèrent un rapide sourire avant qu'elle ne reparte au pas de course entre les tables. Elle semblait si légère, si vivante, qu'il sentit une bouffée de désir l'envahir lui qui, habituellement, savait si bien réprimer ses pulsions.

A en juger par la manière dont les marins la regardaient, il n'était pas le seul à l'avoir remarquée. Après avoir passé des mois en mer, les hommes n'avaient en général que deux choses en tête : l'alcool et les femmes. Ceux-là avaient déjà comblé leur premier manque et semblaient prêts à s'attaquer au second.

— Qu'est-ce que tu fais plus tard, chérie ? lança le marin lorsqu'elle revint avec sa bière. Pourquoi n'irions-nous pas boire un verre, toi et moi ?

— Bas les pattes, Wrighty ! intervint l'un de ses amis. Elle viendra avec moi, n'est-ce pas, Emma ?

— C'est impossible, désolée, répliqua-t-elle tout en récupérant leurs chopes vides. Ce soir, je retrouve mon fiancé.

— Quel dommage ! soupira le premier marin.

Le second, cependant, ne parut pas convaincu et la suivit d'un regard concupiscent tandis qu'elle retournait au bar. Les autres en firent autant. Il aurait fallu avoir de l'eau dans les veines pour ne pas la désirer, et ces hommes avaient le sang chaud !

Ned acheva sa bière et jeta un rapide coup d'œil au fond de son verre. Il s'était promis de n'en boire qu'une, mais il ne pouvait pas partir maintenant, pas après avoir été témoin de cette scène dangereuse pour Emma. Et, surtout, il n'avait aucune envie de partir. Finalement, il commanda une seconde pinte à Paulette.

Il fallut encore une heure pour que l'agitation se calme, et une autre avant que Paulette n'annonce les dernières commandes.

Enfin, une demi-heure plus tard, les derniers clients quittèrent le Red Lion pour s'éparpiller le long de la rue et Emma, éreintée, put poser son plateau.

Elle s'appuya contre une table pour soulager ses pieds douloureux et enfila son manteau. La salle était vide, les tables propres et les tabourets posés dessus. Tout était prêt pour le nettoyage du lendemain matin. Ned Stratham, lui, avait disparu un peu plus tôt, pendant qu'elle était en cuisine et aidait Nancy à nettoyer les grils. Il ne lui avait même pas dit au revoir… Quelle idiote ! se reprit-elle. Ned n'était qu'un client comme les autres et, si elle avait eu un peu de bon sens, elle aurait dû être soulagée qu'il ne s'intéresse pas trop à elle.

La voix moqueuse de Paulette la tira de ses pensées.

— Ned Stratham a le béguin pour toi, Em !

— Bien sûr que non, répliqua-t-elle.

Pourvu que la lumière vacillante des bougies suffise à dissimuler sa gêne ! Elle n'avait pas envie que Paulette la voie rougir.

— J'ai bien vu comment il te regarde, tu sais… Et il a posé des questions sur toi, aussi.

— C'est ce qui arrive, quand un homme s'ennuie, lança Emma d'une voix insouciante.

Paulette ne se laissa pas convaincre si facilement.

— Oh non ! Ça n'a rien à voir, plaisanta-t-elle.

Nancy sortit alors de la cuisine en s'essuyant le front du revers de la manche, coupant court à la conversation.

— Quelle soirée ! soupira-t-elle. Tom a intérêt à venir, demain, ou on aura des problèmes.

Elle déverrouilla la porte d'entrée pour laisser Paulette et Emma partir et dit encore :

— Faites attention, les filles. Il y a des hommes qui traînent dans la rue.

Emma acquiesça et suivit Paulette dans la ruelle. Les dernières lueurs du jour avaient depuis longtemps laissé place à l'obscurité et l'air avait fraîchi. Derrière elles, la porte de la cuisine claqua en se refermant et, au même instant, un marin sortit de la pénombre, en face d'elles.

Le cœur battant, Emma se tourna vers son amie.

— Tout va bien, Em, murmura Paulette. George a dit qu'il m'attendrait dehors. C'est le maître d'équipage de la goélette qui est arrivée aujourd'hui.

Inquiète, Emma lui prit le bras.

— Paulette…

— Je sais ce que je fais, je te le promets, Em. Je ne risque rien, chuchota-t-elle avant de rejoindre l'homme et de disparaître le long des maisons.

Derrière elle, Emma entendit Nancy pousser les verrous de la porte du Red Lion. Elle se retrouvait dehors, seule, en pleine nuit. L'unique lueur qu'elle pouvait encore apercevoir était celle de la lucarne de la cuisine, à mi-hauteur de la façade.

Comme elle s'apprêtait pour rentrer chez elle à prendre la direction opposée à celle qu'avaient prise Paulette et son compagnon, elle vit les silhouettes de deux hommes apparaître à l'entrée de la ruelle…

Chapitre 3

— Eh bien, Emma chérie… On dirait que tu nous as raconté des bobards ! lança l'un des hommes.

A la faible lumière de la lucarne de la cuisine, Emma reconnut alors le marin ivre qui lui avait proposé de boire un verre avec lui. Il était mal rasé et, malgré la distance qui les séparait, son haleine chargée de bière l'enveloppait de sa puanteur. Concentré sur le profond décolleté de sa robe rouge, il ne la regardait pas dans les yeux. Emma sentit son cœur s'affoler. Une vague de peur la submergea, mais elle s'efforça de ne rien en montrer. Elle toisa les deux hommes avec dédain, tout en resserrant les pans de son manteau autour d'elle.

— Heureusement qu'on est revenus, poursuivit l'homme, puisque ton « fiancé » t'a apparemment fait faux bond. On pourrait en profiter pour faire un peu mieux connaissance, qu'est-ce que t'en dis ?

— C'est hors de question ! répliqua-t-elle froidement.

— Oh ! T'entends ça, Wrighty ? « C'est hors de question ! » T'inquiète pas, chérie, je vais te faire changer d'avis.

Les deux hommes éclatèrent de rire et commencèrent à s'avancer vers elle.

Tétanisée, Emma glissa la main dans la poche de son manteau mais, au même instant, Ned Stratham apparut à ses côtés. Elle réprima un cri de surprise : depuis combien de temps était-il caché dans la pénombre ?

Elle lui jeta un rapide coup d'œil. Son visage était de marbre et son regard aussi glacial et menaçant que lorsqu'il avait fait face à Dents-Pourries. Il ne dit rien, se contentant de dévisager les deux marins. Cela suffit pour les immobiliser.

L'homme qui avait parlé parut hésiter un instant puis leva les mains dans un geste de reddition.

— Désolé, l'ami, lança-t-il. J'avais pas compris…

— Maintenant, tu comprends, répondit Ned calmement, sans quitter les marins des yeux.

— Tout va bien, reprit l'homme en reculant d'un pas. Je ne pensais pas à mal. J'ai juste cru qu'elle cherchait à se débarrasser de moi, avec son histoire de fiancé. J'te la laisse, l'ami. Voilà, on s'en va…

Ned les suivit des yeux jusqu'à ce qu'ils aient disparu au fond de St Catherine's Lane et que l'écho de leurs pas se soit dissipé.

Enfin, il se tourna vers elle.

Dans la faible lueur de la rue, les yeux de Ned paraissaient presque aussi sombres que les siens. Rien ne semblait pouvoir l'intimider, et son expression implacable aurait donné à n'importe quel autre homme un air dur. Curieusement, dans son cas, cela ne faisait que renforcer sa beauté étrange. Sa bouche bien dessinée, son nez fin qui avait dû être cassé autrefois, et son sourcil marqué d'une cicatrice auraient fait fondre le cœur de n'importe quelle femme…

En ce qui la concernait, son cœur battait plus vite que jamais tandis que Ned l'examinait rapidement des pieds à la tête.

— Que faites-vous là, Ned ? demanda-t-elle d'une voix un peu essoufflée.

— Je prends l'air…

Leurs regards se croisèrent un instant.

« J'te la laisse », avait dit le marin. L'écho de ses paroles parut tout à coup résonner dans la rue déserte, et elle sentit le feu lui monter aux joues.

— Je ne vous aurais jamais crue assez inconsciente pour

vous promener seule dans Londres à une heure pareille, dit-il au bout d'un moment.

— Je ne le fais jamais, d'habitude. Tom habite dans la rue voisine de la mienne et il me raccompagne jusque chez moi tous les soirs.

— Mais Tom n'est pas là.

— C'est pour cela que j'ai emprunté un couteau de cuisine à Nancy, dit-elle en tirant le couteau de sa poche et en le lui montrant sous les rayons lunaires.

— Cela n'aurait pas été suffisant pour arrêter ces hommes, remarqua Ned.

— Peut-être pas, mais cela aurait pu faire beaucoup de dégâts, je vous assure.

Un court silence retomba entre eux.

— Tenez-vous à tenter votre chance dans les rues avec votre couteau ou accepteriez-vous que je vous raccompagne jusqu'à votre maison ?

Un frisson la parcourut. Ce genre de proposition n'était pas innocent, et elle le savait très bien.

— Je veux bien que vous me raccompagniez, mais que les choses soient claires : il ne s'agit que de me raccompagner. Rien de plus.

Tout en parlant, elle soutint le regard d'acier de Ned, avec l'espoir de paraître plus confiante qu'elle ne l'était réellement.

— Pensez-vous que je ne sois pas un gentleman ? demanda-t-il d'un ton sévère, mais avec une lueur amusée au fond des yeux.

— Au contraire. Je suis persuadée que vous êtes un parfait gentleman…

— Peut-être pas si parfait, coupa-t-il d'un air complice.

Soulagée après un premier instant de surprise, elle sourit et enveloppa de nouveau son couteau dans le torchon qui lui servait de fourreau avant de le glisser dans sa poche.

— Nous ferions mieux d'y aller, dit Ned.

Ils se mirent en route côte à côte, le long des maisons endormies. Le seul bruit que l'on pouvait entendre était celui, tranquille, de leurs pas, le son des lourdes bottes de Ned s'accordant à celui, plus léger, des souliers d'Emma.

Bientôt, ils débouchèrent sur St Catherine's Lane. N'y tenant plus, Emma brisa le silence, curieuse :

— Vous saviez que ces marins resteraient là pour m'attendre, n'est-ce pas ?

— Vous croyez ?

— N'essayez pas de me mentir, Ned Stratham !

— Je n'ai aucune intention de mentir…

Elle le dévisagea un instant, amusée, puis prit une profonde inspiration et posa la question qui la hantait depuis leur rencontre.

— Qui êtes-vous ?

— Juste un homme de Whitechapel.

— Pourtant, la chemise que vous portez sous votre veste vient de toute évidence d'un tailleur de Mayfair, et elle est coupée sur mesure. C'est assez étrange, pour un homme de Whitechapel.

Ned était sans doute un escroc, ou le chef d'une bande de criminels. Un homme à la vie agitée… Sinon, comment aurait-il pu s'offrir une telle chemise ? Soudain, une inquiétude la saisit. Elle était seule avec lui, en pleine nuit. Lui poser cette question n'avait peut-être pas été une bonne idée. Hélas ! elle n'avait pu s'en empêcher. De plus, si elle ne l'avait pas fait maintenant, elle n'aurait probablement pas eu d'autre occasion de le faire. Ignorant les battements affolés de son cœur, elle soutint le regard de Ned, attendant qu'il lui dise enfin la vérité.

— Vous avez prêté une grande attention à mes vêtements, dit-il au bout de quelques instants.

Elle éclata de rire.

— Difficile de ne pas voir cette chemise ! La moitié des clients de l'auberge l'ont vue. Vous avez enlevé votre veste et ne l'avez remise qu'en partant.

— Peut-être, reprit-il l'air de plaisanter mais avec un regard sérieux. Seulement, je doute que la moitié des clients soient capables de reconnaître le travail des tailleurs de Mayfair.

Elle sentit son cœur faire un bond, mais ne se détourna pas. Ne pas lui montrer à quel point il s'approchait de la dangereuse vérité…

— Vous admettez donc qu'elle a été faite à Mayfair ?

— Oui, chez Greaves et Worcester.

Surprise, elle ne put s'empêcher de demander :

— Comment un homme de Whitechapel peut-il porter des vêtements venant de l'un des tailleurs les plus chers de Londres ?

— Et comment une femme de Whitechapel peut-elle connaître les tarifs de ces fameux tailleurs ?

Sur la défensive, elle s'efforça de sourire mais ne répondit pas. A présent que c'était lui qui posait des questions, elle se sentait mal à l'aise, car elle n'avait aucune envie de parler de sa vie.

— Quelle est votre histoire, Emma ? reprit-il.

— Elle est longue, et n'est guère intéressante.

— Vraiment ? Je pensais qu'une femme comme vous qui travaille dans une taverne comme le Red Lion devait avoir une histoire très intéressante, au contraire.

Elle garda un silence obstiné. Son souhait était d'en apprendre plus sur lui, mais de ne pas trop en dire à propos d'elle.

— On garde son jeu pour soi ? lança-t-il soudain.

— C'est le meilleur parti à prendre, répondit-elle en haussant les épaules.

Ned sourit, l'air pensif.

— Une femme comme je les aime…

Ils poursuivirent quelques instants leur route en silence, leurs pas résonnant sur les pavés. Puis, au bout d'un moment, il se tourna vers elle.

— J'ai entendu dire que vous avez travaillé à Mayfair.

Emma acquiesça. C'était l'histoire qu'elle s'était inventée en arrivant au Red Lion.

— J'ai travaillé comme dame de compagnie, dit-elle, les

yeux fixés devant elle, de peur qu'il ne perce son mensonge à jour.

Autant lui raconter cette histoire. De toute manière, il finirait par l'entendre au Red Lion. C'était la seule explication rationnelle qu'elle avait trouvée pour justifier son langage et ses manières, et éviter qu'on ne lui pose trop de questions. Après tout, de nombreuses dames de compagnie finissaient par imiter leurs maîtresses — et, fondamentalement, ce n'était pas vraiment un mensonge, se répéta-t-elle pour la centième fois, gênée. Elle avait passé beaucoup de temps à observer le travail d'une dame de compagnie, tout comme elle avait étudié chaque domestique, de l'intendante à la fille de cuisine. Pour bien diriger une maisonnée, il fallait connaître son fonctionnement.

— Dame de compagnie ? répéta Ned, la tirant de ses pensées. Cela explique beaucoup de choses, en effet. Pourquoi avoir quitté votre place ?

— Vous posez beaucoup de questions, Ned Stratham !

— Vous avez beaucoup de secrets, Emma de Lisle !

Leurs regards se rivèrent l'un à l'autre, remplis de défi mais aussi d'autre chose, plus trouble. Finalement, Ned sourit et se détourna.

Soulagée, Emma ne put réprimer un soupir.

En arrivant sur Minories Road, ils virent un groupe d'hommes venir vers eux en titubant sur la chaussée. Sans doute rentraient-ils dans leurs foyers après une soirée passée au King's Head. Ils parlaient fort en se donnant des bourrades et s'insultaient en riant. L'un d'entre eux s'arrêta pour se soulager contre un réverbère.

Emma se détourna et surprit le regard de Ned posé sur elle. Il pensait sans doute, tout comme elle, au couteau dissimulé dans sa poche. Cela ne l'aurait sans doute pas aidée, face à six hommes soûls…

— Je les aurais tout de même intimidés quelques instants, dit-elle, comme pour se défendre.

Ned ne prononça pas un mot.

C'était inutile. Malgré son faux aplomb et le poids du couteau dans sa poche, elle était rassurée de le savoir à ses côtés et il en était certainement conscient.

Les six hommes ne les interpellèrent pas et ne lancèrent aucun commentaire bravache à l'intention d'Emma, contrairement à ce qu'ils auraient fait si elle avait été en compagnie de Tom. Ils se contentèrent de les regarder passer en silence.

Ned et Emma poursuivirent leur chemin le long de Minories sans presser le pas, jusqu'à ce que les ivrognes soient loin derrière eux, puis jusqu'à ce qu'ils aient tourné dans la petite ruelle dans laquelle son père et elle vivaient. Là, il n'y avait plus de réverbères et seul l'éclat argenté de la lune guidait leurs pas sur la terre battue creusée d'ornières.

Arrivée au milieu de la rue, Emma ralentit le pas pour s'arrêter devant la porte de la pension misérable où elle vivait.

— C'est ici. C'est ma maison, dit-elle.

Ned jeta un regard au bâtiment délabré puis se tourna vers elle dans la semi-obscurité.

— Merci de m'avoir raccompagnée, Ned.

— C'est le moins que je puisse faire pour ma fiancée, répondit-il avec son calme habituel, un éclat complice au fond des yeux.

Elle sourit en s'efforçant d'ignorer les battements affolés de son cœur. Il plaisantait, bien sûr, mais elle ne put s'empêcher de rougir en repensant à leur jeu de rôle, face aux deux marins.

— J'aurais dû dire la vérité à ces hommes, tout à l'heure, murmura-t-elle.

— Auriez-vous eu le cœur de briser nos fiançailles si brutalement ?

— Ne me dites pas que cela vous aurait brisé le cœur !

— Oh si ! Certainement.

En un instant, elle comprit qu'il ne plaisantait plus autant, et la muraille de sécurité qui les séparait se lézarda.

Il la dévisageait si intensément qu'elle fut incapable de se détourner — elle n'en avait d'ailleurs aucune envie. Une tension sensuelle s'éleva entre eux, dans le silence. Une attraction, un désir soudain, dangereux et interdit. Elle sentit alors un fourmillement traverser son corps et une flamme inconnue s'éveilla au creux de ses reins. Dans la rue déserte, elle n'entendait plus que le battement de son sang à ses oreilles, nerveuse et fébrile à la fois.

Elle jeta un rapide coup d'œil à sa fenêtre où brûlait encore une bougie derrière le rideau fin.

— Mon père m'attend, dit-elle d'une voix étouffée. Je devrais y aller.

— Oui, vous devriez.

Seulement, elle ne bougea pas. Ned non plus.

Il se contenta de la regarder, sans ciller, d'une manière qui la troubla et lui coupa le souffle. Puis, sans un mot, il s'avança vers elle, si près qu'elle put sentir la caresse de sa cuisse contre la sienne.

— Je croyais que vous étiez un parfait gentleman.

— C'est vous qui l'avez dit, pas moi, répondit-il.

Il examina son visage, s'attardant un instant sur ses lèvres, et elle sut aussitôt qu'il allait l'embrasser. Seigneur ! Que lui était-il arrivé depuis qu'elle avait commencé à vivre à Whitechapel ? Jamais, auparavant, elle ne se serait laissée aller à ce point. Mais, en cet instant, face à cet homme, elle n'avait plus qu'une envie : qu'il l'embrasse… Qu'il l'embrasse passionnément.

Un frisson de désir vibra dans la fraîcheur de la nuit et elle sentit sa peau brûler, là où la cuisse de Ned l'effleurait. Dans la pénombre, ses yeux posés sur elle étaient plus sombres que jamais, enflammés, intenses. Il la voulait. Cela faisait assez longtemps qu'elle vivait à Whitechapel pour savoir reconnaître les jeux auxquels hommes et femmes se livraient.

Incapable de contrôler sa respiration saccadée, rauque, elle le regardait toujours, en proie à une tension de plus en plus puissante. Insoutenable.

Finalement, comme s'il avait senti cette tension, il passa un bras autour de sa taille, lentement, lui laissant la possibilité de s'écarter, de dire non. Elle n'en fit rien. Sans baisser les yeux, elle posa ses mains sur son torse, savourant le contact velouté de sa veste de cuir.

Il se pencha alors sur elle et elle tendit les lèvres vers lui, dans l'attente de son baiser.

Il l'embrassa avec douceur et assurance, avec tendresse et passion. Ned était sans doute l'homme le plus fort et le plus mystérieux qu'elle ait jamais connu. Pourtant, il n'usa pas de violence pour la plier à sa volonté. Il ne fut ni brutal ni mauvais. Non, il ne lui arracha rien et se contenta de lui offrir un peu de plaisir, jouant avec ses lèvres, les mordillant, éveillant en elle des sensations délicieuses et inconnues. Et elle souhaita que cet instant ne finisse jamais.

Instinctivement, elle passa une main dans la nuque de Ned, l'attirant contre elle, ancrée à sa silhouette imposante, puisant dans sa force et sa chaleur le réconfort dont elle avait tant eu besoin, ces derniers mois.

Il la serra alors contre lui, et leurs corps parurent se fondre l'un en l'autre, sans que leurs lèvres se séparent un instant, goûtant, caressant, partageant les mêmes émotions. Soudain, elle sentit sa langue effleurer la sienne, comme pour l'initier à un ballet qu'elle n'avait jamais dansé. Docile, elle se laissa guider, abandonnée entre ses bras.

L'étreinte de Ned suffit à lui faire oublier l'ombre de Whitechapel autour d'elle, ses jambes fatiguées, ses mains calleuses et sa pauvreté. Un baiser, et elle ne pleurait plus sur son passé si douloureux. Un baiser, et elle ne craignait plus l'avenir, si menaçant.

Un baiser, et il n'existait plus rien au monde que cet homme et cet instant magique, fascinant, cette puissante passion qui s'éveillait et explosait entre eux comme un orage d'été.

Mais tout a une fin, et Ned s'écarta lentement d'elle pour la regarder un instant. Muette, fascinée, elle entendit presque son propre cœur battre comme un marteau sur une enclume. Prise de vertige, elle ne le lâcha pas, de peur de s'écrouler.

— Vous devriez rentrer chez vous, maintenant, murmura-t-il, avant que je ne change d'avis et que je ne sois plus un parfait gentleman…

Avec douceur, il lui caressa la joue du bout des doigts et lui sourit.

Les jambes tremblantes, elle rejoignit la porte de la pension et, consciente du regard de Ned Stratham toujours posé sur elle, entra sans se retourner. Son cœur battait toujours aussi fort, son sang courait toujours aussi vite en elle ; chaque nerf s'était éveillé en elle et la brûlait. Elle prit néanmoins soin de refermer doucement la porte pour ne pas réveiller ses voisins et s'adossa un instant contre le panneau de bois à la peinture écaillée. Prendre une profonde inspiration. Puis une autre. Calmer les frissons qui la parcouraient avant de monter l'escalier étroit qui la mènerait à son père et à leurs chambres exiguës.

— C'est moi, papa, chuchota-t-elle en poussant la porte.

Mais son père dormait déjà, affalé dans leur vieux fauteuil.

Sur la pointe des pieds, elle alla à la fenêtre et jeta un coup d'œil à la rue, en dessous. Ned était toujours là. Il lui adressa un petit signe de tête puis, la sachant saine et sauve chez elle, fit volte-face et s'éloigna.

Emma souffla la bougie pour l'économiser et le suivit des yeux, dans le noir, jusqu'à ce que sa haute silhouette ait disparu au coin de la rue. Finalement, elle se retourna vers son père. Même en plein sommeil, son visage était creusé par la fatigue.

— Papa…, murmura-t-elle en déposant un léger baiser sur son front.

— Jane ?

Elle frémit. C'était le nom de sa mère…

— Non, c'est Emma, répondit-elle doucement.

— Ma chérie, tu es rentrée sans problème ?

— Oui, souffla-t-elle en revoyant le visage de Ned, son regard brûlant. Je vais t'aider à te coucher.

— Non, ma fille, je peux le faire seul.

Il se leva avec raideur, et alla dans la seconde pièce, plus petite. La porte se ferma avec un petit grincement et Emma se retrouva seule.

Instinctivement, elle porta ses doigts à ses lèvres, encore gonflées par le baiser de Ned. Jamais elle n'aurait dû se laisser aller à l'embrasser…

Il vivait à Whitechapel et ne venait pas du même monde qu'elle. Ce n'était qu'un client du Red Lion, un homme dangereux, farouche, qui protégeait de sombres secrets. Elle, en revanche, n'avait aucun avenir ici. Sa vie la conduisait dans une autre direction… Et après ce qu'elle avait fait ce soir, sa mère avait dû se retourner dans sa tombe.

Tandis qu'elle passait derrière le paravent pour se dévêtir et enfiler sa chemise de nuit, elle ne sentit même pas l'habituelle odeur âcre de moisissure qui émanait des murs. Autour d'elle semblait flotter encore le parfum de Ned, savon, cuir et quelque chose d'autre, indéfinissable, qui ne provenait que de lui. Le cœur battant, le corps encore échauffé par ses caresses, elle tira les couvertures élimées et se glissa dans son petit lit trop dur.

Incapable de trouver le sommeil, elle resta allongée dans l'obscurité, l'esprit hanté par le baiser de Ned. On raconte que lorsque le diable veut nous tenter, il le fait en nous offrant l'objet de nos désirs — en faisant apparaître, par exemple, un homme grand, dangereux, et d'une beauté à couper le souffle… Elle ferma les yeux mais ne parvint pas à chasser l'image de ces yeux bleus perçants, la caresse de ces lèvres passionnées sur les siennes.

Finalement, sa fatigue fut la plus forte. Elle sombra dans un sommeil profond et rêva de cet homme fascinant et menaçant à la fois. Ce bel homme qui lui avait fait découvrir le goût de plaisirs interdits, qui lui donnait envie d'abandonner sa lutte pour quitter Whitechapel et de rester ici, avec lui. Et, dans son rêve, elle cédait à ses désirs, prête à se perdre sans espoir de rédemption…

Tom ne vint pas au Red Lion le lendemain, mais Ned Stratham, oui.

Emma croisa son regard dès qu'il entra et rougit au souvenir de leur baiser de la veille qui la traversa comme un raz-de-marée imprévisible. Gênée, elle se détourna rapidement et partit s'occuper de ses clients. Par moments, une sorte de vertige la prenait, mais elle ne le laissa pas la déstabiliser. Après ce qui s'était passé entre eux, c'était à elle de remettre les choses à leur place. Au bout d'un moment, elle ne put plus l'éviter et vida son plateau avant de se diriger vers la table où, comme à son habitude, il s'était assis seul.

Ses yeux bleus se posèrent sur elle à son approche et elle sentit son cœur accélérer. Décidée à ne rien montrer de son trouble, elle lui fit face aussi calmement qu'elle le put et prit la parole à voix basse pour que lui seul puisse l'entendre.

— Hier soir, nous n'aurions pas dû… *Je* n'aurais pas dû… C'était une erreur, Ned.

Il se contenta de la regarder sans un mot. La gorge nouée, elle insista :

— Je ne suis pas ce genre de femme.

— Et vous supposez que je suis ce genre d'homme ?

Elle soupira.

— Regardez autour de vous : nous sommes dans une taverne près des docks. Tous les hommes ici sont ce genre d'hommes.

A ces mots, il eut un petit sourire à la fois amusé et dur.

— Oui, des voyous, et non des gentlemen.

— Je n'ai pas dit cela, se défendit-elle.

— Mais vous le pensiez…

Il jeta un rapide coup d'œil vers le bar où Paulette travaillait avant de se tourner de nouveau vers elle. Nancy lança un juron depuis la cuisine.

A cet instant, elle sut qu'il avait compris que Tom n'était pas là et que personne ne pourrait la raccompagner jusque chez elle. Il la dévisageait toujours, sans même chercher à dissimuler ses intentions, sa nature, et elle sentit sa volonté faiblir.

Tout à coup, la voix de Nancy traversa la salle, plus stridente que jamais.

— Emma !

— Vous n'avez pas à me raccompagner chez moi, murmura-t-elle en ramassant son plateau.

— En effet, répondit-il posément.

Leurs regards se croisèrent encore un instant, dans une étrange lutte de volonté, bien que tous deux sachent déjà comment la soirée s'achèverait. Ned ne la laisserait pas rentrer seule, avec un simple couteau de cuisine dans sa poche, pas plus qu'il ne l'avait fait la veille.

— Emma, viens par ici ! cria Nancy, qui semblait avoir perdu le peu de patience qu'elle avait.

Ned continua à venir au Red Lion tous les soirs, même après le retour de Tom, et la raccompagnait chez elle tous les soirs. Et, tous les soirs, il l'embrassait.

Assis sur un banc de pierre contre le mur moussu de l'église St Olave, Ned jouait machinalement avec son jeton d'ivoire. Au-dessus de lui, les cloches sonnèrent 10 heures. En contrebas, sur les docks qui se découpaient sur le ciel d'un bleu vif, les premiers travailleurs étaient arrivés cinq heures plus tôt.

Il avait posé son vieux chapeau à côté de lui et appréciait la brise fraîche qui jouait dans ses cheveux. Il venait souvent ici et aimait profiter de la vue.

Peu à peu, ses pensées flottèrent jusqu'à la nuit précédente et à Emma de Lisle. Cela faisait deux semaines qu'il la raccompagnait chaque soir jusqu'à sa porte, et il était incapable de la chasser de son esprit. A chaque instant, il revoyait ses grands yeux presque noirs, souriait tout seul en songeant à son intelligence si vive. Cette femme savait si facilement lui tenir tête… Ancienne femme de chambre qui refusait de parler de son renvoi ou de ses origines, elle avait sans doute autant de secrets à protéger que lui. Tout son être trahissait une telle fierté, une telle détermination, une telle ingéniosité… Il avait rencontré peu de femmes comme elle, à Whitechapel. En fait, il n'avait jamais rencontré de femmes comme elle… Bien sûr, il n'avait pas vraiment eu l'occasion d'explorer Whitechapel autant qu'il aurait pu le souhaiter.

La vie n'avait pas encore usé Emma et n'avait pas épuisé son énergie. Son allure assurée et ses manières étaient plus courantes chez les femmes qui avaient connu la richesse depuis leur enfance. De toute évidence, elle avait su beaucoup apprendre de son ancienne maîtresse. Une femme comme elle serait un atout, au bras de tout homme cherchant à se tracer un chemin dans le monde, et plus les jours passaient, plus cette pensée le hantait.

Il la désirait… Lui qui avait pris pour habitude de ne pas se laisser emporter par ses émotions et ses envies, la désirait passionnément. Depuis deux semaines, il passait ses nuits, et une trop grande partie de ses jours, à imaginer ce qu'il ressentirait en délaçant cette robe rouge trop serrée qu'elle portait pour travailler. Qu'éprouverait-il en sentant la douceur de son corps nu sous ses doigts et en l'allongeant sur son lit ? Agacé, il chassa rapidement cette pensée. S'il voulait atteindre son but, il devait rester concentré et discipliné. Après tout, sa capacité à contrôler ses pulsions lui avait déjà permis d'arriver jusque-là.

Et jamais ses projets n'avaient impliqué une femme comme Emma. Ses projets étaient entièrement tournés vers quelqu'un d'autre. Cependant, le sourire d'Emma était aussi rafraîchissant pour lui qu'une brise pendant un après-midi d'été. Elle venait de Whitechapel, tout comme lui, mais avait l'air de connaître un univers plus vaste. Elle avait exploré l'autre visage de Londres, et elle serait sans doute capable de le comprendre. De comprendre ce qu'il faisait. Une voix en lui murmurait qu'elle partagerait sa vision des choses. La clé du succès n'était-elle pas de savoir quand rester rigide et suivre un plan, et quand se montrer plus souple ?

Finalement, il se concentra sur la vie de la rue autour de lui et tenta une nouvelle fois de chasser Emma de ses pensées.

En face de lui, de l'autre côté de la rue, la vieille fabrique de vinaigre se dressait comme un fantôme, vide et délabrée. Les pigeons et les mouettes luttaient pour se poser sur le toit partiellement effondré, et des mauvaises herbes grimpaient le long des murs en ruine.

Non loin de lui s'élevait la haute silhouette de Tower Hill et, au-dessus de sa tête, un dais de verdure lui offrait son ombre fraîche. Le murmure de la brise dans les feuilles l'apaisait, comme un chuchotement irréel derrière le brouhaha montant vers lui depuis les docks — le battement rythmique des marteaux et le bruit des caisses que l'on transportait et lâchait. Des palans crissaient, des chaînes s'entrechoquaient, des charrettes tirées par des chevaux grondaient sur le pavé inégal.

Un homme pouvait passer sa vie entière sans rencontrer de femme comme Emma de Lisle…

Le jeton d'ivoire courait toujours entre ses doigts tandis qu'il regardait les hommes s'agiter sur les docks et décharger un navire à quai, au bas de la rue. Des hommes qu'il avait connus toute sa vie. Des hommes qui, jusqu'à peu, avaient été ses amis.

Soudain, un bruit de pas attira son attention. Il jeta un coup d'œil dans la direction d'où ils venaient et reconnut immédiatement Emma, bien qu'elle ne portât pas sa robe de travail rouge, mais une simple robe mousseline claire et un châle vert. Un chapeau de paille usé orné d'un ruban assorti à son châle couvrait ses cheveux et maintenait son visage dans l'ombre.

Emma de Lisle s'approchait de lui comme si elle avait été appelée là par ses pensées incessantes. Lorsqu'elle l'aperçut, elle eut un instant d'hésitation, visiblement prête à faire demi-tour et à s'enfuir. Glissant son jeton dans la poche de son veston, il se leva. Il ne lui laisserait pas le temps de s'échapper.

Elle poursuivit sa marche et s'arrêta à quelques pas de lui, maintenant une distance respectable entre eux.

— Ned, dit-elle simplement.

La passion qu'ils avaient partagée la veille revint le hanter. Il la salua d'un signe de tête.

Une fois, plusieurs années auparavant, il avait vu une ruche débordante de miel doré et scintillant. Dans la lumière claire de cette matinée d'été, il s'aperçut alors que les yeux d'Emma étaient animés des mêmes reflets d'ambre — contrairement à la teinte presque noire qu'ils avaient dans la salle sombre du Red Lion.

Ils se dévisagèrent un instant, et l'atmosphère tendue de la veille envahit l'espace entre eux comme une marée montante.

— On dirait que le destin vous place de nouveau sur ma route, Ned Stratham, dit-elle finalement. Ou alors qu'il m'a placée sur la vôtre.

— Peut-être. Qui sommes-nous pour lutter contre notre destin ? répondit-il en soutenant son regard si franc.

C'était la première fois qu'il la voyait en pleine lumière...

Au bout de quelques instants, il fit un signe de tête en direction de la rue qu'elle avait remontée. Cette voie ne menait qu'à un endroit.

— Vous venez des docks ?

— Oui, fit-elle de sa voix douce. Mon père y travaille. J'étais allée lui porter un peu de pain et de fromage.

— Votre père a de la chance d'avoir une fille si dévouée.

— Ce n'est pas cela, protesta-t-elle. Il a travaillé très tard, hier, et a commencé tôt ce matin.

Ned l'examina un instant. Elle aussi avait travaillé tard, la veille, et avait certainement commencé tôt. Ses yeux étaient fatigués et soucieux.

— Le moins que je puisse faire pour lui est de lui apporter son déjeuner. Il a une pause d'un quart d'heure à...

— 9 heures et demie, acheva-t-il.

Elle lui lança un regard interrogateur.

— Je travaillais sur les docks, expliqua-t-il.

— Et maintenant ?

— Maintenant, je n'y travaille plus. Vous n'êtes pas la seule à aimer garder votre jeu pour vous, Emma.

Elle éclata de rire et il sentit une sérénité fascinée l'envahir, plus profonde que jamais.

— Si votre père a commencé à 5 heures, il aura fini à 4.

— Si seulement…

Une nouvelle fois, une ombre d'inquiétude passa dans ses yeux à la mention de son père. Jamais encore Ned ne l'avait vue soucieuse ; pas même lorsqu'elle avait fait face aux deux marins ivres, dans la ruelle.

— Mon père fait une double journée à l'entrepôt, aujourd'hui, murmura-t-elle.

— Cela paie bien, mais c'est fatigant.

— Oui, très fatigant, reprit-elle avec un coup d'œil en direction des docks. C'est un travail bien difficile, pour un homme de son âge qui n'a jamais été habitué aux tâches manuelles…

— Que faisait-il, avant ?

Immobile comme une statue, Emma ne répondit pas tout de suite. De toute évidence, elle s'était laissée aller à lui en dire plus qu'elle ne l'avait voulu. Le regard errant du côté des docks, elle finit par indiquer, imitant sa propre réponse évasive, quelques instants plus tôt :

— Il ne faisait pas de travail manuel.

Enfin, elle se tourna vers lui, l'air calme mais avec dans les yeux une petite lueur de défi, avant de sourire brusquement.

— Je m'inquiète pour mon père, c'est tout. Son travail est difficile, et il n'est plus un jeune homme.

— Je connais encore quelques personnes, là-bas. Je pourrais leur en toucher deux mots, et voir s'il n'y a pas de postes moins fatigants pour lui, proposa-t-il soudain.

Elle demeura muette un court moment, l'air surpris.

— Vraiment ? Vous feriez cela ?

— Je ne peux rien vous promettre, mais je poserai la question.

Il ferait plus que poser la question ; il s'assurerait que le père d'Emma soit affecté à un autre travail.

— Si vous le souhaitez, bien sûr, ajouta-t-il.

Il la vit hésiter.

— Ne vous en faites pas, je ne vous demanderai rien en échange.

Elle le dévisagea un instant, plus intensément qu'aucune autre femme ne l'avait fait auparavant, comme si elle essayait de lire dans ses pensées. Il eut alors l'impression qu'elle pouvait voir le fond de son cœur, son âme, tous les secrets qu'il gardait enfouis en lui.

— Je souhaite de tout cœur que vous m'aidiez, finit-elle par répondre.

Ned acquiesça.

— Mon père est un homme instruit, reprit-elle après une courte pause. Il sait lire, écrire et est très à l'aise avec l'arithmétique — tout ce qui a trait aux chiffres.

— Il a fait des études ?

Les yeux baissés, elle fit rapidement oui de la tête.

— Bien sûr, je ne suis pas certaine que cela lui serve à grand-chose, dans un chantier naval…

— Vous seriez surprise !

Cela dit, ils demeurèrent quelques instants silencieux, face aux entrepôts dans lesquels s'affairaient les ouvriers qui déchargeaient le navire à quai.

Emma ne put s'empêcher d'être plus attentive à Ned, qui se tenait à ses côtés, qu'aux travailleurs.

— Quoi que vous fassiez pour vivre, Ned, dit-elle soudain, le cœur battant, quelles que soient les activités illicites dans lesquelles vous êtes impliqué… Si vous pouvez aider mon père…

— Vous me prenez pour un voyou, remarqua-t-il d'un air surpris. Est-ce que je ressemble à un voyou ?

Elle examina un instant sa chemise luxueuse puis son regard remonta jusqu'à son sourcil barré d'une cicatrice.

— Oui, dit-elle simplement en soutenant son regard si perçant.

— C'est à cause de ma chemise de Mayfair ?

— Et de votre cicatrice.

— Qu'est-ce qui ne va pas avec ma cicatrice ?

— Elle vous donne un côté canaille…

Il sourit et elle ne put s'empêcher de l'imiter.

— Et que feriez-vous, si j'étais vraiment un voyou ?

Un peu gênée par son regard, elle détourna les yeux et haussa les épaules.

— Cela n'affecterait pas la manière dont je vous vois, répondit-elle d'un air aussi indifférent que possible.

— De quelle manière me voyez-vous ?

Elle lui jeta un coup d'œil en coin.

Il éclata de rire, mais ne dit rien. Au bout d'un moment, elle prit une profonde inspiration et resserra son châle autour de ses épaules.

— Je ferais mieux d'y aller. Je vous laisse à votre contemplation.

Un peu déçu à l'idée de la voir partir, Ned surprit le reflet d'un sourire au fond de ses yeux.

— Restez avec moi, proposa-t-il instinctivement.

Pour une fois, dans sa vie, il pouvait bien se permettre de céder à ses pulsions… Sans la quitter des yeux, il la mit au défi d'accepter. De nouveau, elle regarda son sourcil, cette fois avec douceur, presque comme une caresse. Il le fronça alors d'un air machiavélique, ce qui la fit sourire.

— Très bien, je reste, mais pas longtemps, dit-elle en lissant sa jupe pour s'asseoir sur le banc de pierre.

Traversé par un bonheur soudain et inexplicable, Ned s'installa confortablement à côté d'elle, sans un mot.

Au-dessus de leurs têtes, une abeille bourdonna dans le feuillage frais et un merle chanta, perché sur une branche.

Emma regarda le chantier naval d'un air pensif, puis la fabrique abandonnée, et enfin la route poussiéreuse parsemée de crottins de chevaux serpentant vers le sommet de la colline, au loin.

— Pourquoi venez-vous ici ? demanda-t-elle soudain.

— J'ai grandi ici. Ce décor me rappelle de vieux souvenirs…

— C'est un quartier bien rude.

— En effet. Il n'est pas fait pour les gens fragiles, admit-il. Les enfants apprennent vite à grandir, dans ces rues.

Un nouveau silence s'établit entre eux, paisible dans le matin calme de cette petite place.

— On a une belle vue, d'ici, murmura-t-elle au bout d'un moment.

Ned lui jeta un coup d'œil surpris. Etait-elle en train de se moquer de lui ?

— Il est toujours agréable de voir des hommes travailler de leurs mains, répondit-il gravement.

— Ce n'est pas ce que je voulais dire, dit-elle avec un sourire. Ce décor me fait penser à une toile de Canaletto.

Elle montra d'un mouvement de tête la vieille fabrique.

— On y retrouve la même gloire déchue, les mêmes teintes qu'ici.

— Je ne sais pas, avoua-t-il. Je n'ai jamais vu de peintures de Canaletto.

— Je pense que vous les aimeriez…

— Peut-être, en effet.

Elle ne quitta pas le vieux bâtiment des yeux, tout en reprenant.

— Oui, cette fabrique possède une certaine grandeur ravagée… jusqu'aux pigeons qui vivent dans ce qu'il reste du toit. Mon père avait l'habitude de les appeler des rats ailés.

— Il y a de bons morceaux à manger, dans un rat.

Emma éclata de rire comme s'il plaisantait, mais ce n'était

pas le cas. A une époque, pour lui, la viande de rat avait souvent fait la différence entre famine et survie…

— Un jour, cette usine deviendra autre chose, poursuivit-il. Ce ne sera plus une gloire déchue, mais un bâtiment neuf, reconstruit.

— Mais il n'y aura plus aucune violette qui poussera dans les murs.

— Ce ne sont que des mauvaises herbes.

— Pas du tout. Ce sont les plus jolies fleurs que je connaisse, répondit-elle d'un ton rêveur. Il y en avait qui poussaient dans les fissures d'un muret, au fond d'un jardin que j'ai bien connu.

Ned la regarda un instant ; elle avait l'air d'évoquer un souvenir à la fois agréable et étrangement douloureux.

Sans doute sentit-elle ses yeux posés sur elle car elle se tourna vers lui et il eut l'impression de voir une nouvelle facette d'elle-même, au-delà du visage qu'elle présentait au monde, chaque jour.

— Je me souviendrai de cela, Emma de Lisle, dit-il à voix basse, incapable de la quitter des yeux.

Oui, un homme pouvait passer sa vie entière sans rencontrer de femme comme elle…

Débarrassé de ses mensonges, de ses secrets, il l'examinait, et une honnêteté brute sembla vibrer entre elle et lui, comme si le monde entier s'effaçait autour d'eux. Finalement, cédant à une pulsion soudaine, il se pencha vers elle et l'embrassa sous la caresse tiède du soleil.

Ses lèvres avaient un goût sucré, et il émanait d'elle un parfum de soleil, d'été. Un parfum de femme.

Subjugué, il l'embrassa tendrement ; elle lui rendit son baiser avec passion. Le désir qui les animait s'enflamma un peu plus, attirant Ned dans son tourbillon incontrôlable. Instinctivement, il passa le bras autour de sa taille pour la serrer contre lui. Son sexe dressé, brûlant, palpitait contre la cuisse d'Emma. Il sentit sa poitrine douce se presser sur son torse et sa main fine se glisser sous sa veste pour se poser sur sa chemise, au niveau de son cœur.

Puis, tout à coup, elle le repoussa et s'écarta de lui.

— Nous sommes en pleine journée, Ned !

Les joues rougies, elle le dévisageait d'un regard encore brillant d'un désir passionné.

— N'importe qui pourrait nous voir, ajouta-t-elle d'une petite voix.

Il l'observa un instant, surpris, tandis qu'elle le fixait d'un air faussement sévère, peinant à dissimuler son sourire. Au bout de quelques secondes, elle se leva et il l'imita.

Plus loin dans la rue, quelqu'un se mit à siffloter et Ned vit un homme qui venait dans leur direction, chargé d'un tonneau de poisson frais. Ernie Briggins, l'un des habitués du Red Lion.

— Bonjour, Ned ! lança-t-il en approchant.

Ernie se tourna ensuite vers Emma sans chercher à dissimuler un sourire entendu.

— Bonjour, Emma.

— Bonjour, Ernie, répondit-elle en rougissant.

Heureusement, il ne s'attarda pas et poursuivit sa route, laissant dans son sillage une légère odeur de marée.

Emma lança à Ned un regard lourd de sens, un regard qui semblait murmurer : « Je vous l'avais bien dit. »

— Je ferais mieux de vous raccompagner jusqu'à chez vous avant qu'un autre voyou dans mon genre ne vous accoste, dit-il, amusé.

— Je pense que je serais plus en sécurité toute seule, merci. Restez donc et profitez du paysage.

Il voulut protester, mais elle l'en empêcha.

— J'insiste.

Visiblement décidée à le fuir, elle s'écarta, sourit une dernière fois et fit volte-face. Incapable de la laisser partir sans un mot, il la rappela.

— Emma !

Elle s'immobilisa et se tourna vers lui, les sourcils levés.

— Je dois quitter la ville durant une semaine, annonça-t-il, plus embarrassé qu'il ne l'avait pensé. J'ai des affaires à régler hors de Londres, mais je reviendrai.

— On devient amateur de bière, monsieur Stratham ? lança-t-elle d'une voix moqueuse.

— Je dirais plutôt amateur d'autre chose, répondit-il posément. Lorsque je serai de retour, nous devrons discuter, Emma…

— Vous paraissez bien sérieux.

— Je le suis.

Le cœur battant, il s'interrompit un instant.

— Est-ce que vous m'attendrez ?

Il y eut un court silence durant lequel elle l'étudia attentivement.

— Je ne vais nulle part, Ned, dit-elle finalement.

Elle le regarda encore, de ses yeux sombres si intenses, puis murmura :

— J'attendrai.

Après quoi elle sourit et reprit sa route. Il la suivit des yeux jusqu'à ce qu'elle disparaisse au coin de la rue, dans le soleil.

Un homme pouvait passer sa vie entière sans rencontrer de femme comme Emma de Lisle…

Il ne ferait pas cette erreur… Après tout, elle n'aurait besoin que d'une robe neuve pour paraître à sa place dans les rues de Mayfair. Avec un sourire, il ramassa son chapeau et entama à pas lents la longue marche qui le ramènerait chez lui.

Le lendemain de sa rencontre près des docks avec Ned, Emma vit arriver *la* lettre.

Debout au milieu de la petite pièce miteuse sous un rayon de soleil, elle tourna et retourna la missive scellée entre ses doigts, sentant disparaître peu à peu la joie de vivre qui l'habitait depuis la veille.

Elle avait dû prendre un shilling sur ses économies durement gagnées pour payer le messager, mais c'était un sacrifice fait de bon cœur. Elle aurait vendu ses chaussures et jusqu'aux vêtements qu'elle portait, si cela lui avait permis de récupérer cette lettre et de découvrir son contenu.

Seulement, maintenant qu'elle l'avait entre les mains, son cœur s'emballait. Devait-elle garder un peu d'espoir ou craindre le pire ?

Sous ses doigts, le papier était épais et de bonne qualité. Seul le nom de son père était mentionné à l'encre noire, d'une écriture élégante ; aucun nom d'expéditeur n'apparaissait, et aucun indice de son identité ne figurait sur le sceau de cire rouge.

Seule dans la pièce silencieuse, elle prit une profonde inspiration dans l'espoir d'apaiser ses angoisses. Après tout, cette lettre n'était peut-être pas celle que son père et elle avaient attendue avec tant d'impatience et d'appréhension depuis deux ans.

Au loin, une église sonna 1 heure.

Elle posa la lettre sur la vieille table de bois mais fut incapable de la quitter des yeux. Son père n'allait pas rentrer avant qu'elle parte pour le Red Lion, et il dormirait probablement déjà lorsqu'elle reviendrait… Ils ne pourraient ouvrir ensemble cette lettre qui contenait sans doute la réponse à ce qui avait conduit sa mère à sa tombe et avait creusé le visage de son père de rides précoces.

Kit… Elle ferma les yeux un instant, tandis que le visage de son petit frère se dessinait dans sa mémoire. Jamais elle ne parviendrait à passer encore des heures et des heures sans savoir si cette missive contenait ou non des nouvelles de Kit — et son père non plus. Tout autant qu'elle, il voudrait savoir. Que les nouvelles soient bonnes… ou mauvaises.

Sa décision fut aussitôt prise. Elle attrapa un châle, se coiffa de son vieux chapeau et, la lettre serrée contre son cœur, partit en direction des docks.

Chapitre 4

Emma savait peu de choses de l'entrepôt où travaillait son père. Il ne lui en avait jamais parlé et, en arrivant, elle eut pour la première fois un aperçu de ce lieu qui était devenu l'univers de son père comme le Red Lion était devenu le sien.

Le long des quatre murs étaient installées d'immenses étagères où s'empilaient caisses et balles de foin. D'autres occupaient le vaste espace central. Bien que les fenêtres du toit soient ouvertes, de nombreux ouvriers travaillaient torse nu à cause de la chaleur. Choquée par tous ces corps à demi nus, elle se sentit rougir et baissa les yeux en suivant le contremaître à travers le bâtiment. Finalement, au milieu du labyrinthe des étagères, elle aperçut un second groupe d'hommes sans chemise qui montaient des caisses le long d'échelles escarpées pour les disposer sous le toit.

— Bill ! appela le contremaître. Quelqu'un veut te voir !

L'un des hommes s'avança et Emma, horrifiée, reconnut son père.

— Papa ? demanda-t-elle, face à cet homme au torse décharné et luisant de sueur.

— Emma ? fit-il, l'air aussi bouleversé qu'elle.

En quelques secondes, il ramassa sa chemise et l'enfila.

— Que s'est-il passé ? Pourquoi es-tu là ?

— J'ai reçu une lettre qui t'est adressée, répondit-elle, hésitante. Je pense qu'elle peut contenir des nouvelles de…

La gorge nouée, elle n'eut pas le courage d'achever sa phrase.

Ce n'était pas nécessaire, son père avait compris.

— Excusez-moi un instant, messieurs, monsieur Sears, lança-t-il aux hommes qui l'entouraient et au contremaître, avant d'emmener Emma un peu à l'écart.

— Bill ? dit-elle, une fois qu'ils furent seuls.

— Oui, c'est ainsi qu'on m'appelle, ici.

Elle répondit par un petit sourire, qui disparut bien vite lorsqu'elle lui tendit la lettre.

— Je n'aurais peut-être pas dû l'apporter ici, mais j'ai pensé…

Son père examina son nom tracé sur le papier.

— Ce n'est pas l'écriture de Kit, ajouta-t-elle, seulement… Quelqu'un aurait pu le voir. Quelqu'un aurait pu avoir de ses nouvelles.

Son père ne répondit pas, et elle vit ses doigts trembler lorsqu'il brisa le sceau de cire et ouvrit la lettre pour la lire en tendant les bras — ses lunettes avaient disparu depuis longtemps.

La gorge sèche, impatiente, elle prit une profonde inspiration et attendit qu'il ait fini. Au bout de quelques instants, cependant, elle ne put plus supporter ce silence.

— De bonnes nouvelles ? s'enquit-elle, le souffle court.

Son père termina sa lecture, puis leva les yeux vers elle.

— Ce sont de très bonnes nouvelles, Emma…

A ces mots, elle ne put réprimer un petit hoquet de soulagement. Son cœur s'emballa et la tension insoutenable qui l'habitait depuis le matin s'évanouit.

— … mais cela ne vient pas de Kit.

Une chape glacée s'abattit sur ses épaules. Incrédule, elle interrogea son père du regard.

— Je ne comprends pas, balbutia-t-elle.

— Cette lettre vient de Mme Tadcaster, la cousine de ta mère. Elle m'écrit pour m'annoncer que la dame de compagnie de lady Lamerton s'est enfuie avec l'un de ses valets.

— En quoi cela nous concerne-t-il ?

— Cela nous concerne, ma fille, répondit-il avec un sourire, car la douairière Lamerton va avoir besoin d'une nouvelle suivante. Une jeune femme bien éduquée qui comprendrait ce que l'on attend d'elle et pourrait prendre ses fonctions immédiatement.

Emma comprit alors pourquoi sa tante avait pris la peine de leur apprendre une nouvelle aussi insignifiante : cela pourrait changer sa vie. Elle aurait dû s'en réjouir. Quelques semaines plus tôt, elle aurait bondi de joie. Mais tant de choses étaient arrivées, ces derniers temps, qu'elle ne sentit qu'un vague malaise naître en elle.

— Mme Tadcaster a parlé de toi à lady Lamerton, reprit son père, et celle-ci est prête à te prendre à son service.

Elle aurait dû dire quelque chose, n'importe quoi, mais aucun mot ne sortit de sa bouche.

— C'est une nouvelle surprenante et bien soudaine, après tout ce temps, murmura son père d'une voix douce. Je comprends que tu sois sous le choc…

Oui, elle était sous le choc, mais pas pour les raisons qu'il semblait deviner.

« — Lorsque je serai de retour, nous devrons discuter, Emma.

— Vous paraissez bien sérieux.

— Je le suis. »

Les derniers mots qu'elle avait échangés avec Ned résonnaient dans son esprit depuis la veille, et elle sentit un gouffre vertigineux se creuser en elle.

— Je ne peux pas y aller, lâcha-t-elle finalement.

— Pourquoi ?

Son père la dévisageait, l'air stupéfait.

Comment pouvait-elle lui parler de Ned ? De cet homme de Whitechapel qui n'avait rien d'un gentleman… un homme plus dangereux que tous ceux contre lesquels il l'avait mise en garde ? Comment lui parler de cet homme qui avait su corriger cinq scélérats dans une taverne et avait travaillé dans les mêmes entrepôts que lui aujourd'hui ? Pourtant, Ned avait su éveiller des élans de passion en elle, et ses baisers lui étaient devenus indispensables. Plus que tout, il lui avait laissé entendre qu'il désirait construire un avenir avec elle.

— Je ne pourrai jamais te laisser seul ici, finit-elle par répondre.

— C'est absurde ! Je serai beaucoup plus serein si je te sais en sécurité, dans une maison respectable, au service de lady Lamerton. Ne crois-tu pas que j'ai assez de soucis avec Kit ?

— Je comprends, mais tu n'as pas à t'inquiéter pour moi.

— Emma, tu es serveuse dans une taverne !

— Un restaurant, corrigea-t-elle par habitude.

— Voyons ! Taverne ou restaurant, c'est du pareil au même ! Crois-tu vraiment que je ne connais pas les hommes qui fréquentent ce genre d'endroit ? Penses-tu vraiment qu'il se passe une nuit sans que je me ronge les sangs en attendant que Tom te raccompagne, en attendant de t'entendre passer la porte d'entrée saine et sauve ?

Elle baissa les yeux, honteuse. Il s'inquiétait tous les soirs, alors qu'elle profitait des moments passés avec Ned…

— Si tu vivais avec lady Lamerton, je pourrais trouver à me loger plus près des docks, poursuivit-il fermement. Il y a toujours un homme ici prêt à partager sa chambre contre un peu d'argent. Ce serait plus facile pour moi, et moins cher. Et il y a bien assez de logements à louer par ici. Tu devrais le comprendre, non ?

— Lady Lamerton cherche sans doute une opportunité de m'arracher chaque détail de notre scandale. Tu sais qu'elle ne vit que pour les ragots, papa.

— Clarissa Lamerton aime répandre les ragots, pas en être victime. Je pense au contraire qu'elle te protégera pour protéger sa réputation. Franchement, Emma, je ne comprends pas ce changement si soudain. D'habitude, ce genre de discussion se passe dans l'autre sens ; tu as toujours été si décidée à retrouver la bonne société pour en apprendre plus sur Kit.

Embarrassée, elle se détourna.

— De plus, la capacité de lady Lamerton à dénicher des informations et à découvrir des secrets peut t'aider. Tu serais bien placée pour avoir des nouvelles de Kit, dans l'une des meilleures demeures de Londres. N'oublie pas que le fils de lady Lamerton a des connexions à Whitehall ; s'il y a quoi que ce soit à apprendre là-bas, je suis certain qu'il le saura et le répétera à sa mère… Emma, tu dois vraiment accepter cette place, pour le bien de Kit et le mien. Autant que pour le tien. Tu le sais, n'est-ce pas ?

Oui, elle le savait, et c'était bien le problème. Elle ne savait que trop bien que son père avait raison.

— Si tu restes ici, tu seras perdue, insista-t-il. Ce n'est qu'une question de temps avant que l'un de ces hommes ne s'en prenne à toi, et c'est déjà un miracle que ce ne soit pas encore arrivé…

Craignant de trahir ses sentiments, elle baissa les yeux, mais il lui prit doucement le menton pour l'obliger à le regarder.

— Tu es devenue une belle femme, Emma. Belle comme ta mère lorsque je l'ai épousée. Je veux que tu aies une vie meilleure que celle qu'un homme d'ici pourrait t'apporter.

Elle aurait voulu lui dire la vérité, lui parler de Ned et de tout ce qui s'était passé entre eux, mais elle en fut incapable. En cet instant, elle ne pouvait que se taire et faire son devoir.

— Crois-tu que j'aurais accepté d'épouser un homme d'ici ? demanda-t-elle avec un sourire forcé et douloureux.

« Est-ce que vous m'attendrez ? »

Elle revit un instant le regard intense de Ned posé sur elle.

« Je ne vais nulle part, Ned… J'attendrai. »

Son cœur se brisait, mais elle n'avait pas le choix. Elle ne pourrait pas attendre son retour.

— Je suis heureux que tu n'aies pas oublié le serment fait à ta mère, poursuivit son père gravement.

— Comment aurais-je pu l'oublier ?

Jamais elle ne pourrait… La famille était plus importante que tout et elle devait tenir parole, même si cela l'obligeait à sacrifier son propre bonheur. Quelque chose en elle se déchira, tiraillée entre son devoir et son amour pour Ned.

Elle essaya de se convaincre que Ned ne l'aimait peut-être

pas, lui, après tout. Elle avait dû mal le comprendre. Sans doute voulait-il lui parler de tout autre chose à son retour. D'ailleurs, il ne lui avait fait aucune promesse, aucune déclaration et, en dépit de leurs conversations nocturnes dans les rues, de la passion de leurs baisers, elle le connaissait à peine… Hélas ! au fond de son cœur, elle savait.

Elle savait ce qui se passait entre eux, et elle savait que cela ne changeait rien à son devoir.

— Tu dois saisir cette chance, Emma, insista son père sans la quitter des yeux.

— Oui.

Un bien petit mot pour masquer la tempête qui se déchaînait en elle…

— Je passerai par le bureau de poste en rentrant et j'achèterai de l'encre et du papier pour répondre à Mme Tadcaster, conclut-il.

Incapable de prononcer un mot, elle acquiesça d'un hochement de tête.

— Très bien. Laisse-moi te raccompagner dehors.

Elle prit son bras et traversa avec lui l'entrepôt, sans remarquer les hommes torse nu qui la lorgnaient, l'œil brillant.

Elle ne pensait qu'aux derniers mois et à son combat pour quitter Whitechapel, à toutes les nuits qu'elle avait passées à prier pour qu'une telle opportunité se présente. Maintenant que sa prière avait enfin été exaucée, elle ne pouvait plus se résoudre à partir.

Elle ne pensait qu'au visage de Ned, à ses cheveux dorés sous le soleil et à ses yeux si bleus. Ned, qui avait réussi à l'ensorceler et à qui elle ne pourrait pas dire au revoir…

Ned rentra de Portsmouth en plein après-midi, et se rendit directement à une réunion au White's Club. Enfin, après avoir terminé son travail, discuté de ce qui devait être discuté et donné ses ordres, il serra la main du comte de Misbourne, du vicomte Linwood, du marquis de Razeby et de M. Knight.

— Veuillez m'excuser, messieurs, dit-il avec un bref salut.

Sans attendre leur réponse, il quitta le salon privé en compagnie de Rob Finchley, son ami et intendant.

Dans le couloir du club, il aperçut un groupe d'hommes, les seuls à connaître son secret et qui brûlaient depuis longtemps de le dévoiler au monde, de révéler sa réelle identité. Heureusement, ils ne le pouvaient pas ; ils n'ignoraient pas ce qu'ils risquaient en cas d'indiscrétion. A travers le couloir, il échangea un regard lourd de sens avec eux, afin de leur rappeler que leur meilleure option restait le silence. Ils lui répondirent par des moues dédaigneuses.

A côté de lui, Rob lâcha un juron.

— Ils te regardent comme si tu étais un rat d'égout...

Ned sourit tranquillement à ces jeunes nobles arrogants et, visiblement, toucha leur point sensible puisqu'ils baissèrent les yeux.

— Ce n'est rien comparé à ce qu'ils doivent subir en souffrant ma présence parmi eux, dit-il à Rob.

— Oui, c'est certain... Cela met un peu de baume au cœur.

Ned ne put se départir de son sourire, même lorsqu'il sortit sur le pavé de St James's Street et monta à bord de la voiture qui l'attendait — un véhicule à la mode, d'un noir lustré, aux sièges de cuir crème, et orné d'un petit cercle blanc et d'un diamant rouge peints sur l'avant. Sans un regard en arrière, il prit les rênes et se mit en route.

— Je pense que Misbourne a mordu à l'hameçon, lança soudain Rob.

— Espérons-le...

Les roues grondaient sur le pavé. Les yeux rivés sur la route devant lui, Ned prit une profonde inspiration.

— Je ne pourrai pas aller au bal de Dawson, ce soir, poursuivit-il avec une feinte désinvolture.

— Cela ne te ressemble pas, de rater un événement tel que l'une des sauteries de Dawson.

— J'ai un autre engagement.

Il s'efforça de ne pas regarder son ami et de conserver un

visage impassible, comme il le faisait souvent, tant avec ses ennemis qu'avec ses amis.

— Pourtant, tout le beau monde sera présent…

— Je sais.

Rob se tut un instant, avant de glisser d'un air entendu :

— Cet autre engagement doit être important.

— En effet.

Ned jeta un coup d'œil à son ami avant de sourire. Rob sourit à son tour.

— D'accord, céda-t-il, j'ai compris. Je ne te poserai plus de questions à propos de la femme mystérieuse !

Quelques heures plus tard, Ned passait la porte du Red Lion. En le voyant entrer, quelques clients le saluèrent d'un signe de tête et il se sentit immédiatement à son aise. Il avait commencé à oublier ses soucis à l'instant même où il avait traversé la rue séparant l'East End du reste de Londres. La salle du Red Lion était aussi animée que d'habitude, rien n'avait changé… Une fois assis, il chercha Emma des yeux, mais ne la vit nulle part.

Surpris, il regarda Paulette s'approcher de lui pour prendre sa commande. Quelque chose était arrivé en son absence.

— Comme d'habitude ? lança Paulette d'une voix enjouée.

Il acquiesça brièvement.

— Emma n'est pas là, ce soir ?

— Je pensais bien que vous demanderiez de ses nouvelles ! répondit Paulette avec un sourire de commère. Elle est partie. Elle s'est retrouvé une place de dame de compagnie dans une maison huppée. Apparemment, elle ne pouvait pas refuser… Sacrée chanceuse ! En tout cas, elle m'a dit de vous dire au revoir pour elle ; elle s'excuse de ne pas avoir pu le faire en personne et espère que vous comprendrez.

Sous le choc, Ned lui glissa une pièce pour la remercier d'avoir transmis le message et prit son chapeau.

— Oubliez la bière et le repas, Paulette.

Sans un mot de plus, il ressortit dans la ruelle bruyante.

Bien sûr, il y avait d'autres tavernes à Whitechapel, et d'autres serveuses, mais il n'avait aucune envie de s'éterniser par ici si Emma n'y était plus.

Ses pas le guidèrent le long de Rosemary Lane jusqu'à Tower Hill et son vieux banc de pierre près de l'église. Là, il s'assit seul et attendit patiemment la fin de la journée de travail sur les docks et l'arrivée de l'équipe de nuit. Il observa le ballet des navires qui arrivaient et repartaient, jusqu'à ce que le soleil couchant enflamme l'eau de la Tamise et que les premières étoiles apparaissent dans le ciel.

Si elle avait attendu une semaine de plus… Rien qu'une semaine… Leurs vies auraient pu être transformées à jamais.

Un sentiment amer de perte et de trahison l'envahit peu à peu. Finalement, il prit une profonde inspiration : ici, l'air nocturne sentait toujours un peu le vinaigre. Soudain, le souvenir du parfum d'Emma vint l'envelopper, un parfum chaleureux de savon, de viande grillée et de femme.

Il revit dans la pénombre l'éclat mutin et intelligent de ses yeux, la beauté de son sourire. Une passion inattendue avait grandi entre eux au fil des jours. Depuis qu'il l'avait rencontrée, son monde était devenu plus doux, plus agréable.

A quoi aurait ressemblé sa vie, s'il avait eu cette femme à ses côtés ? Agacé par son émotivité, il chassa cette pensée de son esprit. Emma n'avait pas attendu. C'était fini.

Jamais encore il ne s'était laissé entraîner de cette manière par ses sentiments, et c'était peut-être la plus grosse erreur qu'il ait commise. Il avait un chemin à suivre, et sans doute le départ d'Emma lui avait-il rendu un fier service en lui épargnant toute distraction.

Au loin, le guet annonça la fin de la journée, et il reprit lentement le chemin de sa demeure, à Cavendish Square.

Le long de Westminster Bridge Road, à Lambeth, le soir s'installait avec douceur tandis qu'Emma et lady Lamerton approchaient de l'amphithéâtre d'Astley.

— Je dois avouer que tout cela est assez excitant, lança la douairière en descendant de voiture au milieu de la rue encombrée pour finir son chemin à pied jusqu'à l'entrée de l'amphithéâtre.

— Oui, en effet, convint poliment Emma.

Elle n'avait retrouvé la haute société londonienne que depuis trois jours — même si elle n'évoluait pas dans un cercle aussi élégant que celui qu'elle avait pu connaître auparavant —, mais elle avait déjà l'impression qu'une part d'elle-même avait retrouvé ses marques dans cet univers. Une part d'elle-même agissait comme si elle ne l'avait jamais quitté, tandis que l'autre était encore à Whitechapel, avec son père… et Ned.

Pour la vingtième fois de la journée, elle se demanda si son père avait trouvé une nouvelle chambre. Mangeait-il ? Et Ned Stratham ? Etait-il retourné au Red Lion ? Paulette lui avait-elle transmis son message ?

— Depuis soixante-quinze ans, j'ai toujours eu envie de voir une femme acrobate sur un cheval au galop ! dit soudain lady Lamerton.

Tandis qu'elle avançait, sa canne frappait régulièrement le pavé dans un rythme impérieux et autoritaire.

Emma fit de son mieux pour chasser ses inquiétudes et suivit sa maîtresse, concentrée sur elle et sur la soirée qui les attendait.

— J'espère que vous ne trouverez pas cela trop choquant, répondit-elle en prenant le bras de la douairière pour l'aider à se frayer un chemin dans la foule.

— Oh ! ma chère, je serais très déçue de ne pas être choquée ! On parle de ce spectacle dans le monde ; toutes les personnes importantes viennent le voir.

Emma ne put réprimer un petit rire.

— Dans ce cas, nous ferions bien d'entrer et de trouver votre loge.

Puisqu'il était plus important d'être vu de la salle que de voir le spectacle, lady Lamerton avait loué une loge particulièrement bien placée. Emma et elle s'y installèrent dans le bourdonnement des discussions.

— Seigneur ! s'exclama soudain la douairière d'un air ravi. Avez-vous vu la monstruosité qu'Eliza Frenshaw porte en guise de coiffure ? Cela, ma chère, est le résultat d'une mauvaise éducation. Mais ce n'est pas étonnant, après tout, son père valait à peine mieux qu'un épicier, vous savez…

Elle avait dit cela avec le même dédain que si le père de Mme Frenshaw avait été un assassin, avant d'afficher son plus beau sourire et de saluer gracieusement la jeune femme d'un signe de tête.

Dérangée par tant d'hypocrisie, Emma ne put s'empêcher de lui jeter un rapide coup d'œil en coin.

— Qu'y a-t-il ? demanda lady Lamerton avec un air d'innocence blessée, son principal atout. N'est-ce pas la vérité ?

— Bien sûr que si, milady. Vous n'êtes qu'honnêteté, s'empressa de répondre Emma d'un air complice.

Toutes deux échangèrent un petit rire derrière leurs éventails, puis la douairière reprit son examen de la salle, tout en dispensant ses remarques acerbes à l'attention d'Emma.

Occupée à examiner le public à son tour, celle-ci n'écoutait toutefois que d'une oreille.

Pas un seul siège n'était vide et la salle était remplie de tous les aristocrates restés à Londres durant l'été ou qui étaient revenus tôt. Partout, ce n'était que robes de soie, l'arc-en-ciel des femmes mariées enrichi par le blanc aveuglant des débutantes. Tout n'était que couleurs et scintillements… Les bras étaient couverts de longs gants ajustés boutonnés de nacre ; les cheveux, rassemblés en boucles luisantes et ornés de fleurs fraîches ou de plumes extravagantes qui bouchaient la vue de ceux installés derrière. Certaines femmes plus âgées avaient, quant à elles, délaissé ces ornements fastueux pour des turbans de soie sombre. Les cous et les oreilles s'alourdissaient de bijoux étincelants et tout le monde exhibait de petites jumelles d'opéra incrustées de brillants. La salle semblait remplie d'oiseaux de paradis, pomponnés et paradant ensemble.

Deux ans à peine plus tôt, elle avait fait partie de cette foule mais, en cet instant, aussi beau que soit le spectacle de tant d'opulence, elle ne pouvait s'empêcher de songer que la moindre de ces robes valait plus que ce dont une famille de Whitechapel avait besoin pour vivre un an…

De nombreuses personnes saluèrent lady Lamerton de la tête et certaines eurent même un regard pour Emma. En silence, elle leur rendait leurs saluts, heureuse de voir que la plupart semblaient accepter son retour sans la juger.

Lentement, elle examina les différentes loges, toutes occupées. Le duc de Hawick était entouré par un groupe d'actrices. Lord Linwood, lui, était accompagné par sa femme, la célèbre miss Venetia Fox. Non loin, le comte de Hollingsworth était venu avec sa famille et un ami.

Lady Hollingsworth ne répondit pas à son salut, se contentant de la dévisager froidement avec un rictus de dédain. Emma ne baissa pas les yeux ; elle ne se laisserait pas émouvoir. Au contraire, elle eut un sourire presque amusé et jeta un coup d'œil à la fille Hollingsworth, lady Persephone, qui affichait comme toujours sa chevelure d'un blond doré et sa petite moue si à la mode. Elle flirtait ouvertement avec l'homme assis à côté d'elle, sans doute le prétendant que son père lui destinait. Emma s'intéressa un peu plus à cet inconnu, mais la lumière se tamisa au moment où elle aperçut son visage — ou crut l'apercevoir. Le cœur battant, elle étouffa un hoquet de surprise.

La musique s'éleva dans la salle à présent silencieuse, et le dresseur, vêtu d'une veste rouge et arborant une moustache cirée, s'avança sur la piste pour détailler le programme du spectacle. A chaque annonce, le public lâchait des cris d'étonnement et d'excitation, mais Emma ne regardait pas la piste ; elle ne parvenait pas à détacher ses yeux du prétendant de lady Persephone. Dans l'ombre de la loge, elle ne percevait plus de lui que sa longue veste sombre et l'éclat blanc de sa chemise.

Sa coiffure et sa barbe lui rappelaient tant Ned qu'elle aurait presque pu les prendre pour des jumeaux. Mais Whitechapel était bien loin… C'était impossible, ce ne pouvait être lui !

La gorge sèche, elle scruta l'obscurité, mais la loge de Hollingsworth était trop éloignée pour qu'elle puisse être certaine de l'identité de l'homme.

Comme s'il avait senti son regard sur lui, il se tourna un instant vers elle. Gênée, elle détourna les yeux pour se concentrer sur le spectacle.

Au milieu de la piste, six chevaux blancs galopaient à grande vitesse, chacun monté par une acrobate court vêtue. Les six femmes s'élevèrent dans un même mouvement pour prendre leur équilibre sur la selle, une jambe en l'air.

La salle eut un murmure d'admiration et applaudit à tout rompre.

— Seigneur ! murmura lady Lamerton avant d'applaudir à son tour.

Emma l'imita, l'esprit ailleurs.

Cet homme ne pouvait être Ned, se répéta-t-elle. Hélas ! chaque fois qu'elle risquait un coup d'œil dans sa direction, elle sentait qu'il la regardait et son cœur faisait un bond dans sa poitrine. Finalement, elle s'interdit de l'observer de nouveau. Que devait-il penser d'elle ? Une jeune femme bien élevée ne dévisageait pas ainsi les hommes qu'elle ne connaissait pas.

L'entracte arriverait bientôt et les lumières se rallumeraient. Elle se rendrait alors compte de son erreur.

Depuis son départ de Whitechapel, elle pensait trop à Ned, tout simplement. Elle pensait trop à la douceur de ses baisers, à la force de ses bras qui s'étaient tant de fois refermés sur elle… Elle pensait trop à la promesse trouble de ses dernières paroles.

« — Lorsque je serai de retour, nous devrons discuter, Emma.

— Vous paraissez bien sérieux.

— Je le suis. »

« Je ne vais nulle part, Ned… J'attendrai. »

Une culpabilité soudaine l'envahit, une culpabilité qu'elle ne connaissait que trop bien. Comment avait-il réagi en apprenant son départ ? Avait-il souffert autant qu'elle ? Si elle était restée au Red Lion, elle aurait sans doute fini par lui céder et par faire l'amour avec lui. Peut-être même l'aurait-il épousée… A cette idée, elle sentit son cœur se déchirer et ferma un instant les yeux dans l'espoir de se calmer. Elle ne devait pas céder au désir de regarder le prétendant de lady Persephone une nouvelle fois.

Finalement, l'entracte arriva.

Les lumières se rallumèrent et lady Lamerton se tourna vers elle.

— C'est assez intéressant, commenta-t-elle avec un haussement d'épaules. Qu'en pensez-vous ?

Emma s'efforça de sourire.

— Je suis tout à fait de votre avis, milady.

Le valet de la douairière vint prendre leurs commandes de boissons et Emma se tourna instinctivement vers la loge des Hollingsworth. Le comte et l'homme mystérieux avaient déjà disparu, ne laissant que lady Hollingsworth et sa fille. Toutes deux examinaient le public avec la même expression arrogante. Déçue, Emma s'arracha à sa contemplation.

Et s'il ne revenait pas avant que les lumières ne s'éteignent de nouveau ?

De toute manière, ce n'était pas lui ! Ce ne pouvait pas être lui… Comment avait-elle pu confondre Ned avec un inconnu à peine aperçu ?

L'entracte lui parut ne jamais devoir finir. Pour tromper son impatience, elle se concentra sur les remarques de sa maîtresse, et ce ne fut que lorsque la cloche retentit et que lady Lamerton se tourna de nouveau vers la scène qu'elle prêta attention à la foule qui regagnait la salle. Dans la loge des Hollingsworth, l'homme était revenu et la dévisageait sans ciller.

Cette fois, incapable de bouger, hypnotisée par ce regard si intense, elle ne put baisser les yeux. Le souffle court, elle entendait la pulsation sourde de son sang contre ses tempes. Le monde entier semblait s'écrouler autour d'elle, la laissant seule avec cet homme qui la regardait.

Seule avec Ned Stratham.

Chapitre 5

Ned ne soutint le regard d'Emma que quelques secondes, pourtant cela lui parut durer une éternité. Le destin lui jouait là un tour bien cruel… En face de lui, elle paraissait tout aussi choquée, mais ses yeux trahissaient bien davantage : de la douleur, brute, et une certaine vulnérabilité. Finalement, elle dut se reprendre car il ne lut plus sur son visage qu'une incrédulité furieuse et une moue accusatrice. Elle jeta un rapide coup d'œil à lady Persephone, à côté de lui, avant de le dévisager de nouveau.

Au bout de quelques instants, elle finit par détourner les yeux, mais Ned fut incapable de l'imiter.

— Tout va bien, monsieur Stratham ? demanda soudain lady Persephone. Vous paraissez préoccupé…

— Veuillez m'excuser, murmura-t-il en s'efforçant de se concentrer sur elle plutôt que sur Emma.

Toujours sous le choc, il sentait son cœur battre plus fort que lors de n'importe quelle bagarre.

— Je suis tellement heureuse que vous ayez accepté de nous accompagner, ce soir, monsieur, reprit lady Persephone avec un grand sourire.

Comme pour ponctuer sa remarque, elle prit une pose élégante, se montrant sous son meilleur jour. Elle était pomponnée, obsédée par sa petite personne, et affichait déjà l'arrogance dédaigneuse si commune parmi les femmes de son rang. Une vie de luxe avait rendu sa silhouette arrondie et voluptueuse. Ses cheveux blonds arrangés en boucles luisantes tombaient en une cascade étudiée sur son épaule. Sa robe était faite d'une soie blanche sans doute hors de prix ornée de rubans rose pâle, et son châle, blanc également, était brodé de fils d'or qui rappelaient la teinte de ses cheveux. Tout cela devait valoir une fortune… Ce n'était pas étonnant, après cela, que Hollingsworth soit si désespéré à l'idée de nouer une nouvelle alliance.

— Tout le plaisir est pour moi, répondit-il au bout d'un instant avec un sourire factice.

Lady Persephone battit des cils avec une grâce maniérée. Heureusement, la lumière se tamisa bientôt et Ned put de nouveau se tourner vers la loge de lady Lamerton, sans se soucier de l'étalon noir qui galopait autour de la piste. Emma était là, à côté de la douairière. Emma, qu'il avait vue pour la dernière fois au milieu de la route déserte de Whitechapel, en pleine matinée, quelques jours plus tôt…

Durant la dernière partie du spectacle, il ne put s'empêcher de la regarder à chaque instant mais, visiblement déterminée à ne rien rater de la performance des acrobates, elle ne tourna plus les yeux vers lui.

Plusieurs fois, il dut s'exhorter au calme malgré la longueur insupportable du spectacle.

Enfin, la lumière se ralluma et il escorta lady Persephone et sa famille dans le couloir. Parmi la foule, il aperçut lady Lamerton et Emma qui se frayaient un chemin jusqu'à l'escalier.

Emma leva alors la tête et le vit, mais son regard demeura glacial et accusateur. Rapidement, elle et la douairière furent emportées par le flot des spectateurs.

— Veuillez m'excuser, murmura Ned aux Hollingsworth avant de se détourner.

— Mais… monsieur Stratham ! s'exclama lady Persephone.

— Qu'est-ce que…, commença Hollingsworth.

Enveloppé par le brouhaha du foyer, il n'en entendit pas

plus. D'un pas décidé, il se fraya à son tour un passage jusqu'à l'escalier qu'Emma avait emprunté. Il la rejoignit enfin au rez-de-chaussée et se pencha sur son épaule.

— Emma, dit-il suffisamment doucement pour qu'elle seule puisse l'entendre, en lui prenant le bras.

Au milieu de la foule qui les ignorait, il la conduisit vers une alcôve isolée. Elle tenta de se libérer, mais il ne la laissa pas partir : il fallait qu'il sache la vérité.

— N'essayez pas de m'amadouer, Ned ! protesta-t-elle.

Sans un mot, Ned la plaqua contre le mur de l'alcôve et demeura devant elle, pour la protéger des regards. Il était si près d'elle maintenant qu'il pouvait sentir son parfum si familier… Si près que leurs cuisses se frôlaient à chaque mouvement.

Emma était en colère, les joues rouges et les yeux brillants, à tel point qu'il pouvait presque sentir l'air vibrer entre eux.

— Vous ne venez pas de Whitechapel, finalement, monsieur Stratham, lança-t-elle.

— Si, et je resterai toujours un homme de Whitechapel, répliqua-t-il sèchement. Et vous n'êtes pas une femme de chambre, finalement, miss de Lisle.

Elle ignora ostensiblement sa moquerie.

— Dites-moi…, reprit-elle sans le quitter des yeux. Lorsque vous deviez revenir à Whitechapel, vouliez-vous que nous parlions de vos projets de mariage avec la fille d'un comte ?

— Si vous m'aviez attendu comme vous l'aviez promis, vous le sauriez, maintenant.

En un éclair, il vit toute l'ampleur de l'indignation d'Emma dans son regard sombre et sentit le frisson qui la parcourut.

— J'aurais su quoi ? Que lorsque vous n'étiez pas en train de marcher dans les rues de Whitechapel avec moi, vous étiez ici, à Mayfair, en train de faire la cour à lady Persephone ? Qu'il y avait d'autres femmes que moi qui profitaient de vos attentions ? Que vous mentiez sans vergogne lorsque vous m'avez laissée comprendre que vous teniez à moi, alors qu'il y avait une autre femme ?

Le souffle court, elle s'interrompit un instant, puis reprit froidement :

— Je suis heureuse de ne pas avoir attendu votre retour, si c'était pour vous entendre mentir encore.

— Ce n'est pas moi, le menteur.

— Vraiment ? Alors, que faites-vous ici, dans la haute société ?

— J'ai de bonnes raisons pour cela.

— Oh ! Epargnez-moi votre boniment, je vous en prie !

A chacune de ses respirations, sa poitrine venait effleurer le torse de Ned, suscitant en lui des bouffées de désir insoutenables.

— Non, je ne vous épargnerai pas, Emma, répondit-il à voix basse. Vous aurez votre explication, et j'aurai la mienne.

Sous ses doigts, il sentit le pouls d'Emma accélérer subitement.

— Je ne pense pas, Ned. Cette discussion est terminée. Vous feriez mieux de retourner auprès de lady Persephone. Je suis certaine qu'elle se demande où est passé son prétendant… Et lady Lamerton va me chercher.

Son ton accusateur le fit frémir, et il l'interrogea du regard, mais elle se contenta de le dévisager d'un air de défi.

— Nous parlerons plus tard, Emma, conclut-il en s'écartant d'un pas.

Elle le regarda un instant encore.

— L'enfer gèlera avant que nous ne reparlions, vous et moi, Ned, lâcha-t-elle avant de disparaître dans la foule au moment où lady Lamerton, qui avait atteint la porte, jetait un coup d'œil en arrière.

Ned les regarda partir, avant de retourner auprès de ses hôtes à son tour.

Le lendemain, dans le salon de sa demeure de Grosvenor Square, lady Lamerton finissait de dicter une lettre à Emma.

— Je suis impatiente d'avoir de vos nouvelles. Affectueusement…

La plume d'Emma glissait sur le papier dans le silence de la pièce.

— Vous n'aurez qu'à en composer une seconde similaire adressée à Georgiana Hale, conclut lady Lamerton. Mais pas une copie exacte, bien sûr, au cas où l'impensable se produise et qu'elles se montrent leur correspondance.

A cette idée, la douairière eut une moue horrifiée.

— Très bien, répondit Emma en lui tendant la première lettre pour qu'elle la signe. Et j'imagine que je ferais bien de laisser de côté le passage concernant Dorothy Wetherby… Si je me souviens bien, Mme Hale et Mme Wetherby sont cousines.

— Seigneur ! J'avais oublié cela ! Vous avez raison, ma chère. Ne lui parlons pas des derniers exploits de Dorothy Wetherby.

Elle adressa à Emma son sourire machiavélique si exercé et ajouta en riant :

— Ce serait comme lâcher un loup dans la bergerie.

Après avoir signé la missive, elle la rendit à Emma.

— La soirée fut divertissante, hier, n'est-ce pas ?

— Oui, fit Emma, les yeux baissés sur son travail.

Elle n'avait aucune envie de discuter de la soirée de la veille et, dans l'espoir de couper court à la conversation, se mit à fouiller les tiroirs du secrétaire à la recherche d'un bâton de cire. Non, elle ne voulait plus jamais repenser à la soirée de la veille ! Elle avait passé la nuit à se retourner dans son lit sans trouver le sommeil, il était hors de question de recommencer…

— Tout de même, poursuivit lady Lamerton sans paraître avoir remarqué son malaise, je ne comprends pas pourquoi ce spectacle a fait tant de bruit. Il n'était pas aussi choquant qu'on le dit.

— Sous certains aspects, je l'ai trouvé très choquant,

pour ma part, répondit Emma en repensant à Ned aux côtés de lady Persephone.

— Peut-être pour vous, ma chère. Après tout, vous êtes encore innocente et naïve.

Emma eut un sourire amer. Oui, elle avait été très naïve — suffisamment, en tout cas, pour faire confiance à Ned Stratham en dépit du bon sens. Après tout ce qu'elle avait appris au cours des deux années passées à Whitechapel, elle ne se serait pas crue capable d'une telle bêtise. Il avait fait semblant d'appartenir à ce quartier, aux docks. Il avait fait semblant d'envisager un avenir avec elle — avec une simple serveuse de taverne —, alors qu'il ne faisait que lorgner le titre d'un autre. Il avait fait semblant mais, au final, il était comme les autres : un menteur. Un fieffé menteur… Comment avait-elle pu le croire ?

Une vague de colère la submergea à l'idée de ce qu'elle avait ressenti pour lui, de ce qu'elle avait fait avec lui. A l'idée qu'elle avait failli refuser la proposition de lady Lamerton, qu'elle avait failli ne pas retrouver le grand Londres et renoncer à avoir des nouvelles de Kit… Tout cela pour un homme qui l'avait trompée ! Lui avait-il seulement dit la vérité une seule fois depuis leur rencontre ? Tout comme la nuit précédente, durant ses longues heures d'insomnie, une interrogation vint la hanter : que lui avait-il réellement dévoilé sur lui-même ? Il avait passé son temps à répondre à ses questions par d'autres questions et, dans ses efforts pour protéger ses propres secrets, elle n'avait pas insisté.

— En tout cas, reprit brusquement lady Lamerton, pour une femme ayant ma position et mon expérience, ce spectacle n'avait rien de choquant.

Chassant ses pensées, Emma lui adressa un petit sourire.

— Alors, ma chère, avez-vous apprécié de revoir tous ces visages familiers ?

— C'était… très intéressant.

Tout en parlant, elle repensa à lord Hollingsworth et à sa

famille installés dans leur loge en face d'elle. Et à Ned, si attentionné envers lady Persephone.

Le cœur serré, elle s'efforça à se concentrer sur la lettre qu'elle écrivait et reprit, sans lever les yeux de sa feuille :

— J'ai remarqué l'apparition de nouvelles têtes parmi les gens que je connaissais.

— Oui, certaines personnes sont arrivées en société depuis votre départ, Emma.

— Et j'imagine qu'il y a aussi eu plusieurs fiançailles et mariages.

— Oui, bien entendu. Certains ont d'ailleurs provoqué de véritables scandales. Le fils du comte de Misbourne, le vicomte de Linwood, a épousé une actrice, miss Fox, et a été mêlé à une sordide histoire de meurtre. Quant à la fille de Misbourne, lady Marianne — une pauvre petite chose qui n'aurait pas effrayé un canari —, elle a été mariée dans une hâte suspecte avec un gentleman qui… disons qu'il est l'opposé du genre de gendre que Misbourne aurait pu souhaiter avoir. De toute manière, il y a toujours eu quelque chose d'étrange dans cette famille, acheva-t-elle à mi-voix, savourant visiblement son récit.

— Lady Persephone doit avoir fait ses débuts, à présent…

Le cœur battant, Emma garda les yeux rivés sur sa feuille de papier. Pourvu que lady Lamerton ne devine pas ce qui la poussait à poser toutes ces questions !

— Oui, répondit la douairière avec entrain. Elle a fait ses débuts durant la dernière Saison et tout s'est bien passé pour elle. Plus que bien, pourrait-on dire.

Emma dut réprimer un haut-le-cœur.

— Vraiment ? Est-elle fiancée ?

— Seigneur, non ! s'exclama lady Lamerton. Hollingsworth a des dettes, et il a besoin de nouer une bonne alliance pour régler son problème. Tous les hommes qui ont porté un certain intérêt à lady Persephone étaient de parfaits gentlemen, mais aucun n'était assez fortuné au goût de Hollingsworth. Il cherche plutôt à attirer Ned Stratham dans ses filets.

Au nom de Ned, Emma sentit sa gorge se nouer.

— Ned Stratham ? répéta-t-elle avec légèreté, comme si ce nom n'avait aucune importance à ses yeux. Je ne crois pas avoir déjà entendu parler de lui.

— Oh ! cela ne fait pas longtemps qu'il se montre dans Londres. On dit qu'il s'est enrichi par le commerce à l'étranger, entre autres choses.

Emma surprit un accent de mépris dans la voix de la vieille femme. Comme beaucoup d'autres, elle n'appréciait pas de côtoyer un homme devenu riche à force de travail.

— C'est un autodidacte, mais il semble particulièrement riche, reprit lady Lamerton avant de marquer une pause théâtrale. Il possède un manoir à Cavendish Square.

Emma sentit son cœur bondir dans sa poitrine ; c'était l'une des adresses les plus prestigieuses de Londres. Le Ned Stratham dont parlait sa maîtresse était-il bien le même que celui qu'elle avait connu quelques semaines auparavant ?

— Dans ce cas, il doit en effet être riche, commenta-t-elle.

Pourtant, il avait prétendu vivre à Whitechapel, tout comme elle. Il l'avait raccompagnée jusqu'à la petite pension délabrée soir après soir, et il l'avait embrassée dans ces rues misérables…

— Mais Hollingsworth n'est pas le seul à courir après la fortune de Stratham, ajouta lady Lamerton. Devonport, Longley et beaucoup d'autres le courtisent. Si vous voulez mon avis, Emma, ce Stratham est à présent en position de négocier l'accord qu'il désire.

— Oui, il doit avoir une foule de prétendantes à ses pieds, répondit Emma amèrement.

Heureusement pour elle la douairière, trop contente de trouver en elle une oreille attentive à ses ragots, ne parut pas s'apercevoir de sa douleur.

— En effet, bien que l'on raconte qu'il a été assez distrait du marché du mariage depuis un mois. Sans doute cherche-t-il à profiter au mieux de son célibat avant de prendre sa décision et de s'engager.

— Ce doit être cela, fit Emma à mi-voix. Et savez-vous quelque chose au sujet de ses origines ? Sa famille ?

Puisqu'il lui avait menti aussi effrontément, elle ferait tout pour en savoir le plus possible à son sujet…

— Personne ne sait vraiment d'où il vient, mais son accent trahit des origines modestes.

Whitechapel. Ainsi, il aurait dit la vérité à ce sujet ? Elle chassa rapidement ce doute de son esprit. Il l'avait trahie, elle ne se laisserait pas aller à un espoir inutile.

— Il est aussi membre du White's Club, mais mon fils me dit qu'il n'y va pas souvent. Et à part son intendant, M. Rob Finchley, Stratham ne semble pas avoir d'ami proche ou de confident.

— Vraiment ? Même vous n'avez pas réussi à en apprendre plus sur lui ?

Appréciant sans doute le compliment subtil d'Emma sur son talent de dénicheuse d'informations, comme elle aimait souvent à se qualifier, lady Lamerton étouffa un petit rire.

— Stratham est un homme très secret, vous savez, et quand il se trouve contraint de discuter de choses qu'il préférerait garder pour lui, il… comment dire ? Ce n'est pas un homme qui se laisse impressionner.

Oui, cela, Emma voulait bien le croire.

— En tout cas, même si c'est un commerçant, reprit lady Lamerton d'un air un peu pincé, on ne peut nier qu'il est très bel homme. Ses yeux suffiraient à faire rougir toutes les jeunes femmes de Londres !

Au souvenir du regard envoûtant, Emma eut un pincement au cœur, mais n'en laissa rien paraître.

— Quelles nouvelles a-t-on de miss Darrington ? Comment se porte-t-elle ?

— Oh ! c'est une longue histoire…

Ayant épuisé le sujet de Ned Stratham, la douairière parut plus que satisfaite de pouvoir se concentrer sur une autre cible.

— Miss Darrington et le marquis de Razeby ont été mêlés à un affreux scandale.

Emma acheva la rédaction de sa seconde lettre et s'installa confortablement sur sa chaise pour écouter les récits de lady Lamerton.

Plus tard, en début d'après-midi, Emma accompagna sa maîtresse à la bibliothèque animée où elles se rendaient chaque semaine. Portant sous son bras un roman grivois bien dissimulé entre deux livres d'art, suivant les instructions qu'elle avait reçues, Emma attendit sur le pavé que la vieille femme, aidée par un valet, descende de sa voiture. Lady Lamerton considérait qu'il était tout à fait convenable pour une femme de son rang de lire des livres d'art érotiques, mais n'aurait pas supporté être surprise un roman d'amour à la main.

— Avez-vous apprécié ce dernier livre ? demanda poliment Emma.

— Oh ! c'était un tissu d'âneries ! répondit la douairière en prenant appui sur sa canne, avant d'ajouter avec un sourire : Mais des âneries très agréables à lire. C'était une histoire plutôt coquine au sujet d'un gentleman d'une beauté stupéfiante, mais assez dangereux…

Elle conclut par un petit rire et Emma sourit à son tour.

Alors qu'elle jetait un regard à la rue avant de traverser pour rejoindre la bibliothèque, elle aperçut la silhouette de Ned Stratham. Un frisson glacé la parcourut, et elle perdit instantanément toute envie de s'amuser.

Les yeux bleus perçants de Ned se posèrent un instant sur elle. Le cœur battant, elle se détourna comme si elle ne l'avait pas remarqué.

Par pitié… Hélas ! toutes ses prières muettes furent vaines, car lady Lamerton l'aperçut à son tour et s'exclama :

— Monsieur Stratham ! Nous parlions de vous, pas plus tard que ce matin !

Emma crut défaillir, mais s'efforça de faire bonne figure. Elle ne le laisserait pas gagner si facilement.

— En bien, j'espère, répondit-il d'une voix enjouée en s'approchant.

— Pourquoi ? Avez-vous des vices cachés ? demanda la douairière sans remarquer le malaise d'Emma.

Ned eut un petit sourire.

— Aucun qui mérite que l'on s'y intéresse, répondit-il d'un ton séducteur qui fit glousser lady Lamerton.

— Monsieur, je dois dire que vous êtes un vrai gredin…

— En effet, madame.

Malgré son sourire tranquille, Emma seule se doutait de la vérité cachée de ces paroles.

Après quelques instants de silence, il se tourna vers elle et soutint son regard. Refusant de se laisser intimider, Emma fit tout son possible pour paraître calme, malgré les battements affolés de son cœur.

— Je ne pense pas que vous ayez rencontré ma nouvelle demoiselle de compagnie, monsieur.

— En effet, je n'ai pas eu ce plaisir, dit-il. Je suis certain que je n'aurais pas oublié un visage aussi charmant.

Emma fut soulagée ; il ne semblait pas décidé à dévoiler leur rencontre à Whitechapel, ni leurs longues promenades en tête à tête.

Les yeux fixés sur elle, il semblait tout deviner d'elle. Gênée, elle serra les poings pour ne pas s'enfuir en courant.

— Dans ce cas, permettez que je vous présente miss Emma Northcote, poursuivit lady Lamerton.

Ned se figea un instant et un éclair de surprise traversa son regard avant qu'il ne se reprenne. Soudain, Emma se rendit compte qu'il ne la connaissait que sous le nom de De Lisle.

Terrifiée à l'idée qu'il puisse commenter ce soudain changement d'identité, elle attendit, sans le quitter des yeux, en retenant son souffle. Le silence qui s'élevait entre eux se fit plus tendu.

Finalement, il la salua de la tête.

— Enchanté de faire votre connaissance, miss Northcote, dit-il d'un ton neutre.

— Moi de même, monsieur Stratham, répondit-elle avec une brève révérence.

Il y eut un nouveau silence, puis lady Lamerton reprit :

— Nous allons à la bibliothèque, monsieur. Voulez-vous nous accompagner ?

— Non, fit-il simplement.

La douairière le salua alors, lui signifiant ainsi qu'il était temps qu'il passe son chemin.

— Serviteur, madame.

De nouveau, ses yeux se posèrent sur Emma mais, cette fois, il ne donna pas le change par un sourire poli et se contenta de la dévisager.

— Miss Northcote, la salua-t-il en appuyant légèrement sur son nom.

Sans répondre, elle répondit par un petit hochement de tête et suivit sa maîtresse. Au bout de quelques secondes, elle réalisa qu'elle ne l'avait pas entendu s'éloigner ; il était toujours là, il la regardait toujours, elle le sentait. Nerveuse, elle continua à avancer, mais chaque pas lui parut durer une éternité. Malgré tout, elle parvint à ne pas se retourner pour vérifier. En entrant dans la bibliothèque, toutefois, elle profita des quelques instants pendant lesquels elle tint la porte à lady Lamerton pour jeter un coup d'œil.

Comme elle l'avait deviné, il se tenait sur le pavé et l'observait avec une dureté qu'elle ne lui avait encore jamais vue. Son regard froid paraissait l'accuser et la fit se sentir coupable. Si elle lui reprochait ses mensonges, elle devait admettre qu'elle non plus n'avait pas été entièrement honnête avec lui…

Finalement, il la salua une dernière fois de la tête et tourna les talons.

Lorsque Ned rentra au manoir de Cavendish Square, il y trouva Rob qui l'attendait.

Son intendant et ami, occupé à examiner une collection

d'épées et de sabres accrochée au mur, se tourna vers lui en l'entendant entrer.

— Je suis venu plus tôt que prévu. J'avais quelques choses à vérifier avant que nous n'allions retrouver Misbourne.

Ned acquiesça avant de confier sa canne, son chapeau et ses gants à Clarkson, le majordome, qui salua et s'éclipsa discrètement.

Sans un mot, Ned se dirigea vers son bureau. Ignorant la carafe de brandy qui trônait sur un plateau d'argent, il sortit une bouteille de gin d'un tiroir. Il remplit deux grands verres de cristal, et en tendit un à Rob avant de boire une longue gorgée dans le sien.

Il n'avait pas besoin de regarder son ami pour savoir que celui-ci l'observait.

— Tu vas bien, Ned ? demanda finalement Rob.

— Disons que j'ai connu des jours meilleurs.

— On dirait que tu as vu un fantôme.

Oui, c'était sans doute une manière de présenter les choses.

— Une affaire a mal tourné ?

— Quelque chose comme cela, oui.

Ce n'était pas aussi simple, mais Ned n'avait aucune envie de s'étendre sur le sujet. Hélas ! Rob ne s'avoua pas si facilement vaincu.

— Ce n'est pas Misbourne ? Ou alors…

— Non, coupa Ned.

Il but une nouvelle gorgée de gin puis, un peu gêné par sa brutalité, se radoucit.

— Non, ce n'est pas Misbourne.

— Tant mieux, je suis soulagé.

— En effet.

De nouveau, le silence s'installa entre eux. L'esprit hanté par l'image d'Emma, Ned sentit son sang battre à ses tempes et ses paumes devenir moites. Tentant vainement de se remettre du choc qu'il avait subi, il but une troisième gorgée.

— Si tu préfères annuler le repas avec Misbourne…

— Non, fit Ned en levant enfin les yeux vers Rob. J'ai

besoin de son appui, et je crains qu'il ne le prenne mal, si je ne réponds pas à son invitation.

— Ce n'est qu'un déjeuner.

— Oh non ! s'exclama amèrement Ned. Avec ces gens-là, rien n'est jamais « qu'un déjeuner ».

Rob soupira ; il le savait aussi bien que lui.

— Si jamais il nous demande des détails…

— Laisse-moi m'occuper des détails.

Rob acquiesça et Ned finit son verre d'un trait avant de le reposer sur la table.

— Allons marcher un peu, proposa-t-il. J'ai besoin de prendre l'air.

Une longue promenade l'aiderait à se changer les idées.

Comme Rob acquiesçait d'un hochement de tête, il sonna son majordome. Il aurait bien le temps de réfléchir plus tard. Dans l'immédiat, il devait se concentrer sur Misbourne. Tant de choses dépendaient de lui…

Au moins, il avait la chance de savoir aisément mettre ses émotions de côté, et c'est ce qu'il fit une fois dehors, aussi froidement et délibérément qu'à son habitude, pour se consacrer à la tâche qui l'attendait.

Emma prit la théière et se pencha vers la douairière, installée dans un fauteuil confortable.

— Voulez-vous plus de thé ? demanda-t-elle, prête à remplir la tasse en délicate porcelaine de Sèvres.

La lumière de l'après-midi emplissait le petit salon de lady Lamerton d'un chaleureux halo doré. Quelques grains de poussière flottaient dans les rayons clairs avant de se poser sur la couverture de la romance empruntée le jour même, abandonnée sur la nappe brodée.

A l'autre bout de la pièce, sur le buffet, un livre sur l'Antiquité et un épais et ennuyeux roman classique attendaient que la semaine passe pour retourner à la bibliothèque.

— Oui, je veux bien une seconde tasse, répondit lady Lamerton. Merci, ma chère.

Emma s'exécuta sans un mot.

— Dites-moi, reprit la vieille dame, qu'avez-vous pensé de M. Stratham ?

— Assez agréable, j'imagine, dit Emma, occupée à ajouter une cuillère de crème et trois morceaux de sucre à la tasse sans trembler.

— Agréable ?

Lady Lamerton parut stupéfaite.

— Avec des yeux pareils ?

— De beaux yeux ne font pas un gentleman, remarqua doucement Emma.

— Vous avez su le jauger assez vite, constata sa maîtresse d'un air satisfait. En tout cas, il a paru particulièrement captivé en vous voyant.

— Cela m'étonnerait.

Les yeux baissés, Emma se servit à son tour. Comment parvenait-elle à paraître aussi calme, alors que son cœur battait la chamade ?

— Pourtant, je ne pense pas avoir déjà vu une jeune femme lui faire une telle impression…

Emma revit soudain le regard scrutateur de Ned, alors qu'elle entrait dans la bibliothèque. Une puissance indéfinissable semblait émaner de lui ; une colère et une accusation qu'il n'avait aucun droit de ressentir après ce qu'il lui avait fait subir. Troublée, elle se tut et sirota son thé encore brûlant.

— Je suppose que nous le verrons ce soir au bal de Hawick, poursuivit lady Lamerton.

A ces mots, Emma sentit un frisson glacé lui parcourir le corps.

— Pensez-vous qu'il y sera ?

— Oh ! très certainement !

« Nous devons parler, Emma… » La phrase de Ned, la veille, résonna à ses oreilles, implacable. La seule chose qu'il lui restait à faire était de ne pas quitter sa maîtresse de toute la soirée.

L'atmosphère, dans la salle de bal du duc de Hawick, était étouffante : la haute société de Londres semblait s'être passé le mot pour regagner la capitale en avance. Après tout, la rumeur courait que le prince régent serait présent au bal…

Ned eut l'impression de se retrouver dans la salle chaude du Red Lion, bien qu'il n'y ait ici aucune cuisine adjacente pour dispenser ses vapeurs brûlantes. Le plafond n'était pas aussi bas que dans la taverne, et les fenêtres n'avaient rien des ouvertures étroites aux vitres ternies censées éclairer les tables. Ici, on ne voyait pas non plus de murs de brique qui retenaient la chaleur en été, et le froid en hiver.

Au contraire, la salle était vaste, emplie de plus de richesses et d'opulence que ne pouvaient sans doute en imaginer les clients du Red Lion. Le lustre massif qui l'illuminait était chargé d'une centaine de bougies dont les flammes faisaient scintiller les pampilles de cristal comme des diamants. Les murs clairs étaient percés de nombreuses et hautes fenêtres entrouvertes pour laisser entrer l'air frais de la nuit. Au fond de la pièce, une grande porte vitrée à deux battants ouvrait sur un jardin citadin étroit semblable à celui qui s'étendait derrière le manoir de Cavendish Square. Partout, l'air circulait librement mais, malgré cela, la pièce était toujours emplie de la même moiteur suffocante…

La voix de lord Longley, à côté de lui, le fit sursauter.

— Belle soirée, n'est-ce pas ?

Tout en parlant, il prit une flûte de champagne sur le plateau que lui présentait un valet.

— Très, acquiesça Ned en se servant à son tour.

Il but une gorgée de champagne sans trahir le fait qu'il détestait cela, et conscient du soin avec lequel Longley ignorerait Rob.

— Peut-être n'avez-vous pas rencontré mon intendant, M. Finchley.

Longley parvint difficilement à masquer une moue méprisante et salua Rob d'un bref signe de tête avant de se tourner de nouveau vers lui. De toute évidence, il estimait que Rob n'était pas assez bien né pour que l'on s'intéresse à lui. Ned n'était pas mieux né que son ami, mais qui pouvait se permettre de fuir quelqu'un d'aussi riche que lui ?

— Harrow m'a dit que vous êtes allé à Tattershall, l'autre jour, pour examiner quelques bêtes…

Tous les hommes de la haute société londonienne achetaient leurs chevaux aux enchères à Tattershall. Ned acquiesça, non sans remarquer l'accent cynique que Longley adoptait toujours en lui adressant la parole. Comme d'habitude, une pointe de colère monta en lui ; il ne supportait décidément pas de fréquenter ces hommes nés dans un univers de luxe et de privilèges, si éloignés de la réalité.

— Oui, répondit-il néanmoins froidement. Pour jeter un œil aux marchandises. N'est-ce pas, monsieur Finchley ?

— En effet. Il y avait de belles bêtes, renchérit Rob.

— Il faut un œil exercé pour reconnaître un bon cheval, dit Longley d'un air acerbe.

Il ne l'en croyait manifestement pas capable.

— Et il faut aussi beaucoup d'expérience, poursuivit-il. Si vous le souhaitez, je peux vous enseigner quelques petites choses à ce sujet.

— C'est très aimable à vous, répliqua Ned avec un sourire exercé.

— Où aimez-vous monter ?

— Je ne monte pas.

— Oh… Je l'ignorais, fit Longley, retenant certainement l'information pour la partager avec ses amis du White's Club au cas où il ne parviendrait pas à conclure avec lui le marché qu'il souhaitait. J'imagine que j'aurais dû m'en douter, puisque vous ne venez pas de…

Il s'interrompit, sans doute conscient de ce qu'il s'apprêtait à dire.

Sans se laisser troubler, Ned soutint son regard.

Visiblement gêné, le comte détourna les yeux, se racla la gorge et changea de sujet.

— Lady Juliette est magnifique, ce soir, n'est-ce pas ?

A la vérité, il n'était venu lui parler que pour attirer son attention sur sa fille, dans l'espoir de conclure un mariage qui lui apporterait de nouveaux fonds.

— Oui, vous devez être très fier d'elle.

Du coin de l'œil, Ned vit Rob réprimer un éclat de rire.

— Je n'ai pas besoin de vous dire qu'elle a été considérée comme le joyau de cette Saison, ajouta Longley, car je suis certain que vous l'avez déjà remarquée.

— En effet.

Longley eut un sourire satisfait.

— Elle est aussi très bonne cavalière, si je m'en souviens bien, reprit Ned.

Le sourire du comte s'évanouit tandis qu'il comprenait l'erreur qu'il avait commise.

— Elle ne monte pas beaucoup, en ce moment, marmonna-t-il avant de se racler une seconde fois la gorge. Veuillez m'excuser, monsieur. Willaston vient d'arriver, et je dois lui parler affaires.

Après un bref salut, le comte s'éloigna. Rob et Ned demeurèrent un instant silencieux, puis Ned dit, un peu nerveusement :

— Il y a une chose que tu dois savoir, Rob. Lady Lamerton a une nouvelle dame de compagnie…

— Crois-tu que j'aurais mes chances avec elle ?

Contrairement à son compagnon, Ned n'eut pas le cœur à sourire.

— Il s'agit de miss Emma Northcote, répondit-il en guettant la réaction de son ami.

Le sourire canaille de Rob disparut en un instant.

— Northcote ? Je croyais pourtant que les Northcote étaient partis pour de bon, qu'ils s'étaient installés à la campagne.

— Moi aussi.

Ned ne put s'empêcher de songer à la vie qu'avaient menée Emma et son père, aux soirées passées avec elle au Red Lion, à la petite rue étroite où elle vivait, dans une pension minable, et à l'entrepôt des docks. D'un coup, sa gorge se noua douloureusement, mais il s'efforça de sourire.

— Apparemment, nous avons eu tort à leur sujet, dit-il.

— Bon sang ! fit Rob dans un souffle.

Surpris, Ned se tourna vers lui. Dans un décor si somptueux, il était étrange d'entendre un tel juron.

— Cela va rendre les choses plus compliquées.

— Pourquoi ? demanda Ned avec un violent effort pour faire taire ses propres émotions.

— Tu sais très bien pourquoi.

— Je n'ai rien fait de mal. Je n'ai rien fait qui risque de m'embarrasser.

— Tout de même…

— Ce ne sera pas un problème, Rob. *Elle* ne sera pas un problème.

Non, pas maintenant qu'il savait qui elle était réellement…

Sans un mot, tous deux se tournèrent vers lady Lamerton qui était assise de l'autre côté de la pièce, au milieu de ses amies… avec Emma.

Emma Northcote, pas de Lisle comme elle le lui avait dit — un mensonge qui lui brisait le cœur.

Il l'observa longuement. Sa longue chevelure noire était rassemblée en chignon haut et une mèche bouclée coulait en cascade sur son épaule. Elle portait une robe de soie bleu ciel qui épousait délicatement ses formes, plus sobre que celles des autres femmes, et sans doute payée par lady Lamerton. Elle n'était parée d'aucun bijou — elle ne devait pas en posséder —, et le décolleté de sa robe n'exposait que sa peau, laiteuse et veloutée. Ses bras étaient couverts de longs gants de soie blanche, assortis aux escarpins qui apparaissaient par instants sous l'ourlet de sa robe.

Elle l'avait vu à l'instant même où elle était entrée dans la salle de bal, c'était certain… Et elle l'ignorait délibérément.

— Je te connais, Ned, dit soudain Rob. Je sais qu'elle ne posera pas de problème.

Tiré de ses pensées, Ned se tourna vers lui.

— Voudrais-tu me tenir ceci un moment ? demanda-t-il en lui tendant son verre. Je dois faire quelque chose.

— Tu n'es pas sérieux… Ne me dis pas que tu vas aller la voir et te présenter !

Rob le dévisageait comme s'il était fou.

— Non, je ne vais pas me présenter, répondit-il avec un sourire dur. Miss Northcote et moi avons déjà eu cet honneur.

Rob parut stupéfait, presque choqué.

— Seulement, la demoiselle et moi n'avons pas encore eu le temps de discuter, acheva Ned.

Dans la salle, la musique s'interrompit et les couples qui dansaient s'immobilisèrent. Chacun salua son cavalier avant de quitter la piste.

Ned jeta un nouveau regard à Emma.

— Je ne serai pas long.

— Ned ! fit Rob avec fermeté.

Mais il ne se soucia pas de lui et, décidé, se faufila entre les invités, sans quitter Emma Northcote des yeux.

Chapitre 6

A côté d'Emma, miss Chichester poussa une exclamation de surprise en jetant un regard en direction de l'endroit où Ned Stratham discutait avec M. Finchley et lord Longley.

— Seigneur ! Vous n'allez pas le croire, miss Northcote, mais M. Stratham…

Emma se retint de se retourner.

— Je ne vois pas pourquoi M. Stratham fascine tant les femmes de Londres, coupa-t-elle froidement. Il est peut-être riche, mais c'est un marchand.

C'était une remarque cruelle et hautaine, bien sûr, mais Ned le méritait, après ce qu'il lui avait fait subir.

Miss Chichester écarquilla les yeux, l'air profondément choqué, et lâcha un petit hoquet de gêne.

— En effet, miss Northcote, je suis un marchand.

La voix douce de Ned dans son dos la fit frissonner. Il avait toujours son léger accent de l'East End et ce même ton un peu tranchant.

Le cœur d'Emma fit un bond et elle sentit son corps se figer, comme pris dans un étau glacé. Finalement, elle se retourna pour croiser ce regard bleu ciel un peu distant qu'elle connaissait si bien.

— Monsieur Stratham, dit-elle calmement, sans rien laisser paraître des émotions qui se déchaînaient en elle. Vous m'avez surprise…

— Je le sais, répondit-il avec un sourire.

Cachant son embarras et sa honte à l'idée d'avoir été surprise ainsi, elle soutint son regard, mais le feu qui lui était monté aux joues devait la trahir. Malgré tout, elle se refusa à s'excuser.

Entre Ned et elle, un silence gênant s'installa et ses yeux clairs ne la quittèrent pas. Il se tenait là, devant elle, tranquille et puissant. Fascinée, elle ne pouvait se détourner de ce regard qui lisait si facilement ses secrets, de ces lèvres qui avaient su la séduire.

— Miss Northcote, m'accorderiez-vous une danse ? finit-il par demander.

Son cœur bondit de plus belle et, derrière elle, miss Chichester laissa échapper un petit rire.

— Merci beaucoup pour cette proposition si magnanime, monsieur, répondit-elle sans baisser les yeux — baisser les yeux aurait été synonyme de défaite. Mais je me vois dans l'obligation de refuser. Je suis ici en tant que suivante de lady Lamerton, et non pour danser.

L'ombre d'un sourire flotta un instant sur les lèvres de Ned. Qu'allait-il faire ? Pourquoi ne s'était-elle pas souvenue plus tôt qu'un simple mot de lui suffirait à la détruire ? Un seul mot, et sa disgrâce serait exposée aux yeux de l'aristocratie. Un seul mot, et elle perdrait toute chance de retrouver son frère. La gorge sèche, elle attendit.

Il se tourna soudain vers lady Lamerton, et Emma s'aperçut alors que la douairière et ses amies suivaient la scène en silence, avec une curiosité avide.

— Je suis certain que lady Lamerton pourra se passer de vous pendant un court moment.

L'air confiant, il interrogea la vieille dame du regard en soulevant le sourcil à la cicatrice d'une manière irrésistible.

Tous les yeux se tournèrent vers la douairière qui trônait comme une reine au milieu de sa cour.

— M. Stratham a le droit de danser avec vous, Emma, répondit-elle au bout de quelques instants. Tant qu'il me rend ensuite ma suivante sans discuter.

— Elle sera saine et sauve, madame, dit Ned avec un sourire.

« Saine et sauve »…

Emma sentit une peur profonde l'envahir.

Les vieilles dames qui entouraient lady Lamerton les observaient d'un air émerveillé. Finalement, Ned s'inclina brièvement devant Emma et lui tendit la main.

— Y allons-nous, miss Northcote ?

Elle le dévisagea pendant un instant. Il l'avait mise dos au mur et elle ne pouvait lui échapper ; elle n'avait plus qu'à le suivre. Quoi qu'il en soit, même s'il avait gagné cette bataille, il était loin d'avoir remporté la guerre !

Sans un mot, elle se leva et prit son bras pour l'accompagner sur la piste.

Ils rejoignirent les danseurs les plus proches, pour un morceau populaire, ni trop complexe ni trop rapide, idéal pour discuter…

— A quel jeu jouez-vous, Ned Stratham ? demanda Emma dès les premières mesures.

— Je ne joue pas. Nous avons besoin d'un peu d'intimité pour parler, et voici l'opportunité idéale.

Elle jeta un coup d'œil autour d'elle. Tous les yeux étaient tournés vers eux, et les femmes commençaient à murmurer derrière leurs éventails.

— Vous appelez cela de l'intimité ? Chacun de nos mouvements est examiné et commenté !

— En effet. Apparemment, je suis une source de fascination pour ces dames…

Saisie d'une colère soudaine, elle se sentit rougir et le foudroya du regard. Cherchait-il à l'humilier ? Consciente de la chaleur de sa main sur la sienne, de la proximité de son corps, elle refoula son trouble. Elle ne le laisserait pas gagner !

— Je vous ai déjà dit que je ne voulais plus écouter vos mensonges, Ned.

— Mais ce n'est pas moi qui ai menti, n'est-ce pas, Emma ? dit-il avec un sourire dur.

— Etant donné ce que vous avez fait, je ne vous dois aucune explication, et je n'ai pas à me justifier de ne pas vous avoir attendu. Et quand je vous ai dit que j'avais travaillé comme demoiselle de compagnie, ce n'était pas un mensonge : je l'ai fait par le passé. Durant un mois.

— Un mois…, murmura-t-il. Et votre père employait la femme qui vous a formée.

Il la dévisagea un instant en silence.

— Au fond, je n'ai pas menti, répéta-t-elle.

— Au fond, oui…

Crispée, elle rougit de plus belle et se détourna.

Il se pencha vers son oreille et elle sentit son souffle chaud lui caresser la joue. Un frisson la parcourut et, sans qu'elle puisse lutter contre, une flamme s'alluma au creux de ses reins.

— Mais, reprit-il, puisque nous allons au fond des choses, je crois me souvenir du nom que vous m'avez donné. Miss *de Lisle*…

— Ce n'était pas un mensonge, se défendit-elle. De Lisle est le nom de ma mère.

— Celui de votre mère peut-être. Pas le vôtre.

Elle sentit son cœur s'emballer et, sous l'effet de la nervosité, sa bouche devint sèche. A en croire Ned, elle était la seule en tort !

— Mon père et moi ne pouvions pas nous permettre de révéler nos vraies origines, d'avouer notre déchéance, dit-elle fermement. Comment aurions-nous vécu, à Whitechapel, si les gens avaient su que nous venions de cette société aristocratique qu'ils détestent tant ? Croyez-vous que nous aurions été acceptés ? Croyez-vous que Nancy m'aurait donné un emploi au Red Lion ?

— Non, convint-il posément sans la quitter des yeux. Cependant, vous m'avez tout de même menti, Emma Northcote.

— Ce genre de petit mensonge ne change rien.

Un éclair de colère, de passion violente, traversa le regard de Ned. Une émotion si brutale, si différente de son détachement contrôlé, qu'Emma en eut froid dans le dos.

— Au contraire, cela aurait pu tout changer, répliqua-t-il d'un air sombre.

Avant qu'elle n'ait pu répondre, ils durent se séparer pour changer de partenaires avec le couple voisin. Elle profita de ces quelques instants de tranquillité pour reprendre le contrôle de ses émotions avant de lui faire de nouveau face. Pourquoi avait-il fallu qu'il provoque une confrontation au beau milieu d'une salle pleine de monde ?

Finalement, elle le retrouva et le laissa lui reprendre la main.

— N'essayez pas de transformer la réalité, dit-elle. Vous m'avez laissée croire que vous étiez quelqu'un d'autre.

Il la dévisagea, l'air surpris. Après tout, n'avait-elle pas fait exactement la même chose ?

Sa culpabilité ne fit qu'accroître sa colère et son sentiment d'injustice.

— Toutes ces nuits, Ned… Dire qu'entre chacune de vos visites vous étiez là, confortablement installé dans votre manoir, ou en train de danser à un bal, une jeune femme pâmée à votre bras ! Vous tentiez de vous lier à la fille d'un comte ou d'un duc, alors même que vous veniez jouer à Whitechapel, comme un enfant.

Ned ne répondit pas. Trop emportée, elle ne put s'empêcher de poursuivre :

— Avouez-le. Vous étiez prêt à coucher avec moi et à m'abandonner après, non ?

— Vraiment ?

Sa voix était froide, dure, dénuée d'émotion, et une lueur indéchiffrable dans son regard la mit plus mal à l'aise que jamais.

Si elle était restée, elle aurait su…

Mais si elle était restée, elle aurait compris son petit jeu trop tard.

Sans rien dire, elle se laissa guider par Ned au son de la musique. Plus rien ne semblait exister autour d'elle que le son des instruments et le sifflement saccadé de leur souffle.

Soudain, conscience de tout ce qu'elle risquait dans ce monde d'élégance et de préjugés, elle ne put se retenir :

— Allez-vous dire à tout le monde la vérité à mon sujet ? Comptez-vous leur dire qu'il y a quelques jours à peine je servais des grillades dans une auberge de Whitechapel ? Que mon père travaille sur les docks ? Que nous logions dans l'une des pensions les plus misérables de Londres ?

— Et vous, répondit-il avec un sourire, comptez-vous leur dire que j'étais un client régulier de cette même auberge ?

Ils se dévisagèrent un instant. Elle était si nerveuse qu'elle faillit rater un pas.

— Vous, ils vous le pardonneraient. A moi, non, et vous le savez très bien, murmura-t-elle, la gorge sèche.

— Oh non ! Ils seraient bien moins enclins à me pardonner que vous le pensez, dit-il d'un ton amer. Mais ne craignez rien, Emma, votre secret est bien gardé avec moi…

Inquiète, elle attendit qu'il lui dise ses conditions. Que demanderait-il pour prix de son silence ?

Comme s'il avait lu ses pensées, il eut un petit sourire cynique et secoua doucement la tête. Immédiatement, un doute la saisit. S'était-elle trompée depuis le début sur son compte ? Elle revit alors la veste usée et les bottes fatiguées qu'il portait à Whitechapel — pour se déguiser. Elle se souvint des instants qu'ils avaient partagés, dans l'ombre des ruelles où il vivait sa double vie. Il avait beau protester, il n'en restait pas moins un menteur qui l'avait utilisée et ridiculisée.

— Maintenant que les choses sont claires entre nous, nous n'avons plus besoin de nous revoir, dit-elle au bout d'un instant. Je vous prierai de rester loin de moi, Ned.

De nouveau, il lui lança son sourire dur, presque amer.

— J'en ai bien l'intention.

— Et j'en suis heureuse.

Il la dévisagea encore un instant, rivant sur elle ses yeux perçants qui voyaient tout et semblaient connaître chacun de ses secrets, de ses mensonges, de ses espoirs et de ses peurs. Puis, sans prévenir, il se pencha vers elle, si près qu'elle put sentir son parfum si familier. Son souffle chaud lui effleura la joue, et elle ne put réprimer un frisson.

— Vous en serez plus heureuse que vous le pensez, murmura-t-il à son oreille.

Son cœur s'emballa et son sang se mit à battre à ses tempes. Tout ce qui s'était passé entre eux au Red Lion, dans la ruelle et sur le petit banc de pierre lui revint.

L'espace d'un instant, ils se regardèrent droit dans les yeux, avec passion, puis il s'écarta d'un pas et reprit son expression froide et détachée.

— Souriez, dit-il. Tout le monde nous regarde, et je ne pense pas que vous voulez que notre public se pose des questions à notre sujet.

Illustrant son propos, il afficha un large sourire, mais ses yeux demeurèrent durs. Elle l'imita, non sans rétorquer :

— Vous n'êtes qu'un bâtard, Ned Stratham.

— Oui, au sens propre. Mais c'est tout de même mieux qu'être un menteur.

Il avait raison… et cela la blessa plus que tout.

Enfin, la musique cessa. Autour d'Emma, toutes les danseuses firent une révérence. Chassant son trouble, elle fit de même. Ned salua à son tour.

— Permettez-moi de vous raccompagner auprès de lady Lamerton, dit-il courtoisement.

Surprise, elle soutint son regard un instant puis, gênée par leurs voisins qui les examinaient en détail, elle posa doucement sa main sur son bras pour le laisser la conduire à l'autre bout de la salle.

Le lendemain matin, Ned et Rob se retrouvèrent dans la salle du gymnase John Jackson pour gentlemen, sur Bond Street. A 9 heures, il n'y avait généralement personne. Après une nuit passée dans leurs clubs, à boire, jouer et fréquenter des femmes — ce qui semblait être l'occupation principale des aristocrates londoniens — aucun gentleman ne s'extrayait de son lit avant midi. Après un rapide échauffement, Ned et Rob s'étaient tournés vers les lourds sacs de sable pendus à une poutre le long de l'un des murs.

Au bout de quelques minutes, Rob s'assit dos au mur pour reprendre son souffle, les coudes appuyés sur ses genoux.

— Qu'est-ce qui s'est passé, hier, entre Emma Northcote et toi ? demanda-t-il.

— Je voulais lui parler, répondit évasivement Ned.

— Dans quel but ?

— Pour m'assurer de son identité.

— Et pour ça, tu avais besoin de danser avec elle ? reprit Rob d'un air amusé.

— Il fallait bien que je mette en pratique un jour ou l'autre toutes les leçons que j'ai prises avec mon maître de danse. Après tout, il me coûte assez cher...

Rob lui lança un regard un peu cynique.

— Donc, j'imagine que tu as eu confirmation et qu'elle est bien celle qu'elle prétend être.

— Qu'est-ce qui te rend si sûr de toi ?

— Peut-être le fait que tu es en train de vider ce sac de son sable à force de taper dedans.

Irrité d'avoir été si transparent, il s'interrompit un instant, puis recommença à frapper. Crochet du droit. Crochet du gauche. Droite. Gauche. Comme Rob ne semblait pas prêt à changer de sujet, il reprit :

— Cette femme ne change rien à nos projets. Nous continuerons comme prévu.

Tout en parlant, il frappa le sac si fort que celui-ci se balança au point de presque se détacher de son crochet et qu'il dut l'éviter au retour avant de se remettre à cogner. Cela lui permettait au moins de ne pas trop réfléchir... Il frappa jusqu'à ce que ses articulations lui fassent mal, que ses bras ne veuillent plus se lever, et que son corps entier soit engourdi de fatigue. Lorsqu'il s'arrêta enfin, Rob lui lança une serviette et se releva avec un rapide regard d'avertissement car la porte venait de s'ouvrir.

— Vous n'en faites pas plus, Stratham ? lança-t-il en reprenant un vouvoiement de façade.

Ned rattrapa la serviette au vol et essuya son front couvert de sueur avant de se tourner pour saluer les nouveaux arrivants, le duc de Monteith et le vicomte Devlin.

En le voyant, tous deux eurent un instant d'hésitation. Devlin le toisa de l'air froid, insolent et méprisant qui lui était habituel puis suivit Monteith de l'autre côté du gymnase.

Ned et Rob échangèrent un sourire.

— Tes plus fidèles amis, murmura Rob avant de se diriger vers le vestiaire.

— Cette journée ne fait que s'améliorer, répondit Ned en lui emboîtant le pas.

Quelques rues plus loin, dans l'hôtel particulier de lady Lamerton, Emma et la douairière prenaient leur petit déjeuner.

— Comme je le pensais, remarqua lady Lamerton en lisant une lettre qui venait d'arriver, votre danse avec M. Stratham au bal a suscité des commentaires…

Dans la pièce silencieuse, seul le tic-tac de l'horloge troublait le calme matinal.

— Je ne comprends pas pourquoi, répondit Emma, un peu gênée. Ce n'était qu'une danse.

Un valet vint leur servir du café.

Sans un mot, Emma regarda le liquide brun couler dans sa tasse de porcelaine orange bordée de feuilles d'or. L'arôme du café se répandit dans la pièce. Quand le valet se fut écarté, elle ajouta une cuillerée de crème dans sa tasse et but une première gorgée.

Les rayons du soleil coulaient par la fenêtre de la salle à manger, faisant scintiller les pampilles de cristal du lustre et animant les murs de reflets arc-en-ciel.

Lady Lamerton posa la lettre sur la pile épaisse de celles qu'elle avait déjà lues et en décacheta une autre.

— Ma chère, dit-elle avec un petit sourire, vous ne savez

manifestement pas que M. Stratham n'avait jamais auparavant été vu en train de danser. Lorsqu'il assiste à un bal, il se contente toujours d'observer et de discuter.

Le cœur battant, Emma but une seconde gorgée de café et sourit, comme si ce qui s'était passé la veille entre Ned et elle n'avait aucune importance à ses yeux.

— Ce ne doit pas être agréable, pour lui, d'assister à des bals sans danser, dit-elle d'un air indifférent.

— Au contraire ! C'est plutôt l'opposé. Ce comportement a attiré l'attention sur lui et créé une curiosité croissante en société. Toutes les femmes ont vu cela comme un défi… Les sœurs Lewis ont même lancé un pari pour savoir qui sera la première à réussir à le tenter. Tout le monde était persuadé qu'il ne danserait qu'avec celle qu'il aurait choisi d'épouser.

Saisie d'une soudaine rage, Emma sourit de plus belle pour ne pas se trahir.

— Dans ce cas, voilà une théorie qui vient d'être réfutée, répliqua-t-elle.

— Sans doute… Et je suis certaine que cela a rapporté une somme rondelette aux sœurs Lewis.

Concentrée sur sa lecture, la douairière se tut un instant avant de reprendre.

— Tout le monde est curieux de savoir de quoi vous avez parlé sur la piste.

Si les sœurs Lewis ou leurs amies l'avaient su, elles auraient été horrifiées…

— Ma foi, nous n'avons rien échangé de bien excitant. Je vous ai déjà tout raconté, milady.

Incapable de fuir les questions de sa maîtresse, elle y avait répondu évasivement la veille au bal, puis dans la voiture en rentrant. Obstinée, lady Lamerton ne l'avait laissée en paix que lorsqu'elle s'était estimée satisfaite sans savoir, bien sûr, qu'elle n'avait pas dit la vérité.

— Les considérations sur le temps qu'il fait et ce genre de banalités risquent de ne pas suffire à ces dames, Emma.

Tout le monde a bien remarqué que vous sembliez mener une conversation très sérieuse…

Haussant les épaules, Emma sirota son café sans répondre. Ses lunettes sur le nez, lady Lamerton jeta un nouveau coup d'œil à la lettre qu'elle tenait.

— Apparemment, un nouveau pari a été lancé pour savoir s'il dansera encore, et si ce sera avec vous.

Emma réprima un soupir de découragement. L'aristocratie londonienne avait vraiment des préoccupations bien éloignées de la vie réelle. A une heure de marche à peine de Mayfair, les soucis des gens étaient autrement plus graves qu'une simple histoire de danse…

— Soyez gentille et allez me chercher mon journal, Emma, reprit soudain lady Lamerton. Voyons quand aura lieu le prochain bal.

— La semaine prochaine, jeudi soir. Ce sera la soirée de charité de l'Hôpital des enfants trouvés, répondit Emma, sachant déjà où sa maîtresse voulait en venir. Mais, même si M. Stratham s'y montre, je lui ai très clairement expliqué que mon devoir de suivante est de rester à vos côtés et non de danser.

— Vous savez que j'admire votre loyauté, ma chère, mais vous avez parfaitement le droit de danser avec lui. D'ailleurs, ajouta-t-elle avec un regard satisfait sur la pile de lettres posée à côté d'elle, il serait assez impoli de votre part de refuser l'invitation d'un gentleman.

— Croyez-moi, il ne m'invitera plus.

« — Je vous prierai de rester loin de moi, Ned.

— J'en ai bien l'intention… »

Leurs paroles résonnèrent à ses oreilles et elle revit son regard empli d'une colère froide et de bien d'autres choses, ce regard qui l'avait hantée tout au long de la nuit.

Chassant son inquiétude, Emma sourit de nouveau comme si de rien n'était et s'empressa de changer de sujet.

— Que comptez-vous porter, ce soir, pour dîner chez Mme Lewis ?

Heureusement, sa stratégie porta ses fruits.

— J'envisageais de mettre ma robe de soie mauve et mon turban assorti, répondit la douairière. Peut-être pourriez-vous porter votre robe de soie gris perle, pour compléter la teinte de ma tenue…

— En effet, cela serait seyant.

Sans un mot de plus, Emma l'écouta prévoir l'organisation de leur journée et lui proposer une visite chez le mercier pour acheter une plume neuve pour son turban. Hélas ! elle ne parvint pas à détacher ses pensées de Ned.

Il resterait loin d'elle, et elle en serait heureuse.

« Plus heureuse que vous le pensez », avait-il murmuré à son oreille.

Un frisson la parcourut. Qu'avait-il voulu dire par là ?

Cinq minutes à peine après leur arrivée dans le vaste salon de Mme Lewis, sur Hill Street, lady Lamerton se pencha vers Emma.

— M. Stratham est ici, murmura-t-elle.

— Vraiment ? Je n'avais pas remarqué, mentit Emma.

Ned et son intendant, Rob Finchley, se tenaient de l'autre côté de la pièce, en pleine discussion avec lord Linwood et un autre homme qu'Emma connaissait de vue mais dont elle ne parvenait pas à se rappeler le nom. Vêtu d'un élégant costume taillé sur mesure, Ned souriait, ses cheveux animés de reflets dorés. Il semblait décidément autant à son aise ici qu'à Whitechapel. Sous son apparence policée, elle sentait son instinct de chasseur, sa redoutable puissance soigneusement tenue sous contrôle. Soudain, leurs regards se croisèrent. Ses yeux froids, vigilants, paraissaient plus bleus encore que d'habitude, et le cœur d'Emma fit un bond. Un frisson d'inquiétude la parcourut des pieds à la tête, mais elle lui sourit comme s'il n'avait aucune importance à ses yeux puis se tourna de nouveau vers lady Lamerton.

Quelques minutes plus tard, leur hôtesse fit son entrée et

salua la douairière avec effusion. Que sa tenue était élégante ! Qui était sa couturière ?

Abandonnée à elle-même, Emma observa discrètement les autres invités. Non loin, elle aperçut un groupe de jeunes femmes de son âge qu'elle avait beaucoup côtoyées auparavant. Comme ses anciennes amies semblaient différentes d'elle, à présent ! Pourtant, elles avaient assisté aux mêmes cours pour jeunes filles, fait ensemble leurs premiers pas dans le monde… A cette époque, son père avait dû dépenser des fortunes en robes et en bijoux pour lui permettre de prendre sa place à leurs côtés sur le grand marché du mariage.

Aujourd'hui, ces femmes étaient vêtues suivant la dernière mode, coiffées avec soin, bien protégées dans ce petit cercle fermé dont elle ne faisait plus partie. Elle savait mieux que personne comment étaient vues les filles ruinées contraintes à travailler comme demoiselles de compagnie. On les observait de loin, avec pitié, en colportant les dernières rumeurs d'une voix étouffée. Après tout, elle avait fait la même chose. Non par méchanceté, mais par naïveté et ignorance. Heureusement, la position dont elle avait naguère joui avec son père semblait, malgré sa déchéance, la protéger de cette condescendance. Répondant à son salut, la plupart de ses anciennes amies lui sourirent et seules quelques-unes l'ignorèrent ou se détournèrent.

Son attention fut attirée par l'arrivée de Mme Faversham, tout sourires et politesses.

— Lady Lamerton ! Quelle joie de vous voir ici !

Emma avait l'œil suffisamment exercé pour déceler derrière les assauts de courtoisie une commère en quête de ragots.

— Et miss Northcote, ajouta-t-elle avec un petit salut de la tête.

Emma lui fit une profonde révérence en s'efforçant d'ignorer l'étincelle de curiosité qui s'était allumée dans le regard de la nouvelle venue.

— Madame Faversham, répondit assez froidement lady Lamerton.

La douairière ne se laisserait certainement pas enlever le

monopole des potins sans combattre, et son regard protecteur posé sur Emma faisait presque penser à celui d'une louve prête à défendre ses petits. Sur ce point, au moins, son père avait eu raison. Lady Lamerton la protégerait de la curiosité de la foule, ne serait-ce que pour satisfaire la sienne.

— Quel dommage que je n'aie pu me rendre au bal de Hawick ! soupira Mme Faversham. Apparemment, c'était un événement à ne pas manquer ! On m'a dit que M. Stratham s'est enfin lancé sur la piste de danse… Mais qui peut être certain de ses sources, de nos jours ? Il y a tellement de rumeurs.

— Ma chère Agatha, je peux vous le confirmer.

— Vraiment ?

Mme Faversham paraissait sur le point de défaillir tant la curiosité devait la dévorer.

— Vous devriez venir prendre le thé chez moi, lady Lamerton, reprit-elle. Cela fait un siècle que nous ne nous sommes vues en privé ! Est-ce que demain vous conviendrait ?

— Hélas ! répondit la douairière, je prends le thé avec Mme Hilton, demain. Je crains que mon agenda ne soit assez chargé, ces jours-ci. Peut-être pourrai-je trouver le temps de vous rendre visite à la fin de la semaine… si vous êtes disponible.

— Mais oui ! s'exclama Mme Faversham avec un nouveau regard en direction d'Emma. Miss Northcote se joindra-t-elle à nous ?

Heureusement pour Emma, la cloche du souper tinta, la libérant des griffes acérées d'Agatha Faversham.

La table était magnifique, illuminée par de multiples bougeoirs. Au centre trônait une grande décoration exposant la tête et la queue d'un paon.

Au moment d'être placée, Emma craignit de voir Ned s'asseoir à côté d'elle mais, selon l'étiquette aristocratique, en dépit de sa fortune, son statut de nouveau riche le plaçait assez bas dans la hiérarchie. Son intendant et lui furent donc placés presque en bout de table.

Pour sa part, bien qu'elle ne soit qu'une suivante, elle était considérée comme plus importante qu'une simple domestique grâce à son rang passé. Elle avait fait partie de ce monde, naguère, et personne ne l'oubliait.

Lord Soames, l'un des plus chers et anciens amis de son père, vint bientôt occuper le siège voisin du sien.

— Comment se porte votre papa, à Hounslow, en pleine campagne, jeune miss Northcote ? demanda-t-il d'une voix forte, handicapé par sa surdité.

— Il va très bien, lord Soames, répondit-elle avec un sourire gêné.

La voix grave du vieux lord portait si bien que toute la tablée devait entendre leur discussion... Et Ned n'en perdrait sans doute pas une miette.

— Je suis heureux de l'apprendre, ma chère. Quand vous le verrez, dites-lui bien à quel point il nous manque, à Londres.

— Je le ferai.

Elle sourit de nouveau, dissimulant son embarras croissant, et s'empressa de changer de sujet.

— Ce beau temps est surprenant pour la saison, ne trouvez-vous pas ?

— Qu'est-ce que vous dites ? demanda lord Soames en tendant le cou vers elle. Parlez plus fort, ma chère !

— Je disais, répéta-t-elle donc, qu'il faisait étonnamment beau, en ce moment.

Le vieil homme porta son cornet acoustique à son oreille et lança :

— Je n'ai pas entendu un traître mot, miss Northcote.

— Miss Northcote parlait du beau temps, lança soudain une voix d'homme derrière elle.

Surprise, Emma se figea. Elle ne connaissait que trop bien cette voix... Aristocratique, à la fois indifférente et arrogante, c'était une voix que l'on n'oubliait pas facilement.

— Oui, il fait très beau, confirma lord Soames avant

de s'appuyer confortablement au dossier de sa chaise pour attendre le dîner.

— Bonsoir, miss Northcote, reprit la voix.

L'homme s'assit sur la chaise encore libre à sa droite.

Elle crut se sentir mal et il lui fallut une profonde inspiration pour se reprendre. Enfin, elle parvint à se tourner pour découvrir le visage finement sculpté du vicomte Devlin.

— Je crois que vous vous êtes trompé de place, monsieur, dit-elle sèchement en jetant un regard explicite au carton déposé contre un verre et qui portait le nom de M. Frew.

— Pas du tout, miss Northcote, répondit Devlin.

Sans la moindre hésitation, il saisit le carton et le fit disparaître dans la poche de sa veste sombre. Stupéfiée par une telle audace, Emma ne protesta pas et ne put que jeter un rapide coup d'œil à M. Frew, assis humblement quelques sièges plus loin. Il esquissa une moue gênée avant de baisser les yeux.

Dissimulant aussi bien que lui ses sentiments, alors que son cœur battait follement sous l'effet de la colère et de la haine, elle rendit son regard à Devlin. Elle ne pouvait faire de scène dans cette salle à manger, bien sûr, et se trouvait donc contrainte de supporter sa présence à ses côtés pendant tout le repas.

Certains invités les regardaient déjà avec curiosité. On attendait sa réaction, mais elle ne leur ferait pas le plaisir d'élever la voix. Manifestement, personne n'avait oublié la sévérité publique de sa mère envers Devlin et ses amis. Personne n'avait oublié le scandale qui avait impliqué cet homme et Kit…

Décidée à faire bonne figure, elle sourit froidement et s'efforça de parler à voix basse pour que seul Devlin puisse l'entendre.

— Que faites-vous ?

— Je savoure cette agréable soirée, répondit-il d'un air parfaitement innocent.

Son sourire insouciant était aussi charmant que dans ses

souvenirs. Cependant, elle ne se laisserait pas piéger par son amabilité de façade une seconde fois.

De l'autre côté de la table, lord Fallingham s'installait à côté de Mme Morley. Il leva brièvement les yeux vers elle et eut un petit signe de tête compréhensif avant de se tourner vers Mme Morley pour bavarder.

Elle ne tenta pas de parler à lord Soames une seconde fois — elle entendait déjà Mme Hilton s'égosiller pour tenter de se faire comprendre...

Devlin sourit de nouveau, comme s'il avait perçu son trouble, mais elle se contenta de soutenir son regard et d'attendre.

— Alors, comment vous portez-vous, miss Northcote ? demanda-t-il au bout de quelques instants.

— J'allais très bien, répondit-elle d'un air faussement enjoué, jusqu'à présent. Et vous, monsieur ?

Elle allait devoir faire des efforts pour paraître polie et sincère durant ce repas... Cette fois, le sourire de Devlin fut plus large, plus charmant encore que d'habitude, même si son regard scintillait d'un éclat mensonger.

— Je me porte très bien, maintenant que je suis avec vous.

— Je ne vois vraiment pas pourquoi. Etant donné les échanges que vous avez eus avec ma famille avant que nous ne quittions Londres, je pensais que nous n'aurions plus grand-chose à nous dire.

Il ne répondit pas et se contenta de s'appuyer contre le dossier de sa chaise en sirotant son champagne. Cependant, sous ses airs tranquilles, il ne la quittait pas des yeux.

— Avez-vous apprécié le bal de Hawick, l'autre soir ?

Instinctivement, Emma jeta un rapide coup d'œil à Ned, assis quelques sièges plus loin, au moment même où il levait les yeux sur elle. La gorge nouée, elle se détourna et but une gorgée de champagne en s'efforçant de ne pas trembler.

— C'était une soirée agréable, dit-elle.

A son tour, Devlin glissa un regard en direction de Ned avant de la dévisager de nouveau.

— Assez agréable pour que M. Stratham se laisse tenter

par la danse, apparemment. Nous n'avions encore jamais vu cela…

— Je ne saurais le dire. Cela faisait bien longtemps que je n'étais pas revenue en ville.

Devlin eut un nouveau sourire engageant, bien que son regard demeurât glacial. Après une gorgée de champagne, il reprit :

— Faire danser cet homme est un exploit, soyez-en sûre.

— Je vous crois sur parole.

Nouveau sourire.

— C'est un nouveau riche, murmura-t-il avec le même dédain que tous les aristocrates londoniens pour ce genre d'homme.

— C'est ce que l'on m'a dit, oui…

— Les hommes comme Stratham ne respectent pas les règles de notre monde. Certains ne respectent d'ailleurs aucune règle, surtout avec les femmes.

— Je trouve cela très déplacé de votre part, répliqua-t-elle sèchement.

Toute la ville connaissait la réputation de libertin de Devlin, et elle ne faisait pas exception.

— Peut-être bien, admit-il, l'air insouciant. Mais au moins je n'ai de relations qu'avec celles qui savent jouer aux mêmes jeux que moi…

Un silence tendu s'abattit entre eux, lourd des insinuations de Devlin au sujet de Ned. Elle resta indifférente face à son regard scrutateur.

— Pourquoi me dites-vous tout cela ?

— Par amitié pour votre frère.

Cette fois, elle faillit s'étrangler.

— Amitié ? C'est vraiment ce que vous pensez ?

— Même si je n'étais pas proche de votre frère, au vu de… l'intérêt que Stratham semble vous porter, je ne serais pas un gentleman si je ne vous prévenais pas du danger.

— On ne peut pas vraiment parler d'intérêt après une seule danse.

— Au contraire, je pense que dans ce cas le mot n'est pas exagéré…

Emma reposa son verre aussi calmement que possible.

— Je suis certaine que vos intentions sont bonnes, monsieur, dit-elle d'une voix légère et mondaine, mais je ne vois pas en quoi mes actes ou mes fréquentations vous concernent.

— C'est votre avis, répondit Devlin avec un rapide regard vers Ned. Cependant, contrairement à vous, je pense que cela me concerne. Plus que vous ne le croyez.

Lorsque ses yeux revinrent se poser sur elle, ils étaient animés d'un éclat inquiétant, presque possessif. Puis, tout aussi rapidement, son sourire de façade revint, à tel point qu'Emma crut avoir imaginé des choses. Avait-il réellement prononcé ces étranges paroles ou alors le champagne lui montait-il à la tête ?

En face d'elle, il était redevenu lui-même, charmant et séduisant, l'homme qui avait ravi le cœur de tant de jeunes femmes qui espéraient toutes être celle qui saurait le dompter.

Le repas fut enfin servi et les conversations se noyèrent dans un bruit de couverts, de verres et de pas. De nombreux valets circulaient autour de la table, présentant différents plats aux convives, et des rires s'élevaient tout autour de la table.

Mal à l'aise, Emma sentait son estomac se nouer. Heureusement, une fois servi, Devlin se mit à discuter avec Mme Morley, en face de lui.

— Comment est votre poulet, madame ?

— Excellent, comme je m'y attendais…

La conversation se poursuivit, mondaine et sans intérêt, tandis que les secondes semblaient s'éterniser.

Une nouvelle fois, Emma se surprit à observer Ned qui discutait avec M. Jamison. Il lui lança un bref regard, l'air à la fois distant et intrigué, avant de se concentrer sur ce que M. Jamison lui racontait.

Chapitre 7

Le lendemain matin, le ciel était d'un bleu pur et l'air encore frais. La voiture de Ned, dessinée pour la vitesse et le sport, d'un noir aussi luisant que le pelage de la panthère conservée par le prince régent dans sa ménagerie, se dirigeait vers Hyde Park.

— Est-ce que tu as remarqué que Devlin était assis à côté de miss Northcote, hier ? lança soudain Rob d'une voix forte pour se faire entendre par-dessus le battement des sabots sur le pavé.

Les rênes bien en main, Ned resta concentré sur ses quatre chevaux.

— Il n'était pas assis à côté d'elle, répliqua-t-il, les dents serrées. Il a intimidé Frew pour prendre sa place.

— Je me demande pourquoi…

— J'imagine qu'il désirait lui parler.

Rob eut une courte hésitation.

— Crois-tu qu'il ait un penchant pour elle ?

— Peut-être. Mais je suis certain qu'elle n'a pas de penchant pour lui.

A en croire le regard qu'elle avait posé sur Devlin lorsqu'il s'était installé à son côté, elle ressentait plutôt du dégoût et une violente colère. De toute évidence, elle n'avait pas été heureuse de le voir, ce qui était rassurant. Au moins, leur discussion n'avait pas été un rendez-vous arrangé.

Exaspéré par ses propres émotions, il soupira. Les amourettes d'Emma n'auraient pas dû avoir la moindre importance à ses yeux. Elle n'était rien pour lui. Et pourtant…

— Elle n'apprécie pas Devlin, reprit-il d'une voix plus maîtrisée. C'est pour cela qu'il a dû attendre qu'elle soit assise avant de l'approcher ; sinon, elle l'aurait évité.

— C'est curieux qu'elle le haïsse à ce point.

— Vraiment ?

Sans avoir besoin de regarder son ami, Ned sentit son regard moqueur posé sur lui.

— Peut-être qu'il n'a pas aimé te voir danser avec elle…

— Oh ! ça, j'en suis certain, répondit Ned, amusé.

Rob eut un petit rire.

Autour d'eux, la ville se répandait en battements de sabots, en grondements de roues sur le pavé, en voix qui s'interpellaient. A un moment donné, ils durent s'arrêter derrière une file de voitures, à un croisement. Là, un nettoyeur muni d'une pelle ramassait le crottin frais derrière les chevaux, accompagné par deux hommes qui récoltaient quelques pièces pour sa peine.

Au bout de quelques minutes, la file recommença à avancer et Ned put remettre son équipage en route d'un mouvement sec du poignet.

— Tu deviens vraiment bon pour conduire, remarqua Rob avec un sourire. Tes leçons finissent par payer.

Ned acquiesça, puis tous deux demeurèrent silencieux tandis que la voiture passait devant une série de grandes demeures.

Tout à coup, Rob demanda à voix basse, comme pour être certain de n'être entendu que de Ned :

— Tu crois que Devlin lui a dit quoi que ce soit au sujet de…

— Non.

C'était catégorique.

— Quoi que Devlin pense de moi, il n'entraînerait jamais Emma Northcote dans cette histoire. Son honneur le lui interdirait.

— Excuse-moi de ne pas me fier à ces gentlemen et à leur honneur…

Ned ne put réprimer un sourire un peu amer ; Rob avait raison.

— Miss Northcote... Elle n'est pas comme je l'imaginais. Elle n'a rien d'une coquette apprêtée, comme toutes les autres.

Ned ne répondit pas, se contentant de repenser à Emma dans la salle enfumée du Red Lion, vêtue de sa robe rouge qui attirait tous les regards sur elle. Il la revit aussi face à lui, dans l'allée sombre, prête à l'embrasser avec tendresse et passion. Son sourire chaleureux, son intelligence et sa force de caractère revinrent le hanter. Il avait voulu la coucher dans son lit, partager sa vie... son avenir.

Au prix d'un immense effort de volonté, il parvint enfin à chasser son image de son esprit.

— Ce que miss Northcote est ou n'est pas ne change rien pour nous, dit-il sèchement.

Rob lui répondit par un sourire et s'adossa à son siège pour admirer les façades élégantes entre lesquelles ils passaient. Sans un mot de plus, Ned se concentra sur ses chevaux et poursuivit son chemin en direction de Hyde Park.

Emma se tenait seule, appuyée au montant d'une fenêtre de la salle à manger de lady Lamerton, sur Grosvenor Place, et regardait le soleil se lever sur Londres.

Dans la rue, la charrette de Fortnum & Mason remontait lentement de maison en maison, tandis que le garçon perché à l'arrière bondissait de temps à autre jusqu'à un porche pour porter aux cuisinières les commandes d'épicerie. De l'autre côté, deux livreuses de lait marchaient, leurs pots pendus à d'épaisses barres de bois placées en équilibre sur leurs épaules. Partout, ce n'était qu'activité fébrile : voitures, gentlemen à cheval qui se dirigeaient vers le parc pour se promener... Un brouhaha permanent montait jusqu'aux fenêtres de la douairière qui avait justement choisi cette maison pour cela.

Le ciel était très bleu, mais noyé d'une brume légère qui se lèverait sans doute avant la fin de la matinée, comme souvent. La journée serait chaude… Déjà, Emma sentait un courant d'air tiède monter du pavé. Tendue, elle se massa doucement la nuque.

Elle ne pouvait s'empêcher de repenser à la soirée de la veille, à Devlin… et à Ned.

Toute la nuit, des interrogations déplaisantes avaient troublé son sommeil. Qu'avait donc voulu dire Devlin en insinuant qu'il s'intéressait à elle ? Et en la mettant en garde contre Ned et son comportement avec les femmes bien nées ?

Comment Devlin avait-il pu penser qu'il y avait quoi que ce soit entre eux ? Après tout, il était l'une des causes de la déchéance de Kit et de la ruine de sa famille tout entière ! De plus, Devlin était un libertin, un homme qui consacrait sa vie à l'hédonisme et au luxe. Jamais il n'avait dû penser à quoi que ce soit de sérieux ou d'important et passait son temps dans le lit de demi-mondaines, dans les tavernes et les salles de jeu. Après avoir survécu plusieurs mois à Whitechapel, elle était incapable de se laisser séduire par un tel homme.

Soudain, elle repensa à Ned, qui cherchait ses plaisirs dans les quartiers moins bien fréquentés. Tout comme Devlin, finalement… Elle ne put s'empêcher de songer à ce que Ned avait pu faire avec d'autres femmes de bonne naissance, et cette pensée lui serra le cœur. Amère, elle tenta d'oublier tout cela, sans succès. Avait-il menti à toutes les femmes de sa vie comme il lui avait menti ? Avait-il cherché à lui faire croire qu'il ressentait quelque chose pour elle dans le but de l'attendrir ? Et qu'en était-il de sa proposition d'aider son père ? La gorge nouée, elle ferma les yeux. Ned était-il réellement si cruel ?

Soudain, elle revit son père, torse nu, au milieu de l'entrepôt.

— Oh ! Papa…

L'inquiétude qu'elle avait cherché à étouffer depuis son arrivée chez lady Lamerton l'envahit de nouveau, plus vive que jamais. Que dirait son père s'il apprenait ce qu'elle avait fait avec Ned Stratham dans la rue, lorsqu'il la raccompagnait le soir ?

— Ah ! vous êtes là, Emma ! s'exclama lady Lamerton depuis la porte, la faisant sursauter.

Emma enfouit ses angoisses au plus profond d'elle-même, prit une profonde inspiration, et se tourna vers sa maîtresse.

— Je suis navrée, reprit celle-ci, je ne voulais pas vous faire peur.

— Ce n'est pas votre faute : j'étais perdue dans mes pensées et je ne vous ai pas entendue approcher, répondit-elle avec un sourire en s'éloignant de la fenêtre. Votre cuisinière s'est surpassée avec ses œufs et son jambon, ce matin.

— Oui, il faut la prendre avec des pincettes, mais…

Lady Lamerton sourit et baissa la voix pour poursuivre sur un ton de confidence :

— … elle vaut son poids en or. Vous savez, elle a travaillé pour la famille royale pendant des années et, quand elle est partie, Amelia Hilton a essayé de la prendre. Mais j'ai été plus rapide !

La douairière s'appuya sur sa canne et parut si satisfaite d'elle-même qu'elle arracha un sourire sincère à Emma.

Tandis que la vieille dame s'asseyait à table, elle lui servit son petit déjeuner. Lorsque ce fut fait, elle s'installa en face d'elle. Lady Lamerton parut attendre qu'elle se serve à son tour, puis dit avec bonté :

— J'imagine que vous avez déjà mangé.

— En effet, je vous remercie, répondit Emma.

Durant les quelques mois passés à Whitechapel, elle avait appris le coût de la nourriture et connu le poids de la faim ; elle mangeait donc ce qu'on lui offrait, qu'elle ait ou non de l'appétit.

— J'ai vu que Mme Lewis vous avait placée à côté de M. Devlin, hier soir, reprit lady Lamerton après un moment de silence. J'avoue que ce n'est pas très délicat de sa part, étant donné les relations passées entre vos deux familles…

Emma ne répondit pas. Elle n'avait pas vraiment envie de discuter des événements de la veille.

— Vous a-t-il dérangée ?

— Non, mentit-elle vivement en s'efforçant de ne pas penser aux insinuations de Devlin au sujet de Ned.

Lady Lamerton l'observa un instant.

— Quoi qu'il en soit, vous avez quelque chose sur le cœur, ma chère, je le vois bien.

Avant qu'Emma ait pu répondre, le majordome entra avec une cafetière fumante qu'il posa sur la table. Par un accord tacite, les deux femmes attendirent qu'il soit reparti pour reprendre leur conversation.

— Je pensais à mon père, admit Emma une fois qu'elles furent seules.

La vieille dame ne serait pas dupe d'un mensonge. Mieux valait lui dire la vérité, mais pas toute la vérité.

— Vous vous demandez sans doute comment il se porte, à Hounslow, sans vous ? dit la douairière.

Emma tenta de l'imaginer installé dans un petit cottage confortable, menant une vie humble mais honnête à Hounslow. Que de mensonges !

Elle croisa le regard scrutateur mais profondément tendre de lady Lamerton. Que penserait-elle, si elle connaissait toute l'étendue de la réalité ? Si elle en apprenait plus sur la dure vie de Whitechapel, sur l'entrepôt des docks et le Red Lion ?

Une part d'elle ne pouvait plus supporter de se taire, avait besoin de se décharger de ce fardeau de malhonnêteté, mais elle ne pouvait pas parler. Elle ne se voilait pas la face : malgré toute sa bonté, lady Lamerton ne comprendrait pas ce qu'elle avait traversé. De plus, elle ne pourrait pas se permettre d'accueillir chez elle une femme qui avait été serveuse de taverne, et encore moins se montrer dans le monde en sa compagnie.

Elle se contenta donc de hocher la tête et de sourire.

— Je prends le thé avec Mme Hilton, cet après-midi, reprit la vieille dame, et je n'aurai pas besoin de vos services. Prenez donc votre journée, allez jusqu'à Hounslow et surprenez votre père par une visite.

Oui… et elle pourrait ainsi savoir s'il parvenait à survivre, seul.

— Si vous êtes sûre que…

— Tout à fait sûre, coupa Lady Lamerton. Sans cela, je ne vous l'aurais pas proposé. Assurez-vous seulement de rentrer avant ce soir : nous avons accepté une invitation de lady Routhledge pour une partie de cartes, si vous vous souvenez.

— Soyez tranquille, répondit Emma sans hésiter. Je rentrerai bien avant le soir.

Aucune femme ne prenait le risque de se trouver seule dans les rues de Whitechapel la nuit, si elle pouvait l'éviter. Elle repensa au soir où Ned l'avait sauvée des deux marins ivres devant le Red Lion avant de la raccompagner chez elle, et à tout ce qui s'était ensuivi.

Gênée par le regard de lady Lamerton, elle chassa ses souvenirs et se concentra sur ce qui l'avait amenée à accepter cette nouvelle position.

— Cela fait quelque temps que je voulais vous demander quelque chose, commença-t-elle. Est-ce que lord Lamerton a pu avoir des nouvelles de Kit ?

— Vous n'êtes pas ici depuis bien longtemps, Emma, et mon fils poursuit ses recherches. La meilleure chose à faire, pour nous, est de le laisser faire.

— Je lui suis très reconnaissante de ses efforts. Mon père le sera aussi, lorsque je lui aurai raconté votre bonté.

La première chose que son père lui demanderait serait des nouvelles de Kit, elle le savait.

— Si la moindre information atteint Londres, mon fils le saura, rassurez-vous.

— Je comprends, répondit Emma en buvant une gorgée de café.

Il n'y avait plus qu'à espérer qu'il ne soit rien arrivé de grave à Kit…

Deux heures plus tard, Emma traversa la ville d'un pas vif. Sa robe d'après-midi neuve vert olive, sa veste crème, son chapeau et ses gants — offerts par lady Lamerton comme le reste de sa nouvelle garde-robe — étaient parfaits pour se promener dans Mayfair, mais pas pour les rues de l'East End. Lorsqu'elle franchit Spitalfields en direction de Whitechapel, elle commença à remarquer que des regards intrigués la suivaient.

Auparavant, dans ses propres tenues usées, ou dans la robe rouge prêtée par Nancy, elle avait été à sa place ici et n'attirait pas l'attention. Aujourd'hui, ses vêtements neufs et assez luxueux la situaient dans un monde différent ; elle était une intruse aux yeux des gens qu'elle croisait. Plus elle s'enfonçait dans Whitechapel, plus elle se sentait mal à l'aise.

Deux semaines plus tôt à peine, elle vivait dans ces rues. A présent, elle voyait les maisons s'élever autour d'elle comme des menaces muettes. Des hommes adossés aux portes l'examinaient d'un air narquois. Des femmes, assises sur leurs marches, la dévisageaient. Manifestement, personne ne reconnaissait en elle l'ancienne serveuse du Red Lion… Au contraire, elle avait l'impression de ne pas appartenir à cet endroit. Comment avait-elle pu oublier la noirceur, la puanteur de la saleté, et lc danger de ce lieu en seulement deux semaines ?

Cinq lieues séparaient Whitechapel de Mayfair, mais elle avait presque l'impression d'en avoir parcouru cinq mille tant ces deux mondes étaient différents. Il n'était pas étonnant que Ned change de tenue chaque fois qu'il venait ; elle aurait dû faire la même chose.

Sa tenue attirait l'attention, mais elle ne s'en inquiéta pas. Après tout, elle connaissait ces gens. Elle marcha donc la tête haute, confiante, restant fidèle à elle-même.

Elle fut malgré tout soulagée en arrivant aux entrepôts des docks. A l'entrée du bâtiment, l'homme qui l'avait accueillie la dernière fois vint à sa rencontre. Il ne parut d'abord pas la reconnaître, et sembla étonné lorsqu'elle demanda à voir son père. Finalement, il se reprit et sourit.

— Bien sûr, miss. Venez par ici, pour voir M. de Lisle.

« M. de Lisle »… Pas « Bill ». Surprise, Emma le suivit jusqu'à un bureau sur l'avant de l'entrepôt et dont elle n'avait pas remarqué la porte, lors de son dernier passage.

Cette fois, elle ne trouva pas son père torse nu ou en sueur. Au contraire, il portait des vêtements neufs — une veste ajustée et un pantalon assorti, des bas clairs et une chemise blanche sous une cravate et un veston sombres. Ses cheveux grisonnants étaient coupés court, propres et bien coiffés. Une paire de lunettes neuve était même perchée au bout de son nez. Stupéfaite, Emma le regarda un instant en silence. Il était l'image même de la respectabilité, derrière son large bureau, au milieu de la pièce, penché sur un registre ouvert. Elle retrouva en lui l'homme qu'il avait été naguère. Soulagée, surprise, fière et attendrie, elle ne parvint pas à prononcer le moindre mot et dut porter une main à ses lèvres pour étouffer un sanglot.

Son père leva alors les yeux et son visage s'illumina.

— Emma ! s'exclama-t-il.

Posant sa plume, il se leva et l'embrassa avec effusion. Emma entendit l'homme qui l'accompagnait sortir et refermer doucement la porte derrière lui.

— Oh ! Papa ! parvint-elle enfin à balbutier. Comment as-tu…

Incapable d'achever sa phrase, elle l'examina encore de la tête aux pieds, abasourdie, avant d'observer le bureau plus en détail.

— C'est un miracle, n'est-ce pas ? lança-t-il en riant. Le jour même de ton départ, l'entreprise a décidé qu'elle avait besoin d'un homme capable de s'occuper des comptes sur place plutôt que d'engager un cabinet de l'autre côté de la ville. Ils ont dit que ce serait un gain d'argent… Apparemment, ils savaient aussi que j'avais été éduqué et m'ont proposé le poste. Le destin nous sourit enfin, Emma !

— De toute évidence, répondit-elle à mi-voix, troublée.

— Et mes gages ont tellement augmenté que je peux me louer une chambre tout à fait respectable, non loin d'ici, sur Burr Street. Je suis désolé de n'avoir pas encore eu le temps d'écrire à Mme Tadcaster pour t'en informer.

— Et tu manges bien ?

— Comme un roi. Il y a de très bonnes auberges, dans le voisinage, répondit-il, l'œil pétillant.

Son sourire s'élargit encore. Décidément, c'était un bonheur de le voir si épanoui…

— Maintenant, ma chère fille, dis-moi un peu comment se passe ta vie, à Mayfair. Je me suis fait du souci pour toi.

— Papa, j'ai accepté cette position chez lady Lamerton pour que tu n'aies plus à t'inquiéter pour moi.

De nouveau, son père sourit.

— C'est vrai, admit-il. Et j'avoue que je m'inquiète bien moins qu'avant. Mais, de toute manière, s'inquiéter pour ses enfants est le devoir de tout père…

— Et s'inquiéter pour son père est le devoir de toute fille.

Tous deux éclatèrent de rire puis s'assirent pour discuter quelques minutes. Emma lui confia que le jeune lord Lamerton menait son enquête au sujet de Kit, et lui raconta son quotidien aux côtés de la douairière. Elle lui rapporta aussi les nouvelles du monde et lui parla de tout ce qui n'avait pas changé.

Cependant, elle ne put se résoudre à mentionner Ned Stratham, le nouveau venu parmi l'aristocratie londonienne.

— Tu vois, dit son père lorsqu'elle eut fini. N'avais-je pas raison ? Accepter ce poste était la meilleure chose qui pouvait t'arriver.

— Oui, répondit-elle sans pour autant réussir à sourire.

Au moment de repartir, elle se tourna une dernière fois vers lui et le vit assis derrière son grand bureau de bois, l'air heureux, plongeant sa plume dans son encrier pour poursuivre son travail dans le grand registre à reliure de cuir.

Elle ressortit et quitta rapidement les docks en direction de Mayfair, au milieu d'une foule pressée. Partout, ce n'était que bourdonnements de voix, bruits de pas, et par-dessus le brouhaha, le claquement des sabots ferrés sur le pavé. Mais Emma n'entendait presque pas la rumeur de la ville tant résonnaient à ses oreilles les paroles de Ned, lorsqu'elle l'avait trouvé assis sur un banc de pierre, en cette matinée qui semblait déjà appartenir à un passé lointain.

« J'ai travaillé sur les docks… Je connais encore quelques personnes là-bas… Je pourrais leur parler, voir s'il n'y aurait pas d'emploi moins épuisant pour votre père… »

Ce n'était ni le destin ni un miracle, qui avait tiré son père de l'entrepôt rempli de caisses et de poussière. C'était Ned Stratham.

Chapitre 8

Le pique-nique de Mme Morley, dans Hyde Park, eut lieu trois jours après la promenade de Ned et Rob en voiture. L'événement, très mondain, avait été organisé par l'une des grandes dames de Londres afin de récolter des fonds destinés à l'œuvre de charité militaire dont s'occupait son époux. Le prix des billets avait suffi à trier sur le volet les convives et à limiter leur nombre.

Ned n'appréciait pas de perdre son temps de manière si frivole, pas plus qu'il ne cherchait à faire admirer sa tenue raffinée. Jamais il ne s'était soucié de la mode, de ses vêtements, ou du style de sa coiffure. Il nouait toujours sa cravate très simplement et avait dévisagé son valet avec stupeur lorsque celui-ci, la veille, lui avait suggéré de dormir avec des papillotes dans les cheveux pour les faire boucler. Au moins l'homme avait-il eu la sagesse de ne pas insister…

Si, accompagné de Rob, il était venu se mêler à la petite foule qui se pressait à Hyde Park, c'était pour une seule raison : lorsque l'on voulait faire affaire avec des aristocrates, il fallait être présent à leurs réunions. Il fallait tenir son rang et donc être régulièrement vu à ces événements mondains, dîner dans la haute société, et faire partie des mêmes clubs qu'eux.

Apercevant lord Misbourne à quelque distance, il le salua d'un signe de tête. Misbourne était important pour ses projets, mais Ned était confiant. La graine était plantée, et il ne lui restait qu'à prendre son mal en patience et attendre que l'homme vienne à lui.

— Eh bien, que de beau monde ! glissa-t-il à l'oreille de Rob.

En effet, un peu plus loin, se trouvaient Spencer Perceval, le Premier ministre, et le prince régent, en pleine discussion avec Devlin et ses amis. Derrière eux, il vit Emma Northcote aux côtés de Lady Lamerton.

— Oui, tout le monde est réuni, fit Rob.

Ned eut un petit sourire amusé et profita du passage d'un valet pour prendre un verre de champagne.

— Quelle belle journée pour un pique-nique ! Qu'en pensez-vous, monsieur Stratham ? lança soudain Amanda White qu'il n'avait pas vue approcher.

La réputation de la belle jeune veuve n'était plus à faire… Comme à son habitude, elle portait une robe suffisamment décolletée pour offrir une vue plongeante sur sa gorge, et suffisamment transparente pour laisser deviner sa poitrine. Elle lui sourit avec un regard langoureux.

— Oui, c'est une belle journée, madame, répondit-il simplement.

— Je suis réellement affamée… Accepteriez-vous de me conseiller sur les plats les plus fins ?

Tout en parlant, elle désigna de la main le festin extravagant étalé sur les tables couvertes de nappes à la blancheur éclatante.

— Devrais-je choisir les tranches de poulet et le jambon ? demanda-t-elle d'un air faussement innocent. Ou me conseillez-vous quelque chose de plus important, de plus masculin et… plus substantiel, comme un steak. Un tel choix a de quoi troubler une femme, ne croyez-vous pas ?

Ponctuant sa phrase d'un regard évocateur, elle se mordilla la lèvre.

En remarquant que Rob avait les yeux fixés sur le décolleté de la jeune femme, il ne put réprimer un sourire.

— Je pense que vous avez besoin des conseils d'un épicurien renommé. Par chance, en voici un : M. Finchley.

Immédiatement, Rob lui offrit son bras.

— Je serais enchanté de vous aider, madame.

Amanda ne pouvait refuser son offre sous peine de créer un petit scandale. Comprenant qu'il cherchait à l'éviter, elle dévisagea Ned pendant un instant. Elle finit néanmoins par sourire et posa sa main sur le bras de Rob qui la guida jusqu'aux tables, l'air ravi.

Une fois seul, Ned jeta un coup d'œil en direction de l'endroit où s'étaient trouvées Emma et lady Lamerton, mais ne les vit pas. Il finit par repérer la douairière un peu plus loin, en pleine conversation avec Mme Hilton. Il était encore en train de chercher Emma Northcote dans la foule lorsque sa voix le fit sursauter.

— Monsieur Stratham ?

Lorsqu'il se tourna vers elle, il fit un effort pour ne pas trahir sa surprise.

— Miss Northcote, répondit-il avec un salut mais sans sourire. Ne deviez-vous pas tenir compagnie à lady Lamerton ?

— Mme Hilton et elle discutent de choses qu'elles jugent inappropriées pour une femme célibataire.

Elle esquissa un petit sourire ironique.

En cet instant, vêtu de vêtements luxueux, un verre de champagne à la main, près de tables couvertes des mets les plus raffinés et entouré par la haute aristocratie londonienne, il aurait presque pu oublier Whitechapel. Mais tout ce qu'il y avait partagé avec Emma revint le hanter, comme un murmure incessant.

Une légère brise fit délicatement voleter les rubans de satin vert olive de son chapeau — une teinte qui mettait en valeur son teint un peu mat, le brun lumineux de ses yeux et les reflets soyeux de ses cheveux sombres.

Ils se faisaient face, immobiles comme deux chats sauvages prêts au combat. Elle le dévisageait avec le même regard noir et perçant que celui qu'elle avait eu dans la salle mal éclairée du Red Lion.

— Je tenais à vous remercier, dit-elle d'une voix si basse que lui seul put l'entendre.

— Je n'ai rien fait qui mérite vos remerciements.

Elle eut un sourire si furtif qu'il eut à peine le temps de l'apercevoir avant qu'il ne s'efface.

— Vous avez aidé mon père.

— Vraiment ?

Ils se regardèrent un instant encore en silence. La tension entre eux devenait presque palpable.

— Vous n'avez pas menti à ce sujet, finalement, reprit-elle.

— Non.

Grave, concentré, il soutint son regard tandis que son cœur battait follement.

— Cependant, vous avez bel et bien cherché à courtiser les femmes les plus riches de Londres.

— Oui, avant de vous rencontrer… Et après votre départ de Whitechapel, reconnut-il.

— Et entre les deux ?

— Non.

Elle l'examina, visiblement peu convaincue.

— Venez-vous vraiment de Whitechapel ?

— J'y suis né et j'y ai vécu la plus grande partie de ma vie.

Il ne la quitta pas des yeux. Qu'allait-elle faire de cet aveu ?

— Ne vous inquiétez pas, dit-elle au bout d'un moment. Votre secret est bien gardé avec moi.

Les mêmes paroles que celles qu'il lui avait murmurées à l'oreille, le soir du bal de Hawick.

Il ne put réprimer un sourire un peu nerveux.

Lumineuse, sensuelle, comme lorsqu'il l'embrassait, dans la ruelle sombre de Whitechapel, elle lui rendit son sourire. Un sourire animé d'une petite fossette au creux de sa joue.

Soudain, derrière elle, il vit quatre hommes venir dans leur direction d'un pas décidé : Devlin et ses amis.

— Miss Northcote, lança Devlin en se plaçant de manière autoritaire au côté d'Emma.

Monteith le rejoignit, suivi par Fallingham et Bullford. Ils se postèrent autour d'elle, deux de chaque côté.

— Et… monsieur Stratham, poursuivit Devlin d'un air un peu méprisant.

Ignorant son dédain évident, Ned dévisagea le vicomte dont la tentative d'intimidation sans la moindre subtilité l'amusait. En grandissant, il avait appris à faire face à un tout autre genre de menaces, et cela lui avait permis d'en apprendre beaucoup sur les gens. Il comprenait sans doute Devlin mieux que celui-ci ne se comprenait lui-même et savait exactement comment le faire réagir.

— Lord Devlin, répondit-il donc avec un sourire froid. Je suis heureux que vous veniez me voir.

Sa remarque eut l'effet escompté. Devlin se raidit et eut un sourire nerveux.

— La compagnie de miss Northcote est très appréciable, dit-il avant de se tourner vers Emma. J'espère que vous appréciez ce pique-nique, miss Northcote.

— En effet, je vous remercie, lord Devlin.

Elle se montrait polie, mais Ned perçut la froideur de sa voix. Son sourire fut bref, superficiel, et ne dévoila pas sa fossette enfantine. Quant à son regard, il était glacial tandis qu'elle examinait rapidement Devlin et ses amis. Sous son apparence calme, Ned sentait le malaise qui émanait d'elle.

— Et vous ? lança-t-il à Devlin. Appréciez-vous ce repas ?

— Pas autant que vous, il semblerait… J'imagine qu'il n'y a pas de pique-niques, là d'où vous venez. D'où venez-vous, d'ailleurs ? Je ne suis pas certain que vous l'ayez déjà mentionné…

Inconscient du jeu dangereux auquel il jouait, l'air content de lui, le vicomte but une gorgée de champagne.

Emma eut un frisson presque imperceptible.

— Quel intérêt à mon égard, lord Devlin ! répliqua Ned en souriant. Je suis extrêmement flatté… Et je serais ravi de partager mon histoire avec vous. D'où je viens, comment j'ai acquis ma fortune, tout ce que vous souhaiteriez apprendre. Après tout, nous n'avons pas encore eu la chance de discuter, vous et moi.

Devlin eut une grimace hautaine.

— Je suis un homme occupé, Stratham. Mon temps est précieux. De plus, je ne m'intéresse pas au commerce.

Emma eut un hoquet de surprise à cette insulte à peine voilée.

— Et pourtant, vous êtes là, répondit Ned, amusé. En train de gaspiller ce précieux temps avec moi.

Devlin se crispa et pinça nerveusement les lèvres. Il le dévisagea pendant quelques instants, puis se tourna vers Emma et la salua :

— Si vous voulez bien m'excuser, miss Northcote.

Elle répondit par un petit hochement de tête courtois, et les quatre hommes s'éloignèrent, sans un signe à l'intention de Ned.

Loin d'en être offusqué, il reporta son attention sur Emma. Ils auraient tout aussi bien pu être seuls dans le parc, comme ce matin-là, sur le banc de pierre en face des docks. Mais ce jour-là était déjà loin derrière eux et ne reviendrait pas. Il l'observa en silence, incapable de la quitter, puis se reprit. Ce n'était pas le moment de se laisser dominer par ses émotions.

— Au revoir, Emma, dit-il avant de tourner les talons et de s'éloigner.

Ce soir-là, lady Lamerton demeura chez elle. Elle appelait ces deux ou trois soirées par semaine où elle décidait de ne pas sortir ses « jours de repos ». Elle consacra ce temps libre à se détendre, à prendre soin d'elle ; elle comptait aussi sur cela pour faire apprécier plus encore sa présence au bal du lendemain, donné au profit de l'Hôpital des enfants trouvés. Elle avait une devise et s'y tenait : « Si vous sortez tous les soirs, la société se lasse de vous. Si vous sortez trop peu, elle vous oublie. » Ainsi mettait-elle un point d'honneur à cultiver le bon équilibre entre événements mondains et moments chez elle. Après une vie passée dans les sphères de l'aristocratie londonienne, cet équilibre n'avait plus de secret pour elle…

Emma et sa maîtresse passèrent donc leur soirée dans le petit salon, à jouer au whist.

— J'ai entendu dire, déclara lady Lamerton sans lever les yeux de ses cartes, que le pique-nique a rapporté plus de trois mille livres pour l'œuvre de charité du colonel Morley.

— C'est un succès. Mme Morley doit être enchantée…

Emma posa une carte sur le tas, ce qui provoqua une petite moue satisfaite chez lady Lamerton. Elles échangèrent un sourire.

— Elle l'est et ne cesse de le répéter, reprit la douairière. Savez-vous qu'elle ne s'est jamais remise du fait que Lamerton, Dieu ait son âme, ait préféré m'épouser plutôt qu'elle ? Elle a dû accepter Morley par dépit, après cela.

— Je l'ignorais, répondit Emma, un peu surprise.

— Oh ! cela s'est passé il y a bien longtemps ! Peu de personnes s'en souviennent encore…

— Lord Lamerton et vous, vous êtes donc mariés par amour ?

— Seigneur, non ! s'exclama la vieille dame avec un petit rire, comme si une telle idée était profondément absurde. Lamerton avait besoin de la fortune de mon père.

Et de nombreux hommes avaient besoin de celle de Ned, aujourd'hui…

— J'étais amoureuse de quelqu'un d'autre, lorsque je me suis mariée, avoua la douairière après un bref silence.

Stupéfaite, Emma la dévisagea un instant. Elle n'avait jamais imaginé lady Lamerton, jeune et passionnée.

Celle-ci plaça une carte sur la pile d'un geste décidé et sourit en surprenant le regard étonné d'Emma.

— En tout cas, j'ai trouvé la contribution de Mme Morley au pique-nique bien dérisoire. On attend beaucoup plus de l'hôtesse que quelques gâteaux. Avez-vous vu son amertume lorsqu'elle a découvert la magnificence de mes flans aux pêches ?

— Vous êtes incorrigible, plaisanta Emma.

— Non, seulement dotée d'une habileté naturelle.

Elles échangèrent un nouveau sourire.

— Je vous ai vue discuter avec Devlin et Stratham, reprit lady Lamerton après une courte pause. Les choses semblent bien se passer entre Devlin et vous.

Loin de là ! songea Emma. Cependant, en tant que suivante de lady Lamerton, elle ne pouvait se permettre de manquer de civilité envers Devlin. Elle se contenta donc de répondre par un sourire que la douairière parut prendre pour un assentiment.

— M. Stratham, lui, a apporté les ananas…

— C'était un peu trop extravagant à mon goût, dit Emma un peu plus sèchement qu'elle ne l'aurait voulu.

— Moi, je trouve cela intelligent de sa part. Quand on cherche à se faire accepter en société, on doit faire valoir son argent, et M. Stratham le sait.

Oui, Ned était un homme perspicace… Emma le revit, assis des mois durant dans la salle du Red Lion, discret, serein, dissimulant tant de choses derrière son silence. Soudain, les paroles de Devlin au sujet de son comportement envers les femmes lui revinrent en mémoire. Dévorée de curiosité, elle hésita un instant avant de dire :

— J'ai entendu une rumeur au sujet de M. Stratham…

— Vraiment ? fit lady Lamerton, l'air intéressé.

— On dit que M. Stratham n'est pas très discret ou honorable, lorsqu'il s'agit de femmes.

— C'est une rumeur plutôt osée pour des oreilles innocentes.

Emma sourit.

— J'ai seulement surpris cette conversation de loin.

Comme elle s'y attendait, lady Lamerton parut apprécier qu'elle espionne ainsi les discussions.

— Ma chère, je peux vous assurer que cette rumeur n'est pas fondée. Stratham n'est pas du tout ce genre d'homme.

— Il a pourtant passé quelques instants avec Mme White, durant le pique-nique.

Elle avait vu la jeune veuve couver Ned d'un regard enflammé et, durant leur courte discussion, poser plusieurs fois sa main gantée sur son bras — un geste bien intime pour une rencontre mondaine…

— Amanda White passe son temps à essayer de le séduire, mais sans succès.

— C'est étonnant, remarqua Emma, sceptique.

— Bien au contraire. Il est concentré sur ses affaires et cherche à faire le meilleur mariage possible. Bien sûr, il attire les femmes mais, s'il a des maîtresses, il se montre particulièrement discret à ce sujet. Personne n'a jamais réussi à le surprendre au bras d'une femme… Croyez-moi, s'il y avait eu la moindre rumeur à ce sujet, je l'aurais su. Les marchands ne sont pas très bien vus en société, et chacun de ses mouvements est surveillé.

Emma hocha la tête. Elle savait de quelle manière les nouveaux riches étaient perçus par l'aristocratie. Lady Lamerton avait peut-être raison…

— Qui parlait de lui en ces termes ? demanda la douairière, visiblement curieuse.

— Je n'ai pas vu leurs visages ; j'essayais de rester discrète.

— Dans ce cas, je vais devoir vous apprendre à mieux espionner.

Elles échangèrent un bref sourire et se replongèrent dans leur jeu de cartes. Au dernier pli, la douairière remporta la main, encore une fois.

— Vous êtes vraiment trop douée à ce jeu, remarqua Emma.

Sa petite flatterie arracha un rire à la vieille dame.

Emma rassembla les cartes pour les mélanger et les distribuer, mais elle ne parvint pas à chasser Ned de son esprit.

« — Cependant, vous avez bel et bien cherché à courtiser les femmes les plus riches de Londres.

— Oui, avant de vous rencontrer… Et après votre départ de Whitechapel.

— Et entre les deux ?

— Non. »

Il n'avait pas menti lorsqu'il lui avait proposé d'aider son père. Etait-il possible qu'il n'ait pas menti non plus à ce sujet ? Peut-être que sa première réaction, lorsqu'elle l'avait surpris au théâtre, vêtu d'un élégant costume de Mayfair, avait été injuste.

Après tout, il n'avait jamais caché le fait qu'il avait des secrets. Il avait eu raison : elle avait menti, pas lui — même si elle ne l'avait fait que pour de bonnes raisons.

« Je reviendrai. Lorsque je serai de retour, nous devrons discuter, Emma… »

Elle revit son regard intense qui semblait chercher à découvrir ce qu'elle dissimulait. Elle avait alors cru qu'il voulait lui parler d'avenir, qu'il envisageait un avenir avec elle.

Que se serait-il passé si elle l'avait attendu comme elle l'avait promis ? Que lui aurait dit Ned Stratham à son retour à Whitechapel ?

Le lendemain, la foule se pressait dans la grande salle de l'Hôpital des enfants trouvés. Sur une estrade, un groupe de musiciens jouait un morceau de Haendel, en hommage aux nombreux récitals de charité que le compositeur avait donnés pour l'Hôpital. Le bâtiment, tant à l'intérieur qu'à l'extérieur, était un joyau de style palladien, tout en demeurant simple et sobre : on ne pouvait se permettre d'être accusé d'extravagance, lorsque l'on dirigeait une telle institution…

Ned et Rob se tenaient à l'écart, à l'opposé des musiciens. Suivant son instinct affiné au fil des ans, Ned cherchait toujours un lieu calme d'où il pouvait observer le monde sans se faire remarquer — dos au mur, pour éviter d'être surpris, et face à la porte, tant pour voir les nouveaux arrivants que pour se ménager une échappatoire en cas de besoin.

A sa droite, le long mur était percé de hautes fenêtres rectangulaires sans rideaux, partiellement obstruées par des volets accrochés aux battants. A droite, une cloison séparait la salle du hall d'entrée et la chapelle. Le soleil couchant déversait ses rayons par les fenêtres, inondant les lieux d'un éclat cuivré. Au centre de la pièce, un lustre massif mais simple pendait du plafond, chargé d'une centaine de bougies.

Le bal était un événement très attendu, mondain, au public exigeant — il avait demandé plus de six mois de préparation. Les billets d'entrée coûtaient plus de cent livres ; pourtant, ils avaient été vendus très rapidement aux membres les plus fortunés et les plus en vue de l'aristocratie. A cette pensée, il ne put réprimer un petit sourire de dérision.

Rob lui tapota le bras et lui indiqua la porte d'un petit mouvement de tête.

— J'aurais cru que Devlin et ses amis préféreraient se montrer au bal semi-mondain d'Argyle Rooms. Que font-ils ici ?

— Oh ! ils doivent avoir à cœur de soutenir l'Hôpital des enfants trouvés ! répondit Ned.

A côté de lui, Rob éclata de rire.

— Quelle belle intention de leur part…

— En effet, renchérit Ned.

— S'ils savaient où va cet argent, ils feraient sans doute la même tête que lorsqu'ils sont obligés de te parler.

— Ils le découvriront bientôt, si tout se passe comme prévu avec Misbourne.

Rob eut un sourire entendu. Ned, cependant, ne put s'empêcher de se demander pourquoi Devlin était venu. Il avait sans doute une bonne raison de se présenter ici… Le regard que Devlin lança du côté où se trouvait Emma lui apporta vite la réponse.

Lady Lamerton bavardait avec ses amies non loin de là, et Emma se tenait à leurs côtés. Auprès d'elle, les autres femmes paraissaient insipides et effacées et, sous son apparence calme, polie et sereine, elle était autant conscience de sa présence qu'il l'était de la sienne.

De son poste près de la porte, Devlin examina rapidement le reste de l'assemblée. Son regard s'arrêta sur lui. Ned sourit et le salua d'un petit signe de tête. Incapable de dissimuler son mépris, le vicomte lui répondit à peine.

— Pris sur le fait en train de te dévisager malgré lui…, murmura Rob. Il s'applique tellement à t'ignorer, d'habitude, pour prouver qu'il t'est supérieur.

En effet, il faisait toujours beaucoup d'efforts, mais Ned et Rob savaient bien que même s'il y avait eu mille personnes dans la salle Devlin n'aurait pu s'empêcher de les dévisager de loin.

Une dernière fois, Ned se laissa aller à regarder furtivement Emma. Au même instant, elle tourna les yeux vers lui. Quelque chose parut vibrer entre eux, comme un éclair, puis elle se détourna et parut se concentrer sur la discussion de sa maîtresse et de ses amies.

Il s'efforça de ne pas penser à elle. Qu'elle soit présente ou non ne changeait en rien ses plans ; il avait des choses à faire, ce soir.

— Il est temps d'aller parler à Misbourne.

Rob acquiesça.

Leur morceau terminé, les musiciens se lancèrent dans les premiers accords d'une danse. Ned posa son verre vide sur le plateau d'un valet qui passait près de lui et, suivi de Rob, entreprit de traverser la piste.

Debout au côté de lady Lamerton, Emma faisait de son mieux pour suivre la conversation. La vie de lady Lamerton était si active…

Cela faisait tellement longtemps qu'elle n'avait pas fréquenté l'aristocratie qu'elle en avait oublié le poids des engagements sociaux et l'influence qu'ils pouvaient avoir sur le quotidien de tous. La Saison et la Petite Saison étaient sans doute les événements les plus importants de l'année ; on renouvelait totalement sa garde-robe en fonction de ces moments, et les jeunes filles y faisaient leurs débuts dans le monde. On se servait de cela pour organiser les mariages et, à l'occasion de ces séries de bals et de dîners, on dépensait des sommes colossales. Lorsqu'elle était plus jeune, elle avait considéré cela comme normal. Elle avait grandi dans ce monde-là et ne connaissait rien d'autre de la vie… Depuis son retour de Whitechapel, elle ne pouvait s'empêcher de remettre en question tout ce qu'elle voyait.

Après avoir passé six mois dans un univers de misère et de saleté, elle voyait les extravagances de Mayfair d'un œil neuf. Son luxe, ses merveilles, sa sophistication et son élégance… Chaque fois qu'elle assistait à un événement mondain, cela lui coupait le souffle et la mettait mal à l'aise en même temps. Ned avait-il ressenti la même chose, lorsqu'il avait arpenté ces larges avenues pour la première fois ? Ressentait-il encore cette gêne lancinante, ou avait-il fini par s'y habituer ?

Instinctivement, elle jeta un rapide coup d'œil vers l'angle de la pièce où il se tenait avec son intendant, un peu à l'écart. Sa veste à queue-de-pie bleu nuit soulignait ses larges épaules. La plupart des hommes présents utilisaient des épaulettes pour paraître plus imposants. Ned, lui, n'avait pas besoin de tels artifices.

Elle examina sa cravate blanche, et son gilet à motifs crème. Un pantalon sombre moulait ses longues jambes musclées, ces cuisses qui s'étaient pressées contre les siennes quand il l'embrassait, dans la ruelle, le soir. Il portait des bas blancs et des chaussures noires. Ses cheveux, coupés court, se paraient de reflets dorés sous la lumière des bougies.

Malgré ses vêtements élégants et hors de prix, il ne parvenait cependant pas à masquer tout à fait son aura dangereuse et sombre. Il y avait quelque chose d'indompté, chez cet homme ; il évoquait un loup qui se serait faufilé au cœur d'une meute de chiens de race, dressés et soignés. Une nouvelle fois, elle repensa à la sauvagerie de Whitechapel, où chacun luttait bec et ongles pour sa survie. Qu'avait dû faire Ned, pour s'élever si haut, si vite ?

Soudain, elle entendit quelqu'un mentionner son nom et se reconcentra sur lady Lamerton et la conversation dans laquelle elle était plongée.

— Je n'aurais jamais cru voir M. Stratham ici, disait Mme Quigley, une dame âgée à la langue bien pendue.

Tout en parlant, elle jeta un regard hautain en direction de Ned.

— J'aurais été plus surprise par son absence, pour ma part, répliqua sèchement lady Lamerton, étant donné qu'il est l'un des mécènes de cet hôpital.

Surprise, Emma sentit son cœur faire un bond dans sa poitrine. Elle ne savait pas que Ned donnait de l'argent pour les enfants trouvés… A en croire le regard ébahi de Mme Quigley, elle non plus n'était pas au courant.

— Mon fils m'a confié qu'Edward Stratham est le donateur privé le plus généreux de cette institution.

— Sans doute cherche-t-il à s'attirer les faveurs d'un futur beau-père, marmonna Mme Quigley.

— Absurde ! coupa lady Routhledge. Tous les beaux-pères potentiels qu'il pourrait trouver ont sans doute leurs coffres à sec et préféreraient certainement qu'il garde son argent pour les tirer de leur mauvaise passe.

— Peut-être, admit lady Lamerton en s'appuyant sur sa canne. Personnellement, je suis plus surprise de voir Devlin et ses amis ici, ce soir…

Mme Hilton acquiesça vigoureusement.

— Cela ne leur ressemble pas, dit-elle.

— Ce genre de soirée paraît en général trop fade aux jeunes gens débauchés, murmura lady Routhledge. J'espère qu'ils ne sont pas venus pour causer des problèmes.

— Ils ne sont pas venus sans raison, en tout cas, renchérit gravement lady Lamerton. Croyez-moi.

— Il est possible que l'un d'eux ait enfin jeté son dévolu sur une jeune femme respectable. Il est possible qu'ils aient enfin décidé de laisser derrière eux leur vie de dévoyés et de prendre une place convenable dans le monde, suggéra Mme Quigley. Ou peut-être le père de Devlin a-t-il enfin réussi à se faire respecter de son fils…

Elle interrogea lady Lamerton du regard, mais celle-ci haussa les épaules.

— Stanborough ne m'a rien dit à ce sujet.

— Mais cela ne veut pas dire que ce n'est pas vrai, fit remarquer Mme Morley.

Pour toute réponse, la douairière lui jeta un coup d'œil assassin. Oser prétendre qu'elle n'était pas au courant de tous les potins de Londres était une insulte à ses yeux.

Finalement, les musiciens entamèrent un morceau enjoué et Emma sentit le rythme soutenu des notes résonner en elle. Quelques secondes plus tard, on annonça le début de la première danse.

Elle ne put s'empêcher de jeter un nouveau coup d'œil du côté de Ned et croisa son regard si perçant. Instantanément, une pluie d'étincelles explosa au creux de ses reins et son cœur s'emballa, comme il s'emballait lorsqu'elle l'apercevait le soir, à la sortie du Red Lion. Peut-être même plus…

Il paraissait calme, empli d'une confiance tranquille, comme à son habitude. Pourtant, ce soir, quelque chose d'autre émanait de lui — une tension puissante qui la fit frémir.

Gênée, elle se détourna. Elle n'était plus au Red Lion et Ned n'était plus l'homme qu'elle avait fréquenté là-bas. Et, de toute manière, même s'il n'avait pas changé, il était trop tard pour penser à lui… Si elle avait accepté de travailler pour lady Lamerton, c'était dans un but précis : elle ne pouvait se permettre d'oublier son frère ou le serment qu'elle avait fait à sa mère.

L'intonation choquée de Mme Quigley la tira de ses pensées.

— Oh ! Mon Dieu ! J'ai l'impression qu'il vient proposer à miss Northcote de danser avec lui. Que c'est… surprenant !

L'espace d'un instant, le cœur battant la chamade, Emma crut que la vieille dame parlait de Ned. Cependant, lorsqu'elle suivit le regard de Mme Quigley, elle découvrit avec horreur qu'il était question de Devlin.

Ses jambes se dérobèrent sous elle et un filet de sueur perla à son front. Elle rencontra le regard arrogant du vicomte et un accès de panique la saisit à l'idée de devoir danser avec lui.

Tout sourire, il se tourna vers lady Lamerton :

— Madame, autoriseriez-vous votre suivante à danser avec moi ?

Suivant les règles de l'aristocratie, il posait la question à la douairière, et non à Emma. Bien qu'elle soit habituée à cela, ce rappel de sa position de domestique payée — une femme d'importance secondaire qui ne pouvait prendre de décisions par elle-même — l'agaça.

Elle jeta un rapide coup d'œil aux autres femmes du groupe : toutes regardaient lady Lamerton, attendant sa réponse. Heureuse lorsqu'elle pouvait tenir son auditoire en haleine, pendu à la moindre de ses paroles, la vieille dame semblait savourer l'instant.

— Avec plaisir, monsieur, répondit-elle enfin. Mais uniquement si miss Northcote le souhaite.

Aussitôt, tous les regards se tournèrent sur Emma. Une lueur calculatrice traversa l'œil de Devlin. Il savait aussi bien qu'elle qu'un refus causerait un véritable scandale… Aussi se contenta-t-il d'attendre sa réaction, un sourire arrogant aux lèvres — le sourire d'un homme sur le point d'obtenir ce qu'il désirait.

Elle avait plus qu'envie de lui refuser cette danse, ne serait-ce que pour effacer cette expression suffisante qu'il affichait. Si lady Lamerton et tout ce qui dépendait de son emploi auprès d'elle n'avaient été si importants, elle l'aurait fait avec grand plaisir. Mais elle devait satisfaire lady Lamerton. Et penser à Kit…

Finalement, elle soutint ce regard hautain et arrogant et y répondit par un sourire poli et froid.

— Merci, lord Devlin. Comment pourrais-je refuser ?

Sans un mot, il lui tendit la main et elle la prit pour le laisser la conduire sur la piste.

Ned et Rob avaient rejoint Misbourne, l'un des plus influents dirigeants de l'hôpital. Rob se tenait un peu en retrait, occupé à regarder les danseurs, pour laisser Ned discuter d'argent avec Misbourne. Cependant, même si Ned faisait tout son possible pour écouter Misbourne, il ne pouvait ignorer ce qui avait attiré l'attention de son ami.

Entre deux phrases, il jetait de brefs coups d'œil au couple qui tournoyait au milieu des autres danseurs, à la main de Devlin sur celle d'Emma. Légère par instants, plus possessive la seconde suivante. Ils ne semblaient pas se parler, se contentant de suivre la musique. Polis, formels, parfaitement respectables. Le visage d'Emma était figé en un masque qui dissimulait ses pensées.

— Croyez-vous vraiment pouvoir trouver le financement pour ce projet ? demanda Misbourne, l'arrachant à sa contemplation.

— Je l'ai déjà fait, répondit-il fermement.

— Dans ce cas, pourquoi avez-vous besoin de moi ?

— Pour représenter le projet dans les hautes sphères.

Ned n'était pas idiot. Ces aristocrates hautains écouteraient Misbourne car il était comte et faisait partie de leur monde depuis toujours…

Misbourne le dévisagea quelques instants d'un air soupçonneux en se frottant la barbe, comme s'il le jaugeait. Sans doute n'était-il pas dénué de tout préjugé et avait-il des intentions plus sombres qu'il ne l'avouait, mais Ned savait que cet homme en ferait plus pour cet hôpital que qui que ce soit d'autre. C'était pour cela qu'il l'avait choisi pour mener ses plans à bien.

Finalement, Misbourne acquiesça.

— Venez chez moi demain, à 7 heures. Nous en parlerons autour d'un dîner.

C'était fait.

Ned aurait dû se sentir soulagé, mais il avait du mal à détacher son regard de Fallingham, Monteith et Bullford, occupés à flatter lady Lamerton et son groupe de vieilles dames. Attendre… En les voyant arriver, il avait su ce qu'ils avaient en tête. Emma ne put rejoindre son siège après avoir dansé avec Devlin. Fallingham se précipita pour l'inviter à son tour, puis Bullford, puis Monteith, puis Devlin de nouveau.

Misbourne, qui était resté près de lui, ne manquait rien du spectacle.

— Miss Northcote semble la favorite du bal, dit-il. Votre danse avec elle l'autre jour a dû lui attirer les faveurs de nos jeunes gens…

Ned soupira. Tout le monde avait les yeux posés sur elle, tout le monde chuchotait. Un frisson d'intérêt et de spéculation parcourait la salle alors que les débauchés les plus notoires de Londres se pressaient autour d'elle.

— En effet, on a dû la remarquer à ce moment-là, répondit Ned, les dents serrées.

Emma avait réussi à terminer sans trop de mal sa danse avec Devlin, mais les suivantes, au bras de chacun des membres de son petit groupe, la mirent de plus en plus mal à l'aise. Malgré cela, elle ne laissa rien paraître de ses émotions. Seulement, alors qu'elle pensait avec soulagement être enfin débarrassée d'eux, Devlin revint demander son bras pour une seconde danse, cherchant à dépasser les limites comme à son habitude.

Après tout, elle avait supporté une danse, pourquoi ne pourrait-elle en supporter deux ? Elle accepta donc son invitation mais, dès les premiers accords, elle reconnut une valse, et sentit son estomac se nouer.

Devlin sourit de toutes ses dents et passa le bras autour de sa taille. Il avait su en l'invitant quelle danse arrivait !

Les dents serrées, elle fit de son mieux pour accepter cette proximité sans trahir son dégoût.

— Pourquoi faites-vous cela, Devlin ? demanda-t-elle à voix basse.

— J'ai seulement pensé que nous pourrions oublier le passé, répondit-il d'une voix innocente.

Elle sentit son souffle caresser son oreille et réprima un frisson.

— Etant donné ce qui est arrivé, comment pouvez-vous espérer mon pardon ?

Tout en parlant, elle détourna son visage et tenta de maintenir autant de distance que possible entre eux. Mais la musique les emportait dans son rythme soutenu…

Comment pouvait-elle continuer à danser avec cet individu qui avait corrompu son frère, l'avait transformé en un autre homme ? Comment pouvait-elle le supporter, surtout pendant une valse, qui lui permettait de la serrer contre lui, d'établir une sorte d'intimité malsaine entre eux ?

En dépit de son écœurement, elle n'avait d'autre choix que de continuer à danser. Entraînée par la musique, étouffée par l'étreinte de Devlin, par son regard moqueur et arrogant, elle sentit peu à peu toutes ses barrières s'écrouler — ces barrières qu'elle avait pris tant de peine à bâtir autour d'elle pour se protéger. Entre les bras de Devlin, elle se sentit soudain impuissante, comme elle l'avait été durant cette nuit fatale, deux ans plus tôt, qui revenait soudain la hanter comme si cela s'était passé la veille. Cette nuit-là, Devlin et ses amis avaient entraîné Kit en ville et il avait tout perdu. Cette nuit-là, la vie de sa famille entière avait changé à jamais.

Un flot d'émotions enfouies l'envahit brusquement, et elle eut peur de perdre ses moyens devant la foule qui l'observait. Choquée par son manque de contrôle, effrayée même, elle fit son possible pour refouler la panique qui la gagnait.

La gorge nouée, elle ne parvenait plus à sourire. Le cœur lourd, elle ne parvenait plus à respirer. Prise de nausées, elle crut s'écrouler sur le parquet. L'espace d'un instant, elle eut même peur d'éclater en sanglots, ce qui était parfaitement ridicule étant donné qu'elle avait réussi à traverser ces épreuves sans verser une seule larme. Que lui arrivait-il ? Combien de temps encore parviendrait-elle à contenir ses émotions, au bras de l'odieux Devlin, sous les regards critiques de la haute société londonienne ? Chaque seconde lui paraissait durer une éternité et elle sentait son contrôle lui échapper de plus en plus…

S'efforçant de respirer profondément, elle tenta de se calmer. Tout le monde avait les yeux sur elle et elle devait à tout prix éviter de se mettre dans l'embarras.

Soudain, jetant un regard de l'autre côté de la salle, elle vit Ned, debout sous l'arche de la porte d'entrée, avec le comte de Misbourne. Il l'observait, le visage aussi neutre qu'à son habitude.

Leurs regards se rencontrèrent.

Ned…

Jamais elle n'aurait dû souhaiter son aide, mais elle ne put s'empêcher de prier pour qu'il vienne la sauver comme il l'avait fait, plusieurs semaines auparavant, dans la salle du Red Lion.

Hélas ! au fil de la danse, Devlin l'entraîna de plus en plus loin, vers l'autre extrémité de la salle. Elle sentit alors sa main se faire plus ferme, la serrer davantage contre lui, et sa panique faillit prendre le dessus. Brusquement, la voix de Ned s'éleva derrière elle, courtoise, mais froide et implacable.

— Lord Devlin. Me prêteriez-vous votre cavalière ?

Chapitre 9

Ned n'avait visiblement pas l'intention d'attendre la réponse de Devlin.

Tandis que le vicomte le dévisageait, stupéfait et choqué, Emma fut emportée en douceur dans les bras de son nouveau cavalier.

Durant quelques instants, elle non plus ne put dire le moindre mot. Elle sentait seulement la fermeté de la main de Ned au creux de ses reins, chaude et souple, et s'enivrait de son parfum si familier.

Le rythme rapide de la danse les éloigna bientôt de Devlin.

— Que faites-vous, Ned ? murmura-t-elle lorsqu'elle retrouva sa voix.

Tout en dansant, elle se retint de jeter un coup d'œil vers les sièges depuis lesquels lady Lamerton et tous les invités présents devaient les observer, surpris et sans doute offusqués.

— Je crois que l'on appelle cela s'interposer, répondit-il tranquillement.

— Mais… Vous ne pouvez pas faire cela !

— Il me semble pourtant bien l'avoir fait.

— Cela va causer un horrible scandale, vous le savez très bien.

— Pas du tout. Je suis un marchand, ne l'oubliez pas. On attend de moi que je commette des faux pas de temps à autre…

Le cœur battant, Emma prit une profonde inspiration dans l'espoir de se calmer.

— Vous venez de vous faire un nouvel ennemi en la personne de Devlin, dit-elle au bout de quelques instants.

— De toute manière, il ne m'a jamais apprécié.

— Ned, c'est un homme puissant, le mit-elle en garde. Il a l'habitude d'obtenir ce qu'il veut et vous devriez être plus prudent avec lui.

Il répondit par un sourire ironique.

— Pourquoi souriez-vous ? demanda Emma, de plus en plus déstabilisée. Je suis sérieuse.

— A vous entendre, on croirait presque que vous vous inquiétez pour moi…

Gênée, elle se détourna. Un public attentif les suivait des yeux. Malgré la musique, elle entendait presque le murmure scandalisé de la foule. Que diraient lady Lamerton et ses amies ? A présent que son élan de panique s'apaisait, elle eut honte de sa faiblesse, honte de s'être tournée vers Ned et de l'avoir incité à venir la sauver une nouvelle fois.

— Vous n'auriez vraiment par dû intervenir, Ned.

— Préférez-vous que je vous rende à Devlin ?

Agacée, elle lui jeta un regard noir, mais il ne parut pas s'en alarmer, et se contenta de la fixer d'un œil enflammé. Il serait capable de la reconduire entre les griffes du vicomte et elle le savait très bien. Elle n'avait qu'un mot à dire pour cela. Un mot qu'elle aurait dû dire mais qui ne put franchir ses lèvres.

— Non, répondit-elle finalement.

Le corps de Ned, si près du sien, lui donnait des vertiges et une flamme était née sous sa peau, à l'endroit où sa main se resserrait sur sa taille.

— Qu'y a-t-il entre Devlin et vous, Emma ?

— Un lourd passé, répondit-elle évasivement.

Ce genre de discussion était dangereux, et elle ne s'y aventurerait pas. En face d'elle, Ned ne sourit pas, cette fois. Ils se regardèrent encore un moment, aussi troublés l'un que l'autre par le flot d'émotions qui les emportait.

Incapable de soutenir davantage son regard, Emma baissa

les yeux le temps de retrouver suffisamment de calme pour changer de sujet.

— Je vous ai vu discuter avec Misbourne. Etes-vous en affaires avec lui ?

— Si on veut…

— Que voulez-vous dire ?

— J'étais en train de négocier l'accord le plus important de ma vie.

— Rien que cela ! répliqua-t-elle, amusée.

Ned lui rendit son sourire et la danse s'acheva dans le silence. Au bout de quelques instants, ils s'immobilisèrent.

— Merci, Ned, murmura-t-elle.

— De quoi ?

Etonnée, elle l'interrogea du regard, mais son expression demeura sérieuse, neutre, comme s'ils étaient étrangers l'un à l'autre. Ses yeux se firent presque froids. Presque… Seulement, sous ce masque mondain, elle sentait en lui la même volonté que le jour où il avait renversé sa bière sur l'homme ivre du Red Lion ; le jour où il était venu à son secours pour la première fois.

Elle savait que ce qu'il venait de faire aurait des conséquences.

Et il le savait aussi.

Cette certitude sembla flotter entre eux, menaçante, mais ils ne prononcèrent pas le moindre mot.

D'un pas tranquille, il la reconduisit auprès de lady Lamerton, salua, et alla rejoindre son intendant.

Emma n'osa pas regarder Devlin. Heureusement, lady Lamerton se leva :

— Venez, ma chère. J'ai une migraine, rentrons à la maison.

Sur ce, elle entraîna Emma hors de l'Hôpital des enfants trouvés, jusqu'à leur voiture dans laquelle l'interrogatoire impitoyable allait se dérouler.

Trois heures après le départ d'Emma, Ned se retrouva dans son hôtel particulier de Cavendish Square. Son verre de cristal gravé rempli de gin était posé, sans qu'il en ait bu la moindre gorgée, sur le bureau d'acajou derrière lui. Debout devant le grand bow-window ouvert, il regardait la ville plongée dans le noir.

Sur la cheminée éteinte, deux chandeliers allumés diffusaient leur lumière chaude et ambrée, faisant paraître le bleu de la nuit plus profond encore. Un seul bougeoir d'argent éclairait le bureau, et sa flamme dansante se reflétait sur la vitre encadrée par des rideaux que Ned ne touchait jamais. Le lourd parfum de la cire chaude flottait dans l'air.

— Tu savais ce qu'ils comptaient faire dès qu'ils ont commencé à danser avec elle, lança soudain Rob d'un ton accusateur.

Bien sûr qu'il le savait… Devlin était incapable de faire preuve de la moindre subtilité.

— Ils cherchaient à attirer l'attention sur Emma Northcote, répondit-il simplement.

— Je ne plaisante pas, Ned !

La voix angoissée de Rob lui rappela leurs discussions à Whitechapel, si longtemps auparavant.

— Ils essayaient clairement de te faire comprendre qu'ils ne voulaient pas te voir tourner autour d'elle. Sans doute y ont-ils vu une sorte de menace quand tu as dansé avec elle l'autre soir.

— Qu'ils pensent ce qu'ils veulent, coupa sèchement Ned.

— Est-ce que tu n'es pas en train d'oublier quelque chose ?

— Je n'oublie rien du tout.

— Ces hommes sont dangereux, Ned…

Agacé, il haussa les épaules.

— Je sais très bien ce qu'ils sont.

— Ils pourraient te détruire d'un seul mot, et détruire tout ce que tu as construit par la même occasion !

— Crois-tu vraiment que je leur laisserai la moindre chance de le faire ?

— Je crois seulement que tu as déclenché une guerre, ce soir, reprit Rob qui paraissait désemparé. A quoi pensais-tu, quand tu as ravi sa cavalière à Devlin, au milieu d'une danse ? Tu aurais mieux fait de lui lancer ton gant à la figure et de régler ça par un duel !

Il s'interrompit un instant, puis reprit, plus posément :

— Pourquoi as-tu fait ça ?

Ned ferma les yeux et revit Emma dans les bras de Devlin, son regard désespéré. Il avait instantanément compris ce qu'elle ressentait et avait su qu'il devait se détourner d'elle. Mais il avait été incapable de l'ignorer…

— A quoi diable pensais-tu ?

— Il s'est passé quelque chose entre Emma Northcote et Devlin. Elle avait besoin d'être secourue.

— Et tu as pensé que c'était à toi de le faire ?

— Oui.

— Est-ce que tu essayais délibérément d'irriter Devlin ? Parce que tu n'aurais pas pu trouver mieux !

Ned se détourna finalement de la fenêtre pour faire face à Rob. Il était inutile de lui cacher la vérité plus longtemps…

— La femme que je voyais — ma maîtresse mystérieuse, comme tu l'appelais — était Emma Northcote.

Rob le dévisagea un instant, immobile, comme s'il retenait sa respiration. Un lourd silence s'abattit sur la pièce. Puis il poussa un profond soupir.

— Je t'en prie, dis-moi que c'est une plaisanterie.

— J'aimerais pouvoir, répondit Ned.

Rob n'acquiesça pas, ne bougea pas, visiblement occupé à comprendre l'étendue des conséquences d'un tel aveu.

Sur le manteau de la cheminée, le tic-tac de l'horloge égrenait les secondes.

— Bon sang ! lâcha son ami en se passant une main nerveuse dans les cheveux. Bon sang !

L'air agité, il se frotta le front comme si cela pouvait suffire à effacer les paroles de Ned.

— De toutes les femmes de Londres, il a fallu que tu t'amouraches d'Emma Northcote ? demanda Rob, l'air incrédule.

— Je ne connaissais pas son nom quand je l'ai rencontrée.

— Comment as-tu pu…

— C'est compliqué, coupa Ned.

Rob finit son verre d'un trait.

— En tout cas, reprit-il après une hésitation, ça explique beaucoup de choses.

Même dans la lumière faible des bougies, il paraissait pâle. Après avoir fait nerveusement quelques pas de long en large, il se tourna de nouveau vers Ned.

— Est-ce que tu la vois toujours ?

Ned ne lui répondit que par un regard glacial.

— Je ne faisais que demander ! se défendit Rob.

Sans un mot, Ned lui remplit une seconde fois son verre, sans s'intéresser au sien qu'il n'avait toujours pas touché.

— Bref. Que comptes-tu faire au sujet de Devlin ?

— Je vais l'ignorer, répliqua Ned en se retournant vers la fenêtre. Comme je le fais toujours.

— Et Emma Northcote ?

Les yeux perdus sur les silhouettes sombres des arbres de la place et les points de lumière des fenêtres, lointaines et floues, il retint un soupir.

— Tout est fini entre Emma Northcote et moi, dit-il fermement.

Il sentit son cœur se serrer en repensant à leur discussion, sur la piste de danse, à cette attraction entre eux, si profonde et violente… Il ne l'avouerait jamais, mais les choses étaient loin d'être finies entre Emma et lui.

— Quelle audace ! s'exclama lady Lamerton le lendemain matin, devant son petit déjeuner.

Depuis la veille, elle ne tarissait pas de critiques au sujet de Ned.

— Ne sait-il donc pas que les gentlemen ne s'interposent pas comme cela, lorsque d'autres dansent ?

Emma ne répondit pas. Ned le savait, bien sûr, mais il n'avait fait cela que pour lui venir en aide. Hélas ! la bonne société ne le lui pardonnerait pas de si tôt, et elle sentit une pointe de culpabilité naître en elle.

Lady Lamerton but une gorgée de thé et reprit :

— Tout autre homme aurait été fustigé pour cela et serait mort de honte lorsqu'on lui aurait fait remarquer son impolitesse. Mais pas M. Edward Stratham ! Il s'en tire toujours parce qu'il n'a pas l'air de se soucier de l'avis des autres. Et sa beauté doit sans doute l'aider à se faire pardonner… Saviez-vous que lady Routhledge a un faible pour lui ?

— Je l'ignorais, répondit Emma.

— En tout cas, bel homme ou non, il a dansé deux fois avec vous, Emma, et a même interrompu un autre homme pour cela. Quand on pense qu'il n'a jamais dansé avec personne auparavant, on comprend les ragots. Vous deux faites l'objet de toutes les rumeurs, depuis hier.

Elle jeta un coup d'œil à la pile de courrier qui s'entassait à côté d'elle sur la table.

— Tout le monde me demande s'il se passe quelque chose entre vous, ajouta-t-elle.

— Comment pourrait-il se passer quoi que ce soit ? se défendit Emma. Je le connais à peine !

La douairière but quelques gorgées de son thé en silence, puis couva Emma d'un regard entendu.

— Stratham n'est pas idiot. Il a déjà de l'argent ; ce qui lui manque est le pouvoir, l'influence, le rang social.

— Et il l'obtiendra en épousant une femme titrée.

— Exactement, fit la vieille dame avec un sourire.

Préférant changer de sujet, Emma lui rendit son sourire et prit la théière encore fumante.

— Une seconde tasse ?

— Avec plaisir, ma chère, répondit lady Lamerton avec un petit soupir de satisfaction. Et puis, on s'intéresse aussi à Devlin et ses amis.

Emma faillit lâcher la théière. Miraculeusement, elle parvint à verser le thé sans trembler, y ajouta un peu de crème et trois cuillères de sucre avant de déposer la tasse devant sa maîtresse.

— Je suis ravie que Devlin et vous ayez réussi à oublier le passé, reprit celle-ci sans remarquer son trouble.

« Oublier le passé »... Exactement ce que Devlin lui avait dit la veille.

— Il faut bien aller de l'avant, dit-elle avec un sourire forcé.

— En effet.

Après tout, elle avait bien réussi à aller de l'avant après ce que Devlin et ses compagnons avaient fait à Kit. Pourrait-elle aussi facilement aller de l'avant et oublier Ned, alors qu'elle devait le voir tous les jours ? Alors qu'elle allait devoir supporter de le voir courtiser et épouser une femme titrée devant elle ?

— Je me demande si Devlin et Stratham seront présents, ce soir, reprit soudain lady Lamerton. Après ce qui s'est passé hier, il serait intéressant de les voir ensemble.

Gênée, Emma se détourna. « Intéressant » n'était pas exactement le mot qu'elle aurait choisi.

— Je me demande...

Tous deux ne la laissaient pas indifférente, mais pas de la même manière. Pourtant, elle devait absolument faire comme si aucun d'eux ne l'affectait. Anxieuse, elle but une gorgée de thé, les yeux baissés. Pourvu que ni Ned ni Devlin ne se montrent ce soir. C'était le seul moyen pour elle de faire bonne figure face aux regards inquisiteurs du beau monde...

Le soir venu, Ned et Rob accompagnèrent Misbourne et son fils, Linwood, à une représentation de *Roméo et Juliette*, dans les Jardins botaniques, près de la Tamise.

Ned n'avait que faire de Shakespeare ou des Jardins botaniques, mais il avait été invité et n'avait pu se permettre de refuser. Ils avaient conclu leurs affaires dans le bureau de Misbourne, sur Leicester Square, durant la journée. Après avoir échangé une poignée de main et savouré un verre de brandy, ils avaient donné leurs consignes à leurs avoués au sujet des contrats. Finalement, Misbourne lui avait proposé de l'accompagner voir la pièce le soir même.

Misbourne avait donné son accord, soit, mais il fallait encore le ménager pour qu'il ne sabote pas leur arrangement avant que tout soit achevé…

Installé dans les Jardins, Ned pouvait voir Emma et lady Lamerton, assises de l'autre côté de la scène en plein air. Au début de la soirée, la douairière l'avait salué d'un petit signe de tête et il lui avait répondu, mais Emma l'avait ignoré. C'était compréhensible. Après leurs deux danses ensemble, les ragots devaient aller bon train à leur sujet ainsi qu'au sujet de Devlin. En la sauvant des griffes du vicomte, il avait attiré la curiosité du public sur elle et il s'en voulait un peu.

Ce soir, elle portait une robe sombre et une pelisse assortie. Dans la faible lumière du soir, il ne parvenait pas à discerner la couleur exacte de ses vêtements. Il ne voyait que les reflets ambrés des flambeaux qui entouraient la scène sur la soie de sa jupe. Une petite brise faisait voleter légèrement les boucles brunes tombant sur son épaule. Elle ne l'avait peut-être pas salué, mais leurs regards s'étaient croisés avant qu'elle se concentre sur le spectacle.

A la moitié du deuxième acte, le valet de Ned vint le voir et lui chuchota quelques mots à l'oreille. Surpris, il jeta un rapide coup d'œil vers Emma. En quelques secondes, il prit sa décision.

Se penchant vers Rob, il murmura :

— Occupe-toi de Misbourne et maintiens-le de bonne humeur jusqu'à mon retour. Ne le quitte pas des yeux.

Rob acquiesça sans un mot.

— Monsieur, reprit Ned à l'intention du comte, si vous voulez bien m'excuser, je dois m'absenter quelques instants.

Misbourne répondit d'un signe de tête, le regarda se lever d'un air étonné et glissa quelques mots à son fils avant de se tourner de nouveau vers la scène.

Discrètement, Ned longea le sentier bordé de lanternes qui menait aux serres.

Incapable de suivre la pièce, Emma vit le valet délivrer un message à son maître et regarda Ned s'éloigner si discrètement que peu de personnes durent s'en apercevoir. Qu'y avait-il de si important pour qu'il abandonne Misbourne si brusquement ? Rob Finchley était resté assis, donc Ned pensait sans doute revenir rapidement. Il ne lui avait pas dit quelle était la nature de son accord avec Misbourne, seulement qu'il s'agissait du marché le plus important de sa vie...

Elle reporta son attention sur la scène, mais ne parvint pas à se concentrer sur *Roméo et Juliette*. L'absence de Ned la troublait. Le deuxième acte s'acheva et le metteur en scène annonça l'entracte. Des valets se mirent à circuler au milieu du public avec des boissons fraîches. Ned n'était toujours pas revenu.

Au fil des minutes qui passaient, Emma sentait une angoisse sourde l'envahir, avec la certitude que quelque chose allait mal...

De l'autre côté de la scène, Rob Finchley paraissait inquiet lui aussi, tandis qu'il s'évertuait à divertir Misbourne. Le comte et son fils se comportaient froidement, parlaient peu. De toute évidence, ils étaient vexés que Ned les ait ainsi abandonnés : on ne se risquait pas impunément à insulter ce genre d'hommes, si sombres, silencieux, presque sinistres.

— Je me demande où a bien pu aller Stratham, glissa soudain lady Lamerton à l'oreille d'Emma.

Autour d'elles, d'autres personnes commençaient aussi à remarquer son absence.

Mal à l'aise, Emma réprima un frisson. Finalement, après avoir échangé quelques badinages avec les amies de la douairière, elle s'éloigna et jeta un nouveau coup d'œil vers Misbourne. Le comte discutait avec son fils, l'air agacé, comme s'il était sur le point de partir.

« Le plus important marché de ma vie »… Compte tenu des conséquences que cela pourrait avoir sur ses affaires, Ned n'aurait jamais disparu ainsi de son plein gré. Quelque chose de grave avait dû se passer. Laissant lady Lamerton et ses amies en pleine conversation, elle s'éclipsa discrètement et se fondit dans l'ombre en direction des serres, ignorée de tous.

La première serre avait été habillée d'écrans pour offrir un espace privé aux dames. Emma la dépassa sans un regard. Alors qu'elle approchait du bâtiment suivant, elle aperçut une forme immobile allongée près des hautes haies qui marquaient l'entrée du labyrinthe. En un instant, une chape glacée s'abattit sur ses épaules. La forme était un corps. Le corps d'un homme qui portait une chemise et une cravate blanches… et dont les cheveux blonds scintillaient dans l'éclat lunaire.

Chapitre 10

Emma se précipita et tomba à genoux à côté de lui.

Il était allongé dans l'herbe, les yeux fermés, la lèvre marquée d'un coup. Elle pressa ses doigts tremblants contre son cou et guetta un pouls, la gorge nouée. Il était vivant !

— Ned, murmura-t-elle, angoissée. Ned !

Prise de panique, elle lui donna quelques petites tapes sur la joue, l'embrassa même dans l'espoir de le faire réagir. Enfin, il poussa un faible gémissement, ouvrit les yeux, et prit une brusque inspiration.

— Dieu merci ! soupira Emma, soulagée de le voir reprendre connaissance.

Il se redressa et porta une main à ses côtes avec une petite grimace de douleur.

— Combien de temps suis-je resté ici ?

— Presque vingt minutes.

Un éclair d'inquiétude traversa son regard.

— Est-ce que Misbourne est toujours là ?

Emma acquiesça et il se remit péniblement sur pied.

— Je dois aller le retrouver.

Au même instant, les pans de sa veste s'écartèrent et Emma vit avec horreur l'auréole sombre d'une tache de sang qui s'étendait sur sa chemise.

— Vous êtes blessé ! s'écria-t-elle, le cœur battant. Je vais aller chercher de l'aide.

Avant qu'elle ait pu s'éloigner, Ned la rattrapa par le bras, le regard déterminé.

— Non !

Elle hésita un instant, mais comprit vite que rien ne pourrait le faire fléchir.

— Je vais faire un pansement pour arrêter l'hémorragie. Donnez-moi les rubans de votre jupon.

Sans un mot, elle s'exécuta. Ce n'était pas le moment de faire preuve de pudeur, le temps pressait. Elle retroussa donc ses jupes et, sans se soucier de montrer ses jambes, arracha les rubans d'un coup sec.

Ned releva sa chemise. A la lumière de la lune, le sang brillait, sombre et humide, sur son ventre musclé. Il plia son mouchoir et le plaqua sur la plaie.

— Que s'est-il passé ? demanda-t-elle en nouant les rubans de son jupon autour de son torse pour maintenir le pansement en place.

— J'ai reçu un message de vous, disant que vous aviez besoin de mon aide et me demandant de vous retrouver ici.

— Je ne vous ai pas envoyé de message ! protesta-t-elle.

— Oui, je l'ai compris quand j'ai vu les hommes qui m'attendaient.

Emma sentit son cœur s'emballer. Combien d'hommes avait-il fallu, pour le blesser ainsi ? Concentrée sur sa tâche, elle fit un dernier nœud et Ned remit en place sa chemise déchirée.

— C'est encore pire qu'on peut le croire. Ils étaient payés pour me rosser, pas pour me tuer, expliqua-t-il en réponse à son regard interrogateur.

— De toute évidence, quelqu'un ne vous aime vraiment pas…

— La liste est longue, répondit-il en la laissant épousseter rapidement la terre accrochée au dos de sa veste.

Malgré leurs non-dits, un nom sembla résonner aux oreilles d'Emma dans le silence du jardin.

— Devlin ne tomberait pas si bas… pas pour une danse volée.

Ned lui répondit par un sourire amer.

— Retournez auprès de lady Lamerton. Nous ne devons pas être vus ensemble, dit-il fermement.

Emma acquiesça. Elle savait aussi bien que lui les conséquences que ce genre d'incident pouvait avoir sur sa réputation.

— Je vais finir de me rhabiller, et je rejoindrai Misbourne dans quelques minutes, poursuivit-il.

— Bonne chance avec le comte.

Répugnant à s'éloigner, elle essuya une trace de sang de sa joue et soutint quelques instants son regard enflammé. Puis elle repartit en direction de la scène d'un pas vif.

Lorsque Emma rejoignit la foule, lady Lamerton discutait toujours avec ses amies. Elle s'arrêta pour échanger quelques paroles avec une ancienne amie, près de l'endroit où se tenait Misbourne, comme si elle n'avait rien fait d'autre depuis le début de l'entracte.

Au bout de quelques minutes, une cloche retentit et tout le monde revint peu à peu s'asseoir. Emma rejoignit lady Lamerton pour regarder la suite du spectacle.

— Etiez-vous en train de parler avec Phoebe Hunter ? demanda la vieille dame en reprenant sa place.

— Oui.

— Je croyais que vous ne vous fréquentiez plus.

— En effet, admit Emma. Mais si je dois oublier le passé, autant commencer avec elle. Saviez-vous qu'elle rénovait Blackloch et qu'elle y installait une nouvelle chambre d'enfant ?

— Vraiment ?

La douairière paraissait ravie d'apprendre ce genre de nouvelles. Une seconde cloche sonna, et la pièce reprit. Au même instant, Ned reparut et se glissa sur son siège.

Il paraissait aussi tranquille que lorsqu'il s'était éclipsé — l'image même du gentleman, dans ses vêtements luxueux, sa veste bien fermée pour dissimuler sa blessure et la tache de sang qui maculait sa chemise. Seule Emma savait ce qui s'était réellement passé, durant son absence.

Plus tard, de retour chez lui, Ned changea son pansement sous le regard soucieux de Rob.

— Tu as eu de la chance, remarqua celui-ci. Si le coup avait été porté plus fort, tu ne t'en serais peut-être pas relevé…

— Ce n'est pas de la chance, répliqua Ned.

Le jeton d'ivoire qu'il conservait dans la poche de son veston avait fait dévier la lame…

— De plus, ils n'essayaient pas de me tuer.

— Je n'en suis pas certain, pour être honnête.

— Ils n'ont sorti leurs couteaux que pour venger la mort de leurs compagnons, expliqua Ned.

Rob le dévisageait sans ciller.

— Qu'as-tu fait des corps ?

— Rien du tout : ils avaient disparu quand j'ai repris conscience. Leurs amis ont dû les emporter.

— Et tu as pansé la plaie tout seul ?

— On m'a aidé.

Rob lui lança un regard interrogateur.

— C'était Emma Northcote, avoua Ned.

— Dis-moi que tu plaisantes !

Ned répondit par un regard froid et Rob se frotta nerveusement l'arête du nez.

— Je préfère ne pas savoir…

— Oui, cela vaut mieux.

— Que faisait-elle avec toi, Ned ?

— Je croyais que tu préférais ne pas savoir.

— Tu as encore des sentiments pour elle…

Ned ne répondit pas et remit sa chemise avant de jeter au feu le mouchoir raidi de sang.

Un long silence envahit la pièce.

Ned n'aimait pas s'étendre sur ses sentiments ; c'était une

faiblesse qu'il avait fait taire il y avait déjà longtemps. Les sentiments rendaient fragile, vulnérable. Ils n'aidaient pas à la survie, bien au contraire. Mais ce qui se passait entre lui et Emma Northcote était… Il préférait ne pas savoir ce que c'était, et son mutisme résonna comme un aveu implacable.

L'air mal à l'aise et nerveux, Rob détourna le regard.

— Si Devlin a organisé cette agression juste parce que tu t'es interposé alors qu'il dansait avec Emma, que crois-tu qu'il fera s'il remarque tes sentiments pour elle ?

— Il ne les remarquera pas, répliqua sèchement Ned. De toute manière, comment pourrais-je encore lui faire la cour, maintenant que je sais qui elle est ? Et puis, tout cela n'a rien à voir avec Devlin.

— Tu crois ? S'il parle, s'il rend ce qu'il sait sur toi public, tu pourras dire adieu à Misbourne ! Tu pourras dire adieu à tous nos projets.

— Tu sais aussi bien que moi que Devlin ne peut pas se permettre de parler.

— Je dois te dire autre chose…

De nouveau, Rob détourna le regard, embarrassé.

— J'ai posé des questions au sujet d'Emma, pour comprendre ce qui se passait entre Devlin et elle. Elle t'a dit qu'ils ont un passé chargé, c'est bien cela ?

— Est-ce vrai ? demanda Ned, intrigué.

Rob acquiesça.

— Apparemment, elle en veut à Devlin et ses amis d'avoir mis son frère en difficulté. Le petit Kit Northcote semble s'être laissé entraîner par les vilains garçons…

Ned ne put réprimer un petit rire ironique.

— Oui, reprit Rob. Moi aussi, je me doutais qu'il s'était passé quelque chose de ce genre. Je me suis seulement dit que tu aimerais le savoir.

— Merci, Rob.

— Alors, poursuivit son ami d'une voix plus sérieuse, as-tu réussi à calmer Misbourne ?

Ned acquiesça.

— Comment as-tu expliqué ton absence de ce soir ?

— Il n'a rien demandé et je n'ai rien dit.

— Il aura sans doute vu ce bleu sur ton front et le sang sur tes poings. J'imagine qu'il n'était pas difficile pour lui de deviner d'où cela venait…

— Non. Il faisait trop sombre pour qu'il remarque quoi que ce soit.

— En tout cas, tout le monde le verra demain, rétorqua Rob d'un air soucieux.

Pour toute réponse, Ned souleva le couvercle du plat d'argent qu'il avait fait monter à son bureau et montra à son ami son contenu : une épaisse tranche de viande rouge crue. Rob parut soulagé.

— Je vois que tu as déjà pensé à demain, dit-il. Rien n'efface mieux les contusions qu'un steak bien frais…

Lorsque Rob partit, quelques minutes plus tard, Ned fut incapable de penser à ses blessures ou à Misbourne. Il ne voyait que le visage d'Emma, cette femme qui était venue à son aide. Si elle ne l'avait pas trouvé, Misbourne aurait pu se vexer et rentrer chez lui… Mais elle était venue. Elle l'avait aidé, sans hésiter face au sang, à sa plaie ouverte. Elle avait été choquée, évidemment, mais elle avait agi instinctivement, calmement.

Dans son bureau silencieux, il sentit une nouvelle fois la caresse de ses doigts tremblants sur son visage, essuyant une trace de sang qu'il n'avait pas vue. Il sentit la chaleur de ses lèvres sur les siennes quand elle avait essayé de le réveiller.

Tentant vainement de chasser ce souvenir, il se versa un nouveau verre de gin et le vida d'un trait.

« Tu sais aussi bien que moi que Devlin ne peut pas se permettre de parler. »

Naguère, il avait été certain de cela. A présent, il n'était plus sûr de rien. Malgré tous ses efforts pour rassurer Rob, il ne pouvait nier qu'il tenait encore à Emma et, si Devlin s'en apercevait, tous leurs projets seraient compromis.

Après avoir tant travaillé, il ne pouvait se permettre de

prendre un tel risque. Il but un nouveau verre et laissa son regard se perdre dans les flammes mouvantes de la cheminée. Il fallait à tout prix qu'il se tienne à distance d'Emma. Pour leur bien à tous deux.

Cette nuit-là, Emma ne trouva pas le sommeil.

Dans l'obscurité de sa chambre, elle revoyait la blessure sanglante de Ned. Elle revivait le choc qu'elle avait éprouvé en le découvrant là, inconscient au pied de la haie. L'espace d'un instant, elle l'avait cru mort. Mort… Et cela avait été le moment le plus terrible de sa vie.

Assise derrière sa fenêtre, elle jeta un regard absent à la rue tranquille, baignée de lune, aux voitures abandonnées. Un chat se faufilait entre les brancards levés. Chaque fois qu'elle fermait les yeux, elle était hantée par la tache de sang presque noire sur la chemise blanche de Ned, le tissu déchiré qui dévoilait la plaie béante sur le côté de son ventre. Comment une si étroite coupure pouvait-elle saigner autant ? Lorsqu'elle avait noué son pansement, elle avait senti l'humidité tiède du sang sous ses doigts et, encore maintenant, elle sentait son odeur, gardait son goût ferreux dans la bouche. L'estomac noué, elle soupira. Depuis, elle avait l'impression qu'une main glacée s'était refermée sur son cœur et ne cessait de le comprimer.

Comment Devlin avait-il pu tomber si bas ? Elle savait depuis longtemps qu'il était débauché, égoïste et arrogant, mais elle l'avait toujours pris pour un gentleman malgré tout. Après tout, Ned lui-même avait admis avoir des ennemis — un homme enrichi par le commerce se ferait toujours des ennemis parmi l'aristocratie…

Parcourue d'un frisson, elle resserra son châle autour de ses épaules, mais ce n'était pas le froid qui la faisait frémir. Elle ne pouvait plus nier qu'elle l'aimait toujours et ferma les yeux, le cœur brisé.

Rien ne pourrait jamais exister entre Ned et elle.

Tout le monde savait qu'il cherchait à courtiser une jeune

femme titrée. Peut-être la désirait-il encore comme il l'avait toujours désirée, seulement il ne l'épouserait jamais.

Non, Ned était un homme ambitieux. Il bâtissait son empire à la force de ses mains. Il avait des projets. Quant à elle, il lui restait sa fierté et son sens du devoir… Si elle était touchée par le moindre scandale, sa position au service de lady Lamerton serait compromise et elle n'aurait plus la moindre chance de retrouver Kit. Son père comptait sur elle : elle ne pouvait pas l'abandonner. Pourtant, elle ne pouvait s'empêcher de repenser à tout ce qui s'était passé entre Ned et elle, dans les ruelles de Whitechapel.

Trompe-moi une fois, honte à toi. Trompe-moi deux fois, honte à moi. Le vieux proverbe résonnait à ses oreilles.

Elle aimait peut-être Ned, mais elle n'était pas assez stupide pour en oublier ses devoirs. La prochaine fois qu'elle le verrait, elle lui souhaiterait bonne chance pour trouver une épouse et se détournerait définitivement de lui.

Ned était assis seul, sur l'un des bancs de bois de Green Park, face à une vue bien différente de celle que lui offrait cet autre banc qu'il aimait, à Whitechapel… Il était venu là pour réfléchir sans étouffer entre les murs de sa maison de Cavendish Square. Il avait besoin d'être seul mais, compte tenu des rendez-vous qui l'attendaient le soir même, il ne pouvait se permettre d'aller jusqu'à Whitechapel. Pour être honnête, ce n'était pas la seule raison qui le tenait éloigné de son ancien quartier. Il n'y était pas retourné depuis l'arrivée d'Emma à Mayfair.

L'atmosphère était lourde. L'air semblait vibrer d'une tension qui mettait tout le monde mal à l'aise. Un orage se préparait… La plupart des habitants de Mayfair avaient décidé de rester cloîtrés chez eux ou se hâtaient le long des rues, les yeux baissés et en silence. Le parc était désert, étalant l'émeraude de ses gazons devant Ned. La touffeur ambiante lui permettait au moins d'avoir les lieux pour lui seul — à l'exception de quelques rares personnes qui zigzaguaient entre les arbres, pressées de rejoindre leur foyer avant le premier coup de tonnerre.

Hélas ! Ned savait que rentrer chez lui n'apaiserait pas son malaise, pas plus qu'attendre sur son banc que l'orage passe.

« Comment pourrais-je la courtiser, maintenant que je sais qui elle est ? » Ses propres paroles, en apparence si assurées, résonnèrent à ses oreilles.

En dépit de ses efforts, il ne parvenait pas à chasser Emma de ses pensées. Peut-être était-ce dû à son nom. Peut-être était-ce dû au fait qu'elle était la seule femme au monde qu'il n'aurait pas dû désirer… La seule qu'il ne pouvait pas avoir. Peut-être était-ce dû à tout cela ou alors à autre chose. Comment le savoir ?

Tout ce qu'il savait était qu'il ne pouvait plus ignorer ses sentiments pour Emma ; il la désirait autant que lorsqu'il ne la connaissait que sous le nom d'Emma de Lisle. Après tout, elle n'avait pas changé entre Whitechapel et Mayfair. Elle était toujours la même femme, et il comprenait à présent pourquoi elle lui avait menti, à l'époque. Cela ne changeait rien. Il avait des sentiments pour elle ; des sentiments qui rendaient ses projets plus complexes que jamais.

Aujourd'hui, il prenait plus de risques que jamais, autant pour son plan — un plan qu'il avait passé sa vie à mettre en place — que pour lui-même. Il ne se reconnaissait plus. Qui était-il ? Que voulait-il faire de sa vie ?

Jusqu'à présent, il ne s'était jamais posé ce genre de questions. Il avait toujours contemplé le monde froidement, avec un détachement salutaire. Mais avec Emma tout devenait soudain différent. Elle l'attirait en terrain inconnu, quelque part où il n'avait pas envie d'aller : dans un monde nouveau d'émotions brutes et dangereuses. Elle le poussait à remettre en question des choses qui avaient toujours été évidentes pour lui. Elle le poussait à se demander quel genre d'homme il était…

Lentement, il fit rouler son jeton d'ivoire sur ses doigts,

apaisé par ce rythme régulier, rassurant, d'avant en arrière et d'arrière en avant.

Etant donné ce qu'il était, ce qu'il avait fait, comment pourrait-il lui avouer ses sentiments ? Etre avec elle ?

A la différence de tous les problèmes qu'il avait connus dans sa vie, immenses et presque insurmontables, celui-ci ne pourrait se résoudre que par la fuite.

Il avait des responsabilités, aujourd'hui ; un destin à suivre et un devoir à accomplir. Peut-être n'avait-il pas toujours respecté les règles édictées par la société, mais il avait son propre code d'honneur.

Et, chaque fois qu'il réfléchissait à son avenir, ce code d'honneur lui soufflait de rester loin d'Emma. Il n'avait pas le choix.

Cependant, cela ne l'empêchait pas de penser à elle.

Emma revenait du bureau de poste où elle avait posté une lettre à son père ainsi que deux missives de lady Lamerton. Prétendant avoir besoin d'air frais, elle s'était chargée de cette tâche elle-même ; elle ne pouvait prendre le risque que quelqu'un lise l'adresse de son père, à Whitechapel… D'ailleurs, elle n'avait pas vraiment menti. Depuis le matin, l'air lourd et étouffant de la ville la mettait étrangement mal à l'aise. Depuis l'incident aux Jardins botaniques, elle n'avait plus été elle-même et avait eu besoin de passer un peu de temps seule, loin de la curiosité insatiable de sa maîtresse. Elle avait eu besoin de marcher un peu, pour se changer les idées.

Elle pensait à Ned. Plus que quiconque, elle savait à quel point il pouvait être difficile de vivre dans un monde différent de celui dans lequel on avait grandi, d'ignorer ses racines, son éducation. Il n'était jamais facile de s'éloigner si brutalement de tout ce que l'on avait toujours connu pour commencer une vie nouvelle. Pour survivre à Whitechapel, elle avait dû apprendre tant de choses… Et Ned avait dû — devait encore — en faire autant ici. Il avait beau paraître sûr de lui, elle devinait à quel point chaque chose, chaque détail, devait lui sembler étrange.

Peu à peu, le ciel s'assombrissait, passant d'un gris nuancé à un bleu-noir menaçant aux reflets d'acier.

Un orage se préparait. L'immobilité de la ville ne la trompait pas : une tension presque palpable faisait vibrer autour d'elle l'air qui, à l'approche de la pluie, se chargeait d'une odeur de terre. De toute évidence, elle ne serait pas rentrée à Grosvenor Square avant que les premières gouttes se mettent à tomber. Inquiète, elle jeta un rapide regard à la soie verte de sa jupe. A une époque, une robe abîmée par la pluie n'aurait eu aucune importance à ses yeux ; cela n'aurait été qu'une bonne raison de rendre visite à sa couturière. A présent, tout était différent. Elle avait connu le monde d'en bas, où les femmes passaient leur vie entière à prendre soin d'une seule robe faute de pouvoir la remplacer.

Elle ne put réprimer un petit soupir amer et décida de prendre un raccourci à travers Green Park. Alors qu'elle marchait d'un pas vif sous la voûte des arbres, elle aperçut la silhouette d'un homme, seul, assis sur un banc.

Cette image lui rappela celle d'un autre homme, sur un autre banc… dans une autre vie. Elle poursuivit son chemin mais, en s'approchant de l'homme, elle sentit son cœur bondir dans sa poitrine. Elle reconnut l'éclat doré des cheveux, la danse hypnotique d'un jeton d'ivoire entre des doigts, et eut l'impression d'avoir pénétré dans un rêve, un souvenir qu'elle aurait voulu oublier. Mais c'était bien la réalité.

Sous le choc, elle s'immobilisa à l'instant précis où Ned tournait les yeux vers elle, comme s'il l'avait attendue. Le jeton s'immobilisa.

Les secondes s'étirèrent dans l'allée silencieuse, quelques courts instants qui se muaient en éternité. Finalement, il se leva. Il ne fit pas le moindre pas mais ne la quitta pas des yeux pour autant.

Face à lui, elle sentait son cœur battre si fort qu'elle craignit qu'il s'échappe de sa poitrine. La gorge nouée, elle tenta de respirer calmement, d'étouffer les frémissements qui la traversaient. En vain. Elle finit par reprendre sa marche, plus lentement, incapable de se détourner du regard intense de Ned, toujours fixé sur elle.

Arrivée à quelques pas de lui, elle s'arrêta de nouveau.

— Emma, murmura-t-il d'une voix basse et un peu rauque.

— Ned.

Nouveau silence, plus long, plus tendu. Tant de choses circulaient entre eux, impalpables et pourtant écrasantes.

— Comment allez-vous ? reprit-il avec douceur.

— Bien, je vous remercie. Comment va votre blessure ? ajouta-t-elle avec un coup d'œil vers sa veste fermée.

— Elle cicatrise bien, merci.

Il l'examinait avec attention. Emma vit sa pomme d'Adam bouger de haut en bas au rythme de ses déglutitions.

— Vous n'auriez pas dû voir tout cela, reprit-il au bout d'un instant.

— J'ai vu pire, mentit-elle pour le rassurer. N'oubliez pas que j'ai travaillé au Red Lion.

— Je n'oublie rien, Emma.

Entre eux planaient les non-dits, le souvenir brûlant de leurs baisers, de leur passion, dans l'ombre des ruelles. Le souvenir de ce dernier matin ensoleillé, sur le banc de pierre, de leurs promesses non tenues... Tout ce qu'ils avaient partagé revenait flotter entre eux, aussi réel que si cela s'était passé la veille.

— Vous avez risqué votre vie et votre réputation pour m'aider, Emma.

— Dans ce cas, nous sommes quittes.

— Non, répondit-il d'une voix sombre. Nous ne serons jamais quittes.

Elle le dévisagea un instant. Que voulait-il dire ? En face d'elle, il ne cillait pas, ses yeux luisant d'un éclat sombre qui lui enflamma le corps.

A grand-peine, elle ravala son trouble.

— Je devrais rentrer. Lady Lamerton va m'attendre.

Pour toute réponse, il se contenta de hocher la tête.

Elle lui fit une rapide révérence. Il la salua.

Sans un mot, elle reprit son chemin, le laissant immobile derrière elle. Après avoir fait quelques pas, elle se retourna. Si elle ne saisissait pas cette occasion de lui poser la question qui la hantait depuis qu'elle l'avait revu à Mayfair, elle ne pourrait peut-être plus jamais le faire…

De nouveau, elle croisa son regard. Il n'avait pas bougé, et son regard était toujours aussi sombre.

— Puis-je vous demander quelque chose, Ned ?

Il acquiesça d'un hochement de tête.

— Pourquoi reveniez-vous sans cesse à Whitechapel ?

— C'est chez moi, répondit-il simplement. Où un homme peut-il se détendre, si ce n'est chez lui ?

— Cavendish Square est chez vous…

— Cavendish Square est le lieu où j'habite, corrigea-t-il.

Mais ce n'était pas *chez lui*.

— Ne pouvez-vous donc pas vous détendre, dans cette maison ? demanda-t-elle encore, intriguée.

— Non. Dans cette maison, je dois jouer mon rôle de gentleman. Et vous savez aussi bien que moi que je n'en suis pas un.

— Pourtant, vous semblez très à votre aise, en société.

Cela le fit sourire.

— Merci du compliment, dit-il d'une voix un peu moins tendue. Pour être honnête, il m'a fallu de nombreux précepteurs et beaucoup d'entraînement pour en arriver là.

A son tour, elle sourit. Un sourire triste qu'elle ne put réprimer.

— Et si vous changiez de vêtements pour arpenter les rues de Whitechapel, c'était pour ne pas attirer l'attention, j'imagine.

— Qu'aurais-je fait, au Red Lion, habillé par les meilleurs tailleurs de Londres ?

L'interrogeant du regard, il leva son sourcil, comme il le faisait souvent, et elle ne put s'empêcher d'examiner rapidement la cicatrice qui le scindait en deux. Elle repensa à son propre retour à Whitechapel pour voir son père, et aux regards critiques qui avaient accueilli sa robe neuve.

— Oui, je comprends… Dites-moi, êtes-vous récemment retourné au Red Lion ?

Le petit sourire de Ned s'évanouit.

— J'ai été trop occupé pour cela.

Sa voix se parait d'accents insouciants, mais son regard, plus intense que jamais, laissait supposer qu'il s'était tenu à l'écart de la taverne pour d'autres raisons.

Entre eux, la tension se faisait peu à peu plus dense, plus vibrante.

Tout à coup, de lourdes gouttes de pluie se mirent à tomber, roulant sur les joues d'Emma comme des larmes. Fraîches. Lentes. Elles marquaient la soie verte de sa robe de grosses taches sombres, si grosses qu'elles traversaient le tissu et se glissaient sous la mousseline de son court boléro.

Surprise par cet assaut soudain, elle leva les yeux vers le ciel pour le découvrir noir et lourd, comme si la nuit tombait déjà.

— Je dois y aller, dit-elle d'une voix basse masquée par le roulement d'un premier coup de tonnerre.

La pluie se fit alors déluge, aussi sauvage que le torrent d'émotions violentes qui grondait en eux.

— Il est trop tard, Emma, murmura Ned d'une voix qui la fit frissonner sous la pluie.

Il ôta sa veste et la lui posa sur les épaules, puis il lui prit la main et la guida d'un pas vif jusqu'à l'abri de chênes qui se dressaient non loin.

Sans résister, elle se laissa conduire sous une branche basse, abri naturel au milieu du parc. Là, ils demeurèrent quelques instants face à face, leurs mains toujours jointes. Ned était si proche d'Emma qu'elle sentait la caresse furtive de son torse contre sa poitrine, au rythme de sa respiration ; qu'elle était enveloppée par l'odeur des étoffes détrempées mêlée à celle qui émanait de lui, fraîche, familière. Envoûtante.

Elle le regarda.

Ses cheveux, rendus presque sombres par la pluie, étaient

plaqués sur ses tempes, et ses yeux si fascinants s'ouvraient comme une fenêtre sur son âme.

Le feuillage des arbres et le rideau dense de la pluie les dissimulaient aux yeux du monde, les enfermaient dans un écrin éphémère, unique, tel qu'ils n'en retrouveraient jamais plus.

— La dernière fois que je t'ai vu, à Whitechapel, murmura-t-elle, oubliant son vouvoiement, sur ce banc de pierre… Quand tu as dit que nous devrions parler à ton retour…

La pluie traçait des ruisseaux le long de ses joues mais, hypnotisée par le regard de Ned, elle ne s'en souciait plus. Lentement, il essuya son visage d'un geste tendre.

— Oui, répondit-il à sa question muette, je t'aurais parlé de Mayfair. Je t'aurais tout raconté.

En effet, il l'aurait fait car il avait cru qu'elle était comme lui : travailleuse, intelligente et assez ambitieuse pour s'extraire de sa condition et se faire une place dans la société. Il avait cru qu'elle était capable de partager sa vision, de comprendre… De s'adapter au nouvel univers qu'il lui aurait offert.

— Ned…

Pourquoi hésitait-il ? Elle était pourtant la même femme — la même femme sous un autre nom. Et c'était bien là la cruelle ironie du destin.

Elle laissa son regard passer de ses yeux à ses lèvres, sans doute inconsciemment. De toute évidence, elle le désirait autant qu'il la désirait. Elle était faite pour l'aimer comme il était fait pour la chérir.

Au-dessus de leurs têtes, le ciel se déchira dans un nouveau coup de tonnerre et, l'espace d'un instant, le monde parut se briser en deux. Un éclair jaillit, illuminant le visage d'Emma d'une lumière aveuglante. Illuminant tout ce qu'elle était, tout ce qu'il désirait en elle.

— Que Dieu me pardonne, dit-il avant de se pencher vers elle.

Il l'embrassa avec toute la tendresse dont il était capable, avec toute la passion qui l'étouffait, savourant cet instant puisque c'était tout ce qu'ils pourraient jamais partager.

Sans hésiter, elle passa ses bras autour de son cou, comme pour s'ancrer à lui, et il se laissa emporter par la flamme qui brûlait en eux, par ses émotions et son désir incontrôlable. Il se noya dans la furie de ses sentiments, qui semblait répondre à la furie du ciel déchaîné.

Leurs cœurs battaient à l'unisson. Leurs corps tremblaient sous la vibration du tonnerre, perdus dans cet orage de fin du monde. Le destin ne se laisserait pas ignorer et les cieux eux-mêmes le prouvaient.

Ned embrassa Emma encore et encore jusqu'à ce que la fureur de leur passion s'apaise, qu'ils puissent enfin reprendre leur souffle. Ils demeurèrent là, dans un corps-à-corps qui semblait ne jamais devoir finir, leurs lèvres scellées, leurs cils s'effleurant à chaque battement de paupières. Deux amants sous un chêne, dans un parc de Londres, au milieu de la journée, protégés des regards par les caprices de la nature. Mais le tonnerre s'apaisait. L'orage s'éloignait, les éclairs ne déchiraient plus le ciel. Dans ce soudain silence, seule la pluie frappait encore les feuilles de l'arbre, rideau perlé tendu autour d'eux.

Il la serra dans ses bras pour savourer chaque instant de liberté avec elle, puis l'embrassa une dernière fois. Plus jamais il ne goûterait la saveur de ses lèvres.

Le ciel s'illumina, bleu-gris, tandis que les gros nuages noirs prenaient lentement la direction du nord. La vie reprenait son rythme et, dans les rues les plus proches, le brouhaha des voitures recommença à se faire entendre.

Sous peu, la pluie cesserait et ils redeviendraient visibles.

Répugnant à briser la magie de l'instant, Ned ferma les yeux et prit une profonde inspiration.

— Emma…

Sa voix était faible, brisée. Son être entier souffrait de rompre ce silence si paisible.

Elle hocha la tête, les yeux baissés, lui épargnant la douleur de parler.

— Je sais. Tu dois épouser une femme titrée.

— Oui.

C'était un mensonge. Il n'avait pas besoin d'épouser une femme titrée. Il ne pouvait pas l'épouser, elle.

— Tu feras un beau mariage, Emma.

Avec n'importe qui plutôt que lui.

— En effet, dit-elle simplement.

Elle se drapait dans sa fierté, la tête haute, son armure reprenant sa place, l'éloignant de lui. Elle s'écarta, l'air tranquille, mais il ne fut pas dupe. Il la connaissait trop bien pour cela…

— Il serait peut-être sage que nous restions loin l'un de l'autre à partir de maintenant.

— Tu as raison. C'est ce que nous avons de mieux à faire, répondit-il.

Ils se dévisagèrent encore un instant. Pour la première fois de sa vie, Ned savait qu'il faisait ce qui était juste. Pourtant, rien ne lui avait jamais paru plus mal.

Il valait mieux qu'elle le prenne pour un goujat égoïste plutôt que d'apprendre qui il était vraiment. Il le savait, bien sûr, mais cela ne lui rendait pas la tâche plus facile…

Autour d'eux, la pluie s'apaisait. Le rideau commençait à s'effacer.

— Il ne faut pas qu'on nous voie ensemble, dit-elle au bout d'un instant, faisant preuve comme à son habitude d'esprit pratique.

Comme si ses sentiments n'avaient aucune importance. Mais Ned savait très bien ce qu'elle ressentait. Il percevait son tumulte intérieur, douloureux. Aussi douloureux que la déchirure de son propre cœur. Il faisait ce qui était juste ; il n'avait pas le choix. La gorge nouée, il acquiesça, incapable pourtant de se détourner d'elle ou de partir.

— Adieu, Ned.

— Adieu, Emma.

Ce fut elle qui s'éloigna la première, passant souplement sous le dais des feuilles et rejoignant le sentier d'un pas digne. Il resta immobile et la suivit des yeux jusqu'à ce qu'elle disparaisse au milieu des parterres fleuris.

Emma était maintenant hors de vue, mais il répugnait à partir à son tour. Finalement, il prit une profonde inspiration et suivit le même chemin qu'elle.

Malgré les rayons de soleil qui perçaient à présent les nuages, il sentit un froid glacial s'insinuer en lui, jusqu'à ses os.

Il ne pouvait s'empêcher de penser à Emma et à tout ce qui leur était interdit. Et, pas plus qu'elle avant lui, il ne remarqua la haute silhouette sombre qui le guettait depuis le porche d'une maison, à une dizaine de pas de là…

Chapitre 11

Emma fixait des yeux la page du livre qu'elle tenait, mais elle était incapable de se concentrer sur sa lecture. La fatigue pesait sur ses épaules après une nuit blanche hantée par les regrets. Elle savait très bien qu'elle n'aurait jamais dû embrasser Ned. Peu importait ce que lui susurrait son cœur, seule la raison devait la guider. Et sa raison lui rappelait que Ned cherchait à obtenir un titre et à nouer des alliances puissantes. Elle l'avait su avant de l'embrasser, mais un seul regard plongé dans ses yeux intenses lui avait fait comprendre qu'il partageait ses sentiments. Elle avait lu dans ses yeux le même désir, le même lien, la même tendresse. Elle y avait vu de la douceur, du respect et de l'admiration. Et elle y avait aussi vu de l'amour. A moins qu'elle n'ait lu en lui que ce qu'elle voulait…

Après tout, son intérêt pour elle n'avait rien de sérieux ou de respectable, et il le lui avait bien fait comprendre. Elle ne pouvait pas lui faire confiance. Pire que cela, elle ne pouvait même plus *se* faire confiance ! Ned ne ressentait que désir pour elle, se répéta-t-elle, mais une petite voix lui murmurait que ce n'était pas vrai, que le désir n'était qu'une part des sentiments qu'ils partageaient.

Quoi qu'il en soit, et quoi qu'il se passe entre eux — amour, désir ou passion — elle ne pouvait se permettre de se laisser emporter par les élans de son cœur : cela la détruirait. Cela l'isolerait de la société une seconde fois et annihilerait toutes ses chances de retrouver son frère, de respecter le serment fait à sa mère. Cela anéantirait tous les espoirs de son père et la priverait de sa fierté ainsi que de son amour-propre.

Elle devait absolument se tenir à distance de Ned Stratham. Suffisamment loin pour supporter de le voir courtiser des femmes titrées, en épouser une et ne pas en souffrir.

Elle devait le faire et le ferait, quel qu'en soit le prix. Si elle voulait faire honneur à sa famille et à elle-même, elle n'avait pas le choix. C'était la seule voie qui s'ouvrait à elle.

La voix de la douairière la tira de ses pensées.

— Vous paraissez bien fatiguée, aujourd'hui, Emma.

Emma leva les yeux de son livre pour découvrir lady Lamerton, son roman fermé sur ses genoux, qui l'examinait d'un air soucieux.

— Vraiment ? demanda-t-elle en plaçant un marque-page dans son propre livre. Je me sens tout à fait bien…

— Pourtant, vous ne paraissez pas aussi enjouée qu'à votre habitude.

— Je suis peut-être un peu fatiguée, en effet.

— Ne vous inquiétez pas tant au sujet de votre père, ma chère. Je suis certaine qu'il se porte très bien, en vous sachant ici.

— Vous avez sans doute raison.

Oui, en la sachant à Mayfair, son père se portait sans doute encore mieux que lady Lamerton ne pouvait l'imaginer. Mais Emma ne pensait pas à lui. Depuis qu'il avait obtenu un nouveau travail, elle était moins inquiète à son sujet. Et depuis qu'il avait obtenu ce nouveau travail, elle ne pouvait s'empêcher de songer à Ned…

Quelques instants plus tard, des coups frappés à la porte d'entrée la sauvèrent de la curiosité de sa maîtresse. Toutes deux échangèrent un regard, intriguées.

— Je me demande qui cela peut être, murmura lady Lamerton. Je ne savais pas que nous attendions quelqu'un.

— Rien n'était prévu, répondit Emma.

Le majordome entra alors pour annoncer l'arrivée du comte de Stanborough.

— Installez-le dans le salon et faites préparer du thé, Wilcott.

— Bien, milady.

— Venez, Emma, reprit la douairière après le départ du majordome. Voyons ce qui amène Alfred chez nous aujourd'hui. Saviez-vous que c'est un de mes très vieux amis ? Quel dommage qu'il ait fait une mésalliance... J'imagine que la jeune March l'a attiré en mettant son statut d'héritière en valeur, et certains pensent qu'un père banquier ne peut pas vraiment être considéré « marchand ». Mais ce n'est pas mon cas, acheva-t-elle avec un petit rire et une moue dégoûtée.

Emma sourit. Lady Lamerton était peut-être particulièrement élitiste, elle n'en était pas moins attachante. Cependant, lorsqu'elles pénétrèrent dans le salon, tout amusement la quitta. Deux hommes les attendaient.

— Wilcott ne m'a pas dit que votre fils, Devlin, vous accompagnait, observa lady Lamerton avec un rapide coup d'œil au beau visage du vicomte, reflet plus jeune de son père.

— J'espère que sa présence ne vous dérange pas... ou ne dérange pas miss Northcote, répondit Stanborough en se tournant d'un air courtois vers Emma. Nous nous rendrons directement d'ici à un rendez-vous au White's Club, c'est pourquoi il est venu avec moi.

— Sa présence ne me dérange pas le moins du monde, répondit aimablement lady Lamerton. Et ma suivante sera de mon avis. N'est-ce pas, miss Northcote ?

Emma sentit sa gorge se serrer. Que pouvait-elle répondre ?

— Absolument, lord Stanborough.

— Je suis soulagé de l'entendre, miss Northcote, dit Devlin en la saluant.

— Lord Devlin, répondit-elle avec une rapide révérence.

— Bien, Alfred, coupa la douairière. Pourquoi ne pas nous asseoir et discuter de notre petite œuvre de charité ?

— Avec plaisir, milady.

— Parfait. J'ai déjà dressé une liste d'invités et de donateurs potentiels…

— Parfait ! Parfait, fit lord Stanborough en s'installant dans un fauteuil en face d'elle.

Emma jeta un regard désemparé au divan qui restait libre. Si elle s'y installait, elle n'aurait d'autre choix que de le partager avec Devlin… Plutôt que s'asseoir, elle préféra donc s'approcher de la fenêtre et faire mine de s'intéresser au soleil et au ciel d'un bleu éclatant.

— Quelle belle journée ! remarqua-t-elle.

— En effet, répondit Devlin en la rejoignant.

— Quel montant espérons-nous obtenir ? demanda Stanborough à lady Lamerton, de l'autre côté de la pièce.

Un froissement de papier suivit, preuve que tous deux étaient concentrés sur leur tâche, penchés sur la petite table du salon.

A côté d'Emma, Devlin souriait — ce sourire si charmant —, mais ses yeux posés sur elle avaient un éclat indéchiffrable qui la mit mal à l'aise. Ou peut-être son malaise était-il seulement dû au souvenir de leur danse et à ses soupçons concernant l'instigateur de l'attaque qu'avait subie Ned.

— Comment vous portez-vous, miss Northcote ? demanda-t-il soudain.

— Je vais très bien, je vous remercie, lord Devlin.

Sous son masque de courtoisie, cependant, elle sentit son estomac se nouer. Connaissant Devlin, il y avait fort à parier que sa présence ici n'était pas anodine…

Il y eut un court silence, puis elle reprit, à voix basse pour ne pas être entendue de sa maîtresse ou de Stanborough :

— Pourquoi êtes-vous venu ?

— Je m'inquiétais de votre santé.

Incrédule, elle le dévisagea un instant et il sourit de nouveau.

— J'ai aussi remarqué que M. Stratham vous avait fait une grande impression, poursuivit-il.

Troublée, Emma se détourna.

— Je ne vois pas du tout de quoi vous voulez parler, se défendit-elle. Ni en quoi cela peut vous concerner.

— Puisque nous parlons sans ambages… Je vous ai vus ensemble à Green Park, hier. Sous les arbres.

Sous le choc, Emma ne répondit pas. Lady Lamerton et Stanborough poursuivaient leur conversation, mais Emma, concentrée sur Devlin, son regard menaçant et les battements affolés de son cœur, était incapable de saisir leurs paroles. Décidée à ne lui dévoiler aucune faiblesse, elle leva les yeux vers lui, tâchant d'afficher une tranquillité et une confiance que hélas elle ne ressentait pas.

— Où voulez-vous en venir, lord Devlin ?

— Je ne suis pas certain que votre maîtresse apprécie une attitude aussi désinvolte de votre part…

Stupéfaite, elle le dévisagea un instant, la bouche sèche.

— Vous êtes venu pour me faire chanter ?

— « Faire chanter » ? Quelle expression déplaisante ! fit-il d'un air faussement navré. Voyez plutôt cela comme un avertissement.

Prise de panique, Emma déglutit avec difficulté et jeta un bref coup d'œil à la douairière pour s'assurer qu'elle n'avait rien entendu. Heureusement, elle était pendue aux lèvres de Stanborough et souriait, l'air tranquille. Rassurée sur ce point, elle se tourna de nouveau vers Devlin et soutint son regard froid, implacable.

— Que voulez-vous, pour prix de votre silence ?

L'estomac noué, elle repensa à la manière dont il était venu s'asseoir à côté d'elle, au dîner, à celle dont il avait dansé avec elle, et au fait qu'il était sans doute responsable de l'attaque de Ned, simplement parce qu'il s'était interposé et lui avait volé sa cavalière. Un frisson glacé la parcourut.

Il laissa passer un instant avant de répondre d'une voix si basse qu'elle dut tendre l'oreille pour l'entendre :

— Je veux que vous restiez à distance de Ned Stratham.

Elle eut une hésitation ; elle ne s'était pas attendue à ce type de condition.

— Pourquoi ? demanda-t-elle.

— Parce qu'il n'est pas fait pour vous.

— M. Stratham n'est pas le coureur de jupons que vous m'aviez décrit, vous savez.

— Peut-être, mais il ne fait pas partie de notre monde, Emma. Il n'est pas l'un des nôtres.

Suffoquée, elle ne put s'empêcher de répliquer :

— Je suis stupéfaite de votre arrogance !

— Ne le soyez pas, répondit-il posément.

Pourquoi avait-elle une telle discussion avec cet homme ? Elle risquait de lui donner plus d'armes contre elle qu'il ne lui en fallait…

— Puis-je savoir pourquoi vous vous intéressez tant à ce qui peut se passer entre Ned Stratham et moi ?

— Je me soucie de vous, Emma.

Un lourd silence tomba entre eux et ses paroles inattendues résonnèrent aux oreilles d'Emma.

— Devlin…

— Et, je vous le demande, coupa-t-il, quel gentleman resterait indifférent quand une jeune femme de bonne famille prend le risque d'être dévorée par un méprisable rat de gouttière ?

— Ne parlez pas de lui comme cela !

— Vous n'avez peut-être pas envie de l'entendre, c'est néanmoins la vérité.

Incapable de trouver ses mots, elle se détourna une nouvelle fois.

— Je sais que je n'ai pas besoin de vous faire remarquer que lady Lamerton risque de mal prendre le fait que sa nouvelle suivante fréquente cette engeance…

— Seriez-vous vraiment prêt à détruire ma réputation ? demanda-t-elle, terrorisée.

Comme il ne répondait pas, elle leva les yeux vers lui, cherchant un indice de ses intentions dans son regard. Cet homme avait déjà ruiné son frère sans la moindre hésitation. Il prétendait peut-être se soucier d'elle, mais la seule personne dont il se souciât était lui-même !

— Je ferai ce que je dois, Emma, dit-il finalement d'une voix très douce.

Sous le masque, elle perçut l'inflexibilité et la froideur de cet homme.

Brusquement, il reprit à voix haute :

— Venez, miss Northcote. Ne restons pas à l'écart.

Lady Lamerton et Stanborough levèrent les yeux vers eux, ne laissant d'autre choix à Emma que de rejoindre le divan et de s'y asseoir, mal à l'aise.

— Puis-je ? fit Devlin d'un air parfaitement poli et innocent en arrivant à sa hauteur.

Incapable de répondre, elle se contenta d'acquiescer et le laissa s'installer confortablement à ses côtés.

Lady Lamerton leur jeta un regard enjoué.

— Voyez comme ces deux jeunes gens s'entendent bien ! lança-t-elle.

— N'est-ce pas ? renchérit Devlin en gratifiant Emma d'un sourire.

Emma ne répondit pas.

— Devlin et vous sembliez en grande discussion, hier, remarqua lady Lamerton le lendemain sans même lever les yeux de sa broderie. De quoi parliez-vous ?

Occupée à rédiger une lettre, Emma leva sa plume, le cœur battant.

— Du beau temps dont nous avons joui ces derniers temps, mentit-elle.

— Quelle excuse appropriée…

A ces mots, Emma frémit et tenta d'empêcher une goutte d'encre de tomber sur le papier. Trop tard. Afin de chasser son trouble, elle prit une profonde inspiration et regarda lady Lamerton.

— Que voulez-vous dire ? demanda-t-elle d'un ton qu'elle voulut léger.

La douairière posa son ouvrage sur la table et la dévisagea d'un air grave.

— J'ai simplement remarqué que Devlin semblait particulièrement apprécier votre compagnie, ces temps-ci. Il assiste à presque tous les événements où nous nous rendons.

— Ce n'est qu'une coïncidence, répondit simplement Emma. La Petite Saison ne fait que commencer, et il ne se passe pas encore grand-chose à Londres.

Maintenant que lady Lamerton lui avait fait remarquer la présence insistante de Devlin, elle se rendait compte qu'il s'agissait de la vérité. Partout où elle allait, il semblait être là pour l'observer…

— C'est évident, voyons, reprit la douairière. Devlin est amoureux de vous, Emma !

— C'est impossible.

Seulement, après les événements de la veille, elle n'était plus sûre de rien au sujet de Devlin.

— Réfléchissez, ma chère, reprit lady Lamerton avec un sourire entendu. Pourquoi prendrait-il tant de soin à suivre vos moindres faits et gestes ? Et pourquoi accompagnerait-il son père chez moi, lors d'une simple visite ?

Troublée, Emma préféra ne pas répondre.

— Il y a aussi M. Stratham, renchérit la vieille dame, visiblement avide de ragots.

Le cœur d'Emma bondit dans sa poitrine, mais elle fit de son mieux pour ne pas trahir son agitation.

— Je ne vois pas de quoi vous voulez parler.

— Bien sûr que si. Stratham ne danse jamais, mais il l'a fait deux fois avec vous… Je ne suis pas aveugle, Emma. J'ai bien vu de quelle manière il vous regardait.

Emma baissa les yeux sur sa lettre tachée en espérant ainsi pousser sa maîtresse à changer de sujet. Malheureusement pour elle, la curiosité de lady Lamerton n'avait aucune limite.

— Devlin aussi a dû remarquer l'intérêt de Stratham pour vous. Saviez-vous qu'il ne l'a jamais apprécié ?

— Je ne pensais pas Devlin aussi arrogant ou intolérant envers les hommes qui ont bâti eux-mêmes leur fortune.

— Emma, méfiez-vous. On croirait entendre l'un de ces hommes politiques radicaux. Je m'attends presque à vous entendre dire que tous les hommes sont égaux et que nous devrions supprimer le système des classes !

Emma dut se mordre la lèvre pour retenir une réponse cinglante.

— Devlin serait un très bon parti pour toute femme, poursuivit lady Lamerton. En particulier quelqu'un dans votre position, Emma. Et rien n'incite mieux les hommes au mariage qu'une petite compétition…

Bien sûr, Devlin était considéré comme un bon parti, Emma ne pouvait le nier. Il était vicomte et hériterait un jour du comté de son père. C'était un homme riche, puissant, et sa famille possédait une banque. Mais il avait aussi corrompu Kit et cherchait à présent à la faire chanter. Elle n'était pas naïve au point de penser que l'amour et l'affection étaient indispensables à un bon mariage : ces liens n'étaient noués que pour protéger les intérêts de deux familles. Quoi qu'il en soit, jamais elle ne pourrait se résoudre à supporter la présence de Devlin à ses côtés, et la simple pensée qu'il puisse avoir commandité l'attaque contre Ned lui donnait des nausées…

« Je veux que vous restiez à distance de Ned Stratham. »

Le pire était qu'après leur rencontre dans le parc elle était bien décidée à éviter Ned, mais à présent Devlin allait penser qu'elle cédait à ses exigences. Et qu'allait-il faire à Ned, après avoir été témoin de leur baiser à Green Park ?

— Je me demande si nous verrons Devlin chez lady Misbourne, ce soir, lança lady Lamerton après un court silence.

Elle reprit son tambour à broder d'un air innocent, non sans avoir jeté un coup d'œil complice à Emma.

N'ayant aucune envie de penser à la soirée à venir, Emma froissa la lettre tachée et tira une feuille neuve du tiroir du secrétaire.

Puis elle trempa sa plume dans l'encrier et se remit à écrire.

Le comte de Misbourne fit signe à son majordome qui s'approcha.

— Apportez du champagne, ordonna-t-il avant de se retourner vers Ned. Tout est signé et en ordre. Je vous donne ma parole que le projet sera mené à bien.

Soulagé, Ned lui serra la main. C'était enfin fait…

Le majordome remplit quatre flûtes et les distribua à Misbourne, Linwood, Rob et Ned.

— A nos nouveaux accords et à nos succès ! dit Ned en levant son verre.

Les quatre hommes trinquèrent, le sourire aux lèvres, et sirotèrent leur champagne.

— Restez donc un peu, proposa ensuite Misbourne courtoisement. Ma femme a organisé une soirée de jeux et nous recevons quelques invités.

— Je vous remercie, répondit Ned.

Le comte lui donna une tape amicale sur l'épaule.

— Parfait ! Les parties sérieuses auront lieu dans la salle à manger, et les moins importantes dans le salon. A présent, si vous voulez bien m'excuser quelques instants…

Sur un signe d'assentiment de Ned, il s'éloigna pour échanger quelques mots avec son gendre, Knight, qui venait d'apparaître à la porte.

Rob jeta un regard vers la salle à manger.

— Tu te sens en veine ?

Ned porta instinctivement la main à la poche de sa veste, pour toucher le jeton d'ivoire qui s'y trouvait.

— Je ne sais pas.

Il se tourna à son tour vers la salle à manger d'où provenaient quelques voix.

— Devlin est toujours là-bas ? demanda Rob, devinant la cause de son hésitation.

— Ils y sont tous. Allons plutôt prendre un verre dans le salon, pour faire plaisir à Misbourne, puis nous rentrerons.

Il préférait ne pas prendre le risque de croiser Emma après lui avoir promis qu'il garderait ses distances.

Rob acquiesça et ils se dirigèrent vers le salon. A peine Ned eut-il passé la porte qu'il comprit son erreur.

Une longue rangée de tables entourées de femmes et de nombreux hommes jouant au whist occupait l'espace.

Non loin d'eux, lady Misbourne tentait d'éviter une crise. Une jeune femme blonde aux yeux sombres paraissait sur le point de perdre connaissance et était conduite jusqu'à la porte par une domestique. De l'autre côté de la table se tenaient lady Lamerton et Emma…

Tout comme Emma, lady Misbourne remarqua l'entrée de Ned et Rob.

— Ah ! voilà M. Stratham ! s'exclama-t-elle, l'air soulagé. Vous arrivez à point nommé pour nous sauver !

Emma examina Ned un instant, sans un mot, le cœur battant.

— La fille de lady Misbourne, lady Marianne Knight, a eu un malaise, expliqua la douairière, laissant sa pauvre mère sans partenaire au moment le plus crucial de la partie.

Ned se crispa et n'essaya même pas de sourire ou d'user de son charme. Pour la première fois depuis qu'elle l'avait rencontré, Emma devinait un surprenant malaise en lui.

— Je suis navré, mesdames, mais je ne joue pas, répondit-il avec un salut.

N'avait-il donc pas conscience que son refus pouvait être considéré comme un affront par son hôtesse ? Ou peut-être ne s'en souciait-il pas…

Autour de la table, Emma surprit quelques moues de désapprobation, quelques murmures parmi lesquels elle saisit les mots « commerce » et « mauvaise éducation ». Elle eut envie de le rappeler, mais les menaces de Devlin résonnaient encore à ses oreilles, et elle avait sa fierté.

Elle aurait dû le laisser faire comme bon lui semblait et être heureuse qu'il ne profite pas de cette opportunité pour passer la soirée à ses côtés. Mais cela ne lui apporta pas le moindre soulagement, bien au contraire. Une inquiétude insidieuse qu'elle tenta d'ignorer l'envahit. Ce que ces gens pensaient de Ned ou lui faisaient subir ne la concernait pas. Et si son refus d'obliger lady Misbourne remettait en cause l'affaire qu'il espérait conclure avec son époux, cela ne la concernait pas davantage. Elle sentit son cœur battre plus fort, déglutit péniblement, et soupira. Le bon sens aurait voulu qu'elle ne se mêle de rien, mais ce fut plus fort qu'elle. Elle se leva.

— M. Stratham est trop poli, dit-elle. Il souhaite sans doute ne pas heurter notre sensibilité en gagnant la partie. Mais, monsieur, permettez-moi de vous rassurer : lady Lamerton est une très bonne joueuse, et je ne suis pas si mauvaise moi-même.

Elle soutint le regard de Ned sans ciller, dans l'espoir de lui faire comprendre que ce n'était pas une invitation à décliner et qu'elle mettait de côté ce qui s'était passé entre eux pour le bien de tous.

— Venez donc jouer, monsieur, reprit-elle avec légèreté comme il ne répondait pas. Vous ne souhaitez certainement pas blesser votre hôtesse.

Elle le connaissait assez pour savoir qu'il comprendrait sa mise en garde à demi-mot. De plus, s'il partait malgré tout après cela, il insulterait à la fois lady Misbourne et elle-même.

— Eh bien, si vous présentez les choses de cette manière, miss Northcote…

Son visage se fendit d'un sourire, mais son regard posé sur Emma était plus sérieux, plus intense que jamais.

— … comment pourrais-je refuser ? conclut-il.

Galamment, il tira la chaise de lady Misbourne pour lui permettre de s'asseoir puis s'installa à ses côtés, non sans jeter un rapide coup d'œil à Rob qui était resté près de la porte.

Il souriait, mais ses yeux demeuraient insondables. En apparence, il semblait comme toujours détaché mais, sous ce masque, Emma sentait une tension, comme le calme oppressant qui précède un orage d'été. Il y avait quelque chose de sombre derrière le sourire de Ned, si palpable qu'il était surprenant que personne d'autre à la table ne paraisse le remarquer.

— Rassurez-vous, monsieur, nous serons gentilles avec vous, lança-t-elle dans un espoir d'alléger l'atmosphère.

Les autres femmes sourirent, amusées, imitées par Ned qui parut soudain presque aussi détendu et confiant que d'ordinaire. Seulement, lorsque leurs regards se croisèrent, elle surprit l'ombre derrière ce jeu d'acteur bien huilé.

— Savez-vous jouer au whist, monsieur Stratham ? demanda courtoisement lady Lamerton.

— Oui, j'avoue avoir ce vice.

La douairière eut un petit sourire puis reprit :

— Dans ce cas, jouons et voyons si miss Northcote et moi serons capable de nous tenir à niveau.

Cela dit, lady Lamerton distribua vivement les cartes puis retourna la dernière sur la table.

— Cœur à l'atout, annonça-t-elle.

Ned ramassa ses cartes et les tint en éventail devant son visage. Par-dessus, il croisa le regard d'Emma une nouvelle fois et, en cet instant, elle eut l'impression qu'il baissait sa garde. Elle surprit l'éclat de son âme, nue et vulnérable. L'intensité de cet aveu muet, perdu dans un tumulte d'émotions violentes, lui coupa le souffle. Incapable de se détourner, elle soutint son regard, oubliant la foule qui emplissait la pièce, oubliant le monde autour d'eux. L'espace d'un instant, il n'y eut plus que Ned et elle, enveloppés de silence. Ned et elle… et la puissance du tourment qui faisait rage en eux, entre eux, à tel point qu'elle faillit perdre tout contrôle. Pour se donner le temps de reprendre contenance, elle saisit le verre de limonade posé devant elle et en but une gorgée.

Ned paraissait troublé lui aussi. Il la regarda longtemps — trop longtemps — puis, finalement, baissa les yeux sur son jeu et la partie commença.

Lady Lamerton semblait dans son élément et, aidée d'Emma, prit rapidement la main. Soudain, elle lui fit un signe discret et Emma suivit son regard jusqu'à la porte d'entrée où venait d'apparaître Devlin.

Il se tenait sur le seuil, les yeux posés sur Ned, et une

expression de rage profonde, sauvage, crispait ses traits. Au bout de quelques instants, il porta son attention sur elle et ses menaces vinrent résonner à ses oreilles.

Conservant un visage neutre, elle se concentra sur ses cartes. Surtout, ne rien trahir de l'angoisse qui l'avait saisie… Lorsqu'elle leva de nouveau les yeux, ce fut pour voir Devlin s'avancer vers Ned d'un pas décidé.

L'estomac noué, elle lança un petit signe d'avertissement à Ned. Il parut la comprendre et jeta un coup d'œil par-dessus son épaule.

Le changement de son expression lorsqu'il se pencha de nouveau sur ses cartes était si imperceptible que seule Emma le remarqua. Une légère tension crispa son sourire, et sa main se porta à son gousset qui contenait non pas une montre, mais — et elle était seule à le savoir — le jeton d'ivoire qu'il considérait comme son porte-bonheur.

Il joua et perdit. Encore.

— Vous n'avez vraiment pas de chance, aujourd'hui, monsieur Stratham, se lamenta lady Misbourne.

Ned jeta un nouveau coup d'œil par-dessus son épaule. Fallingham et Bullford avaient rejoint Devlin derrière lui.

— C'est pire encore que vous l'imaginez, milady, répondit-il avec un sourire amer.

— On pourrait presque croire que vous êtes déterminé à nous laisser, miss Northcote et moi, gagner cette partie, remarqua lady Lamerton d'un air malicieux en rassemblant la pile de plis qu'elles avaient gagnés.

— Croyez-moi, ce n'est pas mon intention, assura-t-il d'un air de nouveau parfaitement mondain et tranquille.

Devlin vint se placer près d'Emma, si près qu'elle sentit sa présence chargée de menace et de possession peser sur elle. L'espace d'un instant, elle eut peur qu'il ait décidé de révéler à tous ce qu'il avait surpris au parc, mais un regard rapide lui apprit qu'il ne quittait pas Ned des yeux, avec un air de défi si méprisant qu'elle sentit sa gorge se nouer.

Sans un mot, Monteith, Fallingham et Bullford se rassemblèrent derrière Ned. Sans doute le reste de la table ne vit-il là que l'intérêt de jeunes hommes pour la partie, mais Emma ne fut pas dupe. Une atmosphère lourde de danger et d'intimidation planait, dirigée non contre elle, mais bien contre Ned…

Cependant, malgré les efforts des amis de Devlin, Ned ne parut pas le moins du monde affecté par la situation. Pourtant, Emma le savait nerveux depuis qu'il était entré dans le salon. Assise en face de lui, elle percevait sa tension aussi nettement que ses propres angoisses.

La partie se poursuivit sans un mot, en dépit de la tension croissante qui s'installait autour de la table. Chaque fois que Ned perdait un pli, lady Misbourne parvenait à rattraper son erreur pour les faire survivre plus longtemps…

Conscients de l'étrange atmosphère qui s'installait peu à peu, quelques curieux se rapprochèrent des joueurs, mais aucun n'osa venir aussi près que Devlin et ses acolytes, semblables à des corbeaux dans leurs vêtements sombres.

Finalement, lady Lamerton ramassa le dernier pli.

— Et voilà ! s'exclama-t-elle d'un air triomphant.

— Je vous prie de me pardonner, lady Misbourne, dit Ned. J'ai été un bien piètre partenaire, ce soir…

— Je n'ai rien à pardonner, monsieur, répondit gentiment celle-ci. Ce n'était pas votre soir de chance, mais nos pertes ne sont pas catastrophiques pour autant.

Maintenant que la partie était finie, leur public commença à se disperser, mais Devlin et ses amis ne bougèrent pas d'un pouce. La menace muette de leur présence se fit plus dense, à tel point qu'Emma commença à craindre que la tempête n'éclate au milieu de la pièce. Tendue, elle crispa la main sur son verre de limonade.

Ned recula sa chaise d'un geste décidé.

— Lady Lamerton… miss Northcote, dit-il en s'attardant sur le visage d'Emma un instant.

Il se leva, fit une nouvelle fois ses excuses à lady Misbourne, et les salua toutes les trois.

— Si vous voulez bien m'excuser…

Là dessus, il tourna les talons et quitta le salon. L'estomac noué, Emma vit, impuissante, Devlin et ses amis lui emboîter le pas.

La voix enjouée de lady Lamerton la fit sursauter.

— Nous avons bien joué, Emma.

— Oui, parvint-elle péniblement à répondre.

Incapable de détacher son regard de la porte, elle sentit une terreur sans nom grandir en elle. Qu'allait-il se passer, dans le hall ?

— Puis-je être excusée pendant quelques instants ? demanda-t-elle d'une voix tremblante.

— Bien sûr, ma chère, répondit lady Lamerton en souriant.

Chapitre 12

A peine sortie du salon, Emma se figea, le cœur battant. Ned et Devlin se tenaient face à face à quelques pas d'elle. Le vicomte ne cherchait plus à dissimuler sa colère. Rob Finchley était campé au côté de Ned, tandis que Monteith, Fallingham et Bullford, l'air menaçant, flanquaient Devlin.

— Vous pouvez toujours vous habiller comme un gentilhomme, Stratham, cracha Devlin d'une voix basse chargée de mépris, faire semblant d'avoir les manières d'un gentilhomme et assister à chaque opéra, chaque ballet et chaque bal, rien ne changera votre vraie nature. Vous n'êtes pas un gentleman, et tout l'argent du monde ne pourrait compenser cela.

Ned se contenta de sourire pendant cette diatribe, comme si le dédain de Devlin l'amusait.

— Oser jouer au whist avec miss Northcote…

Le vicomte s'interrompit avec une grimace de dégoût.

— Pourquoi me le reprocher ? demanda calmement Ned. Auriez-vous préféré que je joue contre vous ? Je suis certain que ma chance tournerait, à votre table.

— Je ne m'abaisserai jamais à m'asseoir à vos côtés !

— Auriez-vous peur de me donner une main gagnante ?

Devlin eut un rictus haineux et, depuis la porte, Emma vit les muscles de sa mâchoire se crisper. Un éclair de rage traversa son regard sombre. La violence qui émanait de lui faisait vibrer l'air du couloir. Les poings serrés, il fit un pas vers Ned.

— Vous êtes allé trop loin, cette fois, Stratham. Beaucoup trop loin…

Ned paraissait toujours détendu, mais Emma l'avait déjà vu se battre et elle reconnut en cet instant la flamme qui animait ses yeux. Elle sut immédiatement ce qui allait arriver : Ned écraserait Devlin. Le choc serait violent, sanglant. Le combat ne respecterait pas les règles de la bonne société et tout se passerait ici, dans la demeure de Misbourne, en présence de sa famille et de ses amis… Oui, s'ils se battaient, Ned l'emporterait haut la main, mais à quel prix ? Elle ne pouvait le laisser réduire à néant en quelques secondes ses durs efforts pour faire affaire avec son hôte, quelle que soit la nature de leur accord.

Elle se rendit alors compte que, dans sa hâte, elle avait gardé son verre à la main en sortant du salon. D'un pas décidé, elle s'avança comme si elle avait l'intention de se rendre à l'autre bout du couloir, heurta Devlin et projeta sa limonade sur sa veste élégante.

— Oh ! je suis navrée ! s'exclama-t-elle. Pardonnez-moi, lord Devlin. Je suis si maladroite…

Cet incident suffirait sans doute à éviter qu'éclate la tempête qui menaçait entre les deux hommes. Du moins pour le moment.

Devlin s'écarta vivement et jeta un rapide coup d'œil à ses vêtements mouillés avant de lever les yeux sur elle. Il avait perdu tout son charme policé. Son regard noir contenait une menace à peine voilée qui l'effraya. Il n'était pas dupe et savait pertinemment que « l'incident » n'en était pas un.

— Vous avez fait un choix bien imprudent, Emma, dit-il, les dents serrées.

A côté d'elle, Ned réprima un mouvement de colère. Elle vit sa mâchoire se crisper et préféra s'interposer entre eux avant qu'il perde son calme. Cela n'empêcha pas les deux hommes de se toiser par-dessus sa tête, comme deux loups prêts à bondir. L'affrontement n'était pas terminé… Il ne serait jamais terminé et ne ferait que devenir plus violent dans cette guerre dont Emma était le prix.

— Si vous voulez bien m'excuser, miss Northcote... Monsieur Stratham, lança soudain froidement Devlin avant de s'éloigner, suivi par ses amis.

Emma se tourna alors vers Ned, dans l'espoir de l'apaiser, mais, le visage déformé par une rage muette, il avait les yeux rivés sur la porte par laquelle le petit groupe venait de sortir. Elle fut parcourue d'un frisson.

— Emma..., fit-il d'une voix basse, rauque, suffisamment faible pour que personne ne puisse les entendre de l'autre côté de la porte entrouverte du salon.

Il la regardait, à présent. Il se tenait si raide qu'elle comprit qu'il luttait pour garder le contrôle sur des émotions sans doute aussi violentes que celles qui la tourmentaient. Il la dévisageait comme s'il cherchait à graver son image dans sa mémoire à tout jamais. Sans doute mû par une pulsion instinctive, il effleura alors ses doigts. Gênée, elle jeta un rapide coup d'œil à Rob Finchley qui les observait en silence, un peu en retrait, avant de reporter son attention sur Ned.

Ils n'avaient pas beaucoup de temps... Après ce qu'elle venait de voir, elle savait que Ned perdrait tout contrôle si elle lui parlait du chantage de Devlin — rester à distance de lui sous peine de voir leur baiser dans le parc rapporté à lady Lamerton. Elle ne pouvait rien dire à Ned. Pas même pour le prévenir.

— Ned, murmura-t-elle, inquiète, vous n'êtes plus à Whitechapel. Si vous ne trouvez pas d'autres armes pour mener vos combats, ces hommes vous détruiront.

Incapable de détourner les yeux, elle le dévisageait, le cœur battant. Ils se tenaient bien trop près l'un de l'autre...

La voix de lady Lamerton qui l'appelait depuis le seuil du salon la fit sursauter. Elle s'écarta brusquement de Ned.

— Veuillez m'excuser, monsieur Stratham, dit-elle avec une révérence formelle.

— Serviteur, miss Northcote, répondit-il en s'inclinant.

Sans oser se retourner, elle rejoignit sa maîtresse et les personnes rassemblées autour des tables de jeu.

La confrontation violente qu'elle avait redoutée avait été évitée, mais cela ne la soulageait pas. Cela n'effaçait pas la sensation de malaise qui la hantait. Quelque chose de grave venait de se passer entre Devlin, Ned et elle — quelque chose qui ne pourrait jamais être défait. Ils ne pourraient plus revenir en arrière, à présent.

Une guerre était déclarée…

Cette nuit-là, Ned ne trouva pas le sommeil. Il s'appuya au montant de la fenêtre de sa chambre, les yeux perdus sur la longue perspective de la rue déserte, tout aussi incapable de s'en détacher que de voir réellement les contours des maisons dans la faible lueur des réverbères.

Il ne pouvait s'empêcher de penser à la partie de whist.

Il avait dû choisir entre insulter la femme de Misbourne en public, chez elle, et s'asseoir au côté d'Emma Northcote. Et, après toutes ces années… Après tout ce qu'il avait fait pour mener son projet à bien, alors qu'il était sur le point de réussir enfin, il avait failli tourner les talons et faire échouer l'accord qu'il venait de signer. Pourquoi ? Question inutile. Il savait très bien pourquoi, et c'était bien ce qui le troublait tant…

Le cœur battant, il ferma les yeux et soupira. Emma avait eu raison de l'empêcher de partir, d'offenser son hôtesse. C'était elle, et non lui, qui avait sauvé l'accord avec Misbourne.

Mais devoir s'asseoir à la même table qu'elle, à côté d'elle… Jamais il n'aurait cru que quelque chose d'aussi simple l'affecterait à ce point. Jusqu'à ce soir, il n'avait eu aucune idée de l'amplitude de son dilemme. A présent, il ne la sentait que trop. Il saisissait enfin toutes les conséquences de ce qu'il avait fait, deux ans plus tôt.

Tout cela ne concernait pas que lui, hélas ! Des centaines de personnes comptaient sur son succès ; des personnes sans nom, sans voix, sans visage. Les oubliés. Comment pourrait-il leur tourner le dos alors qu'il était le seul à se préoccuper encore d'eux ? Seulement, le fait de s'asseoir à côté d'Emma Northcote, ce soir, pour ne pas blesser Misbourne et sa femme, n'avait en rien aidé ces oubliés. S'il y avait une chose qu'il savait faire, c'était bien lire les gens et reconnaître le regard d'un homme poussé dans ses retranchements. Il savait parfaitement ce que Devlin avait dû penser, ce soir : il avait dû croire qu'il le narguait sans vergogne. Tout homme a ses limites, et Devlin avait atteint les siennes…

Si jamais Devlin découvrait ses sentiments pour Emma, rien ne pourrait l'arrêter. Il frapperait sans hésiter et détruirait ainsi tout le travail qu'il avait accompli pour atteindre son but.

Ses sentiments pour Emma…

Il rouvrit les yeux, la gorge sèche. C'était la première fois qu'il réalisait pleinement la nature de ses sentiments pour elle — et le gouffre qui les séparerait à jamais.

Le destin s'était chargé de cela depuis longtemps.

Pensif, il tira son jeton de la poche de sa veste et en caressa la surface lisse et usée. Un homme pouvait tenir le monde entier dans sa main et tout de même se sentir seul, perdu. Et, au final, la chance finissait toujours par tourner.

Peut-être, cette fois, était-ce à lui de voir sa chance s'épuiser.

Le lendemain, le ciel se chargea de lourds nuages et l'air se rafraîchit. Dans le petit salon, à l'arrière du manoir de lady Lamerton, un feu avait été allumé dans la cheminée pour chasser l'humidité de la journée et apporter un peu de gaieté et de chaleur à la pièce. Cela ne suffisait toutefois pas pour chasser la migraine d'Emma. Hantée par une sourde angoisse, elle n'avait pas dormi de la nuit et, ce matin, sa tête était si lourde qu'elle n'arrivait pas à se concentrer sur quoi que ce soit.

A chaque lettre que lady Lamerton ouvrait, ses nerfs la torturaient un peu plus. Chaque fois que le majordome entrait dans la pièce, elle frémissait sur sa chaise.

« Vous avez fait un choix bien imprudent, Emma. » Les menaces de Devlin la hantaient.

Elle savait qu'un drame se préparait, et ne pouvait s'en prendre qu'à elle-même. Depuis la veille, elle ne parvenait pas à oublier la scène, dans le couloir, ni l'expression de Ned lorsqu'il l'avait regardée par-dessus ses cartes, à la table, ou lorsqu'il avait effleuré ses doigts après le départ de Devlin. Aurait-elle dû lui parler des menaces du vicomte ? Qu'aurait-il fait, s'il avait su ? Il était trop tard pour avoir des regrets, de toute manière.

— Vous semblez bien pensive, Emma, lança soudain lady Lamerton. Avez-vous atteint la page des événements à venir de la Petite Saison ?

— Pardonnez-moi, répondit Emma, le feu aux joues.

Chassant tant bien que mal ses inquiétudes, elle baissa les yeux sur l'exemplaire de la *Gazette des Femmes* ouvert sur ses genoux, tourna quelques pages, et lut la liste à voix haute.

Quelques minutes plus tard, Wilcott apparut et annonça que lord Devlin s'était présenté et souhaitait parler à lady Lamerton en privé. Ainsi, c'était comme cela que les choses allaient se passer. Presque soulagée, Emma referma la gazette.

La douairière lui lança un regard complice.

— Très intéressant..., commenta-t-elle.

En dépit de ses efforts, Emma ne parvint pas à sourire. Elle savait parfaitement à quoi pensait sa maîtresse et à quel point elle avait tort. Elle savait ce qui allait se passer, et une angoisse aussi soudaine que son soulagement l'envahit. Une angoisse qui l'enveloppa de son halo glacé. Elle aurait dû dire quelque chose, prévenir lady Lamerton de ce que Devlin était venu lui apprendre. Ce n'aurait été que justice... Mais sa bouche demeura sèche, sa langue incapable d'articuler le moindre mot. Lorsque enfin elle parvint à ouvrir la bouche, la vieille dame, souriante et heureuse à l'idée d'entendre ce que Devlin avait à lui dire, avait déjà atteint la porte.

Le battant se referma bientôt derrière elle avec un déclic discret et la pièce sombra dans un lourd silence.

Assise seule sur sa chaise, Emma posa la gazette sur un guéridon, lentement, et se leva. Ses jambes étaient glacées, engourdies.

Elle pensa à son père, à Kit, et à tout ce que Lamerton aurait pu découvrir à son sujet. Elle pensa à la déception qui attendait lady Lamerton.

Quelques minutes plus tard, la douairière revint et ferma soigneusement la porte derrière elle. Son expression ne trahissait rien de ses pensées. Aussi immobile qu'une statue, Emma retenait son souffle. Son cœur battait si fort qu'il résonnait violemment à ses oreilles. Elle soutint le regard de sa maîtresse, et attendit que le couperet tombe. Il allait tomber, inévitablement.

Soudain, lady Lamerton se fendit d'un sourire.

— Lord Devlin désire vous parler, Emma. En privé. Il prétend qu'il a quelque chose de très important à vous dire…

L'estomac noué, Emma la dévisagea, incrédule. A la voix de la douairière, elle pouvait deviner que celle-ci s'attendait à une demande en mariage. Après tout, pour quelle autre raison un gentleman viendrait-il chez une dame respectable et demanderait-il à lui parler en privé ?

— Allons, ma chère, reprit lady Lamerton, dépêchez-vous. Ne le faites pas attendre.

— Très bien, répondit Emma, d'une voix étranglée.

Autant en finir et découvrir tout de suite ce que Devlin complotait.

A peine entrée dans le grand salon, elle l'aperçut, accoudé au marbre blanc de la cheminée. Il lui lança un regard sombre.

— Miss Northcote, commença-t-il froidement avant de poursuivre d'une voix plus douce : Fermez la porte derrière vous.

Emma eut une seconde d'hésitation, mais Devlin poursuivit :

— A moins que vous ne souhaitiez que lady Lamerton entende notre conversation…

A contrecœur, Emma s'exécuta puis lui fit face. De part et d'autre du tapis, ils se dévisagèrent un instant.

— Cela vous plaît-il tant de jouer avec moi ? demanda-t-elle au bout de quelques secondes. Dites donc ce que vous savez à ma maîtresse et qu'on en finisse.

Il y eut un moment de lourd silence.

— Si je le lui dis, c'en sera fini de vous, Emma, déclara-t-il finalement.

— N'est-ce pas ce que vous désirez ?

— Contrairement à ce que vous semblez penser, non.

Il eut un sourire étrange, indéfinissable, puis se détourna. Mal à l'aise, Emma déglutit. Que se passait-il ?

— Devlin ? fit-elle, incapable de supporter son mutisme.

Le regard sombre et mystérieux se posa sur elle une nouvelle fois. Il sourit encore, un sourire cette fois plus clair, plus charmant, comme à son habitude. Ses yeux, cependant, demeurèrent durs et énigmatiques.

— Je vous veux, vous, Emma.

Sous le choc, elle le dévisagea, hébétée. Avait-elle bien entendu ?

— Est-ce une nouvelle plaisanterie de votre part ? lança-t-elle d'une voix étranglée.

— Je n'ai jamais été aussi sérieux de ma vie, assura-t-il d'une voix douce et tranchante à la fois. Epousez-moi, Emma.

— Vous ne pouvez pas réellement penser que je vous épouserais, Devlin ! ne put-elle s'empêcher de protester.

Une troisième fois, le silence tomba entre eux, tendu, oppressant.

Il s'approcha d'elle d'un pas tranquille et saisit une mèche de ses cheveux pour la replacer derrière son oreille d'un geste bien trop intime pour qu'elle puisse le supporter.

Instinctivement, elle recula d'un pas.

— Pensez-vous vraiment que je n'ai pas la moindre affection pour vous ? demanda-t-il, soucieux.

Tentant vainement de dissimuler son dégoût, Emma se redressa, sans se soucier du tremblement qui la traversait.

— Et si je refuse ?

Devlin la dévisagea un instant d'un air surpris, comme

s'il n'avait pas envisagé une telle réponse. Après tout, il était titré, riche, bel homme et puissant. Peu de femmes auraient pris le risque de le rejeter ; en particulier une femme dans une position aussi subalterne qu'elle.

— Je pensais pourtant que le choix que je vous propose était assez clair, dit-il au bout d'un instant d'un ton glacial. Epousez-moi ou prenez le risque que je change d'avis au sujet de lady Lamerton et que je lui dévoile tout ce que je sais.

— Je croyais que vous aviez de l'affection pour moi, protesta Emma, suffoquée. Je croyais que vous ne vouliez pas me détruire !

— Parfois, nécessité fait loi, répliqua-t-il d'une voix douce.

Malgré son calme apparent, le ton sans réplique la fit frémir.

— Encore du chantage, remarqua-t-elle seulement.

De nouveau, elle pensa à son père, à son frère, et aussi à Ned…

Comment pourrait-elle jamais épouser un homme capable de faire chanter une femme ? Un homme qui avait organisé l'agression de Ned ? Qui méprisait Ned simplement parce qu'il avait été pauvre et s'était élevé dans le monde par ses propres moyens ?

En même temps, comment pouvait-elle refuser, au vu des conséquences que cela aurait ?

— Est-ce que vous comprenez ce que je vous propose, Emma ? reprit-il.

Oui, elle le comprenait très bien. Il lui proposait une vie entière à ses côtés, dans son lit. Si elle acceptait, il pourrait faire d'elle tout ce qu'il voulait. Elle n'était pas dupe : Devlin était dangereux, sans scrupule. Il avait conduit Kit dans une salle de jeu et était resté là, sans rien dire, tandis que son frère perdait toute la fortune familiale.

Le cœur battant, elle soutint son regard. Elle ne pouvait pas faire cela.

— Je suis sensible à l'honneur que vous me faites, Devlin, mais…

— Vous refusez ma main à cause de *lui* ? coupa-t-il d'un air abasourdi.

— Lady Lamerton m'a dit que vous ne l'avez jamais aimé, même avant mon retour à Londres. Pourquoi ? Simplement parce qu'il est marchand ?

— L'est-il vraiment ? Que savez-vous réellement au sujet d'Edward Stratham ?

— J'en sais suffisamment.

— Vraiment ? Saviez-vous que ce n'est qu'une brute de Whitechapel déguisée en gentleman ? Un loup qui se fait passer pour un agneau et qui serait prêt à vous dévorer…

— Je peux vous assurer qu'il ne se passe rien entre Ned Stratham et moi, répondit-elle sèchement.

Du moins, il ne se passe plus rien.

— En tout cas, poursuivit-elle, je vous promets de ne plus le voir.

— C'est étonnant, mais je ne vous crois pas.

— Dans ce cas, vous faites erreur.

— Je fais erreur ? Comme je faisais erreur en vous voyant à Green Park ?

Les joues enflammées, elle ne répondit pas tout de suite.

— Après tout, vous êtes libre de croire ce que vous voulez, dit-elle finalement avec dignité. Dois-je aller chercher lady Lamerton pour que vous lui en parliez ?

— Vous ne céderez pas…

Ce n'était pas une question, plutôt une affirmation. Emma fit non de la tête, en dépit des battements affolés de son cœur. Devlin la dévisagea encore un instant.

— Vous vous imaginez amoureuse de lui, finit-il par murmurer avec l'expression d'un homme qui vient de faire une découverte majeure.

— C'est absurde ! répliqua-t-elle, trahie par sa respiration saccadée. Seulement, contrairement à vous, je ne juge pas un homme en fonction de son lieu de naissance ou de la manière dont il a acquis sa fortune.

Devlin éclata de rire, un rire dur et sarcastique.

— Tant de fierté et de grands principes pour une jeune femme comme vous, Emma. Vous n'avez vraiment aucune idée…

— Vous pensez que Whitechapel est un taudis et que Ned Stratham ne peut être vu comme un gentleman parce qu'il est né dans ce taudis, n'est-ce pas ?

— Non, je pense que Whitechapel est un cloaque et que Ned Stratham est le pire des bandits.

Ils se firent face quelques instants, tendus.

— Il n'est pas ce que vous croyez, Emma, reprit-il finalement d'un ton moins sec.

— Quoi qu'il soit, Stratham reste un meilleur homme que vous, Devlin.

Ses paroles résonnèrent dans un silence lourd, oppressant.

— Je suis navrée que nous en soyons arrivés là, Devlin, murmura-t-elle au bout de quelques instants.

— Moi aussi, Emma, dit-il avec un dernier regard songeur sur elle. Moi aussi…

Sans un mot de plus, il la salua et se retira d'un pas vif.

Lorsque Emma rejoignit le petit salon, elle découvrit lady Lamerton debout, impatiente d'apprendre ce qu'elle et Devlin s'étaient dit.

— Eh bien ? lança-t-elle immédiatement.

— Il m'a demandée en mariage, répondit Emma, prise d'un soudain vertige.

— Je le savais ! s'exclama la douairière. Toutes mes féli…

— J'ai refusé.

Lady Lamerton la dévisagea un instant, incrédule.

— Vous avez fait *quoi* ?

— J'ai refusé, répéta doucement Emma en se laissant tomber sur une chaise.

— Etes-vous devenue folle ?

— Peut-être.

Oui, peut-être était-elle folle… Elle avait refusé la main

de Devlin et avait sciemment attisé sa colère. Toutes les justifications qu'elle pourrait avancer, tout le poids de sa morale n'étaient que des excuses. Il n'y avait qu'une seule raison qui l'avait poussée à mettre sa position en danger et risquer de perdre l'assistance de Lamerton dans sa quête de nouvelles de Kit. Abasourdie par l'ampleur de ce qu'elle avait fait, elle ne put bouger.

— Devlin va hériter d'un comté, dit sévèrement lady Lamerton. C'est l'un des hommes les plus riches de Londres. Sa mère est issue d'une dynastie de banquiers. Et vous, vous n'êtes…

Visiblement consciente de ce qu'elle allait dire, la vieille dame s'interrompit, embarrassée.

— Une suivante sans le sou, acheva Emma pour elle. Et ma famille a été entachée par un affreux scandale.

— Ce que je voulais dire, reprit sa maîtresse, c'est que vous êtes une jeune femme qui en veut beaucoup trop à Devlin.

— Les deux sont vrais, admit Emma. Cependant, vu le rôle que Devlin a joué dans la déchéance de ma famille, je suis persuadée que nous ne pourrions jamais nous accorder.

Lady Lamerton poussa un profond soupir.

— Miss Northcote, vous regretterez cette décision. Et si votre refus est lié de quelque manière que ce soit à Edward Stratham, je vous conseille fortement de reconsidérer votre position. Je vous ai vue parler avec lui chez lady Misbourne, hier… Utiliser Stratham pour inciter Devlin à vous demander en mariage rapidement est une chose, mais penser réellement à le séduire en est une autre. Croyez-moi : il traque un bien plus gros gibier que vous, Emma. Je pensais pourtant que vous l'aviez compris. Je sais bien que les jeunes femmes ont tendance à être attirées par des hommes… comment dire ? — bruts, indomptés et assez dangereux. J'ai été jeune, moi aussi, vous savez ; mais croyez-moi, quoi que vous imaginiez, je peux vous assurer que ce que Stratham attend de vous n'a rien à voir avec le mariage.

Dans son bureau de Cavendish Square, Ned se tenait accoudé à la cheminée éteinte, silencieux, tandis que Rob, assis dans l'un des fauteuils, le dévisageait d'un air soucieux.

— Est-ce que tu as entendu la rumeur ? demanda soudain celui-ci. Il paraît que Devlin a demandé Emma Northcote en mariage et qu'elle l'a repoussé.

Ned acquiesça.

— Je l'ai entendu dire, oui.

— A cause de toi ?

— Elle déteste Devlin, elle le blâme pour ce qui est arrivé à son frère, dit-il en prenant soin d'éluder la question.

La gorge nouée, Ned laissa un long silence s'installer. Sa décision était prise : il ne pouvait pas laisser Emma disparaître de sa vie sans rien faire.

— Je vais tout lui dire, reprit-il. La vérité. Sur moi, sur ce que je suis.

Rob étouffa un hoquet incrédule.

— Pourquoi ? Est-ce que tu es complètement fou ?

— Je l'aime, Rob.

Son ami le regarda comme s'il avait vu un fantôme. Ned comprenait sa surprise : jamais encore il n'avait dit cela, au sujet de personne.

— Je ne m'étais pas rendu compte…

— Moi non plus, le rassura Ned. Je n'ai compris ce que je ressentais qu'en m'asseyant à côté d'elle, chez Misbourne.

— Bon sang ! fit Rob à mi-voix.

— Oui… C'est… Je ne sais pas…

— Si tu lui parles, tu mets en danger tout ce pour quoi nous avons lutté !

— Je ne pense pas, Rob. Misbourne a signé, il ne se dédira pas.

— Et pour le reste ? demanda encore Rob, visiblement décidé à résister. Tout le reste ? Tu pourrais tout perdre.

— Dans ce cas, je perdrai tout. J'en ai assez de faire semblant. Je ne peux pas épouser une autre femme qu'elle ou la voir s'unir à un autre homme… Je l'aime, Rob !

Son ami paraissait plus inquiet que jamais.

— Ned, crois-moi, si tu lui parles, tu la perdras.

— Peut-être. Mais si je ne lui parle pas, comment espérer être avec elle ? demanda Ned, plus pour lui-même. Comment lui demander de m'épouser ?

Bien sûr, tout ce que disait Rob était juste. Cependant, il ne pouvait plus se taire. Il *devait* faire face à Emma et lui montrer son vrai visage.

— Elle a le droit de savoir la vérité, reprit-il, la gorge nouée. Elle a le droit de faire son choix en toute connaissance de cause, quel que soit ce choix. Je ne veux pas la tromper ou lui mentir, Rob. Je vais dévoiler mon jeu, et advienne que pourra.

Rob soupira.

— N'oublie pas qu'elle est l'une d'entre eux, Ned.

— Ce n'est pas ce que tu crois… Elle est l'une des nôtres aussi.

L'air peu convaincu, Rob prit une profonde inspiration et le dévisagea avec intensité.

— Est-ce que tu as bien réfléchi à tout ça ? A toutes les conséquences que ça va avoir ?

— Cela fait des jours que je ne pense qu'à ça, répondit fermement Ned. Je lui parlerai ce soir, durant le bal, chez le colonel Morley. J'ai vu le nom de lady Lamerton sur la liste des invités.

Il y eut un silence. Rob était sans doute occupé à digérer l'énormité de ce que Ned comptait faire. Il avait pâli et respirait fort.

Conscient de ses inquiétudes, Ned tira un chèque de son bureau et le lui tendit.

— Tu as toujours été un bon ami, Rob. Quoi qu'il arrive ce soir, tu n'auras rien à craindre.

— Merci, Ned, répondit Rob d'une voix hésitante avant de glisser le précieux papier dans sa poche.

Ned prit alors la bouteille de gin qui les attendait sur la table basse et servit deux verres.

— Pour trouver du courage, lança-t-il en levant le sien et en s'affalant dans le second fauteuil en face de Rob.

Son ami but une gorgée puis parut hésiter un instant avant de demander :

— Tu dis que tu l'aimes… Mais elle, ressent-elle la même chose ?

— Je le crois.

— Je suis navré, Ned, reprit Rob avec sincérité. Je n'aurais jamais cru que…

— Et moi donc.

De nouveau, ils sombrèrent dans le silence et burent leur gin dans les élégants verres de cristal ciselé, dans la splendeur du bureau lambrissé d'acajou.

Rob savait sans doute aussi bien que Ned qu'Emma ne ressentirait plus que haine pour lui, une fois qu'elle saurait la vérité…

Dès qu'Emma entra dans la salle de bal de Morley derrière sa maîtresse, elle entendit de nombreux murmures au sujet de Devlin et elle. Jamais elle n'aurait dû se confier à lady Lamerton ! Ignorant les regards curieux, elle se concentra sur la discussion de la douairière avec Mme Hilton, lady Routhledge, et leur hôtesse. Hélas ! très vite, leurs regards furtifs en direction d'un angle de la salle l'avertirent de la présence de Ned. Il se tenait à l'écart avec son intendant, comme à son habitude, en pleine discussion avec M. Dale.

Quelques minutes plus tard, un valet s'approcha et, tout en proposant un assortiment de limonades à lady Lamerton et ses compagnes, lui glissa discrètement un morceau de papier.

Emma ouvrit la bouche pour lui demander de qui venait le mot, mais le valet s'éclipsa aussi vite qu'il était venu et se perdit dans la foule. Elle savait déjà qui le lui avait envoyé.

Rapidement, craignant que quelqu'un l'aperçoive, elle le glissa dans une poche de sa robe. Jetant un regard à travers la salle, elle surprit Ned en train de la dévisager d'un air étrange mais ne s'y arrêta pas malgré le lien chaque jour un peu plus puissant qui les liait. La gorge nouée, elle s'efforça de détourner les yeux, suffoquée par la lutte qu'elle devait mener en permanence entre ses sentiments et son devoir.

Au fond de sa poche, la lettre lui brûlait la cuisse. Quoi que Ned ait à lui dire, ce devait être d'une grande importance pour qu'il ait pris le risque d'envoyer un message.

Leurs regards se croisèrent une nouvelle fois. Il semblait attentif au moindre de ses mouvements, la couvant d'un regard intense et grave à la fois… Inquiète, elle ravala son émotion et murmura quelques mots à l'oreille de lady Lamerton qui, toute à sa conversation, l'excusa sans difficulté, sans même un regard pour elle.

Saisissant l'occasion au vol, Emma jeta un dernier regard à Ned, puis se dirigea vers la porte à pas lents, refrénant son impatience.

Une fois dans le couloir, elle se glissa derrière un large paravent et, d'une main tremblante, tira le message de sa poche. Incrédule, elle survola les quelques mots qui y étaient écrits. Son cœur fit un bond dans sa poitrine lorsqu'elle lut la signature.

Le message ne venait pas de Ned… Elle n'envisagea toutefois pas un instant de remettre en question les instructions qu'on lui donnait. Glissant le billet dans sa poche, elle prit une profonde inspiration puis arrêta un valet qui passait avec un plateau vide et lui demanda où se trouvait le bureau du colonel Morley.

Chapitre 13

A côté de Ned, Dale parlait avec animation.

— L'aménagement du site a commencé, comme vous l'avez demandé…

L'esprit ailleurs, Ned écoutait d'une oreille tout en observant Emma. Il vit un valet lui glisser un message plié dans la main qu'elle fit disparaître dans sa poche d'un geste vif. Elle leva les yeux vers lui et soutint un instant son regard avant de se pencher vers sa maîtresse pour lui murmurer quelque chose.

A côté de lui, Dale parlait toujours.

— Tout cela est parfait, coupa soudain Ned, saisi d'une anxiété inexplicable tandis qu'Emma quittait la pièce. Tenez-moi informé des progrès des travaux.

Les rideaux du bureau avaient été tirés et seul un chandelier était allumé. La lueur tremblante des flammes était le seul point de lumière de la pièce plongée dans l'obscurité.

Une silhouette sombre se tenait près de la cheminée, les yeux perdus dans l'ombre des chenets noircis, un verre de brandy à moitié vide à la main.

— Devlin, murmura-t-elle après avoir doucement fermé la porte derrière elle.

Ned entraîna le valet qui avait délivré le message derrière une colonne, dans un coin de la salle de bal.

— Puis-je vous parler ? demanda-t-il en lui glissant un billet de cinq livres dans la main.

L'homme fourra rapidement le billet dans sa poche et sourit.

— Pour ce prix-là, nous pouvons parler une heure, monsieur, répondit-il.

— Dites-moi le nom de la personne qui vous a confié cette lettre pour miss Northcote.

— Lord Devlin, monsieur. Je l'ai vu se diriger vers le bureau du colonel Morley après cela.

L'estomac noué, Ned glissa un second billet dans la main du valet et déposa sa flûte de champagne encore pleine sur le plateau qu'il tenait. Les dents serrées, il quitta la salle de bal aussi rapidement qu'il le pouvait sans attirer l'attention. Quelque chose n'allait pas.

Dans le bureau à peine éclairé, Devlin ne bougea pas. Il ne leva même pas les yeux. Au bout de quelques instants, Emma s'approcha timidement de lui.

— Votre message disait que vous aviez des nouvelles de Kit, commença-t-elle, le cœur battant.

Devlin ne répondit pas et resta parfaitement immobile jusqu'à ce qu'elle arrive à sa hauteur. Il regardait toujours le gouffre sombre de la cheminée, les sourcils froncés. Les nouvelles qu'il lui apportait étaient-elles si terribles ?

— Devlin ? reprit-elle doucement.

Il termina son brandy d'une seule gorgée et posa le verre de cristal sur le manteau de marbre noir de la cheminée. Enfin, il se tourna vers elle.

— J'ai menti, dit-il simplement.

Stupéfaite, elle le dévisagea d'abord sans comprendre.

— Que voulez-vous dire ? Pourquoi m'envoyer un message qui disait…

Soudain, elle comprit et se tut, envahie par un horrible pressentiment.

— Vous y êtes enfin, constata-t-il d'une voix grave. Je voulais vous attirer ici seule.

— C'est méprisable, de votre part, d'utiliser le nom de mon frère pour cela, protesta-t-elle, sous le choc. Surtout après le rôle que vous avez joué dans sa déchéance !

Un éclair de culpabilité traversa son regard et il se détourna un instant. Cependant, lorsqu'il leva de nouveau les yeux vers elle, son visage était animé par une colère cynique.

— Personne n'a posé de pistolet contre sa tempe pour l'obliger à s'asseoir à cette table de jeu, répliqua-t-il froidement.

— Peut-être pas, mais il n'était qu'un enfant. Et vous autres, hommes du monde accomplis qu'il admirait tant, vous l'avez abandonné à la ruine.

— Kit n'était pas un enfant, Emma. C'était un homme peu réfléchi, soit, mais néanmoins un homme. Il a fait ses propres choix et doit faire face aux conséquences de ses actes, comme tout un chacun.

De nouveau, son regard trahit un soupçon de culpabilité, poignante et sincère, avant qu'il se reprenne.

— Vous ne pouvez blâmer les autres de ses torts, Emma, reprit-il sévèrement.

— Je ne suis pas stupide, vous savez. Et je sais que mon frère n'était pas innocent. Il a bel et bien joué notre argent, mais vous et vos amis l'avez laissé perdre jusqu'au dernier sou sans rien dire ! Vous auriez dû l'arrêter, Devlin. Vous étiez censés être ses amis…

— Nous étions ses amis, répondit-il avec un sourire froid, et nous le sommes toujours.

— Epargnez-moi vos mensonges !

— Si vous le souhaitez.

Un lourd silence s'installa entre eux tandis qu'il la couvait d'un regard déterminé.

Incapable de supporter cette tension plus longtemps et brusquement inquiète de se trouver seule avec lui, Emma le salua brièvement.

— Si vous voulez bien m'excuser, lord Devlin.

— Je suis navré, mais je ne peux pas vous laisser partir.

Ces paroles jetèrent une chape glacée sur les épaules d'Emma, mais elle s'efforça de garder la tête haute et d'arborer une mine dédaigneuse pour dissimuler sa terreur. Aussi calmement que possible, elle tourna les talons. Mais, à l'instant où elle s'apprêtait à quitter la pièce, la main de Devlin se referma sur son bras.

— Vous n'auriez pas dû me repousser, Emma.

L'angoisse la figeait, tremblante et les jambes en coton. Elle jeta un regard significatif à la main de Devlin, toujours fermée sur son bras, puis le regarda, feignant un calme qu'elle ne ressentait pas.

— Que faites-vous, Devlin ? demanda-t-elle froidement.

— Tout ce que j'ai à faire.

Sa voix s'était faite douce, contrastant violemment avec la détermination de son regard.

Le cœur d'Emma s'emballa. Elle avait commis une erreur en faisant confiance à Devlin, une erreur qu'elle risquait de payer très cher. Elle tenta de se libérer, mais la main qui la retenait la serrait comme un étau. Ses efforts étaient inutiles ; autant conserver son énergie et lui faire face avec courage.

— Qu'avez-vous l'intention de faire ?

— Je vous sauverai de Stratham.

Sur la défensive, elle eut un petit rire cynique. En face d'elle, Devlin ne sourit pas, menaçant dans la pièce déserte. Une nouvelle fois, elle baissa les yeux sur sa main aux jointures blanchies crispée sur son bras avant de le dévisager avec dérision.

— Et *vous* accusez Ned de ne pas être un gentleman ? lança-t-elle.

— Parfois, la fin justifie les moyens…

Cela dit, l'air parfaitement calme, il l'attira vers lui, si près qu'elle pouvait deviner le dessin de ses yeux dans la pénombre et sentir la chaleur de son souffle sur sa joue.

Son cœur battait si violemment qu'elle crut qu'elle allait se sentir mal. Elle tenta de résister, mais il était trop fort pour elle. Elle n'avait aucune chance de le fuir.

— Ne faites pas cela, Devlin, supplia-t-elle, cédant finalement à la panique. Je vous en prie…

Il déglutit, baissa les yeux, puis les reposa sur elle, l'air presque gêné par ses propres actes.

— Un simple baiser, Emma, murmura-t-il. Rien de plus, je vous le promets. N'ayez pas peur.

Sans lui laisser le temps de répondre, il passa un bras autour de sa taille. Comme il lui lâchait enfin le bras, elle se dégagea en le repoussant et courut en direction de la porte. Malheureusement, avant qu'elle l'ait atteinte, il la saisit par les épaules et la plaqua brutalement contre lui.

— Non ! Arrêtez !

En dépit de tous ses efforts, elle se trouva impuissante face à lui.

Il la dévisagea longuement.

— Je suis désolé, Emma, murmura-t-il avant de l'embrasser.

Elle se débattit, le frappa, mais cela ne fit aucune différence. Tout ce dont elle était encore consciente était sa force contre laquelle elle ne pouvait rien, l'odeur étouffante de son eau de Cologne, et la pression de sa bouche contre la sienne. Tout son être n'était plus que peur et rage à cause de sa propre faiblesse.

Trop occupée à résister à son agresseur, elle n'entendit pas la porte du bureau s'ouvrir, contrairement à Devlin. Il la relâcha si brusquement qu'elle trébucha et heurta violemment le mur près de la cheminée. Choquée, pantelante, elle demeura immobile, le dos plaqué au papier peint en attendant que sa respiration affolée se calme. Devlin n'avait pas bougé. Parfaitement immobile, il l'observait d'un regard froid, mais elle ne se souciait plus de lui car, dans l'entrebâillement de la porte, la silhouette de Ned se découpait dans la lumière du couloir. Silencieux, calme, il entra et ferma la porte avec des gestes parfaitement contrôlés. Dans le silence oppressant du bureau, le verrou fit un léger « clic ». A peine un murmure. Puis, plus rien.

Finalement, Devlin se tourna vers le nouvel arrivant et son expression changea brutalement, passant de la froideur calculatrice au choc et à la stupéfaction.

Ned dévisagea Emma un long moment. Elle vit son regard descendre jusqu'au décolleté de sa robe et s'aperçut soudain que le tissu avait été déchiré à l'épaule durant sa lutte. Quelque chose changea dans les yeux de Ned.

Une ombre menaçante et dangereuse s'y glissa, si vive qu'Emma frissonna. Il se tourna lentement vers Devlin. Si elle l'avait trouvé puissant lorsqu'il avait affronté Dents-Pourries, au Red Lion, et durant cette nuit passée aux Jardins botaniques, c'était sans rapport avec l'aura destructrice qui semblait émaner de lui en cet instant… Tout son être semblait grandi par sa rage contenue. L'air même vibra de sa présence, vibra d'une violence meurtrière. Le calme avant la tempête… L'appel de la mort.

— Ned, murmura-t-elle d'une voix étranglée. Arrête. Attends… Ce n'est pas…

Ses mots moururent sur ses lèvres. Il ne l'écoutait pas. Il ne quittait pas Devlin des yeux. Elle sut que le sort de son agresseur était scellé. Ned le tuerait, sans hésiter.

Devlin dut le comprendre également. Il fit néanmoins face à Ned, prêt au combat qui allait éclater. Prêt à lutter pour sa vie.

Emma surprit un mouvement presque imperceptible chez Ned. Ses muscles se tendirent, son équilibre changé, toute sa concentration semblait se tourner vers Devlin.

— Vous avez franchi une limite, et il est trop tard pour revenir sur vos pas, murmura Ned d'une voix frémissante de colère. Vous pouvez me faire subir ce que vous voulez, mais Emma…

Sa menace s'acheva sur un hochement de tête lourd de sens.

Loin de se montrer impressionné, Devlin ne bougea pas d'un pouce, dressant une barrière de son corps entre Emma et Ned.

— Je ne te laisserai pas l'avoir, Stratham, lança-t-il.

— Ecarte-toi.

La voix de Ned tenait plus d'un grondement carnassier que d'une voix humaine…

Il y eut un bref silence, trop court pour s'installer réellement puis, soudain, tout explosa avec une vitesse et une rapidité inouïes. Ned se rua sur Devlin, tête baissée. Le choc de leurs corps parut résonner dans le bureau fermé, mais Ned ne s'arrêta pas, poussant son opposant de toutes ses forces jusqu'à ce qu'ils s'écroulent sur le sol. Emma tentait de suivre la lutte, mais tout allait bien trop vite dans la semi-obscurité. Les poings volaient. Des coups atterrissaient sur la chair avec des bruits mats. Les pieds frappaient. Les deux hommes, comme liés, roulaient ensemble en poussant des grognements qui paraissaient presque assourdissants dans le silence. Une petite table ronde en acajou fut renversée ; la carafe de cristal et les verres qu'elle portait volèrent jusqu'au mur pour s'y écraser avec un tintement perçant. Par moments, Ned semblait prendre le dessus puis, l'instant suivant, c'était Devlin…

— Arrêtez-vous ! voulut crier Emma, mais sa voix ne fut qu'un murmure perdu sous la pluie de coups.

Terrifiée, elle n'osa pas même s'approcher.

Finalement, les deux hommes se remirent sur pied. Leurs chemises si blanches, leurs cravates et leurs vestons étaient mouchetés de sang. La lèvre inférieure de Devlin était fendue et boursouflée. Une coupure barrait la joue de Ned et la manche de sa chemise était déchirée.

Brusquement, Devlin bondit, et frappa violemment Ned en plein ventre. Profitant de sa stupéfaction, il enchaîna avec une série de coups au visage.

Ned s'écarta, tituba quelques secondes.

Les poings levés, Devlin ne lui laissa aucun répit, mais Ned le regarda approcher avec un sourire mauvais et saisit son poignet au moment du coup et l'écrasa entre ses doigts.

Comme dans une partie de bras de fer, ils demeurèrent immobiles, les yeux dans les yeux, le corps tendu. Brusquement, Ned tordit le bras de Devlin dans son dos et l'envoya la tête la première contre le mur. Devlin s'affala lentement le long du papier peint, mais Ned, implacable, le redressa, passa une main autour de son cou, et serra.

— Ned ! hurla Emma. Arrête ! Pense à ce qui nous arrivera, à nous deux, si tu le tues !

Il fit mine de ne pas l'avoir entendue et fixa Devlin d'un regard assassin. Retrouvant son courage, Emma s'approcha et posa doucement sa main sur le bras de Ned, troublée par sa respiration, si basse, si calme en dépit de la lutte.

— Je t'en prie, Ned… Ne fais pas cela…

Enfin, il se tourna vers elle et elle lut dans ses yeux tant d'amour, tant de sauvagerie, qu'elle en eut le souffle coupé. Elle soutint néanmoins son regard, puis il acquiesça, lentement, et reporta son attention sur Devlin.

— Si jamais vous la touchez encore, gronda-t-il, je vous *tuerai*, en dépit de tout ce qu'il peut y avoir entre nous. Est-ce bien clair ?

Le visage de Devlin s'empourprait sous la pression de la main de Ned refermée sur sa gorge. Il parvint néanmoins à faire un léger signe d'assentiment. Ned le relâcha alors sans un mot et le laissa s'écrouler, pantelant, cherchant à reprendre son souffle.

— Oh ! Ned, murmura Emma, bouleversée.

Elle avait peur. Elle était soulagée. Elle pleurait.

— Emma…, répondit-il simplement.

Avec une douceur infinie, il la prit dans ses bras et l'écarta de la forme gémissante de Devlin.

Sans un mot, il la serra contre lui. A travers sa chemise froissée, elle sentit les battements de son cœur et la pulsation puissante de son sang sous sa peau. Tous les sentiments qu'ils réprimaient depuis si longtemps semblaient sur le point de se libérer. Cet homme, ce guerrier, l'avait sauvée tant de fois déjà. Cet homme était prêt à tuer pour la protéger.

Lentement, elle leva le visage vers lui, se plongea dans son regard enflammé, savourant le contact tendre de sa main sur sa nuque.

— J'en ai assez de faire semblant, chuchota-t-il. Nous ne

pouvons pas continuer ainsi, Emma. Il faut que nous parlions sincèrement…

Du pouce, il chassa ses larmes.

— Mais pas ici, poursuivit-il. Pas maintenant. Il y a plus urgent. Nous devons te rhabiller correctement et te faire réapparaître dans la salle de bal avant que l'on remarque ton absence.

La gorge nouée, elle acquiesça. Il avait raison.

Hélas ! au même instant, la porte s'ouvrit en grand. Emma sursauta en entendant plusieurs exclamations offusquées. Il était trop tard.

Lorsque la porte s'ouvrit sur le colonel et Mme Morley, lady Lamerton ainsi que les amis de Devlin — et que Ned vit l'expression crispée qui déforma le visage du vicomte — il comprit enfin ce qui se passait *réellement*. C'était donc cela que Devlin avait prévu dès le début : se faire surprendre par ce petit groupe bien choisi… La seule chose qu'il n'avait pas envisagée était d'être interrompu par Ned. Révulsé par ce procédé, Ned lui lança un regard glacial.

Emma était encore dans ses bras, le visage humide de larmes, sa robe déchirée à l'épaule, les cheveux décoiffés et les lèvres encore rougies du baiser que son agresseur lui avait arraché. Elle avait tout d'une femme violentée, et même si rien de définitif n'était arrivé, la vérité n'aurait aucune importance.

— Seigneur, Stratham ! tonna le colonel. Vous l'avez déshonorée !

— Non, protesta Emma d'une voix faible. C'était…

Ned sut instantanément ce qu'il avait à faire. Il resserra son étreinte autour de la taille d'Emma pour la faire taire et lui lança un bref regard d'avertissement. Sans hésiter, il l'embrassa puis s'écarta d'un pas, faisant face aux nouveaux venus et leur cachant Emma — elle avait suffisamment souffert sans avoir en plus à essuyer leurs regards méprisants.

— Je plaide coupable, dit-il. Si Devlin ne nous avait pas interrompus…

Laissant sa phrase en suspens, il jeta un coup d'œil au vicomte. Devlin le fixait d'un œil noir, enflammé par la colère, mais il ne pouvait rien faire à présent. Rien dire sans se condamner lui-même à la honte.

Lady Lamerton regarda sa suivante.

— Emma ?

Le cœur battant, Ned se tourna vers elle à son tour, tâchant de lui faire comprendre d'un regard ce qu'elle devait faire. Sans un mot, elle baissa les yeux et acquiesça.

— Eh bien, monsieur ! lança Morley d'un air important.

Il avança d'un pas, mais un seul regard de Ned suffit à l'arrêter dans sa lancée. Soudain moins sûr de lui, le vieux militaire chercha un signe de soutien autour de lui.

— Miss Northcote est une jeune femme bien éduquée, reprit-il, et je ne vois qu'une issue honorable possible à cette choquante affaire…

— En effet, répondit Ned.

Dans une telle situation, il s'agissait soit de lui, soit de Devlin. Jamais il n'abandonnerait Emma entre les griffes de cet homme ! Il était incapable de faire une chose pareille, pas en sachant ce qu'il ressentait pour elle, et certainement pas après la scène qu'il avait interrompue ce soir.

— Je l'épouserai, poursuivit-il froidement.

Morley acquiesça en silence. Tout le monde, dans le bureau, semblait attendre un drame. Devlin, Monteith, Fallingham et Bullford lui lançaient des regards noirs. Le colonel affichait une indignation bien-pensante, et lady Lamerton paraissait bouleversée.

Quant à Emma… Emma se montrait digne, calme et impassible, mais il lut un profond soulagement au fond de ses yeux. Le soulagement de se voir promise à lui et non à Devlin.

Un malaise l'envahit tout à coup. Lorsqu'elle saurait la vérité, elle ne serait plus aussi soulagée… Décidément, le destin se jouait de lui avec cruauté. Refoulant ses angoisses, il resta là, silencieux, pour protéger la femme qu'il aimait.

Depuis que la voiture de lady Lamerton s'était arrêtée devant chez elle, au retour du bal, la douairière n'avait pas décoléré.

— Je vous avais pourtant prévenue, Emma, répéta-t-elle pour la troisième fois.

Emma baissa les yeux. Elle ne pouvait en vouloir à sa maîtresse : celle-ci avait déjà perdu une suivante, et elle était sur le point d'en perdre une autre. La gorge nouée, elle lui lança un regard furtif. Depuis qu'elle l'avait recueillie, lady Lamerton avait été bonne pour elle. Elle l'avait traitée avec honnêteté et gentillesse, sans lui parler une seule fois du scandale qui avait entaché sa famille…

— Je suis désolée, répondit-elle sincèrement.

Oui, elle était désolée. Désolée pour lady Lamerton. Désolée pour son père et Kit. Désolée pour tous les problèmes qu'elle avait causés…

— Je savais bien que cet homme ne valait rien, renchérit la douairière sèchement.

Elle sentit son cœur se serrer mais s'efforça de ne pas répondre. Pourtant, elle n'avait qu'une envie : défendre Ned, clamer haut et fort que ce n'était pas contre lui qu'elle avait dû se battre, mais contre Devlin.

La bonne société s'empressait de considérer Ned comme un rustre dans cette histoire, alors que la seule chose qu'il avait faite était de la défendre.

— Mais je dois bien avouer qu'aucun d'entre nous n'avait imaginé jusqu'où il était prêt à s'abaisser, poursuivit lady Lamerton avec une grimace de dégoût. Agresser une femme de cette manière… Je suppose que le mauvais sang ressort toujours. Stratham n'est décidément pas un gentleman, mais le pire des voyous !

Blessée par ces paroles, Emma soupira.

— Dites-moi, que faisiez-vous seule avec lui dans ce bureau ? Vous m'aviez dit avoir besoin d'aller vous rafraîchir.

— J'avais reçu un message...

Pourquoi donc ne pouvait-elle dire la vérité au sujet de ce qui s'était réellement passé dans ce bureau ?

— Le message disait qu'il avait des nouvelles de mon frère.

Lady Lamerton eut un hoquet offusqué.

— Une ruse indigne d'un homme bien élevé !

— Oui, en effet...

A ceci près que l'homme en question était un vicomte, membre respecté de la haute aristocratie londonienne, et non Ned Stratham.

— Dieu merci, Devlin est arrivé à temps ! s'exclama l'infatigable lady Lamerton après un court silence. Je n'ose imaginer ce que vous auriez dû subir, s'il n'était pas intervenu...

Incapable d'entendre une fois de plus chanter les louanges de Devlin, Emma se détourna.

— Stratham a au moins eu la décence de ne pas essayer d'échapper aux conséquences de ses actes. Sans doute aurait-il essayé d'éviter de donner une fin honorable à tout cela, s'il n'y avait eu tant de témoins.

Emma réprima péniblement un sourire ironique. Si seulement ils savaient... S'il avait vraiment fallu en venir aux mains, Morley, Devlin, Monteith et tous les autres n'auraient pas suffi à l'arrêter. Elle repensa brièvement à la main de Ned aux jointures blanchies, serrée sur la gorge de Devlin. Sans son intervention, il l'aurait très probablement tué...

Quelques minutes s'écoulèrent. Interprétant sans doute mal son silence, lady Lamerton dit d'une voix plus douce :

— Je sais que c'est difficile, Emma, mais vous allez devoir l'épouser. Si vous refusez, vous serez déshonorée ; personne ne peut plus rien y changer, à présent. Rassurez-vous, j'ai bien demandé au colonel Morley, à Devlin et à tous les autres de ne rien dire à ce sujet.

Emma acquiesça, peu convaincue. Se tairaient-ils vraiment ?

Devlin haïssait Ned et, après ce qu'il avait fait… Le simple souvenir de la terrible scène du bureau la faisait encore frémir.

— Et j'ai bien fait comprendre à M. Stratham qu'il n'était pas le bienvenu ici. Dire qu'il a osé se présenter ce matin !

La gorge d'Emma se serra. Elle avait dû rester calme et silencieuse, dans le petit salon de l'étage, et écrire une lettre pour sa maîtresse, tandis que Wilcott annonçait à Ned que ni lady Lamerton ni miss Northcote n'étaient disposées à le recevoir.

— Quel mal y aurait-il eu à le recevoir ? demanda-t-elle sans réfléchir.

— Quel mal ? répéta lady Lamerton d'un air abasourdi.

— Après tout, je l'épouserai vendredi prochain.

— Espérons seulement que M. Stratham a suffisamment de bonnes manières pour se présenter au rendez-vous.

Emma frémit de colère. Ned était l'homme le plus honorable qu'elle ait jamais rencontré. Il lui était insupportable de devoir rester assise sans rien dire pendant qu'on l'accusait si injustement.

— Jamais il ne…

— Vous croyez ? coupa la douairière. A mon avis, en ce qui concerne Stratham, on peut s'attendre au pire.

Ned attendit que son homme d'affaires sorte et referme la porte derrière lui pour prendre la parole.

— C'est fait. Toutes mes affaires et le projet avec Misbourne seront toujours pris en charge.

Rob acquiesça.

— Tu as beaucoup donné à cette ville, Ned.

— Ce n'était pas mon argent.

— Bien sûr que si ! Tu as pris un gland et tu en as fait un chêne fort dont les branches s'étendent bien au-delà des petits salons privilégiés de Mayfair et des poches déjà pleines de ceux qui dirigent les salles de jeu. Tu sais très bien que, sans toi, c'est là que cet argent aurait fini. Tu ne peux pas le nier.

— Oui, peut-être, admit Ned. Mais cela ne change rien à l'origine de cet argent.

La gorge nouée, il jeta un coup d'œil au bureau d'acajou devant lui.

— Jamais je n'aurais cru que Devlin s'abaisserait à ce point, reprit finalement Rob avec un rictus de mépris.

— Le désespoir peut pousser un homme à bien des extrémités.

— Il est tout de même allé trop loin.

— Beaucoup trop loin.

Au souvenir de Devlin embrassant Emma de force, il soupira. Cette image resterait gravée dans son esprit jusqu'à la fin de ses jours… Elle suffisait à lui faire serrer les poings et grincer des dents dans un accès de rage difficilement contrôlable.

— Le plus ironique, dans cette histoire, c'est qu'il aurait suffi que Devlin attende une heure de plus. Une heure de plus, et j'aurais eu le temps de parler à Emma. Elle aurait su la vérité à mon sujet, au sujet de ce que j'ai fait. Après cela, il n'aurait pas eu besoin de lui dire le moindre mot ni de porter la main sur elle pour l'éloigner de moi…

Rob parut mal à l'aise.

— Est-ce que tu comptes lui parler avant vendredi ?

— Si je le faisais, crois-tu qu'elle accepterait de m'épouser ? Accepterait-elle volontairement de s'unir à l'homme qui a détruit l'avenir de son frère bien-aimé, qui lui a volé sa fortune et est personnellement responsable de la ruine de sa famille ?

Il eut un haussement d'épaules désespéré. Quoi qu'il fasse, le futur s'annonçait sombre pour Emma et lui.

— Si je lui parle maintenant, elle refusera de m'épouser. Et si elle ne m'épouse pas, elle vivra dans le déshonneur.

Les deux hommes se dévisagèrent un long moment.

— Que Dieu vous aide, tous les deux, murmura Rob gravement.

— Amen, mon ami. Que Dieu nous aide, oui. Nous en aurons bien besoin…

Chapitre 14

Le soleil matinal animait de reflets argentés la soie gris perle de la robe d'Emma. Par-dessus le grondement des roues de la voiture et le claquement sec des sabots sur le pavé, elle entendit pendant quelques instants le chant d'un merle. Dans la voiture, cependant, régnait un silence glacial. Ni lady Lamerton ni Mme Tadcaster, assises en face d'Emma, n'avaient prononcé le moindre mot depuis leur départ. Ce ne fut que lorsque la voiture s'arrêta devant le manoir de Ned, sur Cavendish Square, que Mme Tadcaster sortit de son mutisme obstiné.

Elle essuya une larme sur sa joue et dit à mi-voix :

— Oh ! Emma, je ne peux qu'être contente que votre pauvre mère ne soit plus là pour être témoin de votre disgrâce !

— Pour ma part, je souhaiterais de tout cœur qu'elle soit présente. Quant à la disgrâce, je crains que vous ne blâmiez la mauvaise personne, répliqua sèchement Emma.

Trop sèchement, peut-être, à en croire le regard offusqué des deux femmes.

— Je vous souhaite autant de bonheur que possible, dit Lady Lamerton avec bonté.

— Merci, répondit Emma, émue par cette marque d'affection de la part de son ancienne maîtresse. Merci pour tout.

La douairière poussa un soupir et indiqua la porte d'entrée d'un bref mouvement de tête.

— Etes-vous prête ?

Emma acquiesça.

Lady Lamerton eut un sourire un peu triste puis fit signe au valet d'ouvrir la porte de la voiture pour les aider à descendre.

Dans le hall d'entrée de la demeure, un homme attendait, seul. Lorsqu'il se tourna vers elles, Emma reconnut son père avec stupéfaction.

— Papa ?

Le cœur battant, elle se précipita dans ses bras.

Il répondit à sa joie par un demi-sourire.

— Tu as l'air d'aller très bien, papa…

En effet, les cernes qui marquaient ses yeux avaient disparu, ses joues n'étaient plus creuses, et son teint avait retrouvé une nuance rose indiquant une bonne santé. Heureuse, elle examina son costume élégant et bien taillé.

L'air joyeux, il déposa un petit baiser sur sa joue.

— Tu es très belle, ma chérie.

Submergée par l'émotion, elle sentit une boule se former au fond de sa gorge et dut ravaler ses larmes.

— Je ne savais pas si tu allais venir, murmura-t-elle.

— Aurais-je manqué le mariage de ma fille ? demanda-t-il avec un regard tendre et affectueux. Même si les circonstances ne sont pas exactement celles que j'aurais souhaitées.

Elle fut parcourue d'un frisson.

— On t'a raconté ce qui s'est passé ?

— Stratham m'a tout dit. Il n'a pas cherché à nier ses torts. Je dois avouer que cela ne me plaît pas beaucoup, Emma…

— Ce n'est pas ce que tu crois, protesta-t-elle. Il n'est pas l'homme que tu imagines, papa.

Incapable de lui dissimuler ses sentiments, elle se pencha vers lui pour ne pas être entendue de qui que ce soit d'autre.

— Je l'aime, murmura-t-elle.

Son père acquiesça gravement et répondit par un nouveau sourire ; un sourire triste. Finalement, il lui offrit son bras et elle le prit avec reconnaissance. Ils se dirigèrent vers la porte ouverte du grand salon et s'arrêtèrent sur le seuil, admirant un instant la pièce.

La première chose qui frappa Emma fut le parfum qui régnait dans le salon, aussi doux et frais que celui qui flottait dans l'air, un matin d'été, il n'y avait pas si longtemps, à Whitechapel. Incapable de réprimer un sourire, elle examina les bouquets de violettes qui ornaient la pièce et les cascades de rubans roses et blancs noués autour des chandeliers. Des violettes… Il n'avait pas choisi ces fleurs par hasard. Devant elle, des rangées de chaises avaient été installées, déjà occupées par de nombreux invités. Au fond du salon, près de la cheminée éteinte, un prêtre en habit noir attendait, flanqué de Ned et son témoin, Rob Finchley.

Ned était élégamment vêtu d'une queue-de-pie bleu nuit de chez Weston, d'une chemise d'un blanc éclatant, d'une cravate blanche et d'un gilet aux motifs blancs. Il était si grand, si musclé ! Un homme assez puissant pour vaincre Devlin et tous les bandits de Whitechapel. Assez puissant pour supporter le mépris et le dégoût qui auraient dû accabler un autre.

Il l'avait déjà sauvée de Dents-Pourries, au Red Lion, et de deux marins ivres dans les rues sombres et désertes de Whitechapel. Il l'avait aussi sauvée des attentions lubriques de Devlin. Et maintenant il se tenait là, prêt à la sauver du déshonneur. Il n'avait pas hésité à abandonner tout espoir d'épouser une femme titrée et d'obtenir un jour l'acceptation et les liens sociaux qui lui auraient été si nécessaires pour naviguer dans le monde. Pourvu seulement qu'il ne l'épouse pas contre son gré !

Le cœur battant, elle resta figée sur le seuil. Dès qu'elle entrerait dans cette pièce, sa vie changerait à tout jamais.

— Emma ? chuchota son père.

Au même instant, Ned se tourna vers elle et la regarda avec une douceur si franche et si sincère que tous ses doutes s'évanouirent. Un élan d'amour pour lui l'envahit ; un élan d'amour pour cet homme, sa part sombre. Depuis leur rencontre, ils avaient fait front ensemble. Eux deux contre le monde entier. C'était à croire qu'ils étaient destinés à s'unir…

— Emma, reprit doucement son père, Ned Stratham est

peut-être un homme que je ne peux approuver sur de nombreux points, mais je crois qu'il t'aime sincèrement, qu'il prendra soin de toi et te protégera mieux que qui que ce soit d'autre.

Etonnée, elle dévisagea son père et ne lut dans ses yeux qu'amour et sagesse.

— Je suis fier de toi, Emma. Et, crois-moi, ta mère l'aurait été aussi.

De nouveau, les larmes lui montèrent aux yeux, mais elle s'efforça de sourire et serra affectueusement le bras de son père pour se donner un peu de courage.

— Merci, papa.

Sans un mot de plus, elle le laissa la conduire le long de l'allée, jusqu'au prêtre et à Ned Stratham.

Conscient de la présence d'Emma à ses côtés, conscient aussi que si elle connaissait toute la vérité à son sujet elle refuserait de poser son regard sur lui… et ne l'épouserait certainement pas, Ned gardait les yeux sur le prêtre.

Emma portait une belle robe de soie gris perle qui mettait en valeur son teint mat, donnait à ses yeux noisette une douceur veloutée et à ses cheveux noirs le lustre d'une plume de corbeau. Oui, en cet instant, elle était la plus belle femme de Londres ; intelligente, de plus, vive et capable de survivre à toutes les épreuves tout en y trouvant quelques miettes de bonheur. En dépit de tout ce qu'elle avait subi, elle n'était pas devenue aigrie et avait bon cœur. Jamais encore il n'avait rencontré de femme plus gentille et généreuse. Dans ce nid de rapaces qu'était l'aristocratie londonienne, elle était un joyau rare.

Et elle s'était offerte à lui, un homme qui n'avait pas connu la moindre once d'amour dans sa vie, un homme directement responsable de toutes les blessures dont elle avait souffert.

Il sentait sa nervosité. Un rapide regard dans sa direction lui permit de voir au fond de ses si beaux yeux une profonde incertitude. Lorsque son père lui avait remis sa main, ses doigts étaient glacés. Que n'aurait-il fait pour revenir en arrière, la préserver de toute souffrance, de toute épreuve !

Dans l'espoir de la rassurer, il lui sourit et serra sa main pour la réchauffer, pour lui faire comprendre que tout allait bien se passer.

Elle lui rendit son sourire et une partie de sa nervosité parut s'effacer.

Enfin, le prêtre prit la parole, psalmodiant, le nez dans le petit livre de prières noir et usé qu'il tenait devant lui. Inquiet, Ned fit de son mieux pour ignorer le flot d'émotions qui le prenait à la gorge et suivit la cérémonie jusqu'à l'instant qu'il avait craint depuis le matin, tendu, les dents serrées, attendant la question fatidique.

— Si quiconque a quelque chose à dire pour empêcher ce mariage, qu'il parle maintenant ou se taise à jamais.

Dans le salon, le silence se fit lourd.

Ned attendit, anxieux, prêt à entendre une voix s'élever, tous les muscles de son corps se crispant avant l'interruption fatale qui l'éloignerait d'Emma. A chaque instant, la porte pouvait s'ouvrir sur Devlin qui annoncerait à tout le monde que miss Northcote ne pouvait épouser Ned, et tout Londres en connaîtrait la raison.

Mais rien ne se passa.

Lorsque le prêtre reprit la parole, une vague de soulagement et de culpabilité envahit Ned. Enfin, il prononça les paroles rituelles d'une voix ferme.

— Moi, Edward Stratham, je t'accepte, Emma Northcote, comme épouse.

Pour ponctuer son serment, il glissa un lourd anneau d'or au doigt d'Emma, et le prêtre reprit :

— Ceux que Dieu a unis, que personne ne les sépare… Je vous déclare à présent mari et femme.

Voilà, c'était fini. Emma était sienne, son épouse devant Dieu et la loi. Le cœur battant, il prit dans ses bras et embrassa cette femme qu'il aimait tant.

Ce fut à la fois le meilleur et le pire moment de sa vie. Il avait peut-être sauvé Emma du scandale et de la misère, il avait peut-être épousé celle qu'il aimait mais, en faisant cela, il avait agi en homme méprisable…

Le déjeuner offert aux invités était somptueux. Ned n'avait pas regardé à la dépense. Le champagne coulait à flots et de nombreux plats fins, exotiques, s'étalaient sur la table. L'ensemble avait quelque chose de princier. A l'image du salon, la salle à manger avait été décorée de nombreux bouquets de violettes, certains tressés en guirlande ornant le manteau de la cheminée. Chaque chandelier mural portait des bouquets supplémentaires et, au milieu de la longue table d'acajou, était posée une rangée de petits vases en cristal contenant encore plus de violettes, interrompue par endroits par des ananas. Emma en eut le souffle coupé. Comment avait-il pu arranger une décoration si fastueuse et si attentionnée en si peu de temps ?

Le repas fut égayé par un morceau de Vivaldi, joué par un quatuor à cordes installé dans un coin de la pièce. Enfin, on présenta aux invités une sculpture de sucre blanc — comme celles que le prince régent appréciait tant — qui représentait un palais aux murs recouverts de violettes en sucre. Tout le monde s'exclama devant la beauté de l'œuvre, mais seuls Ned et Emma pouvaient en goûter la signification secrète, sa ressemblance avec les murs mangés d'humidité et recouverts de fleurs de la vieille usine, près du banc en pierre de Whitechapel.

Sur la table, les plats s'enchaînaient : porc fin, steaks de bœuf, poulet rôti… On servit des anguilles au vin, des soles rôties, et des crabes au beurre, le tout accompagné de pommes de terre à la crème et à l'ail, de haricots et de champignons. Il y eut de la crème fouettée ainsi que du gâteau à l'orange et aux amandes. Et, au milieu de ce festin, comme une pièce de cuivre géante sur un lit de souverains d'or, se trouvait un plat de côtelettes grillées et de pommes de terre frites — comme celui qu'Emma avait si souvent servi à Ned, au Red Lion.

Il y avait peu d'invités, mais suffisamment tout de même pour donner l'illusion que leur union n'avait rien d'une affaire scandaleuse et arrangée à la dernière minute. Autour de la table se trouvaient le comte et la comtesse de Misbourne, le vicomte et la vicomtesse de Linwood, lady Marianne Knight et son époux, le marquis et la marquise de Razeby, lady Routhledge, Mme Hilton et quelques autres vieilles dames venues soutenir lady Lamerton. Il y avait aussi Mme Tadcaster, bien sûr, et M. Finchley. Et, surtout, le père d'Emma. Cependant, Ned n'avait invité aucun proche de Devlin, ni aucun des hommes qui avaient connu Kit, et elle lui en fut profondément reconnaissante.

La réception avait été préparée pour donner l'impression d'un réel mariage d'amour et, pour Emma en tout cas, c'était bel et bien le cas… Elle aurait presque pu faire comme si rien ne s'était passé dans le bureau du colonel Morley ; surtout lorsque la main chaude de Ned se refermait sur la sienne, et lorsque leurs regards se rencontraient. Un lien puissant les liait, et seuls eux semblaient en être conscients.

Elle n'avait jamais douté que Ned la désirait comme un homme peut désirer une femme. En dépit de son innocence, elle avait été consciente dès leur rencontre des vibrations de désir qui émanaient de lui. L'aimait-il, aussi ? C'était bien possible… Il la regardait et la touchait comme s'il partageait ses sentiments.

Alors qu'elle se tenait à ses côtés dans son manoir, elle eut tout à coup l'impression d'être chez elle, d'avoir enfin retrouvé un foyer après des mois d'errance. Elle se sentait à sa place, comme si elle avait été destinée à vivre avec cet homme. Cependant, elle n'était pas dupe : il ne l'avait épousée que pour la sauver d'un horrible scandale. Sans cet incident avec Devlin, il ne lui aurait sans doute jamais demandé sa main.

Finalement, l'heure vint pour les invités de se retirer pour laisser Ned en tête à tête avec sa nouvelle épouse.

Ils restèrent quelques instants seuls dans la salle à manger à présent silencieuse. Par les hautes fenêtres, le soleil couchant illuminait la pièce de reflets cuivrés qui animaient les pampilles de cristal du grand lustre et couvrait les sombres cheveux d'Emma d'une moire précieuse. Dans cette lumière délicate, le brun velouté de ses yeux se fit or vieilli. Entre eux, quelques grains de poussière voletaient, en suspension dans l'air immobile. Cette atmosphère douce avait presque quelque chose de magique.

Il ne parvenait pas encore à s'habituer au fait qu'Emma était sa femme, maintenant. *Sa femme*. Ils s'étaient peut-être mariés pour de mauvaises raisons, mais il savait déjà qu'il ne regretterait pas sa décision. Il l'aimait. Il la désirait. Il ne l'abandonnerait pour rien au monde.

Lentement, il effleura du bout des doigts l'une des boucles brunes échappées de son chignon.

— Tu es si belle, murmura-t-il.

Elle sourit, un sourire tendre et lumineux.

— J'imagine que tu dis cela à toutes les serveuses de taverne que tu rencontres.

— Non, je ne l'ai dit qu'à toi… Seulement à toi, Emma Stratham.

Emma Stratham, et pas Northcote. C'était plus important à ses yeux qu'il ne l'aurait cru.

— Je suis heureuse d'apprendre que tes attentions me sont réservées, dit-elle d'une voix enjouée.

De nouveau, ils échangèrent un sourire.

— Merci, Ned, reprit-elle après un court silence. Pour les violettes et le palais en sucre. Merci d'avoir fait de ce jour un moment si spécial et pour leur avoir fait croire qu'il s'agissait d'un mariage d'amour.

S'interrompant brusquement, elle baissa les yeux. Pas assez vite, cependant, pour empêcher Ned de percevoir sa gêne.

— Je sais que tu as été obligé de m'épouser, mais…

Sans la laisser finir, il l'attrapa doucement par le menton et se plongea dans son regard envoûtant.

— Crois-tu vraiment que je suis homme à faire des choses par obligation ? demanda-t-il le plus sérieusement du monde.

— Je crois que tu es homme à te soucier de mon honneur, Ned.

Elle soutint son regard et une sensation de chaud, de sincère et d'intime, les enveloppa comme un voile apaisant.

— Emma, j'ai voulu t'épouser depuis Whitechapel, avoua-t-il. Ce matin-là, sur le banc de pierre, quand je t'ai dit que nous devions parler à mon retour…

— Tu avais l'intention de me demander en mariage ? acheva-t-elle d'un air stupéfait, les yeux scintillant de larmes.

— Tu tiens mon cœur entre tes mains, Emma, dit-il doucement. Depuis le premier jour et jusqu'à ma mort.

Ravalant son émotion, elle le regarda avec une telle tendresse qu'il sentit son cœur s'emballer.

Lentement, il tira de l'une de ses poches le petit écrin de velours blanc qu'il y dissimulait depuis le matin et le lui tendit.

Elle l'ouvrit, sans un mot, et découvrit, émerveillée, le collier de violettes en pierres qu'il contenait.

— Oh ! Ned ! s'exclama-t-elle, le sourire aux lèvres.

Comme une enfant à qui l'on vient d'offrir une nouvelle poupée, elle admira les pétales d'améthyste, les cœurs de diamants des fleurs, et les feuilles d'émeraude et de péridot.

— La plus douce des fleurs, murmura-t-elle, comme perdue dans un souvenir.

Puis, le dévisageant un instant :

— Tu t'en es souvenu…

Ned fronça son sourcil barré d'une cicatrice, comme elle l'aimait tant, et apprécia son sourire. Elle était si belle, pensive, emportée comme lui par l'écho de leur dernière discussion dans les rues de Whitechapel, par l'amour qui n'avait fait que grandir entre eux depuis ce jour.

— Merci, Ned.

Elle se retourna pour le laisser attacher le collier autour

de son cou, puis le laissa admirer quelques instants les reflets scintillants des améthystes sur la chair veloutée de son décolleté.

— Je t'aime, Ned Stratham, dit-elle finalement.

Lentement, ils s'embrassèrent, renouvelant sans paroles le serment qu'ils avaient prononcé devant le prêtre. Les yeux fermés, il sentit les mains d'Emma se glisser sous sa veste pour envelopper sa taille, le rapprocher d'elle. Leurs corps s'échauffaient, se répondaient, impatients de vivre l'union qu'ils avaient tant attendue…

Finalement, Ned la prit dans ses bras, en douceur, et la porta jusqu'à sa chambre.

Une fois la porte refermée derrière eux, Emma laissa Ned lui détacher les cheveux, épingle après épingle, pour les faire descendre en cascade le long de son dos.

— Tu as des cheveux magnifiques, murmura-t-il avant de les humer longuement.

Il souleva une mèche et la laissa doucement couler entre ses doigts comme s'il s'agissait d'une étoffe précieuse.

— On dirait des fils de soie noirs.

— Oui, aussi sombres que les tiens sont clairs, répondit-elle. Nous sommes des reflets opposés, toi et moi.

Soudain, il détourna les yeux, l'air inexplicablement sombre.

— Des reflets opposés, répéta-t-il comme pour lui-même.

Etonnée par sa réaction, elle s'empressa de se rattraper :

— Les contraires sont faits pour s'équilibrer. Grâce à cela, nous sommes les deux facettes d'un tout.

Il se tourna de nouveau vers elle, le regard empli de tant d'amour qu'elle sentit les larmes lui monter aux yeux.

— Quand tu dis cela, j'ai l'impression que tu lis en moi comme dans un livre, dit-il avec tendresse en lui caressant doucement la joue.

Puis il prit son visage entre ses mains et l'embrassa avec une extrême délicatesse. Ned était son homme, son époux, son amant. Et elle le désirait de toute son âme. Elle désirait connaître enfin cette union qui scellerait leur mariage et les lierait pour le reste de leur vie.

Lentement, il glissa les mains dans son dos et défit la longue rangée de boutons de nacre de son corsage, sans se presser. Chaque fois que ses doigts effleuraient sa peau, sous l'étoffe, un frisson la parcourait. Peu à peu, la robe glissa sur ses épaules. Une fois tous les boutons ouverts, Emma la fit tomber d'un mouvement vif sur le tapis persan qui recouvrait le parquet et attira Ned contre elle. Elle caressa furtivement les revers de sa queue-de-pie et l'ouvrit pour la lui enlever, mais le tissu était si bien ajusté sur son corps qu'elle eut du mal à le faire descendre sur ses bras.

Ned l'aida et l'ôta avant de la jeter sur une chaise. Sans un mot, il fit de même avec son gilet.

Elle put alors dénouer sa cravate de soie et libérer son cou. D'humeur joueuse, elle laissa la cravate voleter jusqu'au sol comme un ruban dans le vent.

Sous le col ouvert de sa chemise, elle vit sa peau nue et cela suffit à faire naître une flamme de désir au fond d'elle. Elle le contempla quelques instants, puis sortit sa chemise de son pantalon pour la faire passer par-dessus sa tête. Mais, trop petite, elle dut attendre son aide.

— Seigneur…, murmura-t-elle, fascinée, comme la chemise atterrissait sur le tapis.

Ned répondit par un sourire.

Doucement, elle fit glisser ses doigts sur son torse musclé, surprise par le contraste de sa main hâlée sur la peau pâle de Ned. Enhardie par son regard amoureux, elle explora les courbes de son corps, inconnues pour elle. Elle l'avait toujours vu comme un guerrier protégé par ses vêtements. Maintenant qu'il était à demi nu, le torse exposé, il lui paraissait plus magnifique que jamais. Ses muscles longs et nettement dessinés donnaient une impression de pouvoir et de puissance. Ce corps sculptural ne présentait aucune faiblesse… Aucune vulnérabilité.

Le regarder ainsi, en silence, suffisait à faire battre son

cœur plus vite. Sentir sa peau sous ses mains la faisait frémir, enflammait ses sens et animait son corps d'un besoin nouveau, inattendu.

Instinctivement, elle laissa ses doigts descendre le long de son buste jusqu'à la cicatrice récente qui barrait son ventre, fine ligne rose laissée par le coup de couteau qu'il avait reçu aux Jardins botaniques.

— Ta blessure a bien guéri, remarqua-t-elle.

— C'est grâce à toi…

L'espace d'un instant, les souvenirs de cette nuit flottèrent entre eux.

Sous sa main, Emma sentait la densité des muscles de Ned qui brûlaient ses doigts qui tremblaient un peu. Elle effleura le creux de son nombril et l'entendit retenir son souffle. Surprise, elle le dévisagea et découvrit une flamme intense au fond de ses yeux si bleus. Etait-il possible qu'elle le trouble à ce point ? Sa réaction à la moindre caresse lui donnait un enivrant sentiment de puissance.

Elle laissa alors sa main reposer contre le cœur de Ned pour sentir ses battements sous la peau, aussi forts et implacables que Ned lui-même. Les yeux perdus dans ceux de son époux, elle fut emportée par leurs reflets toujours changeants et l'étincelle de désir qui y brûlait.

Enfin, il bougea. Lentement. Il caressa ses épaules avant de dénouer les liens de son jupon qui glissa le long de ses jambes. Il baissa les yeux sur ses lèvres, puis sur les courbes de sa poitrine encore emprisonnée par son corset et sa chemise. Son regard était si brûlant, si affamé, qu'elle eut presque l'impression de sentir sa caresse sur sa peau. Le cœur battant, elle fut prise d'un vertige délicieux et d'une impatience soudaine.

Chaque seconde devenait une torture.

Elle avait tellement envie de sentir ses doigts, si fermes, sur la peau sensible de sa poitrine, de sentir de nouveau la chaleur de ses lèvres contre les siennes. Au lieu de cela, il la retourna pour délacer son corset aussi adroitement que l'aurait fait une chambrière. Les baleines rigides s'écartèrent, laissant son corps libre, et le corset tomba sur le sol.

Frémissant d'impatience, elle ne voulait plus qu'une chose : sentir les caresses de Ned sur sa peau. Elle avait besoin qu'il la fasse sienne. Etait-elle aussi audacieuse parce qu'elle lui tournait le dos, ou avait-elle toujours eu ce désir brûlant en elle ? Quoi qu'il en soit, elle se débarrassa sans hésiter de sa fine chemise.

En dépit de l'impatience qui la consumait, elle attendit, calme en apparence, entièrement nue à l'exception de ses bas et de ses chaussures. Elle attendit jusqu'à sentir la caresse des doigts de Ned dans son dos, montant jusqu'à sa nuque puis redescendant jusqu'à ses reins. De petits frissons la parcoururent. La respiration plus rapide, elle ne put réprimer un hoquet de surprise.

Sans avoir besoin de se tourner vers lui, elle sut qu'il souriait. Son souffle chaud lui effleura le cou avant qu'il ne dépose un petit baiser dans le creux de son épaule.

A chaque contact, elle sentait son cœur battre plus vite, plus fort.

Lentement, le bras de Ned passa autour de sa taille et il l'attira contre lui, la main posée sur son ventre. Elle sentit leurs corps se joindre à la perfection : dos contre torse, fesses contre cuisses. Ce corps d'homme était si fort, si différent du sien ! Pourtant, elle eut l'impression qu'ils avaient été façonnés pour se compléter.

Une nouvelle fois, il caressa doucement ses cheveux, embrassa sa nuque, éveillant de nouvelles étincelles de désir au fond d'elle.

— Oh ! Ned ! fit-elle en fermant les yeux, emportée par ces sensations nouvelles et délicieuses.

Instinctivement, elle pencha la tête sur le côté pour lui permettre de l'embrasser plus facilement. Il comprit ce qu'elle désirait et déposa une série de tendres baisers dans son cou ainsi que le long de sa gorge. Sa langue la chatouillait, ses lèvres exploraient sa peau avec tant de douceur qu'elle sentit son sang courir plus vite dans ses veines.

Lentement, tout en l'embrassant, il lui caressa le ventre.

— Tu as la peau si douce, Emma…

Ses mains remontèrent lentement vers ses seins et elle ne put contrôler sa respiration qui s'affolait. Le mouvement de sa poitrine qui se soulevait à un rythme accéléré ne faisait que la rendre plus consciente encore de la chaleur de ces grandes mains sur elle. Les caresses de Ned l'empêchaient de réfléchir et lui laissaient entrevoir des délices encore inconnues.

— Ned…

Son nom avait passé ses lèvres dans un souffle, comme une prière.

Pour toute réponse, il déposa un autre baiser dans son cou et, enfin, referma ses mains sur sa poitrine si sensible. A la fois surprise et soulagée, elle soupira de plaisir et passa ses bras dans son dos pour l'attirer un peu plus contre elle tandis qu'il explorait la rondeur de ses seins, dessinant des signes magiques du bout des doigts, en évitant soigneusement les tétons durcis.

Incapable d'attendre plus longtemps, elle se cambra, le suppliant silencieusement de mettre un terme à cette attente qui commençait à la rendre presque folle. Finalement, il obtempéra.

Lorsqu'il pressa ses tétons doucement entre ses doigts, elle sentit ses jambes se dérober et crut défaillir. Elle gémit, emportée par une vague de plaisir, tandis que les mains puissantes de Ned descendaient sur son ventre pour couvrir son sexe d'un geste à la fois tendre et protecteur. Puis ses longs doigts commencèrent à bouger en douceur.

Elle gémit et entrouvrit les jambes presque malgré elle tandis que Ned effleurait le cœur secret, palpitant, de son sexe. Etait-ce là le plaisir que ses regards enflammés lui avaient promis ? Mais il ne s'arrêta pas là… Une main glissée entre ses cuisses, il fit remonter l'autre une nouvelle fois jusqu'à sa poitrine. Sans prêter la moindre attention à ses gémissements, mi-plaisir, mi-suppliques, il poursuivit ses caresses sans merci jusqu'à ce qu'elle crie. Jusqu'à ce qu'elle s'abandonne contre lui et le supplie de lui accorder enfin le soulagement que son corps réclamait…

Puis, enfin, lorsque ses cris s'apaisèrent, il cessa ses caresses et posa doucement une main contre son cœur, comme elle l'avait fait quelques minutes auparavant.

— Emma, murmura-t-il à son oreille. Mon amour.

Transportée par une vague d'affection soudaine, elle saisit sa main et la serra dans la sienne.

— Mon amour…, répondit-elle.

Au bout de quelques instants, elle se retourna, toujours serrée contre lui, et le regarda.

Sans un mot, il la prit dans ses bras, la souleva et la porta jusqu'au lit sur lequel il l'allongea. Il lui ôta ses chaussures et ses bas, puis finit de se déshabiller.

A la fois fascinée et effrayée par son corps nu, elle l'observa, stupéfaite. Il s'allongea alors sur elle avec douceur, appuyé sur ses bras pour ne pas peser sur elle et, très vite, elle oublia sa peur.

Sous ses tendres baisers, elle se laissa emporter par l'amour et le désir qui brûlaient en elle.

Toujours en silence, un éclat brûlant au fond des yeux, il se glissa entre ses jambes ouvertes et, ensemble, ils explorèrent des sensations qu'elle n'avait jamais ressenties. Lentement, elle fut enveloppée d'étoiles scintillantes, de magie, d'extase… Tout cela parce qu'elle aimait Ned et que Ned l'aimait. Cette union ne se limitait pas aux corps, comme elle aurait pu le croire. C'était une union des cœurs, des âmes, une union que personne ne pourrait défaire.

Abandonnée entre les bras de Ned, elle comprit qu'ils étaient destinés à être ensemble. Depuis leur rencontre. Peut-être même depuis leur naissance. Ils étaient destinés à s'aimer. Cet homme faisait battre son cœur, comblait les vides de son âme. Il était sa vie et l'air même qu'elle respirait.

Dans un rythme lancinant, leurs corps s'unirent plus

intimement qu'elle ne l'aurait cru possible et, enfin, ils ne formèrent plus qu'un…

Les premiers jours de leur mariage furent grisants, et Ned eut l'impression de découvrir le paradis. Il fit de son mieux pour rendre chaque instant précieux aux yeux d'Emma, pour lui montrer à quel point il l'aimait. Enivrés par leurs sentiments enfin déclarés, ils passèrent tout leur temps ensemble, se retrouvant souvent dans leur lit pour faire l'amour. Dans ce cocon, eux seuls existaient, protégés du monde extérieur qui disparaissait dès la porte close. Il n'y avait plus ni passé ni avenir ; seulement le présent et leur amour.

Tout en Emma le rendait heureux : son sourire, son rire, le son de sa voix. Ils discutaient pendant des heures sans se lasser l'un de l'autre, emportés par la passion qui brûlait entre eux. Et Ned savourait chaque heure passée avec son épouse, cherchant à les graver en lui pour ne pas en oublier le moindre détail. Comme s'il pouvait oublier quoi que ce soit à son sujet… Hélas ! une part de lui lui rappelait sans cesse à quel point ce bonheur était fragile, éphémère. Ce bonheur n'était qu'un rêve… Ils ne pourraient pas laisser le monde à l'écart pour toujours. La réalité finissait tôt ou tard par frapper à la porte, mais il refusait d'y penser. Cependant, il avait des responsabilités qu'il ne pouvait pas ignorer plus longtemps. La réalité frappait à la porte, et il allait devoir lui ouvrir.

Chapitre 15

Il était déjà tard, lorsque Ned rentra de son rendez-vous avec son avoué. Emma n'avait pas mangé ; elle avait préféré l'attendre pour qu'ils dînent ensemble. Une fois avec lui, elle renvoya le valet et le majordome puis retira elle-même la cloche du plat resté sur le réchaud.

— J'ai demandé à la cuisinière de préparer ton plat préféré, dit-elle en lui servant des côtelettes grillées et des pommes de terre rôties. Et…

Avec un sourire mystérieux, elle prit une bouteille de bière identique à celle servie au Red Lion pour la vider dans une chope d'argent neuve qu'elle posa devant lui.

La lumière des bougies dansa quelques instants sur le symbole gravé dans le métal : un losange enfermé dans un cercle parfait. Surpris, Ned suivit du doigt le sillon net et sentit des larmes d'émotion lui monter aux yeux.

— C'est le symbole gravé sur ton porte-bonheur, dit-elle à mi-voix.

Le cœur battant, il tira le jeton d'ivoire de sa poche et le posa sur la table, à côté de la chope.

— Tu t'en es souvenue, même si tu ne l'as vu qu'une seule fois de près, remarqua-t-il, la gorge nouée.

Jamais personne n'avait eu pour lui ce genre d'attention…

— Comment aurais-je pu l'oublier, alors que c'est ce porte-bonheur qui nous a rassemblés ? Est-ce que tu te souviens du soir où tu l'as fait tomber par terre, au Red Lion ?

— Oui, je m'en souviens.

Emma lui caressa tendrement la joue puis effleura le jeton du bout des doigts.

— Qu'est-ce que cela signifie ? demanda-t-elle.

— C'est un jeton de jeu.

Jamais encore il n'avait raconté l'histoire de ce jeton à qui que ce soit.

— Et c'est aussi la seule chose qu'il me reste de ma mère. Elle l'a glissé dans ma poche lorsqu'elle m'a laissé à l'Hôpital des enfants trouvés — le seul cadeau qu'elle m'ait jamais fait.

Manifestement aussi émue que lui, Emma serra sa main et il se sentit étonnamment réconforté par son regard très doux.

— Je suis certaine que ta mère ne t'a pas abandonné sans une bonne raison, murmura-t-elle.

— En effet. J'avais quatre ans lorsque l'Hôpital m'a accueilli et, pourtant, je me souviens toujours d'elle. Et de ce jour…

Les yeux d'Emma scintillaient de larmes, à présent, mais ce qu'il y lut n'était pas de la banale pitié. Non, c'était une profonde et sincère compassion.

— Elle t'a donné le meilleur de ce qu'elle pouvait, et l'Hôpital t'a bien élevé, Ned.

Plongé dans ses souvenirs, il eut un sourire un peu amer.

— Ils ont essayé de bien m'élever, corrigea-t-il, mais j'étais un enfant difficile. Je me suis enfui plusieurs fois.

— Pourquoi ? Où allais-tu ?

— A Whitechapel, pour me promener dans les rues.

— Pour y chercher ta mère ?

— Whitechapel était mon foyer. Je n'ai jamais pu me sentir chez moi ailleurs. Et surtout pas dans un lieu inconnu, de l'autre côté de la ville, à des lieues de tout ce que je connaissais.

— A présent, tu peux te détendre ici, dit-elle avec un sourire tendre. Cette maison est vraiment chez toi.

Ravalant son émotion, il acquiesça.

— Je le sais bien. Pourtant, Whitechapel me manque, tu sais, et jamais je ne l'oublierai. Ses rues sont peut-être sales et délabrées, mais c'est le monde réel. Mayfair ne pourra jamais être aussi réel que cela.

— Mayfair est construit autour de la richesse et du luxe. Mais tu as raison : quand on a vu des hommes, des femmes et des enfants lutter pour survivre et savourer chaque petit plaisir que la vie peut offrir…

Elle secoua la tête, l'air désemparé.

— S'il y a quoi que ce soit de sincère, à Mayfair, les soieries et les bals l'effacent bien vite.

Comme à son habitude, elle savait poser des mots justes sur tout ce qu'il ressentait.

Après un instant d'hésitation, elle jeta un nouveau coup d'œil au jeton posé sur la table.

— Cet objet doit être ton bien le plus précieux, n'est-ce pas ?

— Il l'était… Mais j'ai trouvé quelque chose de bien plus précieux, répondit-il en lui embrassant le bout des doigts. Je t'ai trouvée, toi.

— Oh ! Ned…

S'appuyant contre lui, elle l'embrassa.

— Est-ce que tu sais seulement à quel point je t'aime ?

Ned ferma les yeux et sentit son cœur se serrer sous le poids des émotions violentes qui luttaient en lui — amour, culpabilité et honte. Elle l'aimait, sans l'ombre d'un doute, mais il n'était pas l'homme qu'elle croyait connaître. Si elle savait ce qu'il était vraiment… Il n'était pas son sauveur, mais son pire ennemi, l'homme responsable de toutes les épreuves qu'elle avait subies. Si elle savait qu'il l'avait épousée en lui mentant… L'aimer et la laisser l'aimer sans lui apprendre la vérité était la pire insulte qu'il pouvait faire à leurs sentiments réciproques.

Les ombres de sa culpabilité se rassemblaient, silencieuses, envahissant peu à peu chaque recoin de son esprit, lui rappelant sa condition de charlatan.

Son sombre secret commençait à le dévorer de l'intérieur…

Chaque nuit, Ned l'aimait, à la fois sauvage et tendre. Et, après leurs étreintes, alors qu'ils étaient allongés dans le lit à colonnes de leur chambre, Emma sentait son cœur à l'unisson avec celui de son époux. Dans ces moments-là, le monde entier avait un éclat merveilleux qui effaçait tout le reste. Elle ne pouvait plus que se laisser emporter par cette vague d'amour qui les reliait, sans se soucier de rien d'autre.

Ned avait l'habitude de lui caresser les cheveux dans ces instants tendres, de se plonger dans son regard et de lui répéter encore et encore qu'il l'aimait, comme si chaque soir était le dernier qu'ils passaient ensemble. Elle surprenait alors une émotion trouble au fond de ses yeux, une sorte d'inquiétude voilée qu'il semblait vouloir lui cacher.

Un soir, elle lui caressa la joue et soutint son regard dans l'espoir d'apaiser cette crainte qu'il n'avouait pas.

— Nous sommes ensemble, Ned, murmura-t-elle. Rien d'autre n'a d'importance, n'est-ce pas ?

Il se contenta de sourire et de l'embrasser avec passion jusqu'à ce qu'elle oublie sa question. Ce ne fut que plus tard, bien plus tard, qu'elle se rendit compte qu'il n'avait pas répondu.

Ned se tenait à la fenêtre de son bureau, examinant la place en contrebas sans s'arrêter sur le moindre détail. La magnificence des manoirs, les jardins soignés remplis d'arbres et de fleurs, la moindre chose ici valait plus que ce dont n'importe quelle famille de Whitechapel avait besoin pour vivre pendant un an. Tout n'était qu'étalage de luxe, de splendeur, d'une richesse dépassant de très loin ce qu'il aurait pu imaginer durant son enfance. Connaître cette vie, confortable et facile, aurait dû suffire à le rendre heureux. Tel avait été le cas naguère, jusqu'à ce qu'il comprenne le prix réel de cette vie, qu'il se rende compte de ce à quoi il devrait renoncer… A présent, chaque fois qu'il regardait ces maisons, ces rues, ces places, la vérité venait le tourmenter. Pourtant, il n'avait pas besoin de cela pour savoir que son bonheur n'était qu'une illusion ! Sa culpabilité était une plaie ouverte au fond de lui qui ne lui laissait pas le moindre répit.

Avec un profond soupir, il finit le verre de gin qu'il avait à la main, laissant avec soulagement l'alcool lui brûler la gorge et échauffer son estomac. Ce ne fut toutefois pas suffisant pour alléger le poids qui pesait sur ses épaules…

Déshonneur. Tromperie. Les accusations qu'il s'adressait résonnaient à ses oreilles en dépit de ses efforts pour les faire taire. Elles ne disparaîtraient pas, ni maintenant ni plus tard. Il allait devoir tout avouer à Emma. Elle avait le droit de connaître la vérité et méritait d'être traitée en égale, avec respect, au lieu d'être protégée comme une enfant ou une simple d'esprit. Mais comment un homme pouvait-il avouer à la femme qu'il aimait qu'il n'était pas celui qu'elle pensait ? Comment lui parler sans lui infliger une blessure qui ne guérirait jamais ?

Il aurait donné sa vie pour la protéger, supporté n'importe quoi pour la sauver. Comment pouvait-il lui-même plonger un poignard dans son cœur ?

Ils étaient mariés à présent, liés l'un à l'autre aux yeux de la loi. Pour toujours. Emma n'aurait même pas la liberté de le quitter et de refaire sa vie ailleurs, avec quelqu'un d'autre. Elle n'avait aucune échappatoire. Il était trop tard pour cela.

Une part de lui lui répétait de se taire, de porter son fardeau seul et en silence. Si elle n'apprenait jamais la vérité, elle n'en souffrirait pas. La tentation de se taire était grande… Vraiment grande. Elle avait déjà traversé tant d'épreuves, comment se résigner à lui en faire subir d'autres ? Cependant, s'il ne disait rien, il n'en serait que plus méprisable.

En dépit de ses désirs, il n'avait pas le choix. Il lui fallait parler à Emma — pour l'honneur et l'intégrité. Et parce que tout ce qu'elle croyait savoir à son sujet était faux.

Il devait parler à Emma. Quel que soit le cheminement de ses pensées, il en revenait en permanence à cela. Il devait tout lui dire parce qu'il l'aimait et que c'était la seule chose à faire.

Toute sa vie, il avait dû faire des choix difficiles et jamais il n'avait hésité, quoi qu'il lui en ait coûté. Jamais il n'avait hésité. Jusqu'à maintenant.

En cet instant, debout devant la fenêtre, avec Emma qui dormait encore dans leur chambre à l'étage, il avait peur pour la première fois. Serait-il capable d'entamer cette discussion avec elle ? La décision la plus difficile qu'il ait eu à prendre de sa vie…

Les rayons cuivrés d'un soleil de début d'automne filtraient par la fenêtre du petit salon qui flanquait la chambre d'Emma, dans le manoir de Cavendish Square. Assise à son bureau et occupée à écrire à son père, elle sentait leur chaleur sur son dos. Sa plume d'argent avait une pointe si fine et douce qu'elle glissait sur l'épais papier blanc sans le moindre accroc, ni le moindre crissement. L'encre fluide dessinait les lettres sans taches, sans bulles. Sa lettre terminée, elle trempa une dernière fois sa plume dans l'encrier pour signer. Puis, laissant sa lettre sécher, elle se tourna vers Ned qui se tenait près de la fenêtre, fixant la rue d'un regard dur et distant.

— Tu parais soucieux…

Elle se leva et se dirigea vers son époux. Au fil des semaines, il lui avait paru de plus en plus inquiet.

— Je suis toujours soucieux, Emma, répondit-il avec douceur.

— Tu travailles trop dur, Ned.

— Hélas, non. Pas assez dur.

Avec un soupir, il prit la miniature qui trônait sur un guéridon, près de lui, dans un cadre fin doré à la feuille d'or. Pendant quelques instants, il examina le petit portrait en silence.

— C'est mon frère, Kit, expliqua Emma la gorge soudain nouée. Cette miniature a été peinte moins de six mois avant que Devlin et ses amis ne l'emmènent dans cette salle de jeu crasseuse et qu'il y perde toute la fortune de ma famille.

— Tu en veux à Devlin pour ce qui est arrivé cette nuit-là.

Ce n'était pas une question, mais une affirmation froide.

— J'en veux à tous ses prétendus amis. Ils l'ont traîné dans cet enfer du jeu et l'ont laissé jouer jusqu'à son dernier sou.

— Peut-être ont-ils dû choisir le moindre de deux maux, suggéra Ned d'une voix curieusement affectée.

— Qu'aurait-il pu perdre de plus ? Dis-le-moi, car moi, je ne comprends pas.

Ned baissa les yeux et resta silencieux.

— Ils auraient dû l'arrêter, reprit Emma envahie par un désespoir qu'elle ne connaissait que trop bien. De vrais amis l'auraient arrêté.

— Ils n'ont pas pris son argent, Emma. Quelqu'un d'autre l'a fait…

— Peu importe !

De quoi essayait-il de la convaincre ? Voulait-il qu'elle pardonne à Devlin, un homme qui l'avait agressé, lui, et avait ensuite cherché à la violenter ?

Il reposa la miniature, mais son regard s'y attarda encore quelques instants.

— T'arrive-t-il de penser à l'homme contre lequel ton frère a joué ? demanda-t-il avec une expression indéchiffrable.

— Oui, je pense à lui, dit-elle avec colère. Gagner une fortune au jeu est une chose. Mais arracher à un homme sa maison, sa dignité, et jusqu'aux vêtements qu'il porte… Je ne comprends pas comment cet homme peut vivre avec la conscience tranquille, après ce qu'il a fait.

— Peut-être qu'il ne peut pas…

Stupéfaite, Emma eut un rire cynique.

— Je ne sais pas pourquoi, mais j'en doute ! J'imagine qu'il n'a pas cru en sa chance quand il a vu mon frère s'asseoir à sa table. Un jeune homme riche, facile à duper, venu s'encanailler dans les bas-fonds.

— Peut-être, fit Ned d'un air peu convaincu. Peut-être aussi n'a-t-il pas compris tout de suite l'étendue des répercussions de ses actes. Peut-être n'a-t-il pas vu la famille derrière le jeune homme facile à duper, ou les conséquences sur leurs vies. Il ne savait sans doute pas, à ce moment, que le jeune homme avait une sœur et à quel point elle souffrirait…

— Cela ne suffit pas à l'excuser !

— En effet, admit Ned avant de baisser de nouveau son regard sur le portrait de Kit. Tu ne lui ressembles pas beaucoup, tu sais.

— Je tiens de ma mère, Dieu ait son âme. Kit, lui, ressemble plus à mon père.

— Pourtant, il y a quelque chose, dans vos yeux…

Emma ne put réprimer un sourire attendri.

— Ma mère disait toujours que Kit avait un regard espiègle.

— Et toi aussi.

Mais il ne sourit pas. Le visage fermé, il garda les yeux sur le portrait.

— Enfant, Kit était un petit vaurien, reprit Emma. Il m'entraînait toujours dans ses jeux et ses aventures. Il se moquait souvent de moi comme seul un frère sait le faire, quand nous avons grandi.

— Tu es proche de lui.

— En effet, même si nous nous étions un peu éloignés l'un de l'autre au cours des mois qui ont précédé sa disparition. A ce moment-là, j'avais de plus en plus l'impression de côtoyer un homme différent, quelqu'un que je ne connaissais pas… Il agissait comme cela avec tout le monde. Il était… troublé au sujet de ce qui s'était passé, j'imagine.

— Tu l'aimes beaucoup, n'est-ce pas ?

— C'est mon petit frère, Ned ! Depuis sa disparition, il ne se passe pas un jour sans que je prie pour sa vie et pour son retour. Lorsque ma mère gisait sur son lit de mort, je lui ai fait le serment de le retrouver. C'est pour cela que je n'ai pas attendu ton retour, à Whitechapel, Ned. C'est pour cela que je devais accepter l'emploi que me proposait lady Lamerton… Son fils travaille à Whitehall, il a des relations. Depuis mon arrivée à Mayfair, il a essayé de le retrouver, par égard pour sa mère. Mais le temps passe, et je n'ai toujours aucune nouvelle de lui. Parfois, j'ai peur que tout cela ne serve à rien.

Elle perçut une soudaine tension dans la mâchoire de Ned.

— Tu sais, l'espoir est souvent la seule chose qui nous permet d'avancer, murmura-t-il.

Ses doigts caressaient encore le portrait de Kit. Ses yeux restaient fixés dessus, sombres et soucieux, comme s'il ne voyait pas le visage peint mais quelque chose d'autre. Comme s'il était loin d'Emma, errant dans un monde d'inquiétude, de malheur et de danger.

— Mes relations sont peut-être bien différentes de celles de Lamerton, dit-il au bout d'un long silence, mais je te jure de tout faire pour retrouver ton frère, Emma.

Elle aurait voulu le serrer dans ses bras, mais il ne leva pas les yeux sur elle et se contenta de regarder le visage de Kit, encore et encore.

Ravalant son émotion, elle acquiesça gravement. Si quelqu'un pouvait lui rendre Kit, c'était bien Ned… Pourtant, malgré toute sa confiance en lui, elle ne put s'empêcher de penser à cette ombre qu'elle sentait grandir en lui depuis leur mariage. Quelque chose n'allait pas…

Emma lui prit doucement la main et lui caressa la paume de son pouce dans l'espoir de l'apaiser, tout en cherchant à capter son regard.

— Quel est le problème, Ned ?

Durant quelques instants, il s'attarda encore sur la miniature.

— Ned ? répéta-t-elle à mi-voix, vraiment inquiète à présent.

Il tourna finalement vers elle un regard animé d'un éclat torturé, semblable à celui qu'il avait eu chez Misbourne, lorsqu'il avait dû s'asseoir à la table de jeu…

Sans un mot, il secoua la tête d'un air triste et se détourna de nouveau.

— Tu n'es pas toi-même, murmura-t-elle.

— En effet. Je suis quelqu'un de complètement différent.

Ces paroles énigmatiques la troublèrent. Les paroles de Devlin lui revinrent à la mémoire : « Que savez-vous réellement de Ned Stratham ? » Un soudain malaise l'envahit, terrifiant.

— Ned, tu me fais peur.

— Crois-moi, c'est la dernière chose que je veuille faire.

Il la regarda de nouveau et lui embrassa les mains.

— Tu as raison, Emma, reprit-il avec plus de douceur, pardonne-moi. Je dois réfléchir à trop de choses, en ce moment.

Il eut un bref sourire, un sourire qui ne toucha pas ses yeux tristes.

— Ned Stratham..., soupira-t-elle. Que vais-je faire de toi ?

Elle posa un tendre baiser sur la cicatrice de son sourcil. Il la prit alors dans ses bras et la serra contre lui. La joue contre son torse, elle écouta les battements réguliers de son cœur, se laissant emporter par le sentiment de protection de ses bras autour d'elle.

— Je me pose moi-même cette question tous les jours, Emma : que faire de moi ? dit-il, son souffle lui caressant les cheveux.

Sa voix ne contenait pas la moindre trace d'humour. Il lui embrassa doucement le front et la serra contre lui plus fort, sans un mot, comme s'il craignait de la voir disparaître s'il la lâchait.

Chaque nuit, il l'aimait, aussi tendrement que s'il s'agissait de la première fois, et aussi passionnément que si c'était la dernière. Il s'allongeait sur elle avec douceur et respect, lui faisait l'amour avec ardeur et exaltation. Leurs étreintes semblaient exorciser ses angoisses et chasser l'inquiétude qu'Emma lisait dans ses yeux. Elle le désirait ; elle avait besoin de lui. Et elle savait que lui aussi avait besoin d'elle.

Ils s'abandonnaient l'un à l'autre, perdus dans l'union de leurs corps, de leurs cœurs et de leurs âmes. Et dans les heures paisibles de la nuit, plus rien n'existait que la puissance de leur amour partagé.

Ils bougeaient ensemble, en harmonie, chacun connaissant les rythmes de l'autre, les besoins de l'autre. Ils bougeaient ensemble jusqu'à ce qu'Emma crie son nom, jusqu'à ce qu'elle soit emportée par une tempête de plaisir, au cœur d'une explosion de sensations merveilleuses. Encore, et encore…

Ensuite, une fois la flamme apaisée, elle demeurait allongée contre lui, dans ses bras. Il la berçait, caressait ses cheveux, embrassait son front, mais l'inquiétude faisait de nouveau son apparition dans ses yeux. Il la serrait contre lui jusqu'à ce qu'elle s'endorme. Parfois, elle se réveillait au milieu de la nuit et trouvait le lit vide à côté d'elle. Dans la chambre obscure, la silhouette de Ned se détachait sur le bleu de la fenêtre.

Il cachait quelque chose… Quelque chose de terrible qu'il refusait de lui dire. Que se passait-il en lui ? Comment pouvait-elle l'aider ? Peu à peu, un soupçon affreux prenait racine en elle. Et si le conflit entre Ned et Devlin n'était pas qu'une question de classe ? S'il y avait autre chose entre eux ?

Chapitre 16

Ned était assis à son large bureau d'acajou. La maison était calme et silencieuse, aussi endormie que le reste de Londres sous l'épaisse couverture noire de la nuit. Au milieu de tout ce silence, seul Ned semblait incapable de trouver le sommeil ni cette nuit, ni la précédente, ni aucune de celles qui avaient suivi son mariage. Serait-il seulement capable de dormir de nouveau ?

La pièce était plongée dans la pénombre. Il n'avait pas voulu allumer de bougies, et la cheminée était froide. Seule la lune jetait sur les murs sa lueur bleutée, scintillante sur le bois poli du bureau. Une lueur à peine suffisante pour éclairer l'unique feuille de papier qui y était posée. Il n'avait pas besoin de lumière pour lire ce qui y était écrit : il le savait par cœur. Ces quelques lignes étaient gravées en lui et ne pourraient jamais s'effacer.

Le parquet du couloir grinça tout à coup et un rai de lumière passa sous la porte. Elle s'ouvrit peu après et Emma apparut sur le seuil, vêtue de sa chemise de nuit et d'un châle qu'elle retenait d'une main. Elle portait un lourd chandelier dont les bougies aux flammes dansantes coulaient. Ses longs cheveux emmêlés par leurs étreintes du soir étaient répandus sur ses épaules, sombres et luisants comme l'ébène. Elle n'avait pas même pris le temps d'enfiler ses chaussons et se tenait là, pieds nus sur le parquet. Elle paraissait inquiète.

En la voyant là, si fragile, Ned sentit son cœur se serrer, tiraillé entre amour et culpabilité.

Doucement, il plia la feuille en deux, marquant le pli de son doigt, puis se leva.

— Tu as encore du mal à dormir ? demanda-t-elle.

Il aquiesça. Emma jeta un rapide coup d'œil à la feuille de papier qu'il tenait, et le rejoignit d'un pas déterminé.

— Quelque chose ne va pas, dit-elle en déposant son chandelier sur le bureau.

— Oui.

Il était inutile de le nier…

— Pourquoi ne me dis-tu pas ce qui se passe, Ned ? Je pourrais peut-être t'aider.

— Peut-être.

— Je m'inquiète pour toi, insista-t-elle.

Incapable de répondre, il demeura silencieux, la gorge nouée.

— Ned, parle-moi. Tu sais que tu dois me parler.

— Oui, lâcha-t-il dans un douloureux soupir. Je dois te parler.

Il l'examina un instant. Ses grands yeux sombres étaient chaleureux et tendres, remplis d'un immense amour. Il savoura cet instant, cet amour, et tout ce qu'était Emma pour lui, tout l'émerveillement qu'elle avait apporté dans sa vie. Jamais encore il n'avait connu la douceur de l'amour. Jamais il n'aurait pu imaginer à quel point ce sentiment pouvait être puissant, magnifique et profond… Il aimait Emma de toute son âme et c'était parce qu'il l'aimait qu'il devait affronter la pire épreuve de sa vie, pire que la faim, la misère, les passages à tabac, et les doigts glacés de la nuit qui arrachaient la vie aux formes prostrées dans les renfoncements des porches ou sous les ponts. Le choix le plus difficile de sa vie — et le plus évident aussi.

— Je t'aime, Emma, murmura-t-il.

— Je le sais, et je t'aime aussi.

Sa tendresse lui arracha un sourire. Il se saisit de ses paroles, du son de sa voix, de la gentillesse de son regard et les enferma en lui pour les chérir comme le plus précieux trésor qu'il ait jamais possédé. Il en aurait besoin, durant les jours sombres à venir.

— Je t'aime, répéta-t-il. Ne l'oublie jamais. C'est la vérité, quoi que tu puisses être amenée à penser…

— Je n'ai aucune intention d'en douter.

Il baissa les yeux, le cœur serré. Si, elle en douterait. Au prix d'un violent effort de volonté, il trouva le courage de la regarder en face et caressa sa joue si douce du bout des doigts. Elle nicha sa joue dans le creux de sa paume et, comme il esquissait un mouvement de recul, elle saisit sa main et la pressa contre son visage.

Alors, emporté par ses sentiments, il se pencha et huma ses cheveux avant de l'embrasser une dernière fois.

— Je suis désolé, Emma. Je donnerais tout pour effacer tes souffrances… pour changer le passé et ce que j'ai fait.

Elle leva les yeux, le front barré par une ride inquiète.

— Ned, dit-elle de sa voix si douce, dis-moi ce que tu as fait.

Il était trop tard ; il ne pouvait plus reculer. Il prit alors une profonde inspiration et acquiesça doucement.

Quelques secondes s'étirèrent en silence et il fut surpris de sentir une sorte de soulagement l'envahir. Les dés étaient jetés et la torture de l'attente prenait fin, après tout ce temps.

Il serrait toujours la feuille de papier entre ses doigts. Il la déplia doucement, lissa les angles froissés, puis la lui tendit. Ce simple geste allait briser le cœur d'Emma à tout jamais. Les quelques mots griffonnés sur la feuille résumaient le désastre qui avait frappé sa famille.

S'approchant du chandelier, elle lut ce qui était écrit d'un air incrédule.

— Je ne comprends pas…, dit-elle quand elle eut fini. C'est la reconnaissance de dette de Kit, pour notre maison, pour la fortune de mon père et tout ce que nous possédions…

Lentement, elle secoua la tête comme si elle tentait de chasser le soupçon qui naissait en elle.

— Je ne comprends pas, répéta-t-elle.

Puis, soudain, la vérité la frappa, aussi violemment que Ned l'avait craint. Elle pâlit, ses yeux s'emplirent d'une horreur glacée tandis qu'elle le dévisageait.

— Oui, dit-il simplement pour répondre à la question qu'il lisait dans son regard, la question qu'elle ne pouvait formuler. C'est contre moi que ton frère a joué et perdu. C'est moi qui ai pris la fortune de ta famille.

Elle le fixait, la bouche entrouverte, l'air à la fois abasourdi et terrifié. Comme si elle ne pouvait le croire… Pourtant, elle le croyait. La douleur qui déformait son si beau visage en était la preuve. Entre ses mains, la feuille de papier se mit à trembler.

— Toi ? lâcha-t-elle dans un souffle.

— Moi.

— C'est toi qui as ruiné mon frère… qui as détruit ma famille.

La gorge nouée par les regrets, il fut incapable de répondre.

— Non ! s'écria-t-elle, sans doute dans un effort pour nier l'évidence. Non…

Sa voix s'acheva dans un murmure impuissant tandis qu'elle se frottait nerveusement le visage et les yeux, comme quelqu'un qui tente de s'extirper d'un mauvais rêve.

— Oui, Emma, c'était moi, finit-il par répondre pour écourter son supplice. Je donnerais tout pour pouvoir nier, t'assurer que ce n'était pas moi, mais je ne peux pas.

— Oh ! Seigneur !

Sans doute trop faible pour en supporter plus, elle s'appuya contre le bureau, les bras crispés autour d'elle, des sanglots dans la voix.

— Seigneur, non, je Vous en prie…

Il voulut poser une main sur son épaule, l'aider à se calmer, mais elle s'écarta brusquement de lui. Voilà. Elle le voyait comme le monstre qu'il était. Tout était fini.

— Ne me touche pas ! cracha-t-elle farouchement.

Le cœur brisé, il leva les mains et recula de quelques pas.

La seule chose qu'il pouvait encore faire était lui laisser un peu de place, un peu de temps.

Lourdement appuyée contre le bureau, elle tentait de reprendre son souffle, son châle serré autour de ses épaules. Elle gardait les yeux rivés au sol, comme perdue dans un tourbillon d'horreur qui effaçait tout autour d'elle.

— Ce n'est pas possible…, murmura-t-elle au bout de quelques minutes.

Ned soupira. Il s'était lui-même répété cette phrase des milliers de fois.

— Comment as-tu pu ? reprit-elle sans pour autant le regarder.

Il ne répondit pas, la voix coincée dans sa gorge.

— Tu savais qui j'étais depuis le début, Ned !

— Non, pas depuis le début.

— Menteur ! cria-t-elle soudain. Tout ce que nous avons partagé n'était que mensonges !

— Non, Emma, répondit-il aussi posément que possible. Je ne t'ai jamais menti. Je suis incapable de te mentir.

— Je ne te crois pas.

De nouveau, il se tut et baissa les yeux.

— Tu savais qui j'étais, insista-t-elle. Tu m'as trompée. Tu m'as poussée à tomber amoureuse de toi…

Ned resta immobile. Il avait provoqué cette colère et devait la supporter.

— Comment as-tu pu, Ned ? demanda-t-elle une seconde fois, d'une voix presque suppliante.

Cette fois, sa question ne semblait pas porter sur ce qu'il lui avait fait subir, mais plutôt sur ce qu'il avait fait à son frère.

— Dis-moi ce qui s'est passé cette nuit-là.

S'il lui répondait, s'il lui parlait de la nuit qui avait précipité sa famille dans la ruine, il ne ferait que remuer le couteau dans la plaie. Il en avait déjà assez fait pour le moment… Sans répondre, il se détourna, mais une petite main blanche et glacée se referma sur son bras. Surpris, il découvrit un regard dur et rempli de larmes fixé sur lui.

— Dis-le-moi, répéta-t-elle froidement. J'ai le droit de savoir.

Ned ne put qu'acquiescer. Oui, elle avait le droit de savoir. D'une voix blanche, il entreprit de lui faire un bref récit de ce qui s'était passé, le soir où son frère avait perdu la fortune familiale.

— Un groupe de jeunes aristocrates avait pris l'habitude de descendre dans Whitechapel, le soir, jusqu'à une salle de jeu nommée Old Moll, sur Half Moon Alley. Ils aimaient y jouer. Je crois que cela les amusait de plonger dans les tréfonds de Londres, parmi nous, pour voir comment vit l'autre moitié du monde ; pour s'amuser à goûter au quotidien des miséreux. Ce groupe était constitué de Devlin, Hunter, Bullford, Fallingham et ton frère. Ils buvaient beaucoup et jouaient encore plus… Je n'ai jamais eu l'intention de dépouiller ton frère, Emma. Il…

Envahi par le souvenir toujours net de cette soirée, il s'interrompit. Le visage de Kit Northcote, la vérité qu'il ne parvenait à avouer… Au bout de quelques instants, il se tourna de nouveau vers Emma. Dans son regard, il retrouvait l'éclat d'arrogance obstinée des yeux de Kit, de ce frère qu'elle aimait, qu'elle avait chéri. Il sut alors qu'il ferait n'importe quoi pour la sauver, y compris porter tout le blâme s'il le fallait.

— … Kit n'était ni très doué ni très chanceux aux cartes, reprit-il donc.

— Il était jeune et irréfléchi, Ned ! protesta Emma.

— Oui.

— Et, dans les rues de Whitechapel, il était perdu, loin de tout ce qu'il connaissait.

— Très loin.

Elle n'avait pas idée…

— Pourtant, tu n'as pas hésité à tout lui prendre !

— J'ai pris ce qu'il a posé lui-même sur la table.

— Tu n'avais pas à le faire !

— Si, Emma, je devais le faire, répondit-il posément.

Elle ne comprenait pas et ne comprendrait jamais — du

moins s'il avait son mot à dire. Il fallait à tout prix qu'elle ignore cette partie de la vérité.

— Tu *devais* le faire ? répéta-t-elle d'une voix étranglée. Pourquoi ? Parce que tu voulais devenir un gentleman ?

Ned ne répondit pas.

— Cinq mille livres ne te suffisaient pas, c'est cela ? Il t'en fallait plus ?

Nouveau silence. S'il devait se laisser haïr pour la protéger, il le ferait.

Pâle et tremblante, elle le repoussa brusquement avec dédain.

— Bâtard !

Il garda les yeux baissés et ne se défendit pas. Oui, il était un bâtard, dans tous les sens du terme.

Sans un mot, elle s'assit sur l'accoudoir d'un fauteuil près de la cheminée éteinte. Ils n'étaient peut-être qu'à quelques pas l'un de l'autre, mais Ned savait qu'il ne pourrait plus jamais l'atteindre. Un gouffre s'était ouvert entre eux, qui ne pourrait jamais être franchi.

Le silence semblait bourdonner dans la pénombre qui entourait Emma. Elle aurait voulu le frapper de toutes ses forces, hurler, trépigner, laisser enfin couler ses larmes. Elle ne fit rien de tout cela.

Elle se contenta de s'asseoir sur l'accoudoir de ce fauteuil, l'esprit hanté par des milliers d'images plus horribles les unes que les autres. Une part d'elle était incapable de croire ce que Ned venait de lui avouer, mais son cœur savait que c'était la vérité — qu'elle aurait dû le savoir, le deviner… Elle avait l'impression d'être emportée par une tornade de peur et de douleur. Une foule d'idées terrifiantes se bousculaient en elle tandis que les révélations de Ned résonnaient à ses oreilles. Un poignard venait de lui être enfoncé en plein cœur, et cela par la personne en qui elle avait le plus confiance, à l'exception peut-être de son père…

— Tu aurais dû me le dire, souffla-t-elle au bout d'un long moment.

— J'ai essayé.

— Pas assez, alors.

— Non. Pas assez, admit Ned.

Secouée par une vague de sanglots qu'elle retint à grand-peine, elle plaqua son poing sur sa bouche pour s'empêcher de hurler, d'extérioriser toute sa douleur et toute sa rage. Pour préserver un peu son orgueil, puisque c'était tout ce qui lui restait.

— Peut-être n'étais-je qu'une partie de ton plan, finalement, dit-elle amèrement.

— Il n'y a jamais eu aucun plan à ton sujet, Emma.

— Vraiment ?

Ce n'était pas l'impression qu'elle avait. Flouée, trahie, blessée, elle avait de plus en plus de mal à retenir ses sanglots. Elle était incapable de réfléchir à quoi que ce soit. Tout ce qu'elle sentait était cette blessure vive, brûlante, au fond d'elle, et la colère qui grondait sous sa peau, une colère teintée de doutes.

— Que faisais-tu vraiment à Whitechapel, Ned ? finit-elle par demander. Toutes ces soirées que tu as passées au Red Lion, où tu mangeais de la viande grillée et buvais de la mauvaise bière alors que tu vivais ici, dans ce manoir de Mayfair. Pourquoi ne te servais-tu pas de ton armée de cuistots pour apaiser ta faim ? Tu aurais sans doute mieux mangé…

— Je t'ai déjà dit pourquoi je retournais là-bas.

— Et si je ne te crois pas ?

Ned ne lui répondit pas, se contentant de soutenir son regard en silence, mais elle perçut la tension qui crispait ses mâchoires.

— Ton intendant, Rob Finchley, connaît-il la vérité ? Sait-il qui tu es ? Et qui je suis ?

— Oui, il était avec moi à l'Old Moll, cette nuit-là.

Emma sentit la lame qu'il avait plongée dans son cœur tourner dans la plaie. Fallait-il qu'elle soit humiliée, en plus du reste ?

— J'imagine que vous avez bien dû vous moquer de ma naïveté, tous les deux, lança-t-elle.

— Non, nous n'avons pas ri.

Soudain, elle prit conscience d'un détail qui lui avait échappé.

— Il ne t'a jamais accompagné à Whitechapel, n'est-ce pas ?

— Non.

— Et je dois croire que tu m'as trouvée par hasard au Red Lion ?

— Oui, Emma. Je t'y ai trouvée par hasard, répondit-il doucement.

— Pourquoi allais-tu là-bas ?

— Parce que cette taverne était assez loin des lieux que je fréquentais autrefois. J'étais certain qu'on ne m'y reconnaîtrait pas.

Elle ne parvenait pas à croire à ce grand spectacle du destin. Ned l'avait forcément traquée jusqu'au Red Lion...

— Est-ce que tu espères vraiment me persuader que le simple hasard t'a fait choisir la taverne dans laquelle je travaillais ?

— Je n'espère rien, Emma...

Ecrasée par la douleur qui lui vrillait le cœur, le souffle coupé par les sanglots qui l'étouffaient et l'amertume qui lui donnait des vertiges, elle était incapable de bouger de son fauteuil. Toutes ses peurs, étouffées depuis des mois, l'envahirent brusquement, l'entraînant dans des affres de doutes. Pourquoi Ned l'avait-il épousée ? Quelles avaient été ses motivations ?

— Tu as pris tout ce que possédait ma famille, dit-elle. Il était logique que tu me prennes aussi. N'étais-je que le trophée final à ajouter à ton succès ? Comme cela, tu aurais tout arraché à mon frère : son argent, sa maison, sa place en société... Il ne manquait que moi — mon cœur, mon corps et ma vie. Etait-ce cela, ton ultime vengeance envers les gens que tu détestes tant ? Pourquoi faire tout cela ? Seulement parce que nous étions riches et que tu ne l'étais pas ? Parce que tu voulais narguer mon frère ? Parce que...

L'émotion poignante qui traversa soudain le regard de Ned la fit taire. En un éclair, il fut face à elle. Les mains refermées sur ses bras en une poigne d'acier, il la souleva du siège.

— Jamais ! dit-il, les dents serrées et la voix tremblante. Je ne savais pas qui tu étais, Emma, jusqu'à ce que lady Lamerton nous présente… Et, oui, j'aurais dû m'éloigner de toi à ce moment-là, mais je n'ai pas pu. Pourtant, Dieu sait si j'ai essayé ! Tu peux me haïr, me mépriser, m'abhorrer, mais ne me fais pas l'insulte de croire que je me serais servi de toi d'une manière aussi indigne. Je n'ai peut-être pas d'honneur, et je ne suis peut-être pas un gentleman… J'admets avoir été un voleur, un mendiant et un voyou dans ma vie, mais ne doute jamais de mes sentiments pour toi !

Emma sentait ses mains d'homme serrées sur ses bras.

Elle entendait l'émotion qui brisait sa voix et la tension qu'il s'imposait pour ne pas perdre le contrôle de ses gestes.

Son regard, qui exprimait une immense douleur, une passion brute, la bouleversait presque autant que ses révélations. Tout en lui trahissait une profonde sincérité.

Torturée par un flot d'émotions contraires, elle demeura face à lui, figée dans le silence oppressant du bureau. Puis, tout à coup, il la relâcha, s'écarta d'elle et s'assit dans le second fauteuil pour fixer la cheminée froide.

Prise de vertige, elle se laissa tomber dans le siège en face de lui.

Ils ne prononcèrent pas un mot. Seul le tic-tac de l'horloge résonnait entre les murs.

Emma ne savait que dire ni que faire.

Son monde entier venait d'exploser autour d'elle. L'amour, l'espoir, la confiance, l'avenir… Tout cela s'était dissipé comme un nuage de fumée. Qui était vraiment Ned ? Et qui était-elle ? Qui allait-elle être, après avoir subi ce coup fatal ? En plus de toutes ces questions, une image la hantait, aussi précise que si elle avait été présente à l'Old Moll, ce soir-là : celle de Ned, assis en face de Kit, à la table mal éclairée du bouge où Devlin l'avait entraîné. L'horreur de cette image ne la laisserait sans doute plus jamais en paix.

— Tu m'as promis de le trouver, tout en sachant que tu es la raison de sa disparition…, dit-elle, presque pour elle-même.

Elle n'attendait pas de réponse et trouva enfin la force de se relever. Il la regarda un instant de ses yeux si perçants qu'ils semblaient atteindre le plus profond de son âme.

Elle saignait en dedans. La douleur était intense, insoutenable. Une douleur qui enveloppait tout, effaçait toute pensée et ne laissait derrière elle qu'un grand vide. Quelque chose en elle venait de se briser. Combien de temps pourrait-elle supporter cela ?

Elle avait besoin d'être seule…

— Je ne peux pas rester avec toi, Ned, lâcha-t-elle à mi-voix.

Incapable de le regarder, de prononcer un mot de plus, elle tourna les talons, et quitta le bureau la tête basse.

Ned passa le reste de la nuit assis dans son bureau. Jamais encore il n'avait tant souffert, pas même sous les coups qu'il avait reçus depuis son enfance. Cette dernière plaie ne se refermerait sans doute jamais, mais ce n'était pas le moment de s'apitoyer sur lui-même.

Réprimant ses émotions, il prit le temps de réfléchir à ce qu'il lui restait à faire. Il avait encore beaucoup de choses à accomplir, même s'il savait pertinemment que cela ne suffirait pas à apaiser la douleur d'Emma. Ne l'avait-il pas toujours su ? Il s'était préparé depuis des semaines à supporter sa haine. Mais cette souffrance intense qui éteignait toute lumière au fond de ses grands yeux sombres, ce n'était pas la même chose. Malheureusement, il n'avait d'autre choix que de le supporter de son mieux. Il avait déjà beaucoup supporté au cours de sa vie ; des choses qui feraient frémir des hommes comme Devlin et Kit Northcote. Maintenant, il était temps pour lui de montrer son courage une nouvelle fois, après avoir fait son possible pour apaiser Emma. Au moins, cela lui mettrait du baume au cœur, lorsqu'il aurait disparu de sa vie.

Cette nuit-là, il ne noya pas sa peine dans le gin. Il ne resta pas non plus debout à sa fenêtre pour regarder la rue comme il le faisait souvent. Il s'assit à son bureau et entreprit de rassembler les documents dont il avait besoin puis attendit, installé dans ce fauteuil de cuir hors de prix, au milieu de cette pièce plus vaste à elle seule que les maisons qu'il avait connues par le passé. Il attendit que la nuit passe et que l'aube vienne colorer le ciel.

Lorsque le jour se leva enfin, il alla s'habiller sans réveiller son valet et, ses documents précieusement glissés dans sa poche, passa la porte d'entrée et la referma silencieusement derrière lui.

Emma le regarda partir depuis la fenêtre de sa chambre et le suivit des yeux jusqu'à ce qu'il disparaisse au coin de la rue.

Elle portait encore sa chemise de nuit et son châle. Ses pieds nus avaient bleui dans le froid, et elle avait la tête lourde d'avoir passé une nuit blanche, en proie à la douleur et à une profonde incrédulité. Elle avait tant pleuré que ses yeux étaient gonflés et ses paupières brûlantes. Mais à présent, dans le halo blanc du jour naissant, elle ne pleurait plus. Elle ne ressentait plus rien. Elle était vide, comme assommée.

Elle resta devant sa fenêtre longtemps après qu'il eut disparu dans la brume. Simplement parce qu'elle ne savait pas quoi faire d'autre.

Que pouvait faire une femme lorsqu'elle découvrait que l'homme qu'elle aimait n'était pas celui qu'elle pensait ? Que tout ce sur quoi s'était construite leur vie à deux n'était qu'un mensonge ?

« Je ne t'ai jamais menti. Je suis incapable de te mentir. »

Peut-être n'avait-il pas dit de mensonge, mais il l'avait trompée et trahie. Cela revenait au même. Qu'allaient-ils devenir, tous les deux ? Que ressentait-elle encore pour lui ?

Quoi qu'il se passe, ils étaient mariés et rien ne pourrait changer cela.

Il était son époux.

Et son amant.

Et l'homme qui avait pris la fortune de sa famille.

Elle repensa alors à son père qui avait dû abandonner leur maison familiale de Berkeley Street et déménager de logement en logement — chacun plus misérable que le précédent. De là, elle l'avait accompagné dans leur inexorable et ignoble déclin jusque dans les rues les plus mal famées de Londres.

Elle pensa à la fuite de Kit, et à ce que cela avait fait subir à sa mère. A Spitafields et à la tuberculose qui avait fini par l'emporter. A Whitechapel, aux docks et au Red Lion.

— Kit, murmura-t-elle dans le silence comme si cela pouvait ramener son frère.

Kit… Elle revit son visage, ses yeux rieurs qui ressemblaient tant à ceux de son père et au sourire qu'il avait toujours lorsqu'il se moquait d'elle.

« Personne n'a placé de pistolet sur sa tempe pour le forcer à s'asseoir à cette table de jeu. » Les paroles de Devlin lui revinrent en mémoire. Elle voulut ignorer cette vérité si douloureuse, comme elle l'avait fait depuis des mois, mais cette fois elle en fut incapable. La porte restait entrouverte en dépit de ses efforts.

Epuisée, elle ferma les yeux, mais ce ne fut plus le visage de Kit qui lui apparut. Cette fois, elle vit le visage d'un homme qui n'était ni raffiné ni beau. Un visage rude avec un charme brut et unique. Son cœur brisé lui causa une douleur brutale, insoutenable. Il réagissait toujours à la pensée de Ned, mais cela ne suffisait pas à changer ce qu'il était, ni ce qu'il avait fait. Elle se sentait ridicule, même si tout ce qui les avait réunis n'était qu'un cruel tour du destin.

Mais pouvait-elle seulement croire cela ?

Le souvenir de la douleur qui avait envahi les yeux de Ned et de l'émotion qui avait fait trembler sa voix tandis qu'il se défendait contre ses accusations lui revint. Sa réaction indiquait qu'il avait été poussé à bout et elle l'avait cru. Mais cela ne changeait rien, se répéta-t-elle pour la centième fois. Il lui avait caché la vérité et, d'une certaine manière, cette tromperie la blessait plus que ce qu'il lui avait dissimulé.

Pendant un moment, elle envisagea de récupérer le petit sac de voyage avec lequel elle était arrivée et de retourner auprès de son père.

Elle pourrait aller au Red Lion, demander à reprendre son travail. Elle pourrait gagner suffisamment pour louer une chambre avec une autre fille.

C'était tentant… Hélas ! elle savait très bien qu'elle ne pouvait pas le faire.

Elle s'arracha donc à sa fenêtre, fit sa toilette, s'habilla et attendit que Ned rentre.

Il était 6 heures lorsque Ned revint au manoir de Cavendish Square.

Dehors, le ciel était gris et la lumière commençait déjà à décliner malgré l'heure. Une pluie fine frappait doucement les bow-windows et coulait le long des vitres comme des larmes.

Emma était assise dans le fauteuil Queen Anne, près du feu, dans le salon, et faisait semblant de lire tranquillement, comme si elle n'avait pas passé les dernières heures à faire les cent pas, étouffée par une anxiété grandissante.

Ned entra et vint se placer de l'autre côté de la cheminée.

— Emma, dit-il simplement.

Elle leva les yeux et vit les gouttes de pluie scintiller sur ses épaules, ainsi que les manches de son manteau, pas encore absorbées par le lainage épais. Ses cheveux étaient mouillés et tirés en arrière comme s'il y avait passé les doigts dedans à plusieurs reprises.

Un silence tendu s'installa entre eux.

— Où as-tu été toute la journée ? demanda-t-elle enfin.

Il paraissait fatigué et ses yeux étaient cernés. Elle savait qu'il avait passé la nuit dans son bureau et qu'il n'avait sans doute pas fermé l'œil, lui non plus.

— J'ai rendu visite à mon avoué, et à quelques autres personnes.

La vieille horloge poursuivait son inlassable tic-tac et un cheval passa sous les fenêtres avec un claquement sec de sabots. Emma avait l'impression de voir disparaître devant elle tout ce qu'ils avaient vécu ensemble. C'était à la fois étrange et douloureux… Les accusations qu'elle lui avait lancées la veille flottaient encore entre eux, acérées et blessantes.

— Je n'attends pas de pardon de ta part, Emma, dit-il finalement.

Durant quelques secondes, il soutint son regard, juste assez longtemps pour qu'elle sente son cœur s'emballer et qu'une boule se forme au fond de sa gorge.

— Je ne suis pas certaine de pouvoir te pardonner un jour, répondit-elle d'une voix blanche.

Aussi dures que soient ses paroles, elle lui devait la vérité.

De nouveau, le silence emplit la pièce, plus lourd encore qu'avant. Ned finit par acquiescer et détourner le regard. Il tira quelques documents de sa poche — des documents officiels, jugea-t-elle en un coup d'œil — puis les posa sur la table basse auprès d'elle.

— Tout est à toi. Fais-en ce que tu désires. Je n'ai qu'une seule requête : ne ferme pas les entreprises… Mon avoué, M. Kerr, viendra te voir demain matin pour t'expliquer les détails. Pour cela comme pour le reste, si tu as le moindre problème ou si tu te sens perdue, va voir Rob Finchley sur South Street. Il t'aidera.

— Tu t'en vas ? demanda-t-elle, sous le choc.

Son cœur déjà bien malmené se brisa en mille morceaux. Elle ne savait même plus ce qu'elle ressentait, ce qu'elle devait faire.

— Je pensais que tu ne voudrais pas que je reste.

Elle ne put se résoudre à répondre. Son esprit avait beau vouloir hurler « reste ! », ses lèvres demeuraient scellées. Elle serrait si fort son livre entre ses doigts que ses articulations devinrent douloureuses, mais elle ne s'en soucia pas. Elle n'avait plus que sa fierté à chérir et préserver… Et sa fierté lui interdisait de montrer qu'elle souffrait le martyre et que son départ la blessait.

Les secondes qui suivirent furent les plus longues de sa vie. Elles s'étirèrent péniblement. Elles la déchirèrent. Sa souffrance s'apaiserait-elle jamais ?

— Adieu, Emma…

Ne pars pas ! Un cri de désespoir jaillit de son cœur, traversa son sang, son corps, mais il ne franchit pas ses lèvres.

Elle le laissa tourner les talons et quitter la pièce en silence. La porte du salon se referma doucement derrière lui. Elle entendit encore quelques murmures dans le hall, puis la porte d'entrée s'ouvrit et se referma à son tour.

Pouvait-il vraiment être parti, si vite ? Pouvait-il avoir disparu en l'espace de quelques battements de cœur ? Aussi simplement que cela ?

Sous le coup d'une impulsion, elle courut à la fenêtre et le vit descendre le long de la rue. Seul. Sans voiture. Sans sac. Sans rien à l'exception des vêtements qu'il portait. Lentement, l'ombre de son manteau se fondit dans la brume opaque du soir.

Il ne pouvait pas simplement être parti, songea-t-elle une nouvelle fois. Pas comme cela, sans rien. Il aurait besoin de revenir pour ses vêtements et ses affaires, non ?

Seulement, une certitude glacée prenait peu à peu possession de son esprit. La certitude qu'il ne reviendrait pas.

Le livre qu'elle tenait encore lui glissa des doigts et atterrit sur l'épais tapis avec un bruit sourd.

Elle ne le ramassa pas ; elle en ignorait même le titre. La pluie vint frapper plus violemment la fenêtre comme des poings désespérés qui luttaient pour entrer.

A cet instant, une partie de l'âme d'Emma se flétrit et mourut.

Chapitre 17

A 10 heures, le lendemain matin, Emma reçut M. Kerr dans le salon.

C'était un petit homme bien habillé, aux cheveux grisonnants et au crâne un peu dégarni. D'âge moyen, il avait un regard perçant et honnête. Tout en lui donnait une impression de compétence et d'efficacité.

Il jeta un rapide coup d'œil aux documents qui étaient restés sur la table où Ned les avait posés la veille puis se tourna vers Emma.

— Qu'avez-vous à me dire, monsieur ? demanda-t-elle.

— M. Stratham a fait placer cette maison, une seconde propriété, et tous ses capitaux actifs dans un fidéicommis. Il a ensuite laissé ce fidéicommis aux bons soins de M. William Northcote, en stipulant que ces biens devaient être conservés pour l'usage de sa fille, Mme Emma Stratham. Cette décision vous rend légalement propriétaire de tout ce que votre époux possédait.

— Mais M. Stratham est mon époux, protesta Emma qui ne comprenait pas tous ces détails légaux. Ce que je possède est donc à lui.

— Pas depuis qu'il a créé ce fidéicommis, répondit patiemment M. Kerr. C'est l'un des rares outils juridiques qui permettent de contourner certaines lois liées au mariage.

Peu à peu, Emma comprenait l'énormité du sacrifice de Ned.

— Vous voulez dire que je possède tout ?

— Jusqu'au dernier sou.

Soudain, une question lui vint.

— Vous avez parlé d'une seconde propriété…

— Oui, il s'agit d'une maison sur Berkeley Street. Le numéro 19, si mes souvenirs sont bons.

Le cœur d'Emma fit un bond dans sa poitrine. Il s'agissait de la maison dans laquelle elle avait grandi !

— M. Stratham l'a achetée il y a environ deux mois, précisa M. Kerr en ajustant ses lunettes pour relire ses notes. Oui, c'est cela : le 13 septembre.

Quelques semaines à peine après qu'elle eut commencé à travailler pour lady Lamerton…

— J'ai pris la liberté de rédiger un résumé de votre situation financière. J'ai pensé que cela pourrait vous aider.

Il lui tendit un document et conclut brièvement :

— Je pense que vous trouverez tout en ordre, mais si vous avez la moindre question ou des instructions à me communiquer, n'hésitez pas à me contacter.

Replaçant ses lunettes à l'abri dans la poche de sa veste, il rangea tranquillement ses papiers dans sa serviette de cuir et se leva.

— Je vous souhaite une bonne journée, madame Stratham.

Elle parcourut rapidement le document qu'il venait de lui donner et l'arrêta avant qu'il ne quitte la pièce.

— Un instant, monsieur.

L'homme s'immobilisa et se tourna vers elle d'un air poli.

— Ces chiffres… Ces montants inscrits sous les comptes en banque… Ils ne peuvent être corrects.

— Je vous assure, madame, qu'il n'y a aucune erreur.

— Mais…

Son père avait été assez riche, avec une rente de cinq mille livres par an… Incrédule, elle relut les montants inscrits dans le tableau.

— Cent mille livres ? murmura-t-elle, sous le choc.

C'était forcément une erreur. Cela n'avait aucun sens !

— Votre époux est un homme d'affaires très malin,

si je puis me permettre, répondit simplement l'avoué. Peu d'hommes peuvent obtenir vingt fois leur investissement de départ en deux ans à peine.

Elle le dévisagea un instant, stupéfaite.

— Comment a-t-il fait cela ?

— Il a un don pour savoir où et quand investir son argent…

— Il m'a parlé d'entreprises, reprit-elle, de plus en plus abasourdie.

— Oui, il en possède beaucoup dans l'East End. Une fabrique de vinaigre, une teinturerie, plusieurs entrepôts de bois, une tonnellerie, une grande brasserie de bière et une distillerie. Il possède aussi plusieurs usines qui produisent de la laine, du coton et de la soie. Ses capitaux incluent des investissements dans les Indes orientales et occidentales, ainsi qu'aux Amériques. Plusieurs chantiers navals à Portsmouth. Et les docks de Londres, avec tous leurs entrepôts, leurs marchandises et leur main-d'œuvre. Comme je vous l'ai dit : un homme d'affaires très avisé.

La gorge nouée, Emma demeura parfaitement immobile.

— Il semblerait, en effet, répondit-elle au bout de quelques secondes.

Soudain, elle repensa à la conversation qu'elle avait eue avec son père le jour de son mariage, et aux quelques mots qui lui avaient échappé. A l'époque, elle n'y avait pas prêté attention mais, à présent, tout prenait sens : son père savait que Ned Stratham possédait les docks, que c'était grâce à lui que tous les ouvriers — dont « Bill » — avaient un travail.

— Avez-vous d'autres questions à me poser, madame Stratham ? demanda M. Kerr d'une voix douce.

— Non, merci. Tout va bien.

Elle laissa son majordome raccompagner l'avoué avant de se pencher sur la pile de documents légaux que M. Kerr lui avait laissée. Le premier présentait le fidéicommis.

Rapidement, elle examina la liste des biens énumérés. Propriétés, entreprises, sommes d'argent colossales, obligations, investissements… Tout ce que Ned possédait, une richesse qui devait surpasser celle de n'importe quel homme d'Angleterre. Stupéfaite, elle atteignit le bas de la page et lut la date au-dessus de la signature de son époux.

Le cœur battant, certaine d'avoir mal lu, elle réexamina le document. Autour d'elle, la maison était silencieuse. Vide. Le seul bruit qu'elle entendit fut celui du sanglot qui la secoua.

Ned avait signé ce document le matin même de leur mariage…

Les jours passèrent, mais Ned ne revint pas à Cavendish Square. Emma voyait la routine bien huilée de la maison se dérouler autour d'elle. Tout était parfaitement réglé. Aucun des domestiques ne lui demanda quand leur maître serait de retour et, s'ils savaient qu'il ne rentrerait pas, ils ne firent aucun commentaire.

Après avoir passé une semaine enfermée, elle se décida à sortir pour aller voir la maison de Berkeley Street.

La famille à qui son père avait dû vendre leur demeure avait changé une grande partie de la décoration, mais certaines choses étaient restées les mêmes. Tandis qu'elle parcourait les différentes pièces, de lointains souvenirs lui revinrent. Elle revit sa mère sourire au milieu d'invités dans le salon, le repas de Noël dans la salle à manger décorée, Kit qui lui tirait les cheveux et riait en la pourchassant dans l'escalier, les soirées d'hiver au coin du feu dans le petit salon pendant que leur père leur racontait des histoires et qu'ils sirotaient du lait chaud au miel. Une vague d'amertume l'envahit peu à peu. A cette époque, durant tous ces bons moments passés en famille, que faisait Ned ? Où vivait-il ?

« Les enfants grandissent vite par ici… »

Il avait grandi vite, lui aussi, seul dans un monde brutal, sans maison chaleureuse et confortable. Sans maison du tout. Un enfant abandonné, en fuite, qui n'avait connu ni repas de Noël, ni amour.

L'estomac noué, elle ferma les yeux, mais ne put chasser l'image de Ned de son esprit.

Pauvreté. Lutte. Misère. Qu'est-ce qu'un homme ne ferait pas pour échapper à cet enfer ?

La maison de Berkeley Street était vide. Ce n'était plus qu'un fragment de passé révolu, et elle ne put retenir ses larmes. Ce n'était cependant pas la perte du luxe qu'elle avait connu pendant son enfance qu'elle pleurait, mais quelque chose de bien plus précieux. Et elle avait beau fermer les yeux, elle voyait toujours Ned devant elle qui la dévisageait de ses beaux yeux bleus ; elle avait beau s'entourer de silence, elle entendait toujours la douceur de sa voix résonner à ses oreilles.

Le cœur brisé, elle se prit elle-même dans ses bras, agrippant ses épaules avec désespoir. Il lui manquait tant… Ned. Son homme. Plus farouche et puissant que tous les autres qu'elle avait rencontrés au cours de sa vie. Un homme capable d'en tuer un autre et qui, pourtant, l'avait toujours traitée avec une extrême tendresse.

Finalement, elle quitta la maison de Berkeley Street. Elle n'y reviendrait sans doute jamais ; ces murs ne renfermaient que du passé. Et, comme Ned, ce passé était parti.

Le lendemain, elle se rendit à South Street, de l'autre côté de la ville pour parler à Rob Finchley. Celui-ci la reçut dans son salon.

— Madame Stratham, la salua-t-il.

En dépit de sa politesse, elle sentit sa réserve et son jugement lorsqu'il l'examina. Il savait déjà que Ned était parti, et il savait visiblement pourquoi.

— Avez-vous un problème, madame ? demanda-t-il.

Une lueur d'inquiétude vite masquée avait traversé son regard. Emma ne perdit pas son temps en mondanités ; cela ne servirait à rien entre eux.

— Où est-il, monsieur Finchley ? demanda-t-elle, le cœur battant.

— Si vous parlez de M. Stratham, je n'en sais rien.

— Vous l'avez accompagné depuis Whitechapel. Vous êtes son ami. Vous *devez* savoir où il est allé.

— Il n'a pas voulu me le dire, je vous assure.

Emma soutint son regard quelques instants. Pouvait-elle se fier à lui ? Disait-il la vérité ?

— Si vous le saviez… me le diriez-vous ?

— Je suis navré, madame, mais non, répondit-il sans hésiter.

Ils se regardèrent encore un instant en silence.

— Je veux seulement m'assurer qu'il va bien, murmura-t-elle, les larmes aux yeux. Je veux être certaine qu'il est… en sécurité.

— Ned est un survivant. Il a été abandonné seul dans les rues à l'âge de quatre ans ; sa maison était un recoin poussiéreux d'une usine en ruine. Il a survécu à des choses que vous ne pourriez pas même imaginer…

Elle ne répondit pas ; il n'y avait rien à répondre. Elle connaissait assez bien Ned pour savoir que c'était la vérité. Et rien de ce qu'elle pourrait dire n'arrangerait les choses. Au contraire, cela ne ferait que les aggraver…

— Ned n'est pas entièrement innocent dans toute cette histoire, lança-t-elle soudain pour se justifier, incapable de supporter plus longtemps l'accusation silencieuse de Rob. Il a bel et bien pris l'argent de ma famille.

— Oui, il a pris l'argent. L'argent que votre panier percé de frère aurait bu, gâché avec des prostituées ou joué…

— Mon frère…, commença-t-elle pour défendre Kit.

Rob ne la laissa pas en dire plus.

— Cet argent, vous l'auriez dépensé dans des robes hors de prix, des bals et des fanfreluches. Oui, Ned l'a pris, et il a fait quelque chose de bien avec. Il a créé des emplois pour ceux qui n'avaient rien. Il a mis en place des soupes populaires et il construit actuellement un orphelinat pour les enfants qui vivent dans les rues de Whitechapel. Pensez ce que vous voulez de lui, mais je peux vous assurer que Ned Stratham est le meilleur homme que j'aie connu de ma vie.

— Un orphelinat ? demanda-t-elle, intriguée.

— Son projet avec Misbourne : une annexe de l'Hôpital des enfants trouvés. C'était l'idée de Ned, son argent et ses efforts. Hélas ! quoi que l'on fasse, il faut toujours un titre pour être écouté dans la haute société. C'est pourquoi il a approché le plus important des dirigeants de l'hôpital : Misbourne.

— Je ne le savais pas.

Encore une chose ajoutée à la longue liste de tout ce qu'elle ignorait au sujet de son époux…

— Vous avez le droit de ne pas le savoir, répondit sèchement Rob. Mais vous ne pouvez pas ignorer les efforts de Ned pour se racheter à vos yeux.

Oui, songea-t-elle en repensant à toutes les fois où il s'était mis en danger pour la sauver.

— Il avait prévu d'épouser une femme titrée, reprit assez amèrement Rob, comme pour lui-même. Il aurait enfin obtenu la reconnaissance dont il avait besoin pour poursuivre ses œuvres de charité, faire grandir ses entreprises et offrir encore plus d'emplois aux pauvres… Mais vous êtes arrivée et tout a changé.

Soudain, il s'interrompit et eut une hésitation.

— Pardonnez-moi, madame, si je vous ai offensée. Ned est un ami, comme vous l'avez dit, et je me soucie beaucoup de lui.

Une boule au fond de la gorge, Emma acquiesça, Elle se souciait de Ned aussi. Un frisson la parcourut et elle sentit tout le poids de sa solitude peser plus lourd encore sur ses épaules. Des émotions opposées, plus puissantes les unes que les autres, l'envahissaient — douleur, colère, amour, nostalgie.

« Une annexe de l'Hôpital des enfants trouvés »… Ned était peut-être un voyou, un homme sans foi ni loi, mais chacune de ses actions ne faisait que renforcer son amour pour lui. Son cœur se déchira une nouvelle fois, plus brutalement que jamais, mais elle n'en montra rien. Conservant sa dignité autant qu'elle le pouvait, elle salua Rob Finchley et quitta sa maison.

En dépit d'une nouvelle nuit d'insomnie et d'angoisses, Emma se leva tôt le lendemain. Décidée à retrouver Ned, elle entra timidement dans son bureau. Depuis son départ de Cavendish Square, elle n'avait pas encore passé la porte de cette pièce mais, à présent, elle était prête à tout pour sentir sa présence. Avoir l'impression d'être encore à ses côtés…

La lumière froide de l'automne filtrait, pâle, à travers la fenêtre. Dehors, les arbres qui longeaient la place s'enflammaient sous la brise, offrant au soleil leurs feuilles cuivre et or dans un dernier spectacle avant de se racornir et de recouvrir le trottoir.

Elle s'immobilisa au milieu de la pièce, le cœur battant. Sur le grand bureau vide, Ned avait laissé une lettre qui formait une tache claire sur le bois poli, et qui n'était pas sans rappeler celle qu'avait laissée Kit, la nuit terrible où il avait fui la maison.

Avant même de s'approcher, avant de lire le nom écrit hâtivement d'une main crispée, peu habituée à l'écriture, elle sut que le message lui était adressé. Et elle savait aussi qu'il était de Ned…

Le cœur lourd et battant fort, l'estomac noué et douloureux, elle se mordit la lèvre pour l'empêcher de trembler. D'une main faible, elle ramassa la lettre. Quelque chose bougea à l'intérieur.

Le dos était scellé d'un S imprimé dans un cercle de cire rouge. Après une ultime hésitation, elle brisa le sceau et déplia soigneusement la feuille de papier. Rien n'était écrit à l'intérieur. Pas un seul mot. Elle ne trouva qu'un petit disque d'ivoire usé, griffé, aux bords inégaux. La forme de diamant gravée en son milieu s'était peu à peu effacée sous les doigts de Ned qui l'avaient caressée pendant des années, l'encre rouge pâlie pour devenir un faible halo rosé sur le blanc de l'ivoire. Le seul souvenir qu'il avait de sa mère… Son porte-bonheur…

Les yeux humides, elle caressa le jeton qui reposait dans sa paume, comme s'il s'agissait de la chose la plus précieuse au monde. En silence, elle laissa enfin couler ses larmes dans le bureau désert. Avec ce dernier geste, Ned lui prouvait qu'il était prêt à tout lui offrir. Tout ce qu'il avait. Et tout ce qu'il était.

Debout au milieu de la rue, Rob attendait. Il savait que Ned allait le rejoindre. Malgré cela, il sursauta en voyant une ombre se détacher du mur près de lui.

La ruelle qui longeait l'arrière du manoir de Cavendish Square était particulièrement silencieuse à cette heure de la nuit.

Après un bref salut, Ned jeta un coup d'œil aux fenêtres fermées de son ancienne maison, puis demanda à mi-voix :

— Comment va-t-elle ?

— Elle ressemble à un fantôme, répondit Rob un peu triste.

Ned ferma les yeux d'un air douloureux, mais se reprit rapidement.

— Les blessures et la colère finiront par s'apaiser…

— Vraiment ?

— Je l'espère, pour elle.

— Et pour toi ?

Comme Rob le craignait, Ned ne répondit pas. Il ne ressentait pas de colère, contrairement à Emma, seulement une profonde souffrance… et celle-ci ne s'apaiserait pas. Il avait fait le choix de l'enfermer au fond de lui et de la nourrir envers et contre tout, car elle était liée au souvenir d'Emma. Sa souffrance était tout ce qu'il lui restait d'elle.

— Tu ne lui as rien dit, n'est-ce pas ? demanda-t-il soudain, comme saisi par une soudaine angoisse.

— J'ai suivi tes instructions, répondit Rob, gêné. Elle m'a demandé où tu étais.

Ned se tourna soudain vers lui.

— Qu'est-ce que tu lui as dit ?

— La vérité. Que je ne savais pas.

Il y eut un silence puis, n'y tenant plus, Rob lança :

— Où vis-tu, Ned ? Si tu as besoin d'argent…

Tout en parlant, il tira quelques billets de sa poche mais Ned l'arrêta en lui posant une main sur l'épaule.

— Non.

Ned ne pouvait ignorer l'inquiétude de Rob. Il était temps pour lui de s'éclipser.

— Merci d'avoir fait tout cela pour moi, Rob. Merci aussi de veiller sur elle jusqu'à ce que je sois certain qu'elle aille bien.

Rob hocha la tête.

— Je te devais bien cela.

Leurs regards se croisèrent une dernière fois, puis Ned détourna les yeux.

— Prends soin de toi, Rob.

— Toi aussi, Ned… Toi aussi.

Il tourna les talons, mais il sentit les yeux de son ami posés sur lui jusqu'à ce qu'il disparaisse dans la nuit, au bout de la rue.

Le lendemain matin, Emma se rendit à Whitechapel et alla aux docks.

Lorsqu'elle entra dans le bureau de son père, celui-ci renvoya immédiatement les deux hommes à qui il parlait. Lorsque la porte fut refermée sur eux, il la regarda et fronça les sourcils.

— Emma ? fit-il, comme s'il avait du mal à la reconnaître. Tu as l'air épuisée, ma chérie.

— Je vais bien, dit-elle avec un sourire forcé. Je suis venue te demander de venir avec moi à Mayfair. Tu n'as plus besoin de travailler pour vivre, papa.

A sa grande surprise, il secoua la tête.

— Je n'ai peut-être pas *besoin* de travailler, ma chérie, mais je choisis de le faire. J'aime ce que je fais ici ; je suis utile, j'ai un but. Je suis doué pour ce travail et ce que je fais crée une vraie différence, aussi bien pour les hommes qui travaillent ici que pour d'autres. Ma maison, ma vie sont ici, maintenant, tu sais. Les choses changent, Emma. Il n'y a plus rien pour moi à Mayfair.

— Il y a moi ! protesta-t-elle.

Manifestement ému, son père lui caressa la joue du dos de la main.

— Tu es ma fille, Emma, et tu le resteras, où que tu sois. Rien ne changera cela, crois-moi.

— N'as-tu pas envie de retrouver ton rang de gentleman ?

— Ce qui fait un gentleman n'a rien à voir avec sa naissance, sa fortune, ses biens. C'est la manière dont il vit sa vie. Emma, crois-moi quand je te dis que je vis en gentleman, que ce soit à Mayfair ou ici.

Soudain, l'image de Ned envahit Emma, non pas vêtu de ses élégants costumes de chez Weston, mais dans sa vieille veste de cuir usée et son pantalon défraîchi. Il avait défendu son honneur sans hésiter face à Dents-Pourries, au Red Lion. Il l'avait protégée des marins ivres dans la ruelle sans se départir de son visage fermé et posé, ni de sa voix calme. Elle revit son visage à l'instant où il avait ouvert la porte du bureau du colonel Morley et l'avait tirée des griffes de Devlin. Les larmes aux yeux et la gorge nouée, elle s'efforça de repousser ces pensées. Cependant, lorsqu'elle rencontra le regard plein de sagesse de son père, elle comprit qu'elle n'avait pas réussi à dissimuler son trouble.

Gênée, elle se détourna et fit de son mieux pour paraître calme, ne pas trahir le tourment qu'elle endurait. Elle devait trouver les mots justes.

Son père ne la pressa pas. Il se contenta d'attendre, laissant le silence s'installer comme un cocon protecteur autour d'elle.

— L'homme qui est devenu mon époux…

Mon époux. Ces mots avaient eu du mal à franchir ses lèvres et lui laissaient un goût amer dans la bouche. Elle dut prendre une profonde inspiration pour pouvoir poursuivre.

— Il possède les docks. Mais tu le savais déjà, n'est-ce pas ? J'aurais dû le comprendre quand tu l'as appelé *Ned* Stratham, le jour du mariage. Comment aurais-tu pu ignorer qu'il était le propriétaire, en travaillant toi-même ici ?

— Ned Stratham ne possède pas les docks, Emma. C'est moi qui les possède à présent.

Stupéfaite, elle le dévisagea en silence.

— Cette entreprise est à moi, poursuivit-il. L'argent est à moi, ainsi que la responsabilité d'offrir à tous ceux que j'emploie un salaire décent et de bonnes conditions de travail. Ned me les a confiés, juste avant le mariage, lorsqu'il est venu me parler.

De nouveau, un lourd silence s'abattit. Sous le choc, Emma tentait de comprendre ce que cela signifiait.

— Est-ce qu'il est là, aujourd'hui ?

Le cœur battant, elle s'efforçait de conserver une voix aussi posée et indifférente qu'elle le pouvait.

— Il n'est pas venu depuis une semaine, répondit-il, sans paraître comprendre les vraies raisons de son inquiétude. Rassure-toi, ni lui ni personne ne viendra interrompre notre discussion.

Elle sentit son estomac se nouer de nouveau en se rendant compte qu'elle allait devoir dire l'entière vérité à son père, et pas seulement une partie de ce qu'elle avait sur le cœur.

— Papa, ce n'était pas Ned qui essayait de… me compromettre dans le bureau du colonel Morley. C'était Devlin.

— Devlin ? répéta-t-il, surpris.

Elle acquiesça.

— Ned l'a arrêté, puis a assumé le rôle de l'agresseur. Il a endossé le blâme sans hésiter et a laissé Devlin s'en sortir en héros…

— Il ne m'a pas raconté cette partie de l'histoire.

— Il y a autre chose que je dois t'avouer, papa, au sujet de Ned, poursuivit-elle tant qu'il lui restait un peu de courage.

Il ne posa pas de question, ne demanda pas quoi. Comme à son habitude, il attendit en silence le temps qu'elle trouve la force de parler.

— Tu ferais peut-être bien de t'asseoir…, commença-t-elle.

Il ne bougea pas, se contentant de la couver d'un regard paisible. Troublée, elle se tordit les mains, puis les laissa retomber, prit une profonde inspiration et se lança.

— Ned a…

C'était si difficile ! Nouvelle inspiration. Nouvelle tentative.

— Ned Stratham est l'homme contre qui Kit a joué cette nuit-là, papa.

Voilà, elle l'avait enfin dit. Seulement, contrairement à ce à quoi elle s'attendait, son père ne parut ni surpris ni choqué. Son visage ne trahissait qu'une calme acceptation.

— Tu le savais ? lança-t-elle, éberluée.

— Oui. Ned m'a dit qui il était lorsqu'il est venu me demander ta main.

— Et tu as accepté qu'il m'épouse ?

Le souffle court, elle ne parvenait pas à admettre cette dure vérité.

— Aurais-je dû te laisser subir ruine et humiliation ? demanda-t-il posément.

— Pourquoi ne m'as-tu rien dit ?

— Parce que, si je l'avais fait, tu n'aurais jamais voulu l'épouser.

— Et tu voulais me voir mariée à l'homme qui a détruit notre famille ?

Elle n'en croyait pas ses oreilles ! Qu'est-ce qui avait bien pu pousser son père à faire un tel choix ?

— Non, Emma, je ne le voulais pas, répondit-il avec douceur.

— Pourtant, c'est bien ce qui est arrivé, et nous devons tous les deux en porter le poids.

— Vraiment ? fit-il en la sondant du regard. Si nous sommes honnêtes avec nous-mêmes, ma chérie, même si c'est difficile à admettre, nous savons tous les deux que ce n'est pas l'entière vérité.

Il l'embrassa gentiment sur la joue.

— Tu ferais mieux de retourner auprès de ton époux.

Comment lui dire que Ned était parti ? Le cœur brisé, elle

quitta le bureau et entama la longue marche qui la ramènerait chez elle.

Chez elle… Au manoir de Cavendish Square. Une myriade de pensées confuses se bousculaient dans son esprit et, lorsqu'elle passa la porte d'entrée, ses joues étaient humides de larmes.

Durant les jours qui suivirent, elle laissa la chambre de Ned dans l'état exact où elle était lors de son départ. Elle refusa même que les domestiques changent les draps car, sur son oreiller, elle pouvait sentir encore son odeur. Durant les longues heures de la nuit, elle le serrait dans ses bras et son corps entier souffrait d'un désir inassouvi. Son cœur l'appelait en silence et, au fond de son âme, elle sentait un vide immense que rien ne pourrait jamais combler.

Tant de pensées la hantaient, tant d'émotions contradictoires ! Amour. Colère. Reproche et sentiment d'injustice. Culpabilité et regret. Douleur et solitude. Des voix qui se confondaient hurlaient en elle sans la laisser en paix un instant. Cependant, une pensée la troublait plus encore que les autres…

Cette nuit, pas plus que les autres, le sommeil ne viendrait lui offrir de répit, elle le savait. Abandonnant tout espoir de repos, elle se leva et passa un châle par-dessus sa robe qu'elle n'avait pas encore ôtée avant de traverser la chambre vaguement éclairée par une seule bougie. Arrivée à la fenêtre, elle ouvrit en grand les lourds rideaux et regarda longuement la rue plongée dans l'obscurité.

Les réverbères étaient éteints et la lune n'était pas là pour illuminer la nuit. Seules quelques étoiles, poussière d'argent, scintillaient sur le velours noir des cieux.

De nouveau, les paroles de son père résonnèrent à ses oreilles : « Si nous sommes honnêtes avec nous-mêmes, ma chérie, même si c'est difficile à admettre, nous savons tous les deux que ce n'est pas l'entière vérité. »

Elle comprenait ce qu'il avait voulu dire, à présent. Au fond d'elle, elle avait toujours compris, même si elle n'avait pas voulu le reconnaître. Durant ces dernières semaines, elle n'avait fait que se voiler la face et blâmer les mauvaises personnes. Elle s'était menti à elle-même simplement parce que c'était plus facile que d'affronter la vérité.

Ned Stratham n'était pas l'homme qui avait ruiné sa famille. Kit avait ruiné sa famille. Pour la première fois, elle n'étouffa pas cette pensée. C'était douloureux, mais moins qu'elle l'avait craint. Cette souffrance était au contraire peu de chose, comparée à toutes les autres émotions qui la bouleversaient.

Ned avait pris l'argent, soit. Mais si elle avait vécu la même enfance que lui, aurait-elle agi différemment ? Aurait-elle résisté à une telle tentation ? Comment le blâmer ?

De nouveau, son cœur se brisa à la pensée de l'homme qui était devenu son époux.

A 5 heures du matin, après une nouvelle nuit sans sommeil, elle se retrouva assise au bureau de Ned, toujours vêtue de sa robe de la veille, la tête lourde de fatigue.

Autour d'elle, la maison encore endormie paraissait morte et les rues environnantes ne s'étaient toujours pas réveillées. Le silence lui semblait assourdissant. Elle baissa les yeux sur ses mains posées sur le bureau, sur le jeton d'ivoire chaud sous ses doigts. Elle le caressa doucement, dans l'espoir qu'il lui porte chance comme il avait porté chance à Ned.

— Ramenez-le-moi, murmura-t-elle. Seigneur, je Vous en prie, ramenez-le-moi…

Ned était peut-être l'homme qui avait joué contre Kit dans cette salle de jeu enfumée. Il était peut-être l'homme qui avait gagné l'argent de sa famille, mais cela ne changeait en rien l'amour qu'elle lui portait. Et cela ne changeait pas non plus le fait qu'elle savait, au fond d'elle, qu'il était un homme bien.

Elle essaya de faire rouler le jeton le long de ses articulations comme elle avait vu Ned le faire si souvent, mais il tomba et roula sur le bureau. Nouvelle tentative, nouvel échec. Finalement, elle le reposa sur le bureau et se contenta de passer une dernière fois ses doigts sur sa surface polie. Un vieux jeton de jeu… Qu'avait donc perdu sa mère pour devoir abandonner son enfant ?

Elle repensa une nouvelle fois à Kit et à la soirée qui l'avait conduit dans cette salle de Whitechapel, entraîné par Devlin et Hunter. Kit s'était assis en face de Ned Stratham sous les lampes de l'Old Moll. Machinalement, elle fit tourner le jeton sur le bois sombre du bureau, mais elle n'entendait pas le petit bruit qu'il faisait.

Tout ce qu'elle entendait était l'écho des paroles de Devlin.

« Personne n'a posé de pistolet contre sa tempe pour le forcer à jouer… »

Devlin était présent, ce soir-là ! Il devait donc savoir exactement ce qui s'était passé ! C'était si évident ! Comment avait-elle pu ne pas y penser plus tôt ?

Puisque Devlin avait été là, il savait depuis le début qui était vraiment Ned. Cela expliquait d'ailleurs le mépris de Devlin et la tension qu'elle avait toujours sentie entre eux, ainsi qu'entre Ned et le reste des amis de Kit présents ce soir-là. Cela expliquait aussi pourquoi Devlin s'était donné tant de mal pour l'éloigner de Ned.

Mais pourquoi Devlin ne lui avait-il pas dit la vérité ? Cela aurait été tellement plus simple pour lui et sans aucun doute bien plus efficace que ses menaces et ses insinuations !

S'il avait réellement voulu la sauver de Ned, quoi de plus facile que de lui confier la vérité ? Pourtant, il ne l'avait pas fait… Pourquoi ?

Un vague malaise l'envahit. Elle ne savait pas encore tout. Quelque chose lui échappait, dans toute cette histoire. Ned ne lui aurait-il pas tout dit ? Sur le bureau, le jeton cessa de tourner et tomba à plat avec un petit bruit sec.

Tout à coup, l'air même parut se charger de mystère.

Elle regarda longtemps le petit disque d'ivoire, comme s'il pouvait lui donner les réponses qui lui manquaient. Bien sûr, ce n’était pas le cas. Une seule personne pouvait répondre à ses questions, et elle savait exactement où la trouver…

Déterminée, elle sourit, se leva et prit le jeton qu’elle glissa dans sa poche. Elle sonna ensuite et demanda que l’on prépare sa voiture, avant d’enfiler le long manteau de laine sombre que Ned lui avait offert.

Chapitre 18

Le valet qui ouvrit la porte de la maison de St James ne parut pas le moins du monde choqué en voyant Emma sur le perron à 6 heures du matin. Devlin recevait-il souvent des femmes à des heures aussi indues ?

— Je suis navré, madame, dit-il simplement, mais mon maître n'est pas encore levé. Peut-être pourriez-vous revenir plus tard ?

— Je ne peux pas, répondit Emma avec impatience. Veuillez le réveiller et lui annoncer que Mme Stratham désire lui parler.

Le valet la conduisit jusqu'à un salon puis s'éclipsa. Elle repoussa le capuchon de son manteau et regarda autour d'elle. La pièce était très masculine : murs rouge sombre, cheminée d'onyx noir au lieu du traditionnel marbre blanc surmontée du portrait d'une femme exotique dans une pose particulièrement sensuelle. A la fois choquée et fascinée, Emma se laissa aller à l'étudier quelques instants.

Devlin apparut un quart d'heure plus tard, élégamment vêtu d'une chemise et d'une cravate si blanches qu'elles semblaient presque briller dans la pâle lumière automnale. Ses cheveux mal peignés et sa barbe naissante trahissaient cependant la hâte avec laquelle il s'était habillé.

— Devlin, le salua-t-elle en essayant de ne pas penser à

ce qu'il s'était passé la dernière fois qu'ils s'étaient trouvés seuls dans une pièce.

— Emma.

Sa voix rauque et un peu cassée indiquait qu'il avait fait des excès la veille, comme en attestaient ses yeux un peu cernés.

— Ou devrais-je plutôt dire madame Stratham ? ajouta-t-il avec son sourire charmeur. Voulez-vous du café ? A moins que vous ne préfériez du chocolat, le matin… Kit buvait toujours du chocolat.

— Non, merci. Je ne suis pas venue pour prendre mon petit déjeuner, dit-elle courtoisement.

— Je m'en doutais bien.

Il traversa tranquillement la pièce, se servit un brandy et but une gorgée avant de reporter son attention sur elle. Il dut surprendre sa désapprobation, car il reprit :

— Il faut soigner le mal par le mal. J'ai un peu trop bu, hier soir. Est-ce que votre époux sait que vous êtes ici ?

— Non.

— Je vois…

Emma prit une profonde inspiration. Elle aurait dû avoir peur, étant donné ce que Devlin lui avait déjà fait subir. Venir le voir seule, à une heure pareille, était dangereux… Mais elle ne craignait plus cet homme. Plus après la confession de Ned qui lui avait fait comprendre tant de choses au sujet de Kit et de ses amis.

Il but une autre gorgée de brandy et alla s'accouder à la cheminée, sans la quitter des yeux. Il semblait attendre qu'elle parle, comme s'il savait déjà ce qu'elle avait à dire.

— Dans le bureau du colonel Morley, ce soir-là…

Embarrassée, elle s'interrompit.

— Toutes mes excuses pour ce petit… malentendu, dit-il, l'air aussi gêné qu'elle.

Apparemment, lui aussi regrettait sa conduite.

— Ce n'était pas un malentendu, répliqua-t-elle froidement.

Devlin la dévisagea sans rien dire et but une autre gorgée

sans même grimacer sous l'effet de l'alcool, comme s'il s'agissait d'eau.

— Vous disiez que je devais vous épouser, reprit-elle.

— Et vous auriez dû, répondit-il sans la moindre trace de plaisanterie dans la voix. Mais il est trop tard, maintenant. Vous devriez rentrer chez vous, Emma. Mariée ou non, je n'ai pas besoin de vous dire ce que vous risquez si l'on vous surprenait ici.

Il paraissait distant, froid, détaché ; un homme totalement différent de celui qui l'avait attirée dans le bureau du colonel Morley pour l'embrasser.

Elle avait conscience du risque qu'elle courait, mais elle n'avait aucune intention de partir tant qu'elle n'aurait pas obtenu les réponses qu'elle était venue chercher.

— Depuis le début, vous essayiez vraiment de me sauver, comme vous le disiez.

— Vous savez qui il est. C'est pour cela que vous êtes ici…

Elle acquiesça.

— Oui, il me l'a dit.

Devlin ferma un instant les yeux puis se détourna.

— J'ai voulu vous sauver de lui.

— Je le sais.

A présent, elle comprenait tout ce que Devlin avait fait pour l'éloigner de Ned, et les raisons qui l'y avaient poussé.

— C'est pour cette raison que vous m'avez demandée en mariage, poursuivit-elle.

— Oui.

— Et c'est aussi pour cela que vous avez essayé de me compromettre quand j'ai refusé, pour me pousser devant l'autel.

— Monteith et les autres étaient supposés nous surprendre en plein baiser. Je suis navré de vous y avoir forcée, mais j'aurais fait n'importe quoi pour que Stratham ne pose pas ses sales mains sur vous.

— N'importe quoi… Pourtant, vous n'aviez qu'une chose à faire pour réussir : me dire qui il était vraiment. Me dire qu'il était l'homme contre qui Kit avait joué. Pourquoi ne pas en avoir parlé, Devlin ? Ce n'était pas bien difficile…

— Je me suis tu à cause du serment, bien sûr, répondit-il comme s'il s'agissait d'une évidence.

Il termina son brandy en une gorgée, prit la carafe et se servit un deuxième verre.

— Si je vous avais dit la vérité, Stratham aurait rendu la tricherie de Kit publique, et aucun de nous n'aurait pu le permettre.

« La tricherie » ? Sous le choc, incrédule, elle laissa le mot pénétrer son esprit. Une chape glacée s'abattit sur ses épaules et, en proie à une horreur grandissante, elle dévisagea Devlin.

— Kit était un… tricheur ?

Sa voix lui parut étrange, lointaine, comme si elle ne lui appartenait pas vraiment. Devlin, lui, parut plus gêné que jamais.

— Ah, fit-il simplement. Stratham ne vous a pas parlé de cela…

— Non, admit-elle. Il n'a rien dit au sujet d'une tricherie. Mais vous, vous allez me raconter exactement ce qui s'est passé cette nuit-là !

Avec un soupir, Devlin s'exécuta. Il lui expliqua en détail comment ils en étaient venus à jouer à l'Old Moll, dans l'East End, et comment Stratham les avait appâtés, nuit après nuit, en gagnant de plus en plus lors de leurs parties.

— Il restait assis là, tranquille, en jouant avec son jeton porte-bonheur. Il nous provoquait, raconta Devlin avec amertume. Nous aurions facilement pu abandonner ce bras de fer, mais Kit ne voulait pas en entendre parler. Il était persuadé qu'il pouvait battre Stratham. J'avoue que je me suis moqué de lui, que je l'ai tourné en ridicule… « Tu le battras comme tu l'as battu la dernière fois ? » lui disais-je. Je n'avais pas réalisé ce qu'il était prêt à faire pour gagner.

Il ferma une nouvelle fois les yeux, mais pas assez vite pour empêcher Emma d'y lire de la culpabilité et de la douleur.

— Il nous a convaincus de retourner à l'Old Moll, poursuivit-il à voix basse. « Encore une fois », répétait-il. « Je sais que je peux gagner. » Nous avons donc joué contre Stratham et ses amis et, en fin de compte, Kit fit exactement ce qu'il avait promis : il gagna. Mais Stratham et ses acolytes l'ont accusé d'avoir triché. Nous avons d'abord pensé qu'il était furieux d'avoir perdu, qu'il essayait d'éviter de payer ce qu'il nous devait.

Un sourire amer et torturé flotta un instant sur son visage, mais son regard demeura lointain, comme s'il avait remonté le temps et se trouvait de nouveau dans la salle sombre de l'Old Moll, deux ans auparavant.

— Stratham a demandé que Kit remonte ses manches. Bien sûr, votre frère a refusé, comme nous l'aurions fait dans la même situation. Nous l'avons tous soutenu, pour son honneur et le nôtre, et nous étions prêts au combat. « Remontez vos manches ou je le ferai pour vous », a exigé Stratham. Kit a fini par s'exécuter.

Devlin paraissait sincèrement peiné.

— Il avait caché des cartes dans ses manches, Emma. Il avait bel et bien triché.

Un silence oppressant s'installa entre eux. La gorge nouée, Emma tenta de ravaler l'amertume et l'horreur de ce qu'elle venait d'apprendre.

— Savez-vous ce qui arrive aux hommes qui trichent au jeu à Whitechapel, Emma ?

— Je le devine…

C'était un mensonge. Elle le savait parfaitement bien, et la simple pensée qu'un tel sort ait pu attendre Kit lui glaça le sang.

Devlin détourna le regard, l'air dur, comme s'il revivait les souvenirs douloureux de cette nuit.

— Si l'on avait laissé Stratham parler, on aurait sans doute retrouvé Kit sur les berges de la Tamise dès le lendemain…

Et la mort aurait été une bénédiction après ce qu'il aurait subi avant, songea Emma, la gorge nouée.

— Ils étaient prêts à le lyncher, reprit Devlin, mais Stratham lui a proposé une dernière main en tête à tête pour régler leur différend : le vainqueur remporterait tous les gains et le perdant s'effacerait. Il ne fit pas confiance à Kit pour distribuer les cartes, et c'était bien naturel après ce qui venait de se passer. Il m'a donc demandé de distribuer.

L'air coupable, il soutint tout de même son regard stupéfait.

— J'ai distribué cette dernière main, vous savez. C'était moi… Et il a perdu. Il a perdu son argent, mais cela lui a sauvé la vie. Un marché que peu d'hommes auraient refusé… Stratham a alors posé ses conditions. Il nous a interdit de révéler son identité à qui que ce soit, ou d'annoncer en société la manière dont il avait obtenu son argent. En échange, il ne dirait rien de la tricherie de Kit. Seulement, il n'a jamais perdu une opportunité de nous rappeler ce qui s'était passé. Cet homme est un requin et il s'est joué de nous, à cette époque et encore maintenant. Chaque fois que je le vois, je me souviens…

Son regard exprimait à la fois un profond sentiment de culpabilité et un immense dégoût. En dépit de cela, il continua à soutenir son regard sans ciller.

— Quoi qu'il en soit, il vaut mieux perdre tout son argent que subir l'autre disgrâce, conclut-il.

La disgrâce d'être accusé de tricherie. Emma comprenait, à présent. Elle savait aussi bien que Devlin que la société considérait les dettes de jeu comme des dettes d'honneur et qu'aucune disgrâce n'était plus humiliante qu'être surpris avec des cartes dans sa manche… Sans un mot, elle acquiesça lentement. S'il avait été de notoriété publique que Kit avait triché, ni lui, ni elle, ni leur père n'auraient jamais pu retrouver leur place dans la société.

— Je suis sincèrement navré, Emma. Pour Kit, pour votre mariage avec Stratham, et pour tout le reste…

Elle acquiesça de nouveau.

— Je vous ai blâmé, murmura-t-elle. Je vous en ai voulu d'avoir corrompu mon frère, mais je vois à présent que Kit n'avait besoin de personne pour cela. Vous avez seulement essayé de nous protéger, lui et moi.

Et elle avait blâmé Ned d'avoir pris l'argent de Kit. Elle savait maintenant qu'il avait fait bien plus que cela, et pour de bonnes raisons.

— J'ai essayé de vous protéger, répondit Devlin, mais j'ai échoué. Je n'ai pas réussi à maintenir Stratham loin de vous.

— Et j'en suis heureuse. Il n'est pas l'homme que vous croyez. Ned est un homme honorable et intègre.

Devlin ne répondit pas, mais ses lèvres pincées trahirent son incrédulité.

— Je l'aime, Devlin, reprit-elle. Je l'aime de tout mon cœur, vous savez.

Il parut hésiter, puis il dit :

— Je ne prétends pas partager votre avis sur la valeur de Stratham, mais je suis soulagé de vous savoir heureuse.

Ils se regardèrent encore un instant, gravement.

— Vous devriez retourner le voir, ajouta-t-il.

— Oui, je le devrais… Je vais le faire.

— Je vous souhaite beaucoup de bonheur, murmura-t-il en la saluant.

Elle remonta la capuche de son manteau sur sa tête pour dissimuler son visage et se risqua dans la rue encore déserte qu'un soleil timide commençait à illuminer.

Contrairement à ce qu'elle avait dit à Devlin, elle ne rentra pas chez elle, mais se rendit dans une autre demeure, dans une autre rue très respectable, non loin de là.

Rob Finchley la reçut, l'air aussi mal à l'aise que lors de sa première visite.

— Madame Stratham…

— Monsieur Finchley, commença-t-elle sans perdre de temps, Ned m'a dit de venir vous voir si j'avais le moindre problème.

— Comment puis-je vous aider ? demanda-t-il en l'invitant d'un geste à s'asseoir sur le divan rouge de son petit salon bien rangé.

Ne comptant pas s'éterniser, Emma déclina l'invitation et resta debout près de la porte.

— En me disant où est Ned, répondit-elle.

— Je vous l'ai déjà dit, madame Stratham, je ne sais pas où il est.

Ils se dévisagèrent un instant en silence.

— Vous étiez avec lui à l'Old Moll, le soir où mon frère a perdu notre fortune.

— En effet.

Son expression demeurait froide, sa mâchoire un peu crispée.

— Ned ne m'a pas raconté que mon frère avait triché, poursuivit-elle.

Rob ne cacha pas sa surprise.

— Qui vous l'a dit ?

— Devlin l'a laissé échapper. Il pensait que Ned m'avait déjà tout avoué.

— Il avait tort. Ned ne vous aurait jamais fait subir cela.

— Je le sais.

Et elle savait aussi pourquoi.

— Je l'aime, monsieur Finchley, et je veux qu'il rentre à la maison. Comprenez-vous maintenant pourquoi je dois le retrouver ?

Le visage de Rob exprima de la tristesse et de la gêne avant qu'il ne baisse la tête.

— Je vous en prie ! reprit Emma qui sentait les larmes lui monter aux yeux. Je vous en supplie, dites-moi où il est !

Rob déglutit, soupira, puis passa une main nerveuse dans ses cheveux avant de lever de nouveau le regard sur elle. Cette fois, il ne la dévisagea pas avec froideur comme il l'avait fait jusqu'à présent, mais avec compassion.

— Je ne vous mens pas, madame Stratham. Je ne sais pas où il est…

— Il doit bien vous avoir laissé un moyen de le contacter, protesta-t-elle, désespérée.

Rob fit non de la tête.

Ses derniers espoirs l'abandonnèrent et elle se sentit aussi démunie que lui.

— Vous aimer, savoir qui vous êtes... Cela l'a déchiré, vous savez.

Oui, elle le savait. Et cela la déchirait aussi. Elle avait été si cruelle avec Ned... Elle l'avait laissé partir sans rien tenter pour le retenir...

— Je dois le retrouver, monsieur Finchley.

— Je vous souhaite d'y parvenir, madame, sincèrement. Mais si Ned ne veut pas être trouvé, je ne pense pas que vous y parviendrez.

Une vague glacée de panique et de terreur avait envahi Emma. De retour chez elle, elle s'était précipitée dans le bureau de Ned et avait fouillé chaque tiroir, chaque pile de papiers que M. Kerr lui avait confiés, sans trouver le moindre indice sur le lieu où il s'était réfugié. Elle ouvrit tous les meubles, parcourut toutes les étagères de la bibliothèque remplie de volumes reliés de cuir bleu sombre.

Elle fouilla aussi la chambre de son époux et son cabinet de toilette, retourna les poches de tous ses vêtements. Toujours rien.

Elle vida tous les coffres de vêtements, tous les tiroirs de pantalons, déplia toutes les vestes, en vain. Ned avait soigneusement préparé sa fuite...

Sentant le désespoir la gagner, elle pressa une veste contre son visage pour y chercher l'odeur de Ned. Elle refusait de se laisser aller à pleurer, et cette odeur imprégnée dans l'étoffe suffit à renforcer sa détermination.

Lentement, elle se dirigea une nouvelle fois vers la penderie ouverte. A l'intérieur étaient encore suspendus la vieille veste de cuir et le pantalon usé qu'il portait à Whitechapel. Ils avaient dû être marron, autrefois, mais le temps en avait affadi la couleur. Avec tendresse, elle laissa glisser ses doigts sur le cuir lustré de la veste. Ce simple contact lui rappelait leur première rencontre et la première fois qu'elle s'était plongée dans ses yeux si bleus. A cet instant, sa vie entière avait basculé et des sensations inconnues jusqu'alors s'étaient éveillées au fond d'elle.

Comme pour les autres vêtements, les poches du pantalon et de la veste étaient vides ; mais ces vêtements n'étaient pas eux-mêmes comme tous les autres… Soudain, elle songea à un nouvel endroit où chercher Ned.

Dès l'entrée d'Emma dans la salle du Red Lion, Nancy laissa tomber son torchon, l'air abasourdi.

— Ça alors ! Je ne pensais pas te revoir ici, ma fille ! s'exclama-t-elle.

Elle examina un instant les vêtements élégants d'Emma, son visage, sa coiffure élaborée.

Il était encore tôt et seuls trois habitués étaient accoudés au bar. Tout comme Nancy, ils la dévisagèrent avec curiosité.

Depuis la cuisine, on entendait le claquement sec du hachoir et les sifflements joyeux de Tom. Dans un coin, une nouvelle fille nettoyait le sol sans grand enthousiasme, tandis que Paulette était occupée à gratter des coulures de cire sur une table.

— Tout va bien, Em ? lança-t-elle sans interrompre son travail. Regarde-toi ! On dirait une grande dame du monde !

Plus émue qu'elle ne le pensait de se retrouver à la taverne, Emma embrassa Nancy et Paulette.

— Je cherche Ned Stratham.

— Vraiment ? fit Nancy d'un air intrigué. Vous vous voyez toujours ?

— D'une certaine manière, oui, répondit Emma qui ne désirait pas trop en dire.

— Et… c'est sérieux ? demanda Paulette.

— Oui. C'est pour cela que j'ai besoin de le trouver. C'est très urgent.

Nancy et Paulette échangèrent un regard complice.

— Si sérieux que ça ?

L'air de plus en plus intéressée par ce nouveau potin, Nancy abandonna momentanément torchon et chopes.

— Est-ce qu'il est venu ? reprit Emma, impatiente.

— Non, nous n'avons pas entendu parler de lui depuis des mois…

— La dernière fois qu'il est venu, je lui ai dit que tu étais partie pour travailler comme dame de compagnie, ajouta Paulette. Et il n'est plus revenu.

Voilà, le dernier espoir d'Emma venait de s'évanouir. Elle ferma les yeux un instant et, consciente du regard insistant des deux femmes sur elle, prit une profonde inspiration dans l'espoir de ravaler ses larmes.

— S'il vient… Si vous le voyez, voulez-vous bien lui dire que je le cherche ? Voulez-vous bien lui demander de venir me voir ?

— Est-ce qu'il sait où te trouver ?

— Oui.

Puis, après une hésitation :

— Voulez-vous bien lui dire que je l'aime ?

Nancy et Paulette parurent profondément émues par son désarroi et acquiescèrent sans hésiter.

Emma ne se coucha pas, cette nuit-là, et se contenta de s'asseoir dans le fauteuil de Ned, dans le bureau. Tous les tiroirs étaient encore ouverts après sa fouille affolée, et les documents de M. Kerr étaient toujours étalés sur la table. Elle n'essaya même pas de les ranger.

Toutes les accusations qu'elle avait lancées à Ned lui revenaient en mémoire. Comment avait-elle pu penser des choses si horribles à son sujet ? Si seulement elle avait écouté son cœur, elle aurait su la vérité…

Ned était parti à cause d'elle et il ne rentrerait jamais à Cavendish Square. Il ne lui restait plus qu'à accepter cette culpabilité et à vivre avec pour le restant de ses jours.

Pendant deux ans, elle avait blâmé Devlin et Hunter.

Puis elle avait blâmé Ned.

Enfin, elle avait blâmé Kit.

Mais si elle regardait au fond des choses, en se débarrassant de tous ses préjugés, il devenait évident qu'il n'y avait qu'une seule personne à blâmer, dans cette histoire, et que cette personne c'était elle.

Après tout, elle avait bel et bien rejeté Ned, l'homme qu'elle aimait, qui avait sauvé la vie de son frère et avait protégé son honneur plusieurs fois. L'homme qui l'aimait et lui avait donné tout ce qu'il pouvait.

Cette amère vérité la blessa plus que toutes les épreuves qu'elle avait dû affronter au cours des deux dernières années. Jamais elle ne pourrait se pardonner…

Désespérée, elle examina vaguement les documents qui recouvraient le large bureau, des documents qui faisaient d'elle l'une des femmes les plus riches du pays. Elle possédait à présent une réelle fortune ; elle avait récupéré tout ce que sa famille avait perdu et bien plus encore. Mais tout cela n'était qu'une illusion, car la seule chose qui comptait vraiment à ses yeux était Ned, l'homme qu'elle aimait.

Elle l'aimait… et elle l'avait repoussé. A présent, il pouvait être n'importe où. Comment le trouver ?

Les paroles de Rob Finchley lui revinrent, et son cœur se serra : « Si Ned ne veut pas être trouvé, je ne pense pas que vous y parviendrez. »

Ses yeux se posèrent successivement sur le titre de propriété de la maison de Berkeley Street qu'il avait rachetée pour elle, le détail des usines qu'il avait bâties pour fournir du travail aux hommes de l'East End, les comptes des docks où il avait rendu sa dignité à son père. Et les plans pour l'orphelinat de Whitechapel, le marché le plus important de sa vie. Devant elle se trouvait tout l'argent qu'il avait gagné et tout le bien qu'il avait fait avec.

Elle ferma les yeux, mais cela n'arrêta pas ses larmes. Secouée par d'amers sanglots, elle chercha son mouchoir dans sa poche et, en le sortant, fit tomber le porte-bonheur de Ned sur le bureau.

Surprise, elle le prit avec délicatesse et le caressa du bout des doigts comme elle avait vu Ned le faire tant de fois. Hélas ! ce petit jeton usé ne le ferait pas revenir, quel que soit le nombre de prières qu'elle pourrait murmurer.

Avec un soupir d'impuissance, elle le laissa retomber sur la pile de papiers et le regarda un instant. Puis, intriguée, elle examina la grande feuille pliée sur laquelle il était posé — le plan de l'orphelinat. Repoussant le jeton, elle la déplia pour voir le plan en entier.

C'était un dessin technique très détaillé et soigneusement exécuté par un architecte. Il montrait le bâtiment de l'extérieur, ce à quoi il ressemblerait une fois fini. A côté, elle vit l'étendue de chambres et de couloirs reproduite à l'échelle. Devant l'orphelinat il y aurait des jardins et une cour pour que les enfants puissent jouer. Dans la marge, quelques mots griffonnés précisaient que les plantations devaient inclure des violettes… Le plan mentionnait aussi le lieu exact qui accueillerait l'orphelinat, à Whitechapel.

« J'ai grandi ici. Cet endroit me rappelle mon enfance. »

Les paroles que Ned avait prononcées sur le banc de pierre, près des docks, lui revinrent brusquement en mémoire. Elle comprenait à présent ce qu'il avait sous-entendu, l'étendue des projets qu'il menait à bien et dont elle n'avait alors pas même supposé l'existence.

Son cœur se serra comme sous la pression d'une main de fer, et elle pleura de plus belle. Mais, au fond d'elle, une étincelle d'espoir venait de s'allumer, infime et pourtant persistante. De peur de souffrir encore, elle refusa de se laisser aller à ce nouvel espoir. Que ferait-elle, si elle s'était trompée ? Comment supporterait-elle une nouvelle déception ?

Malgré elle, son cœur s'était mis à battre plus fort, et une certitude s'installait en elle — une certitude qu'elle avait peur d'admettre. Elle savait où trouver Ned… Elle le savait depuis le début ! Où irait un homme en fuite, si ce n'était dans le seul endroit au monde qu'il considérait comme étant « chez lui » ?

Il le lui avait dit lui-même, et elle avait compris depuis longtemps qu'il ne lui avait jamais menti.

Décidée à faire tout son possible pour le retrouver, quoi qu'il lui en coûte, elle prit le jeton d'ivoire et l'embrassa pour se porter chance avant de le glisser dans sa poche et de se préparer.

Au loin, le tintement des cloches matinales résonnait dans le ciel clair. Depuis son banc de pierre, Ned regardait les silhouettes des ouvriers des docks s'activer comme des fourmis en contrebas. Le ciel dégagé était d'un bleu pur et le soleil réchauffait la fraîcheur automnale. Au-dessus du banc, le feuillage bruissant se parait de reflets rouges et or.

Perdu dans ses pensées, il entendit soudain une voiture arrivant. Il n'y avait pas beaucoup de calèches élégantes dans cette partie de la ville… Avant que la voiture ne s'immobilise au bout de la rue, il la reconnut. Et avant que le valet n'ouvre la portière, il sut qu'*elle* était venue le chercher.

Emma marcha vers lui, s'arrêta à quelques pas, et se contenta de le regarder, comme elle l'avait fait en ce matin d'été, quelques mois plus tôt. Elle portait la même robe de mousseline verte, le même châle, et le même chapeau de paille fané orné d'un ruban vert. Le cœur de Ned se mit à battre plus vite. Il eut presque l'impression d'être perdu en plein rêve…

Lentement, instinctivement, il se leva. Le monde qui l'entourait sembla s'effacer pour ne laisser qu'Emma et lui dans le soleil.

Sans le quitter des yeux, elle s'approcha encore. Il ne put se détourner. Même s'il l'avait voulu, il n'en aurait pas eu la force. Emma ralentit, et tout parut ralentir avec elle, à l'exception des battements affolés de son cœur.

Arrivée près de lui, elle s'immobilisa. Ses grands yeux noisette avaient des reflets dorés dans le soleil.

— Tu m'as trouvé, murmura-t-il.

Elle ne sourit pas, mais son regard… Son regard s'emplissait d'une douce promesse à laquelle il n'osait vraiment croire.

— J'aurais passé ma vie à te chercher s'il l'avait fallu, Ned Stratham…

Gêné, incapable de prononcer le moindre mot, il déglutit. Elle s'assit sur le banc et attendit qu'il fasse de même.

— La vieille fabrique de vinaigre, dit-elle simplement en examinant les murs délabrés. C'est ici que tu vivais enfant, quand tu t'es enfui de l'Hôpital des enfants trouvés, n'est-ce pas ? Lorsque tu es revenu à Whitechapel…

— Oui.

— Et c'est ici que se trouvera l'orphelinat que tu vas faire construire.

— Il y a trop d'enfants abandonnés qui vivent dans les rues, dit-il, pris d'un soudain désir de se justifier.

— En effet.

Ils demeurèrent silencieux pendant quelques minutes, le regard perdu sur les hangars des docks. Là-bas, un fracas de marteaux, de roues et de voix brisait le calme de la matinée.

— Tu aurais dû tout me dire au sujet de Kit, reprit-elle soudain à mi-voix. Tu aurais dû me dire qu'il avait triché.

— Tu aimes ton frère, et je le sais. Je ne voulais pas te faire de mal. J'aurais donné ma vie pour que tu sois une autre femme, n'importe qui sauf la sœur de Kit Northcote…

— Pas moi.

Surpris, il la dévisagea.

— J'ai pris son argent, protesta-t-il. J'ai ruiné ta famille et je t'ai envoyée vivre dans un enfer de misère et d'épreuves pendant que je faisais semblant d'être un gentleman.

— Non, Ned, tu lui as sauvé la vie… Nous savons tous les deux ce qui arrive aux hommes qui trichent au jeu, à Whitechapel.

Oui, il le savait.

— Quant à faire semblant d'être un gentleman… Mon père m'a dit que ce qui fait un gentleman n'est pas sa naissance, ni sa fortune, mais la manière dont il vit sa vie. Et je peux te dire que tu es un vrai gentleman, Ned, bien plus que tous les autres hommes que je connais.

Stupéfait de cette déclaration, il garda le silence. Puis il sentit sa petite main douce se poser sur la sienne. Lentement, il se laissa aller à lui caresser les doigts.

— Je regrette mes paroles cruelles, Ned, reprit-elle. Je n'ai jamais voulu que tu partes, mais mon orgueil m'a empêchée de te retenir. Si je suis venue ici aujourd'hui, c'est pour te demander pardon.

Le cœur de Ned bondit dans sa poitrine. Jamais il n'aurait pensé qu'elle viendrait s'excuser, alors qu'il était responsable de tous ses malheurs.

— C'est moi qui devrais me mettre à genoux et te supplier de me pardonner, Emma. Pas le contraire.

— Mon frère a décidé seul de venir à l'Old Moll. Il a décidé seul de tricher. Ma famille a souffert à cause des choix de Kit, pas des tiens. Si nous avions su la vérité dès le début, nous aurions fait les mêmes choix que toi sans hésiter pour lui sauver la vie…

Sous ses doigts, Ned sentait le battement du sang d'Emma à son poignet. Elle était si proche de lui que sa chaleur parfumée l'enveloppait.

— Je t'aime, Ned. Je t'en supplie, rentre à la maison.

Bouleversé, il lui caressa la joue, perdu dans ses grands yeux tendres.

— Je t'aime aussi, Emma Stratham.

Avec un petit soupir de soulagement, il passa la main derrière sa nuque et l'attira contre lui pour l'embrasser, sur le vieux banc de pierre entouré de feuillages flamboyants. Tout était parfait, en cet instant…

Il l'embrassa une deuxième fois, puis une troisième, incapable de la lâcher, emporté par l'immensité de son amour pour elle. Finalement, le cœur plus léger que jamais, il la souleva de terre et la porta jusqu'à la voiture qui attendait toujours au bout de la rue.

Plus tard, alors que la lumière se perdait dans les premières ombres du soir et que la lune se levait comme une opale précieuse, Emma et Ned firent l'amour avec plus de tendresse que jamais.

Une fois leur passion apaisée, Emma demeura dans les bras de son époux, dans le halo bleuté de la nuit, la joue appuyée contre son torse nu et les oreilles emplies par les battements sourds de son cœur.

Au bout de quelques minutes, il lui caressa les cheveux et déposa un petit baiser au sommet de sa tête.

— Comment as-tu su où me trouver ? demanda-t-il à voix basse.

Sans se redresser, elle tâtonna du bout des doigts sur la table de chevet et trouva enfin le jeton d'ivoire. Sous le regard étonné de Ned, elle le pressa contre ses lèvres.

— J'ai eu de la chance, dit-elle simplement en lançant le jeton en l'air.

Ned le rattrapa au vol.

— Avec peut-être un petit coup de pouce du destin, ajouta-t-il.

Ils éclatèrent de rire, enfin libérés des fardeaux qu'ils avaient portés des mois durant.

Puis, dans le silence revenu, ils s'embrassèrent de nouveau et se prouvèrent encore et encore l'étendue de leur amour.

MARGUERITE KAYE

Captive du harem

Traduction française de
GÉRALDINE PART

Les Historiques

HARLEQUIN

Titre original :
INNOCENT IN THE SHEIKH'S HAREM

Ce roman a déjà été publié en 2013

Chapitre 1

Eté 1818

— Oh ! George, il faut absolument que tu viennes voir !

Emportée par son enthousiasme, lady Celia Cleveden se pencha dangereusement par-dessus la rambarde du navire, tout en faisant signe à son époux. Leur périple touchait à sa fin. Ils venaient de traverser l'extrémité nord de la mer Rouge, la dernière étape de leur voyage, et l'équipage s'affairait : il fallait à présent faire descendre la voile et barrer l'embarcation avec une certaine habileté pour réussir à se frayer un passage au milieu des boutres, felouques et autres caïques qui semblaient tous jouer des coudes à la recherche d'un emplacement dans le port très animé.

Une main agrippée à la balustrade du bateau, l'autre maintenant en place son chapeau, lady Celia observait avec émerveillement la scène qui s'offrait à elle tandis qu'ils approchaient du rivage.

Elle était d'une grande élégance dans sa robe de mousseline vert pâle qu'elle avait fait confectionner tout spécialement pour le voyage. Une robe parfaitement adaptée au Moyen-Orient avec ses manches longues et sa haute encolure, avait-elle appris de source sûre avant son départ, alors qu'elle aurait sans nul doute paru totalement incongrue à Londres. Celia portait également un chapeau de paille orné d'un long voile qui couvrait sa lourde chevelure cuivrée. C'était une nécessité absolue, lui avait-on encore assuré. Mais, même ainsi couverte, sa silhouette élancée et son teint laiteux ne manquaient pas d'attirer l'attention des pêcheurs, des bateliers et des passagers qui se trouvaient à bord d'autres embarcations, toutes en train de manœuvrer tant bien que mal dans le port bondé.

— George, viens voir ! cria-t-elle une fois encore.

Son mari, qui s'abritait du soleil comme il le pouvait sous la toile en lambeaux tendue au-dessus de la poupe, lui répondit par un vague hochement de tête.

— Regarde, reprit-elle d'une voix amusée, il y a un âne sur ce bateau qui a l'air scandalisé. Il a exactement l'expression qu'arbore mon oncle lorsqu'un vote parlementaire ne lui a pas été favorable à la Chambre !

George Cleveden, son mari depuis trois mois, ne semblait pas franchement disposé à la rejoindre, ni d'humeur à plaisanter avec elle sur un membre du Parlement, fût-il un proche. Lui aussi était habillé avec une certaine élégance : il portait un manteau queue-de-pie bleu marine assorti à un gilet rayé, un haut-de-chausses en daim et des bottes à revers. Une tenue vraiment parfaite pour effectuer un voyage en carrosse de la maison de sa mère, qui vivait à Bath, jusqu'à son domicile à Londres, mais loin d'être idéale pour la traversée de la mer Rouge, l'été, sous une chaleur torride. L'amidon de son jabot s'était desséché quelques heures plus tôt déjà. Le soleil brûlant lui donnait mal à la tête, et des auréoles de transpiration tachaient le bord de son chapeau.

Il regarda son épouse d'un œil mauvais.

— La barbe à la fin ! Il fait vraiment une chaleur infernale ! Eloigne-toi de là. Tu ne vois pas que tu te donnes en spectacle ? N'oublie pas que tu es la femme d'un diplomate britannique.

Comme s'il avait besoin de constamment le lui rappeler ! songea Celia un instant rembrunie. Mais le spectacle qui se déroulait sous ses yeux était trop captivant, et elle choisit d'ignorer son mari. C'était d'ailleurs une chose à laquelle elle avait fini par s'habituer, même si cela ne faisait pas très longtemps qu'ils étaient mariés. A peine la célébration de leur mariage s'était-elle achevée qu'ils entreprenaient leur long voyage pour le Caire où George devait prendre ses nouvelles fonctions. Jusque-là, il avait travaillé au sein du ministère des Affaires étrangères en tant que sous-secrétaire de lord Armstrong, le père de Celia. Tout le monde louait le sens de l'organisation et le sang-froid dont il faisait habituellement preuve.

Pourtant, depuis son départ, il s'était révélé un assez piètre voyageur. C'était Celia qui avait dû prendre en charge l'organisation de leur périple du mieux qu'elle avait pu, même si, de son côté, elle n'avait pas davantage d'expérience que lui en la matière. Et ce n'était pas une mince tâche que de les amener — ainsi que leur montagne de bagages — de Londres en Egypte en passant par Gibraltar, Malte, Athènes, sans oublier un arrêt imprévu à Rhodes, puisque le navire qu'ils avaient projeté de prendre n'était finalement pas arrivé et qu'une grande partie de leurs bagages avait disparu. George n'avait d'ailleurs pas manqué de le lui reprocher. Cela, mais aussi une foule d'autres petites mésaventures, dues — elle en convenait volontiers — à sa naïveté. Elle n'avait pourtant qu'une idée en tête et mettait toute son énergie à y parvenir : les amener à bon port coûte que coûte !

Mais avec George, tout était toujours sa faute ! Les draps humides, quand ce n'était pas carrément l'absence totale de draps. Le mauvais vin ou la très mauvaise nourriture. Les piqûres ou les morsures d'insectes. La mer démontée qui lui donnait à de terribles nausées ou les eaux stagnantes qui le faisaient trépigner d'impatience. Il n'avait cessé de se plaindre depuis leur départ, et Celia cherchait en vain à retrouver la sérénité qu'elle avait tant admirée chez l'homme qu'elle avait épousé.

Elle mettait en grande partie cette humeur maussade et ces critiques incessantes sur le compte des désagréments qu'ils avaient eu à subir au cours du voyage et gardait, envers et contre tout, une attitude optimiste qu'elle aurait voulu rassurante mais qui semblait produire l'effet inverse sur son mari.

— Comment peux-tu te montrer si joviale dans de pareilles circonstances ? lui avait-il demandé, terriblement exaspéré, lors d'une traversée particulièrement éprouvante.

Une traversée qui resterait effectivement gravée dans leur mémoire. Les biscuits qu'on leur avait proposés étaient infestés de charançons, et le capitaine du navire imbibé de cognac du matin au soir. Mais à quoi cela servait-il de rester au lit à pleurer sur son sort ? s'était alors demandé Celia. Mieux valait aller sur le pont et espérer apercevoir la terre ferme à l'horizon ou bien admirer la colonie de marsouins qui nageaient à leurs côtés.

Mais George n'était pas du genre à se laisser distraire si facilement, et Celia avait fini par apprendre à garder pour elle la fascination qu'elle éprouvait à la vue de toutes ces choses étranges et colorées qu'elle découvrait peu à peu. De toute évidence, George n'était pas fait pour vivre à l'étranger, pas au Moyen-Orient tout au moins, ce qui était plutôt dommage puisque le destin les avait conduits ici, dans une région si reculée qu'elle n'en avait même jamais entendu parler ! Elle avait dû demander à l'un des consuls au Caire de lui montrer une carte, plutôt grande et compliquée, qu'il gardait sous clé dans son bureau.

— A'Qadiz…

Elle répéta plusieurs fois le mot à voix basse pour pouvoir entendre l'effet qu'il produisait. Il était d'un grand exotisme pour elle et suscitait dans son esprit des visions de cours intérieures secrètes, d'étoffes de soie très colorées, d'épices et de parfums, ainsi que la chaleur brûlante du désert. Quelque chose de plus sombre, aussi, et de plus excitant qu'elle ne savait pas exactement définir. Elle avait lu *Les Mille et Une Nuits* en français avec Cassandra, la sœur qui la suivait immédiatement en âge. Avec leurs trois plus jeunes sœurs, en revanche, elles n'avaient partagé qu'une version abrégée et adaptée, car certaines histoires faisaient distinctement allusion à des plaisirs que d'aucuns jugeraient décadents. Et maintenant qu'elle était arrivée en Arabie, tout lui semblait encore plus fantastique que ce qu'elle avait pu imaginer.

Sur le port, les formes d'abord indistinctes devenaient, à mesure de la progression du bateau, des personnes, des ânes, des chevaux et des chameaux, et le brouhaha se transformait en un entremêlement de voix. Accoudée au boutre, Celia se demandait comment elle allait pouvoir retranscrire ne serait-ce qu'un dixième de ce qu'elle ressentait.

Si seulement Cassie était ici avec moi... Je m'amuserais tellement plus !

A peine cette pensée l'avait-elle effleurée qu'elle fit tout son possible pour la chasser, et c'était plus difficile qu'il n'y paraissait, car elle avait beau être mariée depuis exactement trois mois, une semaine et deux jours, elle ne s'était toujours pas faite à son statut d'épouse. Ce mariage ne ressemblait en rien à ce qu'elle avait imaginé.

Son père était à l'origine de cette union, qu'elle avait acceptée sans émoi ni réticence. A vingt-quatre ans passés, et l'aînée d'une fratrie de cinq filles orphelines de mère — dont deux étaient largement en âge de se marier —, elle avait pris ce mariage pour ce qu'il était : une simple affaire de bon sens. George Cleveden était le petit protégé de son père, lord Armstrong, qui en pensait beaucoup de bien. On prédisait d'ailleurs à George un très bel avenir professionnel.

La première fois qu'il avait émis l'idée de ce mariage, lord Armstrong avait même dit avec une grande force de conviction qu'avec une femme telle que Celia à ses côtés George ne pouvait pas échouer.

— Tu as acquis pas mal d'expérience dans les cercles diplomatiques en me servant d'assistante, Celia, et on peut dire que tu t'en sors drôlement bien ! Tu es capable de te débrouiller avec les meilleurs négociateurs... Et puis regardons les choses en face, ma chérie, ce n'est pas comme si tu avais le physique de ta sœur. Tu me ressembles beaucoup, j'en ai peur. Bien plus que tu ne ressembles à ta défunte mère. Tu n'es pas trop mal, bien sûr, mais tu ne seras jamais la coqueluche des salons. Et puis tu ne rajeunis pas non plus…

Celia avait sereinement encaissé les remarques assassines de son père. Elle n'en voulait pas à Cassie d'être belle et n'éprouvait nulle jalousie envers elle. Elle était même plutôt satisfaite de son sort car on la considérait généralement comme la plus intelligente des cinq filles Armstrong. Elle était connue également pour son élégance, son esprit vif et son charme. Autant d'atouts qui lui avaient été très utiles aux côtés de son père et qui le seraient également pour George à mesure que sa position s'élèverait dans les rangs diplomatiques, comme cela ne manquerait pas de se produire s'il parvenait à faire brillamment ses preuves dans ce nouveau poste. Ce qu'il ferait assurément — à condition évidemment de pouvoir s'habituer à vivre loin de l'Angleterre.

George était le genre d'homme qui avait absolument besoin d'évoluer en terrain connu pour pouvoir fonctionner correctement. C'était en partie la raison pour laquelle il lui avait suggéré de remettre la consommation de leur mariage à plus tard.

— Attendons d'être installés au Caire, avait-il dit lors de leur nuit de noces. Nous aurons bien assez de choses à endurer lors de notre voyage sans avoir, en plus, à nous préoccuper de cela.

Une requête qui lui avait paru très étonnante sur le moment, voire ambiguë. Même si elle n'avait pas pu profiter des conseils qu'une mère lui aurait prodigués, Celia avait tout de même une petite idée de ce que les devoirs conjugaux impliquaient.

— Comme pour tout un tas d'autres choses dans l'existence, l'avait informée sa tante Sophia, c'est un acte dont l'homme tire beaucoup de satisfaction et dont la femme doit supporter les conséquences.

Lorsque Celia l'avait alors pressée de lui donner des détails pratiques, tante Sophia, visiblement très embarrassée, avait recouru à des références bibliques obscures et lui avait laissé la vague impression qu'elle allait subir une espèce de test d'endurance durant lequel il était primordial de ne pas bouger ni se plaindre.

Celia avait donc accepté l'abstinence proposée par son mari avec un certain soulagement mais aussi avec une réelle surprise après les propos que sa tante lui avait tenus d'où ressortait le désir immuable qu'éprouvaient les hommes pour ce jeu à sens unique. Elle avait donc passé sa première nuit de jeune épouse seule.

Mais alors que les nuits se succédaient et que George ne semblait pas disposé à changer d'avis sur le sujet, elle n'avait pu s'empêcher de se demander si elle avait quelque chose à se reprocher. Car, assurément, plus on remettait une chose à plus tard, plus cela devenait difficile de réussir, non ? Et elle tenait tellement à réussir sa vie de femme et à réussir ensuite sa vie de mère ! Elle ressentait beaucoup d'affection pour George et elle l'admirait. Elle espérait par la suite être capable de l'aimer et être aimée en retour. Mais il était évident que l'amour se construisait au fur et à mesure que s'organisait la vie avec son conjoint, et partager son lit devait quand même bien jouer un rôle dans l'affaire, non ? Allongée, seule, sur les couchettes, paillasses et autres hamacs qui avaient jalonné la progression de leur voyage autour du globe, elle avait hésité entre deux réactions : parfois, elle se disait qu'elle devait absolument faire quelque chose pour essayer de débloquer la situation, d'autres fois, elle parvenait à se convaincre que George était plus à même de prendre une décision et que tout finirait forcément par rentrer dans l'ordre.

Pourtant, après une semaine entière passée au Caire, George n'avait toujours pas manifesté le moindre désir de la rejoindre dans son lit alors qu'il avait pratiquement retrouvé ses marques et qu'il se montrait de nouveau plaisant et agréable avec elle.

Elle avait alors rassemblé tout son courage et tenté d'aborder le sujet avec lui. A contrecœur, d'une voix mal assurée, rouge de confusion et en utilisant presque autant de références bibliques que tante Sophia… La tâche s'était avérée particulièrement difficile pour elle, étant donné qu'elle n'avait quasiment aucune connaissance sur le sujet et ne savait même pas de quoi il s'agissait véritablement.

George avait été mortifié par sa requête et s'était justifié en lui expliquant qu'il essayait simplement de se montrer prévenant, de lui donner du temps pour s'adapter à sa nouvelle vie d'épouse.

Et puis ils se connaissaient à peine, avait-il ajouté. Sans compter qu'il était tout à fait contre nature et terriblement malsain de la part d'une jeune femme bien élevée de montrer un tel intérêt pour des choses que seules les femmes issues d'un certain milieu appréciaient. En définitive, avait-elle retenu de cette délicate argutie, il lui faisait une faveur en s'abstenant de lui imposer quelque chose qu'elle trouverait forcément déplaisant, et elle, elle avait le toupet de lui renvoyer cette faveur à la figure !

Elle s'était retirée, très embarrassée, humiliée même et remplie d'amertume. Etait-elle donc si laide ? Y avait-il quelque chose qui clochait chez elle, ainsi que George l'avait insinué ?

Et si c'était plutôt chez lui que quelque chose clochait ?

Ce n'était pas sa première pensée peu charitable envers lui, mais c'était la plus choquante, et elle l'avait immédiatement bannie de son esprit. Ou tout au moins avait-elle essayé. Comme elle ne pouvait consulter aucune autre femme — car elle ne pouvait vraiment pas se résoudre à confier un sujet aussi intime à lady Wincester, la femme peu avenante du Consul Général du Caire — elle avait pris la décision d'écrire une lettre à tante Sophia. Puis elle avait reculé devant l'énormité de la tâche à accomplir. Sans compter que coucher ses peurs à l'écrit semblait leur donner davantage de réalité. Et peut-être que George avait raison tout compte fait… Ce n'était qu'une question de temps. Elle s'était donc résolue à écrire une lettre dans laquelle elle faisait des descriptions hautes en couleur de tout ce qu'elle avait vu et de tout ce qu'elle avait fait, sans évoquer ce qui la tourmentait tant.

Lorsque s'était présentée la mission spéciale pour laquelle ils faisaient ce déplacement, Celia l'avait accueillie avec un immense soulagement et s'était consacrée entièrement aux préparatifs du voyage. Elle avait tenu à accompagner George malgré le profond désaccord du Consul Général. A'Qadiz n'était apparemment pas un lieu pour une femme de son rang, mais George n'avait pas voulu en démordre et avait refusé de partir sans elle. Très impressionné par ce qu'il avait sans doute pris pour l'amour éperdu d'un jeune marié pour sa femme, lord Wincester avait fini par accepter, non sans réticence. Celia, qui savait désormais à quoi s'en tenir et n'attendait plus de miracle, s'était simplement préparée à reprendre son rôle d'infirmière en chef, de consolatrice et de guide, tout en s'efforçant d'afficher un optimisme de façade.

Les paysages qu'ils avaient eu le loisir d'observer pendant leur traversée en bateau étaient un véritable ravissement pour les yeux. Les eaux, bien qu'assez profondes, étaient suffisamment claires pour qu'on puisse y observer des bancs de poissons multicolores. Il n'y avait simplement qu'à se pencher à l'arrière du bateau. On voyait également des récifs de corail, juste sous la surface de l'eau, qui arboraient toute la palette des couleurs lorsque le ciel s'embrasait au lever ou au coucher de soleil, et miroitaient comme de minuscules cités mystiques grouillantes de vie. Le long de la côte poussaient des palmiers, des orangers, des citronniers, des figuiers, des oliveraies et une myriade de plantes aux senteurs si enivrantes que Celia avait la sensation de se trouver au beau milieu d'une parfumerie. Elle avait confié son impression un soir à George, au crépuscule, et n'avait pas été surprise de sa réaction.

— Ça ne fait qu'exacerber un peu plus mon rhume des foins, avait-il dit en reniflant bruyamment.

Ce qui avait étouffé dans l'œuf les louanges que Celia était sur le point de faire.

Ils n'allaient plus tarder à descendre du bateau maintenant. Le port d'A'Qadiz était proprement stupéfiant ! Drapés dans de longues robes, les gens semblaient occuper le moindre espace. Toutes les femmes étaient voilées, remarqua immédiatement Celia. Certaines avec une étoffe légère comme la voilette de son propre chapeau, d'autres, en revanche, étaient couvertes de la tête aux pieds d'un tissu bien plus épais. Ne subsistait qu'une fente pour les yeux. D'innombrables jarres en terre cuite, d'une taille absolument gigantesque, étaient posées sur le quai et attentaient d'être chargées à bord d'un navire en partance pour le nord. A travers les portes entrouvertes des entrepôts, on pouvait aussi apercevoir des balles de soie aux couleurs de l'arc-en-ciel ainsi que des centaines d'autres jarres d'une taille toujours aussi incroyable.

Comme le boutre accostait, ce fut alors le bruit qui frappa Celia. La langue arabe produisait un son étrange et strident. Tout le monde semblait d'ailleurs parler et gesticuler en même temps. Les ânes étaient en train de braire d'une manière suraiguë, les charrettes émettaient des espèces de grondements sur le sol rocailleux, et les chameaux, qui blatéraient, rappelaient à Celia le raclement de gorge que son père ne manquait jamais de faire avant d'annoncer une chose importante.

Alors qu'elle relevait le bas de sa robe et descendait sur le rivage d'un petit bond en s'assurant que son voile restait bien en place, un large sourire lui vint : les chameaux, avec leurs lèvres épaisses et leurs narines dilatées, lui faisaient un peu penser à tante Sophia !

Comme elle se tournait vers George pour partager avec lui cette pensée malicieuse, son sourire se figea. Son mari était en train de descendre tant bien que mal du bateau, assisté par deux hommes d'équipage. Il jurait à mi-voix et arborait une mine si renfrognée que cela ne présageait vraiment rien de bon. Elle se promit de penser à en parler à Cassie dans sa prochaine lettre.

Elle farfouilla alors dans sa bourse à la recherche d'un petit flacon d'eau de lavande, puis en versa quelques gouttes sur son mouchoir pour le tendre à son mari.

— Passe-toi ce mouchoir sur le front, George, ça te rafraîchira.

— Pas maintenant ! Tu veux me faire honte ou quoi ?

s'énerva George en repoussant violemment le mouchoir en dentelle qu'elle lui tendait.

Le carré de fin tissu voleta jusqu'au sol. Quatre enfants à moitié nus se précipitèrent aussitôt pour le ramasser et se disputèrent gentiment l'honneur de l'avoir récupéré le premier. Amusée par leurs pitreries, Celia les remercia solennellement à tour de rôle, mais le temps de relever la tête, George avait déjà presque disparu dans la foule compacte. Il suivait leurs bagages de près. Des membres de l'équipage les portaient sur la tête et obéissaient aux ordres que leur donnait un homme vêtu de longs vêtements noirs qui flottaient au vent.

Entravée par la nuée d'enfants qui s'agrippaient à sa robe, ainsi qu'à ses gants et à son long voile, Celia progressait très lentement. Les couleurs qui l'entouraient l'aveuglaient littéralement. A la lumière terriblement éblouissante du soleil, tout semblait plus éclatant, tout semblait ressortir avec un relief particulier. Et puis il y avait aussi les odeurs. Des parfums, des effluves d'encens qui lui parvenaient de toute part… De lourdes senteurs d'épices lui chatouillaient les narines, mêlées à celle de la poussière générée par cette chaleur écrasante et à la forte odeur animale qui émanait des chameaux et des ânes… Tout cela combiné lui rappelait une fois encore l'étrangeté de ce lieu, la fabuleuse sensation d'exotisme que cette contrée lointaine lui procurait.

Sauf que c'était tout le contraire. Alors qu'elle s'arrêtait, toujours entourée du groupe d'enfants qui la suivaient comme son ombre, pour essayer de repérer où se trouvaient toutes leurs malles et pour retrouver son mari par la même occasion, elle comprit qu'en ce lieu c'était elle la véritable étrangère. Elle ne voyait plus du tout George maintenant. L'avait-il complètement oubliée ? Prise de panique et blême de colère, elle repoussa son voile sans réfléchir afin de mieux voir ce qui se passait. Choqués, les gens qui se trouvaient près d'elle manifestèrent leur désapprobation en se mettant à siffler. Les enfants détournèrent tous la tête et se couvrirent les yeux. Les mains tremblantes, Celia chercha alors à remettre rapidement son voile en place. Elle coinça tant bien que mal l'étoffe avec son épingle à chapeau, en proie à une agitation extrême. Où George était-il donc passé, à la fin ?

Rien d'autre n'avait désormais d'importance. Elle voulait retrouver son mari, c'était tout. Elle jeta des regards affolés autour d'elle et scruta la foule avec insistance. Les hangars du port se situaient à l'ombre d'un léger affleurement rocheux, et un grand nombre d'entrepôts et d'enclos pour animaux étaient bâtis à même la roche. Soudain, quelque chose attira son regard au sommet de la colline. Elle vit distinctement la silhouette d'un homme qui montait un magnifique cheval blanc. Vêtu du costume traditionnel du pays, il était encore plus magnifique que sa monture.

Son profil se détachait nettement sur le bleu flamboyant du ciel. Ses habits d'un blanc immaculé miroitaient à la lumière. On aurait dit une divinité en train d'observer les humains depuis les cieux. On sentait que cet homme n'était pas n'importe qui : il dégageait une véritable aura et paraissait détenir tous les pouvoirs, malgré l'atmosphère irréelle qui l'entourait.

Celia était tout éblouie et, en même temps, elle avait très envie de tendre la main, simplement pour voir s'il existait véritablement. Il inspirait à la fois un fort respect et un sentiment d'infériorité, à l'instar des images merveilleuses des pharaons qu'elle avait récemment vues au Caire. Elle se sentait pareille aux esclaves qu'elle avait contemplés sur les fresques murales du temple, le jour où elle était finalement parvenue à convaincre George de partir en excursion pour la journée. Elle éprouvait le même désir saugrenu de se jeter aux pieds de l'étranger. De toute évidence, cet homme suscitait l'adoration.

D'où diable lui venait cette idée ridicule ?

Elle se frotta la tête pour reprendre ses esprits. Ce n'était qu'un homme. Un homme extrêmement fascinant, mais un simple mortel.

Il était vêtu de blanc de la tête aux pieds, à l'exclusion des dorures qui bordaient son *bisht,* le léger manteau qu'il portait sur la tunique longue et ample que paraissaient affectionner tous les hommes ici. L'*igal,* qui maintenait son large foulard en place, comportait également des dorures. Sa *ghutra* voletait dans la brise légère et formait autour de lui des plis très souples. C'était certainement de la soie plutôt que du coton, songea machinalement Celia. Sur tout ce blanc, le visage de l'homme ressortait très nettement, avec sa peau mate, brunie par le soleil. Il avait un visage très affirmé. Ses pommettes saillantes, son nez droit et ses mâchoires carrées contrastaient beaucoup avec les courbes douces et sensuelles de sa bouche.

Elle ne distinguait pas la couleur de ses yeux, mais s'aperçut soudain que l'homme la fixait d'un regard perçant. Elle n'était pas correctement voilée, et ce n'était guère convenable de sa part de la regarder de la sorte… Pourtant, il ne semblait pas disposé à détourner le regard. Une bouffée de chaleur l'envahit alors. Sûrement ce soleil torride ! Il n'y avait pas d'autre explication car elle n'était pas femme à se laisser si facilement perturber.

— Madame ?

Celia se retourna. L'homme qui s'était occupé de leurs bagages se tenait face à elle, les mains respectueusement jointes devant lui comme pour faire une prière.

Ses yeux fuyants lui rappelèrent en un instant qu'elle devait remettre son voile en place, correctement. Elle le salua d'un léger signe de tête et s'arracha à contrecœur à la contemplation de la divinité qui se trouvait toujours au sommet de la colline.

— Je m'appelle Bakri. C'est mon maître, Sa Majesté le prince d'A'Qadiz, qui m'envoie pour vous escorter jusqu'à son palais. Je dois tout d'abord vous présenter mes excuses. Nous ne nous attendions pas à voyager en compagnie d'une femme.

— Mon mari n'est pas un grand voyageur. Il a besoin de moi pour prendre soin de lui.

Bakri parut étonné mais garda ses pensées pour lui.

— Il faut que vous veniez maintenant. Nous devons bientôt partir. Avant la tombée de la nuit, ajouta-t-il.

La mine sévère, Ramiz al-Muhana, prince d'A'Qadiz, regarda la jeune étrangère suivre Bakri. L'Anglais qui venait de débarquer était à coup sûr le diplomate qu'on lui envoyait. Comment cet homme d'allure pour le moins chétive avait-il pu imaginer une seule seconde emmener une femme avec lui ? Qui était-elle ? Son épouse ? Sa maîtresse ? Il n'oserait quand même pas !

Il l'observa plus attentivement encore tandis qu'elle rejoignait en compagnie de Bakri l'Anglais qui les attendait avec une impatience manifeste près des chameaux et des mules qui allaient former leur petite caravane. Elle était grande et svelte, et ne correspondait pas du tout en cela aux canons de beauté en vigueur au Moyen-Orient, où les femmes aux courbes généreuses étaient portées aux nues. Mais il avait passé la plus grande partie de sa vie d'adulte dans les grandes villes occidentales, d'abord pour parfaire son éducation, ensuite en sa qualité d'émissaire aux services de son père, et il n'avait pas ce préjugé. La jeune femme se mouvait avec la grâce d'une danseuse. Dans sa robe vert clair, avec son voile qui lui couvrait le visage, elle lui faisait penser à Guenièvre, l'épouse légendaire du roi Arthur. Elle était majestueuse, éthérée, avec un petit quelque chose qui la rendait terriblement désirable. Ce n'était certainement pas la maîtresse du diplomate, en conclut-il. Mais elle n'avait pas vraiment l'air d'être sa femme non plus.

L'homme était en train de la réprimander, et Ramiz observait la scène, dégoûté. Cet Anglais n'était qu'un imbécile. Tout à fait le genre d'homme à accabler son entourage de reproches sans jamais assumer ses propres erreurs ! Il n'aurait jamais dû perdre sa femme de vue, pour commencer. Elle l'écoutait à présent déverser sa bile sans broncher, mais sa tension était palpable dans sa manière de se tenir très droite face à lui. Ramiz ne se laissait pas tromper par le calme apparent qu'elle affichait. La chevelure de braise qu'il avait aperçue lorsqu'elle avait repoussé son voile en disait long sur son tempérament. Elle devait être magnifique lorsqu'elle se mettait en colère. Ou lorsqu'elle s'abandonnait au désir charnel… Elle avait beau être mariée — oui, tout bien considéré, le diplomate devait être son époux —, la passion amoureuse devait être chez elle encore en sommeil, tant le mari paraissait un imbécile doublé d'un incapable.

Cela faisait partie des choses que Ramiz trouvait incompréhensibles chez les Anglais : d'où leur venait donc cette réticence vis-à-vis de l'art d'aimer ? Il ne fallait pas s'étonner de trouver un tel nombre de prudes parmi leurs épouses !

L'homme montait à présent sur l'un des chameaux avec grande difficulté, tandis que sa femme s'occupait du chargement des bagages sur les mules. Lorsque ce fut fait, elle se percha en un clin d'œil sur la haute plate-forme qui faisait office de selle et lissa les plis de sa robe avec une élégante pudeur. A croire qu'elle se déplaçait à dos de chameau tous les jours ! Contrairement à son mari, qui s'agrippait nerveusement au pommeau de la selle, donnant ainsi l'impression de faire danser l'animal, elle gardait le dos droit et tenait les rênes exactement comme il le fallait, se balançant en rythme, accompagnant gracieusement le mouvement ondulatoire du chameau.

Ramiz jura à mi-voix. Avait-il complètement perdu la tête pour se permettre de regarder ainsi la femme d'un autre homme ? Même s'il ne faisait aucun doute que l'homme en question était un imbécile, une telle attitude était absolument contraire à son sens de l'honneur. L'Anglais était son invité, et s'il était là, c'était à son initiative…

Ramiz n'entretenait aucune illusion à son propos cependant. Les Anglais, comme les Français, attendaient au Caire comme des vautours, prêts à profiter du moindre signe de faiblesse donné par le sultan de l'Empire ottoman. Sultan qui ne jouissait plus du prestige d'autrefois et peinait désormais à maintenir son contrôle sur les routes de commerce. L'impitoyable Mehmet Ali s'était déjà octroyé l'Egypte. A'Qadiz, avec son port qui donnait sur la mer Rouge, pouvait se révéler un passage très précieux pour ceux qui s'intéressaient aux richesses de l'Inde.

Ramiz ne doutait pas un seul instant des avantages que pourrait tirer son pays en jouant un tel rôle, mais il entrevoyait aussi parfaitement les inconvénients que cette situation ne manquerait pas de susciter. Les Occidentaux étaient prêts à tout pour piller les trésors du vieux monde, et les antiquités ne manquaient pas à A'Qadiz. Or il n'avait nullement l'intention de les laisser se servir ! Il n'était pas question pour lui de retrouver les trésors de son royaume exposés dans des musées privés par des aristocrates cupides qui n'avaient pas la moindre idée de leur provenance et méconnaissaient totalement leur valeur culturelle. Il n'avait pas non plus l'intention de laisser son pays se faire conquérir par un impérialiste quelconque.

En sa qualité de prince al-Muhana, il pouvait retracer sa lignée bien plus loin dans le temps que ne pourrait jamais le faire aucun duc français ou lord anglais.

« Ecoute attentivement les paroles qui sont prononcées et non celui qui prononce ces paroles. »

Les conseils que lui avait prodigués son père lui revenaient à l'esprit. Ils étaient la sagesse même. L'Anglais méritait d'être entendu avec impartialité. Ramiz sourit intérieurement en s'éloignant du port. Trois jours. C'était le temps qu'il fallait pour traverser le désert et atteindre son palais situé dans la ville de Balyrma, l'ancienne capitale du royaume. Trois jours pendant lesquels il pourrait à loisir observer à distance ses invités et prendre le temps de s'organiser.

Leur caravane était formée de six chameaux et quatre mules. Ils serpentaient à flanc de colline et s'éloignaient du port. Sous peu, ils pénétreraient dans le désert. Le prince Ramiz leur avait attribué trois gardes supplémentaires, sans compter Bakri, leur guide. Les gardes étaient des hommes revêches, armés de sabres redoutables qu'ils portaient à la ceinture ainsi que de poignards à longue lame effilée rangés dans un fourreau en bandoulière. Ils échangeaient à voix basse des propos qui paraissaient sinistres à Celia et lui jetaient des regards sombres, l'air passablement dégoûté. Loin de la rassurer, leur présence l'inquiétait plus qu'autre chose. George ne semblait pas très à l'aise non plus avec eux et s'arrangeait manifestement pour se trouver près de Bakri à la tête du convoi.

Dans cette partie du désert, le sol était bien plus rocailleux qu'elle ne l'aurait cru. Il ne s'agissait absolument pas de sable mais plutôt d'une espèce de boue desséchée, recouverte de roche et de poussière. Et le terrain sur lequel ils évoluaient était par ailleurs plutôt accidenté. Ils avaient commencé par une montée assez raide au-dessus de la mer et n'avaient apparemment pas fini de grimper. Celia apercevait au loin des montagnes escarpées aux sommets très découpés. Leurs contours se détachaient nettement, en ocre sur le bleu très vif du ciel, qui pouvait se transformer en un magnifique bleu nuit, au coucher du soleil.

Elle se sentait un peu intimidée face à tout cet espace, au désert immense qui s'étendait sur des kilomètres à la ronde. C'était bien plus impressionnant que tout ce qu'elle avait pu imaginer. Elle se sentait vraiment toute petite en comparaison. Un grain de poussière minuscule. Cela l'avait, en quelque sorte, plongée dans un état de stupeur, et l'espace de quelques minutes elle s'était même laissé gagner par l'abattement, après la journée de voyage particulièrement difficile qu'ils venaient d'effectuer. Sans oublier l'accablement qu'elle ressentait devant l'ampleur de la tâche qui les attendait, dans ce pays auréolé de mystère, à l'image de son peuple drapé dans ses longs vêtements.

Contre toute attente, elle retrouva un peu le moral tandis que la caravane se dirigeait vers l'est et traversait une plaine désertique, et qu'elle commençait à s'habituer au paysage qui l'entourait ainsi qu'au mouvement ondulatoire du chameau. Elle s'amusa alors à imaginer la tête que ferait Cassie en lisant la description de son périple à dos de chameau, ce véritable vaisseau du désert. Son naturel optimiste refit également surface tandis qu'elle se répétait que George, en sa qualité de diplomate, était forcément tenu en haute estime. Cette mission serait couronnée de succès, il cesserait alors de se faire du souci pour sa carrière et s'attacherait enfin à la réussite de leur mariage…

Ils s'arrêtèrent à l'abri d'un escarpement dont la roche scintillait d'agates pareilles à des éclats de diamant. Au-dessus de leur tête, le ciel était constellé d'un tapis d'étoiles qui n'avaient d'ailleurs pas véritablement la forme d'étoiles mais plutôt celle d'énormes cercles nimbés de lumière.

— On a l'impression qu'il suffirait de tendre la main pour les toucher, dit-elle à George alors qu'ils regardaient les hommes monter la tente.

— Moi, ce que j'aimerais, là, tout de suite, c'est pouvoir toucher mon lit à baldaquin rien qu'en tendant la main ! répondit George aigrement. Ça ne va pas être le grand luxe, cette nuit, on dirait bien…

Il fallait bien reconnaître que la tente ressemblait plus à un appentis qu'à un logis, avec ses trois toiles tendues et son rideau placé au beau milieu, de manière à créer deux chambres séparées. Les toiles extérieures, supputa Celia en touchant le matériau rêche du bout des doigts, étaient tissées dans une sorte de laine.

— Il doit s'agir de poil de chèvre. Je ne pense pas qu'ils aient beaucoup de moutons par ici. Je suis pratiquement certaine que c'était aussi de la chèvre que nous avons mangée au dîner, ce soir. Tu aurais dû goûter George, c'était délicieux !

— Des barbares, tous autant qu'ils sont… On aura tout vu ! Manger avec les mains ! Tu m'as bien surpris, tu sais.

— C'est leur coutume, répondit-elle d'une voix douce et conciliante, tu dois simplement utiliser le pain comme une cuillère. Je n'ai fait qu'imiter leur façon de faire. Tu devrais t'y mettre, toi aussi, si tu ne veux pas mourir de faim. Maintenant, où veux-tu que je t'installe ce tapis ?

— Il n'est absolument pas question que je dorme dans ces conditions, avec les gardes qui ronflent comme des ours juste à côté ! protesta George.

Mais il la laissa cependant déblayer le sol sur un rayon suffisamment large pour pouvoir s'installer et, quelques instants plus tard, il dormait à poings fermés.

Celia, pour sa part, resta un long moment assise devant la tente à observer les étoiles. Elle n'avait absolument pas sommeil. Une telle immensité l'entourait ! Une telle beauté ! Elle ne se lassait pas de tout admirer. Quand il se mettait à pleuvoir, lui avait expliqué Bakri, c'était comme un tapis de couleurs. Elle pensa alors à toutes les petites graines qui sommeillaient juste sous la surface du sol, prêtes à éclore et à prendre vie. « *Un nuage est une promesse ; la pluie est un épanouissement* », avait dit Bakri.

Elle était de toute évidence censée partager la même chambre de toile que George, mais elle ne supportait pas l'idée de passer ainsi sa toute première nuit avec lui, même si son mari était tout habillé et dormait déjà profondément. Elle emporta donc son tapis et se trouva un endroit au calme un peu plus loin, à l'abri derrière un gros rocher.

— Un nuage est une promesse ; la pluie est un épanouissement, se répéta-t-elle en chuchotant.

Peut-être devait-elle envisager son mariage de la même manière. Il attendait juste la pluie pour pouvoir s'épanouir. Elle s'endormit en se demandant quelle forme revêtirait cette pluie et s'il n'était pas déjà trop tard…

En surplomb, immobile et silencieux, Ramiz observa longtemps Celia après qu'elle se fut endormie. Pourquoi n'était-elle pas allée prendre place sous la tente auprès de son mari ? Lorsque le véritable froid de la nuit fit son apparition, il retourna au petit campement qu'il avait établi un peu plus loin, s'enveloppa dans son tapis et s'installa pour la nuit.

Chapitre 2

Ils surgirent peu avant l'aube. Le bruit des sabots de leurs chameaux était assourdissant. Celia se réveilla en sursaut et se redressa, encore tout engoncée dans son tapis. Elle scruta par-dessus le rocher le nuage de poussière qui s'approchait de la tente à une rapidité effrayante. Une lame brilla soudain comme un éclair dans la faible clarté du jour naissant. Qui étaient ces hommes ? De toute évidence, ils ne venaient pas en amis !

Elle avait encore le temps de réagir. Quelques instants, pas beaucoup plus. Mais cela suffirait peut-être. Elle devait prévenir les gardes coûte que coûte. Elle devait sauver George. Pas un instant elle ne pensa à sa propre sécurité. Elle se leva précipitamment. Elle avait déjà dépassé le rocher d'un bon pas lorsqu'une large main lui couvrit soudain la bouche, tandis qu'un bras la ceinturait. Elle se débattit, mais l'étreinte se fit plus forte encore.

— Ne bougez pas. Ne criez pas.

L'homme avait parlé à voix basse, mais sur un ton autoritaire qui ne souffrait pas la contestation. Celia n'opposa aucune résistance et obéit à l'injonction qui venait de lui être faite sans la moindre hésitation, bien trop effrayée pour se rendre compte que celui qui la retenait prisonnière lui avait parlé en anglais.

Il ôta la main de sa bouche et la fit pivoter sur elle-même tout en la maintenant fermement contre lui.

— Vous ! s'écria-t-elle avec stupeur.

C'était l'homme mystérieux qu'elle avait vu la veille, en haut de la colline.

— Retournez derrière le rocher. Et ne bougez surtout pas. Ne sortez de votre cachette sous aucun prétexte. Attendez que je vous y autorise. C'est bien compris ?

— Mais mon mari…

— Ce qu'ils lui feront est sans commune mesure avec ce qu'ils vous feront à vous s'ils vous trouvent ! Maintenant, retournez vous cacher…

Il était déjà en train de la ramener de force là où elle dormait encore quelques instants plus tôt. Elle entendait des cris derrière elle.

— S'il vous plaît… Aidez-le. Sauvez mon mari.

Il hocha la tête d'un air sinistre, puis extirpa un sabre du fourreau qu'il portait à la taille ainsi qu'un petit poignard à la lame courbe d'un étui en argent qu'il portait également à la ceinture. Il poussa un cri terrifiant en partant à l'attaque.

Ramiz parcourut la courte distance jusqu'à la tente en un éclair, tout en appelant à l'aide les trois gardes qu'il avait engagés.

Mais les hommes ne se trouvaient nulle part. Seul Bakri demeurait aux côtés du diplomate anglais qui se tenait recroquevillé dans un coin de la tente, prostré. Ramiz poussa des jurons furieux et s'élança contre le premier des agresseurs, tout en criant à Bakri de vérifier si l'Anglais avait un pistolet.

Il se battait avec rage, maniant son sabre avec grande adresse. Il fendait l'air de grands mouvements circulaires tout en assurant sa propre défense avec son *kandjar*. Ils étaient quatre contre lui, qui l'encerclaient. Il combattait comme un beau diable. Il réussit à neutraliser un homme en lui transperçant l'épaule de sa lame, puis se remit aussitôt à tournoyer. Son sabre entrechoqua avec fracas celui d'un autre assaillant, tandis qu'il effectuait un mouvement défensif de dernière minute. Le coup fut si violent qu'il fit vibrer son bras douloureusement.

Il y avait à présent deux hommes à terre. Plus que deux à combattre, compta Ramiz. La vision obscurcie par la sueur et la poussière, il entendit un cri qui semblait provenir du coin de la tente. Il se retourna, juste au moment où l'un des gardes qu'il avait engagé était en train de lever son poignard pour tuer Bakri.

— Aidez-le ! cria-t-il en fulminant à l'attention de l'Anglais. Bougez-vous, bon sang !

Tout se déroula ensuite très vite. L'Anglais finit par bouger, mais au lieu de porter assistance à Bakri, il se faufila entre l'un des assaillants et le serviteur en forçant le passage jusqu'à l'entrée de la tente. Bakri s'écroula, la main cramponnée au poignard qu'on lui avait enfoncé profondément dans le cœur.

L'Anglais prenait purement et simplement la fuite ! Ramiz hésita quelques secondes sur ce qu'il devait faire, puis, renonçant à essayer de tuer les deux autres assaillants, il s'élança à sa suite. Malgré la lâcheté inqualifiable dont il faisait preuve et le dégoût qu'il lui inspirait, cet homme n'en était pas moins son invité, et il lui devait assistance. Malheureusement, ces quelques secondes furent suffisantes pour que l'un des agresseurs lève son sabre et entaille profondément le ventre du diplomate.

Un cri strident déchira alors le silence. Celia venait de sortir de sa cachette et accourait à toute vitesse vers eux, à la stupeur générale. Ils la tueraient aussi sûrement qu'ils avaient tué son mari, songea Ramiz. Nul doute que ces hommes aient été envoyés par Malik, le dirigeant de la principauté voisine, car il n'y avait que lui pour fomenter une conspiration aussi sauvage et brutale.

Une terrible fureur s'empara de lui. Il se lança à corps perdu vers les deux hommes encore sur pied. Ils avaient déjà rejoint la jeune femme et l'avaient saisie par les cheveux, pressant un poignard sur sa gorge pour la tuer. Un coup de pied bien placé projeta le premier homme en l'air. Quand il vit qu'il avait affaire au prince d'A'Qadiz, l'autre se prosterna aussitôt à plat ventre en signe de soumission.

— S'il vous plaît, Monseigneur… S'il vous plaît, Votre Altesse… Je vous supplie de me laisser la vie sauve !

Ramiz le mit debout en le tirant par les cheveux.

— Tu as un message pour moi de la part de ton prince ?

— S'il vous plaît, ne faites pas ça. Je vous en prie. Je…

Ramiz resserra son étreinte, ce qui fit crier l'homme.

— Qu'est-ce que Malik a à me dire ?

— Inviter des étrangers chez nous, c'est s'exposer au désastre.

Ramiz relâcha l'homme qui tomba alors de tout son long.

— Dis à Malik que j'invite chez moi qui je veux. Dis-lui aussi qu'il regrettera cette journée toute sa vie ! Maintenant, pars d'ici pendant que tu es toujours en vie, et emmène avec toi ton compagnon sans connaissance.

L'homme ne se le fit pas dire deux fois et se précipita sur son camarade inconscient. Il le porta et le ficela grossièrement sur un chameau, puis partit au galop dans un nuage de poussière.

Ramiz s'agenouilla auprès du corps de l'Anglais. Il n'y avait plus rien à faire… Alors qu'il se remettait lentement debout, la femme s'avança vers lui en titubant. D'instinct, il se plaça devant le corps pour l'empêcher de le voir.

— George ? appela-t-elle.

Sa voix n'était qu'un léger murmure. Ramiz secoua la tête.

— Il vaudrait mieux que vous ne regardiez pas, madame…

— Et les gardes ?

— Des traîtres.

— Et Bakri ?

Ramiz secoua la tête une nouvelle fois. Bakri, qui avait été à son service depuis son plus jeune âge, était mort lui aussi.

— Vous m'avez sauvé la vie, reprit-elle. Je suis désolée de ne pas vous avoir écouté. Mais j'ai entendu George, et j'ai pensé… j'ai pensé…

Elle se mit à trembler de tout son corps. Ses jambes la soutenaient à peine, et le sol était en train de se dérober sous elle.

— Je suis veuve, s'écria-t-elle soudain d'une voix qui monta dans les aigus. Je suis veuve avant même d'avoir eu le temps d'être une épouse !

Elle sentit qu'elle allait s'évanouir. La dernière chose dont elle eut conscience fut deux bras puissants qui la retinrent de tomber. Etrangement, elle eut la conviction qu'elle se trouvait entre de bonnes mains.

Celia émergea lentement des ténèbres, se faisant violence pour ne pas céder à la tentation de se recroqueviller sur elle-même et de rester où elle se trouvait, en sécurité, à l'abri d'une conscience encore vacillante, parcellaire. Un rayon de lumière brillait devant elle. Elle avait peur de l'atteindre. Quelque chose d'horrible l'attendait là-bas, elle le savait bien.

— George ! cria-t-elle soudain.

Elle s'assit en sursaut.

— George !

Puis elle se leva précipitamment. Le sol se mit aussitôt à tanguer comme si elle se trouvait sur le pont d'un navire en pleine tempête. Mais elle n'était pas sur un bateau, elle était dans une tente. Comment était-elle arrivée là ? Cela n'avait aucune importance. Elle sortit à l'air libre en chancelant.

La lumière vive du soleil l'éblouit, et elle eut l'impression d'être aveugle l'espace de quelques instants. Lorsque sa vision s'éclaircit, elle s'agrippa à la corde de la tente pour garder l'équilibre. Il y avait du sang séché sur le sol, et ce qui s'était passé lui revint brutalement à la mémoire. Des hommes étaient arrivés dans un nuage de poussière comme dans une histoire tirée de la Bible. Puis il y avait eu un combat. Des cris. George qui courait. Qui s'enfuyait en courant. Alors qu'il avait un pistolet. Alors qu'il s'entraînait au tir chez les Manson toutes les semaines. Il s'était enfui sans même se préoccuper de savoir où elle se trouvait.

Non ! Il avait paniqué sur l'instant, mais il serait revenu la chercher. Sûrement, il serait revenu…

Et cet homme qui lui avait sauvé la vie… Qui était-ce ? Et que faisait-il dans le désert à proximité de leur petite caravane ?

Un bruit sourd, à l'arrière de la tente, détourna son attention. Elle contourna la toile avec précaution même si elle savait déjà, en son for intérieur, ce qu'elle trouverait. L'inconnu était là, son manteau ourlé d'or étendu sur un rocher, sa coiffe attachée de manière à avoir le visage complètement dégagé. Il était en train d'étaler du sable sur un monticule de terre rocailleuse et transpirait abondamment. Il faisait de terribles efforts physiques. Il avait dû trouver une pelle parmi l'équipement que les gardes avaient abandonné lorsqu'ils s'étaient enfuis.

Il se tenait de profil. Le tissu léger de sa tunique blanche collait à son dos inondé de transpiration et soulignait la largeur de ses épaules. Il avait l'air sûr de lui. Un homme fort. Capable de lui sauver la vie. Un homme qui savait faire face. Qui ne prenait pas la fuite, lui…

Assez !

Il posa la pelle et essuya du revers de la main la sueur qui perlait de son front. Elle devait avoir bougé ou fait un bruit, ou peut-être l'avait-il simplement sentie car il se tourna vers elle.

— Vous devriez rester dans la tente, à l'abri du soleil.

Il parlait anglais avec un accent. Ses yeux étaient d'une couleur étrange. Celle du bronze teinté d'or. Il se mouvait avec grâce et légèreté, et ne semblait pas être homme à travailler de ses mains en temps ordinaire. Elle prit subitement conscience qu'elle était seule avec lui au beau milieu du désert et cette pensée la fit frémir. De peur ? Oui, mais elle ne ressentait pas autant de peur qu'elle aurait dû en éprouver. Elle était encore en état de choc et se sentait comme dans du coton, incapable de ressentir les choses correctement pour le moment, essaya-t-elle de se dire pour se rassurer.

Il vint se poster juste devant elle et la fixa, l'air préoccupé. La façon dont il la regardait la mit mal à l'aise. Elle se sentait en position de faiblesse. Et elle n'aimait pas se sentir en position de faiblesse. D'habitude, c'était elle qui s'occupait de tout.

Elle se redressa, leva le menton pour rencontrer le regard

de l'inconnu, oubliant totalement le protocole. Les chapeaux, les voiles…

— Qui êtes-vous ? demanda-t-elle d'une voix qui tremblait légèrement.

— Le cheik Ramiz al-Muhana, répondit-il tandis qu'il la saluait en esquissant un sourire qui conféra une douceur passagère à son visage dur et rocailleux.

Ses yeux prirent la couleur de l'ambre. Le soleil semblait y puiser son incandescence. Tout, absolument tout, brillait en lui. Elle se souvint qu'il lui avait fait penser aux anciens pharaons, la veille. C'était en lui. Il impressionnait et inspirait la soumission.

— Cheik Ramiz…, répéta-t-elle bêtement.

Puis elle comprit ce que cela signifiait.

— Vous voulez dire que vous êtes le prince Ramiz d'A'Qadiz ?

Il acquiesça.

— Nous étions en route pour Balyrma, reprit-elle. Pour vous rencontrer. George est, était…

Elle prit une profonde inspiration, bien déterminée à garder la maîtrise de ses nerfs, et poursuivit :

— Je ne comprends pas. Que faites-vous ici ? Que s'est-il passé ? Qui étaient ces hommes ? Pourquoi nous ont-ils attaqués ?

Ramiz nota que sa voix était montée d'un ton à chacune de ses questions. Elle avait le visage blême. Ses paupières lourdes lui donnaient une apparence sensuelle et endormie, mais ses yeux étaient noirs de peur même si elle semblait résolue à ne pas le laisser paraître.

Elle a du courage, cette Anglaise, pas comme son lâche de mari…

— Nous en reparlerons plus tard, lui dit-il. Vous devez d'abord faire vos adieux, ensuite nous quitterons cet endroit.

— Mes adieux ?

Sa lèvre inférieure se mit à trembler. Elle se la mordit fermement pour ne pas se mettre à pleurer, puis tourna vers lui de grands yeux suppliants. Ramiz la prit par le bras et l'amena doucement vers les tombes.

Deux tombes. Et deux autres quelques mètres plus loin. Le prince avait visiblement travaillé dur et pendant un long moment, lui épargnant bien du chagrin alors qu'elle se reposait, inconsciente. Elle ne pouvait que lui en être reconnaissante.

Ils se tinrent tous les deux devant les monticules de sable, dans une contemplation silencieuse. *Pauvre George*, songea Celia, envahie par une sourde tristesse. Une larme roula sur sa joue, puis une autre.

— Je m'en veux tellement, murmura-t-elle, je m'en veux tellement.

La vérité, c'est qu'ils n'auraient jamais dû se marier… George ne souhaitait pas réellement avoir une épouse à ses côtés, et elle, elle avait attendu de lui bien davantage qu'il n'était prêt à lui donner. C'était aussi bien ainsi, finalement. Parce que si elle avait été véritablement son épouse, s'ils avaient partagé depuis les trois mois de leur mariage ce que partagent les gens qui s'aiment, la douleur aurait été alors insupportable.

Submergée de remords, elle ferma les yeux, plissant fortement les paupières, et pria avec ferveur pour ce mari qu'elle n'aurait jamais pu aimer, elle le comprenait à présent, même si elle avait sincèrement essayé.

— Je suis désolée, murmura-t-elle de nouveau.

— Il est en paix désormais, aux côtés de son dieu, dit Ramiz en brisant le silence. De même pour Bakri, qui était à mon service après avoir été au service de mon frère et de mon père.

Cette remarque tira soudain Celia de la stupeur qui menaçait de l'envahir.

— Je suis désolée… Je n'avais pas réellement compris la situation. La perte de Bakri doit être un coup terrible pour vous.

— Il est mort d'une mort honorable.

Ramiz ferma les yeux et dit une prière dans sa langue natale.

Il parlait à voix basse, et les mots inconnus qu'il prononçait étaient d'une beauté apaisante.

— Retournez à l'abri maintenant, lui ordonna-t-il. Je vais finir ce qu'il reste à faire.

Elle obtempéra et retourna à pas lents vers la tente. *Une mort honorable*... La critique était explicite et raviva son malaise. Même si le bon sens lui assurait qu'en aucun cas elle n'aurait pu sauver George, que si elle avait désobéi à Ramiz et n'était pas restée dans sa cachette, elle aurait très certainement connu le même sort que son mari et serait morte à présent, cela ne l'empêchait pas de se torturer l'esprit et d'éprouver un terrible sentiment de culpabilité à l'idée d'avoir survécu.

Et maintenant, elle était veuve. George était mort. Et sa mort avait été si atroce qu'elle avait l'impression de l'avoir rêvée, ou imaginée. Une mort comme sortie d'un conte des *Mille et Une Nuits*... Si seulement les événements de la nuit n'étaient que cela, un conte... Si seulement elle pouvait se réveiller de cet horrible cauchemar...

Ce n'était hélas pas possible, et tout ce qu'elle pouvait faire désormais, c'était se comporter avec toute la dignité dont elle était capable. Avec la dignité que son père et tante Sophia attendraient d'elle en pareilles circonstances. Avec la dignité que les autres attendraient certainement de la part de lady Cleveden, épouse de feu le porte-parole du gouvernement de Sa Majesté.

Aussi, lorsque Ramiz la rejoignit une demi-heure plus tard, bien qu'elle mourût d'envie de s'écrouler sur le sol couvert de tapis et de se recroqueviller sous une couverture pour y trouver un peu de réconfort et pleurer à chaudes larmes, elle s'obligea à se mettre debout.

— Je vous demande pardon, Prince Ramiz, si je vous ai offensé par mon impolitesse, dit-elle se souvenant un peu tard qu'elle devait éviter de le regarder droit dans les yeux.

Puis, elle ajouta :

— Je vous dois mes plus vifs remerciements pour m'avoir sauvé la vie et pour le mal que vous vous êtes donné pour...

pour mon mari… Je ne me suis même pas présentée, dit-elle en faisant une profonde révérence. Je suis lady Celia Cleveden.

— Je pense qu'étant donné la situation, madame, nous pouvons nous passer du protocole, répondit Ramiz. Venez, nous devons quitter cet endroit si nous voulons trouver un nouvel abri avant la tombée de la nuit. Je ne veux pas prendre le risque de rester ici.

— Mais, que faisons-nous de… Nous ne pouvons tout de même pas…

— Nous ne pouvons rien faire de plus. J'ai déjà reformé la caravane pour notre départ, dit Ramiz avec impatience.

Elle n'eut pas le courage d'argumenter. De multiples questions se bousculaient dans sa tête, mais elle n'avait pas la force de les poser. Et elle n'avait absolument pas la moindre envie de rester sur la scène d'un tel carnage, en présence des morts. Aussi suivit-elle le prince sans plus résister jusqu'au pieu où son chameau était attaché. Lorsque l'animal se mit à genoux comme le lui ordonnait Ramiz, elle grimpa avec lassitude sur la haute plate-forme de bois qui servait de selle. Elle nota machinalement que la bête que le prince Ramiz montait était aussi blanche que le cheval sur lequel elle l'avait aperçu la veille, et que le tissu qui recouvrait sa selle était de soie et brodé de fils d'or.

Prenant la tête de la caravane, il s'empara des longes du chameau, ainsi que de celles de la monture de Celia. En d'autres circonstances, elle aurait été furieuse de ne pas pouvoir diriger elle-même le chameau. Mais, là, elle était tout simplement soulagée. C'était une chose de moins dont elle devait s'inquiéter.

Ils restèrent en selle pendant environ deux heures. Quand le soleil se mit à décliner à l'horizon, à une vitesse spectaculaire, striant le ciel de rouge carmin et d'or, ils s'arrêtèrent et installèrent leur campement. Aussi incroyable que cela lui parût, Celia avait sommeillé une bonne partie du trajet. La distance qu'ils avaient parcourue et le repos qu'elle s'était octroyé lui avaient fait beaucoup de bien. Tandis qu'elle aidait Ramiz sans rechigner, suivant les instructions qu'il lui donnait d'un ton brusque, son esprit revenait sans cesse sur les événements qui venaient de bouleverser le cours de sa vie. Dans sa tête se bousculaient une foule de questions dont elle espérait bien avoir les réponses.

Ils prirent place auprès du petit feu que Ramiz avait allumé et mangèrent un repas simple que Celia avait préparé à l'aide de leurs provisions. La nouvelle lune commençait son ascension dans le ciel. *Hilal*. Le croissant de lune. Symbole d'un nouveau départ.

— Pouvez-vous m'expliquer maintenant ce qui s'est réellement passé ce matin, Votre Majesté ? demanda-t-elle lorsqu'ils eurent fini leur repas. Comment se fait-il que vous vous soyez trouvé là ?

— Ramiz… Appelez-moi Ramiz quand nous sommes en privé. Je vous suivais. Je voulais voir quel genre d'homme votre gouvernement avait envoyé pour entamer des discussions avec moi. Je voulais prendre ainsi l'avantage sur lui avant notre rencontre officielle. Je ne m'étais pas imaginé un seul instant qu'il amènerait sa femme avec lui. Si j'avais su que vous veniez aussi, j'aurais pris d'autres dispositions quant à l'organisation de votre voyage jusqu'à ma citadelle.

— Ce n'est pas parce que je suis une femme que j'ai forcément besoin qu'on soit aux petits soins avec moi ! Je suis parfaitement capable d'endurer les privations inhérentes à un voyage dans le désert.

— D'après ce que j'ai vu, vous en êtes bien plus capable que ne l'était votre mari, c'est certain, répondit Ramiz sèchement, mais là n'est pas la question. Dans mon pays, nous prenons soin de nos femmes. Nous les chérissons, et leur confort passe avant le nôtre. Leur vie passe avant la nôtre. De toute évidence, votre mari avait une conception bien différente…

Terriblement mal à l'aise, Celia s'agita un peu sur le tapis.

Par ailleurs, le bas de sa robe était si étroit qu'il lui était difficile de rester à genoux.

— George était simplement… George n'était pas… Il était…

— Il a pris la fuite ! coupa Ramiz avec mépris. N'était-il pas armé ?

— Il avait un pistolet, admit Celia à contrecœur.

— Alors pourquoi ne s'en est-il pas servi ? Il aurait pu sauver sa peau et celle de mon serviteur !

— Votre Majesté — Ramiz —, mon mari était un homme bon. C'est juste que tout s'est déroulé si vite… Et l'attaque… C'était tellement terrifiant ! Il a agi de… d'instinct…

— D'instinct ? Un homme à qui l'instinct commande d'abandonner son épouse pour sauver sa propre vie n'est pas digne d'être sauvé. La nature a accordé la beauté aux femmes pour que les hommes puissent l'apprécier. Aux hommes, elle a conféré la force pour qu'ils puissent subvenir aux besoins des femmes et les protéger. Enfreindre ces règles, c'est aller à l'encontre de l'ordre naturel des choses, c'est aller à l'encontre d'un modèle que des civilisations telles que la mienne suivent depuis des milliers et des milliers d'années avec un succès qui n'a jamais été démenti. Votre mari était un lâche et par conséquent, à mes yeux, il n'était pas digne d'être appelé un homme. Je suis désolé pour l'extrême dureté de mes propos, mais je dis les choses telles que je les pense.

Celia s'apprêtait à prendre instinctivement la défense de George lorsqu'elle s'aperçut avec un certain désarroi qu'elle en était incapable. Pour un homme tel que Ramiz, ce que George avait fait était proprement indéfendable. Et, dans un petit recoin de sa tête, elle devait bien avouer qu'elle était entièrement d'accord avec lui. De toute façon, cela importait peu. Ce qu'elle désirait avant tout, maintenant, c'était obtenir des réponses à toutes les autres questions qu'on ne manquerait pas de lui poser à son retour au Caire. Rien ne pourrait plus ramener George à la vie, mais peut-être pourrait-elle renseigner le Consul Général, lui fournir au moins quelques informations sur cette principauté dont ils ne savaient pratiquement rien. Cela ne pèserait peut-être pas beaucoup dans la balance mais, au moins, George ne serait pas tout à fait mort en vain.

— Vous connaissiez les hommes qui nous ont attaqués…

Ce n'était pas une question mais une affirmation.

— Qui étaient-ils ?

Ramiz rejeta la tête en arrière pour observer les étoiles. Elles semblaient tellement proches qu'on aurait dit des lanternes suspendues juste au-dessus de leurs têtes.

— Il y a deux ans, Asad, mon frère aîné, dirigeait encore A'Qadiz. Ce royaume et ceux qui nous entourent appartiennent à un grand nombre de tribus et de factions, et mon frère nous a régulièrement précipités dans de terribles batailles. Il croyait que le pouvoir de l'épée était plus fort que celui de la parole. Cela lui a coûté la vie.

— Que lui est-il arrivé ?

Ramiz secoua la tête lentement, comme s'il hésitait à se replonger dans ses souvenirs. Puis il reprit :

— Il a été tué au cours d'une embuscade aussi inutile que futile. Je ne partage pas du tout sa philosophie. Je crois, pour ma part, que la plupart des hommes sont raisonnables, et ce que veulent les hommes raisonnables, c'est la paix. La paix constitue donc mon unique objectif, et je m'y consacre corps et âme. Malheureusement, beaucoup de mes voisins ne sont pas d'accord avec moi. Tous n'acceptent pas non plus ma stratégie de négociations avec les puissances étrangères telle que l'Angleterre. Ce qui s'est passé aujourd'hui était une sorte d'avertissement, et je dois agir rapidement ou bien tout ce que j'ai entrepris jusqu'ici va tomber en poussière. C'est vraiment malheureux que vous vous soyez retrouvés impliqués dans ce conflit malgré vous, mais je ne peux plus rien y faire maintenant. Il y a encore deux jours de voyage jusqu'à Balyrma. Nous devrons donc nous mettre en route aux premières lueurs du jour.

— Balyrma ! s'exclama Celia. Il y a sûrement une erreur. Je veux dire… Je pensais que vous me ramèneriez au Caire.

— Il n'en est absolument pas question. Je dois rentrer chez moi de toute urgence.

— Vous ne pouvez pas me fournir une autre escorte ?

Ramiz ouvrit largement les deux bras, lui désignant l'immensité du désert qui s'étalait tout autour eux.

— Vous pensez que je détiens des pouvoirs magiques ? Vous pensez que je peux convoquer une escorte pour vous accompagner au Caire par la simple force de ma volonté ?

— J'ai bien peur de ne pas avoir été informée de quoi que ce soit. Mon mari a choisi de ne pas partager les détails de cette mission avec moi. A priori, je ne vous serai pas d'une grande utilité.

— Cela n'a aucune importance. Il ne me serait pas venu à l'esprit de tenir de telles discussions avec une femme, de toute manière, répondit Ramiz d'un ton dédaigneux.

Cela, elle le savait déjà. George lui avait dit la même chose. Et la façon dont on la traitait ici n'était guère différente de la manière dont les choses se passaient chez elle en Angleterre.

— Eh bien, si tel est le cas, dit-elle, il serait certainement plus logique de me laisser retourner en Egypte. Ce n'est qu'à une journée de voyage du port et…

— J'ai dit ce que j'avais à dire. Vous feriez bien de vous souvenir que, dans ce pays, la loi c'est moi !

Celia fut prise de court par ce changement brutal de ton. Ramiz avait enlevé sa *ghutra*. Ses cheveux étaient noirs et coupés très courts, ce qui soulignait la forme de sa tête et accentuait l'impression de force que dégageaient son cou et ses épaules. Il se passa doucement la main sur le crâne. Ce faisant, une mèche se colla sur son front. Celia trouva cela touchant, d'autant qu'il s'avérait beaucoup plus jeune qu'elle ne se l'était imaginé. Il devait avoir dans les trente-deux ou trente-trois ans tout au plus. Son apparence était terriblement trompeuse, et il parlait d'une voix si autoritaire ! C'était la voix d'un homme qui avait l'habitude d'être obéi sans discussion et sans la moindre contestation. Un homme, se remémora-t-elle, qui avait désormais le droit de vie ou de mort sur elle.

Mais elle n'était pas le genre de femme à courber l'échine et n'allait certainement pas se mettre à obéir aveuglément tout à coup !

— C'est à cause de l'attaque de ce matin ? demanda-t-elle avec précaution. Vous craignez qu'ils reviennent ?

Mais oui ! Elle n'y avait même pas pensé jusqu'alors, mais ils étaient affreusement vulnérables ! Deux êtres perdus au milieu du désert… Très nerveuse à présent, elle essayait de distinguer quelque chose dans le noir d'encre de la nuit. Elle ne vit rien au-delà des vagues contours que formaient les collines.

Mais Ramiz secoua la tête avec détermination, et elle en fut soulagée.

— Ils n'oseront pas revenir maintenant qu'ils savent que je suis ici, dit-il du bout des lèvres. Ils ont souillé mon honneur en venant ici, et celui d'A'Qadiz également.

— Vous m'avez sauvé la vie, dit-elle en posant la main sur la sienne sans réfléchir à son geste. Vous ne pouviez pas deviner que vos propres hommes vous trahiraient.

Sa main était fraîche, remarqua Ramiz, ses doigts longs et de la même couleur délicieuse que son visage laiteux. En général, les femmes qui avaient un teint aussi clair viraient souvent à un rouge affreux après une longue exposition au soleil, ou alors elles se couvraient de taches de rousseur. Mais pas elle. Son teint était demeuré exempt du moindre défaut. Il se demanda soudain si elle était également exempte de défaut sur d'autres plans… Puis il se souvint qu'il ne devait pas se poser ce genre de questions à son sujet.

Il repoussa sa main avec fermeté.

— Vous viendrez à Balyrma avec moi, un point c'est tout. La discussion est close.

— Pour combien de temps ?

Ramiz haussa les épaules.

— Jusqu'à ce que je prenne une décision à votre sujet.

De toute évidence, constata Celia avec une brusque pointe d'appréhension, elle n'avait pas le choix. De toute évidence aussi, mieux valait accepter son destin plutôt que de se brouiller avec son hôte à force d'argumenter. Même si elle ne connaissait pas les détails de la mission de George, elle savait que beaucoup de choses en dépendaient. Quoi qu'il en soit, même si Ramiz accédait à sa requête et lui permettait de rentrer au Caire dans les meilleurs délais, en tant que veuve de George, elle n'aurait de toute façon pas le droit d'y rester. On la renverrait aussitôt chez elle, en Angleterre. Etait-ce vraiment ce qu'elle voulait ? Mais poser la question, n'était-ce pas déjà y répondre ?

— Où est-ce que je logerai, à Balyrma ?

— Dans mon palais. Vous serez mon invitée.

— Je ne pense pas que ce soit une bonne idée, objecta-t-elle d'une voix hésitante. Je suis une femme, et personne ne m'accompagne… Ce n'est peut-être pas une très bonne idée de me loger dans votre palais, tout spécialement alors que vous allez être occupé par des affaires d'Etat urgentes.

Ramiz partit d'un rire âpre.

— Vous parlez peut-être comme un homme, mais, interrompez-moi si je me trompe, vous êtes bien une femme, lady Celia ? Vous serez logée dans le quartier des femmes et aucun homme à part moi n'a le droit d'y entrer. Vous n'avez donc pas à vous inquiéter pour votre vertu…

Il se tourna vers elle. A la lueur du feu, ses yeux brillaient comme de l'or.

— Vous voulez dire que je vais loger dans un harem ?

Elle écarquilla les yeux, sous le choc, tandis que, tout droit sorties des *Mille et Une Nuits,* des images de concubines à peine vêtues en train de s'oindre le corps et de se prélasser sur des coussins en velours lui vinrent à l'esprit.

— Vous pensez vraiment que je vais faire partie de votre harem ! s'exclama-t-elle. Vous n'êtes pas sérieux ! Vous vous moquez sûrement de moi, dit-elle d'une voix qui trahissait un début de panique. Je ne suis pas… Parce que vous pensez que je vais…

C'était toujours la même chose ! se dit-il. Ce mot, « harem », objet de toutes les craintes et de tous les fantasmes… Il savait parfaitement à quoi elle pensait. Il avait maintes fois rencontré la même incompréhension durant ses voyages en sa qualité d'émissaire chargé de représenter son père. Les Européens imaginaient les harems comme des espèces de maisons closes à l'usage exclusif d'un homme. De telles inepties le mettaient dans une colère noire, et il n'essayait même plus de donner une quelconque explication. Si leur imagination débordante leur faisait entrevoir des dizaines de femmes nubiles dans un état d'excitation perpétuelle qui passaient leurs journées à se languir de leur seigneur et maître et attendaient son retour dans l'espoir de se retrouver au lit avec lui, c'était leur problème après tout, pas le sien !

— Le harem, c'est l'endroit où logent les femmes au palais, c'est donc là que vous serez reçue…

— Votre Majesté — Ramiz —, je suis flattée que vous envisagiez de m'ajouter à votre ribambelle de femmes, mais…

— Vous surestimez beaucoup votre valeur, lady Celia ! Un cheik ne peut épouser qu'une princesse arabe de sang royal. C'est la coutume. Une femme occidentale, même issue de l'aristocratie, ne peut aucunement prétendre à une position aussi élevée. Au mieux, elle pourrait devenir ma concubine.

Quel outrage ! Celia en eut le souffle coupé.

— Parce que vous pensez que je vais devenir votre concubine ? Comment osez-vous ? Comment osez-vous suggérer une chose aussi scandaleuse, aussi indécente… ?

Avant qu'elle ait la moindre chance de s'échapper, il s'était relevé et avait bondi sur elle à toute vitesse. Un instant plus tôt, elle était encore assise à ses côtés. Celui d'après, il la forçait à se mettre debout sans aucun ménagement, la serrant contre lui. Il la maintenait avec une telle détermination qu'elle ne jugea pas utile de se débattre. Elle était grande, mais Ramiz la dépassait d'une bonne dizaine de centimètres. Il la pressait contre lui, cuisses contre cuisses, poitrine contre poitrine, et elle sentait distinctement son souffle sur le visage. Elle sentait son odeur, chaude et masculine. Irrésistible. Personne ne l'avait jamais maintenue de force comme cela. Jamais son corps n'avait été si proche de celui d'un homme. Pas de cette manière en tous les cas. Il la maintenait si fermement qu'un terrible sentiment d'impuissance l'étreignit. Elle aurait dû avoir peur — ce qui était le cas —, mais ce n'était pas tout… Elle ressentait aussi quelque chose d'autre… Quelque chose d'assez indéfinissable.

— Mais qu'est-ce qui vous prend ? s'écria-t-elle d'une voix saccadée. Lâchez-moi maintenant !

— Vous me prenez vraiment pour un sauvage, lady Celia, n'est-ce pas ? dit-il d'une voix sourde qui dissimulait mal sa colère.

— Non ! Absolument pas ! Vous avez manifestement fait des études, vous parlez parfaitement anglais, et…

Il resserra un peu plus son étreinte.

— Vous pensez vraiment que savoir parler une langue aussi simple que la vôtre fait de moi quelqu'un de civilisé ? Je parle également le français, le grec, l'allemand, l'italien et au moins quatre dialectes dérivés de ma langue maternelle. Cela me rend-il plus civilisé que vous ? Moins civilisé ? J'ai également beaucoup voyagé… Bien plus que vous-même ou votre pitoyable mari. Mais pour vous, bien sûr, cela n'a aucune valeur ! Tout cela parce que je respecte les traditions de mon pays, et que ces traditions impliquent d'avoir un harem.

— Je ne vous ai jamais pris pour un sauvage un seul instant ! Votre pays est de loin plus ancien que le mien, et jamais je n'oserais pas faire preuve d'une telle arrogance vis-à-vis de vos coutumes… Je pense que c'est vous qui êtes en train de vous faire des idées sur mon compte.

A simplement la voir, il l'avait imaginée mince, mais à travers son corset, — quelle habitude ridicule ! — il pouvait à présent sentir les courbes de son corps. Ainsi que sa poitrine qui se gonflait contre la sienne. Sa taille resserrée mettait en valeur le subtil renflement de ses fesses. Elle sentait la lavande, le savon et avait aussi un peu cette odeur piquante et terriblement séduisante propre à la gente féminine. La pensée d'en faire sa concubine, même s'il lui avait jeté cette phrase à la figure sous l'effet de la colère, se faisait subitement affreusement tentante. Il imaginait déjà le spectacle : sa délectable peau laiteuse s'offrirait à lui, sa ravissante bouche obéirait à tous ses désirs, ses longs doigts parcourraient son corps et feraient tout ce qu'il voudrait… Il l'imaginait soumise aussi… Il sentit un brusque afflux de sang au niveau de son bas-ventre.

Celia se débattit pour essayer de se libérer.

— Je ne serai pas votre… votre esclave soumise, quoi que vous me fassiez. De toute façon, on va inévitablement se mettre à ma recherche en l'absence de nouvelles de George, et si le gouvernement britannique me trouve dans votre harem…

— Ça suffit ! s'exclama Ramiz en la repoussant avec mépris. Je suis un cheik ainsi qu'un homme d'honneur. Jamais je ne prendrais une femme contre sa volonté. Vous m'insultez, madame, en me pensant capable d'un tel acte !

Celia se rendit compte de sa méprise et se sentit terriblement honteuse des mauvaises conclusions auxquelles elle était parvenue un peu hâtivement. Elle se sentit rougir jusqu'à la racine des cheveux.

— Je suis… Je suis désolée, bégaya-t-elle. Je n'ai pas les idées claires. C'est juste que, avec tout ce qui est arrivé…

Les événements de la fin de la nuit lui revinrent à la mémoire avec toute leur horreur, et elle chancela, submergée tout à coup par un violent sentiment d'épuisement. George était mort, et elle se retrouvait seule au beau milieu du désert avec un homme qui semblait penser que le monde entier devait se conformer à ses quatre volontés. Et sans doute avait-il de bonnes raisons de le penser, songea-t-elle, puisque ce monde était le sien…

Comme elle était pâle soudain ! remarqua Ramiz. Inquiet, il amena Celia à s'asseoir sur le tapis devant le feu, avec une infinie douceur.

— Vous devez vous reposer maintenant, lui ordonna-t-il. Une longue journée de voyage nous attend demain. Vous pouvez vous endormir sans crainte : il n'y a rien de mieux qu'un chameau pour donner l'alerte au moindre danger. Quant à moi, je veillerai près du feu.

Elle semblait subitement si fragile que la colère de Ramiz finit de se dissiper. A la lueur des étoiles, sa peau paraissait aussi translucide et aussi pâle que la nouvelle lune. Et ses yeux vitreux accentuaient cette impression de vulnérabilité. Pas étonnant ! Elle avait traversé en peu de temps des épreuves terribles et les avait endurées avec un stoïcisme et une bravoure très impressionnants.

Ramiz la couvrit délicatement d'une couverture puis s'installa un peu plus loin, son sabre à portée de main. Il se préparait à une longue nuit de veille. Il ne croyait pas que les meurtriers frapperaient une nouvelle fois, mais il ne voulait prendre aucun risque.

Chapitre 3

Celia dormit d'un profond sommeil et se réveilla le lendemain matin, peu avant le lever du soleil, avec un terrible mal de tête et la désagréable impression d'être enveloppée dans du coton. Ramiz était déjà debout et s'activait autour de la caravane. De délicieux effluves provenaient d'une casserole de café noir qui bouillonnait sur les braises du feu et semblait n'attendre qu'elle. Ramiz paraissait préoccupé. Il fronçait les sourcils sous sa *ghutra*, ce qui lui donnait un air encore plus intimidant et le faisait paraître plus âgé.

Ils se remirent très vite en route, toujours plus à l'est, et poursuivirent leur traversée du désert en suivant une piste dont Celia ne voyait que rarement les traces. Par manque d'expérience sans doute, se dit-elle. La chaleur était si torride que la ligne d'horizon vacillait devant ses yeux et que sa peau brûlait implacablement sous sa robe légère et sous le voile qu'elle remettait sans cesse en place pour essayer de se protéger de la poussière.

Elle avait tout le loisir d'observer Ramiz qui se tenait raide comme un piquet sur sa selle et semblait continuellement sur le qui-vive. Il passait son temps à vérifier la présence de son sabre dans son fourreau doré. Comme pour se rassurer. Ses yeux — c'était la seule partie de son visage qu'elle pouvait distinguer car il l'avait presque entièrement couvert de son foulard — n'étaient plus que deux fentes couleur de bronze qui scrutaient les alentours en permanence à gauche, à droite, à l'arrière de la caravane et à l'horizon.

Soudain, il s'arrêta, immobilisant son chameau blanc si brusquement que l'animal semblait s'être pétrifié en plein mouvement. Que se passait-il ? Celia vint se placer à côté de lui et fouilla du regard dans la direction qu'il lui indiqua.

— Quelque chose a bougé là-bas, murmura-t-il.

Elle ne voyait rien. Il se détendit d'un coup alors qu'elle n'avait toujours rien repéré.

— Ce n'était qu'un lapin, annonça-t-il d'une voix soulagée.

Et il désigna du doigt un point minuscule qui se trouvait à plusieurs centaines de mètres de distance et qu'elle-même n'aurait jamais remarquée toute seule.

— Si j'avais mon faucon, nous aurions pu manger du lapin au dîner.

— Votre faucon ?

— Les ailes de mon cœur... Il est d'une grande utilité dans le désert.

— Vous semblez avoir une grande affinité avec les animaux. Où se trouve votre magnifique cheval ? Je vous ai vu le monter, le jour où nous avons débarqué...

— Je l'ai laissé à l'écurie près du port. Vous-même, vu la façon dont vous vous tenez sur un chameau, devez aimer monter à cheval. Est-ce que je me trompe ?

— Non. J'aime beaucoup cela, en effet. J'aime chasser aussi. Mon père possède un grand nombre de chevaux de course, et mes sœurs et moi sommes montées en selle pratiquement avant de savoir marcher.

— Vous avez beaucoup de sœurs ?

— Quatre. Je suis l'aînée.

— Et votre père ? Que fait-il en dehors d'être propriétaire des chevaux de course ?

— C'est un homme d'Etat. Lord Armstrong... Il est assez connu dans les cercles diplomatiques.

Ramiz haussa les sourcils, visiblement surpris.

— Vous êtes la fille de lord Armstrong ?

— Vous le connaissez ?

— Je l'ai rencontré une fois, à Madrid. C'est un homme très influent. C'est lui qui était à l'origine de votre mariage ?

— Qu'est-ce qui vous fait penser cela ? demanda-t-elle, terriblement agacée tout à coup, sans comprendre pourquoi.

— C'est l'évidence même. Comment pouvait-il en être autrement avec un père si fin stratège et avec de telles relations familiales ? Votre oncle est également au service du gouvernement britannique si je ne m'abuse ?

Celia acquiesça.

— Malgré la piètre opinion que votre mari m'a laissée de lui, reprit Ramiz, il devait être très bien vu, et très ambitieux aussi, pour se voir confier cette mission et l'avoir acceptée. Votre mariage lui permettait en outre d'élargir la sphère d'influence de votre père. Ne serait-ce que pour cela, il a dû l'envisager sous un jour très favorable, et il aurait été vraiment absurde de sa part de ne pas vous inciter à consentir à cette union. N'ai-je pas raison ?

Décrit de cette manière, son mariage ressemblait à une affaire rondement menée. Mais elle avait eu le choix et aurait pu refuser. Du moins était-ce ainsi que son père lui avait présenté les choses. Quant à George… Il ne l'avait tout de même pas considérée uniquement comme une espèce d'accessoire utile à sa carrière ? Elle préféra ne pas approfondir la question.

— C'est vrai que mon père a encouragé fortement ce mariage, mais c'était aussi et surtout un choix personnel, répondit-elle un peu vivement. Ce n'est pas parce que de telles pratiques sont monnaie courante dans votre pays que vous devez forcément en déduire qu'en Angleterre nous avons également recours aux mariages arrangés.

A la façon dont les yeux de Ramiz s'assombrirent, elle comprit immédiatement qu'elle avait commis une nouvelle erreur. Cela ne lui ressemblait pourtant pas de parler ainsi sans réfléchir ! Elle était même connue pour son tact et sa finesse d'analyse. C'était d'ailleurs une des rares qualités que George avait ouvertement admirée chez elle. Mais il y avait quelque chose chez ce cheik Ramiz al-Muhana qui la poussait à être constamment sur la défensive. Il paraissait si sûr de lui ! Malheureusement, elle devait reconnaître que jusqu'à présent il avait eu raison !

— Je pense plutôt que c'est vous qui vous faites des idées, lady Celia.

Une fois encore, elle avait affirmé des choses sans savoir, et le mieux aurait été de lui présenter ses excuses, mais elle ne pouvait s'y résoudre.

— Bien… En ce cas, dites-moi, vos femmes ont-elles eu leur mot à dire ?

— Mes femmes ? Combien pensez-vous que j'en ai ?

— Aucune idée, mais je sais qu'ici c'est la coutume d'en avoir plus d'une.

— Encore une idée fausse, due à votre méconnaissance de notre culture. C'est peut-être la coutume mais, en réalité, cela relève avant tout d'un choix individuel. Certains hommes n'ont qu'une femme, d'autres en ont neuf ou dix. Bien que ce soit très rare. Ils assurent à ces épouses la protection d'un foyer, leur donnent des enfants, un toit et un rôle préétabli. Les femmes mariées vivent ainsi une bien meilleure existence que celles qui demeurent célibataires. Qu'y a-t-il de mal à cela, selon vous ?

— Qu'y a-t-il de mal à cela ? répéta-t-elle en se mordant la lèvre immédiatement après pour retenir les paroles qui lui venaient.

Il fallait absolument qu'elle s'abstienne à l'avenir de faire des commentaires sur des choses qu'elle ne comprenait pas, songea-t-elle, même si ces choses lui paraissaient moralement inacceptables. Elle jeta un regard en biais à Ramiz et se demanda, l'espace d'un instant, à quel point il pensait réellement ce qu'il venait de dire. Elle songea une minute qu'il la taquinait et la punissait pour sa naïveté et pour tous les préjugés qu'elle proférait en tant qu'Occidentale. Peut-être l'avait-elle bien mérité d'ailleurs…

— Je n'aurais pas aimé partager mon mari avec une autre femme, dit-elle prudemment.

— Je doute fort que votre mari en aurait eu la capacité ou l'envie !

Une fois encore, même si ce qu'il venait de dire était on ne pouvait plus choquant, il n'avait fait qu'exprimer à haute voix ce qu'elle commençait elle-même à penser. Elle prit aussitôt la défense de George, envahie par un accès soudain de loyauté et de culpabilité, sans toutefois croire véritablement à ce qu'elle disait.

— Vous avez tout à fait raison, il n'en aurait pas voulu, dit-elle sèchement. Parce que, contrairement à vous, il croyait en la fidélité.

— Il vous était si fidèle qu'il vous a abandonnée à une mort certaine ! Si vous étiez ma femme…

— Je suis bien heureuse que ce ne soit pas le cas !

— Si vous l'étiez, vous sauriez au moins ce que cela veut dire d'être femme…

Celia se mordit la lèvre une nouvelle fois, partagée entre le désir de lui demander ce qu'il voulait dire par là et la certitude qu'elle n'aimerait pas entendre sa réponse.

— Une des différences majeures entre nos deux cultures, poursuivit Ramiz, lui épargnant ainsi l'humiliation de demander des détails supplémentaires, c'est que, dans la mienne, nous sommes conscients que les femmes, aussi bien que les hommes, ont des besoins. Si vous étiez ma femme, ils auraient été généreusement satisfaits. En tant qu'épouse de George Cleveden…

Il haussa les épaules, comme si le sujet ne valait vraiment pas la peine d'être abordé.

Celia n'avait jamais été si heureuse de porter le voile. Elle sentit ses joues s'empourprer et ressentit des fourmillements très désagréables dans le cou.

Comment le sait-il ? se demanda-t-elle, aussi effarée que honteuse, même si elle n'était pas responsable des incompréhensibles choix de George.

— Dans mon pays, nous ne parlons pas de ces choses-là, dit-elle.

— C'est la raison pour laquelle, chez vous, tant de femmes sont malheureuses.

Discutait-on de ces choses au harem ?

Si c'était vraiment là qu'elle était censée aller… Non pas qu'elle permettrait un seul instant à Ramiz de… Mais, si c'était bien là qu'elle allait loger, peut-être pourrait-elle avoir des réponses à ses questions auprès des autres femmes ? A cette pensée, une nouvelle vague de chaleur la submergea.

— J'insiste vraiment. Nous ne devrions pas en discuter, dit-elle pudiquement.

— Pourtant, entre un homme et une femme, il n'y a pas de sujet de conversation plus important que celui-là.

Ramiz voyait bien qu'elle était mal à l'aise, mais pour une raison inconnue il ne pouvait s'arrêter. Il y avait quelque chose en cette femme — peut-être ce faux air tranquille qu'elle arborait perpétuellement — qui le poussait à vouloir tester ses limites. Et puis, peut-être n'aurait-il pas dû penser à de telles choses, maintenant qu'il l'avait imaginée au beau milieu de son harem, l'idée ne le quittait plus.

— Pour pouvoir éprouver du plaisir, il faut d'abord savoir donner. Et pour donner, il faut connaître un certain nombre de choses. Si vous deviez devenir ma concubine, poursuivit-il, parfaitement conscient de dépasser les bornes de la bienséance, il faudrait d'abord que je comprenne ce qui vous donne du plaisir. Et, de votre côté, il faudrait que vous en fassiez de même pour moi.

— Mais je ne vais pas devenir votre concubine, rétorqua-t-elle, vous l'avez dit vous-même tout à l'heure.

— C'est vrai. Mais, je dois bien avouer, lady Celia, je ne peux pas m'empêcher de me demander ce qui vous dérange le plus : la pensée de devenir ma concubine ou bien le plaisir que cela ne manquerait pas de vous procurer ?

Etait-ce à dire qu'il en envisageait sérieusement la possibilité ? se demanda-t-elle, subitement interloquée. Elle n'avait pas imaginé un seul instant que ce cheik impérieux, qui pouvait avoir toutes les femmes qu'il désirait, pût la trouver désirable. Personne n'avait jamais manifesté le moindre désir pour elle auparavant. Et jusqu'au jour où George l'avait demandé en mariage, personne ne l'avait même jamais embrassée. En fait — et elle en éprouvait une certaine honte —, personne n'avait même jamais essayé de l'embrasser alors qu'apparemment tous les garçons semblaient passer leur temps à essayer d'embrasser Cassie.

D'une façon générale, les hommes voulaient faire l'amour à Cassie, et à elle, ils voulaient faire la conversation. C'était donc qu'il lui manquait quelque chose… Forcément ! On la considérait comme une femme très spirituelle ; elle savait être charmante ; elle était éduquée et de compagnie agréable mais, de toute évidence, elle n'était pas physiquement désirable. Pendant très longtemps, cette certitude ne l'avait pas spécialement dérangée. Ce n'était que très récemment que les choses avaient changé. Lorsque George avait, ou plutôt n'avait pas… Curieusement, elle se sentit en y repensant beaucoup moins contrariée.

Ramiz était-il en train de s'amuser avec elle ? se demanda-t-elle déconcertée par son attitude. Elle lui jeta quelques regards à la dérobée, sous son voile plein de poussière, et essaya de lire dans ses pensées. Mais comme elle ne voyait que ses yeux et qu'ils étaient masqués par ses lourdes paupières, c'était quasiment impossible.

— Je pense, finit-elle par dire après un long silence, que j'ai suffisamment de choses à affronter dans la vraie vie sans avoir en plus à me livrer à des spéculations. Et franchement ridicules, qui plus est !

Elle ne pouvait en avoir la certitude, mais elle eut l'impression qu'il souriait sous sa *ghutra*.

— Pouvons-nous changer de sujet de conversation, maintenant ? Parlez-moi de Balyrma. Si peu de choses ont été écrites sur votre pays. Je ne sais pratiquement rien de votre cité, hormis son nom.

Ils avaient passé la plus grande partie de la journée à dos de chameau, songea alors Ramiz, même pendant la chaleur caniculaire qui sévissait à la mi-journée, ce qu'il aurait évité en d'autres circonstances. Mais il n'y avait vraiment pas une minute à perdre. A aucun moment, lady Celia ne s'était plainte de ces conditions, n'avait montré ne serait-ce que le moindre signe de fatigue. Elle se tenait bien droite sur sa monture, ne buvait de l'eau du bidon que lorsqu'il le lui proposait, et, par un miracle qu'il ne s'expliquait pas, conservait une apparence fraîche et sereine alors qu'elle portait des vêtements qui auraient été plus adaptés à une promenade dans un jardin anglais qu'à un périple dans l'implacable chaleur du désert. Il en ressentit un léger remords. Elle n'avait peut-être guère aimé son mari, et était probablement bien mieux sans lui, se dit-il encore, mais elle avait enduré un événement dramatique avec un courage remarquable et elle méritait d'être un peu choyée.

Il décida donc de lui faire plaisir et de céder à sa requête. Il lui parla de Balyrma. Il le fit avec une telle fougue et se laissa tellement absorberé par la description de sa ville bien-aimée, de ses habitants, de ses vieilles traditions et de son histoire parfois violente, qu'il remarqua à peine les kilomètres qu'ils engloutissaient au fur et à mesure de son récit. Lady Celia l'écoutait visiblement avec un grand plaisir, d'une oreille particulièrement attentive, et ses commentaires avisés témoignaient d'une rare intelligence. Elle possédait une somme de connaissances si stupéfiante qu'il en fut véritablement surpris. Elle manifestait également un enthousiasme sincère et cherchait à établir des passerelles entre A'Qadiz et l'Egypte ancienne des pharaons dont elle avait exploré les tombes. Un enthousiasme particulièrement communicatif… Alors qu'il essayait de défendre un point qu'elle contestait et se délectait de leur joute oratoire, Ramiz constata subitement qu'il en avait presque oublié qu'il avait une femme en face de lui.

— Vous avez peut-être raison sur ce point, disait-elle d'un air triomphant, mais la vérité c'est que vous ne pourrez jamais le prouver, car rien n'a jamais été consigné par écrit sur la fonction du Sphinx…

Un esprit étonnant, oui vraiment, songea-t-il en admirant la lueur d'intelligence qui brillait dans ses yeux.

Le soleil se couchait à l'horizon, et Celia crut distinguer un bouquet d'arbres qui se dessinait au loin. Elle pensa qu'elle devait se tromper et écarta son voile pour mieux voir. Cela ressemblait pourtant bien à de la verdure.

— C'est une oasis, lui expliqua Ramiz qui avait dû suivre son regard. Le sol est gorgé d'eau par endroits et vient soulager aussi bien les plantes, les animaux que les voyageurs fatigués. Nous allons nous y arrêter pour la nuit. Vous pourrez vous baigner si vous voulez.

— Me baigner ?

C'était la première fois que Ramiz la voyait sourire. Cela la transformait complètement. Son teint semblait s'animer ; les traits de son visage paraissaient s'adoucir ; sa lèvre inférieure, très charnue, ressortait davantage, et la forme oblique de ses yeux était plus marquée. Tout cela lui donna subitement un aperçu, terriblement alléchant, de la femme qui se cachait derrière son apparence si froide. Quelque chose sommeillait encore en elle. Une sensualité qu'il devinait affolante. Oui, c'était exactement cela qui l'avait frappé chez elle la première fois qu'il l'avait vue. La conviction qu'une femme très différente se cachait sous ses allures un peu compassées. Et peut-être était-ce le défi sous-jacent qui l'excitait tant. Mais une nouvelle fois, il se répéta qu'il n'avait pas à penser à de telles choses.

Ils avaient atteint l'oasis, plutôt de petite taille. Un point d'eau, en réalité, rien de plus… Elle n'était pas assez grande pour inciter quiconque à s'y implanter définitivement. Mais cet endroit était bien connu des voyageurs, et Ramiz fut surpris de constater qu'ils y étaient seuls pour l'instant.

Son chameau se mit docilement à genoux. Il en descendit immédiatement pour assister Celia qui peinait à mettre pied à terre. Il posa les mains autour de sa taille et la souleva. Il la posa sur le sol et la lâcha à contrecœur.

— Je vais m'occuper des animaux. Le bassin réservé à la baignade se trouve un peu plus loin, vers le puits…

Il descendit sa grosse valise du dos de la mule et la lui tendit. Celia ne se fit pas prier pour se diriger en toute hâte dans la direction qu'il lui avait indiquée.

Le sable de l'oasis était bien plus fin que celui de la piste rocailleuse qu'ils avaient empruntée jusque-là, remarqua-t-elle aussitôt, et, avec ses petites dunes, il ressemblait bien plus au désert tel qu'elle se l'était imaginé avant son départ. Les arbres qu'elle avait aperçus de la piste étaient des palmiers. Ils poussaient en bouquets près du puits et étaient entourés de broussailles bien vertes. On ne pouvait manquer le bassin réservé à la baignade, qui contrastait avec la teinte pâle du sable ! Il ne faisait guère plus de trois mètres de long et s'adossait à un haut mur de pierres. De l'eau ruisselait d'une fissure située un mètre plus haut. Avec les années, elle était parvenue à se frayer un passage et formait une toute petite cascade.

Comme ce devait être agréable et rafraîchissant de se tenir dessous ! Celia n'hésita qu'un court instant… Elle s'assura d'un rapide coup d'œil que les palmiers la dissimulaient et, en moins de temps qu'il n'en fallait pour le dire, elle se débarrassa de sa robe, de sa combinaison, de son corset, de ses bas, tous aussi poussiéreux les uns que les autres, et elle se retrouva, pour la première fois de sa vie adulte, toute nue en plein air. Une expérience incroyablement libératrice !

Elle s'étira longuement, tendit au maximum les bras au-dessus de sa tête et leva les yeux vers le ciel pour regarder la lueur des premières étoiles. Ses cheveux retombaient en une lourde masse et lui balayaient le dos.

Elle pénétra dans l'eau tiède du bassin. Le sol descendait en pente douce et le sable, sous ses pieds nus, paraissait à la fois très doux et très ferme. L'eau lui caressait la peau comme du velours. Au plus profond, au milieu du bassin, elle lui arrivait à la taille. Elle se mit à genoux et soupira de bien-être. Mmm !

Quel pur bonheur ! L'eau semblait opérer comme par magie sur ses membres endoloris et débarrassait sa peau de toute la poussière qui y était incrustée. Elle se mit ensuite sur le dos, en apesanteur, ses cheveux flottant tout autour de son visage. Puis elle se savonna consciencieusement, se lava les cheveux et les rinça ensuite sous la petite chute d'eau parfaitement limpide. Le contraste de l'eau glacée qui lui dégoulinait sur les épaules avec l'eau plus chaude du bassin était tout simplement divin ! Cet endroit était d'un romantisme absolu. La lune se reflétait sur la surface de l'eau. A sa pâle lueur, sa peau semblait encore plus laiteuse, presque surnaturelle. Comme une statue qui venait de prendre vie, se dit-elle amusée.

Elle n'avait jamais vraiment porté beaucoup d'attention à son corps jusque-là. Elle tenait pour acquis son teint de porcelaine et sa silhouette élancée, particulièrement bien adaptée à la mode des robes très marquées à la taille. Mais hormis cela, elle avait toujours considéré qu'elle n'avait rien d'exceptionnel. Mais, là, libérée des entraves de son corset, et du carcan de pudeur imposé par la bonne société, elle se mit à examiner minutieusement les courbes de son corps. Sous la chute d'eau, elle observait le trajet que parcourait chaque goutte sur sa peau : le long de son bras jusqu'au creux du coude, entre la vallée de ses seins, ou le long de sa cage thoracique jusqu'au léger renflement de son ventre… Tout lui était si familier. Mais c'était un regard neuf qu'elle portait sur elle à présent. Elle s'allongea de nouveau sur le dos et observa les étoiles, songeuse. Comment les autres percevaient-ils son corps ? Etait-il trop maigre ? Trop grand ? Trop pâle ? Ses seins n'étaient pas petits, mais ils n'étaient pas non plus voluptueux. Etait-ce un bon ou un mauvais point ? Qu'en penserait un homme ? Ramiz, par exemple.

— Je commençais à craindre une noyade !

Celia pivota brusquement, puis se mit à genoux sous l'eau, s'immergeant jusqu'au cou.

— Depuis combien de temps êtes-vous là ?

— Vous ressembliez à Ophélie, avec vos longs cheveux

qui flottaient derrière vous. A une différence près : vous êtes bien vivante et vous m'en voyez bien soulagé.

A son air, elle ne pouvait guère avoir de doute. Il l'avait vue et avait aimé, incontestablement. Elle en fut choquée, mais en ressentit également un petit picotement de plaisir. Ramiz était pieds nus et ne portait ni foulard ni manteau. Il était maintenant occupé à défaire l'espèce de baudrier qui lui servait à porter son poignard et son sabre. Puis il se mit à tirer sur les petits boutons en perle qui fermaient le haut de sa robe, révélant ainsi une peau douce, légèrement bronzée. Il était sur le point de passer le vêtement par la tête lorsque Celia comprit qu'il avait l'intention de la rejoindre.

— Vous ne pouvez pas entrer ! protesta-t-elle. Aussi longtemps que je suis là du moins.

— Eh bien, sortez !

— Ce n'est pas possible. Je n'ai rien sur moi.

— Je n'ai pas pu faire autrement que de le remarquer, dit-il avec un sourire en coin. Mais je ne regarderai pas, je vous le promets…

Toujours à genoux sous l'eau, elle passa en revue les différentes possibilités qui s'offraient à elle. Elle n'avait même pas une serviette dans laquelle s'envelopper, et elle était horrifiée à la seule pensée de se mettre debout et de passer devant lui, totalement nue. Même s'il gardait les yeux fermés, cela ne changeait rien à l'affaire. Mais, à bien y regarder, ce n'était pas aussi effrayant que d'attendre de le voir enlever ses vêtements et la rejoindre dans l'eau sans pouvoir s'échapper.

— Alors ?

Il commençait visiblement à s'impatienter. A s'ennuyer même. Et à la trouver stupide. Il avait probablement vu des centaines de femmes nues. Elle se trouva elle-même idiote d'accorder tant d'importance à ce qui n'en avait pas.

— Fermez les yeux ! lui ordonna-t-elle.

Ramiz baissa aussitôt les paupières. Elle prit alors une profonde inspiration et se leva. Elle tenta de couvrir son corps au maximum en s'enveloppant de ses bras, puis sortit du bassin, aussi dignement que possible, essayant de se persuader qu'elle était couverte de la tête aux pieds. Il suffisait d'y croire, pensa-t-elle.

Ses vêtements se trouvaient au bas d'un palmier, à la droite de Ramiz. Elle n'avait qu'à passer devant lui très rapidement. Elle se cogna un orteil contre une pierre, trébucha et manqua de tomber. Elle leva les yeux en direction de Ramiz et vit qu'il avait tenu parole. Ses yeux étaient clos et ses longs cils ombraient mystérieusement ses joues. C'était de loin l'expérience la plus étrange de son existence. Elle se trouvait à quelques mètres seulement d'un homme à la troublante beauté, totalement dévêtue, et lui, tout ce qu'il avait à faire, c'était d'ouvrir les yeux. Elle se sentait affreusement vulnérable, mais devait bien s'avouer que cette situation l'excitait aussi un peu. Soudain, elle s'immobilisa. Et si… ? Prise de panique tout à coup, elle se dirigea à toutes jambes vers les palmiers pour s'y abriter.

Elle avait hésité un instant tout près de lui… Ramiz n'avait aucun doute là-dessus. Sa présence était un pur sortilège. Il avait une conscience si aiguë de chacun de ses faits et gestes ! Nul besoin d'ouvrir les yeux pour se la représenter très clairement, rien qu'au bruit que l'eau faisait à son passage ou au bruissement du sable à chacun de ses pas ! Il n'avait aucun mal à l'imaginer. Une silhouette élancée qui miroitait sous la lune. Ses hanches qui se balançaient en rythme comme un appel au plaisir. Sans oublier ses cheveux qui s'égouttaient sur ses épaules et balayaient le bout de ses seins à chaque pas qu'elle faisait. Quel merveilleux tableau ! Il l'entendit soudain s'éloigner précipitamment sur le sable. Véritable nymphe en train de disparaître dans le bosquet de palmiers…

Une terrible envie de la suivre s'empara alors de lui. Il n'avait plus qu'une idée en tête : entrer avec elle dans le jardin des fruits défendus ! Il fit un pas dans sa direction. Puis, dans un sursaut de bon sens et de volonté, il réussit à dominer ses pulsions. Il rouvrit les yeux. Elle était hors de sa vue, en sécurité. Mieux valait pour lui la chasser au plus vite de son esprit. Elle était la veuve d'un diplomate britannique qui lui avait été envoyé pour négocier un traité, tout de même ! Et c'était aussi la fille d'un homme d'Etat éminent dont l'influence s'étendait dans l'Europe entière ! Elle n'était pas faite pour lui. Pourtant, jamais il n'avait trouvé si difficile de soumettre son corps aux injonctions de son esprit. Il y était tout de même parvenu. De justesse. En faisant appel à son honneur. Et à son dieu.

A quelques mètres de là, Celia s'empressait d'enfiler une chemise de nuit propre. Une chemise en coton, à manches longues et à haute encolure. Elle y ajouta un pantalon et un châle, et en conclut qu'elle était parfaitement décente pour une nuit à la belle étoile — Ramiz avait, en effet, abandonné la tente derrière eux. Porter cette tenue la soulageait, d'ailleurs. Elle ne pouvait pas imaginer un seul instant dormir une fois encore avec son corset ! Elle essaya de ne pas penser à sa tante Sophia qui serait certainement très choquée de l'apprendre et finit de se donner bonne conscience en songeant que, de toute façon, Ramiz l'avait déjà vue quasiment nue.

Allons, n'y pense plus !

Mais son esprit y revenait sans cesse, malgré elle. Il la trouvait séduisante. Il n'y avait aucun doute à ce sujet. Le regard qu'il lui avait jeté lorsqu'elle était encore dans le bassin était des plus éloquents. Elle n'avait jusque-là nullement pris ce paramètre en compte. Un paramètre dangereux pour elle… Mais également très excitant…

Elle avait refermé sa valise et la portait avec peine, s'enfonçant dans le sable, pour rejoindre leur campement quand elle aperçut Ramiz qui se tenait à son tour sous la chute d'eau. Une évidence la cloua alors littéralement sur place. L'attirance était mutuelle ! Du moins, si ce qu'on appelait communément l'attirance était bien ce qu'elle ressentait. Dès qu'elle le voyait, son sang bouillonnait dans ses veines et son estomac se nouait. Elle le cherchait constamment des yeux. C'était plus fort qu'elle. Jamais elle n'avait ressenti une telle chose auparavant. Elle n'avait qu'une envie : le regarder…

Non, c'était bien plus que cela encore, rectifia-t-elle en son for intérieur. Elle le dévorait carrément des yeux !

Il lui tournait le dos, accoudé à la roche et la tête sous la petite cascade. Un filet d'eau ruisselait sur ses épaules, puis le long de sa colonne vertébrale et sur le bas de son dos, jusqu'à la naissance de ses fesses qui émergeaient légèrement. Sa peau lisse, couleur caramel, scintillait à la lueur de la lune, bien tendue sur les muscles saillants de ses épaules. Quelle sensation éprouverait-elle si elle les touchait ? se demanda-t-elle, saisie d'une sensation nouvelle qui l'amollissait toute. Puis elle se reprit. A quoi pensait-elle ? Elle était ni plus ni moins en train d'espionner un homme nu ! Et elle n'avait pas très envie de se faire prendre sur le fait… Elle s'obligea donc à retourner au campement sans tourner la tête ne serait-ce qu'une seule fois.

Lorsque Ramiz la rejoignit un peu plus tard, vêtu d'une *thobe,* toute propre nota-t-elle, les cheveux humides, lissés élégamment sur le crâne, elle avait préparé le dîner et arborait un visage serein.

Elle s'endormit peu de temps après le repas, enveloppée dans une couverture près du feu. Elle dormit d'abord d'un sommeil lourd bientôt remplacé par un sommeil agité peuplé de rêves. De drôles de rêves, dans lesquels elle poursuivait George dans des bâtiments en forme de labyrinthe, montait des escaliers sans fin, traversait des pièces dont les murs se fermaient soudain sur eux-mêmes, errait dans des corridors aux innombrables portes. George se trouvait invariablement derrière celle qu'elle ne parvenait pas à ouvrir ou alors celle qui venait juste de se refermer. C'était lui, elle savait pertinemment que c'était lui, mais, comme cela arrive bien souvent dans les rêves, il prenait des formes différentes chaque fois. Avec une constante cependant : il restait toujours distant et méprisant. Et, elle, elle rapetissait et était d'une fragilité incroyable ! Elle était prise de panique, et son affolement s'intensifiait au fur et à mesure de ses tentatives infructueuses pour essayer de trouver son mari. Pour finir, elle ouvrit une porte encastrée dans le mur extérieur d'une haute tour et tomba dans le vide. Cette chute semblait ne jamais devoir s'arrêter...

Elle se réveilla en sursaut en poussant un cri déchirant juste avant de s'écraser sur le sol.

Au moment où elle allait se redresser, terrorisée, elle sentit deux bras qui la tenaient fermement. Puis une main lui dégagea doucement le visage de ses cheveux emmêlés.

— C'était un rêve. Ce n'était qu'un rêve...

Une voix chuchotait à son oreille, si apaisante, si douce...

— Rendormez-vous Celia. Vous n'avez rien à craindre, entendit-elle encore.

— J'ai essayé, marmonna-t-elle. J'ai vraiment essayé. J'ai fait tout ce que j'ai pu.

Sa joue reposait sur quelque chose qui était à la fois très dur et chaud. Quelque chose qui lui apportait une profonde sensation réconfort. Elle enregistra vaguement un bruit sourd, lent et régulier. Comme un cœur en train de battre.

— Je n'ai rien à craindre, marmonna-t-elle encore.

Quelqu'un posa un baiser sur son front. Un baiser furtif. Des lèvres fraîches.

— Vous n'avez rien à craindre, entendit-elle de nouveau alors que l'étreinte se faisait un peu plus forte.

Le cauchemar s'estompa, peu à peu, comme un monstre qui battrait en retraite. Elle savait qu'il n'oserait pas revenir. Elle dormit le reste de la nuit d'un sommeil sans rêves.

Elle se réveilla en assez bonne forme. Blottie sous sa couverture près du feu, elle s'aperçut à la couleur du ciel que ce n'était pas encore le matin. Elle sentait l'air frais sur son visage. Elle avait rêvé de George. Cela lui revenait clairement maintenant : l'interminable course effrénée après son mari, l'impossibilité de le rattraper. Elle essaya de visualiser le visage de George mais, à son grand désarroi, l'image était toute floue, un peu comme un vieux tableau patiné par le temps. Les trois mois qu'elle avait passés avec lui semblaient totalement irréels. Elle avait l'étrange impression d'être libérée d'un maléfice, ou d'avoir vu une pièce de théâtre à laquelle elle avait assisté un peu contre son gré. Et comme elle ne s'était jamais vraiment faite à son rôle d'épouse, elle peinait d'autant à s'imaginer dans la peau d'une veuve. Elle était Celia, tout simplement. Ni Armstrong ni Cleveden. Car là où elle se trouvait à présent, aucun de ces deux noms n'avait véritablement de sens. Seule, au beau milieu de cette immensité désertique, son destin entre les mains de l'homme qui dormait de l'autre côté du feu, elle était libre d'être qui elle voulait. Personne n'en saurait jamais rien dans le monde qui avait été le sien jusqu'à ce jour. C'était un sentiment plutôt grisant !

Alors qu'elle passait devant Ramiz en faisant le moins de bruit possible et se dirigeait vers le bassin réservé au lavage des vêtements pour faire une petite lessive, un autre souvenir lui revint tout à coup à la mémoire. Etait-ce lui qui l'avait prise dans ses bras si tendrement durant la nuit ? Cela semblait si improbable ! Certainement le fruit de son imagination... Car si elle avait vraiment crié — elle croyait se souvenir avoir poussé un cri déchirant — il l'aurait vraisemblablement réveillée et lui aurait ordonné de se taire. Mais quelqu'un l'avait pourtant bien prise dans ses bras... Elle s'était tellement sentie en sécurité, lovée dans ces bras protecteurs ! Le cheik Ramiz al-Muhana était-il vraiment capable d'une telle tendresse ?

Elle revint près du feu quelques minutes plus tard. Elle avait quitté ses vêtements de nuit et s'était habillée pour le voyage. Elle avait remis son corset, même si elle commençait à haïr cette entrave à toute liberté de mouvement, et avait enfilé une paire de bas de soie propre dont elle se serait également bien passée. Le plus simple était encore de prétendre que rien n'était arrivé cette nuit, décida-t-elle en revenant près du feu. Elle se mit donc à préparer le café pour le petit déjeuner alors que Ramiz était en train de remplir leurs bidons d'eau. Lorsqu'il lui demanda comment elle avait dormi, elle lui répondit qu'elle avait passé une très bonne nuit pour couper court à tout commentaire.

Dans son imagination, Balyrma était une ville entourée de fortifications, peut-être même construite à flanc de montagne. Des montagnes qui s'élevaient comme d'immenses dunes de sable… Mais, alors qu'elle balayait du regard la capitale d'A'Qadiz depuis le poste d'observation où Ramiz les avait amenés, la première chose qui la frappa fut l'abondance de végétation. Une végétation si verdoyante et si luxuriante que la ville semblait avoir été peinte par erreur au beau milieu d'une toile représentant le désert… Balyrma était bien plus grande qu'elle ne l'avait imaginé. Sans compter cette surprenante mosaïque de champs qui s'étendaient à perte de vue sur les plaines, traversés au milieu par la piste bien tracée et bordée de cyprès qu'ils empruntaient actuellement.

— Les montagnes situées de part et d'autre de la ville nous protègent du soleil l'été et nous apportent aussi l'eau sans laquelle rien de tout ceci n'existerait pas, lui expliqua Ramiz. Si vous y regardez encore de plus près, vous verrez également qu'elles nous protègent d'une éventuelle invasion. Vous voyez la petite tourelle, là-bas ?

Celia scruta l'horizon dans la direction qu'il lui montrait.

— Vous risquez donc d'être envahis ?

— Ça fait plus de cinq cents ans que ça n'est pas arrivé, répondit Ramiz fièrement, mais la sagesse exige la plus grande vigilance. Nombreux sont ceux qui nous envient nos richesses, et certains pourraient se méprendre sur mon désir de faire perdurer la paix et le prendre pour une manifestation de faiblesse. Vous venez d'ailleurs d'en faire la tragique expérience.

Ils poursuivirent leur chemin, la caravane encordée à leur suite, le long de la large route qui menait en ville. Son voile fermement en place, Celia suivait Ramiz, ce qui lui permit d'observer à loisir l'accueil que lui réservait son peuple. Elle savait qu'il était prince, mais durant les deux derniers jours, elle avait relégué son statut dans un recoin de son esprit. C'était absolument impossible à présent qu'ils croisaient en chemin une multitude de personnes accompagnées de leurs mules, de leurs chameaux, de leurs chevaux et de leurs charrettes… Tous tombaient à genoux devant lui et lui adressaient des prières ou de bons vœux, la tête baissée.

Une fois encore, Celia pensa aux pharaons qui avaient tenu leur statut de dieu pour acquis exactement comme Ramiz semblait le faire à présent. Elle se rendit compte aussi, par contraste, de toute la latitude qu'il lui avait accordée et se demanda combien de centaines d'impairs elle avait commis. Cette pensée la consterna. D'ordinaire, elle était réputée pour sa capacité à connaître et à respecter en toute occasion les codes en vigueur. Mais là, alors qu'elle allait entrer dans une ville magnifique à la suite d'un prince, elle n'avait absolument pas la moindre idée de la façon dont elle devait se comporter. Elle en eut presque la nausée et fut prise soudain d'une frénétique envie de tourner les talons et de s'enfuir à dos de chameau. Ce qui aurait été terriblement idiot et enfantin, elle en convenait…

Quelle opinion son père aurait-il d'elle à cet instant ? Qu'elle était une vraie poule mouillée. Voilà ce qu'il penserait certainement. Elle avait beau se trouver dans des circonstances peu habituelles, lord Armstrong attendrait sans doute un comportement exemplaire de la part de sa fille. Elle devait penser et agir comme un homme d'Etat, se dit-elle. Elle se redressa alors sur sa monture et se tint le dos très droit. Peu importe ce qui l'attendait en fin de compte, elle était prête à affronter son destin.

Ils traversèrent d'abord des champs, des bosquets de citronniers, d'orangers, de figuiers et d'oliviers en terrasses, puis ils pénétrèrent finalement dans la ville même. Ses prévisions étaient justes, remarqua-t-elle, alors qu'ils passaient sous une porte majestueuse. Il s'agissait bien d'une ville fortifiée.

Il y avait toujours autant de gens qui s'agenouillaient avec dévotion à leur passage.

Balyrma semblait sortir directement des *Mille et Une Nuits*. Les maisons étaient en terre cuite, avec des fentes en guise de fenêtres et des toits en forme de tourelles, des murs blancs avec des portes en forme de trous de serrure derrière lesquelles elle imaginait sans peine des cours intérieures et de multiples fontaines en train de glouglouter. Au détour d'une allée étroite, elle aperçut un souk où l'on vendait des tissus aux couleurs éclatantes. A l'intersection suivante lui parvint l'odeur entêtante d'épices.

Alors qu'ils approchaient du centre de la ville, les bâtiments semblaient plus travaillés. Les murs étaient carrelés de mosaïque et les fenêtres disposaient de volets finement travaillés, agrémentés de motifs compliqués en fer forgé.

Le palais se tenait au beau milieu de la ville. Protégé par un mur d'enceinte qui le masquait entièrement, il était flanqué de belles tours à chaque coin. Ce mur était d'un blanc immaculé, orné à mi-hauteur d'une frise de carreaux bleus et dorés. L'imposante entrée centrale était protégée par un ensemble de portes d'inspiration gothique mais également par des grilles dorées et argentées. C'était tout à fait le genre de palais qui se trouvait d'ordinaire de l'autre côté d'un pont-levis dans les contes de fées, se dit-elle. Elle allait partager ses impressions avec Ramiz, mais se mordit la langue avant de prononcer le premier mot. Elle venait de se souvenir juste à temps qu'il ne fallait pas laisser échapper toutes les pensées qui lui venaient à l'esprit. Les grilles puis les portes s'ouvrirent comme par enchantement à leur passage. Le palais royal de Balyrma surgit devant elle, si majestueux qu'elle en perdit un instant le souffle. Ramiz vivait dans un palais qui semblait avoir été évoqué par Shéhérazade elle-même.

Chapitre 4

Ils laissèrent les animaux et les bagages dehors. Une armée de serviteurs, tous vêtus de blanc, apparut comme par enchantement. On les guida jusqu'à une petite galerie couverte sur laquelle donnaient de nombreuses portes, plus mystérieuses les unes que les autres pour Celia. Chaque porte était gardée par un homme armé d'un sabre dont la lame semblait étinceler de mille feux. La seule petite tache de couleur qui venait égayer le blanc éclatant de leur tenue, observa-t-elle, provenait d'une petite broderie discrète à l'effigie d'un faucon et de la pleine lune. Elle avait déjà remarqué que le même motif ornait les portes d'entrée et le tissu à carreaux rouges et blancs des *ghutras* que portaient les gardes.

Elle suivait Ramiz la tête baissée, ne sachant quelle attitude adopter. Son étonnement allait grandissant. Elle n'avait jamais rien vu de pareil. La cour monumentale dans laquelle ils venaient d'entrer était parfaitement symétrique. Les colonnes, les fenêtres et les portes qui l'encadraient se reflétaient les unes dans les autres avec une exactitude confondante. La mosaïque aux motifs bleu et or qui ornait les murs se prolongeait sur les colonnes qui délimitaient l'espace ouvert et couvrait également le sol de la cour. Deux fontaines semblaient se répondre dans un murmure. Celia leva la tête et risqua un coup d'œil : elle aperçut alors un étage flanqué d'un balcon à colonnes, lui-même surmonté de deux autres niveaux d'habitation, tous d'un blanc étincelant bordé d'une frise bleu et or.

Ramiz semblait avoir totalement oublié sa présence. Il s'était arrêté pour discuter avec un homme qui ne pouvait pas faire partie de la garde royale, étant donné les vêtements qu'il portait, mais occupait sans nul doute une haute fonction à en croire sa prestance. Ramiz semblait métamorphosé depuis qu'il était entré dans son palais. Il s'était glissé dans la peau de l'autocrate parfait. Il semblait tenir son pouvoir pour acquis et paraissait exiger obéissance et soumission de tous. Celia n'avait pas la moindre idée de ce qu'il disait, mais même sa voix semblait différente. Il faisait des phrases courtes et parlait de manière saccadée. Il n'y avait plus aucune trace de ces voyelles douces et de ces consonnes qu'il roulait légèrement dont elle avait pris l'habitude pendant leur voyage dans le désert.

Elle avait cru commencer un peu à le connaître et se trouvait de nouveau face à un total étranger. Une réalité qu'il faudrait accepter. Ce qui s'était passé entre eux durant les deux jours de leur tête-à-tête forcé dans le désert n'était qu'un mirage, une jolie parenthèse exotique. Ce qu'elle découvrait à présent était la vraie vie de Ramiz. S'en rendant compte, elle prit soudain un peu peur.

Elle ne l'avait pas vraiment pris au sérieux lorsqu'il avait parlé de faire d'elle sa concubine. Elle avait volontairement chassé de son esprit toute pensée ayant trait à son harem, et avait tout bonnement réussi à se convaincre que tout cela n'était que pures balivernes, que lorsqu'ils arriveraient au palais Ramiz prendrait des dispositions pour la renvoyer au Caire…

Mais il fallait regarder la réalité en face. Elle était seule. Pire encore, elle était une femme seule, ce qui signifiait qu'elle n'avait ni le droit ni le pouvoir de choisir sa propre destinée. Non seulement elle était tenue d'obéir aux injonctions du prince — cette réalité aussi, elle l'avait un peu trop facilement oubliée —, mais elle n'avait tout simplement pas son mot à dire.

Elle était à sa merci. Il n'y avait pas d'autre mot…

Prenant tout à coup la pleine mesure de ce que cela signifiait, elle en eut le souffle coupé et l'estomac tout retourné. Prise de panique, elle considéra comme possibles, voire certains, les destins plus atroces les uns que les autres que son imagination fertile lui suggérait. Le pire était de se dire qu'il se passerait des semaines, des mois peut-être, avant que qui que ce soit s'inquiète de sa disparition. Elle imaginait Cassie en train de guetter chaque jour l'arrivée d'une lettre qui ne viendrait pas, tout en cherchant à rassurer comme elle le pouvait Caroline, Cordelia et la pauvre petite Cressida, faisant par ailleurs son possible pour convaincre leur père d'entreprendre quelque chose. Mais que pourrait-il faire, de si loin ? Londres était à des milliers de kilomètres ! Rien. Il ne pourrait strictement rien faire ! Et pendant ce temps elle finirait probablement perdue dans le désert et laissée pour morte.

A ce point de son raisonnement, son bon sens reprit le dessus, heureusement. Si Ramiz l'avait voulu morte, s'avisa-t-elle en recouvrant un peu de calme, il ne lui aurait pas sauvé la vie. S'il lui avait voulu du mal, il l'aurait laissée seule sur la scène du massacre ou aurait profité de ce qu'elle était sans défense, seule avec lui, au milieu du désert. Elle ne pouvait prétendre bien connaître le prince autocratique qui se trouvait à quelques mètres d'elle et semblait avoir totalement oublié sa présence, mais elle connaissait suffisamment l'homme pour croire en son intégrité et en son sens de l'honneur. Elle en savait par ailleurs suffisamment long sur les accords de paix qu'il avait durement obtenus pour avoir la certitude que Ramiz ne risquerait pas de se mettre à dos le gouvernement britannique en s'amusant à assassiner la fille de l'un des hommes d'Etat les plus en vue. Elle était tout bonnement en train de se comporter comme une idiote hystérique alors que, ce que la situation exigeait, c'était de la dignité et du sang-froid. Elle se trouvait dans un palais royal, bon sang ! Et elle était elle-même citoyenne d'une des plus grandes puissances mondiales ! Aucun prince conscient de cela — et Ramiz l'était — n'oserait l'enfermer dans un harem et lui demander de se soumettre à sa volonté.

Elle reprit confiance en elle et releva la tête, bien résolue à affronter la situation de la meilleure façon, mais Ramiz avait disparu ! Elle se retrouvait toute seule dans la cour intérieure avec, pour toute compagnie, les fontaines qui bruissaient de toute part. Par où était-il sorti ? Elle n'en avait pas la moindre idée. Toutes les portes étaient ouvertes mais chacune d'entre elles était drapée de brocart épais et de fine dentelle pour empêcher la chaleur torride d'entrer. Les fenêtres en forme de trou de serrure, avec leurs grilles plaquées or, semblaient la dévisager.

— Il y a quelqu'un ? appela-t-elle timidement, affreusement mal à l'aise.

Elle entendit sa voix résonner dans la cour. Ce fut toute la réponse qu'elle obtint… C'était ridicule à la fin ! Il lui suffisait de choisir une porte au petit bonheur la chance et de s'y engouffrer. Ce n'était pas sorcier tout de même !

Elle avait rassemblé les plis de sa robe et se dirigeait vers la porte la plus proche quand une voix lui ordonna de s'arrêter. Elle se retourna. Deux hommes s'avançaient vers elle. De vrais mastodontes avec des ventres si proéminents qu'on aurait dit des coussins. Ils ne portaient pas de longues tuniques mais de larges culottes noires plissées et étaient chaussés de bottes noires. Ils portaient également en bandoulière un poignard à lame courbe. Leur vue lui glaça le sang. Sous leur turban noir, ils portaient une barbe noire ainsi que de longues moustaches.

En proie à un accès de panique, Celia lutta contre l'envie de crier tandis que les deux hommes s'arrêtaient devant elle. Ils la saluèrent et l'invitèrent à les suivre, ce qu'elle fit, le cœur battant la chamade.

Ils passèrent par une multitude de portes, de corridors sombres et frais pour finalement atteindre un large portail de bois inséré dans un mur blanc. Une réplique exacte de celui qu'elle avait franchi à son arrivée au palais.

L'un des deux hommes sortit une clé énorme et ouvrit la

porte en grand. Celia pénétra dans une cour intérieure étrangement similaire à celle qu'elle venait de quitter. Elle pensa tout d'abord qu'elle était revenue à son point de départ. Puis les gardes refermèrent derrière elle la porte à double tour et elle comprit alors où elle se trouvait. Elle était arrivée au harem, exactement comme Ramiz le lui avait dit.

L'endroit correspondait en tout point à ce qu'elle avait imaginé. Et pourtant quelque chose clochait. Pour commencer, elle était seule, excepté les deux servantes qui s'occupaient d'elle depuis son arrivée. Elles lui avaient apporté des fruits succulents — des fruits exotiques qu'elle n'avait jamais vus ni goûtés jusqu'alors —, des viandes parfumées d'épices délicieuses, des sorbets rafraîchissants et du thé qu'elles lui avaient servi très sucré et aromatisé à la menthe. Un véritable délice !

Adila et Fatima, ainsi qu'elles s'étaient présentées à elle, s'étaient d'abord montrées très timides et n'avaient pu s'empêcher de glousser en voyant les vêtements qu'elle portait. Elles semblaient ébahies par les différentes superpositions de ses sous-vêtements. Quand elles virent son corset, elles se figèrent sur place, totalement déconcertées. De son côté, Celia, qui n'autorisait son coiffeur à s'occuper de ses cheveux que lors de très grandes occasions et qui avait l'habitude de se coiffer seule au quotidien, trouva leur empressement auprès d'elle très embarrassant. Elle leur fit signe de la laisser lorsqu'elles lui eurent préparé un bain. Elle finit par se résoudre à leur présence quand elle s'aperçut qu'elle les avait offensées.

Extrêmement pudique de nature, elle n'avait jamais partagé une chose aussi intime qu'un bain, pas même avec ses sœurs. Mais, dans le harem, isolées comme elles l'étaient, cela lui parut moins choquant, et très vite, même, elle en vint à apprécier de se faire dorloter dans une eau parsemée de pétales de rose et de fleurs d'oranger, de se faire masser la peau avec des huiles parfumées au musc et à l'ambre et de se faire envelopper les cheveux et le visage de préparations diverses. Son corps n'avait jamais été aussi éclatant, et elle devait bien admettre qu'elle ne s'était jamais sentie aussi détendue.

Le harem comprenait trois étages. On atteignait la terrasse supérieure en montant un escalier en faïence qui zigzaguait jusqu'en haut de la tour. Il y en avait quatre identiques qui encadraient la cour intérieure. Les pièces qui se trouvaient tout en haut étaient vides et résonnaient comme si elles n'avaient pas été utilisées depuis un bon moment. Les pièces du bas, qui étaient distribuées en enfilade et donnaient toutes sur une terrasse carrée, étaient décorées avec opulence. Le sol était recouvert de tapis somptueux, et il y avait profusion de divans bas drapés de dentelle, de velours et de soie dont les teintes bleu, doré, émeraude et pourpre se reflétaient dans les grands miroirs accrochés aux murs. Les uniques fenêtres donnaient sur la cour intérieure, et l'unique porte était celle par laquelle elle était entrée.

Une fois passé le choc dû à son « incarcération », Celia finit par accepter le fait qu'elle ne pouvait rien faire d'autre qu'attendre patiemment le retour de Ramiz. Elle trouvait même étonnamment facile de s'abandonner à la magie du lieu. Elle n'avait rien à faire de ses journées si ce n'était s'en remettre à Adila et Fatima pour les soins de son corps et laisser son esprit prendre le chemin de la guérison.

Les jours passaient et se confondaient les uns avec les autres si bien qu'elle perdit rapidement la notion du temps. L'isolement tranquille du harem jouait étrangement sur ses sens. Elle n'avait jamais été aussi seule. Elle n'avait jamais connu une telle paix. Elle n'avait qu'à être, tout simplement. En tant qu'aînée, et ayant perdu sa mère peu de temps après la naissance de Cressida, la plus jeune de ses sœurs, elle trouvait naturel de s'occuper d'abord des autres, de penser à l'avenir et d'en assumer la pleine responsabilité. S'adonner à l'inactivité, comme on le lui avait imposé depuis son arrivée, lui était tout à fait étranger. Ceux qui la connaissaient bien savaient qu'elle était toujours fort occupée, toujours en train de faire de nouveaux projets, à faire toujours au moins dix choses à la fois. Sans l'ombre d'une hésitation, ceux-là auraient dit que la vie qu'elle menait au harem l'aurait rendue folle d'ennui, et en d'autres temps elle-même aurait dit la même chose.

Mais à la vérité, c'était exactement l'antidote dont elle avait besoin pour se remettre non seulement du traumatisme d'avoir perdu son mari dans des conditions terribles, mais aussi du traumatisme d'avoir désormais la certitude qu'elle aurait voulu ne jamais l'avoir épousé. Si Ramiz avait envisagé cet isolement comme une punition, il s'était lourdement trompé !

Un mois entier s'était écoulé, selon ses calculs, et pourtant Celia ne s'était pas vraiment rendu compte du passage du temps. Le processus de guérison était en bonne voie.

Alors qu'elle commençait à se demander si elle allait restée seule, oubliée de tous pour toujours, et alors qu'elle était à deux doigts de faire un scandale, ayant recouvré suffisamment de force de caractère pour s'indigner de la longue absence de Ramiz, celui-ci apparut en chair et en os sans crier gare.

C'était le soir. Le dîner venait d'être servi. Le repas semblait bien plus élaboré que d'ordinaire, et un serveur supplémentaire avait été affecté au service. Contrairement aux autres jours, après le rituel du bain et les massages que lui avaient prodigués Adila et Fatima, les deux servantes lui avaient fait revêtir une robe du soir. Celia regardait d'un air consterné les innombrables petits plats qui arrivaient sur de magnifiques plateaux dorés, tous forts appétissants mais bien trop copieux pour une seule personne… La nourriture était disposée sur une table basse dans le plus grand salon et quantité de coussins brodés et garnis de pompons étaient éparpillés tout autour.

— Je ne pourrai jamais manger tout ça, essaya-t-elle de faire comprendre à Adila à grand renfort de gestes signifiant qu'il fallait en rapporter une partie, mais la servante ne fit que sourire derrière sa main et se retira en secouant la tête.

C'était à ce moment-là que la porte qui donnait sur le monde extérieur s'était ouverte. Non pas avec le petit craquement habituel lorsque le personnel entrait ou sortait. Non, elle s'était ouverte brusquement, à toute volée, et Ramiz était entré d'un pas assuré, resplendissant dans sa robe d'un beau rouge vif.

Elle avait oublié à quel point il était beau et comme il était grand. Il avait l'air un peu fatigué ; ses yeux étaient légèrement cernés. Il ne portait pas de coiffe, ni de ceinture. Il était chaussé de babouches en cuir souple cloutées de bijoux et était vêtu d'un genre de caftan ouvert au niveau du cou, qui lui arrivait jusqu'aux pieds. Même si cette robe était manifestement informelle, il semblait encore plus majestueux et plus intimidant que dans ses souvenirs.

Elle se sentit subitement très nerveuse. Elle avait la bouche sèche. Son cœur cognait trop vite contre sa poitrine. Elle lui fit la révérence.

— Votre Majesté…

— Ramiz, dit-il. Lorsque nous sommes seuls, appelez-moi Ramiz.

Seuls.

En tête à tête.

Il ne fallait surtout pas penser à cela… Elle avait pourtant imaginé ce moment tant de fois ces derniers jours ! Elle devait faire comme s'il s'agissait d'un dîner quelconque et traiter Ramiz comme s'il était un invité de prestige et elle, la maîtresse de maison. Quant au fait qu'elle se trouvait seule avec lui dans son harem…

— Vous avez faim ? demanda-t-elle. Le dîner est servi. Je me demandais pourquoi il y avait autant de plats ce soir. Je comprends maintenant que vous étiez attendu.

— Vous auriez préféré être prévenue ? demanda-t-il, relevant immédiatement la critique qu'elle n'avait pas osé formuler ouvertement.

— Vous êtes ici dans votre palais. Ce n'est pas à moi de décider de vos allées et venues, répondit-elle en le précédant dans le salon.

Elle le laissa s'installer sur un large coussin avant de prendre place en face de lui.

— J'étais parti. Je viens juste de rentrer, lui expliqua-t-il. Je vous avais dit que j'avais des affaires urgentes à régler.

Il souleva le couvercle d'un plat garni de perdrix farcies de dates et de pignons de pin et le huma en connaisseur pour en apprécier toutes les saveurs.

— Vous voulez dire que vous venez tout juste de rentrer ?

— Il y a une heure à peine.

Elle en fut flattée. Elle s'était crue oubliée de lui alors qu'il venait lui rendre visite à peine de retour au palais ! Mais très vite cet empressement lui parut effrayant. Elle lui servit un verre de sorbet vert pâle et lui présenta tout un assortiment de plats.

— Puis-je vous demander si vous avez réglé vos affaires avec succès, Ramiz ? Je suppose que vous êtes allé voir l'autre prince… Malik, si je me souviens bien ?

Il eut l'air surpris.

— Oui, c'est bien ça.

— Avez-vous… Avez-vous été obligé de vous battre contre lui ?

— Pas cette fois.

— Que s'est-il passé alors ?

— Vous voulez vraiment le savoir ?

— Oui, ça m'intéresse beaucoup.

Ramiz hésita. Ce n'était pas l'usage de discuter de tels sujets avec une femme. Il n'était d'ailleurs pas dans sa nature de discuter de tels sujets avec quiconque. Mais ces derniers jours avaient été difficiles, et cette femme savait vraiment y faire pour susciter les confidences !

— Mes conseillers m'ont tous incité à répliquer rapidement et par la violence. Comme d'habitude, puisque j'ai hérité la plupart d'entre eux de mon frère.

— Mais vous les avez ignorés ?

— Oui. Je ne veux pas suivre cette voie avant d'avoir épuisé toutes les autres options.

— Alors… Qu'avez-vous fait ? Comment vous y prenez-vous pour négocier un accord avec un homme qui exerce le pouvoir en répandant la terreur ? Et comment réussissez-vous à convaincre votre peuple d'accepter une approche aussi peu commune ?

Ramiz lui sourit.

— Vous oubliez que je suis le prince. Je n'ai pas à convaincre mon peuple de quoi que ce soit. Il se conforme à mes injonctions.

— Oui, c'est ce que vous dites, mais je parie que vous essayez quand même de les convaincre du bien-fondé de vos décisions, objecta-t-elle avec un discernement qui le surprit. Vous n'avez pas réellement envie de diriger votre royaume d'une main de fer et de vous isoler dans votre tour d'ivoire, n'est-ce pas ?

— Moi, isolé dans ma tour d'ivoire ? C'est exactement l'impression que j'ai quelquefois… Vous n'avez pas idée à quel point ce peut être fatigant d'essayer de mettre un terme aux préjugés instillés depuis des années, dit-il d'un ton las. Parfois, je pense que… Mais, revenons à notre sujet. En ce qui concerne le prince Malik…

Il lui fit alors le récit détaillé de tous les événements qui s'étaient déroulés durant le mois écoulé. Elle l'écoutait avec un tel intérêt et faisait preuve d'une telle intelligence qu'il lui révéla bien plus de choses qu'il ne l'avait prévu et alla même jusqu'à lui confier des pensées très intimes. C'était un vrai soulagement de pouvoir s'épancher ainsi, et c'était également un vrai plaisir car cette femme qui parlait et pensait comme un homme avait le don de l'encourager à poursuivre sans pour autant le flatter. Et elle oubliait si fréquemment de lui témoigner la déférence que son rang exigeait — c'en était presque choquant, d'ailleurs — que ses opinions en gagnaient une crédibilité qu'il ne leur aurait pas accordée autrement.

A la fin du repas, le poids des responsabilités qui pesait très lourd sur ses épaules s'était quelque peu allégé. C'était bien la première fois que cela se produisait depuis que, contre toute attente, il était arrivé au pouvoir. Cette femme comprenait très bien les soucis qu'engendrait sa fonction de dirigeant. Elle aurait fait une excellente épouse de diplomate. George Cleveden avait bien choisi. Mais George Cleveden était mort… Et Ramiz ne le regrettait pas car lady Celia méritait mieux. Bien mieux même… Mais tout cela ne le regardait nullement.

— Tout se passe bien pour vous ? demanda-t-il en s'installant confortablement sur les coussins.

La lumière des lampes colorées se reflétait sur les miroirs et la faïence du salon. Etait-ce son ton taquin qu'elle avait cru reconnaître ? Elle n'en était pas absolument certaine.

— Extrêmement bien, répondit-elle prudemment. Vos servantes se sont très bien occupées de moi, mais j'ai été très surprise de constater que j'étais seule ici.

— J'ai installé les femmes de mon frère et leurs enfants dans un autre palais. Et celles qui le désiraient sont retournées vivre dans leur famille.

— Et vous, de votre côté, vous n'avez pas eu le temps de vous approvisionner en femmes ?

Ramiz éclata de rire.

— C'est une façon de voir les choses.

— Vous m'avez fait croire que vous aviez beaucoup de femmes.

— Ce n'est pas vrai. C'est vous qui en êtes arrivée à cette conclusion… Toute seule !

— Je suppose que vous en avez assez des gens comme moi qui en arrivent toujours aux mêmes conclusions. Vous vouliez me donner une leçon, c'est ça ?

— D'une certaine façon, oui… Dites-moi, à quoi vous attendiez-vous exactement quand vous êtes arrivée ici ? A une scène des *Mille et Une Nuits* ?

Elle se sentit rougir.

— Quelque chose de ce genre, en effet.

— Et maintenant ?

— Maintenant, je ne sais plus vraiment quoi penser, avoua-t-elle, préférant opter pour la franchise. D'une certaine façon, c'est presque une libération de se retrouver dans un tel isolement, coupée du monde extérieur et de ne rien pouvoir y faire. Je me sens bien reposée. Guérie. Je n'ai jamais eu autant de temps pour réfléchir. Ça a été l'occasion pour moi de mettre de l'ordre dans ma tête, de donner du sens aux choses.

— Votre mariage n'était pas sans problème…

Après de si longs jours de silence, de si longues heures passées à examiner son existence à la loupe, à s'interroger, c'était un réel soulagement de pouvoir exprimer ses pensées à haute voix.

— Je n'étais pas vraiment malheureuse, mais je pense qu'à la longue je le serais devenue. Je sais que George, de son côté, l'était déjà.

Une larme tremblait entre ses cils. Elle la chassa du revers de la main et poursuivit :

— Il était… Il ne voulait pas… Je pense qu'il voulait une compagne plus qu'il ne désirait réellement une épouse. Comment l'avez-vous deviné ?

Elle avait posé la question sans réfléchir. Dans la sécurité tranquille du harem, avec cette lumière douce qui projetait des ombres fantasmagoriques sur les murs, un sujet aussi intime semblait aller de soi.

Ramiz avait eu avec elle une conversation digne d'un échange entre hommes et avait admiré son intelligence et ses prises de position très marquées. Il voyait à présent la femme en elle dans ce manque évident d'assurance et dans le tremblement de sa lèvre qui révélait une telle vulnérabilité. Il se souvint de son corps. De cette blancheur éclatante et si séduisante au clair de lune… Bien malgré lui, cette image s'était immiscée dans ses rêves. Il en avait eu tellement honte qu'il avait banni ce souvenir à la lumière du jour. Mais voilà qu'elle était revenue le hanter… Et ici même, dans les pièces du palais tout spécialement réservées au plaisir sensuel ! Des pièces que lui-même n'avait jamais utilisées, et sa résistance commençait à sérieusement fléchir…

Car il la désirait. C'était plus fort que lui. Il avait toutes les raisons de ne pas succomber à la tentation, mais il s'était privé de tant de choses depuis la mort de son frère ! Et il en avait assez. Oui, il désirait cette femme... Il voulait lui apprendre la volupté. C'était à lui que cet honneur revenait, il ne pouvait en être autrement.

Il se leva d'un bond.

— Je suppose que je l'ai deviné parce que vous avez l'air d'une femme dont on ne s'est pas beaucoup occupé. Venez avec moi, dit-il en lui prenant la main pour l'aider à se mettre sur pied et en lui posant un doigt sur la bouche pour l'empêcher de parler.

Ils sortirent du salon et se dirigèrent vers la cour intérieure. Les fontaines produisaient leur douce musique et l'air était chargé d'effluves de jasmin.

— Regardez là-haut, dit-il.

C'était la nuit. Le ciel, bleu saphir, s'étendait au loin, au-dessus de leur tête.

— Dans ma culture, reprit-il, nous pensons que l'amour a des ailes. Des ailes qui peuvent vous emmener jusqu'aux étoiles où les plaisirs charnels sont vénérés comme des dieux. C'est un voyage voluptueux. Un voyage qui laisse à tout jamais des marques sur une femme. On le voit à ses yeux, à sa façon de marcher, à la façon dont elle apprend à nourrir son corps et à s'en délecter parce qu'elle a appris que c'est un temple de délices. Quand je vous regarde, ce que je vois, c'est une femme qui n'a pas encore appris à voler. Je vous regarde et je voudrais vous aider à vous élever dans les nuages pour que vous sachiez ce que cela fait.

Comme sa voix était séduisante, envoûtante même ! Ils se tenaient près de la fontaine, et il avait posé ses mains sur ses bras. Il effleurait sa peau nue. Elle sentait le velours de ses manches qui la frôlait. Il sentait le savon parfumé au citron. Il sentait l'homme de la nuit. Elle tenta d'imaginer qu'elle volait. Sa simple présence, son odeur, ses mains sur sa peau, sa voix rauque, tout cela lui permit l'espace d'un court instant d'imaginer à quoi cela pouvait peut-être ressembler.

Elle désirait atteindre les étoiles. Peu importait de quoi il s'agissait exactement, elle désirait en faire l'expérience, et elle savait qu'elle ne trouverait jamais un professeur plus talentueux que lui. Il avait une telle confiance en lui… Elle en était grisée. Un tel homme pouvait intimider et même faire enrager mais, là, à la lueur des étoiles, il était fascinant, et incroyablement convaincant…

— Vous ne voulez pas savoir ce que cela fait de voler, Celia ?

Il lui parlait au creux de l'oreille. Ses lèvres susurraient contre sa peau.

— Je ne sais pas si j'en suis vraiment capable, Ramiz, avoua-t-elle.

Il partit d'un grand éclat de rire.

— Faites-moi confiance, Celia. Vous en êtes parfaitement capable !

Il fit glisser sa langue le long de son oreille. Elle frissonna. Puis il effectua de petites spirales sur ses bras du bout des doigts et remonta vers sa nuque. C'était délicieux ! Elle sentait son cœur battre plus vite. De plus en plus vite. Elle avait chaud et froid en même temps. Il parcourait à présent de sa bouche le contour de sa mâchoire. Elle n'en pouvait plus. Il devait l'embrasser. Tout de suite ! Elle en mourait d'envie ! Mais, au lieu de cela, il descendit le long de sa gorge. Sa bouche était si douce… Ses baisers la faisaient s'arquer de plaisir. Elle voyait le ciel maintenant. Les étoiles scintillaient, lui faisaient signe, l'appelaient alors même que Ramiz promenait sa bouche dans le creux de son cou. Sa peau semblait se tendre vers lui pour l'accueillir, pour lui demander encore plus de baisers.

— Ramiz, murmura-t-elle. Ramiz, s'il vous plaît… Je veux savoir.

Il exauça aussitôt son vœu. Il la souleva de terre et la porta dans ses bras jusque dans le salon le plus proche. C'était celui dans lequel elle dormait habituellement. Le divan bas, avec ses oreillers et ses couvertures de soie éparpillés, se trouvait au centre de la pièce. C'était le lit le plus étrange qu'elle avait jamais vu : il était rond, sans tête ni pied. Ramiz la déposa, debout, près du divan. Il la regardait au fond des yeux. Les siens brillaient avec une ardeur qu'elle ne leur connaissait pas et qu'elle n'était pas certaine d'aimer.

Elle baissa les yeux, mais il lui releva le menton pour la forcer à le regarder.

— Vous ne devez pas avoir honte de votre corps. Vous devez apprendre à l'apprécier. C'est la toute première leçon que vous devez connaître ou bien jamais vous ne quitterez le sol.

Puis, il posa les lèvres sur les siennes. Elles s'emboîtaient avec une telle perfection que Celia cessa de respirer l'espace de quelques secondes. Comment des bouches pouvaient-elles aussi bien s'adapter l'une à l'autre ? Une douce chaleur lui parcourait le corps. Elle se laissa faire. Elle ne savait pas comment elle était censée répondre. Elle était troublée. Elle avait une envie irrépressible de lui rendre ses baisers, mais une telle envie était en totale contradiction avec tout ce qu'on lui avait appris.

Ramiz l'attira tout contre lui. Comme son corps était ferme, comparé au sien ! Cela ne lui avait jamais traversé l'esprit avant cet instant. Pas plus qu'elle n'avait pris conscience auparavant de ses propres courbes. Jamais elle n'avait été si proche d'un homme. Ramiz incarnait la masculinité à l'état pur. Elle se sentait fondre à son contact et, ce faisant, elle succomba à la tentation et l'embrassa à son tour.

Ses lèvres étaient douces comme des pétales, songea Ramiz, euphorique. Il pressa sa bouche contre la sienne et la goûta délicatement. Il sentit Celia pousser un petit soupir plus qu'il ne l'entendit vraiment. S'il n'avait pas su qu'elle avait déjà été mariée, il aurait pu croire que personne ne l'avait jamais embrassée auparavant. Visiblement, on ne lui avait pas appris comment rendre des baisers, et ce manque d'expérience l'enflamma. Une espèce d'instinct primaire, qui le prenait totalement au dépourvu, le saisit. Un afflux de sang fit durcir son membre. Il lui donna des baisers plus appuyés et l'incita à ouvrir la bouche. Leurs langues se cajolèrent dans un premier temps, puis il se fit plus insistant. La langue de Celia était terriblement chaude et promettait une extase torride. Mais il n'allait pas céder aussi facilement.

Donner, c'est recevoir.

Ce soir, il donnerait… Il se fit violence et se détacha d'elle.

— Attendez, dit-il en respirant fort. Ce soir, vous devez vous laisser faire. Je vais m'occuper de vous…

Avec une lenteur savamment calculée, une terrible lenteur, il partit alors à l'assaut des sens de Celia.

Il se mit à doucement fourrager dans ses cheveux pour en enlever les épingles et peigna de ses doigts son imposante masse de boucles cuivrées. Sa chevelure se répandit sur ses épaules, dans son dos, comme un rideau de perles. Il la fit pivoter sur elle-même pour l'aider à enlever sa robe, caressant sa peau au passage. Il promena de nouveau sa bouche sur son cou puis en haut de sa colonne vertébrale. Elle sentait son souffle chaud. Ce qui ne l'empêchait pas de frissonner. Il délaça son corset et l'attira contre lui, son dos contre sa poitrine, sa peau contre sa robe en velours. Elle sentit son sexe dur se nicher au creux de ses fesses. Il était si différent d'elle. Si masculin…

Elle se remit à frissonner mais, cette fois, elle avait très chaud. Ramiz l'enveloppa de ses bras, la serra très fort contre lui, frottant doucement son membre en érection sur son postérieur rebondi. Il la couvrit de caresses, de la taille jusqu'aux seins, à travers le tissu léger de sa combinaison. Ses caresses l'électrisaient. La pointe de ses seins durcit sous les mains de Ramiz qui lui titillait les tétons du pouce. Ils se contractèrent, son ventre aussi, et entre ses jambes quelque chose qui lui fit penser à un bouton en train de s'ouvrir semblait se contracter également.

Il la fit tourner sur elle-même, l'embrassa tendrement sur les lèvres, puis lui enleva sa combinaison par la tête. Elle ne portait plus que son pantalon bouffant bordé de dentelle. Elle eut aussitôt le réflexe de vouloir se couvrir, mais Ramiz l'obligea à enlever ses mains de ses seins.

— Comment pouvez-vous espérer que les autres apprécient

ce que vous n'êtes pas capable d'admirer vous-même ? dit-il. Vous êtes très belle.

Elle se sentit rougir.

— Ce n'est pas vrai. Je sais que ce n'est pas vrai. Ma sœur Cassie est très belle. Moi, je suis trop maigre. Les hommes préfèrent… Non, je ne suis pas belle.

— Regardez-moi, Celia…

Elle lui obéit à contrecœur.

Il enfouit sa main dans son épaisse chevelure et enroula une boucle de cheveux autour de sa main.

— C'est la couleur du désir. Le reflet des flammes qui brûleraient en vous si seulement vous vous laissiez faire…

Il prit sa tête au creux de ses mains et la regarda droit dans les yeux.

— Vous avez une bouche faite pour les baisers, poursuivit-il. Quant à vos paupières, elles cachent joliment vos yeux mais parlent également de secrets… Il suffit de savoir vous regarder.

Il lui effleura les épaules de ses paumes et descendit plus bas pour lui englober les seins.

— Votre peau est pareille à l'albâtre, à la crème. Elle est faite pour être touchée et goûtée…

Il pencha la tête et prit son mamelon entre ses lèvres. Il donna de petits coups de langue sur son extrémité, et sa bouche se mit à suçoter, doucement, puis plus fort, et plus fort encore. Elle poussa un gémissement. Cette fois, elle avait la nette sensation qu'il l'avait mise sur le chemin, que les flammes allaient s'embraser. La sensation partait de la pointe de ses seins, presque douloureuse, en passant par la chaleur qu'elle percevait dans son ventre, pour finir par la chaleur torride entre ses jambes.

Elle se laissa tomber à la renverse sur le divan. Ramiz s'agenouilla entre ses jambes, les mains sur sa taille et couvrit ses seins de baisers, provoquant des sensations qu'elle n'avait jamais imaginé pouvoir ressentir. Elle se contorsionnait, s'agrippait aux draps de soie, au velours de sa robe, puis à ses cheveux de satin. Son désir montait d'un cran chaque seconde tandis qu'elle avait vaguement conscience qu'elle se comportait mal. Nul doute qu'elle n'aurait pas dû ressentir de telles choses… Elle n'aurait pas dû sentir un tel désir monter en elle… Même si elle ne savait pas vraiment ce qu'elle désirait. A part voler, comme Ramiz lui en avait fait la promesse.

Il se baissa un peu plus et lui lécha le ventre, tout en tirant sur son pantalon pour le lui ôter. Il se débarrassait gentiment des mains de Celia à chaque tentative qu'elle faisait pour se recouvrir, lui murmurant à l'oreille dans un mélange d'anglais et de sa propre langue qu'elle était belle, si belle… Il le lui répéta tant et si bien qu'elle finit presque par le croire.

— Ces jambes sont faites pour s'enrouler autour d'un homme, dit-il alors qu'il embrassait le creux de ses genoux et les écartait doucement pour goûter la peau à l'intérieur des cuisses.

Elle était sous le choc. Et si tendue que cela en devenait insoutenable ! Jamais elle n'aurait dû le laisser faire ce qu'il était en train de faire. Mais elle ne pouvait pas l'arrêter parce qu'au fond elle en voulait davantage encore.

Lorsque sa bouche l'effleura entre les jambes, à l'endroit où le désir en devenait presque douloureux, elle sursauta de plaisir, saisie. Il l'attira doucement vers lui et promena sa langue sur elle, en elle. Ce qui lui provoqua une telle sensation qu'elle poussa un cri. Pas parce que c'était trop, mais parce que ce n'était pas assez…

Elle sentit alors ses ailes qui bourgeonnaient, pareilles aux ondulations que fait une plume sur une mare en s'y posant. Elle s'immobilisa et ferma les yeux. Et elle les vit. Des ailes au bout rose, en train de se frayer un chemin à mesure que Ramiz effectuait des petits cercles avec sa langue pour les aider à sortir. Il les encourageait, doucement pour ne pas les effrayer, puis plus vigoureusement lorsqu'il s'aperçut que ses ailes grandissaient, poussaient et étaient prêtes à se déployer. Il la souleva tandis qu'elle haletait littéralement, tendue. Les ailes n'allaient plus tarder à se déplier maintenant. Soudain, dans un ultime soubresaut, elle eut l'impression de tomber. Elle s'arc-bouta, et ses ailes s'ouvrirent. Elle vola. Elle s'éleva dans les airs, se cabra et plongea, descendit en piqué puis s'éleva de nouveau en poussant un cri. Jamais elle n'aurait cru ressentir un tel plaisir. C'était absolument divin… Elle se mit à planer, puis à flotter doucement, tout doucement, pour finalement revenir sur terre, ensommeillée, épuisée et repue. Et remplie du scintillement des étoiles qu'elle avait touchées.

Ramiz savait par expérience qu'il éprouvait toujours une intense satisfaction lorsqu'il donnait du plaisir à une femme mais, jusqu'à présent, de telles caresses avaient toujours été un prélude avant qu'il ne reçoive à son tour du plaisir. Il observait Celia, étendue sur le divan, ses lèvres, ses mamelons et son sexe gonflés des attentions qu'il leur avait prodiguées. Il ressentit alors une plénitude d'un genre nouveau. C'était lui qui lui avait donné tout ce plaisir… Il sentit le sang qui affluait et faisait grossir son membre déjà dur. Mais il n'irait pas plus loin. Il en avait envie, mais n'en avait pas besoin. Il avait eu ce qu'il voulait : il avait laissé sa marque sur elle. Il avait été le premier, peut-être pas à la posséder, mais le premier à lui donner du plaisir. Il lui avait donné une chose que personne d'autre encore ne lui avait donnée. Et elle ne l'oublierait jamais.

Lui non plus d'ailleurs n'oublierait pas cette soirée de sitôt ! Comme il n'était pas certain de contrôler son envie d'elle très longtemps, il se leva et tira le drap de soie pour la couvrir.

— Dormez maintenant, lui murmura-t-il.

Elle ouvrit les yeux en battant des cils.

— Ramiz, je…

— Demain, il faudra que nous parlions de l'avenir. Il faut vous reposer maintenant…

Il était déjà parti. S'il n'y avait eu les coussins éparpillés sur le sol, les draps froissés, les légers picotements qui persistaient sur son corps, Celia aurait presque réussi à se convaincre qu'elle avait rêvé.

Chapitre 5

Le lendemain matin, Celia se réveilla dans un grand état d'agitation. Elle était consternée… Sa conduite de la veille au soir était absolument inqualifiable ! Ce qu'elle avait ressenti l'avait ébranlée autant physiquement que mentalement. Jamais elle n'avait supposé un seul instant qu'une femme comme elle pouvait éprouver de telles sensations. N'était-ce pas l'apanage des courtisanes ? Elle s'était avilie, en se laissant aller à un comportement pareil ! Tante Sophia elle-même l'avait affirmé : les femmes n'avaient qu'à souffrir en silence pendant que les hommes prenaient du bon temps.

Ce n'était pourtant pas ainsi que les choses s'étaient déroulées… Ses joues la brûlaient lorsqu'elle repensait à l'abandon total dont elle avait fait preuve. Mais dans le même temps, au fur et à mesure que ses souvenirs se faisaient plus précis, elle sentait son bas-ventre envahi d'une douce chaleur.

Stop ! Il fallait à tout prix mettre un terme à ces réminiscences ! Elle s'assit dans son lit, se cacha le visage dans les mains et plissa les yeux aussi fort qu'elle le put pour essayer d'effacer l'image de Ramiz qui lui apparaissait tel un dieu dans sa robe écarlate. Sa robe ne pouvait évidemment être qu'écarlate. La couleur du péché. La couleur de la honte. Ce qu'il avait fait était… Non ! Pas « ce qu'il avait fait »… C'était elle qui l'avait encouragé. Ses orteils s'enroulèrent entre les draps soyeux. Elle l'avait désiré. Elle comprenait enfin le sens de ce mot. Et quand il était parti, elle l'avait de nouveau désiré de tout son être.

Ce devait être l'influence néfaste de ce lieu, décida-t-elle. Ce harem avait été entièrement conçu comme un temple dédié aux plaisirs de la chair. Sans compter tous ces bains et tous ces massages qu'on lui prodiguait constamment ! Comment aurait-il pu en être autrement ? C'était un lieu profane… Ce qu'elle venait de vivre était une parenthèse hors du temps, dans un sanctuaire tenu secret où l'embrasure des portes était masquée par du velours, des soieries et de la dentelle. Sans oublier son propre imaginaire enfiévré qui sortait tout droit de ces maudites *Mille et Une Nuits !* Elle était en plein rêve, ce n'était rien de plus que cela ! Un rêve dans lequel elle s'était laissée aller à un comportement proprement scandaleux, digne d'une concubine, mais cela ne signifiait pas pour autant qu'elle en était une ! Elle était toujours Celia.

Sauf que les choses n'étaient pas aussi simples se dit-elle en se regardant distraitement dans le miroir. A vrai dire, avec sa robe de mousseline blanche ornée de rubans jaunes, elle ne savait plus vraiment qui elle était. Elle essaya alors de se représenter mentalement avec des yeux neufs. Elle essaya de voir la Celia que Ramiz voyait. Etait-elle réellement différente ? Rien n'était moins sûr. Elle se sentait toutefois différente. Sous ses diverses épaisseurs de vêtements, elle avait davantage conscience de son corps et elle sentait maintenant les différentes matières sur sa peau avec une sensibilité accrue lorsqu'elle marchait, s'asseyait ou s'étirait. Se voyait-elle comme une belle femme pour autant ? Elle s'observa plus attentivement avec de grands yeux. Non. Cassie, elle, était belle.

Que voyait donc Ramiz alors ? Peut-être le harem avait-il le pouvoir d'embellir toute chose ? Peut-être la sensualité de ce lieu avait-elle en partie déteint sur elle la nuit précédente ? Elle n'en détectait pourtant plus aucune trace à présent.

— Ce qu'il a vu la nuit dernière, Celia Armstrong, c'est une femme à son entière disposition ! dit-elle à voix haute, tirant la langue à son reflet.

Elle se rendit compte subitement qu'elle avait repris son nom de jeune fille. Sans doute parce qu'elle était en train de vivre une nouvelle expérience. Mais, se demanda-t-elle tout à coup, si ce qui s'était produit la veille était arrivé uniquement parce qu'elle était la seule femme disponible, pourquoi Ramiz n'en avait-il pas profité pour satisfaire son propre plaisir ?

Ramiz, quant à lui, avait fort à faire avec des affaires d'Etat très sensibles. Les plaisirs charnels ne faisaient absolument pas partie de ses préoccupations du moment. Il poussait de profonds soupirs à la lecture des termes du contrat qu'Akil, son bras droit et homme de confiance, lui avait soumis. Même si A'Qadiz était la plus grande et la plus puissante des principautés concernées par ce contrat, il s'agissait d'une question complexe et délicate. Avec toutes ces tribus, il y avait tant de coutumes et de droits différents à prendre en considération !

— Parfois, je comprends presque pourquoi mon frère préférait la guerre, dit-il en se frottant les yeux. C'est une méthode qui a le mérite d'être simple, ajouta-t-il d'un ton désabusé.

Akil, qui le connaissait depuis l'époque où ils étaient amis d'enfance, sourit légèrement. Même en ces temps lointains, Ramiz était déjà un conciliateur et n'hésitait pas à intervenir auprès de son père quand Asad, son frère aîné, allait trop loin avec leur précepteur ou avec les familles des pauvres victimes qu'il tyrannisait. Héritier du trône ou pas, si Asad dépassait les bornes, Ramiz ne le laissait pas faire.

— Simple, oui, mais pas nécessairement efficace, répondit Akil. N'abandonnez pas, Ramiz. Votre pacte avec le prince Malik nous permet de faire un grand pas en avant.

— S'il tient parole, nuança Ramiz avec lassitude. Quelles nouvelles as-tu des mines que nous allons ouvrir ?

L'or constituait la seconde richesse d'A'Qadiz. Juste après ses importantes réserves d'eau qui permettaient à la population non seulement de bien vivre, mais aussi de faire le commerce de denrées très prisées telles que les dattes, les figues et les citrons.

— Les nouvelles sont bonnes, répondit joyeusement Akil. C'est sans conteste la veine la plus prometteuse que nous ayons eu l'occasion d'exploiter. D'autre part, il semble bien que votre idée de faire analyser le sol à la recherche d'argent se soit également révélée payante.

— Excellent ! Espérons que la nouvelle de cette découverte ne se répandra pas trop vite. Pour l'instant, les Britanniques et les Français sont satisfaits de leur sort et attendent leur heure en Egypte, trop occupés à piller tous les vestiges du passé sur lesquels ils peuvent mettre la main. Ils nous considèrent comme un pays de seconde importance auquel ils concéderont quelques miettes, si nous acceptons que notre port leur ouvre une route de commerce qui les reliera directement aux richesses dont l'Inde regorge. Mais s'ils viennent à apprendre qu'il y a des quantités et des quantités d'or et d'argent enterrées sous nos terres, tout particulièrement dans les mines très proches de la côte, ils ne pourront pas résister longtemps à la tentation de mettre la main dessus.

— L'Anglais qui a été tué… Avez-vous trouvé les documents qu'il transportait ?

— Il s'appelait Cleveden. Oui, je les ai trouvés, mais ils ne comportaient rien que je ne savais déjà.

— Et la femme ?

Tout Balyrma avait entendu parler de l'arrivée de cette femme mais, comme tout le monde, Akil n'avait pas la moindre idée de ce que Ramiz avait l'intention de faire. Malgré leur amitié de longue date, Ramiz n'était pas porté à la confidence et ne voyait généralement pas d'un bon œil une quelconque contestation de ses décisions.

— Que veux-tu dire ?

— Elle est toujours ici, je présume ?

— Evidemment.

— Qu'avez-vous l'intention de faire, si je puis me permettre de poser cette question ?

Une vision traversa alors l'esprit de Ramiz comme un éclair : Celia, nue, alanguie sur le divan. Il avait été incapable de trouver le sommeil en la quittant. Il pensait constamment à elle et ne pouvait s'empêcher d'imaginer à quoi la nuit aurait pu ressembler s'il s'était laissé aller à son propre plaisir et l'avait possédée… S'il avait plongé son membre dans les douces et délicieuses profondeurs qu'il avait préparées avec une telle délectation… Voilà ce qu'il désirait faire.

Mais, comme c'était si souvent le cas, ce qu'il désirait et ce qu'il pouvait faire étaient à l'opposé l'un de l'autre. Et cette fois, ce que son sens de l'honneur lui dictait était loin d'être le choix le plus agréable. Heureusement qu'il s'y était engagé avant la nuit dernière ! Si tel n'avait pas été le cas, il ne savait pas si… Mais il ne fallait plus y penser ! Il avait pris sa décision…

— J'ai écrit au Consul Général britannique au Caire, pour l'informer de ce qui s'est passé, dit-il. Je l'ai fait dès que nous sommes arrivés au palais, car je ne pouvais pas prendre le risque que des individus du genre de Malik n'utilisent cette tragédie contre moi en essayant d'en rejeter la responsabilité sur ma personne. Je suppose qu'ils vont envoyer quelqu'un pour venir chercher lady Cleveden. En fait, pour être tout à fait honnête, je suis très étonné qu'ils ne l'aient pas encore fait. En attendant, elle est en parfaite sécurité ici.

— Dans votre harem ?

— Bien sûr.

— Votre harem, qui est encore complètement vide !

— Qu'est-ce que ça veut dire, je te prie ?

Alik secoua la tête, d'un air résigné.

— Vous savez très bien ce que ça veut dire. Le Conseil des Anciens m'a demandé une fois encore de vous convaincre d'examiner la liste qu'ils ont établie des femmes dignes de vous épouser. Cela fait déjà plus d'un an que le deuil pour Asad a pris fin, et ils tiennent beaucoup à ce que vous asseyez davantage votre autorité. Par ailleurs, la population accueillerait très chaleureusement la nouvelle d'un mariage royal. Nous vivons une époque difficile et trouble, vous le savez bien.

— En grande partie grâce à mon frère, répondit Ramiz d'un ton sec. Tout ce sang versé, c'est à lui que nous le devons, pas à moi que je sache ! S'il ne tenait qu'à moi…

Alik l'arrêta d'une main.

— Ramiz, je sais mieux que quiconque à quel point le chemin qui a mené à la paix a été parsemé de souffrance et de difficultés, mais vous devez comprendre que votre peuple et le Conseil lui aussi n'ont pas du tout la même vision des choses. Pour eux, combattre mène à la prospérité. Ils ne voient pas encore les bénéfices que leur apportera la paix que vous avez si chèrement obtenue.

Ramiz se leva et se mit à arpenter nerveusement la pièce. Son grand bureau en acajou trônait au milieu ; les murs étaient tapissés de bibliothèques, toutes pleines à craquer. On y trouvait une sélection éclectique d'ouvrages qui allait des anciens textes sacrés de son pays jusqu'aux grands classiques grecs et latins en passant par la littérature moderne française et anglaise. Il éprouvait un profond respect pour son héritage, mais ses voyages lui avaient également appris à respecter la culture de toutes les grandes civilisations. Si seulement son peuple pouvait avoir la même ouverture d'esprit !

— Si je comprends bien, tout le monde serait content que je me marie, c'est bien ça, Akil ? demanda-t-il en reprenant place derrière son bureau.

— Si vous acceptiez d'épouser une des princesses que le Conseil a sélectionnées pour vous, la fille du prince Malik par exemple, cela permettrait de consolider la paix et nous rendrait plus forts. Même si vous choisissiez une princesse de l'une de vos propres tribus — la fille du cheik Farid, mettons — vous en retireriez un soutien bien plus important. Un mariage royal contribuerait grandement à ce que votre peuple se sente… Se sente…

— Vas-y, crache le morceau, pour l'amour de Dieu ! dit Ramiz avec impatience.

— Cela permettrait à votre peuple de se sentir plus en sécurité, Votre Majesté. Et quand vous aurez des fils, votre dynastie sera alors véritablement fondée. Pour l'instant, votre cousin est le seul héritier du trône, et il est…

— Faible…

— Oui, aquiesça Akil avec un certain soulagement.

— Pourquoi juste une femme, dans ce cas ? le provoqua Ramiz. Si tu es si sûr que mon mariage permettrait de consolider le pacte que j'ai conclu avec Malik, pourquoi ne pas faire la même chose avec nos autres voisins ? Pourquoi pas deux femmes, ou quatre, ou dix ?

— Vous plaisantez, je suppose, Votre Majesté…

Akil le regardait maintenant avec nervosité. Il ne s'y trompait pas. Ramiz tambourinait des doigts sur son bloc-notes, et sa bouche était très contractée. Il préférait manier les mots plutôt que l'épée, mais quand il était hors de lui, il pouvait se mettre dans une colère sans commune mesure avec celle dont son frère était coutumier. C'était comme comparer le rugissement d'un lion avec le miaulement d'un chat !

— Arrête un peu avec tes « Majesté » par ci et « Majesté » par là, mon ami ! Je sais que tu utilises cette formule uniquement quand tu veux absolument obtenir quelque chose de moi.

Akil sourit.

— Ramiz… Le Conseil a établi une liste de dix princesses. Je l'ai vérifiée moi-même. Chacune d'elles fait un excellent parti. Il faut vraiment que vous vous mariiez, vous le savez fort bien. Pour le bien d'A'Qadiz…

— Tout ce que je fais est pour le bien d'A'Qadiz ! Je n'ai fait que cela toute ma vie, Akil, et tu en es parfaitement conscient. Je n'ai jamais manqué à mes devoirs.

Akil acquiesça et poursuivit :

— Mais ce dont nous parlons, c'est tout de même un devoir des plus agréables. Vous êtes un homme. Et tous les hommes ont besoin d'une femme qui prenne soin d'eux. Les jeunes filles qui se trouvent sur la liste du Conseil ne sont pas juste des princesses appartenant aux tribus les plus influentes, ce sont aussi de belles vierges. Vous m'accorderez quand même que ce n'est pas l'obligation la plus pénible que vous ayez à remplir, si ?

Ramiz ouvrit la bouche puis se ravisa tout à coup. A quoi cela pouvait-il bien servir d'essayer d'expliquer ce qu'il ne comprenait pas lui-même ? Akil incarnait le bon sens même, il en avait toujours été ainsi, et il avait le bon goût de parler un langage clair et de lui épargner tous les salamalecs et autres hommages appuyés que les Anciens affectionnaient tant. Il savait bien qu'il devait se marier au plus vite… Il comprenait parfaitement les implications d'un tel événement. Ce serait avant tout pour le bien de son pays et de sa dynastie. Ainsi allait le cours des choses depuis des siècles, et ce n'était pas lui qui y changerait quelque chose. Mais l'idée même de participer à un tel marchandage lui répugnait au plus haut point.

Akil avait sans doute raison… Il avait peut-être passé trop de temps en Occident. Mais il ne pouvait pas se résigner à être considéré comme une sorte d'étalon reproducteur, pas plus qu'il ne supportait l'idée d'épouses vues comme de simples génitrices qui se livreraient à une concurrence acharnée au sein de son harem pour être celle qui obtiendrait le plus d'attentions de sa part. Il ne voulait pas d'un tel scénario. Il ne savait pas ce qu'il voulait, mais il était certain qu'il ne s'agissait pas de cela.

Il se leva de son fauteuil une nouvelle fois.

— Ajoute ces amendements au traité et présente-les au Conseil. Dis-leur que j'examinerai de près leur liste de princesses dès qu'il sera entièrement ratifié et dès que j'aurai conclu un accord avec les Britanniques.

Akil sourit et le salua.

— Une très sage décision, Majesté. Votre sagesse n'a d'égal que la magnificence de votre…

— Ça suffit, Akil ! Pars maintenant, avant que je ne change d'avis. Et fais venir l'Anglaise…

Celia suivit le domestique qui était venu la chercher à travers une multitude de couloirs, tous gardés par d'innombrables sentinelles. Chaque garde portait une robe blanche ornée de la nouvelle lune et de la crête d'un faucon. Elle ne portait pas de voile mais gardait les yeux rivés au sol. Elle se demandait avec appréhension ce que Ramiz pouvait bien avoir à lui dire. Elle se demandait surtout, après ce qui s'était passé entre eux, comment elle allait pouvoir l'affronter sans prendre la même couleur rouge écarlate que le *keffieh* à damiers que portaient les gardes.

La pièce dans laquelle elle fut introduite était manifestement une bibliothèque. C'était le premier salon meublé à l'occidentale qu'elle avait l'occasion de voir au palais. Ramiz était assis derrière un grand bureau en acajou incrusté de perles et de teck. Il était vêtu d'une robe bleu foncé et ne portait pas de *ghutra*.

Il se leva pour l'accueillir quand elle entra.

— *Sabah el kheer*, dit-elle en prenant soin de bien articuler chaque syllabe.

C'était l'une des expressions qu'elle était parvenue à apprendre de Fatima.

— Bonjour, lady Celia, répondit Ramiz, vous vous portez bien ?

— Oui, réussit-elle à marmonner. Et vous, Votre Majesté ?

Votre Majesté ! Après ce qui s'est passé la nuit dernière !

Elle se mordit la lèvre inférieure et regarda fixement le tapis. C'était de la soie tissée qui présentait un motif compliqué et de belles couleurs vives. Il devait valoir une véritable fortune !

— Ramiz, la corrigea-t-il, et je me porte très bien.

Elle sursauta, surprise de l'entendre si près d'elle. Il lui prit la main. Comment avait-il fait pour s'approcher ainsi sans faire le moindre bruit ? Ah, il portait des babouches, voilà pourquoi ! remarqua-t-elle, les yeux toujours fermement rivés au sol.

— Je voulais m'entretenir avec vous, Celia. Asseyez-vous, je vous en prie…

— D'accord.

Il l'invita à prendre place sur une chaise en face du bureau. A son grand soulagement, il retourna s'asseoir de l'autre côté. Cela la rassurait de les savoir séparés par cette grande table de travail.

— Vous possédez beaucoup de livres, dit-elle, levant les yeux pour parcourir la pièce du regard.

— C'est vrai. Ils sont à votre disposition, si vous le souhaitez… Je reçois régulièrement des colis de Londres et de Paris.

— Je vous remercie. Même si je suppose que je ne resterai pas ici assez longtemps pour pouvoir vraiment en profiter.

Un long silence s'ensuivit. Les yeux baissés, Celia se risqua à lui jeter un regard. Il était confortablement appuyé contre le dossier de son fauteuil et semblait tout à fait détendu, comme s'il ne s'était rien passé la nuit précédente. Ou peut-être parce que cette nuit ne signifiait rien pour lui. Elle se demanda ce que le protocole exigeait en de telles circonstances mais, n'ayant absolument aucune expérience dans ce domaine, elle demeurait dans le flou total. Elle pensa à ces femmes du grand monde, connues pour leurs aventures extraconjugales. Elle avait toujours éprouvé la plus grande surprise de voir qu'en société les couples en question ne trahissaient jamais le moindre signe d'affection l'un envers l'autre. Sauf la pauvre Caro Lamb qui dévoila tant de choses sur Lord Byron dans son livre ! Mais personne ne voulait pour autant enlever une seule page à ce merveilleux manuscrit !

Peut-être que la meilleure chose à faire, c'était de prétendre que rien ne s'était passé… Elle jeta un nouveau coup d'œil furtif à Ramiz. Leurs regards se croisèrent involontairement, et elle se sentit rougir furieusement.

— Vous devez vous demander ce que j'ai l'intention de faire de vous, dit Ramiz.

— Je vous demande pardon ?

Elle releva brusquement la tête. Ses yeux lançaient des éclairs, et Ramiz nota qu'elle paraissait franchement outragée.

— J'ai écrit au Consul Général, poursuivit-il d'un ton affable, pour qu'il sache bien que vous êtes en sécurité au palais.

— Le consul s'appelle Lord Wincester. Mon père est allé à l'école avec lui, dit Celia sur un ton irrévérencieux.

Surpris, Ramiz leva les sourcils.

— Vous avez des relations, en effet.

— Je vais donc bientôt m'en aller ?

— Dans quelques jours, je pense. Dès qu'ils auront envoyé quelqu'un.

— Oh…

Elle aurait dû se sentir soulagée, mais son cœur s'était brusquement serré.

— Ils vont me renvoyer en Angleterre, fit-elle d'un ton désabusé.

— Vous n'avez donc pas envie d'y retourner ? De revoir votre famille ? Il semble me souvenir que vous avez mentionné quatre sœurs…

— Oui, c'est vrai. Et elles me manquent, naturellement. Cassie tout particulièrement. Mais… Oh ! Et puis ce n'est rien ! C'est juste que je m'étais faite à l'idée de vivre en Orient pendant un certain nombre d'années, c'est tout… J'étais tellement impatiente de tout découvrir, d'apprendre des choses nouvelles, et maintenant il va falloir que je rentre chez moi pour faire… A vrai dire, je ne sais pas du tout ce que je ferai.

— Que faisiez-vous avant votre mariage ?

— Je servais d'assistante à mon père, et cela occupait une grande partie de mes journées. Je veillais aussi à la bonne marche de notre maison à Londres, et puis il y avait mes sœurs… Mais Cassie, qui est un tout petit peu plus jeune que moi, va faire son entrée dans la bonne société à la saison prochaine, chaperonnée par ma tante Sophia. Quant à mon père, maintenant qu'il ne m'a plus sur les bras, il a l'intention de se remarier, il me l'a dit lui-même avant mon départ.

— Si je comprends bien, vous craignez qu'il n'y ait plus vraiment de place pour vous à votre retour ?

— C'est un peu ça, admit Celia en haussant les épaules.

Je fais preuve de beaucoup d'égoïsme en ne pensant qu'à moi. Mais c'est que j'aime bien être occupée, vous voyez… J'ai eu l'habitude de prendre tout en charge depuis la mort de ma mère. Et ce serait très embarrassant de retourner vivre à la maison si mon père a une nouvelle femme. Je marcherais continuellement sur ses plates-bandes sans nécessairement le vouloir… De toute façon, on s'attendrait à ce que je porte le deuil et laisse pour un moment toute activité et toute vie sociale.

— Mais vous allez sûrement vous remarier ?

A l'instant même où il prononça cette phrase, Ramiz se rendit compte que cette idée lui était insupportable.

— Je ne crois pas. Je ne pense pas que je sois très douée pour la vie de couple.

— Voilà que vous vous apitoyez sur vous-même maintenant ! lui reprocha-t-il avec un sourire crispé. Vous n'avez guère eu le temps de vous habituer à votre nouveau statut.

— Vous avez raison, mais… Ne vous préoccupez donc pas de mes inquiétudes… Je me rends compte qu'elles doivent vous paraître très triviales comparées aux vôtres. L'essentiel, pour vous, c'est que je ne serai bientôt plus votre problème.

— Non !

Aussi étrange que cela pût paraître, il n'avait pas pensé un seul instant qu'elle allait disparaître de son existence. Et une fois qu'elle serait de retour en Angleterre, leurs chemins auraient fort peu de chance de se croiser une nouvelle fois.

— En revanche, reprit Celia d'un ton plus animé, s'il y a quoi que ce soit que je puisse faire pour vous aider en attendant…

Elle s'interrompit net en voyant son air sceptique. Puis, elle reprit d'une voix légèrement agacée :

— Vous allez me dire que le pouvoir, c'est une affaire d'hommes, c'est ça ?

— Je n'ai pas besoin de le dire puisque vous l'avez dit à ma place.

— Mon père a toujours dit que j'avais un cerveau

d'homme. Il parlait souvent de choses et d'autres avec moi. Pas forcément pour connaître mon opinion mais plutôt pour clarifier ses propres pensées. Il disait que nos conversations l'aidaient beaucoup.

— Seriez-vous par hasard en train de me suggérer de vous confier les affaires de mon royaume ?

Celia ne put contenir son rire en voyant l'expression outragée qu'il affichait.

— Quelle idée saugrenue, n'est-ce pas ? Une femme qui donnerait son avis sur des sujets aussi sérieux ! Trop de temps passé en Occident, dirait votre peuple. Il a été contaminé. Enfermons-le à double tour jusqu'à sa guérison complète !

Elle avait les yeux qui brillaient, visiblement satisfaite de sa plaisanterie. Et son sourire était terriblement contagieux.

— Akil serait sans aucun doute entièrement d'accord avec vous, dit Ramiz.

— Qui est Akil ?

— Il est ce que votre père appellerait un chef de cabinet, je suppose mais, en réalité, Akil est bien plus que cela. Nous nous connaissons depuis notre plus tendre enfance. Il est un peu mon double.

— Et que lui avez-vous dit pour le choquer ainsi ?

Tout à coup pensif, Ramiz se passa lentement la main sous le menton tout en observant Celia de l'autre côté du bureau. A la lumière du jour, ses cheveux cuivrés paraissaient légèrement plus foncés et avaient quelques reflets châtains. Lorsqu'elle se mettait à rire, cela accentuait la forme oblique de ses yeux et donnait l'impression que ses yeux eux-mêmes souriaient. Elle avait osé le taquiner, n'avait pas hésité à lui poser des questions et, maintenant, elle voulait lui donner des conseils ! Elle ne semblait absolument pas avoir conscience de toutes les règles qu'elle enfreignait en se conduisant de cette manière. Elle parlait comme un homme, avec le ton assuré de quelqu'un qui a l'habitude d'être écouté, mais elle avait surtout une façon d'être attentive à ses paroles qui le poussait à vouloir solliciter son avis, sincèrement, sans aucune condescendance et ni aucun sentiment de supériorité.

— Akil veut que je me marie.

— Et il vous a soumis une liste complète des prétendantes qu'il estime dignes de vous…

— Comment savez-vous ça ?

Celia haussa les épaules.

— Les Anglais ont fait la même chose pour le prince de Galles, d'après mon père. Comprenez-moi bien, je ne suis pas en train de vous présenter son mariage comme l'exemple à suivre, ajouta-t-elle en toute hâte, repensant à quelles extrémités le prince régent en était arrivé, envoyant son épouse en exil pour mieux courtiser en son absence — et ouvertement ! — une ribambelle de maîtresses très en vue.

— Votre prince est un homme qui — pardonnez-moi cette pensée — s'accorde tous les avantages liés à l'exercice du pouvoir sans pour autant en assumer la moindre responsabilité, commenta Ramiz d'un air pensif.

— Vous avez tout à fait raison. Jamais il ne me viendrait à l'idée de vous comparer à un tel homme. En fait je pense que vous êtes plutôt son portrait inversé, parce qu'il me semble que vous, vous faites passer le devoir avant tout le reste. Beaucoup de gens envient les princes et les rois parce qu'ils ont le monde entier à leurs ordres, mais moi je n'ai jamais pensé comme eux. Il me semble que c'est plutôt l'inverse qui se produit.

— Vous voulez dire que je suis aux ordres d'A'Qadiz ?

— Oui, c'est exactement ce que je veux dire. J'imagine que l'exercice du pouvoir peut se révéler une tâche extrêmement solitaire. Je pensais que vous seriez heureux d'avoir une femme à vos côtés pour partager cela avec vous.

— Si je me… Quand je me marierai, ce ne sera sûrement pas pour régner avec mon épouse à mes côtés ! Cela ne se fait pas ici.

— Mais certainement que…

Elle s'interrompit, consciente d'avoir été, une fois encore, sur le point de dépasser les bornes. Elle avait eu l'occasion d'approcher un membre de la famille royale britannique, et elle en avait déduit que tous étaient égoïstes, orgueilleux et ne brillaient pas par leur intelligence, qu'ils avaient une fonction purement ornementale, n'étaient d'aucune utilité et comptaient sur les autres pour que le pays soit correctement administré. Ramiz était différent à tous les points de vue.

— Je vous demande pardon. Ce ne sont pas mes affaires. Je n'ai pas à donner mon avis, s'excusa-t-elle.

— Qu'étiez-vous sur le point de dire ? Allez-y, parlez… Je vous promets de ne pas appeler le *siaf.*

— Le *siaf* ?

— Le bourreau, expliqua Ramiz en faisant la grimace.

— Mon Dieu, j'espère bien que non ! Je suis très attachée à ma tête.

— Votre tête est très intelligente pour celle d'une femme.

— De votre part, Votre Majesté, je considère qu'il s'agit d'un très beau compliment. Eh bien, si vous y tenez vraiment, je vais vous répondre… Je pense que, puisque vous êtes le prince et ne pouvez donc pas mal faire, il n'y a aucune raison pour que vous vous conformiez à quelque chose simplement parce qu'il en a toujours été ainsi.

— Les traditions jouent un rôle très important dans notre culture. Et à A'Qadiz tout particulièrement, c'est ce qui rassemble un grand nombre de tribus.

— Je le comprends parfaitement, et je ne suis absolument pas en train de vous suggérer de transformer votre pays en une Angleterre miniature, mais je suis convaincue que vous pourriez opérer quelques changements qui seraient certainement considérés comme une bonne cause. Par exemple, en permettant à votre épouse de ne pas être simplement réduite à un rôle de génitrice.

Comment ne pas être d'accord avec elle ? Les mots qu'elle venait d'employer étaient quasiment les mêmes que ceux qu'il avait utilisés plus tôt lorsqu'il était plongé dans ses pensées !

La coïncidence était très perturbante, et il n'était pas certain d'aimer cela.

— Le premier devoir d'une femme est de s'occuper de ses enfants, dit-il.

— Le premier devoir d'une épouse est de s'occuper de son mari, répliqua Celia. Je n'arrive toujours pas à comprendre comment elle peut tenir pleinement son rôle alors que vous la coupez du monde extérieur en l'enfermant dans un harem !

— Je vous l'ai déjà dit, c'est pour la protéger.

Celia avait raison, une fois de plus, mais il n'aimait pas se retrouver obligé de défendre une chose qu'il avait lui-même critiquée à maintes reprises. Cela le mettait dans son tort. Et il n'en avait pas du tout l'habitude.

— Toutes les femmes ne sont pas aussi douées que vous, lady Celia, lui jeta-t-il d'un ton exaspéré. Vous oubliez que le rôle d'une épouse, c'est aussi d'être une femme. Et les femmes, au cas où vous l'auriez oublié, sont censées représenter ce que l'on appelle communément le beau sexe. Nous avons un proverbe dans mon pays qui dit ceci : une bonne épouse sait écouter sans mot dire.

— Et nous, nous avons un proverbe en Angleterre qui dit ceci : le chemin qui mène au succès est plus facile à suivre accompagné d'une femme !

Ramiz se renversa en arrière et partit d'un grand éclat de rire.

— Vous venez de l'inventer, admettez-le !

Il faisait tellement plus jeune lorsqu'il souriait, nota-t-elle avec léger trouble.

— Oui, concéda-t-elle, mais cela ne veut pas dire pour autant qu'il n'exprime pas la réalité.

— J'ai bien peur que ce soit un chemin que je doive suivre seul, avec quelques belles princesses à ma suite.

Il ne parvint pas tout à fait à dissimuler son amertume en parlant.

— Pourquoi ne choisiriez-vous pas une femme que vous pourriez apprécier, que vous apprendriez à aimer, même ?

C'est vous le prince, après tout. Vous pouvez faire ce que vous voulez.

— Vous avez raison et ce que je veux là, maintenant, c'est mettre un terme à ce sujet de conversation.

— Ramiz, quand vous avez dit que j'étais douée, qu'entendiez-vous exactement ?

— Vous n'êtes pas une femme soumise. Vous dites ce que vous pensez.

— Je pensais, du moins jusqu'à aujourd'hui, que c'était une bonne chose. C'est comme cela que j'ai été élevée : penser par moi-même, sans bafouer l'opinion des autres. J'espère que je ne le fais pas. Bafouer votre opinion, je veux dire…

— Vous ne bafouez rien du tout. Vous écoutez. Vous savez très bien écouter, même.

— Que vouliez-vous dire alors ? Que je suis intimidante ?

— Pas pour moi !

— Mais que je pourrais l'être aux yeux d'autres hommes ?

Il comprit à cet instant ce qui la tracassait. Elle ne voulait pas parler des autres hommes en général. Elle pensait à l'un d'eux en particulier. Son défunt mari.

— Un homme qui se sent menacé par une femme n'est pas digne d'être appelé un homme, Celia, répondit-il doucement. Derrière tous les talents que vous affichez à la vue de tous, vous êtes aussi une femme à cent pour cent. Ne vous l'ai-je pas dit hier soir ? Vous êtes très belle.

— Vous le pensez vraiment ?

— Ne vous l'ai-je pas prouvé ? Mais ce qui compte, ce n'est pas ce que je pense mais ce que, vous, vous pensez. Si vous ne croyez pas en votre propre beauté, vous ne pourrez jamais en profiter. Et si vous ne pouvez pas en profiter…

— Ce genre de plaisir est ce que vos femmes apprennent au harem.

— Comme vous.

— Nous ne sommes pas dans le harem à l'heure qu'il est.

— Nous n'y sommes pas. Vous avez raison. Vous pouvez

choisir quelques livres que vous pourrez emporter. J'ai des affaires qui m'attendent.

— Ramiz ?

— Oui ?

— Je pensais ce que je vous ai dit quand je vous ai proposé mon aide. S'il y a quoi que ce soit que je puisse faire. J'ai l'habitude d'être occupée, comme je vous l'ai expliqué… Etre servie sur un plateau d'argent, n'avoir rien d'autre à faire que de décider quel parfum je vais verser dans mon bain, c'est amusant pendant quelques jours, mais… Il n'y a vraiment rien que je puisse faire ?

— Vous vous ennuyez ?

Elle acquiesça.

— Est-ce que ça vous intéresserait de faire une petite visite de Balyrma ?

— Rien ne me ferait plus plaisir !

— Je n'ai pas de temps à y consacrer aujourd'hui, malheureusement, et je ne vous confierai pas à une autre escorte, mais je vous emmènerai demain. Je peux également vous organiser une rencontre avec la femme d'Akil si vous le voulez. Yasmina parle bien anglais. Vous passerez la journée dans un autre harem bien sûr, mais ce ne sera pas le même…

Cela lui adressa un large sourire.

— J'en serais très heureuse. Merci.

— Encore une chose… La nuit dernière a vraiment été délicieuse, mais c'était une erreur. Cela ne se reproduira plus. Plus jamais.

Il franchit la porte drapée d'une lourde tenture sans lui laisser le temps de réagir. Ce qui n'était pas plus mal, dut en convenir Celia, tout en examinant les étagères de la bibliothèque, parce qu'au fond elle ne savait pas si c'était une bonne chose.

Mieux valait pour elle ne pas essayer de chercher un sens quelconque à cette histoire, mais plutôt se consacrer aux préparatifs relatifs à sa rencontre avec l'épouse d'Akil. Cela lui ferait du bien de parler avec une autre femme. Cela lui ferait également le plus grand bien de passer du temps loin de cet homme dont la simple présence la troublait tant.

Chapitre 6

Yasmina, l'épouse d'Akil, fit un accueil des plus chaleureux à Celia. C'était une femme plutôt belle, aux yeux couleur chocolat et à la peau joliment dorée. Elle l'invita à s'asseoir confortablement à ses côtés, puis servit le thé dans de jolis verres en cristal à anses argentées, à l'aide d'un samovar traditionnel. Elle avait un bon niveau en anglais, qu'elle parlait avec un léger accent français, ce qui ne manqua pas d'étonner Celia.

Malgré sa taille plus modeste que celui du palais royal, le harem où elles se trouvaient lui rappela celui qu'elle-même occupait. Il était composé d'une succession de salons qui donnaient sur une cour intérieure agrémentée d'une fontaine et de citronniers. Mais la ressemblance s'arrêtait là. On y entrait par un petit portail en métal doré et non par une porte imposante, et même s'il était gardé il n'était pas fermé à clé. C'était là que Yasmina vivait avec leurs quatre enfants, ainsi que sa mère et la sœur d'Akil, veuve, et ses deux enfants.

— Pour vous Occidentaux, je suppose que tous les harems sont remplis de captives lascives passant leur temps à attendre le bon vouloir du maître des lieux, dit Yasmina avec un sourire entendu en guise d'entrée en matière.

Puis elle proposa tout un assortiment de pâtisseries fourrées aux raisins secs et aux abricots. Celia ne savait que choisir car elles avaient toutes l'air plus délicieuses les unes que les autres.

— En réalité, poursuivit Yasmina, la plupart des harems

ressemblent à celui-ci. Nous possédons toutes notre salon privé, ce qui nous permet de nous retirer si nous en éprouvons le besoin, mais nous mangeons et travaillons ensemble, nous lisons et cousons ensemble, et comme vous pouvez le voir, nous n'avons pas à nous soucier de porter le voile.

— Mais ça ne vous dérange pas d'être ainsi confinées ?

Yasmina se mit à rire.

— Ça ne nous dérange absolument pas ! Je ne sais pas si vous l'avez remarqué, mais le portail n'est même pas fermé. Il est purement symbolique. Il délimite la ligne que nous ne pouvons pas franchir à moins d'être couvertes d'un voile. C'est exactement pareil dans chaque maison que compte cette ville. En revanche, dans le désert, les choses sont différentes. Dans les tribus, les femmes peuvent se promener plus librement.

— La porte du harem est fermée au palais.

Yasmina opina de la tête.

— C'est Asad, le frère de Ramiz, qui en a été l'instigateur. Est-ce qu'il y a toujours des eunuques ?

— Il y en a deux.

— Akil dit que Ramiz ne sait pas quoi faire d'eux. Ils étaient dix autrefois mais, quand Asad est mort, la plupart ont choisi de rentrer en Turquie, leur pays d'origine. Asad avait aussi des esclaves à son service au harem.

Yasmina approcha son coussin de celui de Celia et prit un air de conspiratrice pour ajouter en chuchotant :

— Des concubines, venues d'Orient… On dit qu'elles connaissaient des choses qui faisaient se pâmer de plaisir les hommes.

— Quel genre de choses ? demanda Celia, fascinée et scandalisée à la fois.

Yasmina fit alors une grimace.

— Je ne sais pas. J'ai demandé à Akil, mais il n'a pas voulu me le dire. Je pense que lui-même n'en sait rien, même si jamais il ne l'admettrait en ma présence. Vous savez bien comment sont les hommes : ils aiment penser qu'ils savent tout sur tout ! Bref, quand Asad est mort, Ramiz a renvoyé toutes ces femmes chez elles avec une dot très confortable, et la plupart des épouses sont retournées vivre dans leur famille avec leurs enfants. Nous avons alors tous cru qu'il vidait le harem en prévision de son propre mariage mais, finalement, il ne semble pas que cela soit le cas. Vous savez, vous devriez vous sentir très honorée… Vous êtes la première femme à être autorisée à entrer dans son harem. Vous allez faire des envieuses chez toutes les femmes de la région !

— Ce n'est pas du tout ce que vous croyez. Il n'est nullement question que je devienne sa fe…

— Sa femme ? Mon Dieu, non, la coupa Yasmina visiblement choquée à cette idée. Bien sûr que non ! Jamais une femme telle que vous ne pourrait épouser Ramiz.

Elle mit ensuite le grand plateau contenant les verres à thé et le samovar hors de portée et fit signe à ses deux plus jeunes enfants de s'approcher. Un garçon de trois ans et une fillette de deux ans.

— Voici mon fils, Samir, et ma fille, Farida.

La petite fille s'accrocha timidement au bras de sa mère mais Samir, plus hardi, s'approcha de Celia et lui toucha les cheveux. Amusée, elle le prit sur les genoux et lui donna la permission de jouer avec ses perles. Farida parut très intéressée tout à coup et lui demanda si elle pouvait également s'asseoir sur ses genoux. Riant de bon cœur, Celia installa les deux enfants sur ses jambes et leur apprit un jeu de mains auquel elle aimait jouer avec ses sœurs autrefois. Puis Samir lui demanda avec beaucoup d'insistance de les accompagner dans la cour pour faire connaissance des autres enfants. Elle rejoignit Yasmina une demi-heure plus tard, les cheveux un peu en bataille et fut extrêmement contente de prendre le sorbet frais que la jeune femme lui tendit.

— Vous savez vraiment y faire avec les enfants, commenta Yasmina en buvant une gorgée de son sorbet, j'espère que vous aurez le plaisir d'en avoir vous-même un jour.

— C'est peu probable désormais. Je ne pense pas que je me remarierai, répondit Celia. Yasmina… Tout à l'heure, quand vous avez dit qu'une femme telle que moi ne pourrait jamais épouser Ramiz, est-ce parce que je viens d'Occident ?

— Eh bien, cela ferait certainement débat car la tradition veut qu'il épouse une princesse de sang arabe. Mais là n'est pas l'essentiel. C'est impossible avant tout parce que vous avez déjà été mariée.

— Mais mon mari est mort.

Yasmina la regarda d'un air incrédule.

— Ce n'est pas la question, voyons ! Vous n'êtes plus vierge. Et Ramiz est un prince de sang royal. Sa première épouse se doit d'être à lui et rien qu'à lui. La semence d'un prince doit être l'unique semence plantée dans le jardin de son épouse.

Celia rougit jusqu'à la racine des cheveux, mais Yasmina poursuivit, nullement gênée apparemment par le tour que prenait la conversation :

— S'il s'agissait de sa seconde ou de sa troisième épouse, et qu'elle fût veuve, cela n'aurait pas autant d'importance. Mais une première épouse, comme je le suis moi-même, est celle qui compte le plus, dit-elle fièrement. C'est elle qui porte le futur héritier. Cela dit, je ne pense pas qu'Akil épousera une autre femme. A moins qu'il ne finisse par se lasser de moi… Mais ça m'étonnerait beaucoup car je suis très douée.

Celia était fascinée par ce qu'elle entendait. Et consternée aussi.

— Vous voulez dire qu'il y a… Qu'il y a des choses que les femmes peuvent faire pour… ?

— Pour garder leur mari ? Mais naturellement ! répondit Yasmina en hochant la tête avec conviction. L'un des avantages à habiter avec d'autres femmes, c'est de pouvoir partager de tels secrets. Attendez-moi ici, je n'en ai pas pour longtemps, dit-elle avec un petit sourire.

Une fois seule, Celia se rafraîchit les poignets et les tempes avec l'eau de la fontaine. Qu'est-ce qui lui avait pris de poser une telle question à Yasmina ? Comment avait-elle pu avoir une conversation aussi intime avec une femme qui était une parfaite étrangère pour elle ? C'était sûrement le harem, encore une fois. Et cette chaleur. Et toutes ces coutumes si étranges… Les murs, tout autour d'elle, semblaient eux-mêmes susciter la curiosité et l'inciter à laisser éclater au grand jour ses interrogations sur le plaisir charnel. Elle tenait vraiment à savoir de quoi il s'agissait. Elle ne voulait pas s'y adonner, elle voulait juste savoir… Et si elle n'obtenait pas de réponses à ses questions ici, alors jamais elle ne les découvrirait !

Yasmina revint avec un petit paquet enveloppé de papier de soie à la main.

— Prenez-le. Ce fascicule expose les techniques pour réussir à séduire un homme. Evidemment, vous ne pourrez pas comprendre ce qui est écrit, mais les images parlent d'elles-mêmes !

Celia prit le paquet avec une certaine fébrilité. Que pouvait-elle faire d'autre ? Jamais elle ne pourrait se résoudre à le regarder, c'était vraiment inconcevable ! Mais il aurait été grossier de sa part de refuser.

— Merci, dit-elle. *Shukran*.

— Oh ! Ce n'est rien, vous savez. Il est temps de dire au revoir aux enfants, maintenant. Akil vous attend pour vous raccompagner au palais. J'espère que vous reviendrez avant de rentrer en Angleterre.

— Avec grand plaisir ! J'ai passé un moment très agréable. Et vous avez une famille formidable.

Yasmina lui adressa un large sourire et répondit en lui serrant la main :

— J'espère que, vous aussi, vous connaîtrez ce bonheur un jour. Il ne faut pas trop vous attacher à Ramiz, Celia. C'est un homme très séduisant et il a vraiment quelque chose de spécial… Il dégage une telle puissance ! De la puissance, oui, je crois que c'est le bon mot pour le définir. Mais ce n'est pas un homme pour vous. Et puis, surtout, je pense que vous êtes du genre à n'aimer qu'une seule fois. Veuillez me pardonner ma franchise mais j'ai un don dans ce domaine. Je ne crois pas que vous aimiez votre mari, mais je crois que vous pourriez facilement tomber amoureuse de Ramiz si vous

vous laissiez aller. Il porte bien son nom, notre prince. Dans notre langue, Ramiz signifie « honoré » et « respecté ». Il cédera peut-être à la tentation. C'est un homme après tout, et vous êtes une femme. Mais jamais il ne fera quelque chose qui puisse aller à l'encontre des traditions d'A'Qadiz. Vous risquez de beaucoup souffrir si vous en attendez trop de lui. Faites en sorte que cela ne se produise pas.

— Vous vous trompez, Yasmina.

Mais Yasmina secoua la tête et répéta :

— J'ai vraiment un don. Je ne me trompe jamais sur ces questions-là.

Celia rentra au palais, totalement absorbée par ses pensées. Elle avait passé un après-midi vraiment très agréable avec Yasmina et sa famille. Et puis, elle avait appris tellement de choses ! Elle avait été très surprise, par exemple, de découvrir que la fille aînée de Yasmina se rendait à l'école tous les jours. Il s'agissait d'une école différente de celle de son frère mais, contrairement à ce qu'on lui avait dit au consulat du Caire, la jeune fille recevait bel et bien un enseignement scolaire.

Un harem n'était donc que l'espace très privé de la famille, et non une espèce de maison close comme les croyances populaires l'affirmaient ! Cette révélation lui faisait voir Ramiz et son royaume sous un nouveau jour. Certes, elle n'était pas d'accord avec tout ce qu'avait dit Yasmina, loin de là même ! Offrir son toit à sa mère et à sa belle-sœur veuve était une chose. C'était même, à bien des égards, exactement ce qui se faisait en Angleterre, dans certaines familles. Quant à la tante de Yasmina, divorcée et donc déshonorée, qui vivait en recluse au deuxième étage du harem, elle n'aurait pas dépareillé non plus : toutes les familles avaient leurs secrets honteux ! Mais c'était une tout autre chose d'entendre Yasmina dire calmement qu'elle accepterait de partager son mari avec une autre femme simplement parce que celui-ci se serait lassé d'elle ! Il était hors de question de consentir à une telle situation, en ce qui la concernait ! C'était tout bonnement contraire à tous ses principes. Bien sûr, elle n'ignorait pas, comme tout un chacun en Angleterre, que le prince régent s'était marié deux fois, même si ses noces avec la pauvre Maria Fitzherbert n'avaient rien de légal. Elle savait aussi que bien des couples, et en cela celui du prince ne faisaient pas figure d'exception, acceptaient implicitement les aventures extraconjugales de leur conjoint, une fois que la naissance d'un fils était assurée. Elle n'approuvait pas de telles pratiques, et avait conscience qu'on la trouverait bien pudibonde si elle venait à en parler en public. Jamais elle n'admettrait de vivre en faisant comme si de rien n'était aux côtés d'une femme qui serait une rivale !

— Je ne pourrais jamais faire une chose pareille ! s'écria-t-elle subitement à voix haute. Autant faire publier un encart dans le *Morning Post* signalant que j'ai trompé mon mari !

— *Afwan*, lady Celia ?

— Ce n'est rien, Adila, ce n'est rien, dit-elle à la servante, en lui adressant un petit sourire.

Adila et Fatima lui avaient fait couler un bain. Comme Celia tenait vraiment à être seule, cette fois, pour avoir tout le loisir de se consacrer à ses pensées, elle les congédia gentiment, non sans devoir insister un peu pour pouvoir se déshabiller elle-même. Elle avait fini par prendre goût aux soins que les deux femmes lui prodiguaient. L'application quotidienne d'huiles tout comme le rituel du bain précédé d'un bon massage. Elle savait déjà que cela lui manquerait beaucoup lorsqu'elle rentrerait chez elle.

Chez moi... Ces deux mots lui donnèrent des vertiges. Elle n'avait pas envie de rentrer chez elle. Pas tout de suite.

J'ai encore tant de choses à apprendre. Je n'ai encore pratiquement rien vu de Balyrma.

Autrefois, elle ne se parlait pas à elle-même. C'était une habitude qu'elle avait prise à force de se trouver si souvent seule, une habitude qui lui semblait tout à fait naturelle à présent.

Drapée dans une large robe de soie, elle sortit en trottinant de son salon privé, pieds nus, pour se diriger vers la salle de bains attenante. Carrelée de blanc, la pièce était ornée, comme tous les salons, d'une frise en mosaïque bleu et or. Le petit bassin réservé au bain s'encastrait dans le sol et était flanqué d'une colonne à chacun de ses coins. Il y avait aussi, à l'une des extrémités, une petite fontaine d'où coulait une eau glaciale. Au-dessus de la frise, à mi-hauteur, les murs étaient couverts de dalles brillantes comme des miroirs et le plafond était bleu foncé, constellé d'étoiles argentées.

Celia monta les petites marches qui menaient au bassin et s'immergea dans l'eau. Quel bonheur ! Cela faisait un bien fou ! L'eau était parfumée de cannelle et de fleurs d'oranger. Le bassin était profond, contrairement à la baignoire en cuivre qu'ils utilisaient tous chez elle, et elle n'avait donc pas besoin de se plier en quatre mais pouvait s'allonger de tout son long et poser la tête sur le rebord en faïence pour admirer les étoiles qui scintillaient au plafond.

Elle laissa alors son esprit dériver et passer, au gré du hasard, d'une image d'A'Qadiz à une autre pour finalement former un collage multicolore. Il y avait d'abord le lever du soleil sur les montagnes du désert. Il y avait aussi la manière dont le sable changeait de couleur au cours de la journée : caramel pour commencer, il passait ensuite par le jaune crémeux d'une motte de beurre fraîchement barattée et finissait couleur de l'or blanc. Il y avait encore les premières images qu'elle avait vues de Balyrma, le vert étonnant des champs, l'enchevêtrement de toutes ces maisons pareilles à des forteresses, les murs en faïence avec leurs portes étonnantes en forme de trous de serrure, et puis les minarets et l'eau qui jaillissait des fontaines. Un véritable pays de conte de fées…

Et Ramiz bien sûr… Elle ne pouvait pas penser à A'Qadiz sans penser aussi à lui. Le dieu qu'elle avait vu, en train de la regarder du haut de la colline qui surplombait le port. Le guerrier, qui maniait le sabre comme personne. Et l'homme enfin… L'homme, nu dans le bassin de l'oasis, au clair de lune.

Jamais elle n'avait rencontré quelqu'un d'aussi captivant, et une telle éventualité avait peu de chance de se reproduire au cours de son existence. Chaque fois qu'elle le voyait, elle apprenait quelque chose de nouveau. Il était intelligent. Amusant. Sophistiqué. Intimidant. Arrogant. Mais, avant tout, il était fascinant. Tandis qu'il se confiait à elle, la veille, dans son bureau, elle avait cru percevoir aussi en lui une certaine vulnérabilité, même s'il l'avait rapidement masquée. Il y avait des choses qu'il ne laissait voir à personne. Il se tenait à l'écart et endossait son rôle de prince comme un costume. Il était l'incarnation même du souverain magnifique et tout-puissant, mais elle, ce qu'elle aimait encore plus, c'était l'homme qui affleurait sous cette carapace.

Elle sourit toute seule en repensant à la façon dont les yeux de Ramiz changeaient de couleur selon son humeur, tout comme le faisait le sable du désert selon les heures du jour. Et puis, il y avait cette petite mèche en forme de point d'interrogation qui se collait invariablement ou presque sur son front lorsqu'il se passait la main dans les cheveux. Et ses paupières tombantes qui avaient la même forme que les siennes, et qu'il utilisait, tout comme elle, pour empêcher quiconque de lire dans ses pensées. Cela lui plaisait terriblement d'avoir découvert ce petit stratagème auquel elle aussi recourait régulièrement.

Et sa bouche… Comment oublier sa bouche ? C'était tout simplement impossible… Elle porta les doigts à ses lèvres, des images plein la tête. Des baisers sucrés pour commencer. Puis des baisers plus appuyés. Exotiques, carmins, envoûtants, remplis de promesse… Elle ferma les yeux et pensa à la façon dont la bouche de Ramiz s'emboîtait exactement à la sienne. A la façon dont sa langue et ses lèvres savaient s'adresser à elle sans avoir besoin de parler et lui faisaient comprendre ce qu'il fallait faire à chaque instant. Ses doigts frôlèrent sa gorge puis s'attardèrent sur ses seins. Elle en parcourut les contours, essayant de retrouver l'enchantement, lorsque Ramiz les avait pris dans ses mains et avait ensuite effleuré ses mamelons de son pouce. Comme cela, oui… Exactement comme cela…

Sa respiration se fit plus forte et plus profonde. Son cœur se mit à cogner contre sa poitrine, comme un oiseau contre les barreaux d'une cage. Une douce chaleur l'envahit. Son sang semblait brûler dans ses veines et affluer vers son bas-ventre. Ramiz lui avait dit qu'elle était belle. Et elle s'était sentie très belle, alors. Grâce à lui. Elle adorait la façon dont il avait tracé les contours de son corps, comme s'il était en train de la sculpter ou de la dessiner. Sous la surface de l'eau, ses mamelons se gorgèrent de sang et se durcirent. De petites ondes de plaisir la submergèrent, toujours plus intenses, et finirent par converger entre ses cuisses, comme des affluents qui alimenteraient un fleuve. Elle était maintenant terriblement excitée, et se mit à gémir doucement.

Ses mains descendirent plus bas, vers l'endroit où toutes ces sensations semblaient se rejoindre. Elle sentait sa propre chair sous ses doigts. De simples effleurements. Un émoi à peine murmuré. Elle se caressa timidement d'abord. Son ventre se serra. Quelque chose à l'intérieur de son corps se contracta, comme avec Ramiz, comme sous les caresses de Ramiz… La rivière était endiguée, mais elle s'apprêtait à faire éclater les murs… Celia poursuivit ses caresses et gémit de nouveau sans chercher à se retenir. Elle imaginait que c'était Ramiz qui la caressait. Si seulement il pouvait la caresser là, tout de suite ! Son corps entier le réclamait.

En proie à une grande agitation, elle tourna brusquement la tête qui reposait toujours sur le rebord du bassin et crut sentir quelque chose bouger à côté d'elle. Elle ouvrit les yeux et ce fut comme si elle l'avait fait apparaître d'un coup de baguette magique. Il se tenait dans l'embrasure de la porte de la salle de bains. Il portait une longue tunique bleu pâle et semblait pétrifié.

— Je suis venu vous proposer une sortie pour demain, dit-il d'une drôle de voix. Je pensais que vous seriez en train de dîner…

Celia déglutit avec peine. Elle secoua la tête et se passa la langue sur les lèvres. Elle avait la bouche si sèche… Alors qu'elle était sur le point de s'asseoir, elle se souvint avec horreur qu'elle était nue et se laissa aussitôt lourdement retomber dans l'eau.

Incapable de détourner les yeux du spectacle qui s'offrait à lui, Ramiz avait eu de la peine à parler. Il avait devant lui Vénus sortant des flots, avec ses cheveux somptueux qui flottaient à la surface du bassin et quelques boucles de cheveux tendrement collées à son visage. L'excitation avait coloré les joues de Celia et dilaté ses pupilles. Il n'avait jamais rien vu d'aussi beau. Il n'avait jamais rien surpris d'aussi intime que ces caresses. Il n'avait jamais été aussi excité…

Il aurait dû partir immédiatement, sans manifester sa présence, mais il n'avait pas réussi à s'arracher à la contemplation de ce merveilleux tableau et, maintenant qu'il était là, figé dans l'embrasure de la porte, il ne pouvait penser à rien… Ou plutôt à rien d'autre qu'à l'aider à terminer son voyage vers les cimes du plaisir et à l'accompagner cette fois. Il imaginait déjà la scène. Il lui caresserait le corps. Elle le toucherait de ses longs doigts délicats. La bouche sur la sienne, il l'entendait déjà gémir, haleter de plaisir et répéter son nom, sans cesse, pour lui réclamer des caresses…

Malgré ses résolutions, il ne trouva pas la force de résister. Plus rien n'existait à cet instant que l'envie de la tenir dans ses bras, de goûter sa peau et d'atteindre, avec elle, les sommets du plaisir.

Il se dirigea d'un pas décidé vers le bassin et s'agenouilla sur la plus haute marche, sans se soucier une seule seconde de sa tunique de soie qui traînait dans l'eau parfumée. Il la regarda pendant un long moment. Sa peau mouillée. Son teint laiteux. Ses joues roses. Ses cheveux de feu qui se reflétaient dans ses yeux enfiévrés. La douceur de son souffle qui venait lui caresser la joue.

— Celia…

Puis il l'attira contre lui et plaqua les mains sur ses épaules glissantes. Il pouvait sentir ses délicates clavicules qui pointaient sous sa peau. Il l'enveloppa un peu plus fermement et la manche de son caftan flotta à la surface de l'eau.

— Ramiz..., dit-elle d'une petite voix endormie en lui jetant les bras autour du cou.

Ce qui finit d'anéantir ses dernières résistances... Il abandonnait la bataille... Il se rendait...

Il l'embrassa comme un fou tout en l'aidant à sortir de l'eau qui déborda alors de chaque côté du bassin et se déversa sur les marches, formant de petites flaques sur le sol carrelé. Pas de phase de préparation cette fois, ni de doux préliminaires... Ils s'embrassaient à pleine bouche. Leurs mains glissaient, s'accrochaient, cherchaient à se faufiler. La tunique leur collait à la peau. Leurs lèvres, leur langue, se mêlaient et semblaient se fondre l'une dans l'autre...

Celia n'opposa aucune résistance. Elle était partie trop loin dans ses ébats amoureux imaginaires pour refuser à présent que son rêve devînt réalité. Ramiz était bien là, en chair et en os. Ils se tenaient l'un contre l'autre, la peau mouillée, les lèvres enfiévrées, et s'embrassaient, se léchaient, s'embrassaient encore.

— Celia, Celia, Celia...

Ramiz répétait son prénom comme une incantation et ponctuait les silences de baisers sur ses paupières, sur ses oreilles, sur sa gorge. C'était absolument divin ! Elle adorait ses mains qui la parcouraient frénétiquement. Des torrents de sensations se répandaient en elle. Rien à voir avec les petits picotements de tout à l'heure, lorsqu'elle se caressait seule... Il posa sa bouche sur son sein, et ses lèvres se refermèrent avec une évidente gourmandise autour de son mamelon. Elle poussa un gémissement de plaisir. C'était elle maintenant qui répétait son prénom, comme pour le supplier d'aller plus loin. Elle était folle de désir. Elle ne pouvait plus attendre.

Elle avait tellement envie de pouvoir enfin le toucher ! Elle s'affaira sur sa tunique, se débattant avec les boutons du col. Sans succès. Elle avait maintenant un besoin urgent de sentir sa peau contre la sienne. Elle mourrait d'envie de le toucher, de le voir nu, de le savourer. Elle voulait lui donner à son tour ce que lui-même était en train de lui donner. Elle tira un peu fort sur un bouton ; il sauta en l'air et atterrit sur le sol en cliquetant.

Ramiz se mit à rire, un drôle de rire rauque et sonore. Elle en eut la chair de poule. Elle le regarda, totalement fascinée. Il ouvrit les autres boutons d'un coup sec, puis prit le col de sa tunique dans les mains et la passa par-dessus sa tête avec un naturel désarmant. Il la jeta ensuite sur le sol et se retrouva nu, face à elle. C'était la première fois…

« Magnifique » n'était pas le mot qui convenait. Il ne lui rendait pas justice. Elle le regardait, ne pouvait rien faire d'autre que le regarder, et ce qu'elle ressentait dépassait tout ce qu'elle avait pu éprouver jusqu'à présent. Elle regardait sa peau dorée, tendue sur les muscles de ses épaules et de sa poitrine. Ses abdominaux si bien dessinés qui faisaient penser aux contours de dunes de sable. Elle, elle était faite de courbes, lui était taillé plus nettement. Elle était douce, et il était…

Elle avança une main hésitante. Ramiz la saisit pour l'inciter à le toucher. Sa peau à elle était douce comme du cachemire, la sienne était plus lisse, comme de la soie tendue sur un cadre de tambour. Elle sentait ses muscles durs sous sa peau. Ramiz la tira un peu plus vers lui. Il guida son poignet plus bas. Elle passa alors la main sur son ventre creux. Il la guida plus bas encore. Elle suivait le mouvement des yeux. Encore plus bas… Jusqu'à cette excroissance courbe qu'il arborait, massive, si large qu'elle en était tout intimidée.

— Ramiz, je…

— Touchez-moi. Vous n'avez pas à avoir peur.

— Je n'ai pas peur.

En réalité, elle avait un peu peur, et sa voix la trahit. Elle avait peur de son ignorance. Peur de ne pas y arriver. Peur que Ramiz ne fût pas satisfait.

Il l'attrapa par la taille, la plaqua contre sa poitrine pour la porter et quitta avec une impatience fébrile la salle de bains pour se diriger vers le salon où il donna un coup de pied dans une pile de coussins qui s'étalèrent sur le tapis. Ils s'y effondrèrent. Du satin, de la soie et du velours… Elle sentait les différents tissus sur son dos, ses fesses, ses cuisses… Du satin, de la soie et du velours sur sa bouche aussi alors que Ramiz l'embrassait.

— On apprend en touchant, murmura-t-il en effleurant ses hanches.

Il se pencha sur elle.

— Touchez-moi Celia. Faites comme moi. Faites-moi ressentir ce que vous ressentez. Comme ça…

Il lui prit la main et la plaça sur son membre, enroulant ses doigts tout autour et la guidant gentiment.

Du satin, de la soie et du velours…

Aussi incroyable que cela pût être, il était évident qu'elle n'avait aucune expérience et Ramiz en fut à la fois étonné et ravi. Ses hésitations, sa timidité étaient absolument délicieuses ! L'espace d'un instant, il eut une pensée pleine de mépris pour l'homme qui avait été son mari, un homme qui ne s'était apparemment jamais intéressé au plaisir de sa femme. Mais il chassa vite cette pensée de son esprit car il n'avait pas envie d'y songer. Pas envie de se dire que Celia avait été mariée et avait appartenu à un autre homme… Il ne fallait pas y penser, car cela l'obligerait à s'arrêter et c'était désormais impossible…

Il introduisit doucement ses doigts en elle, et ils glissèrent avec une étonnante facilité. C'était un vrai délice de la voir s'agripper à lui et de l'entendre pousser ces gémissements de plaisir…

— C'est exactement ce que vous êtes en train de me faire, dit-il. Je ressens la même chose que vous.

Et il se retira lentement de sa moiteur. Pour mieux y revenir… Ce qu'il faisait n'était qu'un prélude, finit par comprendre Celia. De son côté, elle entourait de sa main cette partie de lui qui devait leur permettre de se fondre l'un dans l'autre… Elle commença à le caresser, s'étonnant de la légère courbure de son membre, de sa peau satinée, de son incroyable durcissement. Il l'observait. Puis il insinua ses doigts en elle une nouvelle fois. Elle s'abandonna à la montée du plaisir et se mit à haleter. Elle le caressait en rythme et voyait le plaisir qu'elle lui donnait sur son visage tendu vers elle. Il se mordait la lèvre inférieure, sans doute pour s'empêcher de pousser des cris.

Il ressentait exactement la même chose, se répétait-elle confusément, avec une naïve satisfaction. Cette sensation de tension qui montait, d'excitation en dents de scie. Ce sentiment de vouloir aller jusqu'au bout et d'en avoir fini, tout en désirant faire durer le plaisir pour toujours. Cette envie d'atteindre une espèce de plénitude, d'aboutissement, tout en essayant de le retarder…

Ramiz fit glisser ses doigts un peu plus haut, là où il l'avait déjà caressée la première fois, et elle se sentit partir. Mais elle s'obligea à résister. Elle caressait maintenant l'extrémité de son membre, du bout du pouce. Ramiz ferma les yeux et se mit à respirer plus fort, de façon plus saccadée. Celia sentait son cœur cogner plus fort contre sa poitrine. Elle avait le corps glacé, sauf là où Ramiz était en train de la caresser. C'était brûlant et tout gonflé. Elle sentait aussi le membre de Ramiz qui grossissait dans sa main. Soudain, il prononça son prénom d'une voix suppliante… Mais avant d'avoir eu le temps de se demander ce qu'il désirait vraiment, elle atteignit la jouissance en poussant un grand cri. Ramiz répandit aussitôt son plaisir sur sa main…

Il avait raison. Donner, c'était aussi recevoir. Et elle avait reçu bien plus que la nuit précédente. Plus qu'elle ne l'avait cru possible. Etait-il envisageable de ressentir davantage de plaisir ? Elle se remémora tout à coup l'avertissement de Yasmina, mais l'écarta aussitôt. Elle venait de vivre un merveilleux rêve dans l'enceinte d'un harem, à l'abri du regard désapprobateur du monde extérieur. Rien de plus. Il ne pourrait jamais en être autrement. Cela ne devait jamais en être autrement…

Celia se rassit et posa un coussin sur ses genoux pour se couvrir.

Ramiz ouvrit les yeux, revenant à lui peu à peu. Il n'avait pas voulu ce qui venait de se passer, ce brusque et violent embrasement des sens…

Ça n'aurait pas dû arriver !

Il se mit debout, ramassa sa tunique déchirée et la ceignit autour de sa taille.

— C'était une erreur, dit-il.

— Une erreur ? répéta Celia.

— Nous n'aurions pas dû…

Il n'avait pas pris de risques inconsidérés, au moins ! songea-t-il. Heureusement que son sens de l'honneur ne lui avait pas totalement fait faux bond…

Sa tunique était trempée et lui collait à la peau, mais il ne semblait pas y prêter la moindre attention. Celia le regardait en songeant qu'il ressemblait à ces statues ou ces peintures d'hommes nus représentés avec un vague bout de tissu sur le bas-ventre, comme pour protéger leur vertu. Elle se sentait largement désavantagée et serra son coussin contre elle. Ramiz arborait de nouveau un visage dur et distant. Elle reconnaissait à peine l'homme qui avait gémi de plaisir avec elle quelques instants plus tôt.

— Que voulez-vous dire exactement ? demanda-t-elle. En quoi était-ce une erreur ?

— Vous êtes ici sous ma protection. Je n'aurais pas dû me permettre de… Cela n'aurait jamais dû arriver… Et peu importe si vous avez tout fait pour me provoquer.

— Vous provoquer !

Elle le fixait, abasourdie et les joues brûlantes de honte. Comment pouvait-il affirmer une absurdité pareille ?

— Je pensais être seule ! cria-t-elle presque.

— C'est mon harem…

Peut-être, mais elle était dans la salle de bains tout de même ! Cela dit, si elle n'avait pas été en train de… S'il ne l'avait pas vue tandis qu'elle…

— C'est mon harem, répéta Ramiz d'un ton ferme. Je suis libre d'y venir quand bon me semble.

— C'est peut-être votre harem, mais comme vous l'avez vous-même fait remarquer, je suis votre invitée. J'ai droit à un minimum d'intimité, surtout dans une salle de bains !

— Et moi, je suis en droit d'attendre de mes invités qu'ils se conduisent avec un minimum de décence.

— Vous êtes parfaitement ridicule !

— Moi, ridicule ? Vous perdez toute retenue, lady Celia. Vous oubliez à qui vous vous adressez !

Elle avait entendu dire qu'il était du genre à s'emporter facilement, mais elle n'en avait encore jamais fait l'expérience. Il était à présent blême de colère, les lèvres pincées, les poings serrés. Alors comme ça, elle avait dépassé les bornes ? Elle en avait autant à lui servir et elle n'allait pas se gêner ! Elle était pourtant d'un naturel très calme habituellement... Mais le brusque changement d'humeur de Ramiz, ce passage ahurissant de l'euphorie à l'accusation la plus éhontée, la mettait elle aussi dans une rage folle.

Sa nudité n'étant plus un frein, elle jeta violemment le coussin par terre, se leva et lui fit face.

— Peu m'importe qui vous êtes. Votre accusation est ridicule ! J'étais en train de prendre un bain dans une salle d'eau privée ! Que cette salle d'eau soit dans votre harem n'a absolument aucune incidence dans cette histoire. Je ne suis en aucun cas responsable si vous avez succombé à vos plus bas instincts ! Je ne me laisserai pas accuser d'être une femme légère uniquement pour contenter votre honneur, et peu m'importe que vous soyez prince, cheik ou citoyen lambda !

Il tressaillit. Elle avait touché son point faible, il devait bien l'admettre. Lui qui contrôlait tout, il n'avait pas réussi à se contrôler. Et peu importait s'ils n'étaient pas allés jusqu'au bout, s'il ne l'avait pas vraiment possédée, il en avait eu terriblement envie et cela suffisait.

— Vous avez raison..., dit-il.

A ces mots, Celia sentit sa colère s'évaporer aussi vite

qu'elle était arrivée. Elle attrapa une étoffe brodée qui se trouvait sur l'un des divans près de la fenêtre et s'en couvrit.

— Vous n'avez pas été le seul à perdre la raison, dit-elle d'une voix triste. Je ne vous ai pas provoqué de manière délibérée mais je ne vous ai pas arrêté non plus. Vous n'êtes pas le seul coupable.

— Vous êtes une femme. Je n'aurais pas dû vous laisser vous soumettre.

— Me soumettre ?! Pourquoi faut-il que vous persistiez à croire que je ne suis pas capable de réfléchir par moi-même uniquement parce que je suis une femme ? Je fais mes propres choix, même les plus idiots !

Ramiz poussa un profond soupir.

— Je suis heureux que vous le pensiez. J'espère que cet… J'espère que cet événement n'aura pas de mauvaise incidence sur la façon dont vous parlerez de mon pays à votre retour.

Mais qu'est-ce qu'il était en train de lui dire ? En quoi ce qui venait de se passer avait-il un rapport avec A'Qadiz et l'Angleterre ?

— Vous craignez que je vous cause des soucis par l'intermédiaire de mon père ? demanda-t-elle, comprenant soudain.

— Les négociations que nous conduisons actuellement avec votre pays sont des plus délicates…

— Je ne vous accuserai pas de viol si c'est ce qui vous tracasse, dit-elle en le regardant fixement, bien décidée à ne pas lui montrer à quel point elle était blessée par ce qu'elle venait d'entendre.

Un viol ? C'était bien la dernière chose à laquelle il aurait pensé ! se dit Ramiz, effaré. Mais c'était pourtant ainsi que les choses pourraient en effet apparaître. Il avait décidément commis une faute impardonnable ! Il fallait absolument éviter de penser à la raison qui l'avait poussé à se conduire de la sorte. Ou à la façon dont Celia prenait les choses. Ou à la façon dont lui prenait les choses… Elle ne paraissait pas offensée au moins, et c'était pour lui un réel soulagement. Mais elle ne devait pas changer d'avis sur la question en revanche. Il lui fallait maintenant s'en assurer…

— Demain, si cela vous intéresse toujours, je vous emmènerai voir quelque chose à Balyrma.

— S'agit-il d'une espèce de dédommagement ? Je préfère rester ici dans ce cas.

— Il m'avait semblé que vous étiez très désireuse de visiter la ville. Mais si vous avez changé d'avis…

— Je suis désolée, Ramiz, je n'aurais pas dû m'exprimer ainsi, reprit Celia en lui adressant un faible sourire. Mais tout est si étrange pour moi, ici… J'ai l'impression de rêver éveillée la moitié du temps. Ça me ferait très plaisir de visiter Balyrma, et si vous avez le temps de m'accompagner, j'en serai très honorée. Je ne pourrais avoir meilleur guide… Akil m'a dit que vous avez écrit un livre sur les origines de Balyrma.

Ramiz haussa les épaules.

— Oh ! Rien qui ne vaille la peine d'en parler. Le travail d'un amateur enthousiaste plutôt que celui d'un érudit. Je vais demander qu'on vous amène dans mon bureau demain matin, dit-il en se dirigeant vers la porte.

— Ramiz ? l'appela-t-elle.

Cela lui coûtait de revenir sur la chose, mais sa conscience ne supporterait pas de lui laisser penser qu'il l'avait forcée en quoi que ce soit, pas plus qu'elle n'avait accepté les insinuations selon lesquelles c'était elle qui l'avait provoqué.

— Ramiz, je pensais vraiment ce que j'ai dit. C'était ma faute autant que de la vôtre. Vous n'êtes aucunement responsable de mes actes, même si vous êtes enclin à penser le contraire.

— Ces paroles sont tout à votre honneur, et je vous en sais gré.

— Ce n'est que la stricte vérité.

Il lui adressa alors un petit sourire.

— On dirait que je ne suis pas le seul à avoir l'habitude d'assumer toutes les responsabilités. Je suis sûr que vous devez être une grande sœur très protectrice. En tous les cas, vous êtes incontestablement une femme vraiment peu commune, Celia, dit-il en l'embrassant sur la joue.

Puis il sortit, la laissant plus perplexe que jamais.

Chapitre 7

Le lendemain matin, en prévision de l'excursion en ville, Celia revêtit une robe de promenade en mousseline jaune à double volant, ornée de nœuds en ruban doré. La haute encolure de cette robe était entrelacée elle aussi de ruban doré, tout comme le bord des manches très ajustées qui se fermaient par un rang de perles minuscules. Adila avait trouvé une astuce pour fixer directement sur sa chevelure un voile vaporeux jaune pâle en dentelle, un peu à la manière dont les Espagnoles portaient leur mantille, ainsi Celia n'avait-elle pas besoin de porter un chapeau. Et cette nouvelle était un véritable soulagement ! Comme elle se trouvait toujours dans l'enceinte du palais, le voile ne couvrait pour l'instant que ses cheveux, et elle tenait encore ses gants à la main. Elle marchait à la suite du garde qui était venu la chercher. Elle avait beau se repasser en boucle la conversation de la veille au soir, elle se sentait extrêmement nerveuse à l'idée de revoir Ramiz et ne parvenait pas à déterminer ce qu'elle pensait vraiment de la situation. Maintenant qu'il faisait grand jour et qu'elle se sentait dégagée de l'emprise amollissante et sensuelle du harem, elle avait peine à croire que les événements de la veille avaient véritablement eu lieu !

Ramiz se trouvait dans sa bibliothèque. Il était vêtu de blanc de la tête aux pieds. Il portait aussi une coiffe et un manteau léger, exactement comme le premier jour où elle l'avait vu.

La panoplie complète du prince du désert ! se dit Celia.

Il la salua d'un signe de tête depuis son bureau, sans vraiment la regarder, et reprit aussitôt sa conversation avec Akil. Elle attendit donc dans l'encadrement de la porte à rester sans rien dire, comme un visiteur indésirable, et se sentait terriblement mal à l'aise. Comme personne ne semblait lui prêter attention, elle finit par entrer.

Même si elle était parvenue à la conclusion que le harem était vraiment un lieu à part, un lieu régi par l'empire des sens plus que par celui de la raison, même si elle avait fait en sorte de reléguer ce qui s'était passé au plus profond de son esprit, elle ne pouvait s'empêcher d'en vouloir énormément à Ramiz d'avoir apparemment réussi à faire la même chose.

Elle l'observait du coin de l'œil, tout en faisant mine de parcourir les rayonnages. Comme elle l'enviait ! Comment faisait-il pour arborer un air si détaché ? Comme elle aurait voulu en être capable, elle aussi ! Elle n'avait pas l'habitude d'être constamment déstabilisée. La lady Celia Armstrong qu'elle connaissait dirigeait les opérations. Elle était aux commandes, la tête froide d'ordinaire et l'esprit clair… Elle n'était pas cette demoiselle qui venait de débarquer de sa campagne profonde et faisait ses débuts dans la bonne société, qui devait continuellement consulter son manuel de savoir-vivre et qui était malgré tout toujours à deux doigts de commettre un faux pas des plus compromettants pour son avenir.

Or depuis qu'elle avait rencontré Ramiz, elle n'était plus cette lady Celia qu'elle connaissait par cœur et jamais plus elle ne serait cette femme. Jamais elle ne pourrait oublier ce qu'elle avait ressenti dans les bras de cet homme. Elle craignait même que ce qu'il lui avait appris lui interdirait à tout jamais de vivre avec un autre homme. De même que tout ce qu'elle venait de vivre dans ce monde exotique d'A'Qadiz lui interdirait sûrement aussi de pouvoir se réacclimater à l'Angleterre — son pays natal pourtant, et qu'elle chérissait pourtant plus que tout — si elle ne faisait rien pour changer le cours des choses.

Ce n'était pas le moindre des paradoxes, songeait-elle tout

en prenant un joli ouvrage relié en cuir bleu qui se trouvait sur la table au milieu d'une pile d'autres livres récemment arrivés d'Angleterre. Ce qu'elle éprouvait était vraiment inattendu parce que, depuis qu'elle était arrivée dans ce royaume où les femmes étaient voilées et vivaient en recluses, dans ce royaume où elle passait le plus clair de son temps dans un harem, derrière une porte verrouillée gardée par deux eunuques, elle ne s'était jamais sentie aussi libre !

Elle ouvrit le livre qu'elle venait de choisir : *Emma, roman en trois volumes par l'auteur d'Orgueil et Préjugés.* Elle avait vraiment beaucoup aimé *Orgueil et Préjugés.* Ses sœurs et elle avaient lu le livre ensemble et s'étaient attribué à chacune le rôle d'une des sœurs dans le roman. Celia s'était évidemment assigné celui d'Elizabeth, et Cassie celui de Jane, la beauté de la famille. Quant à Caroline et Cordelia, elles s'étaient chamaillées un bon moment pour déterminer qui serait Lydia, la fugueuse écervelée… Une vague de nostalgie la submergea soudain. Le mal du pays la prit, et elle se demanda avec inquiétude à quoi ses sœurs pouvaient toutes bien être occupées en ce moment même. Elle n'avait même aucune idée de l'heure qu'il pouvait être en Angleterre. Plus tôt ou plus tard qu'ici ? Faisait-il beau ? Pleuvait-il ? Ce devait être la saison des fraises. Cressida les adorait. Caroline, elle, se couvrait de boutons si elle en mangeait trop, mais on avait beau lui rappeler de faire attention, cela ne manquait jamais d'arriver. Cordelia les préférait en confitures qu'elles faisaient toutes ensemble, à l'aide du livre de recettes qui leur venait de leur mère et qu'elles chérissaient tant. Au fil des années, c'était devenu un véritable rituel : elles investissaient la cuisine pendant une journée entière, et l'odeur douceâtre, un rien écœurante, de la confiture qui bouillonnait dans l'énorme marmite en cuivre embaumait toute la maison. C'était Cassie qui était responsable du livre de recettes désormais. Ce serait à elle de commander tout le sucre nécessaire à la confection des pots, de la remplacer et d'assumer le rôle difficile de chef des Opérations. Sans doute céderait-elle alors son rôle de chef des Mesures à Caroline… Celia imaginait sans peine la dispute qu'une telle passation de pouvoir ne manquerait pas d'occasionner chez ses deux plus jeunes sœurs ! La pauvre Cassie, d'un naturel si doux, qui ne détestait rien tant que de devoir s'interposer dans un différend, se tordrait les mains de désespoir, les implorerait d'apprendre à partager et leur expliquerait que chaque rôle était aussi intéressant qu'un autre. Elles feraient sans doute la sourde oreille, Caroline s'en mêlerait et, sans leur aînée pour les ramener à la raison, la journée consacrée à la fabrication de la confiture tournerait à un formidable fiasco…

— Mais non, ce n'est pas comme ça que les choses ne se passeront ! C'est juste que ça m'arrange de me croire indispensable.

— Vous dites ?

Celia sursauta et fit tomber le premier volume d'*Emma* sur le sol recouvert d'un épais tapis. Si épais qu'elle n'avait pas entendu Ramiz s'approcher d'elle. Il se tenait maintenant juste à côté d'elle. Très près. Trop près. Pourquoi oubliait-elle toujours à quel point il était grand ? A quel point il était beau…

Elle recula d'un pas.

— Je vous demande pardon ?

— Vous venez de dire : « C'est juste que ça m'arrange de me croire indispensable. »

— Oh… J'ai dû parler à voix haute. Je ne m'en étais pas rendu compte. J'étais en train de penser à mes sœurs. Ce n'est rien.

— Elles vous manquent ?

— Bien sûr. Même si je suis intimement persuadée qu'elles s'en sortent très bien sans moi, répondit-elle d'une voix légèrement tremblante qui la surprit.

— Mais, dans un coin de votre tête, vous espérez un peu que ce ne soit pas le cas…

Elle lui sourit du bout des lèvres et tenta de chasser les larmes qui lui étaient montées aux yeux en clignant des paupières.

— Je sais que c'est vraiment affreux d'avoir ce genre de

pensées. J'ai bien peur d'être trop habituée à vouloir tout contrôler.

— Ce n'est guère surprenant. Vous avez assumé le rôle de mère auprès de vos sœurs à un âge très jeune si j'ai bien compris… C'est parfaitement naturel de vous inquiéter de leur sort et de vous demander comment elles font face sans vous à leurs côtés. Toutes les mères font cela, même lorsque leurs enfants ont fondé leur propre famille depuis bien longtemps. C'est une caractéristique commune à toutes les femmes.

— Merci. Je le prends comme un compliment, venant de votre part, dit-elle tout en reniflant légèrement.

— Si vous avez envie de leur écrire, je veillerai à ce que votre lettre arrive à bon port.

— C'est très gentil à vous, merci.

— J'aurais dû y penser plus tôt. Votre famille aimerait certainement avoir de vos nouvelles et apprendre que vous allez bien et que vous vous trouvez en lieu sûr. Ils ne se contenteront sans doute pas de mes belles paroles. Vous devez leur écrire dès ce soir.

— Je vois, répliqua-t-elle sèchement.

Il ne pensait pas du tout à elle, en réalité, encore moins à ses sœurs qu'il ne connaissait pas. Il ne pensait qu'à sa réputation. Aux intérêts de son pays !

— Si vous êtes trop occupé aujourd'hui, nous devrions peut-être reporter notre excursion à un autre jour, dit-elle d'un ton cinglant.

— Ce ne sera pas la peine. J'ai pris les dispositions nécessaires pour la journée… Akil se charge de tout. J'aimerais vraiment que vous puissiez visiter un peu Balyrma pendant votre séjour.

— Pour qu'à mon retour, je puisse raconter à quel point c'est une ville merveilleuse ?

Ramiz fronça les sourcils, visiblement interloqué.

— Non… Parce que je pensais que cela vous intéresserait. Mais, si je me suis trompé…

— Vous n'y êtes pas du tout. Je veux vraiment y aller, je

vous assure. J'étais un peu décontenancée, c'est tout. C'est en voyant la couverture de ce livre, si vous voulez vraiment tout savoir. Mes sœurs et moi avons lu ensemble un autre livre du même auteur.

— *Orgueil et Préjugés* ? Je l'ai lu moi aussi et j'ai beaucoup aimé. C'est un témoignage très amusant sur vos mœurs, en Angleterre. L'auteur de ce livre doit certainement être un homme d'une grande perspicacité.

— Parce que vous pensez que ce livre a été écrit par un homme ?

— Le livre est truffé de traits d'esprit caustiques. Aucun personnage n'attire vraiment la sympathie du lecteur. Nulle trace du romantisme sentimental dont raffolent toutes les femmes écrivains. Oui, il s'agit forcément d'un homme. Sans l'ombre d'un doute.

— Sans l'ombre d'un doute ?! Eh bien, si vous le dites, cela doit être vrai. Sans l'ombre d'un doute, Votre Majesté !

Ramiz eut d'abord l'air surpris puis il sourit largement, découvrant ainsi des dents d'un blanc éclatant.

— Vous progressez, lady Celia. Je vous fais l'honneur de vous accorder ma compagnie, sans escorte et en public qui plus est. Vous devez donc me traiter avec respect et déférence devant mon peuple, et si vous manquez à vos devoirs, je me verrai dans l'obligation de vous garder confinée dans mon harem pendant toute la durée de votre séjour. Je me suis bien fait comprendre, j'espère ?

Elle le défia du regard pendant dix longues secondes, puis capitula. En vérité, elle n'avait nulle envie de le défier lorsqu'il la regardait de cette façon. Et puis Ramiz n'avait pas tort de lui rappeler que c'était vraiment un grand honneur qu'il lui faisait de l'accompagner en ville. Sans compter elle aimait sa compagnie. Bien plus qu'elle ne voulait l'admettre d'ailleurs…

Elle couvrit son visage de son voile, enfila ses gants et répondit d'une voix docile :

— Oui, Majesté.

Ramiz se mit aussitôt en marche et ne vit donc pas la grimace que Celia lui adressa, consciente de se conduire comme une petite effrontée, et un peu honteuse de son attitude.

Ils traversèrent d'abord la cour intérieure, puis remontèrent la longue galerie couverte pour finalement franchir la grande porte du palais et se retrouver directement en ville.

La chaleur était si étouffante qu'elle en eut tout d'abord le souffle coupé. Il fallait dire aussi qu'elle n'était pas sortie depuis si longtemps ! Elle s'était tellement bien habituée à l'agréable fraîcheur qui régnait au palais qu'elle avait totalement oublié combien le soleil était ardent à cette latitude, même à une heure aussi matinale.

Elle avait également oublié la vénération que le peuple vouait à Ramiz. Dès qu'ils l'apercevaient, les gens se mettaient à genoux et se prosternaient. Ils n'osaient pas le regarder, lui, mais Celia sentait leurs yeux se poser sur elle. C'était d'ailleurs plus par curiosité qu'autre chose et elle ne ressentait aucune hostilité de leur part. Elle se rendait bien compte qu'elle devait leur sembler étrange dans sa robe ajustée. Elle prit aussi pleinement conscience, au fur et à mesure qu'elle observait Ramiz qui saluait de la tête et souriait aux habitants de la ville, de l'immense honneur qu'il lui faisait en lui servant de guide pour la journée et de l'importance que, par conséquent, cela lui conférait aux yeux de ceux qui les observaient.

Il n'était pas encore 9 heures, mais les habitants de Balyrma s'affairaient déjà comme dans une ruche. Ils laissèrent bientôt derrière eux les minarets et les maisons aux belles façades recouvertes de faïence des quartiers les plus riches de la ville pour se diriger dans un dédale de rues poussiéreuses, vers la partie la plus peuplée de Balyrma, qui se trouvait près de l'entrée de la ville.

— J'ai pensé que cela vous plairait sûrement d'aller visiter les souks, lui dit-il par-dessus son épaule. Chaque secteur de la ville porte le nom de l'artisanat qui s'y pratique et chacun a son propre marché. La ruelle dans laquelle nous sommes est remplie de tanneurs. Un peu plus bas, vous trouverez des potiers et des faïenciers… Approchez-vous donc un peu ! Je vais finir par avoir un torticolis à force de me décrocher le cou pour vous parler.

— Je pensais qu'il fallait que je marche derrière vous pour vous témoigner ainsi tout mon respect…

— Vous pouvez tout aussi bien me témoigner tout votre respect en faisant exactement ce qui vous est demandé.

Celia pressa donc le pas et vint se placer à ses côtés.

— Vous avez vraiment tout d'un effroyable tyran, vous savez, lui dit-elle en le gratifiant d'un large sourire. Votre Majesté…, ajouta-t-elle après coup d'un ton mutin.

— Et vous, vous avez tout de la citoyenne la plus subversive !

— Je suis désolée si je vous parais parfois irrévérencieuse. C'est juste que vous pouvez vous montrer assez intimidant, et j'avoue que je n'ai guère l'habitude d'être intimidée par qui que ce soit.

Ils avaient fait une petite pause, et le cortège d'enfants qui s'était formé à leur suite en profita pour s'agglutiner autour de Celia. Ils tendaient tous la main pour essayer de toucher le tissu de sa robe qui les intriguait visiblement. Amusée, elle leur sourit distraitement à travers son voile.

— Ils n'ont jamais vu une tenue comme celle-là, lui expliqua Ramiz.

— Si seulement je pouvais porter d'autres vêtements ! Les miens ne sont vraiment pas adaptés à ce climat. J'ai parfois l'impression d'être en train de cuire là-dessous.

— Vous auriez dû le dire plus tôt. Nous pouvons sans problème vous procurer du tissu au souk. Et si vous tenez vraiment à adopter les coutumes locales, à notre retour au palais, je demanderai aux domestiques de vous confectionner des tenues traditionnelles.

— Rien ne me ferait plus plaisir.

— Vous n'avez pourtant jamais l'air d'avoir trop chaud. Vous êtes toujours d'une rare élégance.

— Merci.

— Je vous en prie. Et n'allez pas mettre mes paroles en doute, je pense vraiment ce que je vous ai dit !

Ils se remirent en route, mais ralentirent quelque peu leur allure. Ils s'arrêtèrent un peu plus loin devant un étal qui débordait de dragées, de dattes séchées, de longs bâtonnets en caramel collant recouverts de raisins secs, et de toutes sortes de petites douceurs devant lesquelles les enfants écarquillaient les yeux d'émerveillement. Ramiz acheta tout un assortiment de sucreries, puis leur tendit le paquet. Ils se remirent ensuite en marche d'un air complice, côte à côte. Ramiz semblait avoir complètement oublié les recommandations qu'il lui avait faites un peu plus tôt concernant le protocole à respecter.

— Je ne me l'explique pas vraiment, mais il y a quelque chose chez vous qui me pousse à dire ce que je pense, dit tout à coup Celia d'un air pensif. Et chaque fois que vous m'incitez à dire une énormité, je regrette ensuite de ne pas avoir su tenir ma langue.

— Je finirai bien par la faire couper de toute façon ! répondit Ramiz.

Elle comprit, à la manière dont ses yeux brillaient et à la manière dont sa bouche se retroussait sans véritablement sourire, qu'il la taquinait.

— Yasmina m'a dit que vous dirigiez votre royaume d'une main de fer dans un gant de velours. Elle m'a dit aussi qu'une des premières choses que vous avez faites à votre arrivée au pouvoir a été de remanier le système judiciaire de fond en comble. Et que vous ne disposez même plus d'un seul bourreau à l'heure qu'il est…

— Ce n'est pas nécessaire. Lorsque les gens ont suffisamment à manger, un toit pour abriter leur famille, un moyen de gagner décemment leur vie, ils n'ont aucune raison de se transformer en criminels. Et lorsque le châtiment auquel vous vous exposez si vous transgressez la loi, c'est d'être banni du royaume et de perdre alors tout ce que je viens de vous énumérer, cela fait suffisamment réfléchir.

— C'est une façon très progressiste d'envisager les choses. Vous êtes bien plus empreint d'humanité que nous ne le sommes en Angleterre, où un homme qui vole un mouton pour nourrir sa famille risque la pendaison.

— Relisez attentivement les histoires de Shéhérazade et vous vous apercevrez qu'il y est dit exactement la même chose.

— Et qu'en pense votre peuple ?

— Certaines tribus ont une nette préférence pour l'ancien système. Pour elles, la violence — appelez-la comme vous voulez : la guerre, les châtiments, peu importe… — constitue une véritable façon de vivre. Je passe une grande partie de mon temps à essayer de les empêcher de réduire en miettes les traités que j'ai eu tant de mal à faire ratifier. J'ai d'ailleurs prévu d'aller rendre visite au chef d'une de ces tribus en fin de semaine. Ils occupent illégalement une vaste oasis qui se trouve à la frontière d'A'Qadiz. Ils veulent se l'approprier complètement, alors que nous sommes censés la partager. Je sais déjà que je vais passer deux jours à le lui rappeler, et lui, il va passer deux jours à essayer de me soutirer autant d'or qu'il le peut pour soi-disant le dédommager de la perte des droits exclusifs qu'il passe son temps à revendiquer.

— Vous lui versez des pots-de-vin pour éviter une confrontation ?

— Ne prenez pas cet air choqué, je vous en prie ! C'est une méthode à laquelle recourt constamment votre gouvernement. Et je peux vous garantir qu'à longue échéance ça me coûte moins cher que de le laisser nous embarquer dans une guerre fratricide.

— Vous ne croyez pas que ce serait plus simple pour vous d'essayer de le remplacer par quelqu'un qui partage votre façon de voir ?

Ramiz se mit à rire.

— Ce que vous me proposez ne manquerait pas de déclencher immédiatement une guerre. Allons, changeons de sujet. Ce sont mes problèmes, pas les vôtres. Venez, le quartier des tisserands est juste là… Prenez votre temps pour choisir. Et achetez autant de tissus qu'il vous plaira.

— C'est que je n'ai pas pris d'argent avec moi…

— Ce n'est pas grave. Je paierai.

— Il n'en est pas question. Je ne peux pas vous laisser payer mes vêtements. Ce ne serait pas correct.

— Ce ne serait pas correct de ma part de vous laisser payer.

— Eh bien, dans ce cas, je n'achèterai rien.

Ramiz la dévisagea, visiblement consterné par sa réaction.

— Vous pensez sincèrement que je suis à quelques mètres de tissu près ?

— Bien sûr que non ! C'est uniquement une question de principe, répondit Celia fermement. En Angleterre, seule une… Seule une courtisane permettrait à un homme avec lequel elle n'est pas mariée de lui acheter des vêtements.

— Nous ne sommes pas en Angleterre, je vous le rappelle, lui fit sèchement remarquer Ramiz. Dans le royaume d'A'Qadiz, il revient au maître du harem de subvenir aux besoins de ses occupantes. Et comme vous occupez mon harem, je paierai donc ces tissus. Il est inutile de revenir là-dessus !

Celia n'était absolument pas convaincue par le raisonnement qu'il venait de lui tenir mais, en voyant la tête qu'il faisait, elle décida qu'il valait mieux ne pas le contrarier davantage. La journée ne faisait que commencer ; elle tenait à en profiter au maximum et de la plus agréable façon possible. Elle voulait qu'il en soit de même pour Ramiz. Alors si cela impliquait de devoir enfreindre un de ses principes pour permettre à son hôte de garder toute sa dignité, elle était prête à faire cette petite entorse.

— Merci, Majesté, dit-elle en faisant la révérence. Vous me voyez très honorée, dans ce cas…

Ramiz fit la grimace, mi-contrarié, mi-amusé.

— Vous ne trompez personne en faisant semblant de vous soumettre. Et cessez de m'appeler Majesté. Personne ne comprend ce que vous dites.

— Merci, Ramiz. J'espère que les coffres royaux sont plutôt bien garnis, car j'ai bien l'intention d'acheter ces merveilleuses étoffes à profusion !

Si quelqu'un lui avait prédit qu'il prendrait un jour plaisir à acheter des soieries dans un souk, Ramiz lui aurait ri au nez. Comme le commun des mortels, il aimait beaucoup regarder une femme habillée avec goût, mais il se moquait pas mal de savoir avec quoi ces vêtements étaient fabriqués. Il ne s'intéressait ni aux falbalas, ni aux volants ou autres accessoires. Mais il devait bien reconnaître que l'enthousiasme enfantin de Celia était un pur enchantement. Il passa l'heure qui suivit, fasciné et heureux de sa joie, à la regarder se jeter à corps perdu dans sa quête de couleurs, de matières et d'ornements, avec une ferveur qui ne faiblissait pas.

Celia, qui n'avait jamais vu auparavant un tel étalage de soieries aux couleurs si vives, de velours si beaux, de tissus si légers et si délicats dont elle ne connaissait même pas le nom, allait d'étal en étal avec une expression de ravissement qui ne quittait pas son visage. Il lui fallait absolument toucher toutes ces merveilles… N'y tenant plus, elle ôta ses gants et enfouit ses mains dans une nappe confectionnée dans un magnifique velours rouge, puis se passa sur la joue un châle en cachemire d'une douceur incroyable. Elle toucha également du bout des doigts une montagne de soieries, de satin et de dentelle fine. L'achat de tissus se transforma en une expérience toute sensuelle qu'elle n'aurait jamais crue possible. Elle était si exaltée qu'elle en oublia toute déférence et toute réserve. Elle oublia aussi de remettre ses gants, de replacer son voile, mais elle était si charmante qu'elle fut reçue avec une grande hospitalité et qu'on lui réserva un accueil des plus chaleureux sans la moindre manifestation d'hostilité. Elle parvenait parfaitement à faire comprendre ce qu'elle voulait malgré la barrière de la langue ; elle prenait la peine de s'intéresser à chaque tissu exposé même si on lui présentait l'étoffe la plus simple, et elle faisait attention de répartir ses dépenses sur le plus grand nombre possible d'étals. Ils burent plusieurs verres de thé et, pour la première fois depuis son arrivée au pouvoir, Ramiz s'aperçut qu'il se retrouvait à jouer les seconds couteaux.

Alors qu'ils sortaient d'une échoppe spécialisée dans la passementerie, Celia lui dit :

— Merci pour tout ça ! J'espère que vous ne vous êtes pas trop ennuyé.

— Non, pas du tout et j'ai beaucoup appris. Vous avez tout ce que vous vouliez ?

— Bien plus que je ne pouvais espérer ! Est-ce que vous devez rentrer au palais ?

Ramiz fit non de la tête et ajouta :

— Je vous ai réservé une petite surprise…

Il la guida dans un dédale de ruelles et de bâtisses en terre cuite dont le rez-de-chaussée était occupé par les étals. Ils regagnèrent ensuite une grande place où un garde du palais les attendait avec deux chameaux blancs.

— Je vous propose une petite promenade. Nous n'en avons pas pour longtemps. Une demi-heure, pas plus. Vous croyez que ce sera possible dans cette robe ? demanda Ramiz alors que Celia le questionnait du regard.

— Où allons-nous ?

Il lui sourit et remua la tête de gauche à droite.

— C'est une surprise.

Ils quittèrent Balyrma par une porte différente de celle par laquelle ils étaient entrés le tout premier jour. Cette porte-là était orientée au sud. Ils traversèrent d'abord une oliveraie, puis s'engagèrent sur un sentier étroit, à peine visible, qui cheminait vers les montagnes. Ramiz lui en apprit un peu plus sur l'histoire de Balyrma tandis que les chameaux progressaient lentement. Comme cela était déjà arrivé, Ramiz s'aperçut bientôt que les questions intelligentes que lui posait Celia ainsi que sa soif de connaissance lui faisaient baisser sa garde. Elle l'incitait sans en avoir l'air à se confier ; elle le faisait également rire et dire des choses qui étaient restées jusque-là profondément ensevelies dans les recoins de son esprit. Des souvenirs d'enfance et des vieilles légendes dont il pensait avoir oublié l'existence. Il l'aimait bien. C'était une chose vraiment étrange à dire à propos d'une femme, mais c'était la vérité. Il appréciait beaucoup sa compagnie et, oui, il l'aimait bien.

Les montagnes semblaient surgir de nulle part, comme une maquette d'enfant posée sur le sable ou comme la composition d'un artiste. Nuls contreforts, nul signe annonciateur. Elles faisaient davantage penser à des monuments qu'à un phénomène naturel. Celia ne distinguait aucun chemin et son cœur se serra à l'idée de devoir escalader la montagne. Puis, elle remarqua que Ramiz les menait vers une sorte de large fissure dans la roche. Peut-être y avait-il une grotte ?

Ce n'était finalement pas une grotte mais un passage étroit en forme de « S », à peine assez large pour les laisser passer l'un derrière l'autre. Totalement séduite par cet endroit, Celia s'aperçut que des symboles étranges étaient sculptés sur les parois et que des tas de petites niches creusées dans la roche contenaient des idoles, sculptées elles aussi. En allongeant le cou au maximum, elle parvenait à peine à voir le ciel, qui était d'un bleu vif à l'approche de la mi-journée. Une agréable fraîcheur régnait dans l'étroit couleur rocheux.

Après le dernier virage, ils débouchèrent brusquement sur une grande place ouverte et là… Celia en eut le souffle coupé. Une cité troglodyte, d'une taille impressionnante, se dressait devant elle.

— Vous vous trouvez devant l'ancienne cité de Katra, lui expliqua Ramiz. Nous ne savons pas exactement de quand elle date, mais nous estimons que sa création doit remonter environ à deux mille ans.

La cité était compacte et se trouvait dans un état de conservation remarquable. Comme si le temps n'avait pas vraiment eu de prise sur elle.

— Je n'ai jamais rien vu d'aussi splendide ! commenta Celia alors qu'elle inspectait les lieux avec jubilation. C'est merveilleux ! Je n'en avais jamais entendu parler, et son existence me surprend beaucoup.

— C'est parce que nous nous sommes arrangés pour que le secret soit bien gardé. Les Britanniques et les Français ont largement dépouillé l'Egypte de ses vestiges durant les guerres napoléoniennes, et tout le monde sait que votre Consul Général continue, avec l'aide de quelques amis, à récupérer dans toute l'Egypte, ainsi que dans la région du Levant, un tas d'objets appartenant au patrimoine historique du pays pour les exposer dans le petit musée qu'il possède en Angleterre. Exactement comme l'avait fait lord Elgin avant lui avec les marbres du Parthénon, d'ailleurs… Pour ma part, je ferai tout mon possible pour que Katra ne connaisse pas le même sort.

— C'est bien compréhensible. Cet endroit est très beau. Mais il a également quelque chose d'angoissant. J'ai l'impression que les gens viennent juste de sortir vaquer à leurs occupations et qu'ils vont revenir d'un moment à l'autre. Il y a quand même quelque chose que je ne comprends pas… Que faisons-nous ici exactement ? Si vous tenez tant à garder ce lieu secret, pourquoi m'y avez-vous amenée ?

Pourquoi ? Parce que cet endroit était spécial et qu'il voulait à tout prix le partager avec elle. Mais il ne pouvait pas lui faire un tel aveu. Il n'aurait pas dû avoir une telle pensée pour commencer… Pour tout dire, il n'y avait pas vraiment songé. Cette visite, ce partage, s'était imposé à lui comme une évidence.

— Parce que, pour comprendre l'histoire de Balyrma, il faut d'abord comprendre celle de Katra et que j'étais sûr que cela vous intéresserait.

— Vous n'avez pas idée à quel point ! C'est l'une des choses les plus merveilleuses que j'aie jamais vues. Merci beaucoup !

Elle avait soulevé son voile en pénétrant dans le passage et avait le visage dégagé. Elle lui adressa un sourire radieux. Ses yeux, semblables à du jade, brillaient de mille feux. Sa bouche délicieuse était une véritable invitation. Il se souvenait de son goût sucré et fleuri. Souvenir qui s'imposa brutalement et le fit presque chanceler. Et ses lèvres qu'elle avait posées sur les siennes… De véritables pétales… Oui, des pétales qui s'étaient épanouis comme elle-même s'était épanouie sous ses caresses. Et avait fini par éclore.

— Il est plus de midi, déclara-t-il brusquement.

Il lui montra, au-dessus de leurs têtes, le soleil qui était au zénith.

— J'ai pris des dispositions pour que nous déjeunions à l'ombre. Par ici, s'il vous plaît…, ajouta-t-il un peu précipitamment.

Pendant une fraction de seconde, Celia avait eu l'impression qu'il allait l'embrasser. Son cœur s'était aussitôt emballé et s'était mis à battre si fort tout à coup qu'elle avait maintenant la tête qui tournait. Mais elle s'était trompée. Elle l'aperçut devant elle qui filait et le suivit. Ils retournèrent sur leurs pas retraversèrent le passage étroit en direction des chameaux. Ramiz marchait à une telle allure qu'elle devait littéralement courir pour ne pas perdre sa trace !

Lorsqu'ils ressortirent à l'air libre, sous un soleil de plomb, Celia vit qu'une tente avait été installée sous une avancée rocheuse. Elle était semblable à celle qu'ils avaient abandonnée en plein désert : carrée et confectionnée avec de la laine de chameau ou de chèvre tissée, et soutenue par de grands piquets de bois reliés avec de la corde. Mais la ressemblance s'arrêtait là. D'épais tapis recouvraient le sable. De splendides tapisseries représentant des scènes de la mythologie ancienne étaient tendues contre les parois. Une multitude de coussins brodés, ornés de petites perles et de pierres semi-précieuses, étaient éparpillés sur le tapis, autour d'une table basse sur laquelle se trouvait tout un assortiment de plats. Une odeur appétissante de chèvre cuite à la broche flottait dans l'air. Celia en eut l'eau à la bouche…

A l'entrée de la tente, des tentures damassées créaient un petit espace à part où une cruche remplie d'eau parfumée à la rose était posée sur un lave-mains en marbre. Celia se passa un peu d'eau sur le visage et les mains pour enlever la poussière et le sable, et remit un peu d'ordre dans ses cheveux en se regardant dans le miroir doré qui se trouvait devant elle. Tout était pensé à la perfection, songea-t-elle, admirative. Puis elle alla s'asseoir en face de Ramiz pour manger.

Des mets délicats les attendaient, et Celia se délecta de toutes ces saveurs exotiques. D'abord un sorbet au citron et à la menthe pour étancher leur soif. Puis un assortiment de viandes épicées et de fruits rafraîchissants. Il y avait aussi une *pastille*, pâte feuilletée farcie au pigeon, aux amandes et aux dattes. Contrairement aux usages anglais, qui exigeaient des convives de prendre uniquement les plats qui se trouvaient à portée de main — même si, par malheur, votre plat préféré se trouvait à l'autre bout de la table — elle avait découvert qu'ici il était au contraire de bon ton de goûter un peu à tout. Et c'était une tradition qui lui plaisait beaucoup.

— C'est vraiment merveilleux ! J'ai l'impression de pique-niquer à chaque repas. Et puis, si je n'aime pas quelque chose, je ne suis pas obligée de me forcer à finir parce que ce qui compte c'est d'avoir pris la peine de goûter. Dans mon pays, en revanche, surtout lors d'un dîner en grande pompe, vous êtes tenu de terminer tout ce qui se trouve dans votre assiette. Je ne sais pas combien de fois je me suis retrouvée à mâcher jusqu'à l'écœurement un morceau de viande trop cuit et parfaitement immangeable ou, pire encore, du poisson pas assez cuit !

— Moi, ce que je n'aime pas, c'est l'habitude que vous avez de tout noyer dans la sauce, dit Ramiz. Je me demande bien d'où vous vient cette manie. La nourriture que vous servez est-elle si affreuse qu'elle ne se suffise pas à elle-même ?

Celia pouffa de rire.

— Vous avez raison. Je crains fort que la cuisine ne figure pas en tête des talents dont les Britanniques peuvent s'enorgueillir !

Elle trempa ensuite ses mains dans un petit rince-doigts dans lequel flottaient des pétales de jasmin. Ramiz l'observait et songeait à l'étrange mélange qui constituait sa personnalité. Qu'avait-elle donc de plus que les autres femmes ? Pourquoi l'attirait-elle autant ? Elle devait probablement se poser les mêmes questions sur son compte. Ce qu'il parvenait le moins à comprendre, c'était pourquoi elle l'avait laissé prendre de telles libertés avec elle. Etait-ce parce qu'il était le premier homme à éveiller un tel désir chez elle ? Peut-être qu'elle l'excitait tant, de son côté, pour cette même raison ?

Et excité, il l'était maintenant. Terriblement…

Il avait une folle envie de l'embrasser. Et il allait l'embrasser, d'ailleurs… La prenant par surprise, il la souleva de terre pour la tenir contre lui. Tout contre lui. Enfin il pouvait percevoir son odeur et sentir son souffle contre sa joue ! L'expression étonnée de ses grands yeux verts le fit sourire.

— Mais qu'est-ce que vous faites ? demanda-t-elle d'une voix haletante.

Question machinale et hypocrite : elle savait pertinemment ce qu'il était en train de faire et, au fond, elle mourait envie de le laisser faire. Il était si près d'elle… Sa bouche n'était plus qu'à quelques centimètres de la sienne. Ses yeux semblaient lancer des éclairs. Elle sentit son cœur cogner très fort contre sa poitrine. Elle avait la bouche sèche et une conscience aiguë de sa présence, de sa force, de sa puissance. Tel un tigre tapi sous la soie. Prêt à sauter sur sa proie. Elle sentit alors monter en elle une terrible excitation. Ses seins pointaient à travers le tissu de sa combinaison. A lui en faire mal.

Ramiz fit entendre un drôle de grognement. Une espèce de son rauque qui semblait sortir des tréfonds de lui-même. Puis il l'embrassa. Sans aucune retenue. C'était le baiser d'un homme désemparé qui n'en pouvait plus d'attendre. Sa soif d'elle l'avait vaincu, et il n'avait plus qu'à s'y abandonner totalement. Il en avait un peu honte et, en même temps, cette défaite intime l'incitait à assouvir son désir jusqu'au bout. Il avait terriblement envie d'elle. Son désir était si pressant et si intense qu'il avait l'impression qu'il allait exploser avec lui en plein vol. Le sang se mit à affluer dans son bas-ventre. Son membre était si dur qu'il lui faisait mal. Une pulsion extrême s'empara de lui. Au diable la retenue ! Au diable la raison ! Il allait plonger en elle, la prendre vite et fort, et jusqu'au bout… Apposer sa marque sur elle, pour toujours. Elle était à lui, rien qu'à lui !

Il la regarda soudain, dans un sursaut. Ses lèvres étaient légèrement gonflées. Une longue mèche de cheveux roux était collée à sa joue. Il devait absolument apprendre à se contrôler ! Il avait bien failli perdre la tête une fois encore… Mais pourquoi ne se refusait-elle jamais à lui, aussi ?

— Hier soir, dit-il soudain d'une voix âpre, pourquoi ne m'avez vous pas arrêté pendant qu'il en était encore temps ?

— J'aurais dû vous arrêter mais, pour une raison ou pour une autre, je n'ai pas pu. C'est à cause du harem. C'est pour moi un monde enchanteur et très déstabilisant. Un monde imaginaire qui me chamboule la tête…

— Un monde imaginaire, c'est bien ça… Mais nous ne sommes pas dans mon harem maintenant. Est-ce que vous allez m'arrêter pour autant ?

— Je pense que ce ne sera pas nécessaire, finit-elle par dire.

Ramiz poussa un profond soupir, un sourire aux lèvres.

— Voilà une réponse très diplomatique.

Il la relâcha, lui passa une mèche derrière l'oreille et lui embrassa le bout du nez.

— Il faut rentrer maintenant, conclut-il.

Chapitre 8

Peregrine était le quatrième fils du comte Finchley-Burke. Son frère aîné, le futur héritier du comté, passait ses journées à divertir les dames de la haute société et à jouer les guinées de son père sur les tables de jeux du White Club. Le deuxième de la fratrie s'était engagé dans l'armée. Devenu le capitaine Finchley-Burke, du treizième régiment des Hussards, il avait été blessé lors de la bataille de Waterloo. Une balle lui avait éraflé la joue. Blessure bénigne dont il avait survécu sans mal, mais qui lui avait laissé sur le visage une cicatrice du plus bel effet. Depuis son retour en Angleterre, il avait suivi les traces de son frère aîné et s'était mis lui aussi à dilapider son héritage en jouant au White Club. Le troisième frère, quant à lui, n'était pas du tout de la même trempe. En effet, le très révérend archidiacre Finchley-Burke était l'incarnation même de la rectitude morale. Il avait réussi à insinuer le doute dans la tête du comte en personne sur la fidélité de sa femme lors des rares occasions où il avait gratifié son père de sa présence.

Avec une telle famille, Peregrine avait considéré qu'il valait mieux prendre ses distances et avait donc choisi de servir son pays en travaillant pour la Compagnie des Indes orientales. Il était d'ailleurs en route pour l'Inde quand, en raison des aléas du climat, il s'était retrouvé coincé à Lisbonne. Il y était resté suffisamment longtemps pour se laisser convaincre par l'ambassadeur en poste sur place qu'il rendrait un grand service à son pays en partant pour le Caire en son nom, afin de remettre des papiers urgents au consulat. En réalité, même si la valise diplomatique qui lui avait été confiée contenait effectivement des documents de la plus haute importance, elle comportait également une cargaison qui, elle, revêtait un caractère très urgent. Mais Peregrine n'en avait pas été averti.

Pour lord Wincester, Consul Général d'Egypte, l'arrivée de Peregrine Finchley-Burke fut une aubaine inespérée. Il lui fallait en effet impérativement envoyer à A'Qadiz un messager porteur de la réponse à la lettre que lui avait envoyée le cheik al-Muhana. Lettre qui l'informait de la mort de George Cleveden et de la situation dans laquelle se trouvait lady Celia, sa veuve. Le Consul Général ne disposait que d'un personnel restreint et déjà surchargé de travail. Il n'avait de cesse de le rappeler régulièrement au ministère des Affaires étrangères, mais rien ne semblait y faire. Le jeune homme naïf et visiblement très influençable qui venait juste de lui remettre le chargement qu'il attendait depuis si longtemps fut donc réquisitionné pour lui servir d'émissaire. Du reste, il parut extrêmement flatté par la mission qu'il se voyait confier. En fait, Peregrine y voyait tout simplement la chance de sa vie et se mettait déjà à rêver de la brillante carrière qu'il ne manquerait pas de bientôt mener dans le corps diplomatique.

Son voyage pour l'Inde fut ainsi une nouvelle fois retardé, et quelques jours à peine après son arrivée au Caire, il se trouvait aux portes du palais royal de Balyrma, en compagnie du garde personnel du prince. Il était couvert de poussière de la tête aux pieds, avait le visage brûlé par le soleil et les fesses meurtries par la selle. Il se sentait également un peu perdu.

Ce fut Akil qui informa Ramiz de l'arrivée de ce visiteur imprévu alors que Celia et lui venaient tout juste de rentrer de Katra. Pas un mot n'avait été échangé durant leur trajet de retour. Il avait donc eu amplement le temps d'éprouver des regrets. Ou plutôt de s'y efforcer, se demandant pourquoi il avait embrassé Celia, mais incapable d'en éprouver le moindre regret sincère. Il avait surtout eu amplement le temps de se demander pourquoi il ne l'avait pas embrassée davantage…

Il devina aussitôt que son visiteur était venu chercher Celia et il s'aperçut qu'il était fort peu disposé à la laisser partir. Cette nouvelle aurait pourtant dû le soulager. Il ne cessa pas de se le répéter alors qu'il prenait son bain et se changeait. Mais il ne parvint pas à éprouver le moindre soulagement.

Ce fut donc de bien mauvaise humeur qu'il entra dans la salle du trône, où il était d'usage de recevoir les visiteurs étrangers. Il portait une robe de cérémonie de soie bleu marine qui se fermait à l'aide de boutons en or et qui était ornée de nombreux saphirs. Comme Akil avait beaucoup insisté sur ce point, il portait également un *bisht* par-dessus. Ce manteau orné de bijoux et brodé de son insigne à l'effigie d'un faucon et d'un croissant de lune était très lourd et lui donnait très chaud, tout comme sa coiffe et son *igal* à pompons dorés, et le mettait mal à l'aise. Pourquoi Akil tenait-il donc tant à tout ce cérémonial ? Il portait aussi le sabre typique de Balyrma en bandoulière — ce qui alourdissait considérablement sa ceinture — ainsi que le grand sceau d'A'Qadiz monté sur bague, qui pesait sur le majeur de sa main droite.

Ainsi vêtu de la panoplie entière de l'uniforme royal, il pénétra dans la salle du trône d'un pas décidé, Akil sur les talons. Ce dernier avait bien du mal à le suivre car il devait éviter le *bisht* royal qui traînait jusqu'à terre à chaque pas, tout en terminant son exposé de la situation, exposé qu'il avait lui-même reçu de l'escorte qui accompagnait Peregrine.

— Donc, si je comprends bien, ce Finchley-Burke n'est en fait qu'un employé subalterne, dit Ramiz en se jetant littéralement sur le trône.

Le siège royal était un large fauteuil doré à volutes, posé sur une estrade recouverte d'un magnifique tapis. Il se trouvait à l'extrémité de la pièce monumentale, qui devait faire dans les vingt mètres de long. Ses murs étaient recouverts de mosaïques en faïence, tout comme le sol ; dix colonnes se dressaient de part et d'autre ,dix fenêtres à vitrail l'éclairaient. Elle ne contenait aucun autre meuble, ce qui obligeait les visiteurs à rester debout devant le monarque assis sur son trône, et les mettait en général terriblement mal à l'aise.

— Qu'en penses-tu Akil ? On nous a envoyé un petit employé de rien du tout, on dirait bien… Devons-nous prendre cela comme une insulte ou devons-nous nous laisser impressionner par la vitesse avec laquelle il est arrivé ?

Akil vint se placer à côté de lui.

— Je doute fort que le consulat ait voulu vous insulter, Majesté.

— Leur intention n'est visiblement pas de me flatter non plus, répliqua Ramiz d'un ton acerbe. Ils ne flattent pas lady Celia davantage, en l'occurrence. Ils pensent sans doute que je vais moi-même fournir une escorte pour qu'elle puisse traverser le désert ? Ils prennent leurs désirs pour des réalités, tu ne crois pas ?

— Peut-être qu'ils ne viennent pas la chercher, tout simplement.

— Que veux-tu dire, Akil ? demanda Ramiz brusquement.

— Rien du tout, Majesté. Ce n'était qu'une plaisanterie, répondit Akil en toute hâte.

— Si tu n'as rien de plus intelligent à dire, tu ferais aussi bien de te taire ! Va donc chercher cet Anglais. J'ai vraiment mieux à faire que de rester assis à étuver dans cet accoutrement.

— Quelque chose ne va pas ?

— C'est juste qu'aujourd'hui il me semble bien difficile de me faire comprendre.

Akil allait ouvrir la bouche pour protester, mais il changea d'avis en voyant le regard noir que lui lançait Ramiz.

Il alla chercher l'Anglais qui faisait nerveusement les cent pas dans l'antichambre et ne put s'empêcher d'avoir pitié de lui.

— Comment dois-je m'adresser à lui ? demanda Peregrine tout en tirant d'une main fébrile sur son foulard trempé de sueur.

— Il faut lui dire « Majesté ». Veuillez par ailleurs laisser votre chapeau et vos gants ici. Vous ne devez en aucun cas lui serrer la main. Saluez-le simplement comme ceci, dit Akil en s'inclinant avec grâce. Et surtout ne croisez jamais son regard.

— Et que suis-je censé faire de ceci ? demanda encore Peregrine en sortant de la poche de son manteau à queue-de-pie une lettre cachetée à la cire. C'est de la part du Consul Général.

— Vous n'avez qu'à vous agenouiller au pied de l'estrade et lui tendre la lettre. Vous êtes prêt maintenant ? Suivez-moi, c'est par ici. Le prince est impatient de vous rencontrer, mentit Akil. Essayez de ne pas avoir l'air si terrifié. Tout va bien se passer.

Peregrine déglutit avec peine et répondit :

— D'accord. Allons-y.

Akil fit alors un signe au garde. Celui-ci ouvrit aussitôt les deux battants de la porte en grand et se remit immédiatement en position. Peregrine se dirigea vers le trône d'un pas saccadé, avec le même enthousiasme qu'un condamné à mort en route pour l'échafaud.

Ramiz se leva pour accueillir son visiteur. Ses gestes étaient brusques, mais il se comportait avec toute la dignité d'un prince, nota Akil avec un certain soulagement. Aucun signe de mauvaise humeur ou de manque de courtoisie n'était à déplorer.

Il prit la lettre et la décacheta immédiatement. Il la parcourut rapidement des yeux, et au fil de sa lecture ses traits parurent se détendre. Akil fut extrêmement surpris quand il l'entendit demander que fût apporté du thé. Et lorsque le thé fut servi et que des coussins furent posés tout autour de la table basse, Ramiz prit place aux côtés de Peregrine, qui peinait de son côté à trouver une position confortable. Akil n'en revenait pas. Le jeune homme, lui, ne semblait apparemment pas conscient du grand honneur qui lui était accordé.

— Vous n'êtes donc pas venu chercher lady Celia pour l'accompagner au Caire ?

Peregrine observa avec quelque méfiance le thé sucré qui lui avait été servi dans un verre délicatement ciselé.

— Non, votre Majesté. C'est que… Le Consul Général m'a chargé de vous présenter ses plus sincères excuses mais, vu les circonstances, il a trouvé que la meilleure chose à faire était de demander à lord Armstrong, le père de lady Celia, de venir la chercher lui-même.

— Je suis profondément désolé de ce qui est arrivé et ne peux que regretter vivement la mort tragique de M. Cleveden, survenue sur le territoire d'A'Qadiz. Est-ce que vous souhaitez ramener son corps en Angleterre ?

Une expression de grande consternation envahit aussitôt le visage de Peregrine.

— Mon Dieu, certainement pas ! Euh, je veux dire... Vous savez, c'est un peu comme pour le soldat qu'on enterre à l'endroit même où il est tombé pour son pays...

Peregrine sentit qu'il n'avait peut-être pas répondu comme il le fallait. Il but une gorgée de thé en prenant d'infinies précautions. Un thé étonnamment rafraîchissant, s'étonna-t-il. Il but une autre gorgée, s'installa plus confortablement sur les coussins, endolori par ces longues journées passées à dos de chameau, et ajouta :

— Je ne connaissais pas George Cleveden, mais j'ai cru comprendre qu'il était promis à un bel avenir.

Une image de l'époux de Celia en train de s'enfuir lâchement pendant l'attaque traversa l'esprit de Ramiz de manière fugitive.

— En effet, répondit-il d'une voix évasive.

— Dès que votre lettre est arrivée au consulat, une dépêche a été envoyée de toute urgence à lord Armstrong par la valise diplomatique, expliqua Peregrine qui commençait maintenant à se détendre.

Finalement, ce prince était tout à fait plaisant, songea-t-il. Ce n'était pas du tout le dragon qu'on lui avait fait craindre !

— Pour tout dire, il y avait une frégate postée près d'Alexandrie, reprit Peregrine. Avec un vent raisonnable et un peu de chance, la famille de lady Celia saura très prochainement qu'elle va bien et qu'elle se trouve en de bonnes mains.

— Vous connaissez lord Armstrong personnellement ?

— Seigneur, non ! Nous ne sommes pas tout à fait du

même monde. Et cela vaut également pour lady Celia. Elle fait partie de ces femmes affreusement intelligentes. Vous savez, le genre à tout savoir sur tout le monde en politique, si vous voyez ce que je veux dire…, dit Peregrine en étouffant un petit rire nerveux.

Lorsqu'il vit le regard sévère que lui jetait Ramiz, il baissa immédiatement les yeux et s'empressa de s'excuser.

— Votre Majesté… Je vous demande pardon. Je ne voulais pas vous… Tout ceci est un peu nouveau pour moi. Je suis profondément désolé.

Ramiz se leva subitement et lui demanda :

— Je suppose que vous désirez voir lady Celia dans les plus brefs délais ?

Peregrine, qui avait espéré qu'on lui proposerait un rafraîchissement plus substantiel que du thé, tenta de se mettre debout et glissa. Il resta finalement ainsi, à faire la révérence à genoux car, même si ce n'était pas très digne pour le futur brillant diplomate qu'il espérait devenir, il jugea cela nettement préférable à avoir la tête tranchée.

— Eh bien ? demanda Ramiz avec une certaine impatience.

— Oui. Oui, bien sûr, Votre Majesté.

— Vous la verrez donc demain, déclara Ramiz. Vous devez être bien fatigué après ce long voyage. Akil va maintenant vous conduire au quartier réservé aux hommes. Vous y trouverez un hammam. Vous pouvez l'utiliser à votre convenance.

— Un hammam ?

Cette suggestion laissa Peregrine totalement éberlué. Il n'arrivait pas à décider s'il devait se sentir honoré par cette proposition ou s'il devait au contraire se révolter. Car, dans son esprit, ce mot évoquait une odalisque aux formes généreuses. Un peu comme sa nounou, mais bien plus légèrement vêtue. Et en plus jeune, évidemment. Il espérait sincèrement qu'elle ne ressemblerait pas trop à la vieille Lalla Hughes qui, maintenant qu'il y repensait, avait une petite moustache naissante.

— Il s'agit d'un bain à vapeur, expliqua Ramiz en essayant

de réprimer un sourire car il pouvait clairement lire les pensées de son visiteur sur son visage brûlé par le soleil.

— Oh… Très bien, alors. Excellent même… Enfin, je suppose.

— Nous dînons tard ici, après le coucher du soleil. Vous vous joindrez à moi, j'espère ?

— Ce sera un grand honneur pour moi, dit Peregrine en lui adressant un sourire.

— Si vous avez besoin de quoi que ce soit, n'hésitez pas à vous adresser à Akil.

Sur ce, Ramiz le salua sans plus d'égards et sortit. Peregrine se retrouva seul sur les genoux, dans cette salle qui ressemblait à une chambre forte.

Celia était retournée au harem et n'avait pas été prévenue de l'arrivée inopinée d'un émissaire représentant son pays. Elle se trouvait donc dans son salon privé, allongée sur le ventre. Fatima lui enduisait le corps d'huile parfumée et la massait fermement, ce qui permettait de réduire les tensions qu'elle avait accumulées dans le dos et les épaules.

C'était très relaxant, et Celia en profita pour laisser son esprit divaguer. Elle n'éprouvait plus aucune gêne à se trouver nue au milieu du salon avec Fatima qui lui pétrissait les muscles de ses doigts très habiles. Etrangement, elle trouvait cela très agréable mais aussi très impersonnel. Son corps réagissait si différemment selon la personne qui la touchait ! Si c'était Ramiz qui la massait, et non Fatima, elle n'éprouverait certainement pas une telle détente et ne serait certainement pas sur le point de s'endormir !

Evidemment, il lui avait suffi d'évoquer son nom pour faire apparaître aussi son visage, sentir son odeur et percevoir de nouveau, comme si c'était réel, ses mains sur sa peau. Qu'avait-il donc de si spécial ? Pourquoi l'obsédait-il tant ? Pourquoi lui ? Pourquoi, à l'âge de vingt-quatre ans, était-elle assaillie par toutes ces nouvelles sensations ? Pourquoi avait-elle tout à coup une conscience si aiguë de tout ? Et il n'était pas uniquement question de Ramiz, mais aussi de couleurs, de matières et de goût… A'Qadiz était un monde dédié à la sensualité, et Ramiz en était à l'épicentre. Il était la sensualité personnifiée.

Elle éprouvait une réelle attirance pour lui. Il n'y avait aucun doute là-dessus. Elle aimait son physique. Sa façon de marcher. Sa façon de parler. Et la façon qu'il avait d'être si arrogant une minute, puis si compréhensif la minute d'après. La façon dont il la regardait, comme s'il voyait quelque chose que personne n'avait vu jusque-là. Il la rendait belle. Son regard la rendait belle. Ses mots la rendaient belle. Et elle, elle en devenait persuadée à son tour…

Lui aussi, il éprouvait une attirance pour elle. Un peu. Probablement parce qu'elle était différente. Un engouement réciproque, donc, mais un engouement passager. Elle était sous son emprise parce qu'il avait été le premier à l'embrasser. Le premier à la toucher. Le premier à lui faire ressentir… cette chose qu'elle ne pouvait nommer… L'extase. Le plaisir charnel. Oui, elle était vraiment sous le charme.

Mais c'était bien plus que cela. Ramiz la faisait rire. Ils aimaient les mêmes choses. Il savait des choses sur elle dont elle n'avait pas soupçonné l'existence. Elle connaissait des choses sur lui dont les autres n'avaient absolument pas conscience. Même si ce n'était que très brièvement, il lui laissait entrevoir la solitude et l'isolement dont il souffrait.

Pourtant, tout cela n'avait aucun sens. Tout cela n'aurait jamais aucun sens. Elle le savait bien.

Elle n'était pas une princesse arabe. Aux yeux du peuple d'A'Qadiz, peu importait son appartenance à la bonne société anglaise. Au contraire même, le sang anglais qui coulait dans ses veines était rédhibitoire… Et tant pis s'ils avaient tous les deux un grand nombre de points communs ; tant pis s'ils envisageaient tous les deux la vie d'une manière similaire ; tant pis s'ils désiraient les mêmes choses… Elle ne faisait pas partie de son monde et n'en ferait jamais partie.

Elle se leva du divan pour aller prendre un bain chaud. Elle se plongea dans l'eau parfumée et ferma aussitôt les yeux. Fascinée, captivée, sous son emprise, sous le charme… Peu importait le terme utilisé, songea-t-elle tristement, puisque cette histoire ne durerait pas.

Elle était même déjà terminée, si elle avait bien compris Ramiz. Si seulement il pouvait en être autrement ! Si seulement il venait la revoir ! Pour l'emmener vers ces lieux secrets qu'il savait faire apparaître… Une fois encore. Elle rêvait de poursuivre ce doux rêve un peu plus longtemps. Ici, dans son harem, loin du monde réel… De toute façon, elle n'était pas pressée de rentrer en Angleterre. En tant que veuve, elle savait bien quel genre de vie l'y attendait. Elle espérait pouvoir, pour une nuit seulement, vivre son rêve arabe. Allongée dans le bain, elle avait parfaitement conscience qu'il s'agissait d'un rêve. Elle pensa à Ramiz. A ses baisers, à ses caresses. Elle pensa à lui, et le désir s'empara d'elle. Alors, dans l'obscurité de la nuit, elle se permit de rêver.

Lorsqu'Adila ouvrit la porte du harem à l'un des gardes le lendemain matin, Celia pensa que Ramiz voulait la voir. Mais l'homme qui l'attendait dans un salon formel dans le bâtiment principal du palais était un parfait inconnu. Il était habillé d'un manteau à queue-de-pie vert bouteille et portait un gilet assorti brodé de roses. Il faisait à peu près sa taille, mais était bien plus corpulent qu'elle. Il la salua aussitôt, avec une grâce surprenante étant donné son embonpoint. Ce faisant, son pantalon se tendit à l'extrême et sembla menacer de craquer au niveau des coutures. Celia lui fit donc une très rapide révérence, pressée de le voir se redresser.

— Peregrine Finchley-Burke, se présenta-t-il. A votre service, au nom du gouvernement de Sa Majesté, lady Celia…

Elle n'était pas sûre de comprendre.

— Vous avez été envoyé pour m'escorter chez moi ?

Peregrine fronça les sourcils. L'espace d'un instant, il aurait pu jurer qu'elle était déçue.

— Vous avez évidemment hâte de retourner au sein de votre famille, dit-il prudemment.

— Effectivement. Même si je dois dire que j'ai été très bien traitée ici, je peux vous l'assurer. Le palais est des plus luxueux.

— C'est exact... C'est exact, dit Peregrine en se frottant pensivement les mains l'une contre l'autre. Content de l'entendre, parce que, pour vous dire la vérité, je ne suis pas du tout là pour vous ramener chez vous.

Il recula légèrement, conscient d'annoncer de mauvaises nouvelles, et guetta la réaction de son interlocutrice. A son grand soulagement, celle-ci ne fondit pas en larmes, ne piqua pas de crise de nerfs, ne lui saisit pas la main pour implorer sa pitié et ne poussa pas des cris d'épouvante. Au contraire, il lui sembla la voir esquisser un petit sourire. Elle avait ensuite baissé les paupières pour regarder au loin, en joignant les mains.

— Vous n'êtes pas venu ici pour me ramener chez moi ? répéta-t-elle d'une faible voix. Vous voulez dire que je vais rester ici ?

— Pour l'instant, oui. C'est que... Je n'aurais pas dû commencer par cela. J'ai oublié de vous... J'aurais dû tout de suite vous présenter mes sincères condoléances. De terribles choses se sont passées ici. Le Consul Général semblait avoir une très haute opinion de votre mari.

— Merci. C'est très gentil à vous, dit Celia en farfouillant dans son petit sac pour y trouver un mouchoir.

Puis elle se tamponna les yeux.

— Et pour vous, lady Celia, cela a dû être une terrible épreuve ! ajouta Peregrine.

— J'ai eu beaucoup de chance. Le cheik al-Muhana était là et il est intervenu très vite, dit Celia en lui adressant un sourire mouillé de larmes. Il m'a sauvé la vie. Excusez mon manque de savoir-vivre, monsieur Finchley-Burke... asseyez-vous, je vous en prie. Avez-vous parlé avec le cheik ? Comment a-t-il réagi quand vous l'avez informé que j'allais rester ici ?

Une fois Celia assise sur les coussins, Peregrine s'installa confortablement sur un divan en face d'elle. Il avait passé la soirée précédente sur un coussin et s'était senti comme un phoque en rade sur un rocher trop petit. Aussi était-il soulagé de ne pas être obligé de s'asseoir par terre cette fois.

— Le prince est parti ce matin. Il est parti rendre visite à des tribus lointaines ou quelque chose de ce genre… Apparemment, il ne rentrera pas avant quelques jours. Il m'a dit de vous saluer et il a ajouté qu'il vous souhaitait un agréable séjour jusqu'à son retour.

Qu'est-ce que cela signifie ? s'indigna intérieurement Celia.

— Il m'a semblé être plutôt un brave homme, poursuivit Peregrine avec un brin de condescendance. Un peu sur ses grands chevaux au début, mais je suppose qu'il fallait s'y attendre.

— C'est le prince d'A'Qadiz, répliqua Celia sèchement, et c'est lui qui détient le pouvoir dans au moins quatre des six principautés voisines. C'est également un homme très intelligent, et vous ne pouvez même pas imaginer les richesses qu'il possède ! Ne le mésestimez pas.

— Oh ! Mais ce n'est pas le cas, je vous l'assure ! Plus maintenant que j'ai vu ce palais de mes propres yeux…

— Que faites-vous ici exactement, monsieur Finchley-Burke, si vous n'êtes pas venu me chercher ? C'est tout de même très étrange d'avoir fait tout ce chemin juste pour m'annoncer que je dois rester ici.

Si Ramiz était aussi indifférent à sa présence qu'il voulait bien le lui faire croire, pourquoi n'avait-il pas insisté pour la voir partir avec ce jeune homme replet ?

— En fait, lord Wincester a envoyé un courrier urgent à votre père, en Angleterre. Il a pensé qu'il était plus judicieux de demander à lord Armstrong de venir vous chercher en personne. C'est sans aucun doute la personne la plus indiquée pour s'occuper de votre rapatriement et aussi la personne la plus habilitée à achever les négociations avec le prince. C'est faire d'une pierre deux coups, en quelque sorte.

— Je suis donc censée attendre ici l'arrivée de mon père ?

— Ce ne devrait plus être trop long, maintenant, répondit Peregrine. Une question de quelques semaines, tout au plus... Vous avez dit vous-même que vous étiez confortablement installée et très bien traitée...

Il ouvrit le boîtier de sa montre, la remonta, puis la referma.

— L'heure de Londres, expliqua-t-il négligemment.

— Y a-t-il autre chose, monsieur Finchley-Burke ? demanda Celia, légèrement agacée.

— Eh bien...

Il extirpa un large mouchoir de sa poche et s'épongea le front.

— Eh bien... Vous l'avez dit vous-même, lady Celia, le cheik al-Muhana pourrait s'avérer un homme assez important. A'Qadiz possède le seul port digne de ce nom de toute la mer Rouge. Si nous parvenons à négocier un droit exclusif avec lui ainsi qu'avec Mehmet Ali en Egypte, cela nous permettra d'ouvrir une toute nouvelle route du commerce vers l'Inde. La durée du voyage passerait alors de deux ans à trois mois seulement. Vous imaginez !

Il s'avança vers elle et ajouta sur le ton de la confidence :

— En fait, nous ne voulons pas nous faire voler notre butin, si je puis dire. Ce serait bien de savoir que le cheik al-Muhana n'a pas entamé de pourparlers avec la concurrence. Et c'est là que vous entrez dans la danse...

— Moi ? Mais le cheik al-Muhana ne traitera jamais avec une femme. Et puis, je ne suis absolument au courant de rien, de toute façon.

— Non, non. Bien sûr que non... Mais votre père va venir vous chercher et il profitera de l'occasion pour traiter avec le cheik. Je n'oublie pas qu'une tragédie a eu lieu, évidemment. Lord Armstrong est un négociateur très doué. S'il y a quelqu'un capable de conclure un marché avec le cheik, c'est bien lui !

— Alors, qu'attendez-vous de moi exactement ?

— Le Consul Général a dit que vous comprendriez parce

que vous êtes la fille de lord Armstrong et que vous vous y connaissez.

— Comment cela, je m'y connais ? s'exclama Celia, de plus en plus ébahie.

— Il s'attend à ce que… A ce que vous utilisiez l'avantage que vous confère votre position au palais aux bénéfices de l'Angleterre, répondit Peregrine en déglutissant avec peine.

— Ma position !

Celia se releva d'un bond. Peregrine se mit aussitôt debout. Il paraissait essoufflé et transpirait à grosses gouttes.

— Et pouvez-vous me dire précisément quelle position je suis censée occuper, monsieur ? A quoi le Consul Général et vous-même avez-vous pensé exactement ?

— Eh bien, je ne voulais pas du tout insinuer que…, commença Peregrine en rougissant jusqu'à la racine des cheveux. On m'a simplement demandé de vous dire qu'on attend de vous que vous gardiez grand ouverts vos yeux et vos oreilles. Vous voyez ce que je veux dire… Que vous essayiez de découvrir un maximum de choses sur ce qui se passe. N'importe quoi, et peu importe si cela vous semble trivial. Nous en savons si peu sur cet homme et son pays ! Et vous vous trouvez dans une situation unique pour…

Remarquant le regard assassin que Celia lui lançait, Peregrine s'emmêla dans la fin de sa phrase.

— Vous voyez certainement ce que je veux dire, reprit-il. Essayez de glaner tout ce que vous pouvez. Lord Wincester m'a demandé de vous faire comprendre qu'ainsi cette maudite mission n'aura pas été un total gâchis et une perte de temps et d'argent. Sauf que, ajouta-t-il l'air visiblement contrit, je n'étais pas censé vous annoncer tout cela de cette manière. Je vous demande pardon…

Celia se rassit. L'idée même d'essayer de soutirer des informations à Ramiz en utilisant des subterfuges lui répugnait. De plus, elle était quasiment certaine que cette mission serait vouée à un échec total. Ramiz n'était pas du genre à communiquer des informations qu'il voulait garder secrètes.

D'un autre côté, il lui accordait toute sa confiance. Il avait partagé le secret de Katra avec elle. Il lui avait aussi confié certains de ses ennuis concernant les princes voisins. Il avait même semblé heureux d'avoir enfin l'occasion de s'épancher.

Mais il n'était pas pour autant question de songer une seule seconde à accepter ce qu'on lui proposait de faire ! Même en racontant le peu qu'elle savait déjà, Ramiz verrait cela comme une véritable trahison.

Mais si elle refusait, qu'est-ce que les autres penseraient d'elle ? N'allait-elle pas insulter la mémoire de ce pauvre George en ne montrant aucune loyauté envers son propre pays ? C'était déjà terrible de se sentir soulagée de ne plus être sa femme… Peut-être lui devait-elle au moins une compensation ? Et puis, Ramiz ne le saurait pas. Et si cela arrivait malgré tout, il mettrait du temps à le découvrir et, dans l'intervalle, elle serait en sécurité au Caire. En Angleterre peut-être même…

— Et si je n'étais pas d'accord avec la proposition de lord Wincester, que se passerait-il alors ? demanda-t-elle.

Vu l'étonnement qui se peignit sur le visage de son interlocuteur, elle comprit avec un certain amusement que cette possibilité n'avait même pas été envisagée.

— Et pourquoi est-ce que vous refuseriez ? Je vous parle de l'Angleterre… De l'Empire… Je suppose que vous pourriez rentrer avec moi, mais je ne suis pas sûr que le cheik al-Muhana serait content d'apprendre que vous êtes partie sans son autorisation. Et puis, il y a les gardes. Et vous devriez attendre au Caire jusqu'à l'arrivée de votre père. Sans compter le traité, à prendre en considération… Parce que, si vous partez sans l'accord du cheik, je ne doute pas un seul instant qu'il se sentira insulté. Et votre père aurait fait tout ce chemin pour rien… Vous comprenez sûrement la situation, lady Celia ?

En d'autres termes, résuma-t-elle pour elle-même, si elle quittait Balyrma, elle ruinerait les affaires de l'Angleterre ! De toute manière, elle n'avait pas du tout envie de partir. Elle n'était pas prête à quitter A'Qadiz. Pas encore. Elle n'était pas prête à quitter Ramiz.

Si elle restait, elle pouvait accepter ce que lui demandait Finchley-Burke sur le principe. En fait, il n'y avait aucune urgence à prendre une décision, à part dire qu'elle ferait de son mieux.

— Très bien. Je resterai jusqu'à l'arrivée de mon père, dit-elle.

— Excellent ! Voilà d'excellentes nouvelles ! dit Peregrine en lui adressant un sourire soulagé. Je dois vous avouer que je ne me réjouissais pas du tout à l'idée de forcer le passage des gardes.

Celia lui tendit la main.

— Au revoir monsieur Finchley-Burke. Et bonne chance pour votre affectation en Inde.

— Que suis-je censé dire à lord Wincester, alors ?

— Dites-lui qu'il peut compter sur moi pour faire ce qu'il y a à faire.

Quoi que cette promesse veuille dire, songea-t-elle.

Ramiz ne donna aucune nouvelle pendant toute la durée de son absence, mais Celia apprit qu'il était régulièrement en contact avec Akil par Yasmina qui l'avait invitée à passer la journée chez elle. Celia avait accepté avec un certain enthousiasme, pressée de découvrir à quoi ressemblait le quotidien d'une famille à Balyrma. La plus grande partie de la journée était consacrée aux enfants, découvrit-elle. Il fallait d'abord préparer les plus grands pour leur journée à l'école, puis apprendre leurs lettres aux plus petits, préparer leurs repas, coudre leurs vêtements, essuyer leurs larmes et leur raconter des histoires.

Alors que les plus jeunes enfants faisaient leur sieste de l'après-midi dans une pièce séparée, Yasmina et Celia s'étaient installées dans un salon et brodaient un paysage sylvestre tout en bavardant.

— Avant l'arrivée au pouvoir de Ramiz, seul mon fils aîné allait à l'école, lui expliqua Yasmina. Il n'y avait pas d'école pour les filles. La plupart d'entre elles ne savaient même pas lire. Et comme leurs propres mères étaient analphabètes, il n'y avait personne à la maison pour leur apprendre.

— Parce qu'aucun homme ne s'en serait chargé, dit Celia sur un ton sarcastique.

— Bien sûr que non. C'est ainsi que cela se passe ici, Celia. Certaines choses sont en train de changer. Certaines choses changent même très vite. Mais nous ne devons pas laisser le vent du changement nous entraîner là où nous n'avons pas envie d'aller. Ramiz le sait bien…

— Je vous présente mes excuses, Yasmina. Je ne voulais pas me montrer grossière. Mais tout est tellement différent ici !

— Ce n'est parce que certaines choses sont différentes qu'elles sont forcément mauvaises, lui fit remarquer Yasmina. Il y a plus d'une façon d'accommoder un lapin.

— Nous avons à peu près le même proverbe chez moi, dit Celia en souriant. Mais parlez-moi des écoles de Balyrma… Qu'a fait Ramiz dans ce domaine ?

— Il a fait preuve d'une grande intelligence pour commencer. Il savait pertinemment qu'avant de confier leurs filles aux professeurs les femmes devaient d'abord leur faire confiance. Ramiz a donc fait appel à un professeur pour former les professeurs en place. Les hommes n'ont pas aimé au début, et encore aujourd'hui il n'y a que trois professeurs pour environ cent filles. Ma fille aînée a donc beaucoup de chance d'avoir une place à l'école. C'est loin d'être parfait, mais ce n'est déjà pas si mal. Akil dit souvent que Ramiz a de grands projets. Un jour, selon lui, chaque habitant d'A'Qadiz saura lire et écrire. Beaucoup pensent que c'est de la folie. Ils disent que ça modifiera l'ordre ancien pour toujours. Que les gens oublieront quelle est leur véritable place et qu'ils finiront par refuser catégoriquement de faire le moindre travail manuel. Voilà pourquoi tout ce changement prend autant de temps. Sans compter que Ramiz a fort à faire sur d'autres fronts. Ce qui fait d'ailleurs dire à Akil qu'il devrait se marier…

Yasmina s'interrompit et coupa le fil rouge qu'elle était

en train d'utiliser pour sa broderie. Puis elle sélectionna un écheveau de couleur bordeaux.

— En parlant de Ramiz, reprit-elle, avez-vous jeté un coup d'œil au fascicule que je vous ai donné l'autre fois ?

Celia opina de la tête et se concentra sur sa broderie. Le livre était rempli d'images extrêmement explicites montrant des hommes et des femmes en train de copuler dans un grand nombre de positions différentes.

— J'ai vu certaines choses qui me paraissent tout à fait impossibles, murmura-t-elle. Je veux dire d'un point de vue purement physique.

— Je suis bien d'accord avec vous, répondit Yasmina en pouffant de rire. Mais vous n'êtes pas censée les prendre au pied de la lettre, vous savez ! Ces illustrations sont là pour vous donner de l'inspiration, rien d'autre. Est-ce que ça a fonctionné ?

— Que voulez-vous dire ?

— Est-ce qu'elles vous ont donné de l'inspiration ? précisa Yasmina avec un regard espiègle. Ne prétendez pas ne pas y avoir pensé.

— Je crois que prévoir de telles choses n'est pas très convenable, répondit Celia en rougissant. Ne devraient-elles pas juste se passer… Je veux dire, naturellement ?

— Bien sûr que si. Au début, admit Yasmina. Et ce n'est certainement pas la femme qui doit prendre les choses en main. Les hommes ont besoin de croire que c'est à eux de le faire. En revanche, plus tard, lorsque vous vous connaissez bien, il est conseillé de faire quelque chose de différent.

— Eh bien, alors, je n'ai aucune inquiétude à avoir ! dit Celia avec soulagement.

— Ne me dites pas que Ramiz et vous n'avez pas… ?

— Non. Et ça ne risque pas de se produire ! J'ai d'ailleurs un peu de mal à comprendre pourquoi nous parlons de ce sujet, j'étais juste curieuse.

— La curiosité est un vilain défaut. Faites attention Celia. Souvenez-vous de ce que je vous ai dit.

— Je sais. Il n'est pas fait pour moi. Comme si je pouvais l'oublier…

Tout le monde semblait avoir une opinion sur la nature de sa relation avec Ramiz. Elle exceptée. Et Ramiz, bien sûr. Lui non plus n'avait aucune opinion sur leur relation parce que, pour lui, cette relation n'existait même pas.

Elle se remit à sa couture en soupirant.

Chapitre 9

Les pourparlers que Ramiz venait de mener avaient mis sa patience à rude épreuve. Par deux fois, il avait même menacé de quitter la table des négociations. Mais il avait rapidement retrouvé son calme, car il n'avait nullement l'intention de laisser la première tribu venue réduire à néant tout ce qu'il avait entrepris jusqu'ici. Par pure ignorance ou par simple cupidité, le plus souvent. Un traité avait finalement été conclu, et pour célébrer cet accord les anciens de la tribu avaient ordonné la tenue d'un grand festin qui avait duré plus de douze heures. Ramiz était ensuite rentré à Balyrma, totalement épuisé, mais très satisfait par la tournure qu'avaient prise les événements.

Malgré son emploi du temps chargé, ces quelques jours passés loin du palais lui avaient semblé très longs. Et à plus d'un titre. Tout d'abord parce que Celia lui manquait beaucoup. Et puis, c'était toujours un exercice tellement fastidieux que de parlementer avec les tribus ! Il fallait en passer par des négociations alambiquées et extrêmement protocolaires. C'était exténuant. Il savait dès le départ à quoi s'attendre mais, jusqu'à maintenant, il n'avait pas mesuré à quel point il se sentait seul durant ces tractations. Il se sentait parfois bien démuni face à la ribambelle d'interlocuteurs devant lui, mais ce n'était pas ce qui lui pesait le plus. C'était surtout ce rôle de prince qu'il devait sans cesse jouer et qui l'accablait. Faire preuve d'autorité, continuellement, et paraître en toute circonstance infaillible… Tout le monde, sans exception, attendait cela de lui. Rien ne devait sembler l'affecter. Par conséquent, personne ne prenait jamais son parti, et il ne devait compter que sur lui-même.

La nuit, seul dans sa tente plantée au milieu du désert, il n'avait cessé de penser à Celia. A son odeur. A sa peau douce comme des pétales de rose et aussi sucrée que du miel. Il s'était maintes fois demandé ce qu'elle pouvait bien être en train de faire. Il s'était même demandé si elle songeait à lui. Il s'était également maudit de se laisser aller à de telles pensées et de gâcher un temps précieux en s'abandonnant à de vaines rêveries qui ne manquaient pas de le laisser terriblement frustré. Mais il n'y pouvait rien.

Elle lui avait tellement manqué !

Il n'avait nullement prémédité de passer la voir immédiatement en rentrant, mais la première chose qu'il fit à son retour au palais, en début de soirée, fut de se diriger vers le harem. Sans même prendre le temps de se changer. Cela faisait six longues journées qu'il était parti ! Il était couvert de poussière et avait mal partout après ce long voyage à dos de chameau.

Quand il ouvrit la porte, elle se retourna en sursautant. Elle était assise sur un coussin dans la cour intérieure, appuyée contre la fontaine, en train de contempler les étoiles. Elle avait rejeté la tête en arrière, et ses longs cheveux ondulaient librement dans son dos. Lorsqu'elle l'aperçut, elle porta la main à sa gorge, comme pour étouffer un cri de surprise.

Elle resta quelques secondes à le regarder ainsi, sans prononcer un seul mot. Elle était magnifique ! Sa peau était d'une infinie blancheur à la lumière du crépuscule, et ses yeux scintillaient comme les étoiles. Elle se mit debout avec une grâce infinie. Il s'aperçut alors qu'elle portait des vêtements confectionnés dans les tissus qu'ils avaient achetés ensemble au marché. Cette escapade dans les rues de Balyrma ne remontait qu'à une semaine, il lui semblait pourtant que plusieurs mois s'étaient écoulés entre-temps. Elle portait un long caftan vert de soie, fendu sur la cuisse. Les manches et les bords étaient ornés d'un ruban doré. Elle portait aussi un *sarouel*, d'un vert plus foncé, coupé dans un tissu de dentelle qui laissait plus ou moins deviner la forme de ses jambes joliment galbées. Elle était pieds nus. Il avait l'impression qu'elle flottait. Ses cheveux ondulaient comme de la soie sous l'effet de la brise. Elle lui paraissait différente. Exotique même. Une rose anglaise dans un jardin oriental…

Il était littéralement cloué sur place. Il ne s'était pas attendu un seul instant à une telle scène. Et il n'avait absolument pas prévu ce trouble qu'il ressentait rien qu'en la regardant.

— Vous êtes rentré, dit-elle en se dirigeant vers lui avec une certaine hésitation.

— J'arrive à l'instant même. Je suis venu prendre de vos nouvelles puisque je n'ai pas eu l'occasion de vous voir après la visite de votre compatriote. Je me demandais si vous ne seriez pas déjà partie. En fait, j'étais même presque certain qu'Akil allait m'annoncer que vous aviez demandé à rentrer au Caire avec Finchley-Burke.

— J'ai pensé qu'il valait mieux attendre puisque c'est mon père qui doit venir achever avec vous les négociations que mon mari aurait dû normalement mener. M'auriez-vous laissée partir si je vous l'avais demandé ?

— Vous auriez préféré ? demanda-t-il en haussant les sourcils.

Celia partit d'un éclat de rire.

— J'aurais dû me douter qu'il était peu probable d'obtenir une réponse claire de la part d'un homme d'Etat émérite comme vous !

— Il en va de même de la part de la fille d'un diplomate, répliqua Ramiz en lui adressant un large sourire.

— Votre voyage s'est bien passé ? Vous êtes parti plus longtemps que prévu.

— C'est fait, en tous les cas.

— Je suppose qu'il y a dû avoir un prix à payer ?

Ramiz acquiesça et répondit :

— Mais le prix à payer en valait la peine.

— Vous avez mangé ?

— Je n'ai pas faim.

Il avait vraiment l'air épuisé, remarqua Celia. La fatigue lui avait creusé de petits sillons aux commissures des lèvres, et il avait le front légèrement plissé. Elle sentit tout à coup son cœur se contracter. Il était revenu ! Enfin ! Son cœur se mit à battre la chamade. Elle pouvait bien l'admettre maintenant : il lui avait terriblement manqué !

Elle tendit brusquement la main pour lui lisser le front, sans vraiment réfléchir à ce qu'elle était en train de faire. Sa peau était chaude et pleine de petits grains de sable.

— Vous êtes couvert de poussière !

Quelle remarque stupide, songea-t-elle aussitôt, confuse. Mais elle ne savait quoi dire d'autre. Sa simple présence la bouleversait complètement.

— Je vais aller me changer.

— Non, restez encore un peu ! s'écria-t-elle. Parlez-moi de votre voyage. J'ai… Je me suis tellement ennuyée ici sans vous…

— Je vous ai manqué ?

Elle crut deviner sur ses lèvres l'esquisse d'un sourire. Elle haussa les épaules et feignit l'indifférence.

— Que pensez-vous de mes vêtements ? demanda-t-elle en effectuant un petit tour sur elle-même.

L'étoffe épousait parfaitement sa mince silhouette et soulignait délicatement la courbe de ses seins et le galbe de ses fesses. La regarder était un pur enchantement. Elle était pieds nus sur le sol carrelé. Quand elle avait effectué ce petit tour sur elle-même, ses cheveux s'étaient mis à voler derrière elle. Il avait également entendu le bruissement de son caftan qui flottait puis qui était retombé sur ses cuisses avec la douceur d'une caresse. L'odeur d'ambre et de musc, en suspension dans la cour, se mêla bientôt à celle de Celia — une odeur plus chaude et plus parfumée —, et ce mélange finit par lui monter à la tête et l'enivra. Il attrapa une longue mèche de ses cheveux et l'enroula autour de sa main comme s'il s'agissait d'un ruban de soie, puis il l'attira à lui.

Elle ne portait qu'un léger voile de soie sous son caftan. Elle aurait tout aussi bien pu être nue. Ils étaient maintenant l'un contre l'autre, mais leurs corps ne se touchaient pas.

La température se mit soudain à grimper. Celia avait terriblement chaud. Ramiz ressentait-il la même chose ? Elle ne pouvait détacher son regard d'une petite trace de poussière, sur sa joue droite. Il avait toujours sa mèche de cheveux enroulée autour de la main. Elle avait une envie irrésistible de le toucher. Voyait-il avec quelle violence son cœur s'était mis à battre ? Entendait-il son souffle court et rapide ? Que faisait-il ici ? Cela avait-il la moindre importance ? Sa simple présence n'était-elle pas tout ce qu'elle demandait ?

— Je vous ai manqué ? lui demanda Ramiz une nouvelle fois.

— Oui, répondit-elle dans un murmure.

C'était la vérité. Il lui avait énormément manqué. Elle avait passé des heures et des heures à se torturer l'esprit en repensant à la proposition que le Consul Général lui avait faite. Et elle était chaque fois arrivée à la conclusion qu'il ne fallait rien faire qu'elle pourrait regretter par la suite, qu'elle ne devait en aucun cas compromettre son honneur, et qu'elle devait pouvoir revenir sur tout ce qu'elle entreprendrait. Cela impliquait précisément d'éviter toute situation semblable à la situation présente.

Ah, c'était plus facile de tenir pareil raisonnement et d'énoncer de si belles intentions lorsqu'elle était seule ! Mais c'était une tout autre affaire à présent, devant Ramiz qui la troublait au point qu'elle ne contrôlait plus rien du tout ! Son esprit était en passe de céder entièrement le contrôle à son corps. Et pourtant la raison avait régi toute son existence jusque-là… Elle était d'ordinaire d'un naturel très rationnel et d'une logique implacable… Son corps était comme aimanté. Sans même s'en rendre compte, elle s'était collée à Ramiz, annihilant le petit espace qui les séparait encore.

Elle leva la tête vers lui et lui passa les bras autour de la taille. Puis, elle l'embrassa. Il le fallait. Il n'y avait rien, absolument rien d'autre à faire, c'était aussi simple que cela !

Si elle ne l'embrassait pas tout de suite, elle risquait de ne plus pouvoir respirer.

Quand leurs lèvres se joignirent, elle cessa justement de respirer, l'espace d'un instant, sur le point de défaillir. Ramiz lui faisait perdre la raison. Sa bouche sur la sienne. L'odeur de sa peau. La simple magie de sa présence…

Elle murmura son nom plusieurs fois et se pressa tout contre lui. Il fit entendre un grognement de plaisir et l'embrassa à son tour. Un baiser doux, lent, qui la fit chavirer. Puis il se mit à lui caresser la nuque, la clavicule, la gorge.

Et recula soudain… Il libéra la mèche de cheveux. Il se frotta le front et repoussa sa coiffe, si bien que celle-ci tomba par terre.

— Il faut que j'aille me changer, dit-il visiblement à contrecœur. Il faut que je voie Akil.

— Ne partez pas. Pas déjà. Restez… Parlez-moi de votre voyage. S'il vous plaît.

Celia lui tendit la main. Il avait les cheveux tout décoiffés et sans sa *ghutra*, il avait l'air plus jeune, presque vulnérable. Elle en oublia aussitôt ses propres envies. Elle désirait avant tout gommer les marques de fatigue sur le visage de Ramiz et dénouer les tensions musculaires qui semblaient se concentrer au niveau de ses épaules. Elle voulait l'avoir rien que pour elle. Pour un petit moment encore.

Il hésita quelques secondes, puis se laissa guider dans un des salons. Elle lui fit du thé sur le petit réchaud à alcool qui s'y trouvait en prenant bien soin de respecter à la lettre le rituel de préparation. Quand tout fut prêt, elle lui servit son thé comme il l'aimait, sans sucre mais avec du citron et de la menthe. Elle ne cessait de lui parler tout en s'activant. D'abord de sa visite à Yasmina, puis des livres qu'elle avait lus, enfin de la lettre qu'elle avait envoyée à Cassie.

Ramiz lui prêta d'abord une oreille un peu distraite, focalisant son attention sur ses mouvements gracieux. Il était également attentif au son de sa voix et à ses mots d'esprit. Puis un large sourire fendit son visage lorsque Celia commença à lui décrire la pièce de théâtre que les enfants de Yasmina et d'Akil avaient montée pour elle. Il lui décrivit alors à son tour la façon dont l'émissaire anglais s'était endormi sur les coussins en plein milieu du dîner. Celia trouva la scène très drôle. Ramiz fut enfin suffisamment détendu pour lui raconter son voyage dans le désert.

Il apprécia une fois encore sa façon de l'écouter en bonne intelligence. Elle faisait preuve de bienveillance sans se montrer obséquieuse. Elle donnait son avis sans y avoir été invitée et osait le contredire sans le blesser pour autant.

Ils avaient fini leur thé depuis bien longtemps, les lampes étaient maintenant allumées, et ils étaient toujours là, assis sur des coussins, en train de parler et de rire.

Ramiz se mit soudain à bâiller, signe qu'il était temps pour lui de se retirer dans ses quartiers. Ils s'aperçurent alors, chacun de son côté, que c'était bien la dernière chose dont ils avaient envie.

— J'ai passé cinq nuits sur un tapis dans une tente qui n'était même pas la mienne, dit-il en faisant rouler lentement ses épaules. J'avais oublié à quel point il est difficile de dormir sans un minimum de confort.

— Vous voulez que je vous fasse un massage ?

Il eut l'air très surpris de cette proposition. Elle aussi, à vrai dire. Mais elle ne voulait pas le voir partir. Elle voulait initier quelque chose qui leur permettrait de prolonger cette toute nouvelle intimité.

— Vous savez les faire ?

Elle fit oui de la tête.

— Fatima m'a montré comment il faut s'y prendre, mais je n'ai pas vraiment eu l'occasion de m'entraîner. Quand je me fais masser, j'ai toujours envie de dormir. Peut-être que cela vous ferait également beaucoup de bien ?

Ramiz en doutait fort. Comment pourrait-il avoir sommeil pendant qu'elle le massait ? En outre, il savait pertinemment que cette proposition dépassait largement les limites qu'il s'était imposées, mais il s'était également promis d'éviter de lui parler seul à seul, et c'était pourtant bien ce qu'il venait de faire. Et puis il était vraiment fatigué. Et il avait mal partout. Et il avait très envie de dormir. Enfin, pas vraiment…

Il se leva.

— Où allez-vous me faire ce massage ? demanda-t-il.

Elle suggéra qu'ils utilisent le grand divan circulaire sur lequel elle dormait habituellement. Il se laissa guider et, tandis qu'il enlevait sa tunique, il la regarda étendre un drap de soie tout propre sur le divan. Il se couvrit le bas du corps avec une serviette en lin, se coucha sur le ventre, puis ferma les yeux. Un bruissement léger lui apprit que Celia s'était débarrassée de son caftan. L'huile dont elle s'enduisit les mains sentait l'orange et l'ambre. Elle se pencha sur lui. Il sentait sa chaleur ainsi que son souffle léger sur sa peau. Il ferma les yeux et s'abandonna au pétrissage souple de ses doigts.

Elle commença par les épaules où les tensions nouaient ses muscles comme une corde. Elle le massait avec délicatesse, du bout des doigts. C'était une toute nouvelle expérience pour elle. Elle essayait de garder ses mains en contact avec son corps. La tentation de l'effleurer de sa poitrine, peau contre peau, était grande. Elle devinait les ombres que les cils de Ramiz dessinaient sur ses joues. Des cils très longs et soyeux… Ses cheveux avaient pris la forme d'un point d'interrogation à l'arrière de sa tête. Les veines de son cou étaient saillantes car il avait les épaules extrêmement contractées. Elle les pressa avec les doigts bien étendus comme Fatima le lui avait montré, puis elle fit rouler ses pouces le long de sa colonne vertébrale, effectuant de doux mouvements circulaires de bas en haut et pressant plus fort au fur et à mesure qu'elle le sentait se détendre. Elle dénouait les tensions avec ses paumes et concentrait toute son attention sur sa tâche. Le soulager était son unique préoccupation. Son esprit était vide. Plus rien n'existait que la sensation de ses mains sur le corps de Ramiz.

Sous l'effort que le massage lui demandait, sa respiration s'était légèrement accélérée. Elle se penchait de plus en plus près pour trouver la meilleure position possible, et finit par se retrouver agenouillée sur le divan à côté de lui. Elle se plaça ensuite entre ses jambes de manière à pouvoir descendre jusqu'en bas du dos. Puis, n'y tenant plus, elle finit par se mettre sur lui, de sorte que ses seins effleuraient sa peau chaude délicatement parfumée d'huile à chacun de ses mouvements. Ses tétons se dressèrent bientôt sous la fine couche de soie qui les recouvrait. Elle sentait la respiration calme et régulière de Ramiz. Dormait-il ? Son odeur subtile, délicieusement masculine, s'élevait de sa peau comme un doux murmure.

Elle se concentra ensuite sur la base de sa colonne vertébrale. Elle roula délicatement la serviette qui lui couvrait le postérieur et guetta sa réaction, mais rien ne lui indiqua qu'elle devait s'arrêter… Ses fesses étaient fermes et bombées. La chair à l'intérieur de ses cuisses était plus tendre et extrêmement chaude. Sûrement à cause du temps qu'il avait passé à dos de chameau, songea-t-elle. Et de la chaleur.

Un petit filet de transpiration lui coula entre les seins et voulant l'essuyer, elle se mit de l'huile sur le corps. Elle prit alors la bouteille pour s'enduire davantage les mains. Une goutte tomba sur les épaules de Ramiz. Elle se pencha aussitôt sur lui pour la faire pénétrer. Ses seins se pressèrent sur son dos, sur son ventre, sur ses fesses. Sa peau glissa sur la sienne. Une glissade sensuelle… Elle resta dans cette position sans bouger. Elle se délectait du contact, de la chaleur qui l'enveloppait. Ramiz était aussi immobile qu'une statue.

Elle se dit qu'il devait dormir. Mais alors qu'elle allait se redresser pour s'asseoir sur lui à califourchon, il pivota. Si rapidement qu'elle aurait été déséquilibrée s'il ne l'avait pas saisie par les bras et fait pivoter en même temps que lui. Avant d'avoir compris ce qui lui arrivait, elle se retrouva sous lui et lui sur elle.

Et on ne pouvait pas dire qu'il avait l'air endormi !

Ses yeux bronze piqueté d'or flamboyaient. Ses pommettes s'étaient embrasées. Sa poitrine se soulevait et se baissait rapidement. Pratiquement aussi vite que la sienne, remarqua Celia. Et son cœur battait si fort ! Il l'embrassa. Des baisers sauvages et passionnés. Puis il enleva d'un coup sec le voile de soie qui lui couvrait les seins, et se mit à les dévorer littéralement.

Ses tétons étaient brûlants et avaient tant durci qu'ils lui faisaient mal. Ramiz avait saisi ses seins et les caressait tout en suçotant et mordillant ses mamelons. Elle se tordait, se cabrait, gémissait sous ses caresses. Des petits gémissements inconnus jusqu'alors. Elle sentit tout à coup le membre de Ramiz qui se pressait contre sa cuisse. Son membre déjà très dur… Quelques secondes, quelques minutes au plus, et il serait trop tard… Elle en était consciente. Mais elle savait aussi qu'elle ne l'arrêterait pas. Un sentiment d'urgence l'avait envahie. Jamais elle n'aurait pensé ressentir une telle émotion, un tel élan. Quelque chose d'aussi fondamental que la vie-même l'incitait à continuer. Elle se collait à lui, se cambrait, l'attirait à elle pour se fondre en lui, tout en gémissant et en murmurant son nom. Ramiz continuait à jouer avec la pointe de ses seins, ce qui attisait terriblement la chaleur qui irradiait dans son ventre.

Son *sarouel* vaporeux était tellement remonté qu'il lui arrivait à la taille. Ramiz l'ouvrit d'un coup. Elle s'empressa alors de l'enlever. Elle ne ressentait aucune honte, aucune pudeur à se dénuder ainsi. Elle ne désirait plus qu'une chose : le sentir contre elle, sur elle. En elle…

Allongés, face à face, ils s'embrassaient passionnément. Leurs bouches étaient avides l'une de l'autre, leurs yeux brûlaient de désir, et leurs doigts s'exploraient fébrilement. Celia sentit entre ses jambes la main de Ramiz qui commença à la caresser. Immédiatement, un afflux de moiteur l'envahit. Plus il la caressait, plus elle s'agrippait à lui avec une véritable frénésie. Il la touchait exactement où il le fallait. Ce n'était plus un jeu, il n'essayait plus de prolonger l'attente. Il devinait précisément ce qu'elle voulait. Elle ne cessait de gémir et lui enfonçait les doigts dans les épaules. Elle avait l'impression d'être une marionnette dont il tirait les ficelles. Puis elle sentit l'arrivée imminente de cette merveilleuse sensation qui allait l'ébranler au plus profond de son être. Des spasmes la parcoururent de part en part au moment même où la jouissance l'envahissait. Elle remarqua à peine que Ramiz se trouvait entre ses jambes. Il les souleva, se plaça au-dessus d'elle et la pénétra vigoureusement. Elle poussa un cri. Pas un cri de plaisir. Mais un cri de douleur.

Ramiz se figea instantanément. Son visage laissa voir avec une intensité incroyable les sentiments qui s'emparaient de lui. D'abord une incrédulité absolue. Puis, très rapidement, quelque chose qui ressemblait à un sentiment d'horreur. Alors que l'intensité de la douleur commençait à diminuer, Celia comprit qu'il allait se retirer. Elle s'agrippa désespérément à lui.

— Restez !

Mais elle ne parvint pas à le retenir. Il se mit à proférer un chapelet de jurons dans sa propre langue, et s'écarta d'elle en un mouvement. Il attrapa aussitôt sa tunique qui gisait par terre et l'enfila. Celia l'observait avec inquiétude. Ses yeux étaient si froids ! Témoins de la colère sourde et terrible qui le dominait à présent.

Elle s'assit et s'enroula dans le drap. Des perles de sang tachaient le linge immaculé. Elle essaya de les dissimuler en toute hâte mais Ramiz les avait, hélas, déjà vues. Il lui arracha le drap des mains. Elle chercha aussitôt son caftan à tâtons pour se couvrir.

— Voilà un drap dont pourrait s'enorgueillir toute jeune mariée ! dit-il entre ses dents.

Il le tenait à bout de bras pour bien mettre les taches de sang en évidence.

— Mais vous n'êtes pas une jeune mariée en l'occurrence. Pourquoi, diable, ne m'avez-vous rien dit ? Vous pensez vraiment que je l'aurais fait, si j'avais su ? Vous pensez que je vous aurais laissée… ? Que je me serais permis de… ? Vous n'avez vraiment pas idée de ce que vous venez de faire !

— Mais qu'ai-je donc fait de si terrible ? demanda-t-elle en lui jetant un regard furieux.

Qu'est-ce qui lui prenait, tout à coup ? Pourquoi réagissait-il avec cette véhémence ?

— Je crois que c'est plutôt à moi de poser la question. Qu'ai-je fait ? De toute évidence, quelque chose que votre mari, lui, n'a pas fait ! Pourquoi ne m'avez-vous rien dit ? répéta-t-il d'une voix rageuse.

— Vous ne m'avez rien demandé !

Alors qu'elle lui crachait littéralement ces mots à la figure, elle se rendit compte qu'elle n'était pas juste envers lui. Elle reprit plus calmement :

— George ne voulait pas que… Nous n'avons jamais… Il disait que ce serait plus simple d'attendre que nous nous connaissions mieux. Mais ce moment n'est jamais arrivé.

— C'est indiscutable, commenta Ramiz d'un ton amer.

— Ce n'est pas ce que je veux dire.

Elle battit des cils, bien déterminée à ne pas laisser couler les larmes qui lui brûlaient les yeux et poursuivit :

— Cela ne se serait peut-être jamais produit, pour être tout à fait honnête. Je suis désolée… désolée de ne rien vous avoir dit… Ce n'est pas ce que je voulais. J'aurais dû vous arrêter.

Elle se passa le revers de la main sur les yeux. Et ce petit geste toucha Ramiz bien plus que ne l'auraient fait les larmes.

— Je vous ai fait mal, Celia ?

Elle fit non de la tête.

— Vous en êtes sûre ?

Elle parvint à esquisser un petit sourire et répondit :

— Juste un peu.

— La prochaine fois, ça ne fera pas aus…

Il s'interrompit aussitôt. Il n'y aurait jamais de prochaine fois ! Et la première n'aurait jamais dû arriver pour commencer ! Il remercia le ciel de s'être arrêté. Il avait ressenti un tel choc en comprenant qu'elle était encore vierge ! C'était uniquement pour cela qu'il s'était interrompu. Au fond de lui, en vérité, il n'avait pas envie de remercier le ciel. La persistance de son érection, qui ne cessait de donner des petits coups contre son ventre, le remplissait d'horreur, et pourtant tout ce dont il avait envie, c'était de terminer ce qu'ils avaient commencé tous les deux. Plus que tout au monde. Il désirait la pénétrer et se repaître de son corps divin. S'introduire en elle de plus en plus profondément jusqu'à la jouissance finale, pour y répandre sa semence et la faire sienne. Etre le premier à le faire.

Non… Il ne pouvait décemment pas faire cela. Il ne le ferait pas. Même si cela signifiait qu'un autre prendrait un jour ce qu'il estimait lui revenir de droit.

Non ! Non ! Non et non ! Il ne fallait pas penser à Celia lovée dans les bras d'un autre !

Il reprit peu à peu ses esprits et l'observa. Elle faisait tout ce qu'elle pouvait pour ne pas éclater en sanglots. Le feu de la passion commençait à quitter ses joues. Sa bouche était meurtrie de tous les baisers qu'il lui avait donnés et ses seins délicats portaient encore la trace de leur étreinte. Une terrible envie de la prendre dans ses bras et de soulager la blessure qu'il lui avait infligée l'envahit. Mais son honneur entaché et la preuve infaillible sur le drap qu'il tenait fermement, furent plus forts.

— Mais qu'est-ce que j'ai fait ?

— Vous n'étiez pas tout seul. Je suis aussi fautive que vous, dit Celia d'une voix résolue.

— Je vous ai déflorée !

— Ramiz, comme vous l'avez vous-même fait remarquer tout à l'heure, n'oubliez pas que j'ai été mariée. Aux yeux du reste du monde, j'étais déjà déflorée. Il n'y a donc aucun déshonneur parce que personne n'apprendra jamais ce qui s'est passé.

— Mais moi, je le saurai !

— Je suis convaincue que ça ne vous empêchera pas de bien vivre.

— C'est tout ce que vous trouvez à dire ?

Elle se mordit la lèvre. Elle aurait aimé lui dire le fond de sa pensée. Ce qu'elle voulait, c'était découvrir ce que cela faisait de faire vraiment l'amour. Ce que cela faisait de le sentir bouger en elle. Ce qu'elle voulait, c'était aller jusqu'au bout. C'était même la seule chose qui lui importait. Deux personnes réunies en une seule. Voilà ce qu'elle avait envie de lui dire. Mais elle avait bien conscience que ce n'était pas possible parce que Ramiz ne voyait pas du tout les choses de la même manière qu'elle. Pour lui, il n'avait été question que de dénouer des tensions musculaires. La suite n'était que la conclusion naturelle du massage qu'elle lui avait prodigué.

— Vous devriez partir maintenant, dit-elle en lui arrachant le drap des mains. Oublions ce qui vient de se passer…

— Oublier ?

— Oui. C'est ce qu'il y a de mieux à faire.

— Est-ce là une illustration de votre célèbre flegme britannique ? Laissez-moi vous dire que ça ne vous va pas du tout !

— Il s'agit plutôt de ce que nous, les Britanniques, appelons le sens pratique. Vous êtes fatigué. Epuisé même. Vous devriez aller vous coucher.

— Mais vous…

— Ne vous inquiétez pas pour moi.

Elle avait raison au fond, songea Ramiz. Alors pourquoi ses paroles sonnaient-elles si faux ? Il n'avait pas la moindre envie de la laisser. C'était d'ailleurs sûrement la preuve qu'il valait mieux s'en aller. Cette histoire n'augurait rien de bon, et rester ne ferait que lui apporter davantage d'ennuis.

Et puis, il n'aimait pas l'obstination avec laquelle elle cherchait absolument à prendre sa part de responsabilité. Et cette façon qu'elle avait d'insister pour le faire partir… Tout allait carrément de travers dans cette histoire ! Dans une telle situation, une autre femme se serait accrochée à lui. Pourquoi faisait-elle toujours preuve de ce maudit sens de l'indépendance ? Non, décidément, tout cela ne lui plaisait vraiment pas. Mais que pouvait-il y faire ?

Démuni, il haussa les épaules, lui souhaita froidement une bonne nuit, puis partit sans ajouter un mot de plus.

Celia ramassa alors la coiffe de soie blanche qu'il avait laissée par terre. Elle la porta à ses lèvres. Bouleversée par son odeur, elle la serra contre sa poitrine. Puis elle se mit en boule sur le divan et donna enfin libre cours à ses sanglots.

Conformément aux prédictions de Peregrine Finchley-Burke, la Royal Navy fut assez prompte à rallier l'Angleterre. La lettre que lord Wincester avait écrite arriva moins de trois semaines plus tard. Le messager chargé de la transmettre se présenta maculé de boue à la maison de campagne de lord Henry Armstrong juste au moment où celui-ci se préparait à aller rendre visite à l'intendant du domaine. Une rencontre qui risquait de s'éterniser et qu'il n'avait cessé de remettre.

Il s'isola dans son bureau pour pouvoir lire tranquillement le contenu de la missive. Il éprouva un tel choc en en découvrant la teneur qu'en dépit de l'heure matinale il se servit un cognac qu'il avala d'un trait. Puis il relut la lettre deux fois pour bien s'assurer qu'il ne rêvait pas. Les conséquences de cette affaire risquaient d'être tout à fait considérables ! Il s'agissait d'une situation des plus délicates. Très, très délicate pour sûr, songea-t-il, en se grattant le crâne. Heureusement que sa sœur Sophia était là ! C'était vraiment une chance. Il pouvait lui faire confiance pour s'occuper des filles comme il le fallait en son absence. Mais, pour le reste, c'était une tout autre histoire… Comment allait-il s'y prendre pour régler cet imbroglio ?

— Que cet homme soit maudit, murmura-t-il, les yeux fixés sur la signature de lord Wincester. Mais quel idiot celui-là ! S'il est là-bas, c'est uniquement à cause de cette échauffourée à Lisbonne. Il pensait peut-être que cette affaire avait été étouffée, mais moi, j'en connais tous les tenants et les aboutissants.

Il se versa un second verre et le vida aussitôt.

— Qu'il soit maudit ! répéta-t-il, plus fort cette fois. Et maudit soit George, lui aussi ! Comment a-t-il pu être assez bête pour aller se faire tuer dans le désert ? Pour une mort stupide, c'est sacrément stupide !

Il se pencha pour caresser la chienne qui était docilement assise à ses pieds et qu'il affectionnait particulièrement. Elle se mit à grogner.

— Tu as raison. Il est temps d'annoncer la nouvelle à toute la famille…

Il donna une petite tape amicale à la chienne, se leva de son fauteuil et quitta son bureau pour se mettre en quête de ses filles et de sa sœur.

A peine fut-il entré dans le salon bleu qu'il sentit cinq paires d'yeux braqués sur lui. Une fois encore, devant Cassandra, Caroline, Cordelia et Cressida, il se demanda pourquoi il n'avait pas réussi à engendrer ne serait-ce qu'un seul fils. Les filles, il n'avait rien contre, mais il ne pouvait pas s'empêcher de penser que, cinq, cela faisait quand même beaucoup. Et puis elles lui coûtaient terriblement cher !

— Eh bien, on dirait que tout le monde est là…, dit-il en prenant un air bonhomme qui se voulait rassurant.

Cassandra allait-elle leur faire une scène ? C'était la beauté de la famille, mais elle avait surtout une propension à prophétiser les tragédies. Elle portait donc plutôt bien son prénom. Cela ne manqua pas… Elle s'agrippait déjà à la manche de son manteau d'un air désespéré et ses beaux yeux bleus coulaient à flots.

— Papa ! Il s'agit de Celia ? Elle est… Oh ! Papa, dis-moi qu'elle n'est pas…

— Celia va bien, annonça-t-il d'emblée en lui ôtant les mains de la manche de son manteau. C'est de George dont il s'agit… Il est mort.

Cassandra s'écroula dans un fauteuil, la main sur le cœur, le visage extrêmement pâle. Caroline étouffa un petit cri d'horreur. Quant à Cordelia et Cressida, elles le regardaient fixement, la bouche grande ouverte.

Sophia, toujours maîtresse d'elle-même, chercha à avoir de plus amples détails.

— Qu'est-ce qui s'est passé ? demanda-t-elle en farfouillant dans son petit sac à la recherche du flacon de sels qu'elle y conservait pour de telles occasions.

— Il a été assassiné.

Il avait conscience de la violence de cette nouvelle, mais ne voyait pas comment dire les choses avec plus de douceur. Même Sophia, qui restait imperturbable la plupart du temps, garda un moment le silence. Puis elle jeta un regard réprobateur vers les deux plus jeunes filles qui venaient de pousser des cris perçants et passa les sels sous le nez de Cassie.

— Je peux ? demanda-t-elle ensuite d'une voix pressante en tendant la main vers la lettre qu'il tenait toujours.

Lord Henry était trop heureux de s'en débarrasser. Sophia la lut très attentivement, levant les sourcils de temps à autre.

— Je peux me charger de leur expliquer, si tu veux, Henry, lui dit-elle.

Il quitta alors la pièce sans chercher son reste, trop content de lui obéir.

— Je suis désolée de vous confirmer que George a effectivement bien été assassiné, dit-elle alors à ses nièces. Apparemment, George et Celia étaient en route pour A'Qadiz, un endroit qui se trouve quelque part en Arabie. Il s'agissait d'une mission spéciale qui impliquait d'entreprendre un voyage dans le désert. C'est là que le pauvre George a trouvé la mort. Il est mort courageusement, en servant son pays, précisa-t-elle pour enjoliver la réalité. J'ai l'intime conviction que cela permettra de faire un peu oublier l'obscénité avec laquelle il a été poignardé.

— Et Celia ? demanda Cassie.

Elle était encore bien pâle, mais avait suffisamment repris ses esprits pour pouvoir rejoindre ses sœurs sur le canapé. Elle passa un bras autour des deux plus jeunes pour tenter de les réconforter.

— Que dit le courrier au sujet de Celia ? Je suppose que le Consul Général s'est occupé d'elle. Ou peut-être même est-elle déjà sur le chemin du retour ?

— Hum…, dit Sophia, les yeux fixés sur la dentelle de sa manche.

— Tante Sophia ?

— Hum…, répéta cette dernière. Je crains fort que Celia ne se trouve toujours à A'Qadiz.

— Comment ? Dans le désert ?

— Apparemment, elle se trouve au palais royal, en tant qu'invitée du cheik al-Muhana. Du prince al-Muhana, devrais-je dire…

Un long silence suivit cette déclaration. Lady Sophia tirait nerveusement sur la dentelle de sa manche.

— Est-ce que ça veut dire que Celia est retenue prisonnière ? demanda Cressida, le menton tremblant.

— Est-ce qu'elle est enfermée à double tour et doit raconter une histoire au cheik tous les soirs pour éviter de se faire couper la tête ? demanda Cordelia, du haut de ses douze ans.

Mon Dieu ! s'affola Cassandra. Tante Sophia leur avait expressément interdit de lire ce livre-là… Prenant conscience de sa gaffe, Cordelia se mit à rougir. Cressida la pinça, et Caroline la regarda de travers. La réprimande fut immédiate. Tante Sophia explosa en reproches…

Quand le calme revint, Cassie finit par poser la question qui la taraudait :

— Pourquoi Celia a-t-elle été laissée seule chez le cheik al-Muhana ?

— Voilà une question des plus pertinentes, répondit sèchement Sophia.

— C'est effectivement une question très pertinente, renchérit lord Henry qui venait d'entrer de nouveau dans le salon. Wincester n'est qu'un bouffon et un bon à rien ! C'est la raison pour laquelle je vais me rendre en personne à A'Qadiz pour mettre bon ordre à tout cela. En attendant, ne vous inquiétez pas pour la sécurité de votre sœur. Aucune puissance étrangère n'oserait faire de mal à la fille d'un haut diplomate britannique.

— Papa, Celia a vu son mari se faire tuer sous ses propres

yeux ! Et elle a été enlevée par un homme qui pourrait aussi bien l'avoir enfermée à double tour dans son harem !

Cassie s'en étranglait presque, à présent que toute l'horreur de la situation de sa sœur se faisait peu à peu jour dans son esprit.

— Allons, allons, tempéra lord Henry, il ne sert à rien de nous laisser emporter par notre imagination. Celia est une personne très sensée, et je suis persuadé que le prince est un homme d'honneur. Je suis certain qu'il ne faut pas s'inquiéter inutilement.

— S'inquiéter inutilement..., répéta Cassie en dévisageant son père, abasourdie. Je suppose que tu pars immédiatement pour l'Egypte ?

— Mais bien sûr.

— Dans ce cas, je viens avec toi !

— Ne sois pas ridicule, Cassie.

— Je viens avec toi, et rien ne pourra me faire changer d'avis ! Celia est ma sœur chérie. Dieu sait ce qu'elle a enduré... et ce qu'elle endure peut-être encore maintenant, dit-elle en frissonnant. Elle aura besoin de moi. De mon soutien. Je viens avec toi, voilà tout.

— Sophia, tu peux la raisonner un peu, s'il te plaît ? Le désert n'est pas un endroit pour une jeune fille de son rang.

— Tu aurais peut-être pu y penser avant d'y envoyer ton autre fille alors ! répondit Sophia d'une voix cinglante. Cassandra a tout à fait raison. Celia aura besoin d'elle. Et elle aura également besoin de sa tante. Je viens avec vous !

— Qu'est-ce que tu dis ?

— Tu as très bien entendu, Henry. Et le temps presse. Je vais de ce pas m'occuper de mes bagages. Fais donc venir Bella Frobisher pour s'occuper des filles pendant notre absence. Puisque tu as l'intention de faire de cette femme leur nouvelle belle-mère, c'est l'occasion où jamais pour elle de faire leur connaissance et de prouver son intérêt pour ta famille. Viens avec moi, Cassandra. Nous partons dans une heure, Henry.

Lord Henry s'inclina. Il avait beau avoir une réputation de

négociateur redoutable, dur et inflexible, il avait beau avoir affronté les courtisans les plus rusés et les plus puissants d'Europe, il savait depuis l'enfance qu'il n'était pas de taille face à sa sœur.

— Comme tu voudras, Sophia, dit-il d'un ton résigné.

Et pour la deuxième fois de la matinée, il songea qu'il avait décidément besoin d'un petit remontant.

Chapitre 10

Ramiz déambulait, seul, dans les jardins du palais. Ils étaient composés d'un ensemble d'allées couvertes et de chemins plus ou moins sinueux, reliés entre eux par des fontaines et des petits pavillons. Arrosés en permanence par un système d'irrigation sophistiqué alimenté par un réseau de tuyaux souterrains, ils comprenaient les plantes traditionnelles qui poussaient en Orient comme le figuier, le laurier-rose et le jasmin, ainsi qu'un certain nombre d'autres espèces végétales que Ramiz avait rapportées de ses nombreux voyages à travers le monde, parmi lesquelles figuraient plusieurs variétés de roses, ses préférées. Un rosier couvert de fleurs roses délicatement parfumées, grimpait le long du treillis situé près de la fontaine. Il lui avait été donné par l'impératrice Joséphine en personne et provenait du jardin privé de cette dernière. Lorsque les roses étaient en boutons, les pétales paraissaient presque blancs. Leur teinte rose ne se révélait véritablement qu'à la pleine floraison.

Ces fleurs lui faisaient penser à Celia. Trois nuits s'étaient écoulées depuis la dernière visite qu'il lui avait rendue au harem, et la seule conclusion valable à laquelle il était parvenu était qu'il valait mieux pour lui se tenir loin d'elle. Il lui avait pris quelque chose de très précieux et ne pourrait jamais la dédommager pour cette perte. En aucune manière. Il avait mal agi, cela ne faisait pas l'ombre d'un doute, alors que ce n'était vraiment pas dans ses habitudes. Il en était totalement dérouté… Il ne s'était jamais trouvé dans une telle situation auparavant car il avait toujours pu réparer ses torts d'une façon ou d'une autre. Mais pour dire la vérité, il était partagé entre le désir de faire amende honorable et l'irrésistible envie de faire l'amour à Celia. De vraiment lui faire l'amour.

C'était bien ce qui le scandalisait le plus. Il avait mal agi. Il avait commis un crime d'honneur mais peinait à en éprouver de véritables regrets…

D'autant que Celia refusait de considérer la perte de sa virginité comme une grave offense, et cette attitude ne l'aidait pas. Pourquoi ne l'avait-elle pas arrêté pendant qu'il en était encore temps ? Pourquoi ne lui avait-elle pas avoué qu'elle était encore vierge ? Pourquoi balayait-elle cela du revers de la main avec une telle détermination, comme si cela n'avait au fond aucune importance ? Sa virginité ne signifiait-elle donc rien pour elle ? Ou bien s'agissait-il d'autre chose ? Avait-elle pris part, de son plein gré, à une espèce de machination diplomatique ? Allait-elle l'accuser de viol pour forcer les négociations au profit de son pays ? Elle lui avait pourtant clairement expliqué que jamais elle ne l'accuserait d'une telle chose. Et elle ne mentait pas. C'était même une des rares certitudes qu'il avait.

Alors pourquoi ? Lorsqu'ils en avaient parlé ensemble, lors de leur visite à Katra, elle avait accusé le harem de lui troubler l'esprit. « Irréel »… C'était le mot qu'elle avait utilisé. Voulait-elle dire qu'il lui semblait évoluer comme dans un rêve ? Dès le début, elle avait affiché une réelle fascination pour le harem. Enfin, pour sa vision toute personnelle du harem… Celle véhiculée à tort par les contes des *Mille et Une Nuits*. A l'image de certains de ses compatriotes lors de leur tour du monde, peut-être se laissait-elle aller à vivre son rêve, éveillée, à l'abri des regards indiscrets de ses pairs… Oui, peut-être était-ce cela…

« Le seul moyen de se délivrer de la tentation, c'est d'y céder. » Ce vieux proverbe, que son frère ne cessait de répéter, lui revint à la mémoire. En tant que fils aîné héritier du royaume,

Asad ne s'était pas gêné pour assouvir ses moindres désirs. Il avait toujours préféré agir plutôt que parler.

« *Les femmes parlent, les hommes agissent*, avait-il l'habitude de dire. *L'épée est l'instrument du prince. Ses sujets, eux, ont la lourde tâche de coucher ses paroles sur le papier.* »

Tout feu, tout flamme… C'était ainsi que leur père avait toujours décrit Asad. Et il le disait sur un tel ton que tout le monde comprenait bien toute la fierté que son fils aîné lui inspirait.

A la vérité, songea Ramiz avec une certaine ironie désabusée, il avait rarement partagé le même point de vue que son frère. Et c'était exactement la même chose avec son père… Mais, pour autant, ils lui manquaient terriblement tous les deux. Cela faisait presque deux ans maintenant qu'Asad avait été tué, et depuis, son existence avait pris un tout autre tour. Même s'il avait toujours eu clairement en tête ce qu'il ferait, lui, s'il devait devenir le nouveau dirigeant d'A'Qadiz, il n'avait jamais sérieusement envisagé l'éventualité d'une telle situation.

Heureusement, la mise en application de toutes les politiques auxquelles il avait mûrement réfléchi l'avait beaucoup aidé à surmonter la mort de son frère. Sa mère était morte alors qu'il n'était encore qu'un adolescent, et Asad était le dernier membre de sa famille proche. Lorsqu'il était monté sur le trône, assailli par ses nouvelles fonctions, il n'avait pas vraiment eu le temps de penser à la mort de son frère, de faire tranquillement son deuil. Asad lui manquait. Il se sentait si seul ! Il était prince ; il était immensément riche ; il avait des milliers de sujets extrêmement loyaux qui se prosternaient à ses pieds mais, pour autant, il n'avait absolument personne à ses côtés à qui se confier.

Il ne s'en était pas réellement rendu compte avant l'arrivée de Celia, trop absorbé par la politique de l'Etat, par les négociations qu'il menait, et par la mise en œuvre de la législation. Il consacrait tout son temps à A'Qadiz et n'en avait plus pour penser à lui-même. Peut-être avait-il lui aussi des besoins à assouvir finalement. Peut-être avait-il besoin de quelqu'un de proche, d'intime, à ses côtés. Peut-être qu'Akil avait raison… C'était d'une femme, d'une épouse à ses côtés, dont il avait besoin.

Mais il n'avait aucune envie d'épouser une des princesses qu'on avait pris si grand soin de lui choisir. Et aujourd'hui encore moins qu'hier ! S'il le faisait, une telle princesse plairait uniquement à son peuple. Quant à lui, il aurait à assumer encore de nouvelles responsabilités. Une source d'inquiétude supplémentaire. Encore une ! Et puis, elle ne ressemblerait sûrement pas à Celia. Pire encore, elle ne serait pas Celia…

Ramiz poussa un grognement sourd, au comble de l'exaspération. Il avait passé une heure entière à réfléchir et n'avait finalement fait que perdre son temps. Il en était revenu à son point de départ : « *Le seul moyen de se délivrer de la tentation, c'est d'y céder.* » Il lui fallait aller au cœur du problème. Comme Asad l'avait toujours fait. Celia, avec ses magnifiques cheveux cuivrés, sa peau crémeuse et ses opinions bien arrêtées, le hantait jour et nuit. Mais si elle-même ne se sentait pas déshonorée, pourquoi devrait-il s'en inquiéter ? Pourquoi ne pas la laisser vivre son rêve de princesse arabe et, de son côté, se libérer par la même occasion de cette obsession dont il ne parvenait pas à se débarrasser ?

Le problème, c'était qu'il ne supportait pas ce terme qu'elle avait employé : « irréel ». Apparemment, elle ne pensait à lui que dans le cadre du harem. Mais il existait bel et bien ! Il était même fait de chair et de sang ! S'il devait être son tout premier amant, alors elle devait garder un souvenir impérissable de lui…

Il leva la tête et observa le ciel. Le soleil venait tout juste de faire son apparition au-dessus du mur du jardin. Un léger sourire apparut sur ses lèvres. La voilà la solution à ses problèmes ! Il la verrait désormais à la lumière du jour, loin des murs ombragés du harem. Dans ces conditions, sa guérison serait certainement plus rapide.

— Vous vouliez me voir ?

Celia se tenait devant lui, derrière le bureau qui, lui semblait-il, les séparait comme une barrière. Elle portait un splendide caftan bleu dont les manches semi-ouvertes étaient resserrées aux poignets, ainsi qu'un *sarouel* plissé bleu nuit. C'était la tenue traditionnelle que portaient habituellement les femmes dans leur foyer mais, sur Celia, malgré leur simplicité, ces vêtements paraissaient particulièrement exotiques. C'était peut-être en raison de sa coiffure. Elle ne portait pas de voile, et il était impossible de ne pas remarquer sa chevelure qu'elle avait, comme à son habitude, rassemblée au sommet de sa tête. De fines mèches encadraient ses joues. Elle était une lady occidentale, mais c'était pourtant l'image d'une odalisque qui lui vint immédiatement à l'esprit. Elle avait beau être couverte de la tête aux pieds et porter une tenue décente, les tissus vaporeux mettaient son corps en valeur d'une manière affriolante. Lorsqu'il aperçut son avant-bras à travers la manche semi-ouverte de sa tunique, il détourna le regard. Sa peau crémeuse lui faisait un effet incroyable… Ce n'était que son bras, et il sentait déjà son sexe se raidir…

— Asseyez-vous, dit-il d'une voix plus dure qu'il ne l'aurait voulu.

Celia prit place dans le fauteuil en face de lui, très sereine visiblement.

— Vous allez bien ? demanda-t-il.

— On s'occupe très bien de moi, répondit-elle avec précaution.

— Que voulez-vous dire ?

— Quelque chose ne va pas, Ramiz ?

— C'est ce que je viens juste de vous demander.

Elle serra les mains sur ses genoux.

— Je vous ai dit que j'allais bien. En fait, on s'occupe même tellement bien de moi que bientôt je ne saurai plus rien faire de mes dix doigts. Adila et Fatima anticipent chacun de mes besoins.

— Est-ce que vous essayez de me dire que vous vous ennuyez ?

— J'ai pourtant fait mon possible pour vous le faire comprendre avec un maximum de tact mais, oui, je dois bien avouer que je commence à m'ennuyer sérieusement. Je n'ai pas l'habitude de passer mon temps à broder ou à lire.

— J'ai pourtant cru comprendre que vous aviez rendu visite à Yasmina ?

— C'est vrai. J'ai brodé, j'ai joué avec les enfants. C'était très agréable, mais…

Elle se mordit la lèvre. Elle ne pouvait tout de même pas lui dire qu'il lui avait terriblement manqué ! Ces derniers jours, elle n'avait pas eu la moindre occasion de l'apercevoir et elle en avait profité pour essayer de mettre en perspective les sentiments qu'elle éprouvait pour lui. Cela s'était révélé mission impossible en restant enfermée dans le harem. La sensualité y était omniprésente et tout concourait à lui rappeler leurs ébats enfiévrés. Elle était forcément sous son emprise lorsqu'elle se trouvait dans le harem, et les sensations qu'il savait si bien susciter chez elle ne cessaient de la hanter. Si seulement elle pouvait le voir dans un cadre plus ordinaire ! Mais l'ordinaire existait-il seulement lorsqu'on était prince ? Peut-être qu'en sortant du harem elle parviendrait alors à se débarrasser de ce besoin continuel de le voir ? Peut-être qu'elle admettrait enfin qu'elle se sentait tout simplement seule, qu'elle s'ennuyait à mourir, et que son corps ne désirait rien de plus que renouveler cette toute nouvelle expérience fort agréable, ce qui était somme toute bien naturel… Sans doute ne s'agissait-il absolument de rien d'autre !

— J'ai bien réfléchi, dit soudain Ramiz. Je pense que ce serait une bonne idée de vous laisser davantage explorer A'Qadiz. Cela vous plairait certainement d'en savoir un peu plus sur les problèmes auxquels nous sommes confrontés aujourd'hui — auxquels je suis confronté, devrais-je dire — en essayant de faire entrer notre pays dans le monde moderne du dix-neuvième siècle.

Celia le dévisagea. Elle n'en revenait pas !

Est-ce qu'il lit dans mes pensées ?

— Mais que faites-vous de… ? Vous avez dit que, comme je suis une femme, je ne…

Ramiz haussa les épaules.

— Si je décide de faire une entorse à certaines traditions, ça me regarde. Vous l'avez dit vous-même d'ailleurs, vous vous souvenez ?

Il lui adressa alors un sourire énigmatique. A quoi pensait-il vraiment ? Avait-il deviné ce que lord Wincester lui avait demandé de faire ? Elle en avait mal au ventre rien que d'y penser. Mais, s'il était au courant de la situation, il ne lui proposerait certainement pas d'observer à la loupe ce qui se passait dans son royaume… La soumettait-il à un test, alors ? Dans ce cas, elle n'y échouerait pas, car jamais elle ne pourrait trahir cet homme. Il lui avait sauvé la vie. Grâce à lui, elle se sentait véritablement vivante, pour la première fois de son existence. En plus, il lui faisait confiance.

— Ça me plairait beaucoup de parcourir le royaume d'A'Qadiz, dit-elle, la voix pleine d'excitation. Qu'avez-vous exactement en tête ?

— Des tribus bédouines peuplent une grande partie de mon royaume. Ces tribus vivent dans le désert et se déplacent périodiquement, accompagnées de leur bétail, en fonction des saisons et de leurs propres envies. Et, ici, nous avons une tradition fortement ancrée qui les autorise à demander la charité au prince. Ils peuvent en effet venir me voir trois fois par an pour me demander de l'aide.

— Vous leur donnez de l'argent ?

— Quelquefois. Mais la plupart du temps, je leur donne de la nourriture ou des animaux. L'argent n'a de toute manière guère d'intérêt pour eux. Et puis, ce n'est pas la seule raison qui explique ces rencontres. Je joue aussi un rôle d'arbitre. Je les aide à résoudre les différends qui opposent les familles et les tribus. Ça me donne également l'occasion de voir comment les choses se passent vraiment sur le terrain et ainsi d'apprécier les domaines dans lesquels je puis les aider au mieux. Ne vous laissez pas tromper par les apparences… Les Bédouins ne sont pas de pauvres nomades. Certains d'entre eux sont même des hommes très puissants. Il vaut donc mieux éviter de les offenser.

— Si je comprends bien, vous n'attendez pas qu'ils viennent à vous. Vous préférez aller à leur rencontre ?

— C'est tout à fait ça. Et nous allons justement partir pour environ une semaine. Vous voulez nous accompagner ?

— Avec grand plaisir !

— Très bien. Je vous verrai donc demain matin. Nous partirons avant l'aube.

La caravane qui serpentait derrière eux n'avait vraiment rien à voir avec celle qui les avait accompagnés jusqu'à Balyrma. Akil en avait pris la tête. Celia avait dénombré au moins vingt gardes, perchés sur des chameaux. Et il fallait bien compter le double de serviteurs qui voyageaient à dos de mules.

A sa grande surprise, Ramiz lui avait demandé avec insistance de se tenir à ses côtés. L'un et l'autre montaient un chameau d'une blancheur vraiment incroyable. La selle sur laquelle elle était juchée était drapée d'une étoffe damassée rouge, sertie de bijoux. Quant aux rênes, elles étaient parées de pompons dorés et de cloches argentées qui tintaient gaiement.

Elle avait revêtu pour le voyage une *abeyah* de soie dorée — une longue robe pourvue de fentes sur les côtés pour permettre de monter plus facilement à dos de chameau — et elle portait une coiffe de la même teinte pour protéger ses cheveux et son visage du soleil. Et aussi du regard des curieux. *Une véritable princesse arabe*, songea-t-elle avec un certain amusement.

Elle fit part de ses pensées à Ramiz qui partit d'un grand éclat de rire. Il lui confia que personne ne verrait autre chose en elle que ce qu'elle était véritablement : une rose anglaise déguisée en fleur du désert ! Il était décidément d'une humeur étrange ! pensa-t-elle, plutôt contente. Presque détendu… Il lui avait même dit qu'ils pourraient se dispenser des formalités d'usage et autres témoignages de déférence aussi longtemps qu'ils seraient dans le désert. Et qu'elle devait rester à ses côtés à chaque instant et l'appeler Ramiz. Elle pouvait aussi lui demander tout ce dont elle avait envie. Il lui avait même répété plusieurs fois qu'il attachait beaucoup d'importance à ce qu'elle pensait.

Au début, elle avait cru qu'il s'amusait à la taquiner. Mais après une journée de voyage, elle s'était rendu compte qu'il lui avait dit la vérité. Il lui parlait spontanément, lui décrivait en détail les entrevues qui les attendaient et lui précisait les rituels particuliers et les coutumes qu'il leur faudrait observer. Il était même allé jusqu'à lui brosser le portrait des personnalités les plus importantes. Bref, il se montrait avec elle des plus charmant, et elle découvrait, peu à peu, des facettes de sa personnalité qu'elle ne connaissait pas encore. L'insouciance semblait le gagner au fur et à mesure que le désert s'étendait autour d'eux eux. Les tensions qu'il avait au niveau des épaules s'atténuaient. Les marques de fatigue autour de ses yeux s'estompaient. Le redoutable prince d'A'Qualiz s'était transformé en un homme incroyablement séduisant et qui ne manquait pas de l'enchanter…

Et elle était complètement sous le charme. Comme hypnotisée… Il n'y en avait que pour lui. Elle ne remarquait plus personne d'autre. A ses yeux, c'était comme si la caravane n'avait jamais existé. Ils étaient seuls au monde et traversaient le désert en tête à tête sous un soleil de plomb. Elle ne savait pas où ils allaient exactement et ne tenait pas à en être informée car, lorsqu'ils parviendraient à destination, le charme serait forcément rompu. Et elle ne voulait absolument pas en entendre parler pour l'instant.

Pourtant, contrairement à ses craintes, l'atmosphère ne changea pas, et la magie continua d'opérer lorsqu'ils eurent atteint l'oasis où ils allaient passer la nuit. Ramiz donna diverses instructions à Akil, puis il emmena Celia loin des mules et des chameaux qui s'étaient mis à braire et à blatérer, loin des gardes qui ne cessaient de chuchoter entre eux. Il la conduisit à un endroit isolé où l'eau d'un petit bassin clapotait aux pieds d'un bouquet de palmiers.

— C'est la pleine lune, fit remarquer Celia en s'asseyant au bord du bassin.

Elle enleva ses sandales et agita doucement ses pieds nus dans l'eau.

— *Qamar* dans ma langue, dit Ramiz en s'asseyant à côté d'elle. On dit que c'est le moment idéal pour voir ses souhaits exaucés.

Il pressa sa cuisse contre la sienne. Il était si proche d'elle que leurs bras se frôlaient.

— Quels souhaits aimeriez-vous voir exaucés, Ramiz ?

— J'aimerais une nuit étoilée. Une tente pour pouvoir y passer la nuit. Et une belle femme pour la partager avec moi.

Elle tenta d'en rire mais, à son grand désespoir, elle s'étrangla…

— Eh bien, vous avez de la chance. Vos deux premiers vœux sont déjà exaucés !

— Non, ils le sont tous, dit-il en la regardant droit dans les yeux. Regardez bien autour de vous… Voici le ciel étoilé, juste au-dessus de nos têtes… Et puis la tente là-bas… Et à mes côtés, une très belle femme. J'aimerais vraiment partager tout cela avec vous, Celia. Absolument tout.

Avant qu'elle puisse lui demander ce qu'il entendait réellement par là, il l'embrassa. Ce qui avait le mérite de clarifier la situation, songea-t-elle. Elle l'embrassa alors à son tour pour lui signifier son accord. Refuser ne lui était même pas venu à l'esprit. Voilà donc la raison pour laquelle elle se trouvait ici ! Dans son désert. Dans ses bras. C'était pour cela qu'il l'avait emmenée, et c'était pour cela qu'elle était venue… C'était exactement ce qu'elle désirait. Ce qu'elle désirait le plus au monde. Elle le comprenait maintenant, à la lueur de la lune qui projetait sa clarté diaphane sur leurs deux corps enlacés.

Elle passa les bras autour de son cou et nicha sa tête au creux de son épaule pour y sentir son odeur et s'y enivrer.

Il taquinait maintenant ses lèvres du bout de la langue. Elle ouvrit la bouche et l'embrassa avec une telle fougue qu'il ne pouvait y avoir nul malentendu sur ses intentions. Oui, elle voulait passer la nuit avec lui. La nuit tout entière !

Ils s'embrassèrent longuement, langoureusement, blottis l'un contre l'autre, leurs orteils enmêlés dans l'eau fraîche.

— Vous comprenez ce que je vous ai proposé ? demanda-t-il. A partir de maintenant, il n'est plus possible de faire marche arrière.

Celia opina de la tête.

— Est-ce bien ce que vous désirez ? répéta-t-il.

— Oui.

— Même si, en définitive, je ne donnerai pas suite à cette histoire ?

Elle savait tout cela ! Etait-il vraiment obligé de le lui rappeler en un tel moment ? Mais elle savait aussi comment il fonctionnait. Il aimait que les choses soient parfaitement claires de part et d'autre.

— Oui, dit-elle. Je comprends bien la situation, je vous l'assure.

Il approuva de la tête, et l'espace d'un instant, elle eut même l'impression qu'il allait lui serrer la main comme pour sceller un accord ! Tout cela semblait si formel. Mais elle devinait qu'il était presque aussi tendu qu'elle.

Ils retournèrent au campement où se trouvait maintenant un petit village de tentes. Des feux avaient également été allumés. La délicieuse odeur de chèvre et de lapin rôtis qui flottait dans l'air aurait dû lui mettre l'eau à la bouche, mais ce n'était pas de nourriture dont elle avait si faim…

Deux tentes aux dimensions imposantes avaient été montées à l'écart du reste du campement. Ramiz la conduisit dans l'une d'elles. Il souleva le tissu damassé qui masquait l'entrée et la fit entrer. Celia poussa un petit cri de surprise en découvrait le décor qui lui était réservé. A l'instar de la tente dans laquelle ils avaient déjeuné le jour de leur promenade à Katra, les murs étaient couverts de tapisseries et le sol de tapis somptueux. Mais cette tente-là était encore plus grande, et les tentures encore plus riches et plus colorées.

— Vous aimez ? demanda Ramiz, un sourire aux lèvres.

— C'est absolument extraordinaire ! On dirait un palais mobile.

— Il faut que j'aille parler à Akil. Faites comme chez vous. Je ne serai pas long.

Une fois seule, Celia fit le tour de la tente. Elle passa les doigts sur les tapisseries, enfonça ses orteils dans les tapis moelleux, caressa les coussins de soie et se frotta les joues contre les plaids en velours. Il y avait une deuxième pièce, qui faisait visiblement office de chambre à coucher. C'était là que se trouvaient ses bagages. Sa valise de vêtements était posée sur une table basse, à côté de laquelle se trouvait un miroir en pied. Il y avait encore une pièce attenante, plus petite, où, à sa grande surprise, se trouvait une baignoire en cuivre déjà remplie d'eau parfumée aux pétales de rose. Elle ne demanda pas son reste, se débarrassa de ses vêtements poussiéreux, et se glissa avec délectation dans le bain.

Propre, parfumée, vêtue d'un caftan ample en organdi de la couleur du soleil couchant, Celia retourna dans la pièce principale. En son absence, quelqu'un avait apporté le dîner : il y avait là tout un assortiment de plats aux délicieuses odeurs. Elle était en train de soulever les couvercles pour regarder ce que les plats contenaient quand Ramiz entra dans la tente.

Lui aussi s'était baigné et changé. Ses cheveux noirs étaient lissés. Il portait une robe de velours bleu foncé. La tente avait beau être grande, elle parut soudain bien petite à Celia. La seule présence de Ramiz semblait la remplir. Il se dégageait une réelle impression d'intimité, bien plus encore qu'au harem. Ramiz semblait si viril à côté des douces draperies et des couleurs vives des tentures. Il l'intimidait. Elle se sentait terriblement nerveuse tout à coup. Des fourmillements se mirent à lui chatouiller le ventre.

— Le dîner est servi, dit-elle. Vous avez faim ?

— Non, répondit-il d'une voix abrupte.

— Vous désirez peut-être boire quelque chose ?

Elle tendit le bras pour attraper la carafe de sorbet.

— Non.

— Comment va Akil ? demanda-t-elle encore, en se rendant compte au moment même où elle avait parlé à quel point sa question était ridicule.

— Celia, venez ici…

Elle reposa la carafe de sorbet mais ne bougea pas.

Il reprit :

— Si vous avez changé d'avis, il est encore temps de me le dire.

— Je n'ai pas changé d'avis, répondit-elle en ajustant la manche de son caftan. Je suis juste un peu…

Elle essayait de sourire, mais sa bouche tremblait. Elle le fixait de ses yeux verts, et Ramiz la trouvait franchement irrésistible. Il se précipita sur elle et la prit dans ses bras.

— Il n'y a aucune raison d'avoir peur. Je vous guiderai, n'ayez crainte.

Il frotta tendrement son nez derrière le lobe de son oreille. La peau y était si tendre. Il adorait venir s'y nicher. Il y passa la pointe de sa langue pour la goûter. Tout y semblait si vulnérable : la douceur de son lobe, l'os délicat de son oreille, le petit creux où il se promenait…

— Ramiz ?

— Venez, Celia.

Il la prit par la main et l'emmena jusqu'à la chambre à coucher. Il la débarrassa de sa robe en un instant, sans lui laisser le temps d'émettre la moindre protestation. Elle se tenait maintenant complètement nue devant lui, les joues cramoisies.

C'était le manque de tendresse dont il faisait preuve qui la troublait le plus, de toute évidence. Son premier élan était pourtant d'être tendre avec elle. C'était ce dont elle avait besoin. Et ce qu'elle désirait. Mais ce soir-là, il s'agissait d'autre chose… Il lui fallait terminer ce qu'ils avaient commencé. Il devait prendre ce dont il avait besoin pour guérir. Guérir de Celia l'ensorceleuse…

— Allongez-vous…

Elle fit ce qu'il lui demandait sans dire un mot. Il la regarda ; la vision qu'elle lui offrait lui coupa tout bonnement le souffle. Elle évoquait la déesse de la Lune, avec sa peau laiteuse, ses courbes harmonieuses, la toison bouclée entre ses jambes, les bouts roses de ses tétons, le rose vif de ses lèvres et ses cheveux cuivrés qui faisaient comme un halo de feu autour de sa tête.

— Vous êtes vraiment magnifique, murmura-t-il, malgré lui.

Son membre avait durci. Il était plus que prêt…

Celia le regarda ôter sa tunique et se placer devant elle, si excité qu'en retour un désir impétueux s'empara d'elle. Bizarrement, la peur latente qu'elle essayait désespérément de nier ne faisait qu'accroître ce désir. Pourtant Ramiz gardait un air distant qui la déstabilisait. Elle avait l'impression d'un conquérant qui s'apprêtait à achever un vaincu. Oui, voilà exactement ce qu'elle ressentait ! Sauf que la lame qu'il arborait n'était pas un sabre… Elle avait les yeux rivés sur son érection, inquiète. Comment allait-elle pouvoir contenir un membre aussi imposant ? C'était impossible…

— Ramiz, dit-elle en se redressant légèrement sur les coudes.

Pourquoi ne l'embrassait-il pas ? Elle en avait tellement envie !

— Ramiz…, murmura-t-elle une nouvelle fois en lui tendant la main.

Il la regarda un long moment sans lui répondre, sans faire un geste. Une expression douloureuse lui déformait presque le visage. Puis, il fut tout près d'elle en un éclair. Il la plaqua sur le lit et l'embrassa. Sa bouche était avide, ses mains frénétiques, et elle sentait sa virilité se presser entre ses cuisses. Quel élan passionné ! Cela la bouleversait… Et l'excitait également. Il continuait à l'embrasser et à la parcourir avec fougue de ses mains. Elle s'enflamma, en proie elle aussi à un besoin de le toucher. Elle se mit à le caresser, à le pincer légèrement, à le lécher fiévreusement, oubliant tout le reste.

Il n'y avait plus que lui. Sa peau contre la sienne, son corps chaud contre le sien, son odeur, sa respiration haletante, son sang qui semblait vrombir dans ses veines comme un torrent contenu, ses muscles qui se contractaient et l'emmenaient vers une destination dont elle n'était que vaguement consciente.

Il effleura la pointe de ses seins du bout des dents. Elle se cambra aussitôt et lui enfonça ses ongles dans le dos. Puis il prit ses seins à pleines mains. Elle lui caressa les fesses en retour. Il la pénétra doucement de ses doigts, lui arrachant un gémissement. Du pouce, il caressait son renflement tout gonflé. Il le caressait directement, puis à sa périphérie, en alternance. Celia résistait et se maintenait à flot, comme un nageur désespérément accroché à un rocher. Mais le violent plaisir qu'elle ressentait était presque insupportable. Ramiz, pourtant, ne lui laissait aucun répit… Elle fut tout à coup incapable de se retenir plus longtemps et laissa échapper un grand cri en s'arc-boutant. Elle eut vaguement conscience qu'il la préparait à la suite… Il l'attira soudain tout contre lui, puis elle sentit son membre qui cherchait à entrer en elle.

Elle ferma les yeux. Elle savait qu'il était sur le point de la pénétrer et s'apprêtait à endurer la douleur, bien résolue à ne pas pousser un seul cri. Mais il la pénétra si lentement, si doucement qu'elle ne ressentit qu'une sorte de déploiement alors que son orgasme prenait fin.

Elle ouvrit les yeux. Ramiz l'observait. Elle voyait bien qu'il prenait garde de ne pas lui faire mal. Il s'enfonça plus profondément. Elle gémit. Il stoppa net aussitôt. Elle lui empoigna alors le visage et l'embrassa à pleine bouche tout en faisant basculer son bassin vers lui sans la moindre ambiguïté. Elle gémit de nouveau, mais de plaisir cette fois, alors qu'il s'introduisait plus encore en elle. Il ne pouvait pas aller plus loin, pensa-t-elle. Il s'immobilisa, puis s'introduisit encore davantage… Comment allait-elle faire pour supporter ce délicieux supplice ? Il se retira lentement, puis la pénétra de nouveau, avec cette même lenteur délibérée. Et il la regardait toujours. Elle eut soudain la certitude qu'elle allait une nouvelle fois perdre tout contrôle… Elle s'agrippa à lui et sentit ses muscles frissonner sur son membre, de la base à l'extrémité, puis de l'extrémité à la base alors qu'il s'introduisait de nouveau en elle. Elle se cambra et enroula ses jambes autour de sa taille. Il s'enfonça plus loin et plus vigoureusement. Elle se mit à gémir et se cramponna à lui, sentant monter un nouvel orgasme. Il continuait son mouvement de va-et-vient, toujours plus intense, toujours plus profond… Elle sentit soudain l'extrémité de son membre la toucher très très haut. Elle perdit instantanément tout contrôle et s'abandonna au plaisir en poussant un grand cri. Il y eut alors comme un déclic en Ramiz. Il perdit également le contrôle et la pénétra comme un forcené. Puis il se retira brusquement et répandit sa semence toute chaude sur son ventre avant de s'écrouler sur elle de tout son long. Il la serrait si fort dans ses bras, l'embrassait avec une telle frénésie qu'il ne restait plus le moindre espace entre eux. Leurs peaux et leurs bouches étaient littéralement collées l'une à l'autre. Avec passion.

Malgré Ramiz qui l'écrasait de tout son poids, Celia se sentait étonnamment légère… Comme si elle était en train de voler ! Ramiz retrouvait son souffle peu à peu. Il relâcha son étreinte et se laissa rouler sur le côté. Elle eut aussitôt l'impression qu'on lui coupait brutalement les ailes et redescendit sur terre trop soudainement…

— Je vous ai fait mal ?

— Non.

Si seulement il pouvait la prendre de nouveau dans ses bras ! Comme elle aimait quand il la tenait serrée contre lui ! Elle avait tellement besoin d'être rassurée, de l'entendre lui susurrer des mots tendres à l'oreille ! Mais elle savait qu'elle n'aurait rien de tout cela…

— Vous avez faim ? lui demanda Ramiz.

Oui, se rendit-elle compte avec surprise, elle avait faim…

Mais cela lui semblait si inconvenant, si trivial, après cet élan de passion, qu'elle préféra rester muette.

— Moi, je meurs de faim, dit Ramiz en faisant une petite grimace. Allez, venez !

Et avant qu'elle ait pu faire le moindre geste, il l'avait soulevée et la portait dans ses bras pour l'emmener dans l'autre pièce.

— Nous ne pouvons tout de même pas manger tous nus ! s'exclama-t-elle, effarée.

Ramiz lui adressa un large sourire.

— Mais si, c'est tout à fait possible…

Il poussa du pied plusieurs coussins pour les rassembler et ramassa l'énorme plateau en argent sur lequel étaient disposés les plats pour le poser sur le tapis, devant les coussins. Puis, il s'assit.

— Venez ici, dit-il en tapotant un coussin près de lui pour l'inviter à le rejoindre.

Mais Celia ne bougea pas d'un centimètre. Elle se tenait debout et cachait sa nudité comme elle le pouvait. Il lui prit alors la main et la tira brusquement vers lui. Elle s'affala sur un énorme coussin en velours.

Ramiz souleva le couvercle d'un plat et se servit une *pastille* qu'il ouvrit aussitôt. Un peu de pâte s'émietta sur le bras de Celia. Il se pencha sur elle et avala les miettes d'un grand coup de langue. Puis il lui proposa de goûter à sa pâtisserie et lécha les miettes qui restaient sur ses lèvres quand elle referma la bouche, avant d'engloutir le reste.

Ils s'attaquèrent ensuite à une salade de grenades, assaisonnée de jus de citron et parsemée de fines lamelles d'oignon. Ramiz s'amusait à lui donner à manger avec une cuillère en argent. Le citron ajoutait à leurs baisers un goût acidulé qui pétillait sur la langue.

Puis ils se régalèrent d'aubergines et de poivrons grillés, le tout arrosé d'huile d'olive. Une fois qu'ils eurent terminé le plat, Ramiz lui suçota longuement chaque doigt pour la débarrasser de la moindre trace d'huile. C'était absolument divin…

Il lui fit couler le jus d'un ananas parfumé au gingembre entre les seins. Ils avaient maintenant cessé de prétendre qu'ils étaient en train de manger. Ramiz menait la danse, et elle suivait le rythme. De sorte que ce qui avait commencé comme un petit jeu taquin, songea Ramiz, était en passe de le mener à sa perte…

Il se régalait de ses seins… Ils avaient le goût de l'ananas, du sel et du sucre. Sans oublier cette délicieuse note acidulée… L'essence même de Celia… Elle était si belle, si désirable ! Quel homme pourrait lui résister ? Sûrement pas lui ! D'ailleurs, il ne cherchait plus à résister. Il la dévorait des yeux, plaquée sous lui, tout aussi excitée visiblement, les joues rougies, les cheveux emmêlés, les yeux allumés de la même passion que lui. Il en éprouva un sentiment totalement inconnu de lui jusque-là. C'était comme si elle prenait quelque chose de lui pour se l'approprier, le fondre à sa propre personne. Elle mélangeait son sang au sien en quelque sorte, tout comme lui se mélangeait au sien. Comme s'il la connaissait depuis toujours. Comme s'il était en elle. Et elle en lui.

Il posa sa bouche sur l'un de ses mamelons et s'amusa à le suçoter, le titiller et le mordiller avec la plus grande délectation. C'était un tel ravissement de la voir se cramponner à lui… Selon l'intensité de ses caresses, elle se cambrait ou se tortillait. Puis il plaça sa main entre ses jambes. C'était humide et chaud. Il se mit ensuite à effectuer un léger mouvement circulaire de la paume. Ce qui déclencha immédiatement son érection. Il avait encore envie d'elle. Tout de suite.

Il tenta de lui écarter les jambes, mais Celia résista. Elle le fit rouler sur le dos avant de lui laisser comprendre ce qui se passait. Elle plongea ensuite sa main dans un plat et fit couler quelque chose sur son torse. Puis plus bas… C'était froid. Crémeux. Du yaourt peut-être, se dit-il. Mais Celia avait commencé à promener délicatement sa langue sur son ventre, alors toute pensée l'abandonna.

Elle s'attarda un peu dans le creux de son nombril, puis se dirigea plus bas... Ramiz ferma les yeux et retint son souffle. Il sentit sa langue au bout de sa verge. Elle s'arrêta, le laissant pantelant de frustration. Puis elle donna un autre coup de langue, un peu plus long. Puis un autre. Plus bas. Plus bas encore. Elle descendit sur toute sa longueur et remonta en un seul mouvement fluide qui le fit tressaillir de plaisir. Le sang affluait dans sa verge. Son bas-ventre se contractait. Son orgasme n'allait pas tarder. Il allait finir par mourir de plaisir ! Si seulement elle pouvait... Oui, exactement comme cela ! Et comme cela encore. Et... Oh ! Oui !

— Celia...

Elle s'arrêta. Mais non, elle ne devait surtout pas s'arrêter ! Il se pencha et l'attrapa par les épaules. Il eut juste le temps de voir une expression de surprise sur son visage avant de la faire pivoter sur lui. Ses genoux lui effleuraient les épaules. Ses seins étaient venus s'écraser sur son ventre. Sa bouche avait repris sa place... Et la sienne, songea Ramiz content de la manœuvre, se trouvait exactement où il le voulait... Il posa ses paumes sur les fesses de Celia et plaça sa bouche entre ses jambes, sur son mont de Vénus. Il ne put retenir un gémissement tandis qu'il la goûtait, la respirait, cherchait son petit bourgeon. Il gémit de nouveau lorsque Celia se mit à l'imiter. Elle répondait à chaque coup de langue, à chaque caresse... Sa jouissance n'allait plus tarder maintenant... Il faisait ce qu'il pouvait pour la retarder mais, quand Celia parvint à l'orgasme, il s'abandonna totalement. Il n'avait jamais ressenti quelque chose d'aussi grisant... Elle jouissait dans sa bouche, et lui dans la sienne.

C'était si bon... Sa mauvaise conscience affleura un instant pour lui murmurer que ce n'était pas bien. Mais il la fit taire aussitôt. Bien ou mal, pour l'instant, il s'en moquait éperdument !

Chapitre 11

Ramiz ne passa pas la nuit dans la tente de Celia, mais retourna dormir dans la sienne. Après son départ, Celia observa longuement son reflet dans le miroir en pied, à la lueur de la lampe. Elle reconnaissait à peine la femme qu'elle voyait. Elle avait les cheveux terriblement emmêlés. Ses yeux paraissaient énormes et avaient pris une couleur vert foncé qu'elle ne leur avait jamais vue. Sa lèvre inférieure semblait gonflée. Elle avait la peau rouge, et on voyait encore la marque légère des doigts de Ramiz sur ses seins. Elle avait un bleu sur les fesses, et son entrejambe était brûlant. Elle avait aussi un peu de sang sous les ongles. Elle avait dû les planter trop profondément dans le dos de Ramiz !

Son visage, lui, irradiait de mille feux. C'était difficile à décrire. Il brillait d'un éclat comme jamais auparavant. La sensualité à l'état pur, songea-t-elle… C'était certainement ce dont il s'agissait. Pour la première fois depuis son arrivée en Orient, elle entrevit à quoi pouvait servir le port du voile. Personne ne devait la voir dans cet état. Elle ne l'aurait pas supporté. N'importe qui aurait tout de suite compris !

Elle se demanda si Ramiz était dans le même état qu'elle. Elle en doutait. Rien de tout cela n'était nouveau pour lui. Ce n'était évidemment pas la première fois qu'il faisait l'amour à une femme et ce ne serait sûrement pas la dernière… Mais simplement l'imaginer dans les bras d'une autre femme lui donnait la nausée.

Elle devait absolument se préserver. Yasmina l'avait mise en garde, et elle comprenait mieux pourquoi maintenant. Même si elle avait donné du plaisir à Ramiz et s'il avait eu beaucoup de mal à quitter sa tente, elle devait garder à l'esprit que tout cela ne signifiait rien pour lui. Et lui n'était rien de plus qu'une lubie passagère pour elle. Sa vie était ailleurs. En Angleterre. Ce qu'ils venaient de partager ne signifiait rien de plus qu'un bon moment à ranger dans les souvenirs. Peu importaient le bonheur qu'elle ressentait dans ses bras et les sensations incroyables qu'il lui faisait éprouver : Ramiz n'était qu'une oasis dans le désert de son existence. Elle se fit rire tout à coup. C'était exactement le genre de phrase un peu grandiloquente que sa sœur Cassie aurait pu dire ! Elle se demanda si Ramiz était en train de dormir. Ou s'il pensait à elle. Puis elle finit par tomber dans un profond sommeil.

Quand elle s'éveilla le lendemain matin, le soleil se levait à peine, et tout le monde s'activait déjà pour préparer le départ de la caravane. Elle prit rapidement son petit déjeuner. Elle se doutait bien que les serviteurs attendaient qu'elle ait terminé pour débarrasser. Ramiz, lui, était déjà prêt et tenait les rênes de leurs chameaux.

Il était visiblement pressé de partir, et elle fut certaine qu'il allait complètement l'ignorer, qu'il se montrerait revêche. Qu'il reprendrait son attitude froide et distante propre à son rôle de prince, maintenant qu'il avait eu ce qu'il désirait. Mais elle s'était complètement trompée. Pour commencer, Ramiz l'aida à monter sur son chameau en lui adressant un sourire extrêmement chaleureux. Puis ils se mirent en route comme la veille, l'un à côté de l'autre. Comme deux compagnons de route. Si elle s'était trouvée en compagnie d'un autre homme, elle aurait très certainement pensé qu'il lui faisait la cour. Mais c'était Ramiz, et elle savait que jamais il ne pourrait lui faire la cour…

En fin de journée, ils établirent un campement similaire à celui de la veille. Mais ils n'étaient pas seuls cette fois.

— Le cheik Farid et sa tribu, lui expliqua Ramiz en désignant le groupe de tentes qui se trouvait à cinq cents mètres environ de distance. Nous devons leur présenter nos hommages ce soir. Il faudra vous habiller pour l'occasion, Celia. Cela fait partie du protocole à respecter.

— Vous voulez que je vienne avec vous ?

— Si vous ne venez pas, le cheik le prendra comme une insulte. Vous pensez peut-être qu'ils n'ont pas entendu parler de la mystérieuse Anglaise qui voyage à mes côtés ?

Elle n'y avait guère réfléchi et se le reprocha.

— Que penseront-ils de moi ?

— J'ai demandé à Akil de s'arranger pour leur faire croire que vous êtes ici en tant qu'émissaire du gouvernement britannique.

— Une femme émissaire du gouvernement ! Ça m'étonnerait beaucoup qu'ils croient à cette histoire.

Ramiz haussa les épaules.

— Et pourquoi pas ? Ils penseront qu'il s'agit de la nouvelle lubie en Occident. C'est la raison pour laquelle nous avons des tentes séparées. Vous n'aimeriez pas les laisser penser que vous êtes ma concubine.

— Non, bien sûr que non !

— Je cherche autant à préserver mon honneur que le vôtre. De plus, ajouta-t-il, la fille du cheik Farid est l'une des princesses qui figurent sur la liste des prétendantes établie par le Conseil des Anciens.

Pensant qu'il avait pour unique souci de protéger sa réputation de femme, elle s'était sentie très touchée. Mais à présent qu'elle comprenait qu'elle s'était trompée et qu'il se préoccupait surtout de sa propre réputation, elle bouillait de colère. Mais ce n'était pas à lui qu'elle en voulait… Non… C'était à elle-même pour avoir tiré de ses paroles des conclusions hâtives.

Elle se retira dans sa tente, humiliée et en proie à un sentiment qu'elle peinait à définir. De la jalousie, très probablement, conclut-elle en se plongeant dans le bain qui avait été préparé à son intention.

Je suis jalouse d'une femme que je n'ai jamais rencontrée, et que Ramiz n'épousera peut-être même pas !

Le bain finit par la calmer. L'huile dont elle enduisit ensuite ses bras et ses jambes l'apaisa également. Elle devait absolument demander à Fatima la recette pour fabriquer cette huile avant de repartir. Cassie aimerait sans aucun doute l'essayer,et ce n'était pas le genre de cosmétique qu'elle trouverait chez elle.

Chez elle… L'expression la fit sursauter. C'est vrai que très bientôt, elle rentrerait en Angleterre ! Loin, très loin de la chaleur écrasante qu'il faisait dans ce beau pays, loin de ses délicieuses odeurs, loin de ses paysages contrastés qui alternaient déserts arides et oasis de verdure, loin d'A'Qadiz, de ses plats exotiques, de ses couleurs éclatantes. Et loin de Ramiz. Non, vraiment… Elle n'était pas prête à partir, pas encore. Et pourtant, son père n'allait plus tarder à arriver au Caire.

— Chez moi, répéta-t-elle tout haut pour voir si cela lui faisait quelque chose.

Mais les mots ne lui évoquaient rien du tout. Et l'idée de quitter Ramiz lui était insupportable.

— Je peux bien l'admettre à présent, dit-elle en se regardant dans le miroir, droit dans les yeux, je ne suis pas simplement sous le charme de cet homme, je ne suis pas simplement sous une emprise sensuelle. Je suis amoureuse de lui…

Son reflet lui sourit.

— Je suis amoureuse de Ramiz, répéta-t-elle.

Son sourire s'élargit. Sa peau se mit à la picoter.

— Je suis amoureuse de Ramiz. Mon Dieu ! Je suis amoureuse de Ramiz !

Elle se dirigea vers le divan en titubant à demi.

— Je suis amoureuse de Ramiz et je suis sur le point de rencontrer la femme qu'il va peut-être épouser, dit-elle encore en partant d'un éclat de rire hystérique suivi d'une grosse larme qui coula le long de sa joue.

Elle ? Amoureuse ? Mais qui aurait bien pu prévoir une chose pareille ? Elle-même ne se serait jamais crue capable d'un tel sentiment. Pas de ce genre d'amour, en tout cas.

Elle avait toujours imaginé l'amour comme une affection paisible entre deux êtres et qui allait croissant au fil des années. Quelque chose de solide et de fiable aussi. En tous les cas, elle n'avait jamais envisagé l'amour comme quelque chose d'essentiel ! Tout ce qu'elle croyait savoir était totalement erroné. L'amour se propageait en elle comme s'il possédait une vie propre. Il ne venait pas la compléter, il était à la source même de son être. Il était sa raison de vivre. Elle ne faisait qu'un avec Ramiz. Il était le cœur qui battait en elle, le soleil autour duquel elle tournait.

Elle se mit soudain à rire. C'était tout à fait le genre de chimères dont Cassie passait son temps à se repaître, et elle s'était toujours ouvertement moquée d'elle à ce sujet. Pourtant, elle comprenait désormais à quel point sa sœur avait raison. Ce qu'elle ressentait lorsqu'elle était avec Ramiz, et uniquement avec lui, n'avait rien à voir avec le harem. C'était lui qui était à l'origine de tout. Son corps était totalement sous son emprise parce qu'elle était amoureuse ! Il était en osmose avec celui de Ramiz parce qu'il avait reconnu, bien avant son esprit, ce que Ramiz représentait pour elle. Elle l'aimait, c'était aussi simple que cela.

Et Yasmina avait raison. Elle n'était pas du genre à aimer deux fois. Elle aimerait cet homme toujours. Il n'y aurait jamais quelqu'un d'autre dans sa vie. Ramiz était le début de son histoire. Et sa fin.

Sauf que, contrairement à ce qui se passait dans les contes de fées, ils ne vivraient pas heureux. Leur histoire aurait une fin, et il faudrait faire avec.

Ramiz ne devait jamais apprendre ce qu'elle ressentait… Car, s'il connaissait la nature de ses sentiments, il se sentirait responsable, et cette situation risquerait d'entacher son honneur. Ce qui était évidemment hors de question !

Elle choisit ses vêtements avec soin. Elle enfila un pantalon plissé jaune citron, fermé aux chevilles par des liens dorés ornés de perles. Elle opta ensuite pour un caftan de velours vert à manches très amples ainsi que pour des babouches assorties. Puis elle mit un collier et des bracelets de perles qu'elle tenait de sa mère et parsema également des perles dans ses cheveux.

Pas mal, pensa-t-elle en s'observant de nouveau dans le miroir. Son caftan, fendu au niveau des cuisses, soulignait avantageusement sa taille et accentuait la longueur de ses jambes. Les perles lui rehaussaient le teint. Et ses cheveux étaient brillants et soyeux grâce aux soins que Fatima et Adila leur avaient prodigués. Elle avait l'air tout à fait exotique. Même si cette tenue lui couvrait davantage le corps qu'une robe de bal, le tissu léger de son pantalon laissait entrevoir ses jambes par les fentes de son caftan. Elle se mit à rire intérieurement. Que penserait donc tante Sophia si elle apprenait que sa nièce allait rendre visite à un cheik sans même porter de corset ?

Ramiz ne l'aimait peut-être pas, mais il était évident qu'il la désirait. Et dans cette tenue, elle avait une certaine allure. Ce qui n'était pas la moindre des consolations, se dit-elle en sortant de la tente.

Lorsqu'elle le rejoignit, Ramiz était en train de s'entretenir avec Akil. Il portait sa tenue d'apparat de soie blanche ourlée d'or. Son sabre royal scintillait à sa ceinture. Il avait vraiment tout d'un prince. Elle remarqua immédiatement son air préoccupé. Il lui accorda à peine un regard. Il aboyait des instructions aux gardes et inspectait les cadeaux qui allaient être offerts au cheik Farid tout en écoutant d'un air visiblement impatient les multiples recommandations que lui faisait Akil.

Alors qu'ils allaient se mettre en marche, Celia songea que la procession qu'ils formaient était tout à fait impressionnante. Ramiz en prit la tête, précédé du chef de la garde royale, un homme à la carrure proprement saisissante. Sa tunique était assez grande pour en faire une tente ! Elle-même suivait

Ramiz, et juste derrière eux venait Akil, flanqué du reste des gardes qui portaient des torches afin d'éclairer le chemin.

Le cheik Farid était un homme de petite taille qui avait à peu près le même âge que le père de Celia. Il était vêtu simplement. Il portait une robe noire et une coiffe à carreaux rouges. En revanche, les femmes qui se tenaient à ses côtés rattrapaient largement son manque d'ostentation. Celia dénombra six épouses, toutes parées de quantité de bracelets aux chevilles et aux poignets, de colliers et de boucles d'oreilles qui cliquetaient au moindre de leurs mouvements. Elles avaient la peau couverte de tatouages à l'encre et au henné : des motifs tout en arabesques représentant des feuilles et des fleurs ainsi que des symboles anciens. Leurs ongles étaient enduits de henné et leurs paupières surlignées de noir, un peu à la façon des yeux des pharaons. Elles ne portaient pas le voile et la regardaient avec une grande curiosité. Mais lorsqu'elle leur adressa un sourire, elles pouffèrent aussitôt de rire et baissèrent les yeux.

Tant que Ramiz ne l'inviterait pas à s'approcher, Celia décida de rester discrètement en retrait, sous le regard attentif d'Akil. Même s'il n'en avait rien dit, elle savait parfaitement qu'il n'approuvait pas sa présence. Il devait s'inquiéter du bien-fondé de la situation, et elle ne pouvait pas l'en blâmer. S'il avait eu des soupçons quant à la relation qu'elle entretenait avec son prince, ceux-ci étaient désormais confirmés... Il devait la prendre pour une femme aux mœurs légères, et il y avait fort à parier qu'il la verrait repartir le cœur léger, car il ne devait pas apprécier non plus l'amitié qu'elle avait récemment développée avec Yasmina. Cette réprobation muette l'attristait beaucoup. Et elle ne voulait pas l'attiser d'avantage en s'immisçant plus que nécessaire dans cette rencontre officielle.

Elle prit beaucoup de plaisir en tant que spectatrice des événements, car elle put ainsi observer Ramiz dans son rôle de prince. Il le tenait avec toute l'assurance et la dignité dont elle le savait capable, mais ce qui l'impressionnait le plus, c'était son attitude dénuée de la moindre manifestation d'arrogance. Il paraissait se prêter volontiers au rituel des requêtes, lequel consistait à recevoir longuement chaque personne désireuse d'en appeler à son arbitrage. Il se montrait patient et intéressé chaque fois. Il savait aussi parler sans la moindre trace de condescendance et prenait toujours le temps nécessaire pour calmer les quémandeurs les plus nerveux ou les plaideurs les plus agressifs. Il traitait les anciens avec une déférence des plus touchantes et plaisantait avec les plus jeunes comme s'il était l'un des leurs. Et malgré la longue file de personnes venues le voir, il prenait le temps qu'il fallait. Chaque cas était entendu avec toute la considération qu'il méritait et chaque décision était formellement proclamée avant l'affaire suivante.

Tout le monde ne repartait pas forcément le sourire aux lèvres, mais tous étaient traités sur un pied d'égalité. C'était cela l'intérêt de la chose, comprit Celia. Les sommes d'argent données avaient finalement peu d'importance. Ce qui comptait, c'était l'image que leur renvoyait le prince Ramiz : celle d'un homme équitable, juste, accessible.

Elle était très impressionnée. Et très émue. Par l'humanité dont Ramiz faisait preuve mais, avant tout, par sa vision des choses. Il cherchait manifestement à prouver à son peuple la justesse des principes qu'il utilisait pour régner. Des principes que de nombreux autres dirigeants, d'après ce qu'elle en savait, défendaient verbalement sans jamais les mettre en application eux-mêmes. Oui, vraiment, Ramiz était un homme remarquable. Elle l'aimait tellement !

Bouleversée par tout ce qu'elle venait de voir, elle sortit de la tente du cheik sans se faire remarquer et se dirigea un peu à l'écart des autres tentes, absorbée dans ses pensées. Elle en profita pour apprécier la fraîcheur du soir et les odeurs du désert qui montaient après le crépuscule. Les vastes étendues de sable qui l'entouraient commencèrent à lui faire leur effet habituel. Un effet assez contradictoire, d'ailleurs. Elle prenait conscience de sa propre insignifiance, mais en même temps, elle avait l'impression que des possibilités infinies s'ouvraient à elle. C'était ce qu'elle appelait l'« euphorie du désert ». Un sentiment grisant, mais qui faisait également réfléchir. Un peu comme de voler dans le ballon à air chaud de Signor Lunardi. Un ballon que son père avait eu la chance de voir lors de son vol inaugural à Londres.

Elle entendit soudain un bruit de pas. Elle n'était donc pas seule... C'était un des gardes de Ramiz. Elle le reconnut à l'éclair que lança son sabre au clair de lune. Il avait sans doute été chargé de garder un œil sur elle. C'était étrange... Quelques semaines plus tôt, elle se serait certainement sentie insultée par ce qu'elle aurait interprété comme un manque de confiance patent. Elle savait maintenant qu'il n'en était rien. Ramiz était animé d'un esprit extrêmement chevaleresque et se faisait un devoir d'être toujours aux petits soins. Cela faisait partie intégrante de sa personnalité. Elle avait fini par s'y habituer et même par y prendre goût.

Elle adressa un signe de tête au garde en passant et retourna au campement des Bédouins. La file d'attente s'était considérablement réduite. Des feux avaient été allumés devant la plupart des tentes et de délicieuses odeurs de cuisine emplissaient l'air. Les femmes étaient réunies autour des marmites. Elles bavardaient et riaient. Un groupe d'enfants à demi dévêtus jouaient au ballon. Celia s'arrêta pour les regarder. La balle atterrit à ses pieds juste à ce moment-là et, avant de comprendre ce qui lui arrivait, elle se retrouva embarquée dans le jeu. Les enfants lui expliquèrent les règles — plutôt complexes de prime abord — à grand renfort de gestes. Ce qui provoqua rapidement l'hilarité générale.

Au contact quotidien d'Adila et Fatima, elle avait acquis des rudiments de langue arabe. Aussi, lorsque les enfants finirent par se lasser du jeu de ballon et se rassemblèrent autour d'elle en tirant sur son caftan et en répétant tous le même mot d'une voix suppliante, Celia comprit qu'ils lui réclamaient une histoire. Elle s'assit aussitôt en tailleur sur le sable et, entourée de ces enfants aux visages pleins d'espoir, elle tabla sur leur enthousiasme et leur participation active pour combler son manque de vocabulaire. Elle se lança dans l'une des histoires préférées de Samir, le fils de Yasmina, qui se trouvait être aussi l'une des préférées de Cressida, sa plus jeune sœur : *Ali Baba et les quarante voleurs.*

— *As-salamu alaykum,* dit Ramiz à la dernière personne qui s'était présentée à lui.

Il s'agissait d'un homme qui voulait récupérer la dot de sa fille après son récent divorce.

— Que la paix soit avec vous, ajouta-t-il encore.

— *Wa-alaykum as-salam,* Majesté, répondit l'homme qui sortait de la tente en s'inclinant respectueusement.

Ramiz se frotta les tempes et regarda autour de lui.

— Où est lady Celia ? demanda-t-il à Akil.

— Elle est sortie il y a déjà quelque temps.

Ramiz le regarda d'un œil mauvais.

— Je t'ai demandé de garder un œil sur elle !

— C'est ce que j'ai fait, Majesté. Il y a un garde avec elle.

Ramiz sortit.

— Majesté ?

Akil le retint par la manche. Ramiz le toisa, et le conseiller recula rapidement de quelques pas.

— Eh bien ?

— J'ai pris les dispositions nécessaires avec le cheik Farid pour que sa fille vous soit officiellement présentée demain. Je vous présente mes excuses si je donne mon avis sans y avoir été invité, mais vous feriez bien de laisser lady Celia se débrouiller toute seule.

Il pâlit en voyant l'expression glaciale qu'arborait à présent Ramiz. Mais il était prêt à aller jusqu'au bout. Il l'attira dans un coin à l'abri des regards curieux et des oreilles indiscrètes et reprit :

— Personne ne croit à cette histoire d'émissaire que vous m'avez fait raconter. Tout le monde voit bien ce que vous représentez pour elle. Elle se tourne vers vous comme une fleur vers le soleil. Et vous, Majesté, si vous n'y prenez garde, vous finirez par vous laisser ensorceler. Son père est un homme très influent. A votre avis, comment réagira-t-il lorsqu'il apprendra que vous avez fait de sa fille votre concubine ?

— Comment oses-tu me parler ainsi ? Ce n'est pas parce que tu es mon ami, Akil, que tu as le droit de t'immiscer dans ma vie personnelle !

— Je vous rappelle que vous êtes le prince. Un prince n'a malheureusement pas de vie personnelle. Et c'est justement parce que je suis votre ami le plus proche que j'ose vous dire les choses telles qu'elles sont. Vous pensez que je ne sais pas que vous avez travaillé sans relâche ces deux dernières années ? Vous pensez que je ne sais pas tout ce que vous avez fait pour A'Qadiz ? Et tout ce qu'il vous reste encore à faire ? Ce ne serait vraiment pas raisonnable d'insulter les Anglais pour une affaire de femme. Et ce ne serait pas très raisonnable non plus d'insulter le cheik Farid, qui a une très forte emprise sur presque tous les Bédouins. Faites-moi un peu confiance. Laissez lady Celia tranquille, et si vous devez vraiment aller dans son lit, faites-le loin des yeux indiscrets.

Un long silence s'ensuivit. Ramiz était furieux d'avoir été ainsi sermonné, mais il était encore plus furieux contre lui-même.

— Si j'ai été imprudent, je veillerai à ce que cela ne se reproduise plus. Mais tu fais une montagne d'une taupinière, Akil. Lady Celia ne se fait aucune illusion sur notre relation. Elle est parfaitement consciente que c'est temporaire et elle ne me causera aucun problème.

— Moi, je vous dis qu'elle est amoureuse de vous.

Ramiz secoua vigoureusement la tête.

— Tu te trompes. Comme tous les étrangers, elle est obsédée par la sensualité propre à notre culture. N'oublie pas qu'elle vient d'un peuple qui fait de l'indifférence une qualité, qui assimile la frigidité à la vertu et la passion au vice ! Lady Celia donne simplement libre cours à ses passions, loin des yeux curieux de ses compatriotes. Elle ne fait que profiter de la situation.

— C'est ce que vous faites également, non ?

Ramiz serra les poings.

— Tu dépasses les bornes, Akil ! Je ne fais que jouir de la compagnie de quelqu'un qui m'accepte tel que je suis. Une situation que j'ai rarement rencontrée depuis mon arrivée au pouvoir, tu en conviendras.

— Ramiz, si c'est juste d'une femme dont vous avez besoin, vous pourriez…

— Assez ! Ce n'est pas juste une femme ! hurla Ramiz en secouant Akil par les épaules.

Un grand silence s'était fait autour d'eux, et les gardes s'étaient élancés dans leur direction dès qu'il avait élevé la voix. Il les ignora, tout comme il ignora le cheik Farid qui venait voir ce qui se passait.

— Si je t'entends encore manquer de respect envers lady Celia en ma présence, continua-t-il, je te ferai bannir. C'est bien compris ?

Akil acquiesça, blanc comme un linge.

— Et si lady Celia vient à m'apprendre que tu as manqué d'égard à son encontre, ou si elle m'apprend que tu as confié tes préjugés à ta femme, je te ferai bannir ! Yasmina est sa seule amie, ici. Ce serait vraiment dommage si elle venait à la perdre. Est-ce que je me suis bien fait comprendre, Akil ?

Akil acquiesça une nouvelle fois, et Ramiz le lâcha enfin.

— Bien… Essayons d'oublier cette querelle, maintenant. Nous nous connaissons depuis trop longtemps pour laisser quoi que ce soit s'interposer entre nous.

— Je l'espère, murmura Akil d'une voix faible, en réajustant l'*igal* qui maintenait sa coiffe en place.

L'explosion de colère de Ramiz l'avait choqué parce qu'il était certain d'avoir raison. Plus tôt lady Celia serait en route pour l'Egypte, mieux ce serait. Ramiz pourrait alors se concentrer sérieusement sur son mariage et choisir l'épouse qui conviendrait à son statut.

Alors qu'il cherchait un peu de calme avant le début des festivités qui allaient durer une bonne partie de la nuit, Ramiz tomba sur Celia assise au milieu d'un groupe d'enfants en haillons qui l'écoutaient avec grande attention. Il prit soin de ne pas se faire voir et observa la scène, fasciné. Celia encourageait les enfants à participer au conte en utilisant des gestes lorsque le vocabulaire venait à lui manquer, mais il fut impressionné par ce qu'elle connaissait déjà de l'arabe. Il ne se doutait même pas qu'elle savait dire autre chose que bonjour ou merci ! Ces progrès venaient sûrement des servantes. Et de Yasmina, aussi, probablement.

L'intervention d'Akil l'avait mis en colère, mais il connaissait suffisamment son ami pour savoir qu'elle partait d'un bon sentiment. Akil avait cependant tort sur toute la ligne en ce qui concernait Celia. C'était complètement ridicule de croire qu'elle était amoureuse. Presque aussi ridicule que de croire que lui, le prince Ramiz al-Muhana d'A'Qadiz, pouvait ressentir la même chose. Les princes ne tombaient pas amoureux, excepté dans les contes de fées ! Et les roses anglaises ne tombaient pas amoureuses des princes arabes, excepté dans les contes de fées, encore une fois. Il était certain que Celia vivait cette parenthèse orientale dans l'état d'esprit qu'il avait indiqué à Akil. Ni plus, ni moins.

Elle était en train de caresser distraitement les cheveux de la petite fille assise à côté d'elle et en berçait doucement une autre qui s'était installée sur ses genoux. Ce n'était pas la première fois qu'il remarquait l'attraction qu'elle exerçait sur les enfants. Cela s'était déjà produit le jour où elle était arrivée au port, et le jour également où ils étaient allés au marché à Balyrma. Les enfants semblaient naturellement attirés, et de son côté, elle savait leur parler. Elle ne prenait jamais ce ton condescendant qu'il avait entendu chez tant de femmes qui n'avaient pas d'enfants. Il se créait d'emblée une sorte d'affinité entre eux. Ce qui s'expliquait sans doute par l'habitude qu'elle avait de s'occuper de ses sœurs, se dit-il.

Akil s'inquiétait vraiment pour rien. Il tenait tellement à

sceller les traités de paix si durement acquis par l'effet d'un bon mariage qu'il ne voyait plus les choses clairement. Celia paraissait peut-être dans son élément à A'Qadiz, mais ce n'était pas chez elle. La nuit précédente avait certes été sublime, mais il ne s'agissait que d'une passion vouée à l'éphémère. D'abord parce que Celia retournerait bientôt en Angleterre, ensuite parce que, comme toutes les passions, celle-ci se volatiliserait tôt ou tard. Tôt, s'il continuait à y céder. Une fois Celia repartie, il continuerait à remplir ses obligations vis-à-vis d'A'Qadiz, comme il l'avait toujours fait. Simplement, après trente-cinq ans passés au service du royaume, il estimait qu'il méritait bien ces quelques jours de félicité.

Un petit garçon cherchait maintenant à se glisser sur les genoux de Celia. Sans interrompre son histoire, elle réussit à l'installer. Mais elle n'avait plus aucune main libre.

— Sésame, ouvre-toi ! lança-t-elle.

Mais comme elle ne pouvait plus ouvrir les bras en grand pour faire comprendre ce qui se passait, la formule tomba à plat. Les enfants paraissaient perplexes.

— *Iftah ya simsim*, dit Ramiz, trop content de se joindre à eux. Sésame, ouvre-toi ! reprit-il en articulant soigneusement chaque mot et en s'asseyant à côté de Celia.

— Sésame, ouvre-toi ! répétèrent joyeusement les enfants en chœur.

— Merci, murmura Celia.

Elle lui sourit. Il ne lui connaissait pas ce sourire. C'était un sourire très tendre, dû sans doute à la présence des enfants qui lui rappelaient ses sœurs. Preuve supplémentaire qu'Akil avait tort…

Oui, indéniablement, Akil se trompe…, se répéta Ramiz un peu plus tard, alors qu'ils retournaient en procession à leurs tentes après un dîner qui avait duré une bonne partie de la nuit. Il souhaita une bonne nuit à Akil. Celui-ci le salua froidement et se retira dans sa propre tente sans un regard, encore affecté, visiblement, par leur dispute.

Celia devait sûrement dormir à cette heure, songea-t-il. Elle avait mangé séparément, avec les femmes, et avait été raccompagnée à sa tente une heure plus tôt. Il avait d'abord eu l'intention d'aller directement se coucher. Mais la froideur persistante d'Akil et le besoin irrépressible de lui prouver qu'il avait tort le conduisit finalement jusqu'à la tente de Celia. Si elle dormait, il ne la réveillerait pas, se promit-il.

Mais elle ne dormait pas. Quand il entra, les lampes étaient allumées dans la pièce principale. Elle était étendue, toujours vêtue de son caftan en velours, sur un tas de coussins, en train de lire un livre qu'elle mit immédiatement de côté dès qu'il apparut dans l'embrasure de la porte. Elle lui fit signe d'entrer.

Ramiz hésita. Elle ne lui semblait pas différente. Elle était belle. Peut-être lui souriait-elle autrement… Elle avait tout simplement davantage conscience de son corps, de ce qu'elle pouvait ressentir. De ce que lui pouvait lui faire. De ce qu'elle pouvait lui faire.

— Celia, vous savez que cela ne peut pas durer ?

Elle baissa les yeux.

— Bien sûr que je le sais. Etes-vous venu me dire que notre conte de fées est déjà fini, Ramiz ?

— Notre conte de fées ? répéta-t-il, déconcerté par ces mots qu'il avait pourtant utilisés lui-même.

— C'est comme ça que je vois les choses. Pas vous ?

Il prit la main qu'elle lui tendait et se laissa choir sur les coussins, à côté d'elle.

— Un conte de fées ? Suis-je votre prince ?

— Bien sûr !

— Alors, vous devez faire ce que je vous ordonne, dit-il en lui enlevant les épingles en perles de ses cheveux pour pouvoir y passer la main.

— Vos désirs sont des ordres, maître.

— Excellent ! approuva Ramiz en lui enlevant son caftan par la tête.

Il passa ses mains sur ses épaules, sur ses seins. Il lui frôla la taille puis les hanches avant d'enlever lui aussi sa robe.

— En fait, ce soir, c'est le contraire que je vous propose. Vos désirs seront des ordres, Celia. Que souhaitez-vous de moi ?

Le cheik Farid présenta officiellement sa fille Juman le lendemain matin. Une visite qui semblait prévue, constata Celia en voyant, de sa propre tente, Akil qui s'agitait à propos de l'emplacement des meubles dans la tente que Ramiz occupait. Tout l'avant de la pièce principale avait été dégagé pour disposer de davantage d'espace. Akil était en train de contrôler le placement d'un service à thé et observait de très près un serviteur qui était en train de polir le samovar en or. Il parut satisfait du résultat. Pendant ce temps, Ramiz était assis dans un coin, un livre à la main.

Le cheik Farid arriva à cheval. Un magnifique pur-sang noir, d'une rare finesse, qui contrastait avec le cheval gris sur lequel était montée sa fille. Un troisième cheval, gris lui aussi, caracolait le long d'une rêne, derrière eux. Même à une telle distance, Celia voyait bien que le père et la fille étaient de bons cavaliers. Ce n'était guère surprenant. Elle avait appris la veille que le cheik Farid vivait en grande partie du commerce des pur-sang.

Sa fille était bien plus jeune qu'elle ne l'avait imaginé. Elle était plus proche en âge de Caroline que de Cassie. Elle avait peut-être seize ou dix-sept ans. Même si Yasmina lui avait dit que les filles se mariaient jeunes à A'Qadiz, Celia ne put s'empêcher de penser que seize ans, c'était bien trop jeune pour Ramiz. Cette fille l'ennuierait à mourir ! A quoi diable Akil et le Conseil des Anciens pouvaient-ils bien penser en suggérant un bébé à un homme tel que lui ?

Mais en la regardant sauter avec agilité de son cheval, Celia commença à entrevoir la raison pour laquelle cette fille avait été choisie. Lorsqu'elle fut invitée à se joindre à eux pour prendre le thé dans la tente de Ramiz, elle n'eut plus aucun doute : Juman était d'une très grande beauté. Des cheveux d'ébène brillants et soyeux, des yeux en amande à la fois mystérieux et séduisants, et des lèvres rouge vermillon. Elle avait une taille de guêpe et le sang qui coulait dans ses veines était certainement aussi pur que celui du cheval qui l'avait amenée. Aucun doute, songea Celia avec amertume, cette jeune fille avait le meilleur pedigree possible en tant qu'aînée de la première femme du cheik. Elle avait compris, à présent, l'importance que revêtait une telle position.

Elle se rendit compte subitement qu'elle était jalouse de Juman et qu'elle lui en voulait. Ce n'était tout de même pas la faute de la jeune princesse si elle était si séduisante et si elle avait tout ce qu'il fallait pour épouser Ramiz ! D'autant que son comportement était exemplaire… Juman ne parlait que lorsque quelqu'un lui adressait la parole. Elle avait insisté pour laisser Celia verser le thé et gardait les yeux modestement baissés. En revanche, lorsque le cheik Farid lui suggéra de montrer à Ramiz le cheval qu'ils lui avaient apporté en cadeau, elle se leva d'un bond en frappant dans ses mains d'excitation. Son enthousiasme était tel que Celia en fut mortifiée.

Akil suggéra à Ramiz de monter le cheval pour mieux se rendre compte de ses performances et proposa au cheik Farid de laisser Juman l'accompagner. Lequel accepta, à une seule condition : Akil devait leur servir de chaperon. Celia poussa alors un soupir de soulagement. Sa réaction lui fit un peu honte, mais le soulagement l'emporta… Lorsqu'ils se mirent en route, elle leur fit signe de la main, le cœur lourd.

Elle se retira dans sa tente et s'occupa l'esprit en brodant un caftan qu'elle avait l'intention d'offrir à Ramiz lorsqu'elle partirait. Lorsque le soleil fut à son zénith, elle s'endormit et se réveilla ensuite au beau milieu de l'après-midi pour s'apercevoir que le trio s'était directement rendu au campement bédouin où une nouvelle tribu de quémandeurs était arrivée.

— Vous pouvez les rejoindre si vous le désirez, lui dit Akil d'un ton qui suggérait pourtant le contraire.

Elle ne sortit pas de sa tente et dîna seule. Elle se mit au lit très tôt, avec un livre pour tout compagnon. Mais Ramiz vint la rejoindre en fin de soirée dans sa tente comme il l'avait fait la nuit précédente. Et comme la nuit précédente, il lui fit l'amour avec une ferveur et une passion qui les prit tous les deux par surprise, une nouvelle fois.

Le même scénario se répéta les jours suivants. Une nouvelle tribu arrivait, Celia passait du temps seule, jouait avec les enfants au campement mais évitait de parler à Ramiz en public. Ramiz consacrait tout son temps à Akil ou à Juman mais ses nuits, il les lui réservait.

Ils faisaient l'amour. Ils parlaient. Elle lui faisait la lecture. Il lui racontait les cas les plus intéressants qu'il avait arbitrés pendant la journée. Elle lui exposait en détail l'idée qui lui était venue de créer une école sous tente où les enfants bédouins pourraient venir pour acquérir des rudiments d'éducation, même s'ils ne restaient pas longtemps.

— Le choix du lieu est primordial, insista-t-elle. Il faudrait établir l'école dans l'une des plus grandes oasis, là où les tribus restent assez longtemps. Il faudrait également s'assurer que cela n'ennuie pas le professeur en place de voir ses effectifs varier chaque jour. Je suis sûre que cela peut marcher ! Les Bédouins sont très nombreux à A'Qadiz, et pourtant leurs enfants, dans leur immense majorité, ne sont pas scolarisés. Je pense à un proverbe que Yasmina m'a appris : *Ne pas avoir l'occasion de mettre ses talents en pratique ne signifie pas que l'on en soit dépourvu*. Ce n'est pas comme si ces enfants n'avaient pas envie d'apprendre, c'est juste qu'on ne leur en donne pas la possibilité ! Leurs parents ne sont pas allés à l'école, ils ne peuvent rien leur enseigner, pas même les bases !

Comme Ramiz l'encourageait à détailler le mode de fonctionnement de son « école sous tente », Celia développa son projet.

— Je vois que vous y avez mûrement réfléchi, je suis

très impressionné, dit-il quand elle eut terminé, une lueur de respect dans les yeux.

— Vous pensez que ça pourrait marcher ?

— Je ne vois vraiment pas pourquoi ça ne marcherait pas. Mais où vais-je trouver des professeurs prêts à relever un tel défi ?

— Moi, je le ferais volontiers, dit-elle sans réfléchir.

— Vous, enseigner sous tente à des enfants bédouins ? Vous n'y pensez pas ! Votre père ne vous laisserait jamais faire une chose pareille !

— Vous avez probablement raison…

— Que ferez-vous quand vous rentrerez en Angleterre, Celia ?

— Je ne sais pas, répondit-elle en détournant les yeux. Je ne sais vraiment pas… Peut-être que j'irai enseigner dans une école des pauvres. Beaucoup d'enfants ne reçoivent pas d'enseignement digne de ce nom en Angleterre, et on dirait bien que je suis douée pour ça.

— Vous devriez avoir des enfants.

Il regrettait déjà ses paroles… Imaginer Celia porter l'enfant d'un autre lui était insupportable.

— Ramiz, je préférerais que nous changions de sujet de conversation.

— Parce que ça ne me regarde pas, c'est ça ?

— Ramiz, je ne vous demande pas si, finalement, vous allez épouser Juman. Mais ça ne veut pas dire pour autant que je n'y pense pas ! Ni que je ne me sente pas terriblement coupable lorsque je pense à ce que nous faisons dans cette tente toutes les nuits. Je ne me sens pas assez coupable pour y mettre un terme, mais c'est probablement parce que je sais que tout va bientôt finir, de toute façon. Je ne vous demande rien parce que je ne tiens pas à le savoir, et parce que, comme vous l'avez dit, cela ne me regarde pas. Ce que je ferai de ma vie quand je partirai ne vous concerne pas non plus.

Le visage de Ramiz s'assombrit tout à coup.

— Je n'épouserai pas Juman… Ce n'est qu'une enfant !

Elle m'ennuie à mourir à tout le temps parler de chevaux, de chevaux, et encore de chevaux ! Comment pourrais-je envisager de la mettre dans mon lit, elle ou n'importe quelle autre femme d'ailleurs, quand je vous ai vous ! Vous m'obsédez ! Vous comprenez, Celia ? Je ne peux pas me passer de vous… Et pourtant, il le faudra bien car vous devez rentrer chez vous.

— Je ressens exactement la même chose, Ramiz… Vous ne voyez donc pas que je ressens exactement la même chose ? Je vous désire. Je vous désire jour et nuit.

— Celia, je…

— Bon Dieu, Votre Majesté, taisez-vous et embrassez-moi donc !

Et pour la première fois de son existence, Ramiz, étonné, se surpris à faire exactement ce qui lui était demandé de faire.

Chapitre 12

Lord Henry avait beau être un homme de constitution robuste, la traversée de la Méditerranée l'épuisa littéralement. Les cabines de l'*Hyperion,* la frégate affrétée par Sa Majesté, étaient terriblement exiguës, et les literies infestées de morpions ! Il avait également beaucoup souffert du mal de mer. Sans parler des piqûres de puces continuelles ! Malgré ces conditions de voyage très éprouvantes, lady Sophia, elle, semblait en pleine forme alors que son frère et sa nièce étaient complètement abattus et avaient dû rester allongés sur leur couchette pendant la plus grande partie de la traversée. C'était donc elle qui avait tout organisé, ce qui n'était pas pour lui déplaire. Elle s'était assurée de leur faire servir des aliments tolérés par leurs estomacs délicats et avait obtenu du capitaine Mowbray en personne un baume pour soulager son frère de l'infestation dont il était victime.

A leur arrivée à Alexandrie, elle continua à prendre les choses en main et trouva immédiatement une voiture pour poursuivre leur périple. Ils étaient bringuebalés dans tous les sens et avançaient à une telle vitesse que le mal des transports saisit une nouvelle fois lord Henry. Après les journées passées à tanguer sur le bateau, voilà qu'il se retrouvait maintenant dans une voiture sans suspensions qui cahotait sur une route en terre ! Il n'en pouvait plus… Et pour couronner le tout, Cassandra ne cessait de demander au cocher, sans beaucoup de savoir-vivre d'ailleurs, de rattraper le temps perdu chaque fois qu'ils s'arrêtaient pour permettre aux chevaux de se reposer !

Ils arrivèrent à la résidence de lord Wincester au Caire à une heure très avancée de la nuit. Le lendemain matin, Cassie, qui s'était rétablie de manière remarquable en un laps de temps très court, voulait déjà l'obliger à reprendre la route, alors qu'il ne s'était pas écoulé vingt-quatre heures depuis leur arrivée !

— Il n'en est pas question ! lui répondit-il. Je ne bougerai pas d'un centimètre. J'ai besoin de me reposer une journée de plus.

— Mais, papa, tu oublies que…

Lord Henry lança un regard noir à sa fille. Il avait eu des morpions. Il s'était fait dévorer par les puces, et à présent un mal de tête atroce ne le lâchait pas. Tout cela méritait un peu de considération, non ? En fait, il se demandait s'il y avait une seule partie de son corps qui ne le faisait pas souffrir d'une manière ou d'une autre.

— Arrête de t'inquiéter, Cassie. Après tout ce temps, ce n'est pas une journée de plus ou de moins qui changera vraiment quoi que ce soit !

Mais il voyait bien qu'elle n'allait pas abandonner la partie aussi vite. Elle avait l'air d'attaque. Une nuit de repos et un bon bain l'avaient tout à fait requinquée.

— Une journée supplémentaire à souffrir, papa. Une journée de plus que Celia passera à se demander quand nous viendrons enfin lui porter secours. Une journée de plus à regarder à travers les barreaux de sa prison et à prier pour qu'on la libère !

— Tu devrais monter sur les planches, tu sais ! Je ne comprends pas comment tu fais. Tu es pourtant si frêle que l'on croirait que tu vas t'envoler au moindre courant d'air ! Comment peux-tu être dans une forme pareille après le voyage que nous venons de faire ? Tu as bien de la chance d'avoir une telle santé… Mais je ne suis pas comme toi, Cassie. J'ai besoin d'une journée de repos supplémentaire avant de traverser le désert. De toute façon, il faut tout d'abord que j'aie une conversation sérieuse avec Wincester. Les négociations que George devaient mener sont extrêmement importantes pour notre pays. Et je ne vais pas aller tout faire capoter simplement parce que je n'aurais pas su prendre le temps nécessaire pour être correctement informé de la situation. J'avoue que ça n'arrange vraiment pas nos affaires que George soit allé se faire tuer au beau milieu de tout cela !

— Mais ce qui importe le plus, c'est ce qui est arrivé à Celia, papa ! Je t'en prie… Il faut nous remettre en route dès aujourd'hui. D'après ce qu'on m'a dit, il faut relativement peu de temps pour gagner les bords de la mer Rouge, et de là nous pourrons facilement trouver un bateau pour nous rendre dans le royaume d'A'Qadiz. C'est une traversée sans soucis selon lord Wincester.

— Mais qu'est-ce qu'il en sait ? Il n'y est jamais allé ! s'emporta lord Henry, au comble de l'exaspération. Au lieu de me faire tes grandes envolées lyriques, tu ferais mieux d'aller parler à ce garçon… Comment s'appelle-t-il déjà ? Finchley-Burke… Il a vu Celia il y a à peu près une semaine. Et maintenant, je te prie de me laisser tranquille et d'avoir l'obligeance de me permettre de reprendre des forces en toute intimité.

Cassandra connaissait ce ton catégorique. Il n'y avait plus rien à faire. Elle n'avait plus qu'à battre en retraite. Elle retourna rejoindre sa tante dans le salon, où Peregrine Finchley-Burke l'attendait en faisant les cent pas.

Elle est d'une beauté époustouflante ! songea ce dernier en la voyant entrer dans la pièce, heureux que son arrivée le délivre enfin du tête-à-tête avec la tante qui le terrifiait littéralement. Ses yeux maléfiques lui rappelaient sa propre mère.

— Monsieur Finchley-Burke, vous allez nous accompagner bien sûr ! commença Cassandra. Nous avons besoin de quelqu'un comme vous. Vous connaissez toutes les ficelles, dans cette affaire. Vous avez déjà fait le voyage et vous savez tout des chameaux et du reste. Comparé à tout le monde ici, même à lord Wincester, vous êtes l'expert en quelque sorte, ajouta-t-elle en lui décochant son sourire le plus charmant.

Peregrine se sentit violemment rougir. Maintenant que lord Armstrong — qui était l'honnêteté et l'intégrité mêmes — était arrivé au Caire, le Consul Général regrettait les libertés qu'il avait prises en suggérant que le séjour de lady Celia au palais pourrait rendre un précieux service à son pays. En fait, lord Wincester lui avait expressément interdit d'en parler, ce qui le mettait à présent dans une situation très embarrassante. Aussi, malgré l'irrésistible charme de lady Cassandra, il ne passerait pas plus de temps qu'il ne le fallait en sa présence. Il avait trop peur de se trahir !

— Le problème… Le problème, lady Cassandra, c'est que…, bégaya-t-il.

Il était horrifié à la simple idée de devoir passer plusieurs jours au milieu du désert en compagnie de lord Armstrong et de lady Sophia.

— C'est qu'il faut que je me mette en route pour l'Inde, finit-il par dire.

— Voyons, monsieur Finchley-Burke, vous n'allez quand même pas nous laisser tomber ?

— Comment ? Non, bien sûr… Enfin, si… Heu… c'est que… Vous n'avez pas besoin de moi, je vous assure. Vous aurez besoin d'un guide pour traverser le désert, c'est vrai, mais vous en trouverez facilement un au port. Vous n'avez pas besoin de moi, je ne ferais que vous retarder.

— L'Inde peut bien attendre un peu, monsieur Finchley-Burke. Mais pas ma sœur. Je suis certaine que vous ne souhaitez pas la savoir retenue prisonnière là-bas plus longtemps que nécessaire.

Prisonnière ? Ce n'était pas du tout l'impression que lady Celia lui avait donnée ! Elle semblait au contraire parfaitement heureuse de la situation. Mais comment pouvait-il le dire à sa sœur ?

— Comment avez-vous trouvé ma nièce, monsieur Finchley-Burke ?

Peregrine sursauta. Il avait complètement oublié la présence de lady Sophia. Son regard perçant lui faisait perdre tous ses moyens.

— Eh bien, c'était somme toute assez simple de la trouver, une fois arrivé au palais.

Lady Sophia le fusilla du regard.

— Ce n'est pas ce que je voulais dire ! Je veux parler de sa santé, de son état psychologique.

— Oh ! Je vois ! Eh bien, très sincèrement, elle semblait se porter comme un charme. Lady Celia est une jeune femme très digne. Elle paraissait s'en sortir avec beaucoup d'assurance.

— Ça ressemble en effet fort à Celia, commenta Sophia d'un ton placide.

— Evidemment ! s'exclama Cassandra, la main sur le cœur. Celia n'est vraiment pas du genre à piquer une crise de nerfs ! Mais ce n'est pas parce qu'elle ne montre pas ses sentiments qu'elle n'en éprouve aucun. N'oublie pas que cet homme, ce cheik al-Muhana, l'a enfermée dans son harem !

— Eh bien, puisque tu en parles, dit Sophia, les lèvres pincées, j'ai mené ma petite enquête et je pense que les harems ne sont pas du tout des lieux de débauche, contrairement à ce que l'on peut croire. Il se peut très bien que le prince ait installé Celia dans son harem uniquement pour la protéger. Ne te laisse pas emporter par ton imagination, Cassandra. Je fais entièrement confiance à Celia. Elle a un sens aigu des convenances et elle est pleine de bon sens. Il faut arrêter d'imaginer qu'elle est devenue une espèce de concubine…

— Mais, ma tante, elle n'a peut-être pas eu le choix ! Peut-être qu'on l'a menacée de mort si elle n'obéissait pas ! s'écria Cassandra d'un ton tragique, en repensant à un épisode des *Mille et Une Nuits*.

— Il ne sert à rien de perdre notre temps en conjectures, répliqua Sophia sur un ton sec.

Mais elle s'adoucit un peu en voyant à quel point sa nièce paraissait bouleversée. Cassandra paraissait sur le point de fondre en larmes. Elle reprit donc d'une voix plus douce :

— Cassie, tu connais bien ta sœur, pourtant… Celia n'est pas le genre de femme à pouvoir intéresser un cheik. Elle n'a absolument rien d'exotique pour lui. Et quand bien même je me tromperais sur ce point, ce dont je doute très fortement, nous savons toutes les deux qu'elle n'est pas du genre à se soumettre facilement. Nous allons vous laisser prendre toutes les dispositions nécessaires maintenant, monsieur, dit-elle à Peregrine en se levant. Viens, Cassandra, tu as besoin de repos. Heureusement, j'ai du laudanum dans mon sac à main.

— Le cheik Farid a requis une audience avec vous…

Les domestiques étaient en train de lever le camp, préparant leur retour à Balyrma.

Ramiz se tenait dans l'embrasure de la porte. Elle se tourna vers lui.

— Avec moi ? demanda Celia étonnée tandis qu'elle était en train de fermer sa valise. Qu'est-ce que le cheik Farid peut bien vouloir me dire ?

— Je lui ai parlé de votre idée d'ouvrir une école pour les Bédouins. Parmi la ribambelle d'enfants qui vous suivent partout et vous réclament des histoires, les yeux écarquillés d'admiration, se trouvent trois de ses plus jeunes enfants. Et leurs mères ne cessent de chanter vos louanges ! Vous leur avez fait une forte impression, c'est le moins que l'on puisse dire.

— Mais de quoi vais-je bien pouvoir parler ? Vous avez dit vous-même que le problème essentiel, c'est de trouver des professeurs.

— « *Vouloir, c'est pouvoir.* » Si Farid veut vraiment ouvrir une école pour les siens, il fera ce qu'il y a à faire pour trouver des professeurs, soyez-en assurée. Jusqu'à présent, il pensait que ça n'intéressait pas son peuple. Il se pourrait bien que vous l'ayez fait changer d'avis.

— Est-ce que je peux vous demander de m'accompagner ? Je me sentirais plus à l'aise…

— Si vous voulez. Mais je vous assure que vous n'avez

plus besoin de moi pour vous guider ! Vous savez parfaitement ce que vous avez à faire. Je suppose que vous vous rendez compte de l'immense honneur que le cheik Farid vous accorde ? Vous êtes indéniablement douée, Celia : vous savez donner l'impression à votre interlocuteur qu'il est la personne la plus importante au monde. Ça marche même sur moi !

— Mais vous êtes la personne la plus importante au monde...

Les mots étaient sortis tous seuls. Ramiz se figea en les entendant.

— Je veux dire, reprit Celia d'une voix douce, aux yeux de votre peuple, bien sûr.

— Bien sûr, répéta Ramiz d'un air pensif.

— Est-ce que le cheik veut me voir tout de suite ?

— Oui, tout de suite. Akil va prendre un peu d'avance avec la caravane. Ce soir, ce sera notre dernière nuit dans le désert. Demain, nous serons rentrés à Balyrma.

— Cela va me faire tout drôle de retourner au harem.

— Celia, vous ne regrettez pas ce qui s'est passé, j'espère ? Je veux dire, entre nous ?

Il avait l'air préoccupé.

C'est peut-être lui qui a des regrets ?

Cette idée lui fut parfaitement insupportable. Aussi, même si d'habitude elle prenait rarement l'initiative en ce domaine, elle attrapa la main de Ramiz et l'embrassa. Sa peau était chaude, son odeur douce et familière.

— Je ne l'oublierai jamais, dit-elle, en portant sa main à sa joue. La semaine qui vient de s'écouler a été magique. Je ne la regretterai jamais. Jamais de ma vie.

— Celia...

Elle eut soudain l'horrible pressentiment qu'il était sur le point de lui présenter des excuses. Ou, pire encore, qu'il allait lui allouer une espèce de compensation.

— Je vous en prie, Ramiz, ne faites pas ça...

— Ne faites pas quoi ?

— Ne gâchez pas cette semaine. J'ai trouvé cette parenthèse hors du temps absolument parfaite.

Il reprit sa main vivement.

— Vous voyez donc toujours les choses de la même manière ?

Elle le regarda, perplexe.

— Pas vous ?

Il haussa les épaules.

— Nous allons prendre les chameaux pour nous rendre au campement du cheik. Ainsi, nous perdrons moins de temps.

— Ramiz…

Mais il était déjà parti. Elle regarda d'un œil songeur l'endroit où il se trouvait encore un instant plus tôt. Durant la semaine qui venait de s'écouler, elle avait cru le comprendre à merveille, mais là, elle n'avait pas la moindre idée de ce qu'il pouvait penser. Qu'avait-elle donc dit pour le rendre si… Si quoi d'ailleurs ? Furieux ? Non, c'était autre chose. Il avait paru déçu. Pourquoi ?

Ils allaient passer leur dernière nuit ensemble dans le désert. Leur dernière nuit ensemble sous sa tente. Est-ce que tout serait fini entre eux une fois rentrés au palais ? Etait-ce cela qu'il avait voulu dire ? Qu'il ne viendrait plus la voir dans le harem ? S'était-il lassé d'elle ? Etait-il en train de lui dire qu'il allait la quitter ?

Cette idée lui fit un choc. Elle s'affala sur les coussins. C'était donc cela… Quand il lui avait dit que c'était leur dernière nuit dans le désert, il voulait en fait lui faire comprendre que c'était leur dernière nuit tout court… Elle dut lutter pour empêcher les larmes qui lui brûlaient les yeux de couler. Leur histoire n'était pas faite pour durer. Elle l'avait toujours su. Mais elle avait espéré pouvoir en profiter jusqu'à son départ. Ramiz avait raison, cependant. Ils ne pouvaient prolonger les choses éternellement et se demander chaque matin au réveil si c'était ce jour-là ou le suivant que son père allait arriver. Ce ne serait pas supportable.

Elle allait retourner chez elle… Mais c'était ici chez elle ! Avec Ramiz. Sans lui, autant la condamner à une vie de nomade, comme les Bédouins ! Allons…, se reprit-elle. Il lui restait encore toute la nuit suivante. Il lui restait aussi tous ses souvenirs.

L'entrevue de Celia avec le cheik se passait on ne pouvait mieux, à la grande satisfaction de Ramiz.

— Vous ne me décevrez pas, lui avait-il dit d'un ton rassurant, juste avant qu'ils ne rentrent sous la tente de Farid. Vous avez toute ma confiance.

Il le pensait sincèrement. C'était vraiment étrange... Il n'était pourtant pas du genre à accorder facilement sa confiance à quiconque. Et surtout pas à quelqu'un qui allait parler en son nom, ou presque, sans avoir reçu d'instructions précises ! D'habitude, il ne laissait prendre d'initiative à personne. Même pas à Akil. Mais il faisait vraiment totalement confiance à Celia. Il avait confiance en son jugement et en son savoir-faire.

Cela faisait maintenant un long moment qu'il se tenait à ses côtés sans intervenir, sauf de temps à autre pour traduire un mot lorsqu'elle le lui demandait. Très admiratif, il observait son charme opérer sur le cheik. C'était chaque fois la même chose... Il y avait eu les commerçants du souk, Yasmina, les domestiques du palais, puis tous les enfants qui croisaient son chemin. Et maintenant ce vieux Bédouin rusé... Il était là, devant eux, le sourire aux lèvres, à faire des blagues, après seulement quinze petites minutes ! Combien de visites lui avait-il fallu, à lui, pour arriver au même résultat ?

Farid fit venir ses épouses et ses plus jeunes enfants. Ramiz reconnut la petite fille qui s'était installée sur les genoux de Celia. Il l'avait vue la veille en sa compagnie en train de faire des calculs à l'aide de morceaux de paille. Celia encouragea la fillette à montrer à son père ce qu'elle avait appris.

Lorsque l'entrevue parvint à son terme, Farid promit de se pencher sur le problème et de tout mettre en œuvre pour trouver des professeurs. Ce qui constituait une avancée absolument phénoménale !

— Votre invitée, Prince, est une réelle bénédiction ! lui

dit le cheik. Elle a le cerveau d'un homme tout en étant la plus ravissante des femmes. Si seulement vous vous laissiez convaincre de rester, poursuivit-il en s'adressant à Celia, je vous demanderais bien volontiers de devenir mon épouse. Mais je crains fort que le prince Ramiz ici présent n'y trouve à redire ! Je sais bien que je ne devrais pas lui en vouloir car j'ai déjà six femmes et lui n'en a aucune, mais vous devez comprendre que c'est en tant que père que je vous parle. J'avais espéré que Juman lui plairait, mais j'ai bien vu qu'elle n'était pas à son goût.

Quelques instants plus tard, il joignit les mains devant lui et s'inclina en disant :

— Faites un bon voyage, mes amis. Que la paix soit avec vous.

— *Wa-alaykum as-salam*, cheik Farid. Puissent nos chemins se croiser de nouveau un jour, répondit Celia en le saluant.

— Je prierai pour que cela arrive.

Celia fit ensuite ses adieux aux nombreux enfants qui s'étaient agglutinés autour d'elle et qui tiraient tous sur sa robe pour obtenir son attention. Ramiz les observait de loin, heureux de rester à l'écart. Il était profondément ému. Et empli de fierté. Il était fier d'elle et fier d'être en sa compagnie. C'était si agréable de partager avec elle toutes ces choses ! Un peu comme un avant-goût de ce qui l'attendrait s'il avait une épouse.

« Elle a le cerveau d'un homme tout en étant la plus ravissante des femmes. » Les mots du cheik résonnaient encore dans sa tête. C'était un très beau compliment que Celia méritait amplement. Car elle était vraiment une femme exceptionnelle et elle méritait d'être reconnue comme telle. Lui-même avait cessé depuis longtemps de lui assigner un quelconque rôle. Parce qu'elle était unique. Un être à part… Et il était convaincu que jamais plus il ne rencontrerait quelqu'un comme elle.

Elle finit par réussir à se dégager des enfants qui lui grimpaient littéralement dessus pour la serrer dans leurs bras et accepta la main qu'il lui tendit pour l'aider à monter sur la selle de son chameau. Les enfants les suivirent sur quelques centaines de mètres en leur adressant de larges sourires et en leur faisant signe de la main. La petite fille du cheik fut l'une des dernières à abandonner la poursuite. Celia semblait très touchée par les marques d'affection que les enfants lui avaient témoignées et se tamponnait les yeux avec un mouchoir. Ramiz fit en sorte de maintenir son chameau à faible allure pour permettre à la jeune femme de se ressaisir. Il commençait à intégrer la dure réalité des choses : bientôt, elle ne serait plus là…

Il s'était trop vite persuadé que cette « parenthèse », pour reprendre les mots que Celia avait elle-même employés, lui permettrait de guérir. « *Le seul moyen de se délivrer de la tentation, c'est d'y céder.* » Quelques jours auparavant, les paroles d'Asad lui avaient semblé parfaitement adaptées à la situation. Quelle ironie du destin ! Il avait succombé à la tentation et renoncé à ses principes, mais n'avait nullement l'impression d'être au bout de ses désirs, bien au contraire ! Comment réussirait-il à oublier Celia ? Il ne pouvait plus se passer de son corps. Il ne pouvait plus se passer de sa compagnie, ni de son esprit.

Il avait besoin d'elle. Un besoin presque maladif. Il ne pouvait pas imaginer un seul instant vivre sans elle. Lorsqu'il pensait à son avenir, une immense solitude semblait se profiler à l'horizon tel le vaste désert qui s'étendait devant eux, exempt de vie et de couleurs.

Un messager les avait rejoints pendant la nuit, pour leur annoncer que lord Armstrong et deux dames avaient débarqué la veille dans le port d'A'Qadiz. A cette heure, ils devaient se trouver aux portes du désert. Le temps pour eux de retourner en ville, songea tristement Ramiz, et le père de Celia serait peut-être déjà en train de les attendre au palais. Il ne leur restait vraiment plus que cette nuit. Leur toute dernière nuit…

Il fit tout son possible, cependant, pour éviter de penser à ce qui l'attendait. Mais une morne désolation s'était emparée de lui… Il en voulait presque à Celia de lui infliger cette tristesse. Avant son arrivée à Balyrma, il n'avait pas vraiment conscience de se sentir seul. Il ne manquait de rien, ni de personne. Seul A'Qadiz lui importait véritablement, constituait même son unique raison de vivre. Désormais, A'Qadiz sans Celia lui semblerait aussi triste qu'un matin de novembre en Angleterre.

Cette nuit serait la toute dernière qu'ils allaient passer ensemble, puis Celia disparaîtrait de sa vie pour toujours. Pourquoi avait-il l'impression qu'il était sur le point de perdre une partie de lui-même ? Il ne savait même pas ce qu'elle pensait de tout cela. Enfin, pas vraiment. Il ne supportait plus cet air détaché et serein qu'elle arborait, alors que lui souffrait. Un état d'âme qui ressemblait terriblement à de l'amour… Mais l'aimer était impossible, il n'en avait pas le droit.

Cette nuit était bien tout ce qu'il leur restait. Il n'y en aurait plus jamais d'autres…

Lorsque Ramiz la rejoignit sous la tente, Celia le trouva changé. Elle ne pouvait pas franchement dire en quoi, mais il l'était indubitablement. Elle l'avait trouvé d'humeur bien étrange depuis l'entrevue qu'elle avait eue avec le cheik Farid dans la matinée. Il se montrait distant mais ne cessait de la regarder. Chaque fois qu'elle croisait son regard, ses yeux étaient posés sur elle. Il semblait constamment froncer les sourcils, mais n'avait pas l'air en colère. Il paraissait juste extrêmement tendu.

Ils n'avaient pas beaucoup mangé au dîner. Ils n'avaient pas beaucoup parlé non plus. Celia avait bien conscience que c'était la dernière fois qu'ils passaient la nuit ensemble. Elle sentait son cœur battre contre sa poitrine comme s'il voulait marquer le temps de manière inexorable, comme un pendule qui ponctuerait le passage des secondes, des minutes et des heures.

Elle appréhendait cette dernière soirée et comptait sur lui pour faire le premier pas. Comme d'habitude… C'était toujours lui qui prenait les initiatives lorsqu'ils se retrouvaient le soir. Elle était dans un état de tension extrême, ce qui ne l'empêchait pas d'être terriblement excitée. Elle voulait le grand jeu pour cette dernière fois. Et peu importaient les risques qu'elle encourait ! Les conséquences éventuelles de ses actes n'avaient plus aucune importance. Elle ne voulait qu'une seule chose : faire enfin l'expérience de leur union véritable, en elle. Ce que Ramiz avait soigneusement évité jusque-là. Et c'était aussi pour cela qu'elle l'aimait. Elle savait qu'elle aurait dû lui en être reconnaissante. Elle l'était, d'ailleurs. Mais un sentiment d'incomplétude dominait. Il lui manquait quelque chose. Elle se sentait vide. Il devait absolument lui faire l'amour jusqu'au bout. C'était ce qu'elle voulait.

Mais elle était si nerveuse ! Elle avait l'impression que Ramiz l'était lui aussi, même si ce n'était pas dans ses habitudes. Quelque chose le tracassait visiblement. Mais il refusait de l'admettre quand elle le lui demandait.

— J'ai un cadeau pour vous, dit-elle en lui offrant le caftan qu'elle avait brodé avec beaucoup d'application.

Ramiz le déplia et l'examina attentivement. Il était en soie bleu foncé. Les manches étaient brodées dans des tons bleus avec un motif traditionnel. Motif qui se répétait le long du bord et à l'encolure, très délicat et discret, tandis que celui qu'elle avait brodé au niveau du cœur était beaucoup plus sophistiqué. Il s'agissait d'un croissant de lune et d'un faucon. L'insigne personnel de Ramiz. Mais l'oiseau était représenté en plein vol et il portait un bouton de rose dans son bec.

Ramiz contemplait la broderie en silence en effleurant son contour du bout du doigt.

— Il vous plaît ?

Il posa le caftan sur le divan avec d'infinies précautions.

— C'est une image très évocatrice.

— C'est comme ça que je vous vois. Vous. Moi.

— Nous, dit Ramiz d'une voix douce en lui passant les cheveux derrière l'oreille pour pouvoir l'embrasser au creux du lobe et y sentir son odeur.

Il avait l'étrange impression que toute la force et toute la fragilité de Celia se retrouvaient concentrées à cet endroit précis…

— Nous, répéta-t-elle en retenant son souffle.

Elle prit le temps de sentir le mot résonner dans sa bouche. Ce mot voulait dire quelque chose. Mais uniquement pour ce dernier soir…

Ramiz repoussa sa lourde chevelure et l'embrassa sur la nuque. Puis il lui caressa les clavicules du bout des doigts. Il l'attira ensuite tout contre lui, l'enlaça et la fit pivoter en la serrant fort contre lui.

Elle sentait son érection à la base de son dos. Elle sentait aussi son torse et son cœur qui battait d'un rythme lent et régulier. Elle cala sa tête au creux de son épaule, puis ferma les yeux pour s'enivrer de son odeur, de ses caresses, de sa douce respiration… Elle voulait en garder le souvenir à jamais.

Ramiz la fit tourner face à lui et l'embrassa. Avec douceur. Avec tendresse. Comme si elle était ce qu'il avait de plus précieux au monde… Les mains sur ses joues, il lui caressait la mâchoire de ses pouces, les yeux plongés dans les siens. Elle eut alors l'impression qu'elle allait fondre. Elle ferma les paupières et s'abandonna à la magie de l'instant. Un instant qui ne ressemblait à aucun autre. Qui s'éternisait, langoureux, comme s'ils avaient toute la vie devant eux… Toute la vie pour s'embrasser et s'embrasser encore. Ils se couvraient de doux baisers, de douces caresses. Ils se câlinaient, se cajolaient, remarquant à peine leur désir qui s'enflammait.

Celia s'aperçut soudain que ses vêtements avaient disparu. Comme par enchantement… Ramiz avait posé les mains sur ses seins et la touchait comme s'il n'avait encore jamais touché cette partie de son corps. Il s'émerveillait de la rondeur de ses seins, de leur douceur, de leur blancheur, de leurs mamelons si joliment plissés. Il y posa délicatement la bouche et s'en délecta…

Ils étaient maintenant tous les deux complètement nus. Celia était humide et gonflée de désir. Ils se touchaient en harmonie, s'embrassaient, se caressaient. Mais rien ne pressait, se répétait Ramiz. Il voulait prendre le temps d'explorer chaque courbe et chaque creux de son anatomie… Il la fit rouler sur le ventre pour pouvoir l'embrasser le long de la colonne vertébrale, sur les fesses, à l'arrière des genoux, au creux des chevilles. Puis il entreprit de remonter le long de ses jambes pour atteindre l'intérieur de ses cuisses. Une douce chaleur humide l'y attendait.

Celia sentit aussitôt une immense vague de désir l'envahir.

Elle se mit à gémir. Consciente de l'arrivée imminente d'un orgasme, elle se dégagea de son étreinte et, sans lui laisser le temps de réagir, le fit rouler sur le dos. Elle se plaça alors à califourchon sur lui et se pencha en avant. Ses seins s'écrasèrent sur la poitrine de Ramiz, les pointes érigées contre sa peau. Elle sentait son érection entre ses jambes. Elle se mit à l'embrasser fougueusement. Avec un sentiment d'urgence. De cette urgence qui semblait se refléter sur le visage de Ramiz. Tandis qu'elle l'embrassait, il l'avait attrapée par la taille et l'avait pénétrée d'un coup, très profondément.

Elle se mit à haleter de plaisir puis s'immobilisa. Doucement, il l'incita à s'asseoir en la maintenant par la taille, ce qui lui permit de la pénétrer plus profondément encore. Il finit par toucher quelque chose… Quelque chose d'enfoui, loin à l'intérieur, songea Celia. Un orgasme très intense la saisit instantanément. Elle percevait vaguement les mouvements de va-et-vient qui se poursuivaient. Il s'agrippait à elle en la pénétrant. Elle se soulevait et retombait en rythme, sentait son membre en train de gonfler.

Elle savait maintenant reconnaître l'instant où il se retirerait à la manière dont ses yeux partaient dans le vague. Elle savait aussi qu'à l'approche de l'orgasme il s'agrippait à elle. Et sa verge gonflait toujours sensiblement. Il poussa un grognement. Elle se laissa alors retomber sur lui sans attendre et le plaqua contre le divan pour l'empêcher de bouger. Il jouit presque aussitôt en poussant un grand cri, et elle sentit sa semence chaude se répandre très profondément en elle. C'était bien plus intense que tout ce qu'elle avait imaginé… C'était comme si leurs essences se mélangeaient. Fusionnaient même.

En cet instant, ils ne faisaient vraiment plus qu'un…

Ils restèrent longuement allongés l'un contre l'autre, les bras et les jambes enchevêtrés. Leurs deux cœurs battaient très fort, et il leur fallut un bon moment avant de parvenir à reprendre leur souffle. Les cheveux de Celia avaient glissé sur les épaules de Ramiz et sur ses bras qui l'enlaçaient fermement. Il la serrait tant qu'elle avait l'impression qu'il ne la laisserait plus jamais partir. Elle flottait sur un nuage de béatitude, légère, hors du temps. Elle comprenait enfin ce que le mot « comblée » voulait dire…

Ils finirent par reprendre leur souffle. Ramiz relâcha un peu son étreinte. Contrairement à ce qu'elle craignait, il ne la repoussa pas. Il lui prit doucement le visage entre les mains et l'embrassa tendrement sur la bouche. Puis il la fit tourner sur le côté et se plaça tout contre son dos pour épouser la forme de son corps, tout en la couvrant de caresses. Deux croissants qui s'emboîtaient parfaitement l'un à l'autre, songea Celia. Et c'est ainsi qu'elle tomba dans un profond sommeil.

Lorsqu'elle s'éveilla en pleine nuit, les lampes s'étaient entièrement consumées. Ramiz était toujours là. Toujours dans la même position. Il la tenait fermement contre lui.

— Celia…, murmura-t-il en lui embrassant le cou.

Elle sentit son corps se contracter. Il allait sûrement s'en aller maintenant. Oui, il allait lui dire quelque chose et s'en aller… Mais, à sa grande surprise, il n'en fit rien. Le seul mot qu'il disait, qu'il répétait, c'était son prénom, avec une voix rauque, profonde, passionnée, qui la faisait frissonner chaque fois. Puis il la fit pivoter pour l'embrasser sur la bouche et, enfiévrés de désir, ils firent de nouveau l'amour. Mais, cette fois, ce fut Ramiz qui se plaça au-dessus d'elle. Elle lui enlaça les reins de ses jambes. Ils jouirent en même temps, mais beaucoup plus rapidement. Il se répandit en elle en poussant un cri d'abandon. Jamais elle n'aurait pensé entendre un tel cri. Et jamais elle ne pourrait l'oublier…

Le lendemain matin, à son réveil, Celia trouva Ramiz déjà tout habillé. Il était assis au bord du divan, l'air terriblement sérieux. Elle tendit la main vers lui.

— Ne me hais pas…

— Je n'en veux qu'à moi-même. C'est à l'homme de prendre ses responsabilités puisque la femme, elle, doit en payer les conséquences. Cela n'aurait jamais dû arriver.

Cela n'aurait jamais dû arriver, et pourtant il ne regrettait rien. Et c'était extrêmement troublant…

— C'était ma faute, dit Celia.

— Pas du tout. C'était la mienne. Il va falloir conjurer le mauvais sort et espérer que vous ne serez pas punie pour ce que nous avons fait.

Punie ! Comment pouvait-il employer un tel mot, alors qu'elle portait peut-être un enfant, leur enfant… Et il en parlait comme d'une punition ?

Elle s'assit, la gorge nouée.

— Je devrais peut-être m'habiller moi aussi. Vous vouliez partir tôt…

Tandis qu'il la regardait, les mots se bousculaient dans la tête de Ramiz. Son cœur débordait d'émotions. Il ne comprenait pas. Il ne comprenait rien. Il n'avait pas les idées claires. Il avait envie de la prendre par les épaules et de la secouer pour lui faire avouer ce qu'elle ressentait vraiment. Il avait aussi très envie de lui faire l'amour, et de revivre l'union parfaite de leurs deux corps. Une telle perfection le sidérait. Avant cette nuit qu'il venait de passer avec elle, cette perfection n'existait tout simplement pas.

Il se leva tout à coup en se passant la main dans les cheveux.

— Il faut que je vous dise… Un messager est venu me voir hier, tard. Votre père est arrivé à A'Qadiz. Il se trouvait au port il y a deux jours. Il ne va pas tarder à arriver à Balyrma. Peut-être même avant nous.

— Est-ce que vous étiez au courant quand nous… ?

— Tout est fini.

— Est-ce que vous étiez déjà au courant ? demanda-t-elle une nouvelle fois.

Elle avait les larmes aux yeux. Ses cheveux flamboyants formaient des boucles sur sa peau crémeuse, recouvrant le galbe de ses seins. Elle ressemblait à la *Vénus* de Boticelli. Ramiz n'avait jamais rien vu d'aussi beau. Elle était absolument irrésistible. La posséder, lui faire l'amour jusqu'à la jouissance finale, avait encore empiré les choses. Tout cela ne lui avait apporté aucune satisfaction, bien au contraire. Il la désirait plus que jamais et savait quelles souffrances il allait endurer. Car il était déjà en état de manque.

— Pourquoi ne m'avez-vous rien dit, Ramiz ?

Il ne savait quoi répondre. Car répondre l'aurait obligé à affronter les sentiments qu'il éprouvait pour elle. Et il n'en avait pas envie.

— Eh bien, vous êtes au courant maintenant, répliqua-t-il en haussant les épaules. On m'a dit que votre père est accompagné de deux femmes. Une jeune et une plus âgée.

— C'est sûrement ma tante. L'autre est probablement sa femme de chambre.

Ramiz haussa une nouvelle fois les épaules et se dirigea vers la porte de la chambre.

— Habillez-vous. Vous le saurez bien assez tôt.

— Ramiz ?

— Oui ?

— Vous êtes en train de me dire au revoir, n'est-ce pas ? Je comprends… Notre conte de fées a été parfait le temps qu'il a duré. Je tenais vraiment à vous le dire.

Il pâlit. Un conte de fées… Oui, c'était tout à fait cela.

Il quitta la pièce précipitamment.

En sortant de la chambre, il aperçut le caftan qu'elle avait brodé pour lui et le ramassa. Il en observa de nouveau attentivement le motif. Jamais il ne pourrait le porter.

Il le plia soigneusement et l'emporta avec lui.

Alors qu'il regagnait sa tente, la vérité lui éclata soudain en pleine figure. Il l'aimait ! Ce besoin impérieux d'être avec elle, à tout moment… C'était parce qu'elle faisait partie de lui, tout simplement.

Elle était à lui. C'était une évidence à présent. Elle était à lui et il l'aimait. Pourtant, bientôt, elle ne serait plus là…

Chapitre 13

Contrairement à ce que Ramiz avait imaginé, personne n'était encore arrivée au palais, lorsqu'ils rentrèrent à Balyrma. La nuit allait bientôt tomber, et Celia commençait à se dire que son père et sa tante arriveraient certainement le lendemain, quand, tout à coup, les gardes ouvrirent les portes du harem à toute volée. Les yeux écarquillés de surprise, elle se leva pour voir sa tante entrer. Mais elle n'était pas seule… Cassie était là aussi ! Cassie, couverte de poussière de la tête aux pieds, épuisée et l'air totalement médusée.

— Celia ? C'est bien toi ? lui demanda-t-elle d'une toute petite voix, clouée sur place.

Celia mit quelques secondes à comprendre d'où lui venait cette hésitation. Sans doute avait-elle un peu de mal à reconnaître en cette créature exotique qui se tenait devant elle la sœur qu'elle était venue secourir à l'autre bout du monde !

— Cassie !

Elle se précipita vers sa sœur pour la prendre dans ses bras, puis recula d'un pas pour mieux la regarder.

— Cassie ! Tu es là, toi aussi ! Je n'arrive pas à y croire ! Tu vas bien ? Tu es couverte de poussière. C'est bien moi, je te le promets, dit-elle en l'embrassant sur la joue. Et voici tante Sophia ! Vous avez fait un très long voyage. Et vous avez fait si vite ! Vous devez être complètement épuisées. Entrez donc… Fatima ! Adila ! Je vous présente ma tante et ma sœur.

Elle donna quelques instructions en arabe aux servantes

pour qu'elles leur préparent une collation, puis invita sa sœur et sa tante à la suivre dans l'un de ses salons préférés.

— Tu as appris leur langue ? demanda Cassie, stupéfaite.

— Un peu, répondit Celia en riant. Bien obligée !

Cassie s'arrêta un instant devant la fontaine et fit glisser sa main à la surface de l'eau. Puis elle parcourut la cour intérieure du regard. Des citronniers. Des colonnes recouvertes de mosaïque. Des salons en enfilade. Tout lui paraissait si étrange ! Et pourtant Celia avait l'air parfaitement dans son élément… Elle avait tellement changé ! Même sa façon de marcher semblait différente. Peut-être était-ce en raison des babouches incrustées de bijoux qu'elle portait ? On aurait dit qu'elle flottait au-dessus du sol.

— Tu me fais penser à Shéhérazade dans ces vêtements, lui dit-elle en la regardant avec un mélange d'envie et de crainte. Tu es si séduisante. C'est à peine si je te reconnais.

Celia tourna sur elle-même, un grand sourire aux lèvres.

— Tu aimes ? Je me sens tellement mieux dans ces vêtements. Ils sont adaptés à la terrible chaleur qu'il fait ici. Et les couleurs sont si belles !

— Celia ! Ne me dis pas que tu ne portes plus ton corset ? s'écria Sophia.

Question de pure forme. Un simple coup d'un œil sur les vêtements de sa nièce, qui épousaient ses courbes de très près, suffit à lui apporter la réponse.

— J'ose espérer que tu ne quittes pas tes appartements dans une telle tenue ? ajouta-t-elle.

Celia se mit à rire, confirmant ses craintes.

— Personne ne porte de corset ici, ma tante. Il fait bien trop chaud !

— Et qu'est-il arrivé à tes cheveux ? Est-ce la coutume, ici, de les porter détachés ?

— Pas à l'extérieur. Il faut les couvrir d'un voile, dehors.

— Et j'ai bien l'impression que tu ne portes pas de bas non plus ! Mais, qu'est-ce que tu as donc sous ta robe ? Cela m'a tout l'air d'être une culotte longue. Tu vas peut-être aussi me dire que c'est normal de montrer ses sous-vêtements à tout le monde ?

— C'est ce qu'on appelle un *sarouel* et, oui, j'ai bien peur que ce soit la tradition. Oh ! Cassie ! Tante Sophia ! Je ne sais pas comment vous dire à quel point je suis heureuse de vous voir ! Je vous en prie, asseyez-vous. Adila va vous apporter du sorbet. Ça va beaucoup vous plaire, c'est très rafraîchissant.

— Où pouvons-nous nous asseoir ? demanda Sophia.

— Sur les coussins. Comme ceci, répondit Celia en s'asseyant avec une certaine grâce.

Cassie l'imita aussitôt, mais Sophia paraissait très réticente.

— Ce sont les barbares qui s'assoient par terre !

— Où est papa ?

— Il a une entrevue avec le cheik.

— Et comment vont les filles ? Bien ? Avez-vous reçu mes lettres ?

— Oui, elles vont très bien et t'envoient tout leur amour, répondit Cassie. Mais, toi, Celia, est-ce que tu vas bien ?

— Je n'ai pas l'air d'aller bien ?

— Si. Tu es même rayonnante. En fait, je pense que je ne t'ai jamais vue comme ça. Tu as l'air… Tu as l'air d'avoir un peu vieilli, mais tu es tellement belle ! répondit Cassie, visiblement troublée. Tu ne ressembles pas du tout à la Celia que je connais. Je dois avouer que tu m'intimides un petit peu.

Celia partit d'un grand rire sonore.

— Qu'en penses-tu, tante Sophia ?

— Hmm…, se contenta de répondre sa tante en pinçant les lèvres.

Elle but avec d'infinies précautions une gorgée du sorbet que lui avait servi Adila sur un plateau d'argent.

— Parlent-elles anglais ? demanda-t-elle en désignant les servantes du menton.

— Non, répondit Celia.

— Et cet endroit où nous nous trouvons… C'est le harem ?

Celia acquiesça.

— Où sont les autres femmes ? demanda soudain Cassie en

regardant autour d'elle comme si elle s'attendait à voir surgir des odalisques à demi dévêtues de toutes parts.

— Le cheik al-Muhana n'est pas marié. Il n'y a donc pas de femmes ici, répondit Celia avec un sourire.

Lady Sophia s'éclaircit la voix, se décidant à poser la question qui, de toute évidence, la taraudait depuis son arrivée.

— Celia, il faut que je te pose une question… Est-ce que le cheik s'est conduit… S'est mal conduit avec toi ? Cassie s'est beaucoup inquiétée… Je lui ai dit de ne pas s'en faire, bien sûr. Mais il faut absolument que tu la rassures. Dis-nous les choses franchement, mon enfant, as-tu… As-tu été forcée à… ? Est-ce que cet homme a posé la main sur toi ?

Celia sentit le rouge lui monter aux joues.

— Le cheik al-Muhana m'a traitée avec le plus grand respect, tante Sophia, répondit-elle d'une voix un peu hésitante. Je vous promets qu'il n'a rien fait qui pourrait compromettre les bonnes relations entre nos deux pays. C'est même Ramiz qui m'a…, enfin, je veux dire c'est le cheik al-Muhana qui m'a sauvé la vie, lorsque nous avons été attaqués par les bandits qui ont tué George.

Elle avait conscience que cette dernière remarque allait provoquer une avalanche de questions. Et elle eut beau essayer de dissimuler la lâcheté dont George avait fait preuve, sa tante sentit aussitôt le vent du scandale.

— George était réputé pour être un excellent tireur, dit-elle. Je ne comprends pas pourquoi il n'a pas cherché à se défendre !

— Il n'a pas vraiment eu l'occasion d'utiliser son pistolet. Tout s'est passé si vite…

— Et tu dis que l'attaque a eu lieu au petit matin, c'est bien cela ? Comment se fait-il alors que tu n'aies pas été à ses côtés ? Tu n'étais donc pas avec lui dans la tente ?

— Je m'y sentais trop à l'étroit et j'ai préféré dormir dehors.

— Est-ce que, par hasard, George et toi, vous vous étiez disputés ?

— Non, tante Sophia, il ne s'était rien passé de ce genre. Cela ne faisait pas longtemps que nous étions mariés. Et nous étions encore… Eh bien, nous en étions encore à essayer de nous habituer l'un à l'autre…

— Hmm…, fit-elle de nouveau en la scrutant d'un regard légèrement suspicieux. Tu sais, Celia, ta sœur et moi avons fait tout ce chemin parce que nous pensions que tu aurais besoin de soutien. Tu as traversé une telle épreuve ! La mort de ton mari d'abord puis ton séjour forcé ici. Cassie s'est fait beaucoup de soucis à l'idée que tu puisses subir des… des avances déplacées de la part du cheik.

Celia prit les mains de sa sœur dans les siennes.

— Tu t'es inquiétée pour moi, Cassie ? Ma pauvre chérie. Il ne fallait pas t'en faire ! On a très bien pris soin de moi ici, je te le promets. Je suis absolument désolée de vous avoir causé autant de tracas.

Cassie avait les yeux fixés sur les broderies dorées du caftan qu'elle portait et lui demanda :

— C'est vrai que je me suis fait beaucoup de soucis pour toi. Et je ne peux pas te dire à quel point je suis soulagée de t'avoir retrouvée en un seul morceau, et de voir que tu vas très bien, mais… Mais il y a quelque chose que je ne comprends pas… Je te trouve changée… Que t'est-il arrivé au juste ?

Celia la prit dans ses bras et la serra très fort.

— Cassie, il ne m'est rien arrivé de grave, je te le promets !

— Tu me racontes tout d'habitude, dit Cassie en reniflant.

— Bien ! les interrompit Sophia. Celia, je pense que Cassandra ferait bien d'aller se laver et mettre des vêtements propres.

— Mais bien sûr.

Celia frappa dans ses mains pour appeler les servantes.

— Cassie, dit-elle à sa sœur, suis Fatima et Adila. La salle de bains te surprendra certainement. Tu peux m'emprunter des vêtements locaux, si ça te fait plaisir. Comme ça, tu pourras te rendre compte que ce ne sont que de simples vêtements et que je suis vraiment ta sœur. Allez, vas-y, tu te sentiras bien mieux après un bon bain…

Cassandra sortit.

— Puisqu'apparemment ce n'est pas George qui est responsable de ta mine rayonnante, jeune femme, dit Sophia lorsqu'elles se retrouvèrent seules, je suppose qu'il s'agit du cheik… Alors maintenant que les chastes oreilles de ta sœur ne sont plus là, tu vas me faire le plaisir de me raconter ce qui se passe ici exactement !

Pendant ce temps, lord Henry et Ramiz s'entretenaient dans la salle du trône. Ramiz avait revêtu la tenue royale et était assis sur l'estrade. Akil se tenait debout à ses côtés. Au grand soulagement de Peregrine Finchley-Burke, deux tabourets avaient été placés devant le trône, et Ramiz les invita à y prendre place.

— J'ai l'impression que nous nous sommes déjà rencontrés, Votre Majesté, dit lord Henry en s'asseyant, mais je ne me souviens plus où.

— C'était à Madrid, il y a quatre ans environ, répondit Ramiz. Avant la mort tragique de mon frère sur un champ de bataille, je passais le plus clair de mon temps à l'étranger en tant qu'émissaire. D'abord de mon père, puis de mon frère.

— Il me semblait bien vous reconnaître, dit lord Henry avec une certaine satisfaction. J'oublie rarement le visage de quelqu'un, mais je n'ai pas une très bonne mémoire des noms. Eh bien, c'est une triste affaire qui m'amène ici, mais cela ne sert à rien de revenir là-dessus. Je vous propose donc d'aller droit au but. George Cleveden vous avait été envoyé pour convenir avec vous de droits de passage liés à l'utilisation du port d'A'Qadiz. C'est moi qui suis désormais habilité à conclure ces négociations.

— Je suis sûr que nous allons réussir à nous entendre, lord Armstrong, répondit Ramiz d'une voix posée. Je sais l'importance que revêt l'ouverture de cette nouvelle voie maritime pour votre Compagnie des Indes orientales.

S'il n'avait pas été un diplomate hors pair, lord Henry aurait sans aucun doute manifesté une certaine surprise. Le visage impassible, il se félicita d'avoir su garder son calme et, beau joueur, il reconnut qu'il s'était fait devancer.

— C'est exact, dit-il. Il nous faudrait ainsi trois mois au lieu de deux ans. C'est évidemment un gain de temps considérable. Que désirez-vous en échange ?

— Nous reparlerons des détails demain. D'ici là, je tiens à vous dire que je suis impatient de conclure un pacte qui, j'en suis sûr, apportera de nombreux bénéfices à nos deux pays, et ce pour très longtemps. Je suppose maintenant que vous avez envie de vous reposer après un si long voyage. Le désert sait se montrer cruel à ceux qui ne le connaissent pas. Et puis, vous devez certainement avoir envie de voir votre fille…

— Cela peut attendre. Celia et Cassie doivent être dans les bras l'une de l'autre à l'heure qu'il est, et elles seront ravies qu'on les laisse un peu tranquilles, le temps de régler nos affaires.

Peregrine fronça les sourcils, contrarié par la tournure que prenaient les événements. Les instructions qu'il avait reçues du Consul Général étaient claires. Il fallait impérativement parler en privé à lady Celia avant de conclure le moindre traité. Elle avait peut-être des informations intéressantes à leur communiquer… Lord Wincester l'avait mis dans une situation bien difficile. Mais il ne pouvait pas désobéir aux ordres que lui avait donnés un homme aussi influent.

Il tira lord Henry par la manche.

— Monsieur, vous ne pensez pas qu'il serait peut-être plus sage de parler avec votre fille dès maintenant ? lui demanda-t-il en lui faisant un regard entendu. Voir comment elle va, ce qu'elle a fait… Il doit lui tarder de vous raconter toutes ses aventures, si vous voyez ce que je veux dire.

— Je viens de dire que cela pouvait attendre, répondit lord Henry, passablement irrité.

— Mais, monsieur…, insista Peregrine maladroitement.

— J'ai dit pas maintenant ! rugit lord Henry. Vous pardonnerez à mon assistant, Votre Majesté, il tombe de fatigue, ajouta-t-il en s'adressant à Ramiz et en fusillant Peregrine du regard.

Ramiz frappa alors dans ses mains, et les gardes ouvrirent aussitôt les deux portes situées à l'autre bout de la salle du trône.

— Certainement. Vous devez vous aussi être bien fatigué, lord Armstrong… Mes serviteurs vont vous accompagner jusqu'à vos appartements et vous montrer où se trouve le hammam réservé aux hommes. Je me joindrai à vous pour le dîner.

Il leur fit signe qu'ils pouvaient disposer, tout en retenant Akil.

— J'aimerais te parler…

Il attendit que ses visiteurs fussent hors de portée de voix, puis se leva et posa sa coiffe incrustée de bijoux sur le trône.

— Arrange-toi pour parler à cet idiot d'assistant seul à seul. Il se trame quelque chose et je veux savoir de quoi il s'agit.

— Et pour le traité ?

— Nous ferons comme convenu. Lord Armstrong sait bien qu'il n'a pas l'avantage de la situation. Fais en sorte de flatter son ego, et il ne devrait faire aucun problème pour accepter les points principaux. Est-ce que la sœur et la tante de lady Celia sont avec elle au harem ?

Akil opina de la tête et dit :

— Si les choses se passent comme prévu, lady Celia pourra partir dès demain.

— Pourquoi l'aimes-tu si peu, mon ami ?

Akil hésita.

— Ce n'est pas que je ne l'aime pas. En d'autres circonstances, je l'aimerais même beaucoup. Mais elle n'est pas de notre monde, Ramiz.

— Tu as pourtant vu comme moi l'accueil que lui a réservé le cheik Farid. Et ses femmes aussi.

— Et bien d'autres personnes encore. Y compris ma propre femme. Lady Celia est absolument charmante, j'en conviens volontiers.

— Mais ?

Akil haussa les épaules.

— Vous savez déjà ce que je pense. Ce n'est pas la peine de nous quereller de nouveau à ce sujet. Non seulement elle n'est pas d'ici, mais sa famille n'accepterait jamais une union entre vous, pas plus que votre propre peuple. Aux yeux de lord Armstrong et de ses semblables, nous ne sommes que des barbares. Je ne serais pas surpris d'apprendre qu'il soupçonne sa fille d'avoir été enfermée dans votre harem pour que vous en fassiez votre concubine.

— Si c'était vraiment ce qu'il pensait, il ne se serait pas montré aussi poli, tu ne crois pas ? répliqua Ramiz d'une voix mordante.

— C'est avant tout un homme d'Etat. Il va d'abord s'occuper du traité pour faire avancer la cause britannique, ensuite seulement il s'inquiétera du sort de sa fille. N'oubliez pas ce que je viens de vous dire, Ramiz, ce n'est pas parce qu'il ne dit rien pour l'instant qu'il continuera forcément à se taire. Il faut espérer que lady Celia ne se plaigne de rien.

— C'est plutôt toi qui devrais espérer n'avoir rien à te reprocher, Akil ! Débrouille-toi pour découvrir pourquoi Finchley-Burke était si réticent à conclure le traité et viens me faire ton rapport avant le dîner. Fais venir Yasmina au palais demain, Celia voudra sûrement lui faire ses adieux.

— Elle part pour de bon, alors ?

— Est-il vraiment si inconcevable que cela d'imaginer qu'elle puisse rester ?

Akil secoua la tête et se dirigea vers la porte.

— Vous ne voulez pas vraiment que je réponde à cette question, dit-il en sortant.

Ramiz demeura un long moment plongé dans ses pensées. Lui n'avait aucun problème à imaginer Celia à Balyrma ; ce qui lui posait véritablement problème, c'était d'imaginer son départ. Il ne savait pas comment cela était arrivé, mais elle lui était devenue absolument indispensable. Et voilà que lui, Ramiz al-Muhana, prince d'A'Qadiz, ne pouvait envisager une seule seconde de passer le reste de son existence sans elle ! Mais, après tout, le fallait-il vraiment ? Si le cheik Farid l'acceptait, pourquoi les autres ne l'accepteraient-ils pas ?

Après ce qui s'était passé entre eux la nuit précédente, il avait la certitude qu'elle l'aimait. Elle n'avait pas eu besoin de le lui dire. Il n'avait pas été question uniquement des plaisirs de la chair. Quelque chose de bien plus important s'était passé. Une chose qui avait presque revêtu un caractère religieux. C'était le désir profond, irrésistible, de créer un être à partir de deux moitiés séparées.

Il voulait Celia à ses côtés. Il la voulait pour lui, rien que pour lui… Il voulait des enfants d'elle. Pas pour assurer sa succession, non… Mais parce qu'ils seraient le fruit de leur amour.

Mais ce serait beaucoup lui demander que de rester ici à A'Qadiz, d'abandonner sa famille, de se dévouer à un autre pays que celui dont elle était originaire, de prendre des engagements envers lui, mais aussi envers tout son royaume. Un royaume régi de plus par des coutumes et des traditions qui lui étaient totalement étrangères.

Si son peuple l'acceptait comme princesse, elle ne pourrait pas endosser son nouveau costume à moitié. Ce serait tout ou rien. Il y allait avoir du changement dans le royaume. Et avec Celia à ses côtés, certains de ces changements pourraient même arriver plus rapidement qu'il ne l'avait prévu ! Mais certaines choses ne changeraient jamais. Si elle devenait son épouse, on ne lui demanderait pas un intérêt de pure forme, elle devrait littéralement adopter leurs traditions. C'était beaucoup lui demander. Peut-être trop.

Ramiz essaya d'imaginer sa vie sans elle. C'était impossible. Elle était à lui. Elle lui avait toujours été destinée.

Demain à la première heure, je lui demanderai sa main devant toute sa famille.

Maintenant que sa décision était prise, il se sentait si léger ! Il finit par comprendre que cette allégresse était simplement un avant-goût du bonheur qui l'attendait.

Il se retira dans ses appartements pour se changer. Comment

se passaient les retrouvailles de Celia et de sa sœur ? Que disait-elle de lui ? Lui confiait-elle des choses sur lui ? Non. Elle ne ferait pas cela. Sa Celia était d'une extrême loyauté. Elle ne dirait rien qui pourrait venir compromettre sa relation avec son père. Elle ne dirait rien qui pourrait le montrer sous un jour défavorable. Elle l'aimait. Il en était sûr.

Il avait une terrible envie de la rejoindre et de lui déclarer sa flamme. Mais son sens du devoir reprit le dessus. Alors qu'il finissait de prendre son bain et de choisir une robe pour le dîner, Akil arriva, la mine très sombre.

Ramiz congédia immédiatement les domestiques.

— Eh bien ?

— J'ai parlé à Finchley-Burke comme vous me l'aviez suggéré, Majesté.

— Tu m'appelles Majesté. Alors tu dois avoir de bien mauvaises nouvelles à m'annoncer…

— Ramiz, vous devez comprendre que si je n'étais pas absolument certain de ce que je vais…

Le sourire de Ramiz disparut.

— De quoi s'agit-il ?

— De lady Celia.

— Que se passe-t-il ?

— Elle vous a espionné.

— Ne sois pas idiot !

— Peut-être qu'« espionner » n'est pas le mot approprié. Elle a collecté des informations sur notre pays.

— Une curiosité toute naturelle, Akil.

— Non, Ramiz. Je suis désolé, mais c'est bien plus grave que ça. Le gouvernement britannique l'a laissée ici volontairement et lui a demandé de tirer profit de la situation.

— C'est ridicule !

— C'est la stricte vérité, je vous assure. Oh ! Bien sûr, ils n'ont rien exigé d'indécent. Selon Finchley-Burke, ils ont bien enrobé la chose. Ils lui ont parlé de son devoir envers sa patrie et lui ont dit qu'il fallait penser à la mémoire de son défunt mari… Vous voyez certainement ce que je veux dire…

— Si je comprends bien, tu es en train de me dire que Celia a été chargée de m'extorquer des informations qui pourraient se révéler très utiles au gouvernement britannique en… ? Non, je ne peux pas y croire !

— Je suis désolé, Ramiz.

Akil voulut poser une main sur son épaule, mais Ramiz l'esquiva.

— Je suis sincèrement désolé, Ramiz… Mais ne me dites-pas qu'il ne vous est jamais arrivé de vous demander pourquoi une femme de son rang vous a accordé de telles libertés ? Elle ne vous a jamais vraiment opposé la moindre résistance, si ?

Pour toute réponse, Ramiz lui asséna un coup de poing dans la figure sans lui laisser une seule chance de se défendre. Akil prit appui contre le mur tant bien que mal, terriblement effrayé. Ramiz se dirigeait déjà vers lui rageusement, les poings serrés, mais s'arrêta finalement à quelques centimètres de lui.

— Je ne vais pas me souiller les mains une deuxième fois en te touchant. Tu mériterais d'être fouetté !

— Eh bien, fouettez-moi, mais ça n'y changera rien.

Akil avait beaucoup de mal à parler. Sa mâchoire enflait à vue d'œil et il avait du sang plein la bouche.

— Elle vous a utilisé, Ramiz. Estimez-vous heureux de l'avoir découvert avant de conclure les négociations, car vous pouvez être sûr que son père aurait trouvé l'occasion de lui parler avant demain matin. Heureusement, nous serons bientôt débarrassés d'elle.

— Sors !

— Ramiz…

— Maintenant !

Akil ne demanda pas son reste et partit en se tenant la mâchoire.

Une fois seul, Ramiz s'effondra sur son lit et se prit la tête dans les mains. Cette histoire était totalement insensée. Il devait forcément y avoir une explication… Jamais Akil ne lui mentirait. C'était une certitude. D'un autre côté, pourquoi

Finchley-Burke irait-il inventer une histoire pareille ? Il n'y avait aucune raison valable.

En tous les cas, il n'irait pas s'abaisser à poser la moindre question à ce diplomate de pacotille. C'était à Celia en personne de lui répondre.

— Je t'en prie, ma tante, je t'assure que tu trouveras cette expérience extrêmement agréable…

Sophia accepta finalement l'aide de Fatima au moment de prendre son bain, avec les encouragements de Celia.

Cette dernière s'était montrée extrêmement enthousiaste dans sa description d'A'Qadiz et de son récent voyage dans le désert à la rencontre des tribus bédouines, mais en avait peu dit sur le cheik lui-même. Et encore moins de sa relation avec lui.

Alors qu'elle se glissait avec précaution dans le bain parfumé, Sophia comprit que c'était la réticence de Celia qui l'inquiétait le plus. Sa nièce était amoureuse, c'était évident. Il fallait absolument qu'elle en parle à Henry au plus vite, car plus tôt on éloignerait Celia de la présence ensorcelante du cheik, mieux ce serait.

Une fois qu'elles furent seules, Celia céda aux supplications de Cassie qui voulait essayer ses tenues exotiques. Elle s'assit sur ses coussins préférés et regarda sa sœur parader devant elle en riant. Elle était en train de lui dire qu'elle ressemblait plutôt à la reine de Saba quand elle entendit une porte s'ouvrir brutalement et claquer contre un mur. Son sourire s'évanouit aussitôt, et elle se leva d'un bond.

Elle aperçut Ramiz qui traversait la cour intérieure à grands pas. Il était blanc de rage.

— Qu'est-ce qui ne va pas ? Il s'est passé quelque chose avec mon père ? lui demanda-telle, effrayée.

— Tu n'es qu'une traîtresse ! cria-t-il, les yeux exorbités et le souffle court, la tutoyant avec brutalité.

— Ramiz ! Mais dites-moi ce qui se passe !

— Je t'ai fait confiance ! Dieu sait que je t'ai fait confiance ! Moi qui ne fais habituellement confiance à personne. Et tu m'as trahi.

— Je ne vous ai pas trahi, Ramiz. Jamais je ne... Que s'est-il passé ? Dites-le-moi, je vous en prie.

— Tu m'as menti !

— Je ne vous ai pas menti ! répondit Celia, profondément indignée. Jamais je ne vous mentirais. Vous me faites peur, Ramiz.

— J'en doute fort. Je doute que tu puisses être effrayée par quoi que ce soit, Celia. Tu joues tellement bien la comédie ! J'aurais dû m'en douter. C'est Akil qui avait raison finalement. J'aurais dû deviner dès le départ qu'une délicate rose anglaise n'accepterait pas les caresses d'un barbare sans une bonne raison. Est-ce que tu as mis ta famille au courant, ma belle Celia ? Est-ce que tu leur as dit le prix que tu as payé pour recueillir ces malheureuses petites bribes d'informations ?

Celia comprit soudain où Ramiz voulait en venir et elle se sentit mal.

— M. Finchley-Burke, dit-elle dans un murmure.

— Précisément. Il est arrivé au palais avec ton père. Tu ne t'y attendais pas, on dirait ?

Celia secoua la tête d'un air affligé et s'avança vers lui, terriblement embarrassée par la présence de sa tante, sortie précipitamment de son bain, et de sa sœur.

— Ramiz... C'est vrai que Peregrine Finchley-Burke m'a demandé d'ouvrir mes yeux et mes oreilles. Ce sont les mots qu'il a employés. J'avoue également que j'ai réfléchi à sa proposition. Mais quelques instants seulement. J'étais contente d'avoir une excuse toute trouvée pour rester plus longtemps ici, Ramiz. Mais je n'ai jamais eu l'intention de... Jamais je n'utiliserais... Et sûrement pas maintenant, après...

— Je ne te crois pas !

Celia s'avança vers lui avec un air suppliant, mais il recula aussitôt comme si elle était atteinte d'une maladie contagieuse. Elle déglutit avec peine mais s'efforça de rester digne. Elle devait absolument retenir ses larmes. Il n'était pas question de se faire humilier en public.

— C'est la pure vérité, reprit-elle. J'ai commencé par réfléchir à ce qu'on me demandait…

— Ah, tu admets au moins ça ?

— J'ai d'abord pensé que ce serait peut-être bien que George ne soit pas tout à fait mort pour rien… Mais ça m'a juste traversé l'esprit. Je n'ai jamais eu l'intention de… En plus, c'était avant que vous et moi…

— Mais il n'y a pas de toi et moi. Plus maintenant, Celia…

— Ramiz, vous ne pouvez tout de même pas penser sérieusement que j'aurais fait l'amour avec vous autrement que parce que…

Elle s'interrompit. Elle était sur le point de dire exactement ce qu'elle s'était juré de ne jamais dire… Qu'elle l'aimait ! Elle le regardait avec angoisse et ne pouvait penser à rien d'autre. Elle l'aimait. Follement.

Il l'attira brusquement contre lui et dégagea les cheveux de son visage pour la forcer à le regarder droit dans les yeux.

— Alors pourquoi as-tu fait l'amour avec moi, Celia ? Pourquoi m'as-tu donné ce que tu n'avais donné à aucun autre homme ?

— Vous savez bien pourquoi, murmura-t-elle. Je ne pouvais pas faire autrement.

— Et comment pourrais-je te croire alors que tu as renié ton mari sans manifester le moindre état d'âme ?

— George n'a rien à faire dans cette histoire.

— Bien au contraire. Tu n'aurais pas fait tout ça en sa mémoire par hasard ?

— Ramiz, est-ce que je vous ai demandé une seule fois de me divulguer une information sensible concernant le royaume d'A'Qadiz ? Est-ce que je vous ai encouragé à me confier quoi que ce soit ? Est-ce que j'ai essayé une seule fois de vous soutirer des secrets par la cajolerie ? Vous savez bien que non !

Mais Ramiz ne l'écoutait pas.

— Tu as fait bien pire que ça. Tu m'as forcé à trahir mon honneur. Tu t'es donnée à moi. Tu t'es littéralement jetée dans mes bras dans l'espoir de me faire succomber ! Et c'est ce qui est arrivé. Tu avais l'intention de m'accuser de viol pour permettre à ton père d'avoir un avantage moral sur moi. Et je sais qu'il n'hésitera pas une seule seconde à utiliser ce subterfuge !

Celia le dévisagea, si éberluée qu'elle en oublia sur l'instant la douleur que ses accusations lui causaient.

— Je pensais sincèrement que vous me connaissiez. Je pensais que vous me compreniez. Je pensais aussi que je vous comprenais. Mais je me suis trompée. Je préférerais mourir que de faire ce que vous venez de dire !

— Je savais bien en venant ici que tu n'admettrais pas la vérité. Je voulais juste que tu saches que j'avais tout découvert. Et c'est moi qui préférerais mourir plutôt que de te laisser profiter de moi une seconde de plus ! Il n'y aura pas de traité. Et maintenant, je ne veux plus jamais te voir !

— Ramiz, ne faites pas ça. Je vous en prie…

— J'en ai fini avec vous tous. Vous quitterez Balyrma dès demain. Une escorte vous accompagnera hors de mon royaume. Je ne veux plus jamais vous voir ni jamais entendre parler de vous !

Sur ces mots il repartit, et la porte du harem se ferma avec fracas derrière lui.

Chapitre 14

— Laissez-moi entrer ! Je vous demande de m'ouvrir sur-le-champ !

Celia, épuisée par les événements de la veille au soir, leva la tête de son oreiller et tendit l'oreille.

— Ouvrez ! Je veux voir mes filles. Mais vous allez ouvrir à la fin ?

— Papa ? murmura-t-elle.

Elle se mit aussitôt debout et traversa la cour, les jambes flageolantes. Cassie et Sophia, réveillées elles aussi, regardaient avec consternation la porte du harem qui demeurait fermée à double tour.

— C'est papa que j'entends ?

— Impossible d'ouvrir la porte, dit Cassie. Il n'y a pas de poignée de ce côté.

— Ouvrez ! ordonna alors Celia en arabe, à l'intention des gardes. C'est mon père.

La porte s'ouvrit à la volée, laissant apparaître lord Henry, rouge de colère, et Peregrine qui se tenait à ses côtés. Les deux eunuques chargés de garder le harem, avaient brandi leur sabre et leur barraient le passage.

— Au nom du ciel, Celia, dis à ces hommes de nous laisser entrer !

— Tu es dans un harem, papa. Le cheik al-Muhana est le seul homme à pouvoir y entrer. Pourquoi tu n'as pas simplement demandé à quelqu'un de venir me chercher ?

— Je n'ai pas réussi à trouver une seule personne fichue de me comprendre !

— Où est Ramiz ?

— Si c'est du prince dont tu veux parler, je n'en ai pas la moindre idée. Il ne s'est pas donné la peine de se joindre à nous pour le dîner, hier soir, et je ne l'ai pas vu ce matin non plus. Ça fait une bonne heure que nous te cherchons partout. Je n'ai jamais vu autant de couloirs et de cours intérieures de toute mon existence. Ce palais est un véritable labyrinthe !

Celia s'adressa alors aux gardes enturbannés d'une voix douce, tout en désignant son père de la main. Ils finirent par rengainer leur sabre, non sans quelque réticence.

— Je leur ai dit de laisser les portes ouvertes et leur ai promis que nous resterions bien en vue dans la cour, dit-elle en invitant son père à entrer.

Peregrine, lui semblait-il, avait très envie de rester de l'autre côté de la porte et entra à contrecœur.

— Eh bien, me voici donc dans le harem… Où sont toutes les autres femmes ? demanda lord Henry, intrigué, jetant un regard circulaire autour de lui.

— Il n'y a pas d'autres femmes, papa. Le prince Ramiz n'est pas marié. Que se passe-t-il ? Tu as l'air bien contrarié…

— Et j'ai fichtrement de quoi l'être ! répondit lord Henry en jetant sur Peregrine un regard méprisant. Viens par ici, ma chérie, laisse-moi te regarder…

Il l'inspecta de la tête aux pieds, s'arrêtant longuement sur son caftan vert en coton et ses cheveux qui lui retombaient librement sur les épaules. Comme elle venait à peine de se lever, sa tenue était en désordre. Elle ne paraissait pas au mieux de sa forme, et son père allait forcément remarquer les cernes noirs qu'elle avait sous les yeux. La scène que Ramiz lui avait faite la veille l'avait bouleversée, et elle avait passé une nuit extrêmement agitée.

Elle le prit par le cou pour l'embrasser, espérant ainsi de se soustraire à ses regards insistants.

— Je suis si contente de te voir, papa ! Je suis désolée de t'avoir obligé à faire ce long voyage.

— Eh bien, on dirait que je tombe à point nommé. Enfin, nuança-t-il en lançant une nouvelle fois un regard mauvais dans la direction de Peregrine, c'est ce que je pensais jusqu'à ce que cet imbécile me raconte ce que cet idiot de Wincester et lui avaient concocté !

— Lord Armstrong, je vous assure, je n'étais qu'un messager dans cette affaire, se défendit Peregrine d'une faible voix. Je n'aurais pas… Jamais je ne…

Il s'interrompit et supplia Celia du regard.

— Je vous en prie, lady Celia, reprit-il, veuillez expliquer à votre père ce qui s'est passé.

— Allons d'abord nous asseoir, suggéra Celia d'une voix accablée.

Elle frappa dans ses mains pour appeler Adila et Fatima et leur demanda d'installer des divans dans la cour pour ses invités. Cassie, qui lui avait emprunté une tenue, mais qui avait aussi conservé son corset, prit place sur des coussins à côté d'elle, le dos en appui sur la fontaine.

Une fois le café servi et les servantes disparues, Celia entreprit de raconter comment s'était déroulé l'entretien qu'elle avait eu avec Peregrine.

— Je t'assure, papa, monsieur Finchley-Burke m'a exposé sa requête avec beaucoup de retenue et semblait du reste extrêmement embarrassé. J'ai envisagé un court moment de divulguer les informations que j'avais glanées depuis mon arrivée, mais je tiens à préciser que je n'ai utilisé aucun moyen détourné pour obtenir la moindre information et que tout ce que je sais, je l'ai appris incidemment. En tout état de cause, alors que monsieur Finchley-Burke était déjà reparti, je me suis rendu compte que j'en étais absolument incapable. Lord Wincester considère peut-être que mon pays passe avant tout, mais ce n'est pas la façon dont je vois les choses de mon côté. Aussi longtemps que je serai l'invitée du cheik al-Muhana, mon pays, c'est A'Qadiz, et je ne lui ferai pas l'affront de le trahir. Dans le cas contraire, ne serais-je pas coupable de trahison envers mon pays à défaut de lui rendre service ?

— Je suis tout à fait d'accord avec toi. Tu as entièrement raison, déclara son père. C'est exactement ce que j'aurais dit à lord Wincester si l'on m'avait consulté dans cette affaire. Peut-être me trouverez-vous vieux jeu sur ce point, mais je suis persuadé que la diplomatie exige un certain sens de l'honneur. Je ne m'abaisserai jamais à recourir à des combines méprisables. La Grande-Bretagne peut très bien défendre ses intérêts sans employer de telles méthodes !

— Je partage complètement ton point de vue, papa. Si seulement j'avais dit la même chose à monsieur Finchley-Burke lorsqu'il est venu, admit Celia, terriblement embarrassée.

— Puis-je savoir pourquoi tu ne l'as pas fait ?

Elle rougit, mais regarda son père droit dans les yeux pour lui répondre.

— Je n'avais pas envie de partir. J'étais trop heureuse d'avoir une excuse pour rester un peu plus longtemps au palais. Je n'en ai évidemment pas parlé à monsieur Finchley-Burke, mais je pense néanmoins qu'il l'a deviné.

Elle se retourna vers l'intéressé et demanda :

— N'est-ce pas ?

Peregrine acquiesça en haussant les épaules.

— Mais pourquoi ? demanda une fois encore lord Henry.

Puis il parut seulement remarquer qu'elle avait les cheveux détachés et qu'elle portait une robe traditionnelle.

Il plissa les yeux et demanda :

— Qu'est-ce que c'est que cette tenue ?

Il adressa un regard inquiet à sa sœur.

— Sophia ?

Sophia, visiblement déconcertée, lança à son tour un regard d'avertissement à Peregrine.

— Peut-être que, si tu en as fini avec monsieur Finchley-Burke, Henry… ?

Soulagé qu'on lui signifie ainsi son congé, Peregrine se leva d'un bond, mais lord Henry lui intima l'ordre de se rasseoir.

— Je te rappelle que c'est lui qui est à l'origine de cette épouvantable pagaille, Sophia. Et en plus, cet d'imbécile a tout avoué au conseiller du cheik, hier soir ! Il peut donc rester là où il est jusqu'à ce que nous nous entendions sur la meilleure façon de recoller les morceaux. Et je ne vois pas ce que je pourrai faire tant qu'on ne m'aura pas tout dit.

Il se leva et alla tremper sa main dans la fontaine comme pour en tester la température. Puis il se rassit.

— Alors, que se passe-t-il ici ?

— Papa, il ne se passe rien, dit Celia précipitamment. C'est juste que je… Que Ramiz et moi… Je veux dire, que le cheik al-Muhana et moi…

— Celia croit être amoureuse de cet homme, l'interrompit Sophia d'une voix irritée. Voilà pourquoi elle est restée.

— Amoureuse ! D'un cheik ! Mais tu as complètement perdu la tête, Celia ?

Lord Henry se leva brusquement et toisa sa fille d'un air sévère.

— J'espère… J'espère sincèrement que tu n'as pas perdu le sens des convenances et que tu n'as pas passé de temps seule avec cet homme !

Celia prit aussitôt un air coupable, incapable de le détromper.

— Après la scène dont Cassandra et moi-même avons été les témoins hier soir, j'ai bien peur qu'il n'y ait aucun doute à avoir là-dessus, Henry, dit Sophia d'une voix glacée.

— Comment ? Mais de quelle scène est-ce que tu veux parler ?

Il avait l'air totalement désemparé.

Sophia lança un regard entendu à Peregrine, visiblement très mal à l'aise, et répondit :

— Le cheik al-Muhana est venu ici hier soir, aussitôt après avoir découvert la petite combine du Consul Général… Celia a préféré garder toute cette histoire pour elle et ne m'a rien révélé sur la nature de leur relation, mais à la manière dont ils se sont parlé, il est évident que le prince Ramiz et ta fille se… connaissent plutôt bien…

— Mon Dieu ! s'exclama lord Henry en s'asseyant, sidéré. Mais qu'allons-nous faire ? Et le traité ? Le traité…

Il fixa Celia avec horreur.

— Tu n'as vraiment pas idée de ce qu'il représente ! Un engagement à long-terme comme celui que nous essayons de conclure est d'une importance cruciale. Et ce qui est absolument déterminant, c'est la relation de confiance qu'il faut instaurer entre les deux parties. Et j'apprends maintenant que le prince pense que ma fille a espionné pour le compte de notre gouvernement et qu'en plus elle s'est comportée comme une… une…

— Papa !

— Père !

— Henry !

— Monsieur…

Lord Henry leur lança à tous des regards furieux.

— Eh bien, vous pensez que ça a l'air de quoi, que diable ? hurla-t-il. Faut-il vraiment que je vous mette les points sur les « i » ?

— Non, dit vivement Sophia, ce ne sera pas nécessaire…

Lord Henry s'épongea le front avec un mouchoir et poussa un profond soupir. Il n'était pas du genre à se mettre en colère, et s'il avait remporté de si nombreux succès en tant que diplomate, c'était essentiellement grâce à sa capacité à garder son sang-froid même dans les circonstances les plus délicates. Mais, cette fois, c'était vraiment trop pour lui ! Il se remettait tout juste d'un voyage en mer très pénible puis d'une traversée du désert à dos de chameau pour le moins éprouvante et, maintenant, voilà qu'il devait faire face à une incompétence générale caractérisée ! Sans parler de la conduite proprement scandaleuse de sa fille aînée. Une conduite qui lui ressemblait pourtant si peu…

— Mais, bon sang, à quoi pensais-tu donc, Celia ? lui demanda-t-il d'une voix remplie de déception.

— Je ne pensais pas, papa, et c'est bien le problème, répondit-elle froidement.

Elle se leva avec l'air le plus digne possible, lissa son caftan, dégagea son visage de ses cheveux et ajouta :

— Ramiz est un homme d'honneur et il fait passer le bien-être d'A'Qadiz avant toute autre chose. Je suis certaine que, si tu lui octroies quelques concessions pour le dédommager de ce malentendu, il sera toujours disposé à conclure avec toi un accord quant à l'exploitation éventuelle du port donnant sur la mer Rouge. Et tu peux sans problème lui dire que toute cette affaire a été à l'origine d'une brouille entre nous deux. Cela ne causera aucun tort aux intérêts que tu défends, car tu t'apercevras qu'au fond vous êtes tout les deux du même avis sur ce point.

— Bien au contraire, Celia… Je serais très peiné d'être à l'origine d'une brouille avec ta famille. Je sais à quel point tu tiens à elle.

Tous les yeux se tournèrent aussitôt vers la porte, dans l'encadrement de laquelle ils découvrirent Ramiz. La nuit qu'il avait passée à réfléchir, seul, au beau milieu du désert, l'avait calmé et aidé à retrouver la raison. Il voyait désormais les choses bien plus clairement. Celia n'avait en effet jamais essayé de lui soutirer la moindre information, de quelque manière que ce soit et en quelque circonstance que ce soit. Mais l'essentiel était ailleurs. Il sentait au plus profond de lui-même que jamais elle ne lui mentirait.

Akil voulait tellement se débarrasser d'elle qu'il avait dramatisé la situation, et cela à l'instant-même où lui venait juste de comprendre qu'il aimait Celia. Et comme elle ne lui avait pas fait part de ses sentiments, il s'était senti trahi au moment où il était le plus vulnérable.

Mais à l'aube de cette nouvelle journée, il avait fini par retrouver ses certitudes. Il l'aimait. Il en était sûr, même si l'amour était pour lui un sentiment inconnu jusque-là. Et plus jamais il n'aimerait comme il aimait aujourd'hui. Celia était sa moitié, et sa moitié ne pouvait pas se montrer déloyale, puisqu'elle faisait partie de lui.

Il était rentré au palais rempli d'espoir. Il s'était immédiatement rendu au harem et avait trouvé la porte ouverte. Il avait entendu quasiment toute la conversation qui s'était tenue dans la cour. Il n'avait même pas pris le temps de se laver ou de se changer. Son manteau et sa coiffe étaient couverts de poussière, et il avait de grands cernes sous les yeux. Celia était tout ce qui lui importait, aussi ne prêta-t-il aucune attention aux autres en entrant dans la pièce à grandes enjambées.

— Il faut que je te parle, lui dit-il d'une voix pressante en la prenant par le bras.

— Je vous prie de lâcher ma nièce immédiatement, monsieur ! dit Sophia d'un ton brusque. Vous avez déjà causé suffisamment de dégâts comme cela.

Ramiz aperçut alors une femme terriblement imposante qui fonçait droit sur lui, tout en le fusillant du regard. Mais il ne bougea pas d'un pouce et ne lâcha pas Celia.

— Lady Sophia, je présume ? demanda-t-il d'un ton arrogant.

— Et vous, je suppose, que vous êtes le cheik al-Muhana ? Je ne vous tends pas la main, monsieur, pas plus que je ne vous salue, car vous ne méritez pas cette marque de courtoisie ! Et lâchez ma nièce ! Elle a suffisamment souffert de vos attentions.

Ramiz plissa les yeux, l'air presque menaçant, puis il fit un pas en direction de Sophia qui tressaillit légèrement mais resta fermement campée sur ses deux pieds. Il s'arrêta net et ordonna quelque chose à ses gardes, en arabe. Les deux eunuques apparurent alors dans la cour, le sabre à la main, et sans laisser à quiconque le temps d'émettre la moindre protestation, ils poussèrent tout le monde dehors, hormis Ramiz et Celia, en recourant à la force à des degrés divers. La porte du harem se referma d'un coup sec.

— Ramiz, qu'est-ce qui… ?

— Je suis désolé.

— Comment ?

— Je suis désolé.

— C'est bien la première fois que je vous entends vous excuser, dit Celia en esquissant un petit sourire timide.

Ramiz lui prit la main. Elle vit alors qu'il avait ôté son masque habituel et se mettait en quelque sorte à nu devant elle. Mais il n'y avait pas que cela... Il y avait autre chose, une chose qu'elle pensait reconnaître mais qu'elle n'avait jamais espéré voir sur son visage, lire dans ses yeux. Et cette chose ressemblait fort à de l'amour...

— Ramiz ?

— Ecoute-moi, Celia. J'ai entendu tout ce que tu viens de dire à ton père, mais il faut absolument que tu me croies : j'étais venu te demander de me pardonner d'avoir douté de toi avant d'entendre cette conversation. Et ce que j'ai entendu n'a fait que confirmer ce que je savais déjà. Ce que j'aurais dû comprendre la nuit dernière...

Il s'interrompit, se passa la main dans les cheveux et posa sa coiffe par terre avant de poursuivre :

— J'avais l'esprit totalement embrouillé. Je venais juste de me rendre compte que... Je commençais juste à me demander si notre histoire était possible... Et puis Akil m'a appris la nouvelle, et j'ai perdu tout contrôle. Mais il y a une chose dont je suis sûr maintenant, et j'en serai sûr pour toujours. Je t'aime. Sans toi, ma vie n'est qu'un vaste désert. Je t'aime, Celia. Dis-moi que tu m'aimes aussi et je serai alors l'homme le plus heureux de la Terre. Si tu pouvais seulement...

Elle se jeta dans ses bras sans le laisser terminer sa phrase.

— Je t'aime ! Je t'aime ! Je t'aime ! dit-elle.

— Dis-le-moi encore !

— Je t'aime, Ramiz ! répéta-t-elle, le visage radieux. Je t'aime !

Il l'embrassa, la dévora. Littéralement. Elle sentait son menton mal rasé sur sa peau tendre. Il la serrait si fort dans ses bras qu'elle pouvait à peine respirer. Elle était au comble du bonheur. Même dans ses rêves les plus fous, jamais elle n'aurait osé imaginer un tel moment !

Elle l'embrassa à son tour avec ferveur. Elle murmurait son nom entre chaque baiser et s'aperçut avec bonheur que son membre s'était durci contre elle. Elle s'enivrait de son odeur et de ce sentiment euphorisant qu'il lui communiquait. Et puis, surtout, un sentiment de légitimité s'empara d'elle.

Ils se disaient des mots d'amour. Ils répétaient tous deux leurs noms, les yeux émerveillés et s'embrassaient de nouveau. Puis, finalement, tout essoufflés, ils installèrent sur les coussins éparpillés dans la cour intérieure, toujours dans les bras l'un de l'autre. Puis ils prirent vaguement conscience d'une altercation, de l'autre côté de la porte.

— C'est mon père, dit Celia. Il pense probablement que tu m'as enlevée.

— S'il pouvait partir et nous laisser un peu tranquilles, ça me conviendrait tout à fait, répondit Ramiz en faisant la grimace. Je n'ai pas aimé sa façon de te parler ni ce qu'il a dit de moi. Et c'est la même chose pour ta tante. Ils n'ont pas l'air d'apprécier le mari que tu as choisi.

— Le mari ?

Ramiz éclata de rire. Un rire joyeux et très profond.

— Mon amour, la prunelle de mes yeux, mais qu'est-ce que tu allais imaginer ? Tu es les ailes de mon cœur. Il faut que je t'attache à moi d'une manière ou d'une autre.

— Mais que fais-tu des traditions ? Je ne suis pas une princesse et aux yeux de ton peuple… Enfin, Yasmina a dit…

— Ce qui compte, c'est ce que je sais et ce que je pense. Tu es ma princesse. Je serai un bien meilleur dirigeant avec toi à mes côtés. C'est toi qui me l'as appris, c'est toi qui m'as fait comprendre que je devais t'avoir à mes côtés pour être véritablement moi-même.

Il lui prit la main, et s'agenouilla devant elle.

— Epouse-moi, ma belle Celia, épouse-moi… Parce que je t'aime, et parce que tu m'aimes, accorde-moi l'honneur de devenir ma femme, et je te ferai l'honneur d'être ton mari pour toujours parce que même la mort ne pourra jamais nous séparer. Epouse-moi et fais de moi l'homme le plus heureux de la Terre.

— Ramiz, c'est la plus belle déclaration que j'aie jamais entendue.

— C'est aussi une question !

— Oui, alors, dit Celia en riant et pleurant à la fois. Oui !

Elle se jeta dans ses bras et l'invita à la rejoindre sur les coussins.

— Oui, oui, oui ! répéta-t-elle, en l'embrassant entre chaque mot.

Un grand bruit sourd, de l'autre côté de la porte, les fit sursauter.

— Je pense que nous ferions mieux d'affronter ton père avant que mes gardes ne soient obligés de retourner leur sabre contre lui, suggéra Ramiz.

Ramiz et Celia ne furent pas surpris du concert de protestations qui accueillit l'annonce de leur mariage. Ils écoutèrent avec beaucoup de patience les objections qu'on leur présenta. D'abord celles de lord Henry, puis de tante Sophia qui affirmèrent tous deux qu'une telle alliance ne pouvait que tourner au désastre, qu'elle rendrait Celia malheureuse et que ses sœurs se sentiraient perdues sans elle.

Celia fit alors remarquer que son mariage avec le dirigeant d'un royaume à la fois riche en ressources naturelles et ouvert sur un port d'une importance stratégique capitale pouvait difficilement être considéré comme une mésalliance.

— En fait, ajouta-t-elle en s'adressant à son père, tu devrais te sentir très honoré que le prince Ramiz devienne ton gendre, car l'union de nos deux familles facilitera sans aucun doute tes perspectives de carrière. A condition que Ramiz veuille bien te pardonner la grossièreté avec laquelle tu t'es conduit !

Lord Henry fut stupéfait par le bon sens dont sa fille faisait preuve et se montra soudain beaucoup plus affable envers Ramiz.

Sophia, qui était très attachée à sa nièce, fut plus difficile à convaincre. Ce fut Celia seule qui se chargea de lui faire entendre raison tandis que Ramiz entreprenait de discuter avec lord Henry des divers arrangements, de la dot de la future mariée et du traité qui devait lier leurs deux pays.

— Tante Sophia, tu parles comme si j'allais vivre en recluse, isolée du reste du monde ! disait Celia à sa tante alors qu'elles se promenaient dans les jardins royaux un peu plus tard dans la journée, J'espère que tu n'envisages pas me priver de ta compagnie ou de celle de mes sœurs ? Je compte bien toutes vous accueillir pour de longs séjours chez nous, en commençant par Cassie si elle le souhaite. Mais elle ne veut peut-être pas retarder d'une saison ses débuts dans la bonne société ?

Cassie se mit à battre des mains, folle d'excitation.

— Mais qu'est-ce que tu racontes ? Ce n'est vraiment rien à côté de ce qui se passe ici ! Accepte, je t'en prie, tante Sophia. Dis-moi que je peux rester ! Je peux faire mes débuts l'année prochaine, et puis, ajouta-t-elle malicieusement, car elle savait très bien ce que sa tante pensait de la femme qu'allait épouser leur père, je ne voudrais pas voler la vedette à Bella Frobisher en participant à mon bal de débutante l'année où elle se marie !

Plus tard dans l'après-midi, Ramiz proposa à lady Sophia de lui faire faire le tour du palais et des écuries, qui étaient renommées à mille lieues à la ronde. Celle-ci accepta de bonne grâce et finit par s'adoucir peu à peu.

Le lendemain matin, une visite chez Yasmina acheva de la convaincre. La mère de Yasmina, une femme impressionnante, de la même trempe que lady Sophia, était là. Les deux femmes passèrent quelques heures ensemble à discuter aux côtés de Yasmina qui leur servit d'interprète.

Au moment de partir, lady Sophia déclara à tout le monde qu'elle était très heureuse du mariage de sa nièce et du prince et qu'elle voulait bien rester à A'Qadiz pour assister à la cérémonie.

— Ramiz est passé nous voir ce matin, dit Yasmina à Celia en servant le thé. C'était un véritable honneur. Nos voisins n'ont pas fini d'en parler !

— Akil et lui se sont réconciliés, alors ?

Yasmina acquiesça avec un grand sourire.

— Ramiz sait qu'Akil pense uniquement au bien du royaume et qu'il a cru bien faire. Akil l'aime comme son propre frère, dit-elle en lui pressant la main. Je n'ai jamais vu Ramiz aussi heureux. Et toi, pourras-tu me pardonner d'avoir parlé à tort et à travers la première fois que nous nous sommes vues ?

— Yasmina, tu dis ce que tu penses, et c'est très bien ainsi. Ton amitié compte beaucoup pour moi. Je ne supporterais pas que tu te mettes à me traiter différemment lorsque je serai mariée à Ramiz.

— Tu ne seras pas juste mariée à Ramiz, tu deviendras aussi une princesse.

— Mais je serai toujours Celia. Et c'est en tant que telle que je te conjure de me parler franchement. Que vont penser les gens de notre mariage ? Ramiz dit que son bonheur fera celui de son peuple, mais je sais bien que les choses ne sont pas aussi simples.

Yasmina but une petite gorgée de thé et répondit :

— Je ne vais pas te mentir. Certaines personnes auront beaucoup de mal à accepter votre union parce qu'elle enfreint nos traditions. Mais il ne faut pas oublier non plus que Ramiz symbolise le changement pour A'Qadiz. Et le fait qu'il épouse une Occidentale ne causera pas une telle surprise. J'avoue qu'il en aurait été tout autrement il y a deux ans, lorsqu'Asad était encore au pouvoir.

— Tu te souviens, tu m'as dit aussi que, parce que j'ai déjà été mariée, je…

— « La semence d'un prince doit être l'unique semence plantée dans le jardin de son épouse », cita Yasmina. Oui, je me souviens. Et c'est bien la réalité, non ? L'homme auquel tu étais mariée n'était ton mari que sur le papier. Ne fais pas cette tête ! Je te l'ai déjà dit, j'ai un don pour deviner ces choses-là.

Celia secoua la tête et rougit.

— Ramiz a été le premier.

— Eh bien, avec ta permission, c'est ce que je dirai autour

de moi. Je suis l'épouse d'Akil, et les gens m'écouteront. Je te rappelle que c'est tout naturel de parler de ce genre de choses ici. Alors ne t'inquiète pas… J'en glisserai deux mots à quelques personnes bien choisies, et tu m'en diras des nouvelles. Mais maintenant, nous devons parler à ta tante, à ma mère et à la mère d'Akil. C'est que nous avons un mariage royal à organiser !

Les préparatifs prirent quatre semaines. Quatre semaines qui parurent durer une éternité à Celia… Elle avait l'impression de ne plus voir Ramiz qui était allé inviter en personne toutes les familles dirigeantes des environs, selon la coutume. Quant à elle, il était de son devoir de recevoir les épouses des personnalités les plus importantes de la ville. Ces visites lui semblaient le plus souvent interminables. Sans parler de la quantité incroyable de vêtements qu'elle avait dû essayer pour garnir sa garde-robe de princesse et de l'incroyable régime auquel elle était soumise : on passait son temps à lui polir la peau, à l'épiler, à prendre soin d'elle et à tout faire pour la mettre en beauté.

Elle avait tout de même le temps chaque jour pour une promenade à cheval avec Cassie. Elles étaient suivies d'une escorte très discrète. C'était Ramiz qui avait insisté sur ce point. Il tenait à montrer au peuple d'A'Qadiz que débutait une nouvelle ère de liberté et il tenait également à témoigner à Celia et à sa sœur toute la confiance qu'il avait en elles. Il savait qu'elles utiliseraient cette liberté à bon escient.

Lady Sophia accompagna son frère qui devait retourner au Caire et promit d'être de retour à temps pour les célébrations du mariage qui dureraient une bonne semaine. Avant son départ, Ramiz l'avait entendue dire qu'elle craignait que le mariage n'en fût pas véritablement un et il lui avait proposé de faire venir un prêtre anglais le jour de la cérémonie, si elle le souhaitait. Cette proposition l'avait beaucoup rassurée et elle lui avait répondu que jamais elle ne lui ferait l'insulte de lui demander une telle chose.

Un couple sur le point de se marier devait absolument s'abstenir de tout contact intime. C'était la tradition qui le voulait. Tradition que Ramiz et Celia trouvaient tous deux très difficile à respecter, mais la frénésie des préparatifs les aidait à supporter cet éloignement forcé. Ramiz devait fréquemment s'absenter, et de son côté Celia avait continuellement Cassie et Yasmina auprès d'elle. Quant au harem, il était maintenant envahi de toutes les femmes qui lui rendaient visite.

Lorsque débuta la semaine nuptiale, Celia commençait à croire que ce moment tant attendu n'arriverait jamais ! Les jours s'étaient écoulés si lentement ces dernières semaines !

La première cérémonie eut lieu dans la salle du trône, qui était pleine à craquer. Il s'agissait des fiançailles officielles au cours desquelles lord Henry devait présenter sa fille à Ramiz. Celia était pour l'occasion vêtue de soieries somptueuses brodées à l'or fin et portait un voile très épais. Ramiz lui passa une bague à la main droite, une magnifique émeraude sertie de diamants.

Puis ils consacrèrent toutes leurs journées à recevoir des visites et à participer à des festins prénuptiaux, les femmes et les hommes toujours chacun de leur côté. Lord Henry accompagnait Ramiz lors des occasions les plus importantes et s'étonnait chaque jour de l'étendue des richesses de son futur gendre ainsi que de son l'influence.

Celia passa la nuit précédant son mariage proprement dit dans le harem. On lui avait peint des motifs au henné sur les mains et les pieds comme ceux qu'elle avait vus sur les épouses du cheik Farid. On lui apporta aussi le cadeau de mariage officiel que Ramiz lui offrait : il s'agissait d'un coffret à bijoux si lourd qu'il avait fallu deux hommes pour le porter ! Il comprenait un collier en émeraude, quantités de bracelets de cheville et de poignet, tous assortis à sa bague de fiançailles.

Puis vint enfin le jour du mariage. Vêtue d'or, voilée

et couverte de bijoux, Celia attendait le grand moment en compagnie de sa sœur et sa tante. Elle était terriblement anxieuse.

Cassie, qui portait une robe traditionnelle de soie bleue, la serra très fort dans ses bras.

— Je suis si heureuse pour toi, Celia !

— Moi aussi, dit tante Sophia, en l'embrassant sur la joue. Bonne chance, ma petite.

Ramiz l'attendait à la porte d'entrée du harem. Elle savait qu'elle la franchissait pour la dernière fois, car Ramiz avait décidé qu'ils vivraient ensemble dans une partie du palais qu'il avait très récemment fait redécorer. Une autre tradition qu'il avait enfreint pour elle, songea Celia. Il lui avait déclaré qu'après leur mariage il ne passerait plus une seule nuit séparé d'elle…

Il portait une tunique et une cape blanche ourlée d'or, ainsi qu'une coiffe maintenue par un *igal* doré à l'or fin qui rehaussait ses traits réguliers. Celia remarqua avec fierté que les yeux de son futur époux étaient fixés sur elle.

Ils traversèrent la ville sous un voile d'un rouge éclatant tendu au-dessus de leurs têtes. Un orchestre les précédait et leurs familles et amis fermaient la marche. La foule chantait, priait et jetait des fleurs d'oranger et des pétales de rose à leur passage. Les enfants tapaient des mains, poussaient des cris de joie et se bousculaient pour attraper les pièces en argent qu'on leur jetait. Mais Celia ne se souciait guère de tout cela. Une seule chose lui importait vraiment. L'homme qui se trouvait à ses côtés…

Ramiz. Son Ramiz. Plus que quelques heures, et il serait son époux !

La cérémonie du mariage était organisée dans une tente ouverte aux quatre vents, aux portes du désert, à la sortie de la ville. C'était un endroit stratégique. Ils se trouvaient au sommet d'une colline de manière à pouvoir accueillir la foule immense qui s'était déplacée.

Les mariés étaient assis sur des tabourets bas, côte à côte, en haut d'une estrade recouverte de velours rouge. Lord Henry prononça les quelques mots en arabe qu'Akil lui avait fait apprendre pour l'occasion, puis accorda officiellement la main de sa fille à Ramiz. Le *zaffa*, le cheik Farid en personne, les déclara alors mari et femme.

Ramiz ôta aussitôt la bague de la main droite de Celia et la porta à sa main gauche. Puis il l'aida à se lever et souleva son voile. Elle entendit confusément un tonnerre d'applaudissements et crut voir Cassie pleurer et entendre sa tante renifler bruyamment. Mais elle n'avait vraiment conscience que d'une chose : Ramiz était devenu son mari…

— Je t'aime, lui murmura-t-il à l'oreille.

Elle fut parcourue de frissons sur tout le corps.

— Ma femme…

— Je t'aime, dit-elle en le regardant droit dans les yeux, le cœur débordant d'amour. Mon mari…

Les applaudissements se changèrent en clameur lorsque Ramiz l'embrassa. Les musiciens se mirent à jouer, et ils ouvrirent le bal. Celia était très nerveuse mais Ramiz avait beaucoup d'assurance. Puis le festin fut servi, et de nombreux convives vinrent leur adresser leurs félicitations. Mais alors que la nuit commençait à tomber et que les premières étoiles faisaient leur apparition, Celia ne pensait plus qu'à une chose : la nuit qu'ils allaient passer tous les deux…

Ils partirent à cheval à la fin du repas, couverts de pétales de rose. Un magnifique étalon noir pour Ramiz, une jument grise pour Celia. C'était le cadeau de mariage du cheik Farid. Celia trouva leur courte traversée du désert absolument magique. Le silence qui les enveloppait était à lui seul une promesse alors que les chevaux avançaient sur le sable. Puis les ombres de plusieurs palmiers lui indiquèrent qu'ils avaient atteint une oasis.

Une seule tente, remarqua Celia. Un feu était déjà allumé. Un croissant d'eau venait doucement clapoter sur le sable. Les étoiles étaient pareilles à des soucoupes argentées. La nouvelle lune était suspendue dans le ciel de velours, juste au-dessus de leur tête.

— *Hilal,* dit Celia en la regardant. Le symbole d'un nouveau départ…

Ramiz lui sourit tendrement.

— Un nouveau départ pour nous deux. Viens avec moi, j'ai un cadeau pour toi.

— Mais, mon cher mari, tu passes ton temps à me couvrir de cadeaux depuis que nous avons décidé de nous marier !

— Et je continuerai à te couvrir de cadeaux pour le restant de tes jours, car tu es le plus beau cadeau de tous. Viens avec moi…

Il la prit par la main et la conduisit vers la tente. Un objet très étrange se tenait devant eux. Il ressemblait un peu à un cadran solaire. Celia s'approcha et s'aperçut que la forme était en tissu et recouvrait quelque chose. Alors qu'elle interrogeait Ramiz d'un regard étonné, il posa un doigt sur sa bouche, puis ôta la toile avec précaution. C'était un perchoir sur lequel se trouvait un oiseau de proie blanc et argenté, la tête recouverte d'un chaperon.

— Un faucon !

— Ton faucon, ma chérie.

— Oh ! Ramiz, il est magnifique !

Il enleva le chaperon de la tête de l'oiseau, prit la main de Celia et la glissa dans un épais gant en cuir.

— Ne bouge surtout pas.

Elle osa à peine respirer tandis qu'il plaçait soigneusement l'oiseau sur son bras.

— Les ailes de mon cœur, lui dit-il, c'est le cadeau que je t'offre.

Il lui tira brusquement sur le bras, et l'oiseau prit aussitôt son envol. Ses ailes déployées se détachaient nettement sur la lune.

— Maintenant, tend une nouvelle fois ton bras et siffle comme ceci…

Celia retint son souffle ; l'oiseau revint et atterrit délicatement sur son gant.

— Comme le faucon, je vole et, comme le faucon, je reviendrai toujours vers toi, dit Ramiz en remettant le chaperon sur la tête de l'oiseau.

Puis il la fit entrer dans la tente.

— J'espère que ce sont des larmes de joie, murmura-t-il en lui embrassant doucement les paupières.

— Je ne savais pas qu'un tel bonheur était possible, répondit Celia en l'enlaçant. Je ne pensais pas que cela pouvait m'arriver un jour. Aime-moi Ramiz. Fais-moi l'amour.

— C'est bien ce que j'ai l'intention de faire, ma chérie. Ce soir. Demain. Et après-demain et tous les jours qui suivront…

Il s'arrêta de parler pour l'embrasser. Longuement. Avec fougue. L'abstinence qu'ils avaient dû observer ces dernières semaines avivait la flamme de la passion qui les animait, et leur amour se mit à brûler de mille feux, bien plus que les étoiles qui scintillaient dans le ciel du désert. Ils firent l'amour avec frénésie. Avec tendresse. Avec joie. Avec un abandon auquel ils n'étaient guère habitués. Ils se chuchotaient des mots d'amour.

Puis un cri déchira le silence lorsque vint l'orgasme qui les ébranla au plus profond de leur être. Celia sut alors avec une certitude absolue qu'il s'agissait du nouveau départ annoncé par la nouvelle lune.

Une nouvelle vie avec Ramiz l'attendait.

Une nouvelle vie croissait déjà en elle…

Note de l'autrice

Même si je me suis efforcée de respecter l'exactitude historique dans ce roman, j'espère que vous me pardonnerez les quelques libertés que j'ai pu prendre avec la chronologie et certains faits historiques.

A la date à laquelle j'ai placé mes personnages, Mehmet Ali avait déjà repris le contrôle de l'Egypte au sultan ottoman. Quant aux grandes puissances, les Britanniques et les Français pour l'essentiel, elles occupaient le terrain dans l'espoir de mettre la main sur de multiples trésors à la chute de l'Empire ottoman.

Le Consul Général britannique en place à l'époque était Henry Salt, un égyptologue renommé. Tout comme le Consul Général du roman, il considérait comme normal le fait de faire main basse sur les vestiges de l'Egypte ancienne. Mais la ressemblance avec le diplomate maladroit du livre s'arrête là.

Le royaume d'A'Qadiz est évidemment le fruit de mon imagination. Je l'ai situé dans une région qui se trouve aujourd'hui en Arabie Saoudite, à quelques jours de bateau de Sharm el Sheikh, le grand port par lequel transitaient les navires sur la nouvelle route qui allait relier rapidement l'Inde à l'Europe en passant par la mer Rouge. Cette nouvelle route a bien joué un grand rôle dans l'Histoire en réduisant le trajet de deux ans à trois mois… Mais elle ne fut empruntée que quinze ans environ après mon histoire. Et il a fallu attendre les années 1880 pour que le canal de Suez la rende viable sur un plan commercial.

En réalité, pour se rendre en Arabie depuis l'Angleterre, cela pouvait prendre jusqu'à trois mois. Tout dépendait des conditions météorologiques, du bateau utilisé et du nombre d'escales. Il fallait compter environ trois semaines au minimum. La durée de ce voyage est un point très important de mon histoire car j'avais besoin de faire venir la famille de Celia à

A'Qadiz pour lui porter secours. J'ai donc octroyé un navire de la Royal Navy à lord Armstrong pour lui permettre d'aller plus vite, mais j'ai sans aucun doute forcé un peu le trait en faisant croire qu'un intervalle de six ou sept semaines était suffisant pour acheminer une lettre du Caire à Londres, puis pour permettre à la famille de Celia d'arriver en Arabie après avoir pris connaissance de cette lettre.

Les Historiques

HARLEQUIN

Retrouvez prochainement, dans votre collection

Les Historiques

La rivale du Viking, de Terri Brisbin - N°918

SÉRIE : LES GUERRIERS D'ODIN - TOME 5

ÉCOSSE, AN 877

Fuir. Katla n'a qu'une idée en tête : échapper au mariage qu'on lui impose avec un homme brutal. Hélas, au château de Wik dont elle est l'héritière, elle ne peut faire confiance à personne –et surtout pas aux partisans de son père, le seigneur des lieux. Alors qu'elle se croit condamnée au malheur, Katla voit l'espoir renaître en elle. Ce viking qui vient tout juste d'être fait prisonnier dans les geôles du donjon, et dont elle est chargée de panser les blessures, pourrait-il être son allié ? Parce qu'il voue une haine farouche à sa famille, Brandt Sigurdsson n'est-il pas le seul capable de l'arracher à son existence misérable ? Si elle est tentée de le croire, Katla hésite cependant à lier son destin à cet homme aussi séduisant que dangereux...

Le retour d'un Seigneur, de Sarah Mallory - N°919

SÉRIE : PASSIONS ÉCOSSAISES - TOME 1

ÉCOSSE, XVIIIE SIÈCLE

Après dix ans passés dans la haute société anglaise et les salons huppés d'Europe, Logan Rathmore est de retour dans son Écosse natale, en pleine guerre des clans. Nouveau laird d'Ardvarrick, il a le devoir de rétablir la paix avec le clan voisin, ennemi du sien. Tandis qu'il cherche comment amadouer ses adversaires, il fait la rencontre d'Ailsa, une harpiste à la flamboyante chevelure rousse et à la voix enchanteresse. Aussitôt, la belle fait naître en lui des sentiments aussi intenses qu'interdits. En effet, une liaison avec la musicienne pourrait lui valoir les foudres de ses rivaux et compromettre la paix...

Une princesse pour trophée, de Carol Townend - N°920

Enfermée depuis toujours dans son luxueux palais de Grenade, la princesse Zorahaida n'aspire qu'à une chose : la liberté. À quoi bon vivre dans l'opulence, si c'est pour errer dans la solitude et l'ennui ? Alors qu'elle s'était presque résignée à un destin de recluse, un valeureux chevalier vient bousculer ses certitudes. Vainqueur du grand tournoi organisé dans le royaume, Jasim ibn Ismail réclame à présent sa main à son père le sultan ! Mais que se cache-t-il derrière cette demande en mariage ? Si Zorahaida veut croire à la promesse d'une vie nouvelle au côté de cet homme qui fait battre son cœur, elle redoute de n'être pour lui jamais rien d'autre qu'un trophée...

Les Historiques

Le secret du duc de Newlyn, de Bronwyn Scott - N°921

SÉRIE : SEIGNEURS DE CORNOUAILLES - TOME 4

Londres, XIXe siècle

Vennor Penlerick mène une double vie. Duc de Newlyn le jour, il enquête la nuit sur le meurtre de ses parents. Ce secret, personne ne doit le découvrir, et surtout pas Marianne, sa meilleure amie journaliste, qui s'intéresse d'un peu trop près à l'affaire sans savoir qu'il en est l'un des protagonistes. Tandis que ses recherches le mènent à l'une des plus dangereuses organisations criminelles du pays, Vennor comprend qu'il doit redoubler de vigilance. Parce que la menace gronde dans chaque ruelle de Londres, il lui faut protéger Marianne. Et, pour cela, ne jamais lui révéler sa véritable identité…

L'enfant du Viking, d'Harper St. George - N°922

SÉRIE : LES GUERRIERS DU NORD - TOME 2

Danemark, IXe siècle

Kadlin est sous le choc quand elle reconnaît l'homme qu'on lui envoie en convalescence : il s'agit de Gunnar, son amour d'enfance, ce guerrier grand et fort, blessé au combat... À sa vue, elle sent monter en elle les émotions les plus vives. Pourtant, aujourd'hui veuve, Kadlin n'aspire qu'à une vie tranquille et n'a aucune intention de souffrir à nouveau. Car comment faire confiance à cet homme qui a disparu pendant deux ans, après avoir partagé une nuit intense avec elle ? Elle mettra tout en oeuvre pour ne plus céder à la passion et, surtout, pour que Gunnar ne devine pas son secret...

La prisonnière du Highlander, de Nicole Locke - N°923

Écosse, XIIIe siècle

Si elle veut éviter à sa famille d'être exclue de son clan, Mairead n'a pas le choix : elle doit retrouver le voleur qui a lâchement assassiné son frère, et récupérer la précieuse dague qu'il lui a dérobée. Armée de tout son courage, elle s'introduit la nuit dans l'auberge de l'assassin, le cœur battant à tout rompre. Mais rien ne se passe comme prévu... C'est un inconnu qui, sous ses yeux, met le voleur en fuite et récupère son butin. D'abord soulagée, Mairead découvre avec stupéfaction que cet homme intimidant est un Highlander d'un clan ennemi du sien. Loin de l'aider, le puissant Caird refuse alors de lui remettre la dague... et de la laisser repartir.

HARLEQUIN